# La Tierra sin Retorno

# La piedra del demonio

## La Tierra sin Retorno

## Manlio Castagna

Traducción de Jorge Rizzo

**Roca**editorial

Título original: *Petrademone. La terra del non ritorno*

© 2019 Mondadori Libri S.p.A., Milán
Derechos negociados a través de Ute Körner Literary Agent
www.uklitag.com

Primera edición: febrero de 2020

© de la traducción: 2020, Jorge Rizzo
© de esta edición: 2020, Roca Editorial de Libros, S. L.
Av. Marquès de l'Argentera 17, pral.
08003 Barcelona
actualidad@rocaeditorial.com
www.rocalibros.com

Impreso por RODESA
Estella (Navarra)

ISBN: 978-84-17541-15-6
Depósito legal: B. 635-2020
Código IBIC: YFC

RE41156

*A mi pequeña Frida, cuya sonrisa devora todas mis sombras*

te buscaré incluso después,
quizá no exista vida después de la muerte,
pero lanzaré mis átomos desordenadamente al universo
en un árbol,
una teja,
un zapato.
FRANCO ARMINIO, *E che non sia un silenzio*

De repente, veo claro y osadamente escribo:
«En el principio, era la acción».
JOHANN WOLFGANG GOETHE, *Fausto*

Hay límites que, decididamente, es demasiado peligroso superar.
Pero de una cosa estoy segura:
si estás dispuesta a correr el riesgo, la vida,
en el otro lado, es espectacular.
Meredith, en *Anatomía de Grey*

# El silencio que vive en los espejos

$\mathcal{V}$anni Drogo desapareció a una hora indeterminada del 29 de abril de 1955. Habían pasado treinta años y su padre no había dejado de buscarlo. Una búsqueda que realizó en solitario. Era un misterio al que el exteniente mayor del ejército italiano Dino Drogo (ahora conocido simplemente como «el viejo Drogo») tenía que enfrentarse solo. Por otra parte, nadie habría podido hacer nada para ayudarlo. Su hijo Vanni no había desaparecido en su mundo, sino en los bosques de Nevelhem, en el Reino de la Niebla, más allá de la puerta. En la tierra oscura de Amalantrah.

### 29 de abril de 1955

El bosque de Nevelhem estaba suspendido en un perenne y melancólico otoño, envuelto en vendas de espesa niebla. Dos figuras avanzaban con cautela por aquel paisaje mudo y lechoso. El único sonido era el roce de sus pasos sobre la alfombra de hojas secas.

Fue el niño quien rompió el silencio que flotaba entre los dos.

—Papá, ¿cómo puede ser que tras una puerta se esconda un mundo entero?

—Es la tercera vez que me haces esa pregunta, Vanni. Solo en el último mes —respondió, hastiado, Dino Drogo.

—¿Hay alguien más que venga por aquí? Quiero decir, de nuestro mundo, como nosotros.

Vanni correteaba feliz alrededor de su padre, pero sin tocarlo en ningún momento. Al exteniente no le gustaban los melindres, como cogerse de la mano o abrazarse.

—Sí, hay más —respondió, seco.

—¿Los que llaman «transeúntes»? ¿Los que se mueven entre uno y otro mudo?

—Si ya lo sabes, ¿por qué demonios me lo preguntas?

—¡Qué bien, nosotros somos los transeúntes! ¡Genial!

A Vanni no le afectaba la aspereza en las respuestas de su padre. Se había acostumbrado al sabor amargo de sus diálogos.

Viéndolos juntos, el parecido se hacía evidente. Como si alguien hubiera dibujado el rostro del hijo en un papel de calco apoyado sobre el retrato de Dino Drogo. Vanni tenía doce años y era delgado como una brizna de hierba; sus ojos eran grandes y de mirada profunda, y sus cabellos oscuros caían alborotados sobre la frente, como si nadie se hubiera tomado la molestia de decirles que estaban creciendo demasiado.

Era evidente que su complexión era una herencia familiar transmitida a lo largo de generaciones: también su padre era flaco, como un pergamino: mirándolo de perfil, era como si le faltara la tercera dimensión. «Anchoa en salmuera», lo llamaba su madre cuando era niño. El pequeño Dino siempre había odiado aquel apodo de pescado prensado y descargaba toda su furia si alguien (aparte de su madre) se atrevía a usarlo.

Tras un momento de pausa, Vanni siguió con sus preguntas:

—Nosotros también tenemos bosques, ¿no? Así que nuestro mundo y este tampoco son tan diferentes.

Su padre sintió que la exasperación le ofuscaba. Le parecía «innecesaria» la curiosidad infantil: la ráfaga de diversos «¿por qué?» y todas las demás preguntas le agotaban la paciencia. Tampoco es que tuviera demasiada.

—Para empezar, aquí no hay estaciones. Y este es un bosque... diferente de los que tenemos nosotros. ¿No ves que los árboles son blancos?

—O sea, ¿que en la Tierra no hay árboles blancos?

Dino Drogo le respondió al vuelo, sin detenerse ni un momento.

—Sí, alguno sí que hay. El abedul, y quizás alguna otra especie. No lo sé. Pero estos son diferentes. ¿Alguna vez has visto algo así en nuestro mundo? —dijo, señalando los árboles del color de la leche, que se transparentaban, dejando a la vista la savia que subía y bajaba por el tronco.

Vanni estaba a punto de replicar, pero su padre lo desalentó echándole una de sus miradas fulminantes y con una sentencia inapelable:

—¡Y ahora basta! No quiero oír ni una palabra más. Ocúpate de caminar; no es prudente pasar mucho tiempo por aquí.

Ante aquella reprimenda, la enésima, el muchacho se quedó mudo y se presionó la palma de la mano con las uñas. Siempre apretaba los puños así cuando reprimía la tristeza: la encerraba en su interior como esas nubes capaces de contener la lluvia en sus entrañas hasta llevársela, sin dejarla caer.

Siempre le había costado penetrar en la piedra granítica del carácter de su padre, por lo que había acabado aprendiendo a desaparecer de su vista, a convertirse en algo parecido a ese papel de empapelar al que uno acaba acostumbrándose hasta dejar de darse cuenta de que está ahí.

Y, aun así, Vanni sentía un amor inmenso por su padre. Y no había nada que le hiciera más feliz que aquellas breves visitas que hacían juntos al «bosque de niebla» (como lo llamaba él en secreto). Había acumulado tantas preguntas en los últimos dos años, desde la primera vez que había puesto el pie en él, que daba la impresión de que todos sus pensamientos orbitaran en torno al misterio que encerraba aquel lugar.

Acompañaba a su padre por Amalantrah desde que su madre murió: fue entonces cuando renunció a la idea de conquistar su respeto, su admiración o incluso su amor. Y si antaño penetrar en el corazón de su padre le parecía una empresa ardua pero aún posible gracias a la complicidad de su madre, tras aquella muerte prematura se había convertido en algo prácticamente imposible.

El luto había endurecido aún más a Dino Drogo, que se había encerrado en su caparazón. Las visitas al bosque de niebla eran siempre muy breves. Llegaban pasando por una «puerta» oculta en el sótano. Vanni nunca olvidaría la primera vez que la habían franqueado juntos.

*Mayo de 1953*

Su madre había muerto hacía un par de semanas. Sí, llevaba mucho tiempo enferma, pero no por ello había sido menos duro el golpe. Nada habría podido prepararle para aquel dolor paralizante, ni siquiera haberla visto apagándose día tras día, víctima de aquel mal oscuro.

Aquella larga enfermedad no había endurecido el carácter de Vanni lo suficiente como para ayudarle a soportar el impacto de la pérdida; es más, el niño había quedado tan tocado por la enorme conmoción de su muerte que se había derrumbado miserablemente, como un edificio al que se le hubieran reventado los cimientos. Había vertido lágrimas suficientes como para regar un desierto y volverlo fértil. Había rechazado la solidaridad del mundo externo para refugiarse en el fondo del turbulento río de su propio dolor. Y había buscado inútilmente el consuelo en su padre, pero Dino Drogo se había convertido en un monolito frío, remoto. Uno de esos pedazos de universo que se desprenden de un planeta perdido al fragmentarse y que vagan, solitarios, siguiendo órbitas diseñadas por una física desconocida.

Y luego había llegado la tarde en la que aquel asteroide había entrado en colisión con la trayectoria de su hijo. Inesperadamente. El teniente había abierto la puerta de la pequeña habitación donde Vanni había establecido su imperio de las lágrimas y le había dicho:

—Quiero enseñarte una cosa. Ven conmigo.

El niño le había seguido hasta el sótano sin decir palabra, sin atreverse a tocarlo, casi como si el cuerpo de su padre estuviera rodeado de un hilo electrificado. Le estaba llevando al lugar donde siempre le había prohibido entrar. Al cabo de una semana, cumpliría diez años, y era la primera vez que ponía el pie allí.


El padre entró sin entretenerse, mientras Vanni se tomaba su tiempo antes de cruzar aquel umbral sagrado, adaptando la vista a la magnificencia del lugar. Ante él se abría la más impresionante de las bibliotecas. A lo largo de los años, su padre se había construido un reino de libros. Un reino en el que no había súbditos, ejércitos o pueblos sobre los que gobernar; solo el papel de las páginas y la piel, el cuero, el cartón de las cubiertas.

Centenares de libros..., no, decenas de miles. Estaban por todas partes, como el fruto de una epidemia que ninguna vacuna hubiera conseguido frenar.

Cubrían todas las paredes. Amontonados contra cualquier superficie que pudiera sostenerlos. Rebosando de los estantes. Sobre las mesas, y también debajo. Algunos estaban apilados en columnas que partían del suelo y llegaban casi al techo. El propio suelo estaba cubierto casi por completo. Incluso llenaban una bañera colocada en una esquina.

Dino Drogo cogió de un estante un libro que, en realidad, no era un libro. Era una caja mimetizada que parecía un volumen encuadernado. Dentro había una piedra de color ambarino, lisa como la piel de un niño. En su superficie se veía un signo: ⲓ.

Era el sello de Mohn. El símbolo de los señores de las puertas.

Vanni sintió la presión de un gemido de estupor que se le quedaba bloqueado en la garganta. Su padre lo miró con la expresión de quien pregunta silenciosamente: «¿Estás listo?».

Luego acercó la piedra a un punto de la pared cubierto de garabatos que, en la oscuridad, el niño no consiguió descifrar. Y así tuvo lugar el prodigio. En la pared se abrió un umbral de contornos luminosos, eléctricos.

—¿Te vas a quedar ahí tieso o vienes conmigo? —le preguntó, lanzándole una mirada rápida antes de adentrarse en la luz que había más allá de la apertura.

Vanni no conseguía moverse. El haz luminoso procedente de la hendidura-puerta cortaba la penumbra, iluminando el polvo que flotaba en el sótano, como si millones de insectos minúsculos danzaran, leves, a su alrededor.

Vanni atravesó el polvo en suspensión y se sumergió en la luz. Fue así como conoció la tierra de Amalantrah y el bosque de su primer reino: Nevelhem.

Dos años más tarde, en aquel bosque, Dino Drogo dijo:

—Bueno, paramos aquí.

Y sacó de su largo abrigo negro la misma piedra con la que abría la puerta cada vez.

—¿Puedo tocarla?

En los dos últimos años, la piedra había ido ejerciendo una atracción cada vez más irresistible sobre Vanni.

—No digas idioteces. Te lo he repetido mil veces: no te atrevas nunca a ponerle la mano encima. ¿Entendido? —El rostro del muchacho se oscureció de la desilusión. A los doce años, los modos bruscos de su padre empezaban a hacer mella en él—. Si quieres ayudarme, busca por aquí una roca con este mismo símbolo.

Como un cielo que cambia de forma en un momento dado, el rostro de Vanni se aclaró de pronto. El sol apareció en sus ojos. Se alejó corriendo, mientras su padre le gritaba:

—¡No te alejes demasiado, que no te pierda de vista!

No perder a alguien de vista en medio de toda aquella niebla no era tarea fácil. Bastaba un momento para quedar engullido en aquel muro insustancial. Y para empeorar aún más las cosas, en Amalantrah estaba el problema del «espacio». Su padre le había dicho más de una vez que allí las distancias, las medidas, los caminos no eran como «en casa». A veces te parecía que dabas pocos pasos y, en cambio, te habías alejado decenas y decenas de metros, o viceversa. En los reinos de Amalantrah, el recorrido entre dos puntos no siempre era el mismo: podía variar de una persona a otra, de un momento al siguiente.

A Vanni no le parecía que se hubiera alejado tanto de su padre, pero la niebla se estaba volviendo cada vez más densa, y de pronto lo perdió de vista.

Desorientado, aterrado, lo llamó, primero susurrando (sabía bien que en el bosque no había que llamar la atención) y luego gritando. Las palabras quedaban atrapadas en la red creada por el denso vapor. Entonces intentó orientarse, buscar un punto de referencia. Pero era como encontrarse en alta mar, y él iba ahogándose cada vez más en aquel océano brumoso.

De pronto, vio algo tras un árbol. Un movimiento. Una silueta esbelta inmóvil junto a uno de los largos troncos blancos como espectros. ¡Era su padre! Lo había encontrado. Quien haya vivido la sensación de haberse encontrado solo en un lugar desconocido conoce perfectamente la quemazón que produce el miedo, que parece recalentar cada célula del cuerpo. Y sabe perfectamente cómo se acelera el corazón de felicidad cuando se encuentra de nuevo el camino.

—¡Papá, estoy aquí! —gritó, con todo el aire que le cabía en los pulmones, acercándose.

Y, sin embargo, cuanto más se acercaba a la figura alta y delgada junto al árbol, mayor era la impresión de que tenía algo raro. ¿No era demasiado alta? ¿No tenía los brazos demasiado largos? ¿No tenía una silueta extraña? ¿Y por qué no se movía? Las preguntas se le amontonaban en la mente, tan rápidas y desordenadas que no conseguía aferrarlas. La respuesta llegó de golpe y no le gustó nada.

Delante tenía a un ser el doble de alto que un hombre. Sin rostro, salvo por un corte horizontal que más parecía una herida que una boca. Con un traje negro largo y una corbata. Los brazos, esqueléticos, le caían hasta las rodillas, y terminaban en unas manos con garras que empezaron a levantarse en su dirección.

Era un enjuto nocturno. El mismo que treinta años más tarde perseguiría a Frida, a Gerico, a Tommy y a Miriam por el prado de Petrademone.

Vanni no consiguió gritar siquiera, como sucede a veces en las pesadillas. Intentó dar un paso atrás, lentamente. Aquella criatura demoniaca no se movió. El chico siguió caminando marcha atrás sin quitarle los ojos de encima. La horrible figura se quedó donde estaba, con las manos colgadas a media altura. Fue entonces cuando Vanni intentó huir.

Dio media vuelta y echó a correr. Sin una dirección precisa; con que fuera lejos le bastaba. Huyó, huyó, huyó. Respiraba a golpes secos. Levantaba y bajaba las piernas como cuando su profesor de Educación Física le decía que «corriera como si no hubiera un mañana». Y ahora Vanni tenía realmente miedo de que no hubiera un mañana.

El profesor, Beniamino Stalle, le había augurado un gran futuro como velocista. Siempre le decía que tenía buenas piernas y un corazón fuerte, pero que debía esforzarse más si quería convertirse en un campeón. Que no tenía que saltarse ni un entrenamiento, que debía irse a dormir pronto y comer sano. Y, sobre todo, que tenía que desear la victoria con todas sus fuerzas, más que ninguna otra cosa.

—La voluntad lo es todo, Vanni —le repetía siempre el profesor.

Y ahora él deseaba, más que ninguna otra cosa, huir del monstruo. Movía las piernas a un ritmo que no creía posible siquiera. Lástima que no hubiera una línea de meta que cruzar, sino únicamente una pista infinita sin calles.

—¿Cuánto tiempo llevaba corriendo? No lo sabía, pero no se habría parado de no haber sentido un pinchazo insoportable en el costado, que le hizo detenerse junto a uno de aquellos árboles blancos de tronco ancho y liso. Plegado en dos, Vanni apoyó los brazos sobre las rodillas mientras tomaba aire a grandes bocanadas.

Quizá fuera precisamente por el ruido espasmódico de su respiración, pero al principio no lo oyó. En el silencio de la niebla, se estaba formando un murmullo. Un aliento de palabras que poco a poco se hizo presente, hasta que él mismo aguantó un momento la respiración para oír mejor. El susurro procedía de allí mismo, no se le había ocurrido. Observó el árbol y vio un orificio redondo y negrísimo: un agujero perfecto con el perímetro perfectamente delimitado. Era un árbol mensajero. En el bosque habían muchísimos; su padre le había enseñado unos cuantos. Solo había que acercar la oreja a uno de aquellos agujeros para oírlos hablar. Algunos eran sabios; otros, enigmáticos; otros se lamentaban o bromeaban. Unos eran más jóvenes; otros, antiquísimos.

Vanni se acercó al agujero y miró hacia el interior par ver qué había allí dentro. Nada: la oscuridad más pura y absoluta. Luego acercó la oreja, titubeante. El corazón le golpeaba en el pecho como un martillo. Las piernas le temblaban del esfuerzo y del miedo. Quizás el árbol le ayudara. Era una idea tonta y algo desesperada, pero no perdía nada por probar.

La voz que surgió de las vísceras del mensajero era antigua, un lamento quejumbroso. Un sonido que provocaba escalofríos.

—Él… está… aquíííí…

Antes de que pudiera alejarse del orificio, Vanni sintió una mano gélida que le caía sobre el hombro. Otra le aferró el cuello. Gritó con todo el aire que le quedaba en los pulmones. Pero nadie le oyó.

ϒ

Dino Drogo había combatido en la terrible guerra. Había visto el rostro de la muerte más de una vez. Conocía el sabor metálico del miedo. Sin embargo, nunca había sentido aquel tipo de pánico. Era una mano helada hundida en el pecho y que lo aplastaba, lo ahogaba, le impedía pensar en nada más.

Vanni había desaparecido. El teniente corría de un lado a otro por aquel océano de niebla, gritando el nombre del hijo. Hecho una furia. La rabia del primer momento (¿por qué se había alejado?) enseguida había dado paso a un sentimiento de culpa atroz (¿por qué lo había llevado a aquel lugar?). Él sabía perfectamente que aquel era un sitio peligroso. Sobre todo para los niños. Si le sucedía algo, no se lo iba a perdonar nunca.

Cuando de pronto tomó conciencia de lo que había pasado, fue como si un destello le hubiera iluminado el cerebro, y sintió que se le revolvían las tripas. Ya sabía lo que le había sucedido a su hijo. Estaba inmóvil, en algún punto indeterminado del bosque, jadeando, doblado en dos por el esfuerzo y por el peso de aquella certeza: quien se había hecho con Vanni era un enjuto. Uno de aquellos demonios espantosos sin rostro, vestidos con un elegante traje y con dedos esqueléticos. Eran las criaturas más temidas de Amalantrah.

No podía perder ni un segundo. Tenía que llegar a las Celdas de las Profundidades, las mazmorras de los enjutos.

El único modo para llegar a aquel lugar maldito era abrir una *sekretan infera*, una de las puertas más difíciles de encontrar, incluso para un señor de las puertas como él.

En los últimos diez años, Drogo había desarrollado un dominio sorprendente en la creación de pasajes entre los dos mundos, poniendo en comunicación los caminos de los reinos que atravesaban Amalantrah. Entre los miembros de la estirpe de Mohn, a la que había descubierto que pertenecía, no había nadie como él que tuviera un conocimiento tan detallado y profundo de los Libros Perdidos, los volúmenes que contenían todos los conocimientos ancestrales sobre Amalantrah y de los que también formaba parte el potentísimo *Libro de las puertas*. Pero activar una *sekretan infera* era algo que nunca había probado (nadie estaba tan loco como para decidir hacerlo deliberadamente) y que tal vez superara los límites de sus capacidades. Si accedía a las celdas, entraría en contacto con las vísceras del Mal, pero no le quedaba alternativa. Era el único modo para salvar a su hijo.

Nadie sabía dónde estaban las celdas. En el mundo sin mapa de Amalantrah, aquel era uno de los lugares más remotos y misteriosos. No había ningún camino que llevara allí. No había recibido nunca ninguna luz «natural». Los muros de las Celdas de las Profundidades estaban cubiertos de moho y de regueros de agua pútrida de origen incierto. Las oscuras piedras absorbían la poca luz que emitían las antorchas colgadas de las paredes. Por los suelos cubiertos de mugre correteaban extraños animales de formas abominables. Eran parecidos a cangrejos, pero grandes, alargados y planos como las cucarachas. Tenían un color rojo vivo y daban la impresión de segregar sangre por las pinzas. En Nevelhem se los conocía como «rechinantes». Y no gozaban de buena fama.

Las celdas eran cámaras vacías de piedra desnuda ennegrecida por una especie de moho baboso que bajaba por las paredes. Se abrían a los lados de larguísimos pasillos excavados en las profundidades por los primeros urdes, la estirpe maligna que adoraba a Shulu el Devorador. La sombra aprisionada en la Caverna del Fin de los Tiempos.

En una de esas celdas estaba Vanni. Inconsciente, tendido sobre una vieja mesa de madera. Y delante, un espejo de aspecto antiguo, quizá valioso.

Un soplo de viento subterráneo se coló por entre aquellos muros sin esperanza y llegó silbando a la celda, anunciando unos pasos precipitados. Los rechinantes que repiqueteaban por el suelo se dispersaron, corriendo frenéticos por todas partes.

De pronto, un hombre con un largo manto de color rojo púrpura entró, seguido por tres de esos seres que infestaban los bosques de Nevelhem, los hombres huecos, con sus cabezas rellenas de paja de color sangre, sus ojos tenebrosos y sus extremidades largas y finas, con aquella respiración que parecía un estertor agónico. Una amplia capucha envolvía en sombras el rostro del desconocido, que se acercaba a Vanni. En el cuello del niño aún se veían claramente los cardenales que le habían dejado las manos del enjuto. El encapuchado les ordenó algo a los hombres huecos con un leve movimiento de la cabeza. Una criatura de paja se acercó a la mesa y, con la podadera plateada que le asomaba entre los dedos, cortó en dos la camiseta del chico. Una incisión precisa, como si aquel arma fuera el más afilado de los bisturíes. Vanni se quedó con el pecho descubierto, y el hombre del manto rojo lo rodeó para observarlo bien. Luego le acarició el cabello, pero no había nada de cariñoso en aquel contacto. Era más bien el gesto del asesino que contempla a su víctima, disfrutando con la idea de la ejecución, o del carnicero que sopesa el trozo de carne que está a punto de cortar.

Acercó sus labios secos a la oreja del niño.

—Encantado de conocerte, mi tierno amigo —le dijo, con un profundo susurro—. Aunque me temo que tú no estarás tan encantado.

Hizo una pausa y luego se apartó de la oreja. Acercó un dedo al fino torso del pequeño prisionero y se puso a dibujar un círculo en él, muy despacio. Al pasar el dedo, iba apareciendo una señal en la piel, una especie de morado. El encapuchado estaba dibujando, literalmente, con las manos. Y, al mismo tiempo, con su voz aterciopelada, recitaba:

—En el nombre del poderoso Shulu. En el nombre de la Sombra que Devora. En la señal invencible de los urdes. Yo, Kosmar, Señor de las Pesadillas, libero tu alma y la entrego al silencio que vive en los espejos.

Tras pronunciar aquellas palabras, cuando se cerró el círculo sobre su pecho, un Vanni incorpóreo se alzó de la vieja mesa. Era un espectro, un calco transparente del niño, privado de todos los sentidos. Se quedó flotando en el aire, tendido en el vacío, gobernado por la mano de Kosmar, que lo dirigió hacia la superficie del espejo, que absorbió el doble incorpóreo de Vanni, de modo que, cuando el encapuchado bajó el brazo, el espectro del pequeño quedó aprisionado tras el cristal.

Fue entonces cuando despertó. No el niño tendido sobre la mesa: ese permaneció inanimado. El que emergió del sueño fue su doble atrapado, que abrió los ojos, se sentó en el suelo, se miró las manos y, estupefacto, comprobó que veía a través de ellas. Se había convertido en algo intangible. Miró alrededor, presa del pánico. Gritó, pero no salió ningún sonido de su boca. Se puso en pie y comenzó a dar puñetazos y patadas al cristal.

Durante un buen rato, Kosmar miró cómo se debatía y se desesperaba antes de dirigirse a él:

—Es todo inútil, mi joven amigo. Ahora estás en la Ciudad de los Espejos.

Dicho esto último, se dio media vuelta y se dirigió a la salida.

—Deshaceos del cuerpo —ordenó a los hombres huecos, antes de desaparecer por el pasillo.


Drogo había completado su trabajo con la *sekretan infera*. Ahora, sobre la alfombra de hojas, se veía el dibujo de una puerta de silueta luminosa. En el centro tenía el símbolo de Mohn, y fue allí donde apoyó su piedra de color ámbar el teniente; luego cerró los ojos y repasó mentalmente la fórmula que debía abrirla. Una puerta de aquel tipo no se abría simplemente usando la piedra de Mohn; era necesaria una fórmula de acceso muy complicada, lo que se conocía como «el algoritmo». No había que pronunciar palabras con tono solemne ni hacer otras tonterías parecidas. El algoritmo había que pensarlo. Y él lo hizo.

Pero no pasó nada. Peor aún, la silueta luminosa de la puerta se intensificó un instante para después apagarse de golpe.

Se quedó allí, arrodillado en el suelo, sin poder pensar. Había fracasado. ¿Qué había fallado? ¿Había elaborado mal la fórmula? ¿Estaba mal el dibujo? ¿Había canalizado el flujo de energía de forma errónea?

—No, no es nada de eso.

La voz, a sus espaldas, le hizo dar un respingo. ¿Quién había hablado? No veía a nadie. No había ni un alma a su alrededor.

—Es la voluntad, Drogo. Es la voluntad la que abre las puertas más difíciles —sentenció, una vez más, aquella voz incorpórea, aunque límpida y autoritaria.

—¿Quién eres? ¿Dónde estás? —preguntó él, asustado.

—No es importante quién soy. Lo importante es que atravieses ese paso. —Se hizo una pausa larga, interrumpida por el crujido de una rama seca—. Aunque nunca sabemos qué se oculta tras una puerta, ¿no es cierto?

—¡Esta maldita *sekretan* no funciona! —protestó Drogo, mirando frenéticamente a su alrededor, para intentar comprender con quién estaba hablando.

—Tú quieres encontrar a tu hijo, ¿no? ¿A toda costa?

—Sí.

—Pues mira lo que has hecho… ¿Qué ves?

El exteniente no entendía la pregunta y su expresión lo delataba.

—Detrás de ti, en el suelo —insistió la voz, con un tono aparentemente amable.

—Una puerta…, la se…, la *sekretan infera* —respondió Drogo, balbuciendo por la rabia y la frustración.

—No debes ver esa puerta. Esa no te llevará a ninguna parte. Debes ver el ojo que ve la puerta. Sentir la mano que la ha diseñado. Pero, más que cualquier otra cosa, debes desear atravesarla.

—No lo entiendo.

—Libera la voluntad, Dino Drogo. Cierra los ojos y mira. El algoritmo es la voluntad. Es la fuerza ciega, la que abrirá el paso.

Drogo cerró los ojos. Vació la mente. Apretó fuerte en la mano la piedra de Mohn. No estaba seguro de si lo había entendido, pero se dejó guiar por aquellas palabras. No pensó en nada más que en el rostro de su hijo. En su risa. En sus ojos brillantes. En las lágrimas. Pensó en su modo de caminar, dando saltos, cuando estaba contento. En cómo bajaba los hombros cuando algo le entristecía. Y luego dejó de pensar, y en la oscuridad de su mente se iluminó poco a poco una puerta, con el contorno luminoso en medio de un vacío de tinieblas. Estaban solo la negrura y el paso. Y aquella fue la puerta por donde entró el teniente, sin abandonar su propia mente.

Era una oscuridad fría, impregnada de tierra húmeda. Lo sentía en la nariz. Drogo movió los brazos, tanteando, en busca de una salida. No veía nada. Tenía una fuerte sensación de náusea que le nacía en las tripas, y sentía algo que le pasaba por encima de los pies. Un ruido de patitas que reconoció enseguida: ¡rechinantes!

Sabía de qué eran capaces aquellas criaturas asquerosas que detectaban el miedo en el aire. Por sí solo, un rechinante era fácil de eliminar, pero cuando se movían en masa podían resultar letales.

Tenía que salir de aquel lugar, fuera lo que fuera. Y enseguida.

Por suerte, no tardó en sentir el contacto del pomo de una puerta en los dedos. Lo giró y se encontró fuera, en un pasillo iluminado por unas cuantas antorchas fijadas a la pared. Respiró jadeando, sintiéndose débil de pronto. ¿Sería aquel lugar lo que le absorbía la energía, lo que le dejaba sin fuerzas? Cogió una antorcha y soltó una exclamación de asco cuando sintió en los dedos el líquido pegajoso, la baba oscura que bajaba por las paredes. Se limpió lo mejor que pudo en los pantalones.

Se puso la antorcha a la espalda (sabía bien que llevar una luz delante solo servía para deslumbrarse) y echó a caminar por el pasillo con cautela, pero antes tuvo la precaución de usar su piedra de Mohn para dibujar en la puerta que acababa de atravesar un pasema, un símbolo trazado en una puerta, en una pared, en un árbol o en cualquier otra superficie para recordar su posición. El pasema tenía una particularidad: solo lo podían ver los señores de las puertas. Así, si conseguía volver con Vanni, sabría adónde ir y cómo encontrar otra vez el lugar por donde había entrado.

Las Celdas de las Profundidades: ¡cuántas veces había leído cosas sobre ellas en sus libros! Sin embargo, estar allí, ahora, era otra historia. La maldad de aquel lugar era palpable, igual que la promesa de dolor que flotaba en el aire. Debía estar atento, más de lo que ya era habitual en él. Sí, había sido oficial del ejército. Había recorrido toda Europa empuñando armas y combatiendo en situaciones extremas. Sabía perfectamente qué significaba cometer un error y encontrarse con una bala en el cuerpo o saltar por los aires al pisar una mina. Y, aun así, en aquellos pasillos sin luz, el Mal adquiría una dimensión diferente.

Había una primera puerta a la derecha. Con extrema prudencia, se acercó y la abrió. Se encontró en una habitación vacía, salvo por una vieja mesa y un gran espejo.

Se acercó al espejo y no vio más que el reflejo de su propia imagen. Y, sin embargo, había algo en su propia mirada que le puso en alerta.

Después vio algo que se movió en el otro lado, y un ruido repentino, martilleante, frenético. Drogo dio un paso atrás, y hasta ese momento no se dio cuenta de que del otro lado del cristal había una niña que golpeaba la superficie reflectante con los puños. Pero la pequeña era impalpable como un fantasma, y aunque abría la boca para hablar, no emitía ningún sonido. Le recordaba los peces del acuario de su cuñado.

Le preguntó quién era, pero la superficie del espejo era como un dique que bloqueaba el flujo de sonidos. Entonces la pequeña echó el aliento sobre el espejo y con los dedos escribió: ORROCOS.

Por un momento, Drogo no entendió; luego le quedó claro que tenía que leerlo al revés: SOCORRO. Miró a su alrededor, en busca de algo que pudiera utilizar para liberar a la prisionera. Nada. Sacó la piedra de Mohn. Intentó dibujar una puerta. Inútil. Probó a dar un golpetazo con el hombro. Probó a dar patadas al espejo. Lo probó de todos los modos. No había manera de romperlo. ¿Era eso, pues, lo que les sucedía a los niños que desaparecían? ¿Era eso lo que le estaba sucediendo a Vanni?

Lo lamentaba por la niña atrapada allí dentro, pero tenía que ir en busca de su hijo; quizás él, capturado tan recientemente, tuviera aún alguna posibilidad.

—Tengo que irme, perdóname. Volveré —le dijo a la pequeña prisionera transparente.

Ella se desesperó aún más. Se puso a dar puñetazos con las dos manos a la superficie del espejo, sin dejar de sollozar. Aquel hombre no volvería.

El exteniente salió al pasillo y siguió hacia la derecha. Un par de rechinantes se le acercaron a los pies, pero antes de que le treparan por las piernas para pellizcarle, le dio una patada a uno mandándolo por los aires. El bicho fue a estrellarse contra una pared con un crujido. El otro acabó ensartado por el puñal que se sacó de un bolsillo del abrigo. Era un recuerdo de sus batallas y siempre lo llevaba consigo en sus visitas al bosque de Nevelhem.

Drogo se detuvo a los pocos pasos, cuando una ráfaga de viento frío le golpeó el rostro. No era buena señal. Volvió sobre sus propios pasos y dejó la antorcha en el soporte del que la había sacado. Se escondió en un nicho de la pared de delante y esperó. Estaba llegando alguien. En la guerra había aprendido a aguantar la respiración y a esconderse del enemigo. Se lo decía siempre a sus hombres: «Lo que os salvará no es saber disparar y matar. Es volveros invisibles lo que os permitirá regresar a casa con el pellejo intacto».

Cuando, tras breves instantes, pasó a pocos centímetros de su posición un hombre con un manto y una voluminosa capucha roja, pensó que estaba condenado. Aquellas ropas eran las de un adorador de Shulu. Un elegido, la «casta» más alta de los urdes. Por debajo de ellos, estaban los simples, de túnica y manto grises.

Cuando por fin oyó que los pasos del hombre se perdían en la oscuridad del pasillo, Drogo salió de su apnea. Abandonó su escondrijo y siguió caminando. Esta vez sin antorcha: era demasiado peligroso.

Miró en dirección a otra celda abierta, pero estaba completamente vacía. Al lado había otra puerta, cerrada. Pero él llevaba el sello de Mohn; la abriría.

Sacó su piedra de color ámbar, miró alrededor para asegurarse de que no llegara nadie y la usó. Después, con extrema cautela, entró en la celda. Vio que los hombres huecos levantaban a su hijo de la mesa y se le encogió el corazón. No se lo pensó dos veces. Irrumpió y cayó por sorpresa sobre los dos hombres huecos, que emitieron su terrible murmullo de caza mientras dejaban caer a Vanni al suelo. A pesar de la brutalidad del impacto, el niño no reaccionó.

—¡Nooo! —gritó, rabioso, Drogo, viendo que trataban a su hijo como a una muñeca de trapo, y lanzó su hoja afilada contra las dos criaturas.

La furia del exteniente hizo inútil cualquier intento de defensa por parte de los hombres huecos, que tras recibir su cuchillada mortal se evaporaron al momento. Él se agachó para recoger el cuerpo inanimado de su hijo. Lo acarició, lo zarandeó. No reaccionaba. Sintió una nueva ráfaga de viento gélido en la celda. Tenía que escapar de allí. Cogió a su hijo entre los brazos y huyó. No le pasó por la cabeza siquiera la idea de mirar en el espejo. Habría visto al Vanni-espectro, que golpeaba el cristal con las palmas de las manos, llorando, implorando que lo liberara. Pero el exteniente salió de la celda llevándose consigo únicamente el envoltorio comatoso de lo que había sido su hijo.

ϓ

Cuando volvió al bosque, usando la *sekretan infera* con la que había llegado a las Celdas de las Profundidades, intentó despertar a Vanni, pero no lo consiguió. Por fin se rindió, se lo cargó al hombro y así volvieron al Otro Lado, a su mundo.

En el hospital, resultó que el niño tenía la pelvis fracturada, probablemente a causa del impacto contra el suelo al dejarlo caer el hombre hueco. Pero sobre todo los médicos se preguntaban por los motivos misteriosos de aquel coma. Su ciencia no podía encontrar la explicación, pero Drogo la sabía. Buscó en sus viejos libros, en los volúmenes que contenían toda la sabiduría del mundo de Amalantrah. Libros que había tardado años y años en acumular. Ahora solo deseaba recuperar a Vanni. Era lo único que le quedaba en el mundo, y habría hecho cualquier cosa para verle abrir de nuevo los ojos. Habría dado su propia vida para devolverle la conciencia. Y si eso suponía no comer, no dormir, no apartar los ojos de aquellas páginas, estaba dispuesto a hacerlo.

En uno de los volúmenes encontró algo que le aterró. Se hablaba del *apartiga*, una especie de ritual efectuado únicamente por los elegidos de alto rango de los urdes. Era una ceremonia de separación. Drogo tardó dos días en descifrar el lenguaje oscuro en el que estaba escrito el libro y, por fin, con los ojos ardiendo y la espalda doblada en dos del agotamiento, consiguió entender que aquel procedimiento buscaba separar el cuerpo de su espíritu vital. El espíritu de los niños, en particular, podía usarse como alimento. Pero ¿en qué sentido? ¿Para qué? ¿Para quién? Eso no había conseguido descifrarlo, pero tenía la sospecha de que se podía tratar de Shulu.

El cuerpo, en cambio, se convertía en un residuo, como la vaina que se tira después de extraer las judías del interior. Sin el espíritu vital, el sacrificado ya no sería el mismo, quedaría irremediablemente dañado.

«Dañado.» Esa palabra, que Drogo esperaba haber traducido lo mejor posible, le estaba atormentando.

Una mañana, tras tres semanas de sueño comatoso, Vanni volvió a abrir los ojos. Su padre estaba al lado, y enseguida se dio cuenta de que algo había cambiado. El niño estaba desorientado. Miraba a su alrededor como si acabara de llegar al mundo. Tenía en los ojos una luz diferente, más opaca.

Su padre se le acercó a los labios cuando se dio cuenta de que quería decirle algo. Las primeras palabras de Vanni, pronunciadas con dificultad, fueron: «*Apap... ¿yotse ednód?*».

Lo que sintió Drogo era algo que ya no recordaba. Era pura felicidad. Su hijo había vuelto, aunque ya no fuera el Vanni de antes. Y no lo sería nunca más. Los médicos le dijeron que su cerebro había sufrido daños irreparables, que entre otras cosas habían afectado al lenguaje. Hablaba al revés, como si las palabras estuvieran reflejadas en un espejo.

El niño que estaba en aquella cama no era del todo su hijo. Sí, era una cuestión de «completitud». El espíritu de Vanni se había quedado allá abajo, en las Celdas de las Profundidades, y el exteniente se juró que volvería a buscarlo, por mucho tiempo que le llevara.

# 1

## El elixir de Culpeper

*29 de julio de 1985*

*T*odos estaban preocupados por Gerico. La herida que le había hecho uno de los hombres huecos con el unka, su podadera envenenada, empeoraba. El valiente Asteras, uno de los últimos vigilantes que aún protegían la puerta que separaba ambos mundos, y su minúsculo amigo Klam habían llevado a los chicos hasta su casa-túmulo y ahora estaban allí, alrededor de la cama en la que estaban sentados Tommy y las dos chicas, Frida y Miriam.

Las casas-túmulo eran viviendas típicas del bosque de Nevelhem. Eran sencillas y acogedoras, bien mimetizadas entre el follaje acumulado en el suelo. Al ser subterráneas, no tenían ventanas, pero disponían de una especie de periscopio que permitía mirar fuera. Un rudimentario sistema de vigilancia que ellos llamaban «mirilla».

—Dejadle descansar —dijo Asteras, dirigiéndose al grupo.

Gerico miraba al techo, inmóvil como un monigote, con un velo opaco sobre los ojos, como una gasa sobre una herida.

—Está ido, como perdido en una galaxia lejana —comentó Frida, pensativa.

Miriam asintió apretándose los dedos de la mano izquierda con los de la derecha, señal inequívoca de una preocupación que la reconcomía por dentro. Sus amigos ya habían aprendido a leer en su lenguaje corporal lo que su mutismo le impedía expresar en palabras.

Fue Klam quien habló. Pese a tener solo un palmo de altura, el hombrecillo esgrimía siempre un tono tan seguro que parecía uno de esos profesores hastiados que repiten la misma cantinela en clase, una y otra vez, sin un mínimo de entusiasmo.

—Está empeorando —constató, con su habitual brusquedad.

—Y la situación de partida no era para tirar cohetes —respondió Tommy sin pensar, como solía hacer con su gemelo desde que tenía uso de razón. Nadie se rio—. ¿Qué pasa? Solo era una broma.

—Tiene la misma gracia que una ampolla en el pie —replicó Klam—. La hoja del unka está envenenada. Cuando entra en contacto con la sangre, pone en circulación la bilis negra.

—¿La bilis negra? —repitió Frida, retorciéndose un mechón de sus largos cabellos negros.

—Hablamos el mismo idioma, no existe la necesidad de repetir como un loro para asegurarse de haber comprendido —la reprendió Klam, que seguía hablándoles con gran formalidad.

—Ya he oído lo que ha dicho, pero no sé qué es esa bilis negra.

—Otra interrupción inútil. No es importante saber qué «es», sino qué «hace». Ustedes mismos pueden ver lo que le está pasando a su amigo. —Señaló con la cabeza a Gerico, que se observaba la mano como si fuera la primera vez que la veía—. La bilis negra infecta la sangre, la corrompe, la vuelve cada vez más compacta y oscura.

Los chicos se miraron unos a otros, preocupados.

—¿Y eso qué significa? —preguntó Tommy.

Si Gerico era el gemelo atlético, él era el que leía y estudiaba; sin embargo, a sus catorce años, no había oído hablar nunca de la bilis negra.

—Asteras, no me habías dicho que tendría que dar una clase de medicina para niños.

Asteras levantó la mirada al cielo.

—Antes o después, esta acidez tuya te corroerá por dentro.

Klam hizo un gesto con la mano, como diciendo: «Tonterías». El joven vigilante se sentó y prosiguió con la explicación desde el punto donde la había dejado el hombrecillo.

—Lentamente, la bilis negra invade el cuerpo y absorbe toda la energía vital. Aquí lo llamamos «mal melancólico» o, simplemente, «melancolía». Como veis, Gerico ya está apático; con el paso del tiempo, se volverá cada vez más ausente. Nada le hará disfrutar ni sufrir. Las emociones se disolverán, para él los colores y los sonidos desaparecerán.

Miriam sintió un nudo en el estómago. «Su» Gerico se había convertido en una marioneta sin alma. Y todo por su culpa, porque no se había dado cuenta de que le llegaba un hombre hueco por la espalda: Gerico se había llevado el golpe de podadera que iba destinado a ella.

—¿Y no hay cura? —se apresuró a escribir, echando atrás su bella melena pelirroja.

—Sí que habría una —respondió Asteras—, pero solo existe una persona que pueda hacer algo por él.

—Iaso el Sanador —apostilló Klam, que mientras tanto iba comiendo migas de la mesa de la cocina.

Asteras asintió.

—Lo malo es que sería más fácil encontrar a un unicornio —comentó el pequeño.

—Tenemos que encontrarlo enseguida. Hemos de hacerlo, si es la única posibilidad para evitar esa apatía extrema —dijo Frida, y en su voz había un tono casi implorante.

—No le pasará solo eso —señaló Klam—. Asteras, en su infinita bondad, no les ha dicho que eso es solo la primera fase del envenenamiento.

—Pero no es mortal, ¿no? —dijo Tommy, que ya no tenía ganas de bromear.

—No directamente, pero con el paso de los días a su hermano se le quitarán incluso las ganas de comer, de beber... —El hombrecillo se detuvo para masticar otro trozo de algo que parecía pan—. Y luego de vivir. Se dejará llevar, dejando incluso de respirar. Y luego...

No acabó la frase; no hacía falta. Los chicos comprendieron.


Gerico emergió de su estado de melancolía a tiempo para unirse a los demás a la mesa. No recordaba nada del vacío en el que estaba sumido hasta unos momentos antes. Y los demás no le dijeron nada. Asteras les había explicado que, al principio del proceso de contaminación, la melancolía se manifestaba solo a ratos. Tenía fases agudas y fases de remisión, aunque con el paso del tiempo las primeras se alargarían cada vez más y serían más numerosas que las segundas.

Miriam estaba sentada al lado de Gerico. Se habían vuelto inseparables, a menudo se miraban a los ojos y se sonreían. Era como si aquellas miradas, al entrelazarse, crearan un pequeño cortocircuito que les producía un agradable cosquilleo en la base del cuello. En aquellos momentos, les parecía estar solos en la sala, ellos dos flotando en un mar privado al que nadie más podía acceder.

—Adelante, señorita, no haga cumplidos —le dijo Klam a Frida.

—Gracias. Pero ¿qué es? —respondió ella, cogiendo algo que tenía el aspecto de un panecillo redondo, como una pelota de tenis.

—Ah, ¿no conoce el *Pilko arboselo*? Pues muy mal. Está delicioso —dijo él, y se le iluminaron los ojos.

Frida miró a Asteras.

El joven le guiñó un ojo y sonrió:

—Nosotros lo llamamos simplemente «pilko». Y Klam tiene razón: está buenísimo, tienes que probarlo. Se hace con la corteza de los árboles jóvenes.

—¿La corteza?

Klam se llevó una mano a la frente para demostrar con un gesto teatral su indignación ante tanta ignorancia.

—Algunos árboles tienen una corteza esponjosa que se ablanda con el agua. —La sonrisa de Asteras era como una tarde de mayo, y Frida lo sentía sobre la piel—. ¡Venga, pruébalo!

Ella arrancó un trocito. Tenía un sabor parecido al del pan y un olor familiar. Apretó la lengua contra el paladar, involuntariamente, para sentir su aroma desplegándose en la boca. Mientras se disolvía, dejando un saborcillo de miel y cereales, le vinieron a la mente la sonrisa de su madre y la mirada amorosa de su padre. El pilko le estaba abriendo las puertas del recuerdo. Sin dolor.

—¿Va todo bien? —preguntó Asteras, preocupado, sacándola de aquel recuerdo.

—Sí… —Frida sintió liviana la mente, mientras la imagen de sus padres se retiraba como una ola alejándose de la orilla—. Es fantástico, sorprendente, evocador. Nunca había probado nada igual.

Ⴁ

—En esta tierra, todo es un misterio —dijo Klam, cuando ya estaban acabando de cenar. En la mesa solo habían quedado migas. Los demás le escuchaban con atención, mientras bebían una infusión de aduva, una planta que crecía en el sotobosque y que tenía las mismas propiedades que la manzanilla, pero que era mucho más intensa. Klam dio un sorbo a su minúscula taza, parecida a un dedal, y prosiguió—: Yo conozco muchos secretos de estos bosques, de esta niebla, de Amalantrah. Pero, por cada misterio que he desvelado, encuentro otros diez apostados en las ramas de los árboles, en los ríos, en los pueblos, en los pantanos y en las cavernas.

Gerico se dirigió a Asteras en voz baja:

—¿Siempre habla así? Parece un libro de texto.

Él sonrió y asintió.

—Forma parte de su encanto.

—A propósito de misterios, debo admitir que aún no he entendido casi nada de toda esta historia de los reinos —intervino Tommy, que siempre había sentido fascinación por los mapas—. En resumen, ¿dónde estamos ahora y adónde tenemos que ir?

Klam sacó pecho (un minúsculo profesor que podía hacer gala de su erudición) y se puso a enumerarlos levantando los dedos:

—Los reinos son cuatro. Al lugar del que procedéis vosotros, aquí lo llamamos el Otro Lado. El Reino de la Niebla o Nevelhem, al que habéis llegado atravesando la puerta entre los mundos, es donde estamos ahora. El Reino del Medio, también llamado el Baluarte, es donde nos dirigimos. Y, finalmente, el Reino de los Demonios Enterrados, que en la primera lengua se llama Dhula, donde anida el mal, donde crece de nuevo la Sombra que Devora, alimentada por los urdes. Los últimos tres constituyen Amalantrah.

—Qué nombre tan siniestro —comentó Frida.

—¿Qué significa? —preguntó Tommy.

Klam bajó la mano y la voz, con aire de gran sabio, sentenció:

—Algunos secretos es mejor no revelarlos, creedme.

Ⴁ

Debajo de la mesa, y alrededor, estaban los border collie de Barnaba, el tío de Frida. Los perros de Petrademone eran vigilantes que pasaban de Amalantrah al Otro Lado y viceversa, montando guardia en la puerta tras la que siempre acechaba el mal.

El joven Wizzy y el Príncipe Merovingio dormían junto a los pies de Asteras. Las dos border de pelo leonado (Marian y Mirtilla) eran las más inquietas. Daban vueltas alrededor de la mesa como tiburones listos para devorar cualquier resto de comida. En más de una ocasión habían osado incluso atacar los platos que habían quedado sin vigilancia. Su gran talento era la furtividad: eran capaces de birlarte un trozo de pilko de delante de tus narices sin que te dieras cuenta siquiera de que estaban allí.

Apostados a pocos pasos de las escaleras que llevaban a la puerta de la casa-túmulo estaban los hermanos, Bardo y Banshee. Dos perros inseparables. Señores de la guerra natos. Su pelo blanco y negro era como el estandarte en lo alto de un barco, que infunde seguridad al atravesar mares peligrosos. Fueron ellos dos los primeros en moverse cuando Klam dijo:

—Alguien tiene que salir a recoger un poco de cardo triste.

—¿De qué? —preguntó Tommy.

—¿Tampoco conoce el cardo triste? Pero ¿qué les enseñan en el Otro Lado? Es una flor que me servirá para preparar el elixir de Culpeper. Y, por favor, no me pregunte qué es, no lo entendería. Lo necesitamos para su hermano, que ha tenido el mal gusto de dejarse apuñalar con una de esas podaderas.

—Eh, usted perdone, la próxima vez intentaré explicarles a esos espantapájaros que el intento de asesinato no es nada elegante —respondió ácido Gerico.

Miriam sonrió, pero en el fondo de su corazón la preocupación era una lluvia gris e incesante. Alargó una mano bajo la mesa y encontró la de Gerico, que se la apretó y la miró con una sonrisa luminosa.

—Voy yo —se ofreció Asteras.

—Iré contigo —dijo Frida.

Tommy los miró y sintió una ligera presión en el corazón.

ɤ

La oscuridad se pegaba a todo. En el cielo había una extraña luna de color azulado, y su pálida luz se filtraba a duras penas a través de la oscura tinta de las tinieblas, tiñendo la niebla de azul. Junto a Frida y Asteras, que caminaban abriéndose paso con dos linternas eléctricas, Bardo y Banshee olisqueaban las pistas y vigilaban atentamente.

—¿No sería mejor ir a por esta planta por la mañana? —preguntó Frida.

—¿Tienes miedo?

—Con luz, este bosque impresiona. No te digo sin luz...

—Desgraciadamente, el cardo nocturno es una flor... nocturna. Durante el día, se repliega sobre sí misma y desaparece entre las hojas. Por eso lo llamamos «triste».

Frida también reclinó la cabeza levemente, dejando que sus largos cabellos negros le resbalaran sobre el rostro. Mientras tanto, sus pasos hacían crujir las hojas secas del suelo.

—¿Tú siempre has vivido aquí?

La curiosidad de Frida hacía que las preguntas bulleran en su interior con tanta fuerza que casi conseguían eliminar la angustia que le generaba aquel lugar.

—No lo recuerdo.

—¿Cómo que no lo recuerdas?

—Bueno, no sé cómo explicártelo... Un día me desperté y estaba aquí. En el bosque. Amalantrah es un mundo que tiene reglas impenetrables. La razón y la lógica del Otro Lado aquí no tienen sentido.

—Sí, pero... ¿Y tus padres? ¿Tu familia? ¿Tus cosas?

Asteras aspiró hondo y negó con la cabeza.

—Quizá tenga razón Klam; hay misterios que deben permanecer como tales.

En la voz del muchacho se notaba la resignación.

Gerico sintió una punzada en el hombro, donde tenía la herida. Rozó con la mano los bordes del corte limpio que tenía en la piel. Daba la impresión de que ambos lados se habían unido espontáneamente: no había laceración, sino únicamente un corte que parecía un ojo cerrado. Tenía la zona helada y azulada por el enorme cardenal que se había formado alrededor. Fue a tumbarse sobre un camastro y Miriam le siguió, mientras Tommy se quedaba en la cocina observando a Klam, atareado recogiendo ingredientes e instrumentos para la preparación del elixir.

Tommy era un muchacho curioso y su pasión por el «saber» se extendía a todos los campos. Para él, el conocimiento era la llave que abría cualquier puerta.

—Tú, exactamente, eres… —dijo, aclarándose la voz.

—Usted.

—¿Qué?

—«*Usted*, exactamente es…» Así es cómo habría tenido que iniciar la pregunta; no veo motivo para tantas confianzas. Siga, no obstante, como si me interesara lo que está diciendo. Total, ya sé dónde quiere ir a parar. ¿Quiere preguntarme qué soy? ¿Quizás un enano, un duendecillo, un hada…? ¿Es eso?

Tommy se ruborizó.

—Nada de todo eso, joven extranjero. No soy un personaje de fábula infantil, sino un *genius*, el suyo. —Y con la mano indicó un punto indeterminado más allá de donde acababan las escaleras. Era evidente que se refería a Asteras.

—¿Un genius?

—Un genius, exacto. Cada vigilante de Amalantrah tiene uno.

—¿Y eso?

Klam detuvo su ajetreo, se giró hacia Tommy y lo atravesó con una mirada afilada como una aguja.

—«Eso» lo será usted. ¿Qué pregunta es esa? ¿Es que no sabe formular preguntas enteras? ¡Desde luego se luce cada vez que abre la boca! ¿Ha seguido un curso de fracaso lingüístico? Sin duda, sería el mejor de la clase —borbotó el pequeñajo.

Tommy se quedó sin habla, incapaz de rebatirle.

—Un genius es un ser protector. Los hay de diversas formas y especies. Específicos para cada uno. Asteras ha tenido la suerte de que le haya tocado en suerte yo. Y dejémoslo aquí, que con su ignorancia me está distrayendo.

—¿Te duele? —escribió Miriam en el pizarrín.

Gerico negó con la cabeza.

—Tengo solo una sensación extraña, una especie de peso aquí —dijo, señalándose el pecho—. Y un nudo en la garganta, como si…

Al ver que el muchacho se había quedado a medias y que no mostraba indicios de querer terminar la frase, Miriam lo observó con más atención y vio una especie de velo oscuro que le cubría la superficie de los ojos.

—¿Cómo si…? —escribió de nuevo en el pizarrín.

Gerico miró las palabras escritas en blanco y luego miró a Miriam. Fijamente. Un buen rato, con sus extrañas pupilas veladas. Miriam se sintió incómoda y apartó la mirada. Estaba preocupada. Se puso en pie y se fue a la cocina, dejando al muchacho allí inmóvil, sentado al borde de la cama.

—Creo que está pasando otra vez —escribió, y giró el pizarrín hacia Tommy y Klam.

El hombrecillo trepó al hombro de Tommy con increíble agilidad.

—Lléveme con su hermano —le ordenó.

Volvieron a la habitación. Klam saltó sobre la cama y se acercó al rostro de Gerico.

—La bilis negra se está extendiendo por la sangre —constató—. Al principio, los episodios de melancolía serán frecuentes; luego, el cuerpo se calmará. Por un rato.

—Miriam se llevó las manos a la boca.

—¿Y qué hacemos? —preguntó Tommy.

—Cuando los tortolitos vuelvan con las plantas, prepararé el elixir. Pero no se hagan ilusiones; solo servirá para retrasar un poco el efecto. Tal como escribió el propio Culpeper, las hojas de cardo triste en el vino provocan la expulsión de toda la melancolía superflua del cuerpo y ponen al hombre activo como un grillo, aunque solo sea temporalmente.

—¿Y después? ¿Vamos a buscar a ese sanador? —escribió Miriam.

—No es tan fácil, señorita. Es más, le diré que es toda una empresa. Y aunque lo encontráramos, no tenemos la seguridad de que quiera ayudarnos. Y aunque quisiera, no tenemos la seguridad de que lo consiga.

Miriam y Tommy se miraron, incrédulos y angustiados.

—Tenemos que retardar lo más posible la difusión de la bilis, o la melancolía se impondrá —prosiguió el hombrecillo—. Podría haber una forma de conseguirlo, pero seré sincero con ustedes: no les va a gustar nada.

—Ya me imaginaba —replicó Tommy—. ¿Qué tenemos que hacer?

—Tenemos que llegar a la granja de los Pot.


—Aquí hay otro —dijo Frida, con evidente expresión de satisfacción.

Estaba recogiendo una de aquellas flores de aspecto silvestre, de tallo enhiesto como un soldado en posición de firmes. Le gustaban los pétalos violeta que asomaban del cáliz abombado.

—Yo creo que ya basta; tenemos suficientes —comentó Asteras, y ella asintió, contenta.

Mientras tanto, hacía ya unos minutos que los dos perros parecían nerviosos. La hembra, Banshee, de pronto se quedó inmóvil mirando hacia un punto del bosque e irguió las orejas como una liebre al detectar un peligro. Frida dirigió el haz de luz de su linterna en la dirección que indicaba la perra.

—¿Has visto algo, Banshee? —le preguntó, preocupada.

—Más vale que volvamos, Frida —dijo Asteras, con un punto de tensión en la voz.

También Bardo había notado algo raro. Pasó junto a su hermana y se adentró en el bosque, en dirección al punto que Banshee miraba todo el rato. El gruñido cavernoso de la perra era como un motor encendido, listo para acelerar.

—Ahí hay algo —dijo el muchacho.

—Por favor, Asteras, no me asustes.

—Tú quédate a mi lado.

Bardo había salido a todo correr. Banshee lo seguía de cerca, ladrando. Muy pronto desaparecieron en el oscuro vientre del nebuloso bosque.

Asteras y Frida aceleraron el paso. Entre los árboles se movía algo (¿o alguien?). Luego un grito infrahumano eliminó cualquier duda. Frida supo de inmediato a quién pertenecía.

—El enjuto… —dijo con un hilo de voz, como si el mero hecho de pronunciar aquel nombre pudiera hacerles algún daño.

—Tenemos que escapar, Frida. —Asteras la cogió de la mano, llevándosela de allí.

—¿Y los perros? —le preguntó mientras corría.

—No te preocupes, saben cuidarse solos.

Frida se dejó guiar por él.

—Pero ¿antes hemos caminado tanto? —le preguntó al cabo de un rato, jadeante.

—Tú no te gires. Solo conseguirás que la casa se aleje más.

«Esta respuesta no tiene sentido», pensó Frida.

Los perros ladraban a lo lejos. Y cada vez se oía más cerca el ruido del que les perseguía. Las pisadas sobre las hojas secas a espaldas de los dos muchachos sonaban tan fuertes que Asteras tuvo que alzar la voz para hacerse oír:

—Ya casi estamos, Frida. ¡Por ahí!

Ella luchaba contra la tentación de girarse para ver dónde estaba el monstruo. Era un deseo insistente, como una voz que le gritaba dentro: «Gírate, gírate, gírate…».

Asteras, como si le oyera los pensamientos, le insistió para que no lo hiciera:

—¡Ahora no! ¡Mira, la casa!

De pronto, la casa-túmulo apareció entre la niebla, donde dos segundos antes no había más que una pared de vapor azulado. Ahora, en cambio, se distinguía claramente su silueta, mimetizada entre las hojas.

Asteras alargó la mano hacia la entrada y abrió. Frida se coló en el interior, aguantando la respiración. Cerraron la puerta de madera tras de sí, y Asteras la bloqueó con una gran barra de acero.

Algo muy pesado chocó contra la puerta. Frida soltó un grito del susto, pero Asteras la tranquilizó:

—Aquí no entra, no te preocupes.

—Pero nosotros…, nosotros lo… ¡Lo matamos en Petrademone! Yo le golpeé con una piedra.

—No puedes matar a un enjuto nocturno, Frida. —El joven vigilante se la quedó mirando, y dudó por un momento—. Al menos, no con una simple piedra. Y además, desgraciadamente, aquel enjuto no era el único.

# 2

# El Reino de los Demonios Enterrados

*L*ejos de las nieblas de Nevelhem, lejos de los muchachos que en su casa-túmulo afrontaban su primera noche en Amalantrah, aún más lejos del mundo que Frida, Miriam y los gemelos habían dejado atrás al atravesar la puerta, había una tierra casi deshabitada, una tierra de polvo y arena llamada Dhula, el Reino de los Demonios Enterrados.

Allí dormía desde hacía milenios la Gran Bestia, el perro gigantesco conocido como Hundo. Tenía la altura de un edificio y pesaba como un transatlántico. Cada una de sus patas era larga como un árbol centenario. Estaba encadenado frente a la Caverna del Fin de los Tiempos, bloqueada por los primeros vigilantes después de que consiguieran acabar con los demonios, cuyo nombre ya no recordaba nadie. Pero no todos habían desaparecido.

Dentro de aquella caverna había conseguido ocultarse uno, aunque debilitado y casi desintegrado. Se llamaba Shulu, la Sombra que Devora. Con el paso del tiempo, había ido recuperando lentamente su consistencia y su enorme fuerza. Y se disponía a regresar, tal como advertía una profecía.

Todo aquello no sería posible sin la participación de la estirpe de los urdes, los adoradores del Devorador. En el Reino de los Demonios Enterrados, la temible Astrid estaba concentrando los perros capturados por los enjutos nocturnos. Y ahora, en la enormidad de la noche sin luna y sin estrellas, estaba allí, de pie, sobre la loma que se elevaba frente a la caverna. Llevaba puesto el manto rojo de los elegidos y, con el único ojo que le quedaba tras el enfrentamiento con Frida y los gemelos en Villa Bastiani, supervisaba la llegada de una nueva carga de animalillos para el sacrificio.

—¿Cuántos son esta noche? —le preguntó a un hombre bajo y de espalda encorvada enfundado en el manto gris de los simples. Se llamaba Pollunder.

—Algo menos de un centenar —respondió el subordinado con voz nasal.

—¿Y a qué se debe este descenso?

Se hizo un silencio cargado de miedo antes de que el hombre respondiera:

—Uno de los enjutos se está ocupando de ese otro asunto, y además hemos tenido un percance. Se ha perdido una carga. Un vigilante, con la ayuda de sus perros, ha bloqueado los carros.

A Astrid le tembló el rostro y se pasó una mano por la venda que le tapaba el vacío ojo perdido. Irradiaba rabia como si fuera una onda de choque.

—Enseñadme cómo va la extracción —ordenó.

Pollunder bajó la cabeza y se puso en marcha. Ella le siguió.

La vasta superficie de polvo y arena que se extendía hasta donde alcanzaba la vista estaba iluminada por cientos de antorchas. Astrid se acercó a uno de los grandes agujeros que se abrían en aquel desierto llano en el que no podía crecer nada de bueno. Cientos de hombres huecos montaban guardia. Su macabro murmullo flotaba en el paisaje salpicado de agujeros.

La elegida alargó la cabeza más allá del borde del foso y vislumbró unos treinta perros que dormían.

—Los mantenemos tranquilos con la preparación. Y funciona bien, como puede ver, señora —dijo otro hombre encapuchado que también vestía manto gris.

—Claro que funciona —rebatió ella, ácida—. ¿Y la extracción de sangre?

—Cada día extraemos las dosis que necesitamos. Todo va según lo previsto. Si quiere, le enseño los progresos de la Cisterna.

Astrid lo miró con la misma benevolencia con que se mira a un insecto asqueroso.

—¿Cómo te llamas? —le preguntó.

El hombre encapuchado vaciló un momento. Después respondió:

—Lemur.

—Vaya nombre de mono. Muy apto para alguien insignificante —dijo Astrid, girando la cara hacia otro lado—. Y ahora dime, ¿sabes por qué guardamos toda esa sangre en la Cisterna?

—Ehm... Por la profecía... La sangre de los cien mil perros... El despertar de Hundo. —La voz le temblaba de respeto y temor.

—Recita la profecía. Entera —le ordenó ella con una calma que asustaba.

Lemur miró hacia Pollunder, preocupado, buscando en él un apoyo. El otro le devolvió la mirada, impasible. El pobre Lemur no tenía escapatoria, así que sacó fuerzas de flaqueza y, con voz temblorosa, se puso a recitar:

—«Dormirá y dormirá por miles de años el perro infernal un sueño nervioso, soñando venganza y copiosos daños, para despertarse rugiendo, desatado... y furioso. Se bañará con la sangre de cien mil canes...».

Se detuvo. Tenía la frente cubierta de gotas de sudor.

—Perdóneme, señora, ahora no la recuerdo con precisión, pero le aseguro que conozco la profecía.

Astrid suspiró, hastiada.

—El problema con vosotros, los simples, es que sois superficiales. Insulsos y carentes de visión. Hasta a las preguntas más sencillas respondéis balbuceando. Sois lo peor que podía sucederle a la sagrada estirpe de los urdes.

Fijó su único ojo en el pálido rostro del simple y recitó con fluidez, sin detenerse ni un momento:

Dormirá y dormirá por miles de años
el perro infernal un sueño nervioso,
soñando venganza y copiosos daños
para despertarse rugiendo, desatado y furioso.
Se bañará con la sangre de cien mil canes
tiñendo su negro y funesto manto.
Reventará las cadenas, vencerá a sus guardianes
y sumirá ambos mundos en infinito llanto.

Astrid era la madre de Miriam y, sin embargo, habría resultado dificilísimo deducir cualquier tipo de parentesco. Aquella muchacha sin voz era lo opuesto a aquella terrible mujer.

—Venid conmigo —dijo, cortante, Astrid a los dos simples.

Lemur caminaba cabizbajo; Pollunder, por su parte, tenía el paso pesado y decidido de quien sabe que mostrar fuerza es el único modo para no sucumbir. Se abrieron paso por entre los agujeros llenos de perros.

En el fondo de uno de los fosos, uno de los animales abrió sus ojos vivarachos y se puso en pie. Mientras sus compañeros de reclusión dormían, él parecía no responder al tratamiento calmante preparado al efecto por la propia Astrid. En efecto, aquel pequeño diablillo de cuatro patas era especial. Era Pipirit, el adorado jack russell de los gemelos Oberdan, raptado durante una incursión del enjuto nocturno.

Pipirit llevaba tiempo intentando escapar. Desde el mismo momento en que le habían metido en uno de aquellos agujeros, después de un penoso viaje.

Era listo, y sabía fingir que dormía cuando se daba cuenta de que lo observaban los hombres huecos que montaban guardia. Y cada noche, cuando oía que sus carceleros estaban lejos, intentaba la fuga. En su cerebro se formaba una sola imagen: la de sus amigos de dos patas. Sus compañeros de manada humanos. Su familia. Su todo: los gemelos Gerico y Tommy.

Había intentado huir hacia abajo, excavando, pero muy pronto se había dado cuenta de la enormidad de aquella empresa. La única opción que le quedaba, pues, era huir hacia arriba. Era una misión compleja, por no decir imposible: una pared casi completamente vertical que se elevaba seis o siete metros. Pero Pipirit no era de los que se desaniman fácilmente. Y tenía una agilidad proverbial.

Lástima que no bastara con eso. Cogía mucha carrera, daba saltos de atleta olímpico y rascaba con las patas la pared vertical. Saltaba increíblemente alto, pero no bastaba para alcanzar el borde del orificio. Podía pasarse horas así, saltando sin parar, mientras le quedaran energías. Pero al final acababa rindiéndose y, con la lengua colgando, se veía obligado a dejarse arrastrar por el sueño.

Astrid, seguida de Pollunder y Lemur, se detuvo cerca de la Cisterna. Era una especie de silo enorme, uno de esos cilindros de cemento que suelen usarse para guardar el grano, el carbón u otros materiales. La diferencia era que en aquel depósito mastodóntico se guardaba la sangre extraída a los perros.

A los pies de la construcción, donde un renqueante ejército de hombres huecos y un grupo de simples iban de aquí para allá, muy ocupados con diversos trabajos, había una puerta metálica cubierta de óxido.

—Lemur, abre la puerta —ordenó Astrid con voz seca y cortante.

Lemur miró a Pollunder, desesperado.

—Venga. ¿Qué esperas? —le apremió ella.

—Pero, señora, pero eso… está lleno de hipnorratas…

—Las he metido yo. Soy yo quien las crío. No hace falta que vengas tú a decirme lo que hay detrás de esa puerta. ¡Ábrela! ¡Venga!

Lemur alargó una mano temblorosa hacia el pestillo. Lo hizo lentamente, casi como si quisiera darle tiempo a una fuerza superior para que interviniera y viniera a salvarlo. Pero no iba a producirse el milagro. De modo que corrió el primer aldabón. El ruido metálico resonó con un breve eco.

Después el segundo. Por fin, tras un momento que se hizo eterno, apoyó la mano en el tirador de la puerta. La abrió. Le impactó una ráfaga de aire caliente y nauseabundo que le dio en el rostro, haciéndole dar un paso atrás. Se llevó una mano al rostro y se giró hacia Astrid, a la espera de una nueva orden.

—Entra —dijo ella en voz baja, pero con tono autoritario.

—Señora, se lo ruego…

—Entra.

Una única palabra cortante, sin esperanza. En la oscuridad total que llenaba el espacio que tenía delante Lemur se encendieron numerosos puntitos amarillos. Brillantes. Sabía perfectamente que eso eran los ojos de las hipnorratas. Y sabía que lo estaban mirando, ávidas de carne.

—Shulu fue. Shulu es. Shulu será —dijo, con voz temblorosa.

—Shulu fue. Shulu es. Shulu será —repitió Pollunder, que a todo esto ya había dado un paso atrás.

—¡Oh, no tengas dudas de que será! —exclamó Astrid.

Lemur atravesó el umbral de la Cisterna. La elegida miró a Pollunder e hizo un gesto con la cabeza. El hombre se lanzó hacia la puerta y la cerró tras Lemur, que gritaba implorando piedad.

—Señora…, las hipnorratas… —dijo Pollunder, intentando interceder por su compañero, pero Astrid no le dejó terminar la frase.

—Pobrecitas, también tendrán que comer, ¿no? ¿Quieres ir a hacerle compañía? —dijo, y dejó suspendida la pregunta por un instante—. Estoy segura de que acogerían con entusiasmo una doble ración de carne.

El hombre bajó la cabeza encapuchada.

—No, señora.

Mientras tanto, los gritos de Lemur eran cada vez más sonoros y más estridentes, y ni siquiera la pesada puerta metálica conseguía contenerlos. En la noche de Dhula, el viento recogió aquellos gritos y los dispersó, sin que nadie les prestara atención.

# 3

## Un pétalo entre los dientes

*A*quella misma noche, Barnaba enterró a Merlino bajo el gran roble de Petrademone. Mientras dejaba el cuerpo frío de su peludo y viejo amigo en el fondo del agujero, el hombre vio temblar las estrellas en sus propios ojos. Las lágrimas caían irrefrenables, infinitas. Se quedó allí arrodillado hasta perder la noción del tiempo, dejando que la memoria hiciera su sucio trabajo.

Le vino a la mente el día en que Merlino nació. Enseguida lo había cogido en sus manos. Era una noche de verano, como la que ahora lo veía desaparecer en la tierra desnuda, bajo el prado ondulante, mientras soplaba una tímida brisa de julio.

Merlino había sido un border dulce y alegre. A pesar de aquel tamaño extraordinario para un perro de esa raza, había dado rienda suelta a su pasión por el juego y no había lanzamiento de *frisbee* que no pudiera alcanzar galopando por los prados, para luego saltar y cogerlo al vuelo.

Con la aparición de los dolores de la vejez, se había ido volviendo más cauto, pero no menos alegre. Y pese a haber perdido la vista casi por completo, nunca había dejado de jugar. Era uno de los motivos por los que tanto le gustaban los perros a Barnaba, porque nunca acababan de perder la despreocupación de la juventud. De no haber muerto a manos de aquel enjuto nocturno defendiendo a los muchachos en su fuga, el border collie se habría apagado sereno y satisfecho, como había vivido siempre.

Barnaba rellenó el agujero después de despedirse de su amigo por última vez. Después fue a buscar varios sacos de comida y se puso a rellenar los cuencos de todos los perros que se había traído consigo de Amalantrah. Eran muchísimos (por lo menos, unos cuarenta, a ojo de buen cubero) y de las razas más variadas, machos y hembras, todos ellos en plena juventud. Provisionalmente, los había distribuido en los varios recintos que tenía por la finca, divididos en pequeños grupos de tres o cuatro ejemplares como máximo. Por desgracia no contaba con «habitaciones individuales» para todos, pero había prestado atención para no crear combinaciones peligrosas. Barnaba conocía a los perros mejor que a los seres humanos, y le bastaba una mirada para intuir el temperamento y el carácter de cada uno.

Por fin el tío de Frida se retiró a su casa e intentó poner un poco de orden, después de que el enjuto la hubiera dejado en un estado lamentable. Parecía como si se hubiera desatado una tormenta entre las cuatro paredes del salón.

Niobe estaba sobre el sofá, vendada: un hombre hueco le había abierto un tajo en el costado. A la mañana siguiente, Barnaba se la llevaría a su amigo veterinario, Giorgio Polveretti. Le había llamado justo después de volver. Él se ocuparía de ella, y la tendría en su consultorio todo el tiempo que fuera necesario.

Así Niobe estaría segura, pero tampoco Barnaba podía quedarse en Petrademone, y mucho menos sus nuevos invitados.

Se dejó caer en el sofá junto a la dolorida perrita y empezó a acariciarla. Ella le apoyó la cabeza sobre las piernas, mirándolo con ojos de veneración.

—Te pondrás bien, pequeña guerrera —le susurró con dulzura.

La casa estaba terriblemente vacía. Se preguntó dónde se habrían metido las dos viejecitas, Birba y Morgana. Las había buscado por toda la finca. No estaban allí, de eso estaba seguro. Cerró los ojos y, de pronto, sintió el cansancio, un cansancio como no había sentido nunca, con un peso en el pecho y las piernas agotadas como si hubiera dado cien vueltas por el campo.

Se giró hacia la cocina y vio la luz del contestador automático, que indicaba que tenía la memoria llena.

Hizo un esfuerzo, se levantó y fue a ver. Escuchó los mensajes y sintió una angustia creciente. Annamaria, la madre de los gemelos, le preguntaba cada vez más alarmada si sabía dónde estaban sus hijos. En el último mensaje, decía que ya había avisado a la policía.

«Barnaba, te lo ruego, si sabes dónde están, llámame enseguida», concluían más o menos todos los mensajes. La mujer tenía la voz casi irreconocible, quebrada por la desesperación.

Pero ¿qué podía decirle? «¿Sabes, Annamaria? Tus hijos están con mis sobrinas en otro mundo, luchando contra seres malignos con la cabeza de paja.» No era fácil de creer una historia como esa. Todo lo contrario. Tuvo que admitir que ni él mismo se la hubiera creído. No había otra solución: tendría que atravesar la frontera entre los dos mundos y traer a los muchachos de vuelta.

Sin embargo, primero tenía que ir a ver a su mujer, Cat. Entre las muchas llamadas de Annamaria, casi escondida entre todos aquellos mensajes, había una del hospital.

En el contestador automático había un mensaje dejado por una voz serena y profesional, hacía un par de horas: «Señor Malvezzi, buenas noches, perdone la hora. Soy el doctor Titorelli. Le llamo para avisarle de que su esposa ha empeorado. Pero, aparte de eso, hay algo más…, no sé cómo decírselo… Algo raro. No puedo explicárselo por teléfono. Si puede venir, lo verá con sus propios ojos». El *bip* del final del mensaje cortó la comunicación del médico.

«Algo raro.» ¿Algo más? ¿Más raro aún?

Barnaba solo tenía una imagen grabada en el cerebro: él caminando desnudo por la tierra desolada en que se había convertido su vida, entre los fragmentos cortantes de una realidad que solo podía herirle.

Habría querido meterse en cama y dejarse llevar por un sueño profundo, pero no podía dejar sola a Cat. Tenía que ir a verla. El cuerpo le pedía a gritos un poco de descanso, cerrar los ojos. Pero, en lugar de eso, cogió las llaves de su camioneta, estampó un beso en la trufa seca de Niobe (no era buena señal; sabía que la «nariz» de los perros debe estar húmeda) y salió al exterior, donde aún era noche cerrada.


Lo recibió el mismo doctor Titorelli, que en cuanto lo vio le preguntó si se encontraba bien.

—No tiene buen aspecto —observó el joven médico, de cabeza estrecha y larga.

Él respondió con una mueca y se encogió de hombros.

—Estoy bien, no es nada; es que he dormido poco.

Mientras se acercaban a la habitación donde estaba ingresada Cat, el médico le explicó a Barnaba que del sueño la mujer había pasado de pronto a un estado de inconsciencia más profundo. Las funciones vitales seguían siendo buenas; el problema era otro.

—Como le decía por teléfono, no tengo ni idea de cómo explicar este fenómeno.

En aquel momento, abrió la puerta y una oleada de frío intenso arrolló a Barnaba y al médico. La habitación parecía una cámara frigorífica. Cat tenía una palidez nada natural, convertida en una especie de estatua de mármol.

—Por Dios, ¿qué es este frío? —exclamó Barnaba, yendo al lado de su mujer. Y sus palabras tomaron forma de nubecillas blancas—. ¿Es que tienen un problema con el aire acondicionado? ¿O están experimentando con alguna terapia extraña?

—No, señor Malvezzi, el frío no viene de nuestro aire acondicionado…, sino de su mujer —respondió el médico, sin cambiar el tono.

—Pero ¿qué dice? ¿Se ha vuelto loco? —le acusó Barnaba, cogiendo una mano de Cat entre las suyas.

Pero no, el doctor Titorelli no se había vuelto loco. El cuerpo de la mujer tenía una temperatura normal; sin embargo, irradiaba un aire glacial.

Barnaba apoyó la mano de Cat sobre la colcha. Se frotó el rostro. Se inclinó a besar los labios cerrados de su mujer. Se levantó. No sabía qué decir, qué hacer, qué pensar. Tenía la mente paralizada, como si se le estuviera helando el cerebro.

—Ni mis colegas ni yo conseguimos encontrar una explicación. No hemos visto nunca nada igual. No existen hipótesis científicas válidas. —Las palabras del doctor Titorelli también creaban nubes blancas de vapor en la habitación. Se acercó a Barnaba—. Mire, una enfermera nos ha aconsejado… Yo no estoy de acuerdo, por supuesto, pero ha sugerido llamar a un…

—¿A quién, doctor? ¿Llamar a quién?

—Bueno, a un cura, a un cura especial...

—¿Me está diciendo que me dirija a un exorcista?

El médico asintió, más avergonzado que convencido. Barnaba sintió que el frío le congelaba hasta las venas. Y no solo por la temperatura polar de la habitación.

—No llamaré a un exorcista, doctor —respondió por fin, con un hilo de voz. Tenía otra idea. Otra persona a la que recurrir.

—Le entiendo, y no quiero influir en su decisión. Es más, yo pienso exactamente como usted. Seguiremos teniendo a su mujer en observación para ocuparnos de ella. Mañana por la tarde llegarán dos expertos de Estocolmo para echarnos una mano, a ver si conseguimos entender este fenómeno. Sinceramente, no podemos hacer más.

—¿Puedo quedarme aquí esta noche? —preguntó Barnaba, que estaba tan cansado que tenía la impresión de no tener huesos en el cuerpo. Se sentía como un guante usado demasiadas horas.

El médico le dio permiso, pero pasar la noche allí desde luego no le ayudó a recargar las pilas. Si se hubiera quedado mucho tiempo dentro de aquella habitación, lo habrían encontrado congelado, así que de vez en cuando salía a echar una cabezada en las sillas de plástico del pasillo. Era imposible, increíble, que su mujer pudiera mantenerse con vida en aquella cámara frigorífica.

Hacia la mañana se frotó los ojos y volvió a comprobar cuál era la situación. Se le puso el vello de punta y se puso a tiritar nada más entrar, pero decidió quedarse todo el tiempo que pudiera aguantar aquel frío atroz.

Sin embargo, cuando besó a Cat, justo antes de marcharse, advirtió algo raro en sus labios. Le abrió delicadamente la boca con los dedos. Entre los dientes tenía el pétalo de una flor. Un pétalo pequeño y blando, de color negro. Lo miró sin conseguir sacar ninguna conclusión, lo envolvió en un trozo de papel y se lo metió en el bolsillo.

—Encontraré el modo de despertarte, mi bella durmiente.

La abrazó fuerte un buen rato, quizá con la ilusión de que el calor irradiado en aquel abrazo pudiera fundir el hielo que la tenía presa. No fue así.

ϒ

La primera parada la hizo en casa de su amigo Mario. No sabía a quién ir a ver si no. No tenía idea de cómo reaccionaría ante la petición que iba a hacerle, pero tenía que probar. Cuando llegó a su puerta, la calle aún estaba en silencio, iluminada por la tenue luz del alba.

Mario abrió, ajustándose una bata que no conseguía taparle la prominente barriga.

—Barnaba, ¿qué haces aquí a esta hora? —dijo, frunciendo los ojos hinchados del sueño en una mueca.

—Escúchame, tengo poco tiempo.

—Entra —le ofreció su amigo, haciéndose a un lado.

—No, no puedo. Necesito un gran favor y me tienes que prometer que no harás preguntas. No sabría qué responderte.

—Me estás preocupando, amigo mío —balbució Mario, con la boca aún pastosa del sueño.

—En cuanto puedas, ve a mi casa. Trae la furgoneta. En los recintos de los animales encontrarás unos cuarenta perros, de los desaparecidos.

—Barnaba, pero ¿qué dices? —Se lo quedó mirando un instante—. ¿Te encuentras bien?

Todos le preguntaban lo mismo. ¡No, no estaba bien! No estaba bien en absoluto, pero en aquel momento eso no importaba.

—Mario, te lo ruego. Es una larga historia, y no sabría por dónde empezar. Tú haz lo que te he dicho: cógelos y llévaselos a la policía. O encuentra tú mismo el modo de devolvérselos a sus propietarios. Yo tengo que irme corriendo, no puedo quedarme. Te prometo que intentaré explicártelo todo lo antes posible.

Mario quiso despedirse con un gesto de la mano, pero aún estaba completamente perplejo; no tenía claro que estuviera despierto de verdad.


Barnaba volvió a la finca a toda velocidad, pisando a fondo el acelerador de su camioneta. Entró en casa a la carrera y cogió a Niobe en sus brazos. La perrita estaba sufriendo. La venda de la noche anterior tenía una pequeña mancha roja cada vez más grande: el mapa que delimitaba la triste silueta de la herida abierta.

La colocó con cuidado sobre el asiento posterior de la furgoneta, cubriéndola de caricias. Luego se puso de nuevo al volante y metió la primera.

Las ruedas rascaron con fuerza el suelo, levantando una lluvia de grava.

Habitualmente tardaba una media hora en llegar al ambulatorio de Giorgio, el veterinario. Esta vez tardó poco más de un cuarto de hora.

Después de dejar a Niobe con su amigo, le quedaba por delante la misión más complicada: descubrir qué le había sucedido realmente a su mujer y si había manera de recuperarla. Y solo había un hombre que pudiera ayudarlo. Un hombre que no había tenido ningún escrúpulo para traicionarlo una vez y que, sin duda, lo haría otras cien mil sin el mínimo remordimiento. Había llegado el momento de volver a casa del viejo Drogo.

# 4

## Los caminos se separan

$\mathcal{F}$rida se había despertado pronto, antes que los otros. O quizá sería más correcto decir que se había levantado pronto, dado que apenas había pegado ojo. Hacía tiempo que sufría de insomnio ocasionalmente, así que no era de extrañar: era la primera noche que pasaba en Amalantrah, en el Reino de Nevelhem, y en pocas horas habían corrido tantos peligros y habían vivido unas situaciones tan locas que a esas alturas le corría por las venas más adrenalina que sangre.

Aunque Asteras les había asegurado que durante el día los enjutos no los atacarían, Frida no se atrevía a salir. La curiosidad la impulsaba desde dentro, pero el miedo se había hecho con el control.

Echó un vistazo al exterior a través de la mirilla de la casa-túmulo. Todo estaba en silencio. Pero ella había aprendido a desconfiar de la calma. Las tormentas saben cómo tender emboscadas incluso ocultas tras el cielo más sereno.

Bardo y Banshee no habían regresado tras la persecución al enjuto, pero Asteras ya le había advertido que no eran dos border collie hechos para esperar. Eran siempre los primeros en lanzarse a la pelea. Frida, no obstante, estaba preocupada. Allí fuera estaba aquel monstruo, y quién sabe cuántos peligros más. El trabalenguas de *El libro de las puertas* (el antiguo volumen que le habían robado al viejo Drogo, en cuyas páginas en blanco aparecían, gracias al espejo mágico de Miriam, valiosas instrucciones sobre cómo moverse por Amalantrah) lo decía claramente: en aquel bosque, «los huecos avanzan en hordas». Afortunadamente, los otros perros descansaban tranquilos, con el gesto plácido de quien sueña con praderas sin fin.

Frida se preguntó qué hora sería, pero su reloj había dejado de funcionar. Las manillas se habían detenido a las tres, la hora a la que habían atravesado la puerta. Y no veía ningún otro reloj por allí.

Fue a la cocina y se sentó a la mesa. Encontró el resto de un pilko; tenía hambre, así que cedió a la tentación. De nuevo, como le había sucedido la noche anterior, al primer bocado se le abrieron las puertas de la memoria. No quiso perderse aquel momento: lo aferró y lo escrutó a fondo.

Era una instantánea de su madre. Para Frida, los recuerdos eran como las imágenes que pasaban tras la ventanilla del tren cuando viajaba con sus padres: una sucesión de pequeños fotogramas de un mundo que pasaba demasiado rápido y que no dejaba más que un rastro en sus ojos. La belleza de un campo de trigo bien peinado, la sorpresa de una nube colgada del cielo, el perfil sonriente de un pequeño pueblo de provincias… Todo aquello aparecía como en un destello, para después fundirse en la imagen siguiente.

Tras aquel frugal tentempié, Frida se metió en el dormitorio donde dormían todos. Sacó de su bolsa su preciosa caja de los momentos, donde había ido acumulando recuerdos de sus padres desde el mismo día en que los había perdido en accidente de coche. Mientras salía de la habitación, se dio cuenta de que la cama de Asteras estaba vacía. ¿Cuándo había salido? ¿Habría aprovechado uno de sus pocos momentos de descanso para escabullirse y salir de la casa-túmulo?

No olvides aquella mañana en la que encontraste a tu madre llorando en la cocina. No olvides el olor a café quemado que la envolvía. No olvides el gesto que hizo para enjugarse las lágrimas y evitar que tú las vieras (demasiado tarde). Ni cómo te estrechó en un abrazo que llevaba el olor de su piel y de su cabello. No olvides su respuesta a tu pregunta, de por qué estaba llorando: «Lloro cuando las palabras no me bastan para decirte cuánto te quiero y lo feliz que me hace que estés en mi vida, Frida. Las lágrimas son las muletas de las palabras frágiles».

Frida dejó el bolígrafo y releyó lo que había escrito. Estaba llorando ella también. Tenía razón su madre, las lágrimas son muletas en las que apoyarse cuando el peso de las emociones, de la nostalgia, de la desesperación se vuelve insostenible.

Mero vino a consolarla. Le apoyó una pata sobre la pierna y emitió un gemido melancólico. Después se levantó y le dio un lametazo en las mejillas. Aquellos besos patosos y ásperos tuvieron el poder de hacerla sonreír y alejar la marea de tristeza. A lo largo de los años había leído cien veces su novela preferida, *El maravilloso mago de Oz*, pero era ahora, por fin, cuando entendía del todo cómo podía sentirse Dorothy lejos de Kansas, en aquel mundo que no era el suyo.

—¡Aquí se desayuna sin mí! ¿Aún no me he muerto y ya me abandonáis a mi suerte? —dijo Gerico, entrando en la cocina con una gran sonrisa.

—¡Ge! ¿Cómo te encuentras? Te veo bien —dijo Frida, contenta.

—Entonces tenemos que pedirle al hombrecillo que te prepare algo a ti también. Una poción para recuperar la vista, por ejemplo.

Ese era Tommy, él también despierto y listo para ponerse a discutir con su gemelo.

—Si ella necesita una poción, tú necesitas un milagro. Eres un caso perdido, la vergüenza de casa Oberdan —le replicó Gerico, que parecía realmente recuperado. Fue a sentarse junto a Frida—. ¿Qué comemos?

Miriam también apareció en la gran estancia que hacía las funciones de cocina y comedor. A pesar de que la luz que entraba por el techo fuera pálida e incolora, cuando dio en el cabello de la muchacha lo iluminó con un rojo encendido, como el de las puestas de sol sobre el mar. Miriam emanaba una belleza temeraria, de esas que no saben el daño que pueden llegar a causar. Y Gerico sucumbía bajo el efecto de aquel esplendor.

—Miriam… —dijo, pronunciando su nombre como si fuera el inicio de una oración.

Miriam le sonrió y fue a sentarse a su lado. Tan cerca que se rozaron. Estaban en aquella fase del amor en la que hasta una conversación inconexa comunica más que mil frases elaboradas.

Tommy se giró hacia Frida y, con un gesto teatral, se metió dos dedos en la boca, imitando el gesto del vómito. Frida se rio a gusto.

—Veo que están de buen humor. ¿Es que todos le han dado un sorbo al elixir de Culpeper? —Klam, ya perfectamente vestido con un elegantísimo traje de terciopelo verde, estaba de pie sobre el lomo peludo de Mirtilla, la border collie de pelo rojo.

Los chicos le dieron los buenos días con alegría.

—No entiendo todo este entusiasmo: desde luego, no será un día agradable.

—Así es como se dan los buenos días en nuestra tierra.

—Quizás hayan olvidado que ya no están en su tierra, sino en la nuestra. Y aquí no decimos que algo es bueno sin haberlo probado antes.

—La simpatía de este hombrecillo es directamente proporcional a su altura —le susurró Gerico al oído a Miriam, que soltó una risita, cubriéndose la boca con la mano.

En aquel momento, se oyeron pasos en las escaleras.

—Aquí está el desayuno, señores y señoras —anunció Asteras, que llevaba en las manos unos racimos enormes de bayas de color amarillo.

—¿Eso qué es? ¿Fruta?

—Ocruelos.

En el rostro de los muchachos apareció una expresión interrogativa.

—No malgastes saliva con estos salvajes, Asteras. Los ocruelos son el fruto dulce de los pueblos —dijo Klam, recitando esa última frase como si fuera el primer verso de un poema.

—Ahora los coceremos y ya veréis qué buenos —dijo Asteras.

—¿No se pueden comer crudos? —preguntó Frida, intrigada, mientras se acercaba a él y arrancaba una de aquellas bayas de gran tamaño para hacerla rodar entre índice y pulgar.

—Se puede, pero es mejor no fiarse. Todo lo que crece en estos bosques queda tocado por la niebla.

—Y la niebla no sabe tocar nada con suavidad —añadió Klam.

ϒ

Tras el desayuno, Asteras les dio a los chicos ropas limpias, iguales para todos. Les dijo que, mientras estuvieran en Nevelhem, tenían que llevar aquello. Todos los habitantes de aquellas tierras vestían uniformes negros: no era conveniente ir diferente y llamar la atención.

—Hay otro buen motivo. Con este tejido, la niebla no entra en contacto con el cuerpo. Creedme, a la larga, esa cosa azulada corroe los huesos —dijo Asteras.

La imagen de huesos corroídos por la humedad les provocó escalofríos.

—Pero usted lleva un traje verde —objetó Tommy, dirigiéndose a Klam.

—Su perspicacia le habrá hecho observar que usted y yo no pertenecemos a la misma raza precisamente. ¿No es cierto? —dijo el hombrecillo, sarcástico, y salió de la sala.

Poco después, Gerico volvió a sentirse mal otra vez. Estaba aún sentado a la mesa con los demás, y poco a poco fue abstrayéndose de la conversación. Se volvió cada vez más silencioso, hasta bajar la cabeza y quedarse inmóvil, como un juguete que se hubiera quedado poco a poco sin pilas.

Miriam lo acompañó a la cama.

—¿Qué tienes, Gerico? ¿Cómo te encuentras? —escribió en su pizarrín.

Él se quedó mirando fijamente la pizarra, con los ojos turbios, y luego miró a Miriam sin decir una palabra.


—Era como si no me reconociera siquiera —escribió, cuando se reunieron de nuevo todos en la cocina-comedor.

—Tal como ya he explicado, estas recaídas serán cada vez más frecuentes, y los momentos de vitalidad cada vez más breves. Tenemos que actuar rápido —dijo Klam.

—¿No puede darle más elixir? —preguntó Tommy.

—No, a menos que queramos llevárnoslo por ahí borracho como una cuba. Es un preparado a base de alcohol. Además, no es tan eficaz: alivia un poco los síntomas, pero no cura la enfermedad.

—Tenemos que separarnos —dijo Asteras, que estaba junto a la chimenea apagada, acariciando al Príncipe Merovingio.

—¿En qué sentido? —preguntó Frida.

—En el sentido de que no iremos todos juntos —intervino Klam.

—Eso ya lo había entendido —rebatió Frida, exasperada por el tono del hombrecillo—. Quería decir que por qué tenemos que hacerlo.

—En primer lugar, porque no podemos presentarnos en la granja de los Pot un grupo tan numeroso. No son precisamente gente acogedora —dijo Klam.

—Tiene razón. Con esa gente no se puede bromear —confirmó Asteras.

—Y hay un segundo motivo por el que es mejor separarse. Asteras conoce demasiado bien a aquella familia y aquel lugar... —El hombrecillo hizo una pausa, como si estuviera buscando las palabras exactas—. Digamos que no es muy aconsejable que vuelva por allí.

De pronto, Asteras se había puesto rojo como un tomate.

—Yo iré con el Príncipe Merovingio en busca del Camino Helado, ganaremos tiempo. El libro dice que hay que ir allí, ¿no? ¿Cómo eran los versos, exactamente?

Miriam era quien guardaba el libro, pues era la única que podía hacer que aparecieran las palabras en sus páginas. Lo sacó y se lo pasó a Frida para que leyera uno de sus enigmáticos trabalenguas.

Este es el reino de la niebla,
donde el cielo pierde sus formas,
donde el Bien viaja en jaulas,
donde los huecos avanzan en hordas.

Volverá la voz a la garganta,
encontrarás ese afecto perdido,
sea un pobre animalillo
o quizá tu ser querido.

Escapa y corre, corre y escapa
entre bosques sin color,
sigue rastros sin un mapa
y descubre la tierra del dolor.

Si quieres encontrar el baluarte,
busca primero el negro umbral,
mas no hay señales para orientarte:
solo un sendero de aspecto glacial.

—De que los «huecos avanzan en hordas» ya nos hemos dado cuenta —comentó Tommy.

—Pero el libro no dice cómo encontrar ese «sendero de aspecto glacial» —escribió Miriam.

—Es cierto, señorita, y puedo asegurarle que encontrar ese camino es una empresa prácticamente imposible. Nadie en Nevelhem sabe dónde se encuentra —puntualizó el hombrecillo.

—Supongo que no habrá señales de carretera, ¿no? —bromeó Tommy, pero al momento se encontró con la dura mirada de Klam.

—¿Y entonces qué vamos a hacer? —preguntó Frida.

—Klam ha omitido un detalle. De hecho, sí hay algo que nos puede ayudar a encontrarlo —dijo Asteras, sin apartar la mirada del perro que estaba acariciando. Y en aquel momento se le acercó Marian, celosa de las atenciones que estaba brindando a Merovingio— ¿Habéis oído hablar del torgul? —prosiguió el joven Vigilante.

—Es un pájaro —respondió Tommy inmediatamente.

Todos se lo quedaron mirando, impresionados. Incluso Klam le echó una mirada de curiosidad y, por una vez, de admiración.

El chico se puso en pie y siguió hablando, caminando por la cocina, como si necesitara el movimiento físico para activar la memoria.

—Mmm… Debo de haberlo leído en un libro que compré en un mercadillo.

—El torgul es un pájaro infernal, que puede hacerte trizas —advirtió Asteras. Todos se quedaron pálidos—. Pero si consigues mirarlo fijamente a los ojos y no bajas la mirada, se convierte en tu guía. Se ve obligado a llevarte a cualquier lugar que busques. Conoce todas las direcciones, todos los sitios, y sabe cómo llegar —dijo el joven, con su voz limpia y brillante.

—Eso si no es solo una leyenda, ¿no? —replicó Tommy, alzando las cejas.

Klam y Asteras se miraron e intercambiaron una sonrisa de complicidad.

Los preparativos del viaje empezaron de inmediato. El plan no era simple. Y los gemelos estaban de acuerdo en que no habrían apostado ni la dentadura de la abuela a que aquello saliera bien. Pero ¿qué alternativa tenían?

Klam guiaría al grupo de Frida hasta la granja de los Pot. Necesitaban un antídoto para frenar la bilis negra que corría por las venas de Gerico. Los Pot criaban sigbins, unas bestias que tenían el aspecto de pequeños canguros, pero con una predilección por la sangre de otros animales (o, llegado el caso, de seres humanos). Lo aspiraban con sus dientes huecos, parecidos a los de los vampiros.

La idea era la de usar aquellas bestias como agentes de transfusión: hacer que uno de ellos sorbiera sangre enferma de Gerico (lo que de momento no tenían muy claro era «cómo» lo harían). Gracias a una especie de bacterias que tienen en la saliva, purificarían las venas del muchacho, ralentizando la propagación de la bilis negra.

Después se dirigirían hacia Ruasia, la Ciudad de los Mil Pozos, donde según Klam se escondía el Sanador.

—¿Y por qué no vamos directamente a Ruasia? —preguntó Tommy.

—Porque es un viaje demasiado largo, y corremos el riesgo de que no se salve si no detenemos el avance de la melancolía con los sigbins. Además, no tenemos ninguna certeza de que Iaso esté allí.

Mientras tanto, Asteras, junto a Wizzy y al Príncipe Merovingio, subiría a la montaña, obligaría al torgul a mostrarle la ubicación del Camino Helado, señalizaría el punto preciso y se dirigiría a Ruasia. Desde allí todos emprenderían el camino hacia el Baluarte: allí era donde los dirigía *El libro de las puertas*.

Frida apareció detrás de Asteras mientras él preparaba las provisiones para el viaje. El joven se giró a mirarla, y ambos se quedaron mirándose un buen rato, hasta que Frida le dijo:

—Llévame contigo, Asteras.

Él se puso a recolocar bolsas y comida otra vez, pero algo más lento. Se estaba dando tiempo para valorar la propuesta.

—Es peligroso, Frida. El camino del Altiplano no es fácil para...

—¿Para una chica como yo? ¡No me digas que es eso lo que piensas!

—No —respondió, sonriendo—. Nada de eso. Estaba diciendo que no es fácil para alguien que no conozca el bosque y el Reino de la Niebla. Es un viaje duro y ni siquiera yo puedo prever todos los peligros que nos podamos encontrar.

—Pero estarás tú, ¿no? Y yo puedo ayudarte. Yo también tengo el sello de los vigilantes. —Sacó su Bendur, la piedra que había sacado del libro y que declaraba su pertenencia a la antigua orden de los guardianes de la puerta entre los dos mundos—. Con Klam ya va Tommy, y Miriam no se alejará de Gerico. Vosotros mismos habéis dicho que es mejor no presentarse en la granja con tanta gente. Tú estarás solo. —Frida se acercó y apoyó una mano sobre el hombro de Asteras. Fue un contacto eléctrico—. Llévame contigo.

Asteras la miró y suspiró.

—No hay modo de que te convenza para que renuncies, ¿no?

—No. No lo conseguirás —dijo ella, con una media sonrisa.

De pronto, a Asteras le pareció guapísima, pero no supo confesárselo. Metió otros dos pilkos en el macuto y dijo:

—Está bien; nos llevamos también a Wizzy y a Mero.

# 5

## El tiempo y las despedidas

—¿*P*uedo preguntarte una cosa?

Frida estaba de pie detrás de Asteras, mientras él sacaba de una trampilla un par de instrumentos que recordaban esquís de madera, pero más cortos y estrechos. Al mirar más de cerca, Frida observó que estaban provistos de ruedecillas, lo que los convertía en una extraña combinación de esquí y monopatín.

—Claro —dijo él, mientras manipulaba aquellos cachivaches.

—¿Aquí cómo medís el tiempo? No he visto relojes, y los nuestros no funcionan en este lugar.

Asteras no pudo evitar sonreír.

—Perdona, es que Tommy me ha hecho la misma pregunta hace un rato.

Dejó sus esquís-monopatines en el suelo, donde Wizzy y Mirtilla los olisquearon meneando el rabo.

—¿Y la respuesta?

—Lo cierto es que aquí no se mide el tiempo. No tenemos necesidad de hacerlo. Observamos el paso de los ciclos. Por la mañana, hay sol; de noche, está oscuro: eso es un ciclo. Y nos basta.

—O sea, ¿que el ciclo sería lo que nosotros llamamos día?

—Exacto, se podría llamar así. Pero nosotros preferimos definirlo como ciclo porque se repite siempre igual —dijo, trazando un círculo en el aire.

Frida estaba pasmada.

—Pero ¿cómo es posible que no necesitéis medir el tiempo? ¿Cómo hacéis, no sé…, para las citas o…? —No le vino a la mente ningún otro motivo razonable para tener un reloj, y, sin embargo, estaba segura de que debía de haber millones para contar las horas, los minutos, los segundos.

—Si lo piensas bien, el tiempo de un reloj es una ilusión. ¿De qué sirve fragmentar un ciclo? ¿Y quién decide cómo hacerlo?

—Asteras, no te sigo.

—¿Qué es el tiempo? ¿Tú me los sabes decir? —le preguntó, mirándola con aquellos ojos tan oscuros que parecían no tener pupilas.

—¿Qué pregunta es esa? —replicó Frida, confundida.

—Responde —insistió él.

—No sé explicártelo con palabras.

—Prueba.

Frida ya se había arrepentido de haberse metido en aquella discusión.

—Bueno, quizás el tiempo sea eso que se mide con los relojes —dijo, sonriendo.

—Bueno, entonces, dado que en Amalantrah no hay relojes, el tiempo no existe. ¿Te cuadra? Y si no existe, no hay motivo para medirlo.

Frida sentía que el cerebro le daba vueltas.

En ese momento entró Tommy, que ya llevaba puesto su uniforme negro.

—¿Qué hacéis?

—Acaba de provocarme un dolor de cabeza demostrándome que aquí el tiempo no existe.

—Ah, sí, eso ya lo he vivido: no hay modo de convencerle de que con relojes sería todo mucho más sencillo.

Asteras parecía satisfecho, mientras seguía batallando con aquellos extraños cachivaches.

—Los correbosques están listos —dijo por fin, cambiando totalmente de tema.

—¿Los correbosques? A mí me parecen esquís con ruedas.

—Verás cómo corremos por entre los árboles con esto, si Wizzy y Mero tiran de nosotros.

—¿Puedo robártela un momento? —le preguntó Tommy a Asteras, refiriéndose a Frida.

El vigilante se encogió de hombros

ϒ

Tommy sujetó a Frida por los brazos y la miró fijamente unos segundos. Se habían alejado del salón-cocina para buscar un lugar algo más apartado en el estrecho pasillo de la casa-túmulo. Tenían que susurrar si querían escapar al radar de los demás.

—¿Estás segura de que quieres ir con él? —le preguntó por fin.

—Sí, claro. Necesitará ayuda.

—¿Cómo podemos fiarnos? Apenas lo conocemos.

—Es un vigilante. Tú mismo lo has visto luchando. Y además nos ha acogido aquí…

—Me sentiría más seguro si no nos separáramos, Frida —dijo él, ahora con tono implorante—. Esta es «nuestra» aventura, ¿recuerdas?

—Tommy… Yo también lo querría, pero esto no es un juego. No es una simple peripecia de los hermanos Oberdan.

Aquello pareció herirlo.

—Entiendo —dijo, con un hilo de voz.

—Perdóname, no quería decir… —Frida se detuvo. No era su intención hacerle de menos: se había arrepentido de decir aquello en el mismo momento en que había pronunciado la frase. Intentó arreglarlo—. Tommy, tú eres un líder. Tú conseguirás curar a tu hermano. No me necesitas a mí en el grupo. Tienes a Klam. Y a Miriam…, que es extraordinaria y la única que puede leer ese libro. Asteras está solo, y yo creo que le iría bien que le echaran una mano. Además, nos reuniremos muy pronto, ¿no?

—Sí, quizá tengas razón. Una tiradora como tú le irá muy bien —dijo, resignado, girándose hacia Asteras.

Frida había demostrado una habilidad excepcional con el tirachinas. De no haber sido por su puntería infalible, quizá no hubieran salido vivos del enfrentamiento en el prado de Petrademone. Había hecho blanco en el enjuto nocturno con una sangre fría y una precisión impresionantes. Y al abatirlo había hecho posible que todos pasaran por la puerta.

Cuando salieron por la puerta camuflada de la casa-túmulo, la niebla ya estaba allí, esperándolos.

—Aquí se separan nuestros caminos —dijo Asteras con cierta solemnidad.

Klam estaba sobre la grupa de Mirtilla; Marian estaba a su lado. Tras ellos, los gemelos: Gerico iba cogido de la mano de Miriam; Tommy se había echado a un lado, y solo miraba a Frida.

—Entonces nos encontraremos en Ruasia —dijo Klam con su voz profunda.

—Encontrad los sigbins y seguid luego hacia la Ciudad de los Mil Pozos. Nos vemos allí... Id con cuidado —concluyó Asteras.

Frida le dio un largo abrazo a Miriam. Se prometieron que se volverían a ver pronto, aunque «pronto» era un concepto muy vago en un lugar sin tiempo como aquel.

—No te separes de Gerico: te necesitará en todo momento —le recordó Frida.

—Seré su sombra —escribió la pelirroja, que sentía en el alma la separación de su amiga.

Después le llegó el turno a Tommy. Cuando Frida encontró refugio entre sus brazos, sintió de nuevo el intenso sabor del «sentirse en casa». Un abrazo es el modo con el que el cuerpo habla de arraigo. Y eso se estaban diciendo, sin abrir la boca.

—Vuelve pronto conmigo —le susurró Tommy al oído.

Ella sonrió y asintió, contenta de oír aquellas palabras, bellas como una caricia. La despedida de Gerico fue más rápida, pero no menos sentida.

—¿Cómo te las arreglarás sin mí, Fri? —le preguntó él.

—Te echaré de menos —respondió ella, sin caer en la trampa de su ironía.

—Y a todo esto, ¿qué nombre es ese de Asteras? —le susurró él al oído.

Frida soltó una carcajada sincera.

—Sí, claro, dicho por alguien que se llama Gerico... —rebatió, sin dejar de reír.

—Bromas aparte, estoy seguro de que con él estarás en buenas manos, y tiene suerte de contar con tu ayuda. Con tu tirachinas serías capaz de darle en la oreja a un niño a cien metros de distancia.

—Perdona, pero... ¿por qué iba a darle a un niño en la oreja? Gerico se rio.

—El hombre que ríe fuerte o seguido es un loco o tiene el seso sorbido —sentenció Klam.

—Bien —le susurró Tommy a Miriam, arrugando la nariz—. Será un viaje divertidísimo.

—Ahora ven aquí. Mete los pies aquí dentro —le indicó Asteras a Frida.


Le mostró su par de correbosques y por fin pudo observarlos de cerca: eran dos listones de madera que tenían la longitud de sus piernas y un enganche en el centro. Cuando se colocaba el pie, se amarraba con una correa, como la de un reloj, pero naturalmente más grande y de aspecto más robusto. En el lado inferior, había cuatro pares de ruedas muy lisas. De los correbosques de Frida salía una larga cuerda que acababa en un arnés atado al lomo del Príncipe Merovingio, mientras que a Asteras lo iba a remolcar Wizzy. Los dos border estaban tan excitados que parecían niños traviesos en su primera visita a un parque de atracciones.

—Ahora escucha bien, Frida. ¿Ves esas riendas que conectan con la pechera de Mero? No debes usarlas como si fuera un caballo y darles tirones.

—No lo habría hecho nunca.

—Bien. Su única función es darte la máxima estabilidad posible. Al pasar entre el follaje, bailaremos bastante.

Frida cogió las riendas tan fuerte que los nudillos se le pusieron blancos. Hasta unos meses atrás, lo más peligroso que había hecho en su vida era ir al colegio sin que la acompañaran sus padres. Ahora estaba a punto de atravesar el bosque como una flecha, esquivando árboles subida a unos extraños aparatos con ruedas, arrastrada por un perro.

—¡Corre, Wizzy, corre! —le gritó Asteras al border que tenía frente a sus correbosques.

La salida fue tan brusca que la niebla se disolvió a su alrededor, como si se hubiera asustado. Frida lo vio desaparecer, embobada.

—¡De la orden al Príncipe Merovingio, señorita! —la azuzó Klam—. No querría que pasaran un par de ciclos esperando a que se decida.

—¡Corre, Mero, corre! —gritó Frida.

La salida fue algo menos impetuosa que la de Wizzy, pero también el Príncipe Merovingio hizo que los correbosques se deslizaran a toda velocidad sobre las hojas secas.

Tommy intentó seguir con la vista la trayectoria de Asteras y de Frida, pero los dos quedaron engullidos al momento por la pared de niebla, así que tuvo que contentarse con registrar bien en la memoria la última imagen de la muchacha girándose hacia él y dibujando en el aire con la mano un gesto que más parecía un adiós que un hasta pronto.

De pronto, se sintió solo y abatido, como una ramita seca quebrada bajo el peso de una bota implacable.

# 6

## Una bestia ancestral domesticada

*E*l cielo estaba en pausa, como si fuera a explotar en cualquier momento. Las nubes se paseaban de un lado al otro, pesadas, como vacas preñadas. Sobre Orbinio, Mercile, Poggio Antico, Vicovasto y sobre todas las pequeñas aldeas de los Montes Rojos la lluvia estaba preparándose para caer implacable.

Y no hubo que esperar mucho para que aquel cielo gris pizarra estallase en multitud de pequeños fragmentos líquidos. Barnaba, en su camioneta, maldijo esa tormenta de verano. En otro tiempo esperaba las tormentas como una visita deseada. Sin embargo, ahora que Petrademone había quedado vacía, sin sus border, y que Cat se había sumido en la oscuridad del coma, la lluvia había perdido todo su encanto y su poesía. No era más que una molestia que le haría perder tiempo, porque bastaba un poco de barro o un árbol caído para que las carreteras de montaña se volvieran impracticables.

Cuando aparcó su vehículo a pocos metros de la entrada de Villa Bastiani, no había parado de llover. No solo eso, seguía lloviendo a mares sobre el ruinoso edificio. A pesar de que dentro de unos minutos serían las diez de la mañana, la única luz en aquel día gris era la de una bombilla de pocos vatios. Barnaba, que aún recordaba su anterior experiencia en aquel lugar maldito, cuando le había atacado una bestia enorme parecida a un oso —el viejo Drogo lo llamaba kreilgheist—, procedió con mucha cautela.

Esperó impacientemente a que la lluvia amainara, sentado al volante de su camioneta, observando el caótico jardín de lo que en otro tiempo había sido una clínica privada muy prestigiosa.

Tuvo que pasar casi un cuarto de hora para que dejara de llover. Cerró la puerta de la camioneta cuidando de no hacer ruido para no llamar la atención y, armado de una pala que había cogido de su cobertizo, se adentró en aquella pluviselva en miniatura. Solo interrumpía el silencio el correr del agua sobre las hojas y el ruido de sus pisadas sobre el terreno fangoso. Escuchó. Si el kreilgheist estaba por ahí, sin duda lo oiría. Un monstruo como aquel no tenía el paso aterciopelado de un felino. Al menos, eso esperaba.

Mientras se abría paso por entre árboles retorcidos, zarzas de aspecto amenazante y matas con flores de colores, Barnaba recordó su infancia, cuando salía a explorar los secretos de la montaña con sus dos amigos, Mario y Pietro. Barnaba siempre era el jefe de la expedición y, como un sabueso de pura raza, era capaz de percibir olores que los otros dos no notaban, de identificar rastros ocultos y oír con claridad ruidos que sus amigos casi ni distinguían.

La finca estaba desierta, o al menos eso parecía desde el exterior. Barnaba se dirigió primero a la cabaña de detrás. La encontró vacía e inquietante, con un olor asqueroso en el ambiente, como de carne podrida. Sospechó que el viejo Drogo guardaría allí trozos de comida para su kreilgheist. Observó una mancha de sangre seca junto a un clavo que salía de los irregulares tablones del suelo: parecía una flor enferma. No podía saber que ese clavo era el responsable de que Astrid hubiera perdido un ojo solo unos días antes.

Salió de la cabaña y se dirigió a la entrada principal de la casa. La puerta estaba cerrada con llave y los barrotes de las ventanas impedían el acceso. Recorrió todo el perímetro. Solo le quedaba una posibilidad: esperar, buscando algún sitio para resguardarse.

Afortunadamente, la desaliñada vegetación que había del otro lado de la explanada de la entrada le ofrecía más de una posibilidad. Se escondió tras un arbusto en flor de casi tres metros. Entre los pétalos blancos y las gruesas ramas llenas de hojas encontró un punto de observación perfecto para vigilar sin que le vieran. Y a menos que aquel monstruo parecido a un oso apareciera por su espalda, podía esperar tranquilamente.

No obstante, con el paso del tiempo se dio cuenta de que su gran problema sería el aburrimiento. Barnaba no era de esos que disfrutan pasando el tiempo mano sobre mano, y siempre había envidiado a esos pescadores que saben esperar pacientemente todo un día a que se mueva la punta de su caña. Un par de horas después, estaba exasperado. Era ya primera hora de la tarde y tenía tanta hambre que el estómago le rugía como el motor de una avioneta. No había pensado en desayunar; lo único que había tomado desde que se había despertado era un café frío y amargo. Así, entre el aburrimiento, el cansancio por la noche pasada en el hospital y la debilidad provocada por el hambre, se durmió. El aire, suavizado por la lluvia y atemperado por efecto del sol de la tarde, actuó como un potente somnífero. Pero el descanso no duró mucho.

El ruido de la puerta de Villa Bastiani al abrirse cortó el aire en dos y despertó de golpe a Barnaba, que tuvo que sacudir la cabeza para despejarse. Tardó un momento en darse cuenta de dónde estaba y por qué, pero entonces vio salir del edificio al viejo Drogo. Tras él iba Vanni. El hombre que hablaba al revés llevaba en la mano una bolsita blanca, de esas que se usan para la compra. Los siguió con la vista. Eran poco más de las cuatro de la tarde. Ambos se dirigieron a la parte trasera, donde estaba la cabaña. Barnaba tenía que moverse si no quería perderlos, pero avanzando a campo abierto corría el riesgo de que lo vieran. Tenía que avanzar con cuidado.

Salió de su escondrijo y atravesó la frondosa vegetación. Mantuvo la cabeza gacha, arqueando ligeramente la espalda. Encontró otro grupo de arbustos, más bajos pero no menos frondosos, donde apostarse. Desde aquella posición veía perfectamente a Drogo y a su hijo. El exteniente estaba de pie, y le hizo un gesto a Vanni, como diciéndole que se echara atrás. Vanni se quedó donde estaba. Barnaba oyó claramente la voz rasposa de Drogo:

—¿Quieres hacerme caso por una vez? Tienes que estar algo más lejos. ¡Si no, cuando llegue, podría ponerse nervioso!

Vanni lo miraba, atontado. Su padre se acercó y le hizo retroceder de un empujón.

—Quédate aquí y no te muevas, o te arranco esa sonrisita de los labios a puñetazos.

Vanni no se molestó; es más, parecía divertido, como si aquella amenaza le sonara a broma.

El viejo Drogo se aseguró de que su hijo no le seguía y se dirigió hacia la cabaña. Allí se detuvo y emitió unos sonidos inhumanos, unos silbidos y unos ruidos siniestros procedentes de lo más profundo de su garganta. Barnaba tardó unos instantes en darse cuenta de que tenía que ser una especie de reclamo. Por el borde del bosquecillo que llegaba hasta la explanada de cemento vio aparecer al terrible kreilgheist, marcando sus pasos con su enorme peso, primero en la hierba y luego en la tierra batida.

A la luz del sol, aquella bestia enorme no resultaba menos impresionante que en la penumbra de la noche en la que Barnaba se había topado con él por primera vez, rota solo por el destello de los relámpagos. Era parecido a un oso, aunque tenía la cabeza alargada y robusta, y de la mandíbula le asomaban dos largos colmillos como los de los jabalíes. Estaba cubierto enteramente de un pelo oscuro compuesto de ásperas cerdas: un cepillo que no acariciaría el cabello; más bien lo torturaría.

El monstruo se mostraba más dócil que el día de su encuentro, cuando Barnaba había estado a punto de acabar hecho trizas. Drogo seguía hablándole en aquella lengua desconocida compuesta de bufidos, de sonidos inarticulados, de susurros recitados en voz baja.

El kreilgheist respondía con movimientos lentos y desconfiados, como uno de esos felinos del circo que, situados sobre un gran taburete, parecen estar pensando si seguir las órdenes del domador o despedazarlo sin más.

Drogo no parecía intimidado por aquella mole, y de vez en cuando alternaba los ruiditos con algún comentario comprensible, del tipo: «Muy bien, así, pequeñín, así. Muy bien».

Drogo impartía sus órdenes haciendo uso no solo de la voz, sino también de un bastón nudoso y de aquella bolsa que había traído Vanni. Iba sacando pedazos sanguinolentos de carne, que lanzaba al enorme animal para ganarse su confianza o para premiarlo cuando había respondido correctamente a una orden. En ambos casos, Barnaba tuvo que admitir que Drogo conseguía controlar a la bestia. Eso resultaba igual de tranquilizador que una bomba atómica en manos de un niño.

Vanni disfrutaba del espectáculo, y llegó incluso a aplaudir, lo que provocó que su padre le lanzara una mirada durísima y una agresiva regañina. Poco después, el hombre-niño se asustó, cuando vio que el kreilgheist se acercaba a su padre y rugía con tal fuerza que hizo temblar la tierra y los árboles. Vanni se dejó caer de rodillas y se tapó las orejas con las manos para no oír.

Exasperado, el exteniente le gritó que entrara de nuevo en la casa. Su hijo se puso en pie de nuevo y, lentamente, abandonó la explanada y se dirigió hacia la puerta.

Esa era la ocasión que estaba esperando Barnaba. La vieja fractura en la pelvis, tan fragmentada que nunca había conseguido soldarse del todo, hacía que Vanni caminara lento y cojeando, por lo que a Barnaba no le costó llegar a su altura de un salto antes de que llegara a la puerta y agarrarlo por los hombros. Le rodeó el cuello con el brazo izquierdo, mientras le tapaba la boca con la mano derecha. Vanni se retorció como un poseso, intentó gritar e incluso morderle los dedos a su agresor, pero Barnaba impuso la fuerza de sus músculos aún en forma. Le empujó al pasillo, sin retirarle la mano de la boca.

Una vez dentro, recordando el lenguaje invertido que usaba Vanni, Barnaba le dijo varias veces «sogima», hasta que consiguió que el chico se tranquilizara.

—Solo quiero hablar con tu padre. No quiero hacerle daño —le dijo atropelladamente al oído.

Él no sabía hablar al revés. ¿Le habría entendido el hombre-niño? Ante la duda, lo mantuvo agarrado del cuello una media hora, hasta que su padre regresó.

Cuando los gemelos, semanas antes, habían empezado a espiarlo y se habían topado con el misterio de sus desapariciones diarias, habían barajado varias posibles explicaciones para aquella ausencia, pero no se habrían atrevido nunca a imaginar lo que había descubierto Barnaba: estaba domesticando una bestia ancestral de Amalantrah.

# 7

## La tierra tiembla

*E*ra divertidísimo pasar como una flecha por entre los árboles del bosque, arrastrada por el Príncipe Merovingio. El perro corría a toda velocidad, feliz. Sus ojos (uno azul y el otro marrón) brillaban, la lengua le colgaba fuera de la boca como una bandera que dijera «dejadme paso» y su rostro era la viva imagen de la felicidad. Asteras conducía a Wizzy, que era un border joven y vigoroso, con un punto de locura que le iluminaba los ojos oscuros. Y obviamente era poco dado a la disciplina. Le gustaba arriesgar, y en lugar de seguir una cómoda línea recta, prefería hacer un *slalom* por entre los troncos de los árboles y dejarse caer por los terraplenes, haciendo volar el correbosques. Más de una vez Frida los había visto planeando y aterrizando, con un fragor de hojas secas que salían volando por todas partes. Asteras aparecía y desaparecía por la niebla exclamando: «¡Corre, Wizzy, corre!», como si fuera un grito de batalla infantil.

A veces, Wizzy y Mero se acercaban, situándose en paralelo y recortando la distancia entre los dos muchachos, hasta el punto de que Frida habría podido tocar a Asteras solo con alargar un brazo. Entonces se miraban y sonreían, y ella sentía un extraño cosquilleo en el fondo del estómago cuando sus ojos se encontraban.

El progreso del grupo de los gemelos no era tan rápido como el de Frida y Asteras. Avanzaban a pie y en silencio. Klam iba sentado sobre la grupa de Mirtilla, que iba unos pasos por detrás de Marian.

De pronto, Gerico sufrió otra recaída. Caminaba mecánicamente y en sus ojos había vuelto a aparecer el velo oscuro. Miriam alcanzó a Tommy y le escribió:

—Está mal otra vez.

Tommy no sabía qué responder. Aceleró un poco el paso y se acercó al hombrecillo.

—¿Falta mucho? —le preguntó.

—¿Ya está cansado?

—No, es que estoy preocupado por mi hermano. Parece... otra vez... ausente.

Klam se giró para comprobar personalmente el estado del muchacho.

—No estamos lejos. Pero tampoco estamos cerca —sentenció, mirando de nuevo a Tommy.

—¿Y eso qué quiere decir? ¿Que estamos a medio camino?

—No. Quiere decir lo que he dicho.

En la mente de Tommy se formó una imagen precisa y muy reconfortante, en la que cogía a Klam por los pies, le hacía dar un par de vueltas sobre su cabeza y lo arrojaba lo más lejos posible. Una nueva prueba olímpica: el lanzamiento de genius.

—¿Qué es lo que le hace sonreír como un bobo? —preguntó Klam.

Tommy se ruborizó un poco, como si le hubiera leído el pensamiento, y cambió de tema.

—¿Qué haremos cuando lleguemos a la granja?

—Ya lo pensaremos cuando estemos allí. Valoraremos las posibilidades. Las mejores estrategias nacen siempre de una buena observación.

—Así pues, ¿no hay plan?

—Improvisaremos. Ese es el plan.

Tommy estaba perplejo. No era así como concebía él las misiones. Para él todo tenía que estar estructurado y programado.

—¿Puedo pedirle que nos tuteemos?

—Puede pedírmelo, claro.

—Entonces... ¿podemos tutearnos?

—Preferiría no hacerlo.

Apenas tuvo tiempo de reaccionar a aquella respuesta con una cara de fastidio: el bosque empezó a temblar. Las dos perritas, asustadas, salieron corriendo y buscaron refugio en un hueco del terreno, bajo un árbol cercano.

Klam salió despedido de la grupa de Mirtilla, y de no ser por los reflejos de Tommy, que lo agarró al vuelo, habría caído al suelo estrepitosamente. El hombrecillo le dio las gracias inclinando ligeramente la cabeza, sin perder su gesto hosco.

Miriam corrió a sujetar a Gerico, que permanecía impasible.

Tras el fragor producido por la sacudida sísmica, se hizo un silencio estremecedor. La niebla se había aclarado un poco, como si el seísmo hubiera desgarrado el velo de vapor que envolvía el bosque.


—¡Cuidado! —gritó con todas sus fuerzas Asteras. Ante ellos se había abierto una grieta en el terreno.

Mero se dio cuenta a tiempo de lo que estaba pasando y con un brusco frenazo consiguió evitar que cayeran dentro.

—¿Qué pasa, Asteras? —preguntó Frida, con el miedo metido en el cuerpo.

El joven detuvo a Wizzy con un silbido y se liberó rápidamente de las correas que lo ataban al correbosques. Corrió hasta Frida y la soltó también a ella. Después les tocó el turno a los dos perros.

—¿Estás bien?

Frida asintió, con la respiración entrecortada y casi sin voz.

—Un terremoto. De los fuertes —le explicó.

—¿Es normal? —dijo Frida, sintiéndose un poco tonta por tener que preguntar.

—No, no lo es.

Asteras miró a su alrededor, luego se echó al suelo y apoyó la oreja en la tierra para escuchar. La muchacha, por su parte, abrazó a Wizzy y a Mero, que temblaban, asustados.

—¿Oyes algo?

Él levantó un brazo para pedirle un momento de paciencia y cerró los ojos, concentrado. Pasaron unos instantes; luego se puso otra vez en pie.

—Pasa algo. Algo malo.

—¿Qué quieres decir?

—Es como si las profundidades de la Tierra de pronto respiraran... —Asteras hizo una pausa, pensativo, antes de proseguir—. Está pasando algo lejos de aquí. Temo que la Sombra pueda estar alzándose de nuevo.

Miriam también notaba algo. *El libro de las puertas* quería decir algo. Ella ya había aprendido a reconocer las señales. Un murmullo en los oídos, como si muchas voces diferentes se alzaran a la vez. Y la frase que emergía de aquel fondo sonoro pantanoso e incomprensible: «El libro solo le habla a quien puede escuchar. El libro solo le habla a quien conoce las palabras».

Miriam echó mano a su mochila y lo encontró allí. El antiguo volumen vibraba con un ligerísimo temblor que notaba en las yemas de los dedos. Lo abrió.

—¿Qué sucede? ¿Qué está haciendo con ese libro, señorita? —le preguntó Klam, que aún estaba entre las manos de Tommy.

—No se preocupe —dijo este—. Ella sabe cómo manejarlo.

Unos pequeños filamentos luminosos florecieron entre las páginas blancas al contacto con los dedos de Miriam. Tommy y Klam se acercaron para mirar desde detrás de sus hombros. La muchacha usó el espejo y las palabras aparecieron, como las otras veces.

Tiembla hombre, tiembla tierra,
la sombra triste vuelve a la guerra.
El suelo se resquebraja, malherido,
por el temblor estremecido.
Te mostrará el árbol abatido
el nuevo paso que debes seguir:
el cerco se cierra, estás advertido,
y a tu amigo, agotado, verás sufrir.

—Mal, muy mal —masculló Klam, después de leerlo.

—¿Esa «sombra triste» qué es? —escribió Miriam en su pizarrín.

—Shulu, la Sombra que Devora —le respondió el hombrecillo, con una voz tan profunda que parecía proceder directamente de su pequeño estómago—. Entonces es verdad lo que se dice: está recobrando la vida en la Caverna del Fin de los Tiempos —añadió, hablando más consigo mismo que con los muchachos.

Tommy sintió un murmullo en el aire, tras la niebla que volvía a compactarse de nuevo.

—No tenemos un momento que perder; hemos de salir de aquí.

—No nos salvaremos —dijo Gerico, pero sus palabras no parecían salirle de la boca.

Eran como un susurro tejido con los labios, que había movido casi imperceptiblemente. Tenía la mirada perdida en algún lugar muy lejano, impenetrable. La niebla se iba cerrando en torno a su cuerpo inmóvil, pero Miriam lo cogió por un brazo y se lo llevó junto a los otros.

—Tommy tiene razón, debemos irnos. Y rápido. Hagamos caso al libro —dijo Klam, con un tono inusualmente grave.

Silbó. Nada. Silbó de nuevo y gritó los nombres de Marian y de Mirtilla, y de la vaporosa pared de niebla surgieron las dos perritas, agitando el rabo.

—¿Estamos cercados? —preguntó Tommy—. ¿Por quién? ¿Más hombres huecos?

—No lo sé, pero en cualquier caso, no estamos solos. Necesitamos un nuevo camino.

Un «nuevo paso», como había dicho el libro.


La Caverna tembló como si algo hubiera explotado en lo más profundo de sus vísceras. Cada vez que Shulu crecía en fuerza y avanzaba en su proceso de materialización, una potente sacudida hacía temblar todo Amalantrah.

En el rostro de Astrid se dibujó una mueca de satisfacción. Estaba en la sala de los Elegidos, en el interior del zigurat de Obsidiana.

El zigurat era el cuartel general de los urdes. Su bastión, el lugar desde el que reinaría Shulu sobre lo que quedara de los dos mundos. Era una construcción mastodóntica; no había nada que tuviera esas dimensiones en el Otro Lado, en el Reino de los Hombres. Aquella especie de pirámide sin punta tenía las paredes de una obsidiana negrísima, una piedra de origen volcánico lisa y brillante.

En torno a la construcción había un foso, también cuadrado, lleno de un agua tan oscura y oleosa que parecía petróleo. En lo alto del zigurat se abría la gran sala de los Elegidos. Desnuda, fría, amplia, con doce butacas dispuestas en semicírculo. En las paredes se abrían imponentes ventanas en arco que daban al desierto, salpicado de fosas-prisiones. Y frente a una de aquellas ventanas sin cristales, ataviada con un vestido rojo ceñido que le daba el aspecto de una llama, estaba Astrid. La mirada de su único ojo se perdía a lo lejos, en la caverna frente a la cual dormía Hundo, la bestia gigantesca.

Detrás de ella había otros cinco elegidos, con el rostro escondido bajo las capuchas de sus túnicas rojas.

—Kaliban, ¿qué novedades hay del grupito de los pequeños entrometidos? —preguntó ella.

El interpelado dio un paso adelante y respondió con una voz suave como el terciopelo:

—Les seguimos el rastro. Los pululantes están en movimiento; muy pronto les tendremos rodeados y sabremos exactamente dónde se encuentran.

Astrid asintió sin girarse.

—La Sombra es cada vez más fuerte.

—Shulu devorará —respondieron a coro todos los demás.

—Muy pronto tendremos toda la sangre que necesitamos para Hundo. La extracción de los perros procede a buen ritmo —le informó otro de los elegidos.

Abajo, dentro de los fosos, los perros gemían, desesperados, rodeados por decenas y decenas de individuos vestidos con la túnica gris de los simples, el rango más bajo de los urdes. Extraían sangre de aquellos pobres animales introduciéndoles una cánula en una pata delantera, una especie de catéter que culminaba en una pequeña ampolla de vidrio. Una vez lleno el frasquito, el simple desconectaba la cánula e iniciaba el procedimiento con otro animal.

Cuando llegó el tremendo terremoto, todos se quedaron inmóviles de pronto, asustados. Los urdes dirigieron la mirada hacia la enorme caverna. Los hombres huecos que montaban guardia al borde de las fosas se detuvieron de golpe y elevaron al cielo su horrible murmullo.

Los perros estaban asustadísimos.

Pero no todos.

Pipirit tuvo una iluminación: sintió que aquella podía ser su gran ocasión. Los vigilantes de cabeza de paja estaban distraídos, así como los simples, y en aquel momento en su fosa no había nadie. Además, la potente sacudida había creado una oportunidad de fuga concreta: la pared arcillosa se había agrietado y se había formado una especie de rampa de arena dura.

Era ahora o nunca.

Cogió muchísima carrera e hizo acopio de todas sus fuerzas. No tenía la fuerza de siempre, porque las continuas extracciones de sangre lo habían debilitado, pero lo que había perdido en potencia lo compensaba con una voluntad de acero. Quería salir. Quería escapar. Quería volver a casa. Y para él, casa era el abrazo de Tommy y Gerico. Se lanzó contra la pared agrietada con rabia, dando un salto fenomenal.

Con el morro asomó por el borde del agujero en el que estaba prisionero desde hacía tanto tiempo, se agarró con las uñas y, por fin, con un golpe de cadera decisivo, salió. Estaba agotado y la lengua le colgaba de la boca, jadeando para recuperar el aliento, pero en aquel lugar infernal no había tiempo para el descanso. Un par de hombres huecos ya lo habían visto y llamaron la atención de los demás, modulando su murmullo en una tonalidad diferente.

Pipirit se dio cuenta y echó a correr. Su talla reducida resultó ser una gran ventaja. En muchas ocasiones había soñado ser un enorme pastor alemán, pero por suerte seguía siendo un jack russell. Consiguió pasar bajo las largas piernas de aquellos seres malvados, esquivando sus podaderas asesinas. Corriendo a toda velocidad, salió de la zona de los hoyos y se adentró en un terreno desconocido, moviendo frenéticamente sus cortas patitas. Era libre. ¡Estaba solo y asustado, pero era libre!

Asteras, Frida y los dos border habían encontrado refugio bajo un árbol cingo. El árbol cingo era una especie común en aquella zona del bosque. Era un árbol doble: dos ejemplares más bien bajos, cuyas ramas se entrelazaban entre sí formando una masa de madera tan tupida que parecían una sola cosa, una especie de sombrilla de ramas que la gente de Nevelhem solía usar como protección.

> Aquella noche se vieron obligados a acampar en medio del bosque, debajo de un árbol gigantesco, pues no se veía vivienda alguna por los alrededores. El árbol los protegió muy bien del rocío...

Frida pensó en aquellas líneas del *El maravilloso mago de Oz*. Ellos eran cuatro (Asteras, ella y los dos perros), igual que Dorothy, el Hombre de Hojalata, el León y el perro Totó. Y, al igual que en el bosque de la novela, habían encontrado refugio bajo un árbol. Claro que no era de noche y que su problema más acuciante no era precisamente la humedad nocturna, pero, aun así, le gustó la comparación.

Llegó el momento de almorzar. Asteras le habló a Frida de la Gran Batalla, que en un tiempo ya olvidado había enfrentado a los primeros vigilantes con los demonios sin nombre. Frida le escuchaba, embelesada. El joven admitió, de todos modos, que había muchas versiones diferentes sobre cómo habían conseguido plantar cara a aquellos terribles seres del mal los primeros vigilantes y que en las historias transmitidas de una a otra generación se habían perdido muchos detalles. Para saber más tendrían que consultar los Libros Perdidos, entre ellos el que los chicos habían encontrado en casa de Drogo, *El libro de las puertas de Amalantrah*.

—Entonces, ¿se trata de un libro antiquísimo?

—No tiene tiempo, existía ya antes del gran sueño de Hundo, antes de la llegada de los enjutos, antes de que se fundaran las ciudades de Amalantrah.

Frida pensó en algo que no tuviera tiempo, pero no conseguía asimilar el concepto. Preguntó por Hundo.

—Es una bestia infernal, se dice que no hay nada que pueda acabar con él. Pero los primeros vigilantes consiguieron sumirlo en un sueño profundo.

—¿Cómo?

—Eso también es un misterio. Demasiadas verdades significan ninguna verdad. O, al menos, ninguna verdad segura. Hay quien dice que en aquel tiempo existían seres capaces de hacer hechizos prodigiosos y encantos potentísimos con su voz y con los sonidos. Pero no sé decirte si será verdad. Nunca he visto a nadie así, ni he conocido a nadie que los haya conocido. Sé que existen animales capaces de provocar el sueño con su canto, eso sí, pero no creo que hablemos de los que hipnotizaron a Hundo.

—¿De verdad hay animales así?

—Se llaman kimuz. Y son dificilísimos de encontrar.

Frida dio otro bocado a su comida, que consistía en un hongo de un tamaño enorme que tenía el color de un coral marino y la forma de una oreja. Era un crepidotus; se comía crudo y tenía un exquisito sabor dulce. Acompañado de una bola de pilko, se convertía en una verdadera delicia. Y era fácil encontrarlo por aquellos parajes. Tal como había dicho Asteras: «Este bosque no te deja nunca en ayunas, si sabes dónde mirar».

# 8

## Cada vez más lejos

*E*l viejo Drogo entró en la casa arrastrando los pies, fatigado. Mascullaba protestando entre dientes, pero solo él sabía lo que decía.

—¡Vanniiiii! —gritó en el largo pasillo, sumido en una penumbra amarillenta.

Al ver que su hijo no respondía, lo llamó de nuevo, dándole a su voz rasposa y cavernosa un tono aún más alto.

—Dónde se habrá metido ese idiota… —Lo que dijo después se le mezcló con la saliva, convirtiéndose en un murmullo incomprensible.

El exteniente entró en la gran cocina, mugrienta como el resto de la casa. Miró a su alrededor en busca de su hijo y lo volvió a llamar, tan fuerte que las venas del cuello se le hincharon como pequeños tubos azulados.

—Juro que cuando te pille… —dijo para sí, mientras sus frases se perdían, confusas, entre los pelos de la barba pringosa.

Pasó por el pequeño baño que daba a la cocina. Antaño, cuando Villa Bastiani era una clínica, aquel baño servía para que el médico se preparara para la visita. Drogo se quitó la camiseta, atravesada por un corte, dejando a la vista una herida sangrante que le atravesaba el tórax en diagonal. Se estaba pasando los dedos con cautela por los bordes de la herida cuando le sorprendió una voz a sus espaldas.

—¿Tu cachorro te ha dejado un regalito?

Al oír aquello, el viejo dio un brinco, se giró y se encontró delante a Barnaba, que lo amenazaba con un cuchillo de cocina.

—¿Qué haces aquí?

—Sabes lo que se dice, ¿no? Hay quien regresa.

—Pensaba que te habrían reventado en el bosque —espetó el viejo, demostrando un desprecio por el peligro casi admirable.

—Pues no, lo siento por ti. Pero basta de formalidades; no tengo tiempo que perder y necesito tu ayuda.

Drogo se giró hacia el lavabo, dándole la espalda.

—¡Vete al infierno!

—Ya he estado —respondió Barnaba, mirándole a los ojos en el reflejo del espejo.

—Ahora me harás el favor de responderme a algunas curiosidades —le dijo Barnaba, que seguía amenazándolo con el cuchillo. Estaban sentados uno delante del otro, en las butacas de la cocina—. Pero primero quiero pedirle disculpas a tu hijo; he tenido que amordazarlo. Habría preferido no hacerlo.

Vanni estaba sentado en el suelo, junto a la butaca de su padre. Tenía la mirada perdida, y las palabras de Barnaba no le hacían ningún efecto. Drogo, en cambio, soltó un gruñido, molesto.

—No te hace falta eso —dijo, señalando al cuchillo con el que le apuntaba.

—¿Estás seguro?

—Si hubiera querido librarme de ti, ya lo habría hecho. Me habría bastado con silbar, y mi cachorro habría venido enseguida a jugar un poco contigo. Y luego habría tenido que recogerte del suelo con una cucharilla de postre.

—Por lo que he visto en el baño, aún te falta perfeccionar algo tu sistema de adiestramiento —respondió Barnaba, señalando con el cuchillo la herida escondida bajo la camiseta.

—Son gajes del oficio, pero no te preocupes. Ahora ya está listo.

—¿Listo para enfrentarse a los enjutos, como me dijiste la otra vez? —preguntó Barnaba, dejando caer su arma improvisada al suelo.

El ruido de la hoja al chocar contra el suelo pareció despertar por un momento a Vanni, que miró el cuchillo y luego se giró hacia su padre.

—Exacto; me ayudará a liberar a mi hijo.

Barnaba arrugó la frente y lo miró fijamente.

—¿Tienes otro hijo?

—Pero ¿qué estupideces dices? Estoy hablando de Vanni.

Barnaba, confuso, miró al hombre sentado junto a Drogo. ¿Habría enloquecido del todo?

—Me falta información.

—Has dicho que tenías prisa. Esa historia no es breve.

—Adelante.

—Este pobre desgraciado... —dijo, apoyando una mano en la cabeza del hombre-niño, insinuando una especie de caricia—... no es mi hijo. Bueno, lo es y no lo es.

—Desde luego, ahora está todo mucho más claro.

—Deja de interrumpirme —replicó, y farfulló otra imprecación incomprensible—. Te he dicho que lo encerraron en las celdas...

Barnaba escuchó con la máxima atención toda la historia del rapto de Vanni y de cómo consiguió rescatarlo el viejo Drogo, aunque solo en parte.

—¿Estás seguro de que el pequeño Vanni sigue atrapado en el espejo? —le preguntó por fin.

—Claro que estoy seguro. Y por todos los demonios de Amalantrah que lo sacaré de allí.

—¿No has vuelto a las celdas?

—Sí, una sola vez, pero ya no estaba allí. —Se detuvo y miró por la ventana. Había empezado a llover de nuevo—. En las celdas les arrebatan la esencia a los niños, y luego se deshacen de sus cuerpos. Con este procedimiento, que llaman «apartiga», pueden tener prisioneros a sus espíritus en otro lugar: en la ciudad de Valdrada, que se alza en medio de un lago helado. Créeme, no es nada fácil llegar.

Barnaba se puso en pie y caminó en círculo, pensando. Vanni lo miraba, intrigado.

—Así pues, ¿Vanni ha crecido sin su alma? ¿Es eso lo que me estás diciendo? —preguntó, deteniéndose junto al hombre-niño y observándolo desde arriba.

—Llámalo como quieras. Pero sin eso, su cuerpo no es más que un residuo.

—¿Y qué pretendes hacer?

—El corazón del enjuto es una especie de piedra durísima, y el único material que puede quebrar los cristales de Valdrada. En cuanto a cómo conseguirlo y a cómo colarse en esa ciudad... —El viejo Drogo se rascó la barba amarillenta como si pudiera sacar una idea de su interior—. Pero yo liberaré a Vanni, de eso no tengas la menor duda.

—¿Y luego?

—Luego... ¡Luego qué sé yo! Primero tengo que liberarlo y luego ya pensaré en el luego. Nadie ha conseguido escapar nunca de esa maldita ciudad.

—¿Cómo? ¿Nadie? Pero ¿cuántos prisioneros hay?

—¿No te has preguntado nunca dónde van a parar los niños que desaparecen? Se dice que son cientos de miles al año. No digo que estén todos allí, pero esos monstruos están por todas partes..., y no solo les interesan los perros.

Barnaba se quedó horrorizado al oír esas palabras. Se le disparó la mente y las piernas le temblaron, y sintió que perdía el equilibrio. Al principio pensó que se estaba mareando, pero luego se dio cuenta de que era toda la casa la que temblaba. El viejo Drogo se aferró a los brazos de la butaca. Vanni se puso a gritar y a golpearse las sienes con las manos, gritando:

—¡*Sanedac, sanedac!*

Cadenas. Tal como le había explicado Drogo a Barnaba en ocasión de su encuentro anterior, cuando Vanni se asustaba, quería que lo encadenara y lo dejara a oscuras. Aquello le quitaba la ansiedad.

El terremoto duró unos segundos más. Los cuchillos colgados de la pared cayeron al suelo con un estruendo metálico que puso aún más nervioso a Vanni. El viejo Drogo se levantó de la butaca y se llevó a su hijo a la habitación oscura junto a la biblioteca. Barnaba los siguió y pensó en todo lo que tenía que haber vivido aquel hombre. En el fondo, el exteniente era una persona que había sufrido enormemente. El mal, casi siempre, genera más mal.

Klam condujo a los perros y a los chicos fuera del camino que estaban recorriendo. Habían acelerado el paso y miraban constantemente hacia atrás. Las palabras del libro resonaban como una sombría advertencia. Tenían que encontrar el «árbol abatido».

—¿Adónde vamos? —preguntó Miriam, llamando la atención de Klam con un golpecito sobre su inseparable pizarrín.

—Lejos de donde estábamos. Si el libro nos ha dicho que estábamos rodeados, yo me lo creería.

Tommy, mientras tanto, había cogido de la mano a su hermano, que tenía la vitalidad de una muñeca de trapo, y tiraba de él, arrastrándolo. De vez en cuando, Gerico murmuraba alguna cosa, pero eran palabras inconexas, tan débiles que morían en cuanto le salían de los labios.

—¿Has entendido adónde nos está llevando? —le preguntó Tommy a Miriam.

—No, solo he entendido que hemos cambiado de ruta. —Después borró y escribió—: Tiene razón el libro sobre lo de «ver sufrir al amigo agotado». Gerico está empeorando.

—Sí, yo también he entendido enseguida que el último verso se refería a él. Tenemos que comer algo, o dentro de poco se desmayará.

Miriam se mostró de acuerdo.

—¡Eh, Klam! —dijo Tommy, levantando la voz. El hombrecillo se giró hacia él—. ¿Podemos parar a comer?

Klam se lo pensó un momento; luego asintió con la cabeza. Le dijo algo al oído a Mirtilla y con un silbido llamó a Marian. Se detuvieron en una zona densamente poblada de árboles, como todos de tronco pálido, pero estos dotados de un follaje rojo.

—Son árboles cerilla —explicó Klam, observando la cara de sorpresa de Tommy.

Se sentaron, cansados, sobre las gordas raíces, que asomaban por encima de la tierra y que recordaban serpientes embalsamadas. Los chicos sacaron la comida de sus bolsas (Miriam ayudó a Gerico, absolutamente apático) y comieron en silencio, cada uno sumido en sus propios pensamientos, en sus propios miedos.

Klam estaba extremadamente atento a todo. Escrutaba los alrededores con la mirada en busca de cualquier señal de peligro. Miriam oía perfectamente los latidos de su propio corazón, acelerados por el miedo. Los sueños que en los últimos meses habían poblado sus noches estaban relacionados con la sombra de la Caverna. Se preguntaba qué vínculo podía tener ella con el horror que se revolvía entre las paredes de la gruta. ¿Y por qué le hablaba el libro a ella, y solo a ella? Comió, sin paladear nada de lo que se metía en la boca, dándole vueltas a un fragmento del último mensaje.

La sombra triste vuelve a la guerra.
El suelo se resquebraja, malherido,
por el temblor estremecido.

Las palabras resonaron en su mente con un eco que daba miedo. Estaba segura de que su madre tendría algo que ver, y aceptar que su madre estuviera implicada en todo aquello era como tener una esquirla de vidrio bajo la piel.

Mirtilla se puso en pie de golpe. Olisqueó el aire, nerviosa, y se lanzó corriendo hacia un punto del bosque. Se giró hacia el grupo. Ladró.

—¿Qué pasa, Mirty? —dijo Klam.

—Ha oído algo —dijo Tommy, poniéndose en pie como un resorte e indicando con un gesto a los demás que escucharan.

Mirtilla volvió a ladrar y se fue corriendo. Tommy no se lo pensó dos veces y la siguió a la carrera. Miriam también se había levantado para seguirlos, pero él, antes de desaparecer en la niebla, le gritó que no se moviera y que se quedara con Gerico.

Tommy corría con todas sus fuerzas: no podía pretender seguir el ritmo de la border collie, pero al menos intentaba no perderla de vista. Y Mirtilla lo tenía en cuenta: avanzaba, se detenía, se giraba hacia él y volvía a echar a correr. Siguieron así un buen rato, hasta que la perrita desapareció tras una loma. Otra casa-túmulo, casi sin duda. El muchacho estaba exhausto. Ya antes habían caminado un buen trecho, y ahora aquella carrera había acabado de romperle las piernas. Echó de menos su bici, y lamentó no haber dedicado tanto tiempo como su hermano a entrenarse. Trepó a la pequeña loma, pero se detuvo a pocos metros de la cumbre, cuando se dio cuenta de que la niebla se había vuelto aún más espesa. Estaba solo en el bosque, no sabía cuánto se habría alejado de los demás, y con aquella bruma azul le resultaría dificilísimo encontrar el camino de vuelta. El miedo lo paralizaba.

Durante muchos años había temido la oscuridad; no pasaba una noche en que no acabara huyendo y metiéndose en la cama de sus padres con el corazón en un puño. Llegó un punto en que su padre, cansado de aquello, le soltó un discursito que, en esencia, decía que no toleraría más aquellas invasiones nocturnas.

—Eres mayor, Tommy, ya eres un hombrecito. No puedes ser tan miedica. Piensa qué pasaría si se enteraran tus amigos —le había dicho.

Ahora le parecía verlo allí delante, de pie sobre la cima de la loma, soltándole aquella reprimenda. En su momento, Tommy se había sentido fatal. Tras la regañina, se había encerrado en su habitación: la idea de que sus compañeros pudieran verlo como un miedica le aterraba más aún que la oscuridad. Se había jurado a sí mismo que, a partir de aquel momento, plantaría cara a aquel miedo con todas sus fuerzas.

Desde aquel día no había vuelto a ir corriendo a la cama de sus padres; no solo eso, sino que buscaba el modo de ponerse a prueba constantemente.

Tomó aire y se dijo:

—Tommy Oberdan, mueve esas piernas y ve hasta el otro lado de la loma. No es momento de comportarse como un miedica. —Sacó fuerzas de flaqueza y echó a andar en busca de Mirty. Cuando llegó a la cumbre del pequeño cerro, no solo vio a la perrita, sino que encontró también algo sorprendente.


Frida y Asteras estaban caminando. Había tramos en los que la niebla era tan espesa que no parecía sensato avanzar a toda velocidad con los correbosques, entre todas aquellas ramas y con aquel terreno accidentado. Si se hubieran topado con un tronco, se habrían dado un buen tortazo.

—Tenemos que encontrar un sitio para pasar la noche —dijo Asteras—. Dormir al raso es demasiado peligroso.

—¿No hay pueblos, refugios…, no sé…, cosas así dónde pudiéramos dormir?

—Sí que los hay, por supuesto. Nevelhem está lleno de pequeños pueblecitos, pero por el camino hacia el Altiplano hay pocos y están bien escondidos. A decir verdad, no conozco bien esta zona.

Frida se le plantó delante:

—¿Cómo es eso de que no la conoces?

—Solo he estado un par de veces.

—Y entonces, ¿cómo vamos a llegar al Altiplano?

—Porque queremos llegar, y llegaremos —respondió Asteras, como si fuera algo evidente.

—¿Y eso qué significa? —Frida levantó las manos al cielo, exasperada por la lógica de aquel mundo, que ella no lograba entender.

Asteras le apoyó las manos en los hombros y la miró fijamente a los ojos. Era un poco más alto que ella, y, sin embargo, en aquel momento a ella le pareció un gigante. El contacto de sus manos era agradable, le transmitía calor, una sensación de protección, confianza.

—Frida, tienes que olvidar lo que sucede en tu mundo. Aquí todo es diferente. No hacen falta los mapas, ni conocer el camino —le dijo, con un tono que le hacía parecer perfectamente razonable—. Son los caminos los que te llevan adonde quieres. Lo sé, es más complicado explicarlo que verlo con tus propios ojos.

Ella se quedó en silencio, dando vueltas a aquellas palabras en su mente un rato: «Son los caminos los que te llevan adonde quieres». Y en el rato en que Frida estuvo pensando en ello, Asteras se dio cuenta de pronto de que aún tenía las manos apoyadas en sus hombros, se ruborizó y las retiró. Ella se dio cuenta de su incomodidad y sonrió.

—Entonces, ¿por qué no vamos directamente al Camino Helado? Basta con desear llegar, ¿no?

—No, no funciona así. Al menos no siempre. Hay lugares a los que no se puede acceder solo con la voluntad. Hay lugares que no podemos visualizar con la mente, y por tanto no sabemos cómo dar indicaciones al camino para que nos lleve hasta ellos. Es como desear algo sin saber lo que es o cómo está hecho. ¿Tú podrías?

—Tus preguntas harán que me estalle la cabeza, ¿sabes? —susurró Frida, esbozando una sonrisa.

# 9

# Baland, el pueblo de los trepadores

*D*esde lo alto de la loma, Tommy observaba el amplio claro que se abría ante él. La niebla se había aclarado ligeramente y el paisaje que se presentaba ante sus ojos lo dejó estupefacto. Árboles dispuestos en círculos concéntricos, como si un arquitecto los hubiera plantado así para crear una espiral. Árboles blancos sin una hoja, con ramas que se levantaban al cielo como brazos extendidos en ademán de oración. Y en el centro, en el ojo del huracán, un árbol arrancado de la tierra, tendido sobre un lado.

Mirtilla estaba allí.

—El árbol abatido —murmuró Tommy.

El acertijo del libro sugería obtener de él las indicaciones sobre cómo seguir adelante.

> Te mostrará el árbol abatido
> el nuevo paso que debes seguir.

«Pero ¿cómo se le hace una pregunta a un árbol?», pensó el muchacho. Sin buscar una respuesta, se lanzó cuesta abajo por la falda del montículo hasta llegar a la espiral de troncos del claro.

Era otro desafío lanzado al miedo, otra prueba para demostrar que no era un miedica. Pero ¿para demostrárselo a quién? ¿A sí mismo? ¿A la imagen de su padre?

Al atravesar el pequeño bosque circular tuvo la clara impresión de que se encontraba en un lugar sagrado. Sintió un deseo irrefrenable de tocar los troncos lisos. El roce era como una caricia en los dedos, que le provocaba un hormigueo en la nuca. Cuanto más se adentraba en aquel vórtice vegetal, más olvidaba el motivo que le había traído hasta allí.

«Quiero quedarme aquí para siempre», pensó, y se sorprendió a sí mismo al constatar aquel deseo. Abrazó uno de los árboles y el contacto tan íntimo con el tronco sin asperezas le hizo sentir bien. Cerró los ojos y se quedó así un buen rato. Se separó del tronco contra su voluntad, haciendo un gran esfuerzo, y siguió caminando lentamente, casi en estado de trance, hasta encontrarse frente al árbol caído. Mirtilla lo miraba. Inmóvil. Ladró. Tommy sonrió. Y, sin más, sintió que se apoderaba de él un sueño profundo al que no pudo oponer resistencia. Se estiró con movimientos suaves y se sumió lentamente en el sopor, y la pequeña border collie le siguió, acurrucándose a su lado.

Dormidos, Tommy y Mirtilla no pudieron darse cuenta de lo que sucedía a su alrededor. El cerco de los árboles se iba cerrando, y los troncos blancos se acercaban cada vez más, silenciosamente.

El muchacho y la perrita iban a quedar atrapados, aplastados por la presión de aquella espiral que se cerraba en torno a ellos.


Pasaron pocos instantes, y en la cima de la loma desde la que se veía el claro del árbol abatido apareció Klam subido a la grupa de la otra border de pelo rojo, Marian. Vieron lo que estaba sucediendo y se lanzaron inmediatamente ladera abajo.

Al llegar al círculo de árboles, el problema era moverse por entre la maraña de ramas, troncos y raíces sin quedar apresados a su vez. Por suerte, Marian era ágil. Su cuerpo, menudo y elástico, era más de gato que de perro, y consiguió abrirse paso por entre aquel extraño sotobosque como nadie.

Klam había abandonado el lomo de la perrita y la seguía a pie. Le habría sido imposible mantenerse sobre su grupa, dada la furia con que se había lanzado al círculo maldito que iba estrechándose. Él contaba con la ventaja de su tamaño reducido para colarse por cualquier hueco.

Cuando llegaron junto a Tommy y Mirtilla, aún les quedaba un mínimo espacio de seguridad. Pero tenían que encontrar el modo de despertar a los dos «bellos durmientes».

Klam recurrió a los empujones, gritos, bofetadas y vigorosos tirones. Tommy se había sumido en un sueño pegajoso que no le dejaba escapar. Resultó más fácil con Mirtilla, que gracias a la ayuda de Marian (y a sus mordiscos) recobró el sentido con relativa rapidez. La border irguió las orejas enseguida y se puso en pie; luego siguió a su compañera por la espiral en movimiento.

—¡Venga, Tommy, vamos! —gritó Klam.

El chico seguía un poco atontado, pero estaba emergiendo del sueño él también.

Mientras tanto, el aire se llenó del siniestro ruido de la madera que se retorcía y el crujir de las ramas quebradas. Aquel bosquecillo era como una boa constrictor; no les quedaba mucho tiempo para huir de su abrazo mortal. Tommy se puso en pie y se dispuso a huir, atenazado por el miedo. No le resultaba fácil abrirse paso por aquellos espacios cada vez más angostos, entre un árbol y otro. Y llegó un momento en que se detuvo.

—Enseguida voy contigo, Klam. Tengo que hacer una cosa —dijo.

—¡No digas tonterías, muévete! —rebatió el hombrecillo con tono acuciante.

—¿Cómo puedo preguntarle al árbol?

—Pero ¿de qué estás hablando?

—¡Date prisa! ¿Cómo lo hago?

Los árboles seguían acercándose, lentos e inexorables.

—Busca un agujero, haz la pregunta y acerca el oído. ¡Rápido! —le dijo Klam, con urgencia en la voz.

—Vale. Tú ve con mi hermano y Miriam; yo me las arreglaré.

—Te espero en lo alto de la colina… Date prisa. Odio la impuntualidad.

Pero esas últimas palabras no le llegaron, pues Tommy ya se estaba alejando en dirección al árbol abatido, que parecía una persona gigantesca tendida de costado. Y Tommy advirtió de nuevo aquella sensación de sopor. Pero esta vez luchó con todas sus fuerzas para resistirse al sueño. No le costó encontrar el agujero en la corteza blanca. Era tan redondo y perfecto que destacaba más que si hubiera tenido encima un rótulo de neón.

Acercó la boca al orificio e, instintivamente, se puso las manos en torno a los labios como cuando susurramos un secreto a la oreja de otra persona.

—¿Qué camino hay que tomar para llegar a la granja?

Acercó la oreja. Cada vez tenía los árboles más cerca. Peligrosamente cerca.

La respuesta llegó de las profundidades del árbol con una voz baja y antigua. Una voz empastada de tierra.

—Tomad el Sendero del Viento. Tomad el Sendero del Viento...

Tommy apartó la oreja y se puso en pie, sosteniéndose con esfuerzo: sentía las piernas fatigadas e inestables.

«No es el momento de hacer el miedica», se dijo, y salió corriendo hacia delante, haciendo acopio de una fuerza que no creía tener. Los espacios entre los árboles eran casi fisuras; tenía que apretarse entre tronco y tronco. Tropezó con una raíz y se golpeó la cabeza contra uno de los árboles. El corte que se hizo en la frente salpicó de sangre el blanco de la lisa corteza. Pero Tommy no se detuvo. Llevaba el secreto del árbol en la mente, bien custodiado entre sus pensamientos. Lo protegió con la imagen de Frida. Su rostro sonriente, aquellos ojos brillantes como dos soles sobre una espléndida pradera.

«No puedo morir aquí», se dijo. Pensó en su madre y en su padre. Sin duda, estarían sufriendo por él y por Gerico. Los echaba de menos, y también echaba de menos su casa. «No puedo morir aquí.» Corría, luchaba, empujaba los troncos que podrían haberlo triturado. ¿Cuánto faltaría para llegar a la salida? Pensó en su gemelo, en su mitad perfecta. En su otro yo. La parte que lo completaba.

«No puedo morir aquí», se repitió.


—Esta noche dormiremos aquí —anunció Asteras.

Frida lo miró, luego se fijó en el punto que indicaba con la mano, y de nuevo lo miró a él.

—¿Me tomas el pelo?

—¿Por qué?

—¿Cómo que por qué? Aquí delante no hay nada. Solo hay árboles y niebla. Para variar.

Efectivamente, ante ellos se abría un bosque de árboles altísimos, de troncos finos y frondosas copas.

—No ahí abajo. —Le puso una mano bajo la barbilla y le levantó delicadamente la cabeza—. Mira arriba, entre las ramas más altas.

Frida levantó la mirada.

—¿Ahora qué ves?

La muchacha abrió la boca para dar rienda suelta a su estupor. Entre las ramas que arañaban el cielo, semiescondidas entre el espeso follaje, se entreveían pequeñas construcciones de madera. Decenas y decenas de ellas. De diversos tamaños.

—¿Casas en los árboles? —dijo, soltando aire.

—Bienvenida a Baland, el pueblo que no toca el suelo —proclamó Asteras, con los brazos abiertos como cuando se presenta algo espectacular. Y efectivamente lo era.

—¿Quieres decir que ahí arriba vive gente de verdad?

Asteras invitó a Frida a seguir caminando y respondió a su pregunta mientras se dirigían a aquella jungla.

—Los que viven en Baland no pisan nunca el suelo.

—¿Nunca? —preguntó Frida, levantando la nariz, atónita ante la belleza de aquel sitio de fábula.

—Nunca. Ni una vez.

—¿Y por qué?

—Pregúntaselo tú misma a la señora Rondó. Muy pronto la conocerás —dijo Asteras, esbozando su habitual sonrisa.

Se detuvieron bajo un árbol tan alto que Frida tuvo que echar la cabeza atrás para ver la punta. Asteras se acercó a un agujero practicado en la corteza, un orificio perfectamente redondo y negro como ala de cuervo en una noche sin luna, y dijo algo que Frida no consiguió oír bien. Solo le pareció reconocer la palabra «Bendur».

—¿Qué has dicho?

—He anunciado nuestra presencia.

De lo alto de las ramas cayó una cuerda larguísima y muy robusta, llena de nudos.

—¿Tenemos que trepar? —preguntó Frida, desalentada.

—¿Te da miedo la altura?

—Un poco sí, pero me preocupa más el cansancio. No sé si tendré fuerzas suficientes como para llegar hasta ahí arriba.

—Tú de eso no te preocupes. Agárrate bien a la cuerda y cruza las piernas en torno a uno de estos nudos.

No muy convencida, Frida siguió las instrucciones del muchacho. Aferró la soga y cruzó las piernas tal como le había indicado Asteras. Los dos border la miraban, intrigados, y el Príncipe Merovingio soltó un gemido, quizá porque se preocupaba por ella.

—¿Así?

No había acabado de formular la pregunta cuando la cuerda se movió con un tirón inicial para luego adquirir una velocidad constante. A pesar de que el movimiento era gradual, Frida no pudo evitar gritar durante toda la ascensión.

Aquel extraño ascensor se detuvo junto a una plataforma sobre la que se apoyaba una casita cúbica, una simple construcción de madera blanca. Estaban a tal altura que, aunque no hubiera habido niebla, tampoco habrían podido ver el suelo. Frida miró alrededor para intentar comprender quién era el que movía los engranajes de aquel montacargas, pero la cuerda acababa en algún punto impreciso entre la copa de los árboles.

Otro misterio.

Poco después, bajaron la cuerda otra vez y le tocó el turno a Asteras, que evidentemente estaba acostumbrado y dejó que le izaran sin ningún problema.

—Pero... ¿Y Wizzy y Mero? —le preguntó Frida a su compañero de viaje después de que aterrizara a su lado.

—Ellos no pueden subir.

Ella se entristeció. Pero no tuvo ni tiempo de responder, porque se abrió la puerta de la casita. De dentro salió una anciana con un chal sobre los hombros y un gorro de noche en la cabeza. La circunferencia de su barriga habría hecho imposible abrazarla. Era tan alta como Asteras, pero, sin duda, pesaría el doble. En su rostro bonachón asomó una sonrisa cordial.

—Señora Rondó, gracias por acogernos —le dijo Asteras.

La mujerona sonrió aún con más ganas y con sus dedos regordetes le pellizcó las dos mejillas al muchacho.

—Siempre eres bienvenido a Baland, querido. —La voz gruesa de la señora Rondó encajaba perfectamente con sus dimensiones. Todo en ella denotaba rotundidad—. ¿Y quién es esta joven? —preguntó, mirando a Frida con curiosidad.

Ella echó la cabeza atrás instintivamente: no tenía demasiadas ganas de recibir el mismo trato de aquellas manos gruesas.

—Frida, encantada de conocerla. Y yo también quiero darle las gracias.

—El placer es mío, señorita. ¿Tú también eres vigilante?

La muchacha se sorprendió ante la pregunta, y miró a Asteras en busca de ayuda.

—Sí, sí que lo es. Acaba de llegar del Otro Lado.

La sonrisa desapareció del rostro de la mujer, y en su lugar apareció una expresión de sorpresa y perplejidad.

—Este no es lugar para chicos del Otro Lado. Aunque seas una vigilante. Escucha bien a esta vieja trepadora: vuélvete enseguida a casa y olvídate de este mundo neblinoso.

Frida sintió una presión en el estómago. Ya había perdido la cuenta de todas las veces en que habría deseado volver a atravesar la puerta y encontrarse de nuevo en casa.

«Pero ¿qué casa?» Aquel pensamiento amargo le cayó encima como un bofetón. ¿Realmente Petrademone era su casa?

Asteras cambió de tema con gran habilidad:

—Mi amiga siente curiosidad por saber por qué no descendéis nunca al suelo.

—Sí, hasta nosotros nos hemos olvidado de por qué estamos siempre aquí arriba. Pero pasad... —dijo, haciéndoles pasar a la casa. Ella los siguió y cerró la puerta a sus espaldas.


Tommy luchó con todas sus fuerzas para escapar del bosque-trampa. Dio una última carrera y se liberó de la aplastante tenaza creada por raíces, troncos y ramas, para aterrizar en el claro de bruces. Sangrando, lleno de arañazos y magulladuras, pero vivo. Levantó la cabeza y se encontró delante al hombrecillo vestido de verde.

—Ha osado hablarme de tú sin permiso —fueron sus primeras palabras, suavizadas con una sonrisa cómplice.

—Y usted ha respondido tuteándome —consiguió rebatir Tommy con el poco aliento que le quedaba.

—Gran trabajo, muchacho.

—Gracias, señor Klam.

El hombrecillo le tendió la mano. Tommy le dio un dedo. Era un apretón de manos en señal de paz y estima.

—¿Y ahora adónde vamos? —le preguntó Klam, mientras Tommy se ponía en pie lentamente, entre los lametones de las dos perritas.

—Sendero del Viento. ¿Le dice algo?

—Me dice que no pinta bien, pero si es ahí donde nos manda el árbol, ahí iremos.


A Frida enseguida le gustó la casita cúbica. Sobre todo el cuidado del detalle, aunque el mobiliario le recordaba mucho a una casa de muñecas, más propia de una niña que de una mujer hecha y derecha como la señora Rondó. Encajes, puntillas, algunos muebles de estilo provenzal y, al fondo, dos camas individuales con el cabezal de madera y una gran B tallada en el interior.

—¿Y cómo hacen para comer? Alguien tendrá que bajar al suelo para buscarlo...

Frida tenía mucha curiosidad, pero la señora Rondó la interrumpió enseguida:

—Aquí tenemos todo lo que necesitamos. ¿Para qué íbamos a bajar?

Mientras tanto, la señora había ido a una pequeña despensa de la que sacó una bandeja llena de dulces de aspecto apetitoso. Parecían estar hechos de pilko, con un relleno cremoso.

—Volviendo a tu pregunta sobre el motivo por el que no bajamos... —En lugar de ofrecer los dulces a sus invitados, se metió el primero en la boca y siguió hablando mientras masticaba—. Hay varias hipótesis. Se dice que los primeros que se instalaron aquí arriba lo hicieron para huir del lugar donde vivían. —Bajó la voz hasta convertirla en un susurro—. No querían tener nada que ver con el suelo, no sé si me entiendes.

Otro bocado.

—Ni tampoco con la maldad de los que pisan el suelo —dijo, y se rio sola con su gracia, que a Frida no le pareció en absoluto divertida.

De la boca de la señora Rondó salieron volando pequeños asteroides de pilko cremoso que cayeron al suelo.

La mujer, por fin, apoyó la bandeja en la mesa.

—Coged los que queráis. Son buenísimos; los hace la cocinera del pueblo. Receta secreta. —Estas últimas palabras también las susurró, mientras le guiñaba un ojo a Frida—. No obstante, diría que el motivo es otro. Y te confesaré, señorita, que yo prefiero pensar que así es: nosotros respetamos tanto la tierra, sus hojas, sus prados, sus animales, incluso los insectos, y les tenemos tanto respeto incluso a las criaturas más pequeñas que no queremos pisar nada. No queremos estropear nada con nuestra presencia, así que evitamos cualquier contacto. ¿Entiendes lo que quiero decir?

Frida asintió.

—Ahora os dejo tranquilos; se os ve cansados. Guapos, pero cansados. —Se frotó la enorme barriga con una expresión de satisfacción en el rostro—. Dormid bien y, si me necesitáis…, me parece que no me encontraréis. —Soltó una risita jovial—. Yo me voy a dormir en cuanto oscurece.

Se frotó las manos sobre el delantal, como si se las estuviera limpiando. Le pellizcó la mejilla a Asteras, le echó una última mirada curiosa a Frida y salió por una puerta diferente.

—¿Trepadores? Ha hablado de sí misma como una «trepadora». ¿Qué significa? —le preguntó Frida a Asteras en cuanto se encontraron solos en la habitación.

—Es como se llaman a sí mismos los habitantes de Baland —respondió él, mientras cogía una de aquellas delicias de la bandeja.

Frida alargó una mano para hacer lo propio, pero se detuvo, vacilante.

—¿Puedo fiarme?

Asteras asintió convencido y se metió el dulce en la boca.

—¿Conoces a muchos? —añadió Frida, dando bocaditos, pensativa.

—¿Muchos qué?

—Trepadores.

—Son más bien esquivos: salvo por la señora Rondó, nunca he estrechado vínculos con ninguno.

—¿Por qué no vamos a dar una vuelta por el pueblo?

—Está oscureciendo, Frida; no es recomendable.

Por la ventana les llegaban los aullidos lastimeros de Mero y de Wizzy, que pusieron nerviosa a Frida.

—¿Estás seguro de que estarán bien ahí abajo?

—No hay modo de subirlos a Baland —respondió él, estirando los brazos en señal de impotencia—. Y los perros aquí, entre las ramas, no estarían a gusto.

Frida se asomó por una de las pequeñas ventanas que daban a la vegetación. En aquel lugar parecía reinar la paz, pero los aullidos de los dos border que se habían quedado a los pies del gran árbol le decían algo muy diferente.

# 10

## Sueño de tinieblas

—¿Sabes qué significa este terremoto? —La voz del exteniente era un murmullo rauco.

En Villa Bastiani se había ido la luz. El terremoto, aunque breve, había sido violento. El viejo Drogo había sacado unas vela, y ahora su brillo tembloroso alargaba las sombras de las paredes y le daba a la biblioteca un aspecto siniestro.

—¿Por qué? ¿Hay algún motivo que no sea geológico? —preguntó Barnaba, como si fuera obvio.

—Pobre iluso. Esta sacudida no ha tenido nada de natural. Ni tampoco las próximas.

—¿Qué quieres decir?

—En Amalantrah el Mal se ha puesto en movimiento. Y va en serio.

—No he venido para recibir otra lección sobre el apocalipsis. Solo quiero que me ayudes a entender qué es lo que ha dejado a mi mujer en ese estado. Me lo debes —replicó Barnaba.

—Yo no te debo nada —gruñó el exteniente, que se había acercado a la ventana y miraba al exterior.

El cielo contenía una promesa que cumpliría muy pronto: se acercaba otra tormenta.

La noche aún quedaba lejos, y, sin embargo, ya había oscurecido, y había aparecido una luna envuelta en un montón de nubes de color gris negruzco.

—¡He estado a punto de morir en ese bosque! Y es todo culpa tuya. ¡Me has dejado tirado entre esos árboles como un desecho de carnaza! —dijo Barnaba, levantando la voz e indicando un punto impreciso de la estancia por donde el viejo Drogo había hecho aparecer la puerta hacia el otro mundo.

—¿Qué quieres de mí? —La luz de la vela a pocos centímetros del viejo le esculpía en el rostro sombras espectrales.

—Cat está mal. Pero no es solo eso. Tiene algo raro. —Se acercó a Drogo—. En su habitación hace un frío glacial.

—Encended los radiadores, ¿no?

Barnaba pasó por alto la provocación.

—Y entre sus labios he encontrado este pétalo —añadió, sacándoselo del bolsillo, donde se lo había guardado metido en una bolsita de plástico para alimentos.

Se lo colocó ante los ojos al viejo.

Drogo murmuró algo incomprensible, se quedó mirando el pétalo unos segundos y por fin sentenció:

—*Humulus nenia.*

—¿Eso qué es?

—Una planta.

Drogo pasó por delante de Barnaba y se dirigió a uno de los estantes. Apartó unos libros, dejando a la vista otros volúmenes escondidos. Sacó uno, le dio un rápido repaso y volvió a ponerlo en su sitio. Luego miró otro. Asintió, satisfecho. Volvió junto a Barnaba, que en la cubierta leyó: «*Minima Arcanalia*».

—Aquí está; es uno de los Libros Perdidos —anunció el viejo Drogo—. Hay quien mataría por este volumen. —Pausa—. Yo, por ejemplo —añadió, y soltó una risita sarcástica.

Barnaba alargó la mano para tocar el libro, pero Drogo le golpeó el brazo. El tío de Frida reaccionó instintivamente, agarrándole el cuello con violencia.

—¡Suéltame! —dijo Drogo, con la voz entrecortada.

Barnaba aflojó la presión.

—Nervios a flor de piel, ¿eh?

Barnaba era alto y robusto como un roble, y a pesar de los cabellos blancos y de su aspecto fatigado estaba claro que con un apretón podía matarlo; aun así, Drogo se permitió el sarcasmo.

—No juegues conmigo —advirtió con voz monocorde Barnaba.

—Y tú no te atrevas a tocar mis libros.

La carga eléctrica entre los dos prácticamente crepitaba en el aire. El exteniente fue el primero en apartar la mirada, y se puso a hojear aquel tomo de aspecto antiguo y valiosísimo.

—Aquí está, lee —dijo—. Pero sin tocarlo.

Su voz era como un trozo de hierro frotado contra una piedra.

—A mí este libro me importa un rábano, viejo loco. Solo quiero saber qué le pasa a mi mujer y cómo puedo salvarla.

—Te lo estoy diciendo, lo que tiene tu mujer. Ha sido intoxicada con tintura de tiniebla. Bastan unas gotas.

—¿Tintura de tiniebla?

—Con unas cincuenta gotas de esa tintura, que puedes hacer con extracto de escolcia y de *Humulus nenia*, puedes estar seguro de que no levantarás cabeza.

—¿Me estás diciendo que es una especie de veneno?

—Te estoy diciendo que alguien que sabe de estas ancestrales artes oscuras ha intoxicado a tu mujer. Al principio, ha tenido fiebre alta, ¿verdad?

—Sí.

—Y somnolencia, ¿no?

—Se despertaba y volvía a dormirse continuamente, hasta que el sueño ha ganado la batalla, y ahora está…

—… en una especie de coma. Y luego está el frío: procede de ella. La tintura de tiniebla actúa gradualmente, primero con los síntomas que has observado en tu mujer, y en la fase culminante dejando un residuo: el pétalo que has encontrado en su boca. Un pétalo de *Humulus nenia*, precisamente, una flor rarísima. Solo crece en los desiertos de Dhula, en el Reino de los Demonios Enterrados. Donde se alza el zigurat de Obsidiana y donde Shulu está haciendo de todo para volver a devorarnos —dijo Drogo entre risas, hasta que la risa se transformó en su habitual tos catarrosa. Solo que esta vez el ataque fue más fuerte de lo habitual. Luego prosiguió—: Tu mujer es víctima de la «maldición de Eber», también llamada «sueño de tinieblas». Y siento tener que ser crudo, amigo, pero no sé si se salvará.

—¿Qué estás diciendo? ¿Qué no hay cura?

—¿Cura? Qué va: es mortal —graznó el viejo.

Barnaba soltó de golpe todo el aire que tenía en los pulmones, como si un puño de piedra le hubiera golpeado con fuerza en la boca del estómago. Drogo pareció darse cuenta y le dio una esperanza:

—A menos que encuentres al Gran Sanador.

Barnaba se recompuso.

—¿Y ese quién es?

—Iaso —dijo el viejo.

Barnaba repitió el nombre mentalmente. Ya lo había oído antes, pero no recordaba dónde.

—Dime que sabes dónde podemos encontrarlo, teniente.

—Nadie sabe dónde está —respondió el viejo—, pero lo que está claro es que no lo encontrarás en este mundo. Me parece que tendrás que darte otro paseo por entre la niebla de los bosques del otro lado de la puerta —dijo, acompañando sus palabras con una de sus insoportables risitas sarcásticas.

—Tienes que llevarme —le dijo Barnaba, agarrándolo de un brazo.

El viejo lo miró y se zafó dando un estirón.

—Te repito que yo no te debo nada. Déjame en paz.

—Te pagaré el favor. Con lo que sea, teniente.

—Hace una vida ya que no soy teniente.

—Te recompensaré; pon tú el precio.

—No quiero dinero, no sabría qué hacer con él.

—Entonces te ayudaré a buscar al enjuto nocturno. Te irá bien que te eche una mano, ¿no?

—Ya has demostrado lo útil que puedes serme en el bosque —dijo el viejo, hiriéndole con su sarcasmo.

—Llévame contigo —insistió Barnaba una vez más.

—Por todos los demonios de los cuatro reinos, eres peor que una astilla clavada bajo la uña —dijo Drogo, volviendo a poner el volumen en su sitio con sumo cuidado.

Se dirigió hacia la puerta, pero justo antes de salir se giró hacia Barnaba.

—¿Qué haces ahí parado? Si te quedas un rato más en mi casa, tendré que cobrarte alquiler —dijo, tosiendo y riendo a la vez.

Barnaba lo siguió.

Υ

Pipirit corría.

Corría en aquella extraña noche. Corría por una arena dura como el asfalto. Corría entre el polvo que se alzaba ante sus ojos en repentinos remolinos. Corría olisqueando y con la lengua colgando a un lado de la boca, como una sábana rosa tendida para que se secara. Corría como corren los perros cuando son libres: feliz y embriagado de aire fresco.

Sus pequeñas patitas se movían a toda prisa, huyendo del horror de aquella fosa. Aún tenía una aguja clavada en la vena de la pata izquierda.

No se detuvo hasta que le fallaron los músculos, y entonces cayó al suelo y se tendió de costado, jadeando. A su alrededor, el silencio de un desierto que era todo horizonte. Su caja torácica subía y bajaba espasmódicamente, como un acordeón que producía una sola nota: la de su respiración agónica.

Era consciente de que allí, tendido en la arena en medio de la nada, sería presa fácil para cualquier depredador. Lo ideal sería encontrar una madriguera, pero en aquel lugar llano no había ningún sitio donde refugiarse. Tendría que dejarse llevar por el sueño, con la esperanza de no tener compañía. Refugiarse en sus sueños de pequeño perro de ciudad y recrear mentalmente la mirada cariñosa de sus queridos amigos. Cerró los ojos y se dejó llevar por aquel reconfortante pensamiento.


El pequeño jack russell se despertó en un amanecer gris y sin sol. Levantó el morro al aire en busca de rastros, pero no percibió más que el olor ferroso del desierto y una ligera peste a plantas descompuestas que llegaba de lejos, transportada por la brisa. Necesitaba beber agua; si no, no resistiría mucho. Pero sobre todo tenía que seguir huyendo. Y buscando.

Se puso a correr de nuevo golpeando con las patitas el terreno compacto y amarillento, dejando unas huellas que apenas eran sombras temporales. Corrió durante horas, y en todo ese tiempo no se cruzó con nadie. Estaba agotado y muerto de sed, pero seguía corriendo. Se detuvo un momento cuando a lo lejos entrevió algo diferente. Al fondo del llano del desierto se alzaban unas dunas. O unos peñascos. O una cadena de montañas bajas. Para Pipirit aquello no tenía importancia. Lo importante era alcanzar aquel lugar diferente, algo que no fuera aquella nada lisa e invariable que había recorrido hasta ahora.

Barnaba tuvo que hacer un esfuerzo para no vomitar. La peste que invadió la camioneta era repugnante. ¿Cuánto tiempo haría que no se duchaba el viejo?

Abrió la ventanilla, pero el exteniente lo fulminó con la mirada.

—¿A qué viene eso? ¿Quieres que la camioneta se llene de agua?

Efectivamente, llovía a mares, y con la ventanilla abierta entraba mucha agua.

—Me gusta el olor de la lluvia —dijo Barnaba, recurriendo a una excusa para no ofenderlo.

—Luego dicen que el loco soy yo.

Barnaba pensaba en lo absurdo de aquella situación: ir en coche bajo la lluvia con el viejo Drogo. No había límite a las rarezas de aquel verano de 1985.

—Está bien, aparca aquí; hemos llegado —anunció el exteniente por fin—. Tenemos que seguir a pie. .

—¿Aquí? ¡La ermita está en el otro lado de la montaña! Estamos lejísimos… —protestó Barnaba.

—Haz lo que te digo, hombre de poca fe. —Se rio, tosió y escupió.

Salieron de la camioneta bajo la lluvia incesante. Tras unos pasos en el fango ya tenían la ropa empapada. Barnaba no hizo caso, solo tenía un pensamiento en la mente: sacar a su Cat del sueño de tinieblas. Romper la maldición, por difícil y doloroso que fuera su camino. Y tampoco a Drogo parecía afectarle el temporal: él también tenía una misión vital que llevar a cabo, y se preguntaba si Barnaba sería un lastre o un buen recurso.

—Recuerda que ahora estás en deuda conmigo, señor de los perros —le dijo, alzando el tono de su voz cavernosa para hacerse oír entre el fragor de la lluvia.

La ermita de los Dolientes. El lugar donde los gemelos se habían topado por primera vez con el enjuto nocturno.

Barnaba y Drogo estaban frente a aquellas ruinas abandonadas. Habían llegado enseguida gracias a un atajo que conocía el viejo.

Barnaba recordaba bien la historia y las leyendas que circulaban en torno a aquel lugar, como la del origen de su nombre. La ermita era una antigua construcción de piedra en seco levantada en el siglo XVI. Los muros se habían ido desintegrando con el paso de los siglos y del edificio austero de otro tiempo quedaba muy poco: parecía un diente destrozado por la caries en una encía de vegetación.

Se decía que la ermita había sido durante mucho tiempo un simple refugio escondido entre las montañas y de difícil acceso, usado por los monjes para retirarse en solitaria oración.

Hacia finales del siglo XVIII se había instalado entre aquellos muros un religioso de túnica roja cuyo rostro no había visto nadie y cuyo nombre nadie sabía. En aquellos tiempos, los ermitaños eran como fantasmas, pero el monje rojo emanaba un aura aún más inquietante, y muy pronto empezaron a extenderse historias terribles sobre aquel hombre misterioso. En particular, se creía que por la noche bajaba a los pueblos de los alrededores y que aparecía de pronto junto a la cama de los niños para raptarlos y llevárselos a la ermita, de donde nadie regresaba.

Circulaban varias versiones, todas estremecedoras, sobre lo que hacía con los niños.

Las familias estaban destrozadas por el pavor: un monstruo los tenía atormentados. Hasta que los habitantes de Orbinio y de los pueblos vecinos decidieron que había llegado el momento de intervenir. Una noche, armados de antorchas y de horcas, se reunieron y subieron a la ermita para plantar cara al diabólico asceta. Cuando llegaron, se lo encontraron encerrado. Algunos decían que estaría rezando. Otros, en cambio, juraban que lo habían visto con una figura monstruosa, altísima y flaca a su lado. Un demonio sin rostro.

Espoleados por las ansias de venganza y por el dolor, le gritaron para que saliera, pero él no respondió. Echaron abajo la puerta y se encontraron al hombre justo tras el umbral, inmóvil, con los ojos de mirada glacial que perforaba la sombra bajo la capucha. Dijo solo dos palabras:

—Bienvenidos, dolientes.

Los vecinos, convencidos de que era el diablo en persona,

atrancaron la puerta desde el exterior y prendieron fuego a la ermita con las antorchas. Se fueron corriendo y nunca volvieron a aquel lugar, que desde entonces consideraron maldito y que llamaron, precisamente, la ermita de los Dolientes.

—¿Por qué estamos aquí?

—¿Quieres entrar en Amalantrah o no?

Barnaba y Drogo estaban atravesando la espesa y caótica vegetación que rodeaba la ermita. Ya habían llegado a la altura del arco que en su día contenía la puerta principal.

—¿Y no podíamos entrar por tu biblioteca? —objetó Barnaba, recordando el viaje anterior.

—¿Y volver a encontrarnos en medio a un buen grupo de hombres huecos? Ahora los urdes controlan ese paso. A partir de este momento, no hagas ruido. Estamos cerca. No te gustará lo que verás dentro de poco, pero te gustaría aún menos si ellos te vieran.

Estaban en el centro de las ruinas. Los pies de Barnaba y Drogo resbalaban en el suelo húmedo, cubierto de broza mojada.

—¿Qué hacemos aquí? —preguntó Barnaba, que a su alrededor solo veía la devastación provocada por el paso del tiempo.

—El problema de los jóvenes es que no tenéis paciencia —replicó el exteniente, obviamente con sarcasmo.

Miró a su alrededor en busca de algo. Luego se acercó a una piedra. En la oscuridad de aquella noche de temporal, sus ojos veían señales que le pasarían desapercibidas a cualquier otro. En una piedra brillaba otro pasema, luminoso como un pequeño rótulo de neón. Cuando se sacó del bolsillo la piedra de Mohn y la acercó a la señal, un pasaje se abrió entre el follaje que cubría el suelo.

—No me acostumbraré nunca a estas brujerías —dijo Barnaba, observando el agujero a apenas unos pasos de sus pies—. ¿Cómo bajamos ahí?

—Debería de haber unos escalones de piedra.

Y no se equivocaba. En la oscuridad apenas se adivinaban, pero ahí estaban.

—Después de usted, Señor de las Puertas —dijo Barnaba, que también sabía ser sarcástico.

# 11

## Por el Sendero del Viento

*E*l Sendero del Viento discurría por el flanco de una montaña de perfiles cortantes, pequeña pero amenazante. No era casual que tuviera aquel nombre: el camino que atravesaba el corazón del bosque se veía azotado constantemente por un viento frío y violento.

—Aquí en Nevelhem lo llaman «Respiro» —dijo Klam, protegiéndose como podía de las ráfagas de viento helado. Estaba sobre la grupa de Marian y se agarraba al pelo con todas sus fuerzas.

—Por aquí tienen un sentido del humor muy particular —comentó Gerico, que caminaba junto a Miriam.

Ambos iban cogidos de la mano para sostenerse mejor o simplemente porque dos manos entrelazadas son un puente por el que le gusta pasear al amor.

—Lo que no entiendo es cómo es posible que estas ráfagas de aire no se lleven la niebla —dijo Tommy.

—Este es el Reino de la Niebla. Ni el Respiro ni ningún otro viento puede hacer nada más que desplazarla, dejando en su lugar más niebla.

El sendero estaba flanqueado por unos míseros arbolillos azotados y deshojados por el viento.

Tommy sentía que el costado le ardía. No había salido de la espiral de los árboles completamente indemne: lo más visible era la herida de la frente, pero la pequeña brecha que se había hecho bajo las costillas le resultaba mucho más dolorosa. Y le costaba avanzar porque el Respiro le plantaba cara como un guardián implacable. Llegó un momento en que tuvo que detenerse para recobrar el aliento. Miriam se dio cuenta y llamó la atención de Klam.

—¿Qué te pasa? —le preguntó el hombrecillo a Tommy.

—Nada grave, pero este corte me duele —dijo, enseñándole la herida en el costado.

—Estás perdiendo sangre.

—Es solo un rasguño.

—En este sendero, hasta un rasguño puede suponer un gran problema.

Tommy lo miró, intrigado.

—El Respiro… es imprevisible. Todo lo que hay en este sendero es de su propiedad, y puede hacer con ello lo que quiera. —El tono de Klam era, como siempre, pedante—. Tenemos que curar la herida, enseguida.

Sacó de su bolsa un frasco con un líquido verde.

—¿Otra de tus pociones milagrosas? —preguntó Tommy, preocupado.

—No abuses de la confianza que te he concedido.

Klam vertió unas gotas de líquido en la herida y apareció una espuma en el corte de la piel. Tommy apretó los dientes para contener el dolor.

«No seas miedica», se dijo.

Miriam lo miró, preguntándole con el gesto si le dolía mucho. Tommy la tranquilizó con una sonrisa forzada.

—¿Eso qué es? ¿Seguro que no me matará? —le preguntó a Klam.

—Sería un efecto secundario no del todo indeseado, pero tranquilo. Se trata de una receta de mi invención hecha con hipérico y centella asiática. Con un ingrediente secreto. ¡Mirad y admirad, gente del Otro Lado! —proclamó el pequeño hombre de los grandes recursos, mientras con un minúsculo pañuelito limpiaba la espuma blanca de la herida.

Tommy contempló atónito la herida, que había cicatrizado por completo, y exclamó:

—*Wahnsinn!*

—No estás autorizado a usar esa palabra. ¡*Wahnsinn* tiene derechos de autor! —protestó Gerico.

—Yo la pronuncio mejor —replicó Tommy.

—Si han acabado con esta inoportuna diatriba familiar, yo proseguiría. El Sendero del Viento no está hecho para pararse mucho tiempo, sino para atravesarlo a paso ligero.

—A sus órdenes, coronel —le respondió Gerico, burlón.

—¿Puede hacerme el favor de volver a su estado de melancolía? Es mucho mejor cuando está vegetando —le reprendió Klam mientras volvía a subirse a la grupa de Marian.

Reemprendieron el camino por entre el viento y la niebla. Klam no había exagerado al decir que el Respiro era un viento tremendo: empujaba todo lo que caía al suelo y lo lanzaba de nuevo al aire con tal potencia que podía acabar en cualquier parte. Y algunas gotas de sangre, con su inequívoco olor, habían caído de la herida. El maestro de todos los vientos se encargaría de hacer honor a su terrible fama.


Cuando Frida se metía en la cama, no era nunca el sueño lo que venía a su encuentro en primer lugar, sino los recuerdos. No importaba si mantenía los ojos abiertos y miraba al techo, o si los cerraba: los hechos, las emociones, los fragmentos de memoria estaban ahí, esperando la ocasión para sumirla en una nostalgia lacerante.

Y aquella noche, en la casa en forma de cubo sobre los árboles de Baland, no fue una excepción. Como siempre, ellos, su padre y su madre. Como siempre, sus sonrisas, sus palabras, sus abrazos. Y después, el vacío que le había dejado la ausencia de aquellas sonrisas, de aquellas palabras, de aquellos abrazos.

Frida tuvo que levantar la espalda y sentarse en la cama porque sentía que el peso de aquella ausencia le aplastaba el pecho como una mano enorme.

Asteras dormía plácidamente en la cama de al lado. Llevaban puesta la misma ropa que durante el día. ¡Qué maravilla de tejido! No se manchaba, no se arrugaba, no absorbía malos olores. Por otra parte, en el momento de entregarles aquellos uniformes, Asteras ya les había advertido que eran especiales, y Frida, al principio escéptica, había tenido que admitir que así era.

Se puso en pie. Había otra cosa que no la dejaba dormir: no estaba tranquila por haber abandonado a Mero y a Wizzy a su suerte en la terrible noche de Nevelhem. Salió a la plataforma de madera que servía de base a la casa.

En el aire flotaba un silencio denso. La noche era una pálida tela azulada. Al mirar abajo, la muchacha observó que la casita estaba rodeada de una base de madera encajada entre grandes ramas. Una plataforma que creaba una unión perfecta entre la madera del árbol y la de las construcciones. Mirando aún más abajo, le pareció distinguir a los perros, pero desde aquella altura y con la niebla era imposible ver a los dos border.

—¿Estabas pensando en tirarte? —dijo una voz a su lado, que a punto estuvo de hacer que se cayera del sobresalto.

—¿Quién eres? Me has dado un susto de muerte —respondió Frida, con la mano en el corazón, observando a la recién llegada.

—Perdona, no era mi intención.

Era una niña un par de años más pequeña que ella. Ojos azul celeste, mirada límpida encantadora; una frente amplia en una cabeza grande, ligeramente desproporcionada con relación al fino cuerpo; y los sedosos cabellos rubios recogidos en dos colas a los lados hacían que pareciera un personaje salido de un libro infantil. Se acercó algo más a Frida.

—Yo soy Gisella.

—Bonito nombre. —Frida esbozó una sonrisa incómoda.

La mirada de Gisella era tan intensa y penetrante que casi sentía cómo se le colaba bajo la piel.

—¿Vives aquí? ¿Tú también eres una… trepadora?

—Claro. Aquí todos lo somos —respondió ella, como si fuera la cosa más obvia del mundo.

—¿Qué haces aquí fuera a estas horas de la noche? ¿Tus padres no te dicen nada?

—¿Mis padres? —preguntó Gisella, ladeando ligeramente la cabeza, como hacen los perros cuando no entienden una orden o buscan el modo de interpretarlo.

—Sí, tu papá y tu mamá estarán preocupados por ti. Te esperarán en casa, ¿no?

—Yo vivo en la casa cuarenta y uno. Soy la tercera más pequeña.

La niña dio una voltereta y aterrizó a pocos centímetros de Frida, que quedó atónita ante la facilidad con que había hecho aquella pirueta de gimnasta.

—¿Qué pasa? ¿Por qué pones esa cara?

—Nada... Es por tu...

—No te había visto nunca en Baland. ¿Eres nueva? ¿Acabas de aflorar? —le preguntó la niña, que ahora la examinaba con un interés casi científico.

—¿Aflorar? ¿Qué quieres decir?

—¿No sabes qué significa aflorar?

—Claro que lo sé..., más o menos. De donde vengo yo, esa palabra se usa, por ejemplo, cuando estás bajo el agua y sales a la superficie.

Al oír aquello, Gisella soltó una carcajada aguda como un chillido.

—Qué sitio tan extraño es ese... ¿Me llevas? ¿Se puede llegar por la calle de las Ramas?

—No creo. No sé dónde está esa calle, pero yo diría que no es tan fácil volver al lugar de donde vengo —dijo Frida, que, instintivamente, miró al mundo vegetal que tenía alrededor y movió poco a poco una mano entre la niebla, como si fuera el agua de un lago.

—Entonces, ¿te has perdido? —insistió la niña.

—En cierto sentido...

Otro chillidito divertido: Frida no sabía cómo interpretar aquella especie de risita aguda y optó por cambiar de tema:

—¿Tú sabes cómo se baja?

Gisella le echó una mirada horrorizada y el velo opaco del miedo cayó sobre su bello rostro, apagando en parte su belleza y haciéndola parecer mayor.

—¡No se puede bajar al suelo NUNCA! —dijo por fin, con un tono entre la rabia y el pánico.

—¿Tú nunca lo has probado? —Frida no podía creérselo.

—Te he dicho que no se puede. Si bajas, la tierra te traga y acabas mal. Yo no quiero acabar como Cosimo.

—Perdona, no quería hacerte enfadar. ¿Cosimo era amigo tuyo? —dijo, intentando poner un tono que la tranquilizara, aunque la advertencia de la niña le había puesto la piel de gallina.

—Era el más fuerte de todos. Era grande como un árbol, pero tenía la cabeza dura. Desafió la Ley de Baland y abandonó las ramas.

Frida observó un temblor en los labios de la niña.

Por la sombra de detrás de la casa, en el mismo punto por el que había aparecido Gisella, apareció de pronto una nueva figura, a la que siguieron otras dos. Se apostaron tras la niña, apenas visibles en la penumbra. Eran todos niños.

—Estos viven conmigo en la casa cuarenta y uno. —Todos tenían los ojos azules y la cabeza ligeramente más grande de lo normal—. Ella es Viola —prosiguió Gisella, señalando a una niña de su edad—. Este es Gianbrugo. —Un niño alto y de mirada despierta levantó la mano a modo de saludo—. Y esta es la más pequeña, Ombrosa —dijo, concluyendo las presentaciones y atrayendo a su lado a la niña en cuestión.

Era realmente pequeña; no tendría más de siete u ocho años. Sus ojos tenían un brillo que denotaba inteligencia.

—Buen camino. Es un placer conoceros —saludó Frida, usando la fórmula que había oído a Klam y a Asteras.

—Aunque yo sea la más pequeña, él afloró más tarde que yo —quiso precisar Ombrosa, señalando a Gianbrugo.

—¿Qué significa para vosotros «aflorar»? —preguntó Frida—. Oigo que lo usáis mucho.

Los niños se miraron entre sí; luego fue Gianbrugo quien tomó la palabra.

—Perdona, ¿tú cómo has llegado aquí? ¿No has aflorado?

—Yo he pasado por la puerta. O, mejor dicho, he llegado a través de un árbol.

La cara de los cuatro pequeños trepadores era la viva imagen del estupor. Ni que hubiera dicho que había llegado de un planeta lejano a bordo de una nave espacial.

—¿Vosotros habéis nacido aquí? —insistió Frida.

—Ya te lo hemos dicho, hemos aflorado —respondió Viola, que hasta entonces había guardado silencio.

—¿Quiere decir que habéis salido de algún sitio? —dijo Frida, que no sabía cómo formular la pregunta para obtener una respuesta sensata.

—No..., no hemos salido de ninguna parte. Nos hemos encontrado aquí, en Baland. Antes no estábamos, luego sí —respondió Ombrosa, con su lenguaje algo inconexo. Pero, en lugar de corregirla, los otros tres asintieron como si hubiera pronunciado la más sacrosanta de las verdades.

—Entonces... —empezó a decir Frida, pero se interrumpió bruscamente.

Un recuerdo le acababa de aflorar en el cerebro: también Asteras le había confesado que no tenía memoria de lo que le había sucedido antes de su llegada a Amalantrah. Había llegado y basta.

—¿Y cuánto tiempo hace que habéis... aflorado?

No respondió nadie, excepto Gisella, que se encogió de hombros. Desde luego, Frida no podía esperar otra cosa: si era cierto que en aquel mundo no se usaban los relojes, estaba claro que de calendarios ni se hablaba.

—¿Quieres ver un sitio? —intervino Gianbrugo, rompiendo el silencio que se había creado.

—¿Como qué?

—Un lugar que solo conocemos los trepadores. Quizá cuando lo hayas visto comprenderás.

—No lo sé. Mi amigo me ha dicho que no me aleje —respondió Frida, apoyando las manos en el parapeto de madera.

Los niños pusieron cara de desilusión.

—Pero ¡es un sitio secreto! —insistió Gisella, subrayando la última palabra con gran énfasis, como si no hubiera nada como el secretismo para generar entusiasmo.

—Lo siento, no puedo ir con vosotros —respondió Frida. Aquellos cuatro niños tenían algo de inquietante; a medida que hablaban, se sentía cada vez más incómoda. Había una luz dura en aquellos ojos azules que parecían piedras preciosas de bordes cortantes—. De verdad no puedo, pero os agradezco el ofrecimiento.

Quería evitar meterse en nuevos problemas. No estaba en Nevelhem de excursión; eso no tenía que olvidarlo. Así que les dio la espalda y se dispuso a entrar en casa de la señora Rondó. Pero antes de que pudiera atravesar el umbral, oyó la voz de Viola, sutil como un siseo, que la atravesó como una espada:

—Qué lástima; tenemos una cosa que pertenecía a tu madre y pensábamos que te habría gustado verla.

ϒ

Asteras se despertó de pronto y se sentó en la cama. Él no soñaba nunca, así que no había sido una pesadilla lo que le había agitado, sino más bien un presentimiento.

Miró por la ventana, tras la cama. La luna azul estaba en su sitio; aún era de noche.

La que no estaba en su sitio era Frida. La llamó, pero la casa estaba vacía. El instinto le sugirió que se levantara enseguida y saliera a buscarla. En el espacio que se abría tras la puerta, en la plataforma de madera, no había ni rastro de su amiga. El pánico se le clavó en el pecho como una astilla. Le había dicho a Frida que no saliera y que no se alejara. Le había dicho que no había ningún sitio en Amalantrah en el que pudieran estar tranquilos. Y como forastera recién llegada a aquel lugar, bueno…, en su caso era infinitamente peor. Asteras decidió ir a echar un vistazo y embocó la calle de las Ramas.

A poca distancia de la casa de la señora Rondó, había otra. El problema era que para moverse por Baland había que tener la agilidad de un trepador. Asteras no tenía problema para trepar por los árboles, pero aquí la situación era muy diferente. Se trataba de dar saltos en el vacío, de tomar al vuelo lianas a alturas de vértigo, de saber distinguir las ramas seguras y fuertes de las secas, que se quebraban bajo el peso de una lagartija.

Para llegar a la otra casa, tenía que dar un salto de casi tres metros. Podía conseguirlo. Pero mientras cogía carrera para el salto oyó una voz masculina y aguda desde un punto impreciso de entre las ramas:

—¡Eh, Asteras, si buscas a la vigilante, harías bien en mirar abajo!

El muchacho se detuvo sin saber quién le había hablado. De los trepadores se oían muchas historias por los bosques de Nevelhem. Los llamaban también el «pueblo invisible», y no era casualidad.

—Gracias…, amigo —respondió.

Habría sido inútil preguntar quién era o indagar sobre el significado de aquellas palabras. Estaba seguro de que quien le había hecho esa sugerencia ya habría desaparecido en el corazón de Baland.

Inmóvil sobre la plataforma de la señora Rondó, Asteras miró hacia abajo. No vio nada, pero cerró los ojos e intentó mirar recurriendo a la voluntad. Hizo un esfuerzo y sus ojos penetraron en la niebla. La piedra Bendur palpitaba en su bolsillo, calentándose cada vez más. Sus ojos penetraron entre las ramas, descendiendo cada vez más, recorriendo la corteza del gigantesco árbol.

Y por fin la vio: Frida estaba tendida, con los ojos cerrados, entre Wizzy y Mero.

# 12

## Escondidos en la oscuridad

*E*n las entrañas de la ermita de los Dolientes se abría el infierno.

Barnaba y Drogo se adentraron, muy atentos, por las paredes de la caverna hasta encontrar refugio tras un saliente de roca. El ladrido de los perros era ensordecedor. Cientos de perros.

—Es aquí donde traen a las bestias que raptan los enjutos antes de meterlas en jaulas y enviarlas a Amalantrah —susurró el viejo Drogo mientras se acercaban a la sima para observar lo que sucedía en su interior.

—Deja de llamar bestias a los perros —replicó Barnaba.

Decenas y decenas de hombres huecos supervisaban el cercado de los perros secuestrados o recogidos por la calle.

—¿Y esos quiénes son? —preguntó Barnaba, señalándolos.

—Son los que tienen el sello de los urdes. Los simples. Si querías encontrar a los malos, ahí los tienes.

—Hay uno al fondo que lleva una túnica roja —observó Barnaba.

Drogo cambió de expresión. Levantó el labio superior lo suficiente como para dejar a la vista sus estropeados dientes.

—¿Qué pasa?

—Ese no es un simple. Es un elegido.

—¿Un superior?

—Esto no es el ejército. No hay oficiales y subordinados. Es como si..., es como si hubiera dos razas diferentes. Los simples son la mano de obra, crueles, pero más o menos esclavos. Los elegidos son los sacerdotes del Mal. Están aquí con el único fin de conseguir que su antiguo demonio vuelva al mundo. Su señor. La Sombra que Devora.

Drogo hablaba intentando reducir su voz ronca y oscura al volumen más bajo posible, pero una rabia que no conseguía controlar le hacía elevar el tono involuntariamente.

—¿Lo conoces, a ese de ahí?

—Mejor de lo que querría —dijo, con un desprecio que teñía su voz de un rojo fuego. Hizo una pequeña pausa y prosiguió—. Es Kosmar, el Señor de las Pesadillas. Es él quien arrancó a mi hijo de su cuerpo y lo encerró en el espejo. Es él quien oficia el maldito rito del apartiga.

Barnaba no sabía qué responder a aquello. ¿Qué tenía que ver él con aquella locura que se había instalado en su vida? ¿Qué tenía que ver con puertas invisibles que se abren con piedras encantadas, con seres de cabeza de paja, otros mundos, señores de las pesadillas que apresan a niños en espejos y una mujer que yacía dormida irradiando un frío polar?

Habría querido arrancarse todo aquello de la mente y volver a su vida tranquila en la montaña, donde un perro no era más que un perro y donde lo único que podía sorprenderle eran los colores vivos de un amanecer o de las frutas que crecen año tras año en las plantas. Pero ahora estaba metido hasta el cuello en aquello y tenía que seguir adelante. Si aquello era ahora su realidad, tendría que afrontarla del mejor modo posible. Su vida y la de sus seres queridos nunca volverían a ser como antes: más valía aceptarlo y actuar en consecuencia.

—¿Y ahora qué hacemos?

—¿Qué quieres hacer? Nada, no podemos hacer nada. Nos destruirían, tan cierto como que me llamo Drogo.

—Entonces, ¿para qué me has traído aquí? ¿Solo para contemplar el espectáculo?

—¿Ves ese arco allí, al fondo? Allí, detrás de Kosmar. Pues eso es otra *sekretan*. Una *sekretan turmenta*. De ahí se pasa a Amalantrah, en el Reino de la Niebla. Ya has estado en Nevelhem. Por ahí es por donde se llevan a los perros al otro mundo, para después transportarlos hacia las fosas de Dhula. Y es por esa puerta por la que pasaremos.

—Pero ¿estás loco? Tú mismo has dicho que no podemos…

—¡No lo haremos ahora! —le interrumpió airado el viejo Drogo—. Tenemos que movernos cuando todo esté en silencio. Mañana por la mañana. Los enjutos no pueden salir con la luz del día. Los hombres huecos seguirán los carros y los simples no son un problema; aquí no encontraremos ninguno. Kosmar estará en algún otro sitio, estoy seguro. Y además llevaremos con nosotros al kreilgheist.

—¿Pretendes traer aquí a ese monstruo? —le preguntó Barnaba, incrédulo.

—Pretendo rescatar a mi hijo. No tengo toda la vida para hacerlo. Ahora estoy preparado: si quieres venir, bien. Si no...

—Aquí estaré. —Esta vez fue Barnaba quien interrumpió la frase del exteniente.

El viejo asintió.

Luego le dijo a Barnaba que había llegado el momento de marcharse. Él se dispuso a seguirlo, pero vio a un hombre hueco que daba una patada a un perro: aquello hizo que le invadiera una rabia explosiva. Instintivamente, dio un paso adelante para detener a aquel idiota. Drogo lo retuvo agarrándolo por un hombro, pero eso le hizo perder el equilibrio a Barnaba, que con un pie golpeó la roca y provocó un pequeño desprendimiento. De inmediato, el ruido atrajo la atención de los hombres huecos y de los seres de túnica gris. Todos dirigieron sus rostros inhumanos hacia lo alto mientras los dos infiltrados se pegaban a la pared.


Drogo y Barnaba salieron de las entrañas de la ermita corriendo con todas sus fuerzas. Esta vez, el viejo no se la había jugado, dejándolo atrás. Parecía que nadie les había seguido.

—Hemos tenido suerte. ¡Has estado a punto de montar un buen lío! —rebufó Drogo, jadeando y tosiendo—. ¿En qué demonios pensabas?

Barnaba también estaba plegado en dos: estaba claro que ya no tenía edad para acciones heroicas.


El grupo avanzaba con dificultad. El Respiro oponía una resistencia constante.

La noche había caído de pronto. La luz gris del día se había difuminado en una variación azulada, y en el cielo, como una tela, brillaba aquella extraña y frágil luna de color cobalto. Los muchachos ya habían implorado una pausa, pero Klam se había mostrado inflexible: no había refugios seguros en el Sendero del Viento, ni tampoco pueblos; no había lugar donde acampar, y ni siquiera habrían podido encender fuego, con el Respiro soplando sin parar.

Había sido aquel mismo viento el que había recogido las gotas de sangre de la herida de Tommy y las había esparcido por la calle. Y el olor había penetrado en el terreno cubierto de hojas, haciendo que algo despertara y les siguiera el rastro.

—¿Qué ha sido eso? —exclamó Gerico, alarmado.

Hacía un rato que había recuperado la lucidez.

Miriam se detuvo. Intentó concentrarse en los ruidos. Los otros también se habían parado a escuchar.

—¿Qué pasa, Geri? ¿Qué has oído? —preguntó Tommy.

—No lo sé, tengo la sensación de haber notado un ruido muy tenue pero constante detrás de nosotros. Como de ramas rotas.

Klam descendió de la grupa de Marian y se acercó a Gerico. El hombrecillo tenía que hacer un esfuerzo enorme para mantenerse pegado al suelo. Se ayudaba con dos palitos de madera que clavaba en el terreno; de no ser por ellos, la violencia del Respiro se lo habría llevado volando. Al no oír nada, les hizo un gesto a las dos border rojas, ordenándoles que fueran a reconocer el terreno. Las perritas no se hicieron de rogar: con el morro pegado al suelo y las orejas enhiestas, se adentraron en la niebla.

—De sus sentidos nos podemos fiar, ¿verdad? —escribió Miriam.

—Aquí en Nevelhem eso no está tan claro. Los olores se confunden. El bosque es un circo de efluvios y de miasmas, y luego está esta maldita niebla, capaz de ocultar cualquier cosa.

Klam se dio cuenta de que aquellas palabras habían supuesto otro golpe de efecto a la moral de los muchachos, ya cansados y asustados, así que intentó compensarlo con algo de optimismo:

—Pero son unas perritas muy listas. Si hay algo…

Dejó la frase a medias al ver que Marian y Mirtilla ya regresaban. Marian se acercó a Klam. Estaba claramente agitada y soltó un bufido.

—Sigamos adelante, pero con precaución. Más vale que nos protejamos la retaguardia —advirtió el hombrecillo.

El viento silbaba a su alrededor; cuando las ráfagas se hacían más intensas y pasaban entre las ramas secas de los árboles, parecía que hasta gritaba.

—Ya casi estamos. Tras esa selva debería haber una bajada. Allí termina el Sendero del Viento. Y la granja de los Pot no queda demasiado lejos —dijo Klam, que parecía bastante convencido.

—¿Cómo te encuentras, molusco? —le preguntó Tommy a su hermano.

Los dos caminaban cerca el uno del otro, haciéndose compañía.

—Mejor que tú, resto de naftalina.

Miriam se rio al oír aquella extraña mofa.

Llegaron a la cumbre de la montaña con las piernas cansadas, los rostros pálidos y los ojos rojos de sueño y por la abrasión del viento.

—Klam, ¿qué le parece si dentro de un rato paramos a descansar? No creo haber estado más agotado en mi vida. Y no hablo solo por mí —dijo Tommy, girándose para indicar con la cabeza a Miriam y a Gerico.

Ahora, más que caminar, iban arrastrando los pies.

—Les había advertido que no sería un paseo —les respondió el hombrecillo, cortante.

—La noche ya casi tendría que haber acabado, ¿no? Hemos dejado atrás el peligro.

Klam lo miró fijamente unos instantes antes de concederle lo que pedía:

—Está bien, detengámonos un rato.


Estaba a punto de iniciarse un nuevo ciclo. En el Sendero del Viento, la luz mate del amanecer teñía el cielo. Los chicos, Klam y las perritas descansaban, agotados. El sueño estaba ayudándolos a combatir el cansancio, pero no era más que un remedio paliativo.

También el viento se había aplacado, y en el silencio del alba se oyó un susurro sordo. Fueron las perritas las primeras en darse cuenta. Se levantaron del rincón, donde estaban hechas un ovillo, y se pusieron a olisquear el aire. Se dieron cuenta de que aquel lúgubre murmullo venía del suelo. Marian empezó a gruñir, con un sonido sordo que llegaba de lo más profundo de su garganta.

—Por todos los demonios de Amalantrah, nos hemos dormido —masculló Klam, con la voz pastosa del sueño, abriendo los ojos de golpe.

—¡Mirad allí! —exclamó Tommy, dando una sacudida a Miriam y a Gerico.

En el terreno cubierto de hojarasca, a pocos centímetros del morro de Marian, algo había empezado a moverse. El murmullo oscuro de unos momentos antes se había convertido en un ruido rasposo y un crujir de ramas secas rotas.

—¡ALEJAOS! —les gritó Klam a las dos perritas.

Marian y Mirtilla se echaron atrás, asustadas. Los muchachos tenían los ojos bien abiertos, fijos en el punto en el que el suelo se movía cada vez más agitadamente.

Se estaba formando un círculo de la anchura de un vaso que engullía la tierra y las hojas del centro. Enseguida se abrieron otros círculos que se convirtieron en embudos en los que se hundía la tierra, girando en el sentido de las agujas del reloj.

—Rechinantes —dijo Klam, alterado—. ¡RECHINANTES! ¡FUERA DE AQUÍ, DEPRISA! —gritó, en un tono de auténtico terror.

Los muchachos se pusieron en pie, temblando de miedo y de la sorpresa, y recogieron a toda prisa las mochilas. Los agujeros empezaron a vomitar unos seres horribles, a medio camino entre cangrejos y escarabajos, del tamaño de la palma de una mano, unos rojos y otros negros. Eran ya más de una decena y se movían rápidamente por el terreno.

Mirtilla iba retrocediendo, pero seguía gruñéndoles. La formación de rechinantes no se dejaba amedrentar y avanzaba compacta, amenazante. Los chicos llamaron a Mirty para que se alejara, pero ella seguía allí, combativa, afrontando el peligro.

Marian fue a su lado. Ladraban, dando saltos hacia atrás y luego lanzándose de nuevo hacia delante, en una danza de guerra. Los bichos respondían intentando pellizcarlas con sus pinzas en el morro o en las patas.

—Si les pellizcan con esas tenazas, están listas —dijo Klam.

Se le veía desesperado y, por una vez, no parecía saber qué hacer. Fue entonces cuando Tommy se hizo cargo de la situación. Huir perseguidos por aquellos animales rápidos y de potentes pinzas sería un suicidio.

—¡Los tirachinas, Ge! —le gritó a su hermano.

Gerico respondió al momento. Sacaron los tirachinas y sus proyectiles de la mochila, los cargaron y apuntaron, pero darles a los rechinantes no era nada fácil. No eran un objetivo de gran tamaño y, sobre todo, no se estaban quietos ni un momento. Los primeros tiros se perdieron. Los gemelos echaron de menos a Frida, con su prodigiosa puntería.

—¡Son demasiado rápidos! —gritó Gerico—. ¡Miriam, aléjate de aquí!

La muchacha se apartó. Sin un arma, era inútil en la batalla.

Tommy estaba concentrado en su objetivo. Mirtilla consiguió aferrar a uno, con cuidado de que no le pellizcara, lo apretó con los dientes y lo zarandeó con fuerza a derecha e izquierda. El rechinante se agitaba como si le hubiera atravesado una descarga eléctrica. Al final, la border lo lanzó por los aires y el bicho fue a impactar contra el tronco de un árbol. Movió lentamente las patitas y, tras una breve agonía, se detuvo del todo.

También Marian, que iba tomándoles la medida a aquellos híbridos monstruosos, resultaba más eficaz que los tirachinas en su ataque. Ella también consiguió atrapar a uno de aquellos monstruos y lo partió en dos con sus potentes mandíbulas. Gerico y Tommy no perdieron el tiempo. Recogieron un par de ramas voluminosas a modo de bastones y decidieron afrontar así a sus agresores. Klam intentó disuadirlos.

—No podemos dejarlos ahí —dijo Tommy, lanzándose contra los rechinantes.

Pero a aquellas bestias se les daba muy bien esquivar los golpes; es más, contraatacaban agitando sus enormes pinzas. Con un pellizco habrían podido atravesar músculos y huesos. Pero entonces ocurrió algo imprevisto.

Gerico dejó de luchar, dejó caer su rama rota y se quedó inmóvil. Los rechinantes se dieron cuenta y se lanzaron a por él. Habría acabado mal, de no ser por la intervención de Miriam, que se lanzó como una furia, recogiendo uno de los improvisados bastones. Agitando la rama consiguió mantener alejadas a tres de aquellas criaturas infernales.

—¡Por aquí, venga! —Klam había recuperado la lucidez e indicaba una apertura en una roca próxima.

—Miriam, llévate a Gerico; nosotros te cubrimos —gritó Tommy.

Ella le dio un golpetazo en las pinzas a uno de los rechinantes. El animal emitió un lúgubre chillido. Pero eso no detuvo a Miriam. Lanzó otro golpe, y esta vez le dio en pleno caparazón, con tanta fuerza que lo partió en dos. No había tiempo para celebrarlo: agarró a Gerico por el brazo y se lo llevó de allí. Luego le tocó a Tommy alejarse de la maraña. Marian y Mirtilla seguían manteniendo a los pequeños monstruos a raya, pero cada vez les costaba más.

Klam ayudó a los muchachos a pasar por la abertura; luego llamó a las perritas con un silbido. Ambas se giraron y acudieron corriendo. Klam entró, seguido de Mirtilla. Pero Marian se había girado de nuevo para protegerlos de un par de obstinados perseguidores, que dejó atrás cuando vio que el resto del grupo estaba a salvo. Entonces también ella se lanzó hacia la abertura, solo que unos metros antes de ponerse a salvo ocurrió lo imprevisible. En el suelo se abrió otro hueco redondo y del agujero salió el enésimo rechinante, que lanzó las pinzas al vuelo cuando Marian pasó por encima. Un horrible ruido de huesos rotos resonó en el aire, seguido de un gemido de dolor que les puso a todos la piel de gallina.

# 13

## En el interior de la Constelación

*A*steras vivió unos momentos de puro terror. Ver a Frida tendida en el suelo, inmóvil, le había sumido en la angustia. Pero cuando bajó y vio que la muchacha estaba viva, poco a poco volvió a respirar normalmente. Estaba dormida nada más. Y estaba tan guapa, perdida en el sueño, que no quiso molestarla. Observó que tenía algo cogido en la mano, pero no entendía qué era. ¿Un colgante? ¿Una piedra? ¿Una llave?

Wizzy y Mero enseguida se habían puesto en pie para celebrar su llegada. Él los aquietó para no despertar a Frida. En el bosque reinaba un silencio compacto, apenas interrumpido por algún ruido indefinido a lo lejos.

Hacía poco que había empezado un nuevo ciclo. La niebla ya era menos densa, más bien era una tenue neblina. Parecía un mundo de algodón de azúcar. Y, sin embargo, Nevelhem no tenía nada de dulce.

Cuando Frida abrió los ojos, lo primero que vio fue la imponente maraña de árboles que escondían entre sus ramas la ciudad de Baland. Y la escondían hasta tal punto que no consiguió ver ninguna casa. Le vino incluso la duda de si no habría sido todo un sueño, hasta que se dio cuenta de que en la mano tenía aún la cadenita con el colgante.

No olvides cuando tu madre te cogía en brazos y te arrullaba mientras te dormías. No olvides la canción que te susurraba. «*He-*

*llo darkness, my old friend. I've come to talk with you again»*. No olvides el colgante de plata que tenía al cuello y que tú rozabas con tus pequeños dedos. Era el símbolo de un hueso para perros y tenía grabado PARA SIEMPRE.

—Buenos días, Frida. —La voz de Asteras le acarició los oídos. Deseó abrazarlo y lo hizo. Lo apretó fuerte. Asteras se sorprendió, pero le gustó. Le respondió abrazándola también él y se quedaron así un rato, sin decirse nada.

—Todo va bien, forastera, estoy aquí. Pero la próxima vez hazme caso. Si te digo algo, es porque tengo más experiencia que tú. Conozco este bosque y sus peligros. No puedes hacer lo que te parezca.

—Sí, tienes razón —respondió Frida, avergonzada. Pero enseguida la vergüenza dejó paso a una euforia controlada—. Pero... Lo he encontrado, Asteras. ¡Lo he encontrado!

—¿Qué es lo que has encontrado?

Ella se separó y le mostró el colgante en forma de hueso con la inscripción PARA SIEMPRE. Él lo miró, y luego levantó la vista y la miró a ella, expectante.

—Era de mi madre. Lo busqué entre los efectos personales que me devolvieron después de que... Pero no estaba por ninguna parte. —Él no la interrumpió—. Mis padres murieron en un accidente de coche. Mi madre era una vigilante, como tú. Y como yo.

—Lo sé —dijo Asteras al momento.

—¿Lo sabías?

—Margherita, sí. La conocía, y sabía que tú llegarías un día.

Frida abrió los ojos, perpleja. Hizo un esfuerzo para recuperar la respiración, que se le había quedado bloqueada en el fondo del pozo que era su garganta.

—¿Tú..., tú... la conociste?

—Nunca la vi, pero tenía mucha fama entre los vigilantes de Nevelhem, aunque hacía tiempo que no se dejaba ver por el bosque.

Frida sintió que las lágrimas le caían, como gotas de lluvia que se deslizan por el cristal de una ventana. Lentamente le fueron surcando el rostro hasta dibujarle dos finas líneas en el cuello. Necesitaba llorar, necesitaba deshacer los nudos que tenía en la boca. Era un llanto que debía derramar, o todas aquellas emociones la ahogarían. Sintió que estaba a punto de quedar aplastada bajo el peso de todo lo que le estaba sucediendo en aquellos días, en aquellas semanas, en aquellos meses. Que la oscuridad, el mal, el dolor, los peligros, la pérdida eran un lastre excesivo para los hombros de una niña como ella.

—Lo he… encontrado…, Asteras. —Apretaba el colgante en la mano con tal fuerza que el perfil metálico de la pieza estaba a punto de cortarle la piel—. Era la medallita que colgaba del cuello de Erlon, su border.

Asteras asintió y volvió a abrazarla.

—Pero no me has dicho dónde has encontrado el colgante. ¿Qué ha pasado esta noche?

Frida se lo contó.


Hasta que no atravesaron la abertura, no se dieron cuenta de que Marian no estaba con ellos. El hombrecillo había encontrado un pasema y había abierto una puerta. Habían ido a parar a otro punto del bosque, sanos y salvos, pero desde luego nada contentos.

—¡No hay nada que hacer, Tommy! Lo siento, pero no tiene ninguna posibilidad —dijo Klam, intentando hacerle razonar.

—Me da igual. ¡Abra ese maldito paso! —gritó Tommy, que apenas podía contener las lágrimas.

—No lo haré, Tommy. Sería un suicidio para ti y un peligro para nosotros.

—¡ABRA ESTA PUERTA! —gritó tan fuerte que se le hincharon las venas del cuello.

Mientras tanto, Mirtilla se movía frenéticamente aquí y allí, buscando el modo de reunirse con Marian. Gerico tenía un comportamiento exactamente opuesto: estaba sentado contra un árbol, inerte, presa de otra crisis de apatía. Klam parecía inamovible en su decisión de no ceder a las peticiones de Tommy.

—Escucha, Klam, tú ahora abres ese paso y salimos al otro lado. Me esperas frente a la roca por la que hemos entrado. Si ves que las cosas pintan mal para mí, vuelves a abrirlo y vienes aquí. Te ocupas de Gerico y de Miriam. Y en cuanto mi hermano esté mejor, lo mandas de vuelta a nuestro mundo.

La voz de Tommy mostraba una decisión que no admitía réplicas. Y en sus ojos había una luz dura y cortante como el cuarzo.

Tras una larga pausa, Klam se dirigió a la roca (un saliente de piedra anodino, que nadie asociaría con un paso). El pequeño señor de las puertas usó su sello para reabrirlo.

—Miriam, volvemos enseguida. Ocúpate de Gerico. Mirtilla, quédate con ella. —Tommy hablaba como un jefe de escuadra. Hasta la perrita percibió el tono perentorio de su voz y se sentó junto a Miriam.

Tommy y Klam pasaron.

Cuando salieron por el otro lado del paso, el bosque estaba en silencio. Klam hizo lo que le había ordenado Tommy: se apostó junto a la roca, a la espera. El muchacho, armado con su tirachinas, se coló entre los primeros árboles. Pasó junto a los pequeños orificios circulares de donde habían salido los rechinantes y escrutó el entorno, pero no había ni rastro de aquellos asquerosos híbridos. Poco después, Klam lo perdió de vista, engullido por la niebla y el follaje.


Frida le habló a Asteras del encuentro con Gisella y los otros tres niños trepadores. De cómo la habían convencido para que los siguiera. Le contó cómo habían saltado entre casas y precipicios, con cabriolas y saltos increíbles, por lo que ellos llamaban la calle de las Ramas.

—¿Y tú has saltado con ellos? —la interrumpió él, asombrado.

—Ellos me tenían agarrada.

—¿Adónde te han llevado?

—A un sitio absurdo donde no ha llegado nunca ningún forastero. Al menos eso me ha dicho Viola. La Constelación.

—¿La Constelación? —respondió Asteras, frunciendo el ceño—. No lo he oído nunca.

—Asteras, ¿cómo puedo describirte lo que había allí? No podría explicarte lo que han visto mis ojos.

—Al menos inténtalo.

Wizzy se acercó a Frida y se le acurrucó contra las piernas. Ella le acarició el suave pelo blanco y negro; cuando le pasaba la mano entre las orejas, el perro respondía con un gemidito de placer.

—Había enormes esferas encajadas entre las ramas —explicó—. ¿Sabes las gotas de resina que caen por los troncos de los árboles? Al menos es algo que les pasa a algunos de los árboles de mi mundo, que tienen la corteza marrón.

—Claro, ya sé lo que quieres decir. Nosotros los llamamos «lagrimones». Se encuentran únicamente en los bosques tristes. Dan la impresión de que los troncos estén llorando.

—Bueno, pues imagínatelas enormes, brillantes. Esferas gigantescas, de color ámbar, una junto a la otra —dijo Frida, dibujando en el aire con las manos lo que solo con palabras no conseguía expresar.

—¿Y esa era la Constelación?

—Sí. Y es la cosa más bonita que he visto en mi vida.

—¿Y has visto qué había dentro?

—Eso es lo mejor. Objetos. De todo tipo. Un montón de cosas pequeñas.

Asteras podía imaginarse, a través de sus palabras, el asombro que había sentido Frida al atravesar los pasillos de la Constelación.

—Son espacios…, no sé cómo explicarlo, como enormes almacenes con paredes de cristal ambarino, con altas estanterías que siguen la curva de las esferas. En el interior hay una luz muy caliente que se refleja desde pequeñas lámparas redondas.

Frida aún tenía la mirada perdida, mientras narraba hasta el último detalle de los descubrimientos que había hecho, los objetos que había encontrado. Gisella, Ombrosa, Gianbrugo y Viola la habían cogido de la mano y competían unos con otros para ver quién le enseñaba las cosas más sorprendentes.

—Pero ¿te han explicado qué eran esos objetos?

Al oír aquello, Frida reaccionó, como si aquellas palabras hubieran tocado una cuerda desafinada de un piano, estropeando la armonía de la música. Se puso de pie y empezó a caminar adelante y atrás, con Wizzy siempre a sus pies, siguiéndola como una sombra.

—Al principio, cuando se lo he preguntado, no me han respondido. No querían. Decían que era un secreto. Pero luego a la más pequeña, Ombrosa, se le ha escapado algo.

Frida cogió un trocito de madera del suelo y lo tiró lejos. Wizzy y el Príncipe Merovingio saltaron inmediatamente para agarrarlo al vuelo. Fue Wizzy quien lo consiguió, y regresó al trote junto a los chicos, para después dejar caer su trofeo al suelo, a sus pies. Había empezado la hora del juego, y Asteras se unió a Frida, para regocijo de los perros. Él también se puso en pie y desafió a los perros a que agarraran su bastón. Ellos no se hicieron rogar. Se le lanzaron encima, y él cayó al suelo riéndose mientras los dos border hacían de todo para arrancarle de las manos el preciado tesoro. Frida se rio con él. Cuando los perros se alejaron, disputándose el trofeo, Asteras se le acercó.

—Bueno, ¿y qué te ha dicho Ombrosa?

—Que la Constelación es donde afloran las personas. Siempre llegan con algún objeto. En un principio, lo llevan consigo a todas partes. Es su vínculo con el Otro Lado. Después, con el pasar de los ciclos, lo van olvidando. El objeto pierde importancia y, cuando llega el momento de irse, lo dejan allí. Para siempre.

Para siempre.

Asteras sintió que algo se le movía en la mente. Como un flash, un recuerdo demasiado rápido y fugaz.

—Entonces, ¿tu madre ha estado allí?

Frida asintió.

—¿Y ese colgante lo dejó en la Constelación?

La chica volvió a asentir.

—Me han dicho que mi padre y mi madre afloraron allí y que luego se fueron, como hacen todos los que no son trepadores, para dirigirse a su destino.

—¿Qué destino?

—No lo sabían —respondió Frida—. Pero ¿qué significa esta historia de los aflorados, Asteras?

Él lanzó otra ramita lejos. Mero y Wyzzy salieron corriendo, con la lengua al viento. Frida notó que la expresión del joven vigilante había cambiado. No podría decir en qué exactamente, pero era como si un velo le hubiera quitado brillo.

—No sé, Frida. No sé nada de eso.

—¿Me estás diciendo la verdad?

—Sí, no sé nada. Nada de nada.

Mentía. Aquella convicción atravesó la mente de Frida como una flecha venenosa. No le creía, pero acusarle habría resultado contraproducente.

—¿Ahora qué hacemos? —preguntó.

—Reemprender el camino. Desayunamos y salimos en dirección al Altiplano. ¿Estás lista?

—Nunca estaré del todo lista para este sitio —dijo, con voz queda.

Se alejó en silencio para recuperar la mochila. Se la puso a la espalda, cogió el colgante y volvió a mirarlo. Se le encogió el corazón de nuevo. Se lo puso. O más bien lo intentó, pero no era fácil enganchar el cierre por detrás de la nuca. Asteras apareció tras ella, silencioso como las estrellas que aparecen en el cielo nocturno.

—¿Puedo? —preguntó con delicadeza, aunque ya había cogido entre los dedos el collar que antes había pertenecido a Margherita.

Frida sonrió y asintió. Aquella sonrisa escondía el hormigueo de una nueva esperanza: sus padres habían estado allí. No se explicaba cómo. No sabía qué significaba, pero en su interior tomó fuerza la convicción que llevaba tiempo madurando: si había un lugar donde podía volver a verlos, sería precisamente en Amalantrah.

# 14

## En la granja de los sigbins

*T*ras un tiempo indefinido, Tommy emergió de nuevo de entre la niebla. Se acercó a Klam con los hombros caídos y gesto triste y el paso pesado de esos soldados que abandonan el campo de batalla con el peso de la derrota a sus espaldas. Cuando llegó a unos metros de él, el hombrecillo comprendió.

—La he encontrado —murmuró Tommy.

Klam asintió lentamente.

—La he enterrado como he podido… —El muchacho no consiguió completar la frase porque las lágrimas impidieron que las palabras le salieran de la garganta.

Marian había muerto como una heroína. Había luchado y los había protegido. Antes de enterrarla con delicadeza en la tierra desnuda de Nevelhem, Tommy había cubierto de caricias llenas de amor y gratitud su manto de pelo leonado. El Reino de la Niebla se había cobrado un alto precio.


Cuando volvieron a atravesar la puerta abierta en la roca, Miriam se les acercó esperanzada, pero aquel sentimiento se evaporó rápidamente cuando vio que la perrita no venía con ellos. No tenía ánimo ni para escribir algo en el pizarrín. Fue Tommy quien habló:

—No estaba. Quizás haya conseguido escapar.

Miriam lo escrutó atentamente para encontrar en sus gestos alguna señal que le contara la verdad. No encontró nada. Luego dirigió la mirada a Klam, y en su rostro solo halló una pared lisa sin nada a lo que agarrarse.

—Son perros fuertes, Miriam; seguro que les ha hecho pasar un cuarto de hora muy desagradable a esos escarabajos.

Tommy esbozó una sonrisa para hacer más creíble su mentira. La muchacha decidió creerle.

—Ahora tenemos que irnos. Cuando anochezca, tenemos que estar en la granja —intervino Klam, que señaló a Gerico—. Y con el muchacho en estas condiciones, no será fácil.

El grupito reencontró el camino del que se habían desviado para ponerse a salvo de los rechinantes. Descendieron por la ladera y vieron el valle donde, tal como les había indicado Klam, debía encontrarse la granja en la que se criaban los vampíricos sigbins.

Nadie hablaba; el silencio se había convertido en la nota dominante ahora que Marian no estaba con ellos. No sabían muy bien cómo se sentiría Mirtilla, pero los chicos estaban seguros de que en su interior algo se habría quebrado. Tenía poco más de dos años y había crecido, literalmente, junto a la otra border de pelo rojo: Marian tenía ya casi cuatro años cuando aquel diablillo de Mirtilla había llegado a Petrademone.

Barnaba y Cat la habían salvado de un destino de tristeza y abandono. Los señores Zuriani la habían comprado para regalársela a su hija de diez años, pero la niña se había cansado de ella muy pronto. Nadie la sacaba a pasear, nadie jugaba con ella, nadie tenía tiempo ni ganas de regalarle una caricia.

Cat había decidido llevársela a casa y Barnaba se había mostrado encantado. Se había integrado en el grupo inmediatamente gracias a la protección de Marian, que enseguida la había convertido en su «hija adoptiva». Jugaban todo el día en los inmensos prados de la finca, y allí Mirtilla había desarrollado toda su atlética belleza. Con Marian compartían astucia y oportunismo, hasta el punto de que Barnaba las había apodado «las ladronas». Nada estaba seguro en casa si la pareja de tunantes le echaban el ojo.

Mirtilla sin Marian no sería la misma.


Llegaron a la granja de los Pot cuando la luz del día era ya tenue. Gerico estaba de nuevo apagado y Miriam no lo dejaba ni un momento. Lo que más echaba de menos de su mundo era el sol, la luz intensa. En Nevelhem, todo se fundía en un eterno cielo plúmbeo, sin ninguna variación. Mañana, tarde y noche eran conceptos vagos. Había una luz gris que indicaba que era de día, así como una luz azulada que pintaba la noche. Y nada más.

—Entonces, ¿cuál es el plan? —planteó Tommy. Estaban agazapados tras un grupo de árboles que escondían parcialmente la vista de la granja.

—Mirad la casa del granjero, al fondo —indicó Klam con su minúsculo brazo—. Cuando veamos que se iluminan esas ventanas, sabremos que están todos dentro y podremos avanzar hacia el pajar de los sigbins. Mirtilla tendrá que quedarse aquí; no podemos arriesgarnos.

—¿Y cómo lo hacemos para que no nos siga? —preguntó Tommy.

—¿Te pagan una cantidad fija por pregunta tonta o es un don natural que tienes? ¿No has notado que son perros especiales? Tú dile que espere aquí y ella obedecerá.

—¿Y no es peligroso que se quede aquí sola, de noche y con todo lo demás?

—A la tercera pregunta tonta, ganas un peluche. ¡Claro que es peligroso, aquí hay peligros por todas partes! Pero no tenemos alternativa.

—Yo me quedo con ella. —Miriam interrumpió la discusión mostrándoles su pizarrín.

—Ni se te ocurra —respondió Tommy.

—Sí. Yo me quedo con Mirtilla. No quiero perderla también a ella —replicó, y las palabras de tiza no admitían réplica.

—Esta chica me gusta —comentó Klam, para sorpresa de todos.

—Prométeme que no harás ninguna heroicidad —dijo Tommy, haciendo caso omiso al hombrecillo y dirigiéndose directamente a Miriam.

Ella lo miró, asintió y se llevó una mano al corazón, como signo de promesa.

—Si aparece algún peligro, corre todo lo que puedas —insistió Tommy.

—Volveremos enseguida —añadió Klam.

LA TIERRA SIN RETORNO

—¿Y cómo son esos sigbins? —preguntó el muchacho.

—Bueno, desde luego, no son cachorrillos que puedas tener de mascota en casa. Recuerdan vagamente a los canguros, pero son más pequeños y de cabeza estrecha. Tienen la piel gris y grasienta, sin pelo. Orejas largas y una cola muy desarrollada, que usan para pelear entre ellos.

Al oír aquello, Miriam se estremeció.

—Pero lo más inquietante no es su aspecto físico —añadió Klam. Los dos muchachos se miraron, intrigados—. Lo que les hace realmente extraños es que caminan hacia atrás.

—¿Y cómo lo hacen? —preguntó Tommy, aunque Miriam también se había planteado la misma pregunta.

—Alargan el cuello bajo el cuerpo y miran por entre las patas, mientras caminan hacia atrás.

Los chicos se quedaron en silencio, perplejos.

—¿Y cómo hacemos para…? Espera, no sé siquiera qué es exactamente lo que tenemos que hacer —dijo Tommy.

—Escúchame bien. Los sigbinsianos…

—¿Quiénes?

—Los sigbinsianos son las familias que los crían. No me interrumpas. Decía que los sigbinsianos no pueden tener a sus animales en libertad. Son incontrolables y demasiado valiosos como para que puedan permitirse perderlos. No te imaginarías cuánto están dispuestos a dar por ellos los mercaderes.

—Desde luego, no me lo imagino.

—Si me vuelves a interrumpir, me veré obligado a pegarte.

—Tú prueba.

Klam le dio una patada en la rodilla a Tommy, que emitió un gritito más de sorpresa que de dolor.

—Pero ¿te has vuelto loco?

—Yo siempre mantengo mis promesas, no lo olvides. Decía… —Klam fijó la visa en los ojos de Tommy—. En el pajar, los Pot tienen a sus sigbins en enormes recipientes de arcilla que llaman, simplemente, «tarros». —Klam indicó con un movimiento de las manos un contenedor enorme. Tommy quiso decir algo, pero recordó la amenaza del pequeñajo—. Descansan ahí dentro durante la noche, con una especie de tapón, para que no salgan.

—¿Y por qué no en jaulas? ¿Por qué tarros? —escribió Miriam.

—Ya, es algo... ¡cruel! —dijo Tommy.

Klam sonrió antes de responder.

—¿Cruel, decís? El problema es que no conocéis a los sigbins. Y sobre todo no os imagináis el nauseabundo olor que emanan. Si los tuvieran en jaulas, el pajar olería tanto que no podría acercarse nadie. Y creedme: no son seres que merezcan humanidad y benevolencia. Ellos solo quieren sangre, nada más. Y están dispuestos a cualquier cosa para conseguirla.

Barnaba no volvió directamente a casa tras la sobrecogedora visita a la ermita de los Dolientes. Regresó con Drogo a Villa Bastiani, y de ahí se fue al hospital. La cita con el exteniente era para la mañana siguiente. Atravesarían la *sekretan turmenta*. Barnaba tenía un torbellino de pensamientos en la cabeza. La idea de tener que dejar a su mujer en aquellas condiciones para afrontar un viaje del que no se sabía cuándo volvería era otro lastre que añadir al peso que le aplastaba el corazón. Y además tenía que fiarse del viejo, lo cual suponía meterle la mano en la boca a un tigre con la esperanza de que tuviera el estómago lleno.

Habían trasladado a Cat a otra habitación equipada con unas estufas que en circunstancias normales habrían creado una temperatura tropical. Aun así, lo único que conseguían era que no se formara hielo, pero para entrar había que llevar abrigo, bufanda y gorro.

Barnaba se quedó un par de horas con su mujer, arriesgándose a morir congelado. No le importaba; lo único que quería era pasar el máximo tiempo posible con ella antes de afrontar el viaje a Amalantrah. Cuando llegó el momento de partir, la abrazó durante un buen rato, le besó los inertes labios, en los párpados cerrados, en la frente lisa e inmóvil, en el dorso de las manos caídas a los lados del cuerpo. Le prometió que volvería para salvarla, para devolverle la sonrisa en su hermosa cara y la luz a los ojos.

ϒ

Cuando amaneció, el viejo Drogo ya estaba en el lugar acordado. Con él iba Vanni, aún medio dormido. Un fino hilo de saliva le colgaba de la comisura de la boca. Y sobre todo estaba el kreilgheist, perfectamente mimetizado en el sotobosque. El exteniente rebufó y soltó un improperio con voz ronca. Llevaba esperando casi una hora y no era fácil mantener controlado aquel animal gigantesco, aunque no se le daba mal del todo. No podían esperar más. El viejo maldijo a Barnaba y decidió que había llegado el momento de dirigirse a la puerta él solo. De modo que el extraño trío emprendió la marcha por los bosques de los Montes Rojos.

Poco antes del amanecer, Barnaba estaba dispuesto a subirse a su camioneta para llegar puntual al lugar de la cita. Contempló el estado desastroso de su casa: cristales rotos, cosas tiradas por todas partes. El rastro dejado por el enjuto era bien visible.

Sonó el timbre del portero automático.

Barnaba se sorprendió tanto que el zumbido metálico le hizo dar un respingo.

Volvió a sonar el timbre. Esta vez con más insistencia.

Barnaba notó la urgencia en la llamada, casi se imaginaba el dedo al otro lado de la verja, apretando el botón, tenso y nervioso.

—¿Quién es?

—¿Señor Malvezzi? —respondió la voz, entre un susurro eléctrico.

—¿Sí?

—¿Barnaba Malvezzi?

—¿Quién es?

—Policía. Abra la verja, por favor.

# 15

## Sin escapatoria

*E*n la oscura profundidad de la noche, Pipirit llegó por fin a la parte del desierto en la que se elevaban las altas rocas que se había fijado como meta de su fuga desesperada. Sentía que la vida lo había abandonado. ¿Cuánto tiempo hacía que no bebía? No lo sabía, pero tenía la boca tan seca que le dolía hasta mover la lengua, y tenía los ojos empañados del cansancio y la deshidratación.

Se arrastró unos metros más, intentó levantar el morro para olisquear el aire, pero estaba demasiado débil y cayó al suelo. De la garganta le salía un estertor sibilante, un quejido involuntario. Tendido en el duro terreno, levantó la mirada al cielo, desde donde lo contemplaba la luna azulada, impasible e indiferente. Las rocas eran perfiles oscuros sin nada que ofrecerle más que su inmovilidad.

Después Pipirit descubrió algo. Cerró los ojos y volvió a abrirlos. Vio algo de nuevo, pero no pudo reaccionar. Esperaría la llegada de aquella cosa olisqueando y gañendo de dolor: no le quedaban energías para plantear oposición, pero hizo acopio de las últimas fuerzas que le quedaban para al menos ponerse en pie. Las patas le temblaban. Y quizá le temblara también la mente, porque habría jurado que lo que se le acercaba eran perros, simples perros como él. O quizá no tan simples, a juzgar por su gesto altivo que destacaba contra el azul opaco de la noche.

Eran tres border collie. Descendieron desde las rocas con agilidad y se acercaron al pequeño jack russell. Lo olisquearon. Pipirit les dejó que lo hicieran, pero observó que el más grande de los tres mantenía las distancias. Si Pipirit hubiera podido preguntarle su nombre, él habría respondido: «Ara de Petrademone». El favorito de Barnaba, líder de los perros vigilantes, emitió un par de ladridos secos y perentorios. El segundo perro era Babilù, y el tercero era poco más que un cachorro, con el manto algo más claro que los otros dos, de un gris pizarra brillante. El nombre que llevaba grabado en la medallita decía OBY DE PETRADEMONE.

Acercándose a Pipirit, Babilù dejó caer entre sus patas lo que llevaba cogido entre las fauces. Un animalillo muerto. Una presa. Con el morro lo acercó aún más al jack russell, incitándolo a que comiera. Pipirit olisqueó el animalillo aún intacto y se puso a comer.

Después Oby le indicó que le siguiera con ese lenguaje corporal que solo usan los perros. Ahora que había recobrado algo de energía con la comida, Pipirit se sentía renacido. Oby, Ara y Babi echaron a correr entre las rocas, y él los siguió como pudo. Recorrieron las angostas gargantas excavadas en la piedra y pasaron por fin a través de una fina hendidura tras la que apareció el más precioso de los tesoros: ¡un espejo de agua!

Un laguito minúsculo, pero providencial.

El agua manaba de debajo, por lo que en el centro de aquel espejo líquido había un borboteo constante. Pipirt se lanzó al agua de golpe y bebió. Bebió casi hasta estallar, agitando su larga lengua rosada como una bandera sacudida por un viento alegre.


Barnaba se quedó paralizado en la entrada con el auricular del portero automático en la mano. Paralizado por la tensión. Cuando los dos coches de las fuerzas del orden llegaron y aparcaron frente a la casa, salió al patio y recibió a los policías con un saludo cordial.

—Soy el alférez Adinolfi —dijo el primer hombre uniformado que bajó del coche—. Señor Malvezzi, tenemos una orden de registro.

Se dirigió hacia Barnaba, aún paralizado y atónito ante el cariz que estaban tomado los acontecimientos. Levantó los ojos hacia el alba: se estaba haciendo tarde, Drogo no le esperaría. Sintió la angustia invadiéndole el pecho: no llegaría a tiempo a la cita. Pero aquello parecía algo serio.

—¿Por qué esa orden? —les preguntó a los militares.

—Los gemelos Oberdan han desaparecido y tenemos numerosos indicios que llevan hasta su casa. Mis hombres tienen que
efectuar un registro. ¿Puede abrirles la puerta, por favor? Mientras tanto, si no le importa, tengo que hacerle algunas preguntas
—dijo con tono severo y nada cordial.

A Barnaba no le quedaba otro remedio.

—¿Gerico y Tommy? No lo entiendo... No están aquí.

—Señor Malvezzi, eso lo determinaremos nosotros. Déjenos
pasar.

Los policías observaron enseguida que la puerta balconera por
la que había salido Barnaba tenía los cristales rotos. El alférez
miró al hombre sin hablar, pero la pregunta que transmitían sus
ojos estaba clara.

—Se ha roto con... Fui yo, anoche. Tropecé y di de lleno contra la puerta.

A Barnaba no le gustaba mentir, no sabía hacerlo, y lo peor
aún estaba por llegar.

Efectivamente, una vez dentro, los policías vieron cristales
por todas partes, las estatuillas de perros (aquellas figuritas que
tanto significaban para Cat y que trataba con tanto cariño y delicadeza) hechas pedazos por el suelo, una silla rota en una esquina, manchas de sangre aquí y allá. El desastroso estado del salón
hacía pensar en una lucha feroz.

—Señor Malvezzi, ¿qué ha pasado aquí dentro? No juegue
conmigo; las mentiras me provocan urticaria —dijo el alférez,
con una voz aún más seca y engolada.

Barnaba se quedó en silencio. ¿Qué le habría podido explicar
al policía? ¿Que un ser de tres metros de altura y sin rostro se
había colado en su casa y lo había devastado todo? ¿Que sus dos
sobrinas y sus amigos habían huido a otro mundo hecho de niebla y de árboles blancos? ¿Que su mujer era víctima de una maldición, que emanaba hielo y que él tenía que ir a buscar un remedio colándose a través de una puerta secreta bajo las ruinas de
una ermita?

—Señor Malvezzi, le seré franco. La cosa no pinta bien. Hay
demasiadas cosas que no encajan.

—Yo no he hecho nada; no tengo ni idea de dónde están los
gemelos.

—¿Y su sobrina? —preguntó el alférez, que había abierto un cuaderno del que leía algunas notas—. Frida, Frida Costas. Por lo que sabemos, el 1 de julio de este mismo año se la entregaron en acogida a usted y a su mujer. ¿Dónde está en este momento?

«Eso querría saber yo», pensó Barnaba.

—Ha salido —dijo, pero su voz lo delataba.

—¿Ha salido? ¿Y adónde ha ido?

Barnaba sintió que el terror se apoderaba de él. Un pánico ardiente y agresivo que le devoraba todos los pensamientos.

—Se ha ido... a... —Se rindió—. La verdad es que no lo sé.

Los ojos del alférez Adinolfi se estrecharon hasta convertirse en unas fisuras finísimas, una mirada afilada que se le clavaba en la piel y le incrustaba una palabra como si fuera un hierro candente: «culpable».

—Mire, alférez, yo también estoy preocupado por Frida y por los gemelos. Le juro que estoy destrozado por su desaparición y...

—Y entonces, ¿por qué no ha hecho como la madre de los hermanos Oberdan? ¿Por qué no ha denunciado la desaparición de su sobrina?

—Estaba a punto de hacerlo.

—Sí, claro, como no. Y dígame: ¿lo habría hecho aunque no hubiéramos llegado nosotros?

En aquel momento, entró en la estancia uno de los agentes con unas ropas en la mano.

—He encontrado esto, alférez —dijo el joven, agitado, como si hubiera encontrado un tesoro en una isla perdida.

—¿Qué es? —le preguntó su superior, cogiendo las prendas.

—La ropa de los dos muchachos. Se corresponde con la descripción que nos ha hecho la señora Oberdan.

El alférez se giró hacia Barnaba y no tuvo necesidad de preguntarle nada. Todo en él parecía decir: «¿Y esto cómo me lo explica?».

Barnaba estaba perplejo. Lo cierto es que no sabía nada de eso. Él no estaba en casa cuando los chicos habían bajado al sótano, por consejo de Frida, para cambiarse la ropa empapada por la lluvia. Les había sorprendido un diluvio mientras volvían de Villa Bastiani a Petrademone.

—Esposad al señor Malvezzi y vamos a comisaría. Seguiremos allí —ordenó sin alterarse el alférez, que salió del salón con paso decidido.

Barnaba sintió que el suelo se hundía bajo sus pies. De pronto, el mundo entero se le caía encima. No podría ir con Drogo, no encontraría el sanador para Cat, no podría ayudar a los chicos. Nadie le creería. Solo pudo murmurar:

—Yo no he hecho nada, no he hecho nada malo.

Tommy, sobre cuyo hombro se mantenía erguido Klam, avanzaba sosteniendo por un hombro a Gerico, que caminaba con la desenvoltura de un zombi. No veían a Miriam ni a Mirtilla, engullidas por el manto azulado de la niebla nocturna que lo cubría todo. Mientras avanzaban hacia la valla de la granja, bajo sus pies oían el chapoteo del fango. Tommy se miró, asqueado, los zapatos mojados al contacto del terreno cenagoso.

Una vez que llegaron al cercado de madera que rodeaba la finca, tuvo que recurrir a todas sus fuerzas para ayudar a Gerico a pasar por encima. Y una vez dentro, el paisaje era de lo más descorazonador: un mísero y minúsculo páramo.

—¿Y esto es una granja?

—¿Te esperabas verdes prados y animales felices correteando en libertad? —le respondió Klam al oído.

—No, pero tampoco este cementerio apestoso.

—Basta de charla. Vayamos despacio; más vale que no despertemos a nadie.

La casa estaba en silencio; los Pot estarían durmiendo. Pero aún había luz en las ventanas, tras las cortinas. Tommy, Klam y Gerico estaban frente al gran pajar. Tras dudar un momento, Tommy decidió abrirlo igualmente. El portalón de madera emitió un siniestro quejido.

—¡Despacio, o despertarás hasta a los demonios de Dhula! —le riñó el hombrecillo.

Tommy lo fulminó con la mirada. Pero en ese momento oyeron un golpe sordo a sus espaldas. Gerico se había dejado caer, estaba sentado en el suelo y parecía decidido a dejarse llevar por el sueño.

—¡Gerico! ¡No es el momento!

Tommy lo sacudió mientras lo levantaba a pulso del suelo.

—¡Entremos, venga! —susurró el hombrecillo.

Dentro se encontraron una fría penumbra y un pesado hedor a podredumbre y a descomposición mezclados con sangre. Era tan intenso que Tommy sintió arcadas.

—¡Por Dios, qué peste! —dijo con voz nasal, porque se había tapado la nariz con dos dedos para no notar tanto el olor.

—Son los sigbins; ya te había dicho que apestan —dijo Klam, señalando cientos de tarros de arcilla esparcidos por el suelo del antiguo pajar.

—¿Quieres decir que están ahí dentro?

—Esos son los tarros.

Tommy esperó a que el hombrecillo dijera algo más, pero en vano.

—¿Qué hacemos ahora?

—¿Qué te parece si organizamos una fiesta? —Pausa—. Pues abrir uno, ¿no?

—¿Y después?

—Después ya veremos.

—¿Nunca se te ha ocurrido trazar un plan como Dios manda?

—Los planes son solo para quien carece de fantasía. Y ahora pongámonos en marcha —dijo Klam, zanjando el tema.

Escogieron un tarro al azar. Todos tenían la misma forma, pero básicamente los había de dos medidas. Tommy no tuvo que preguntar: intuyó que en los grandes estaban los adultos, y en los pequeños, sus «cachorros».

—Abramos uno de esos pequeños —propuso Klam—. Los pequeños son menos agresivos.

Al oír aquello, Tommy sintió un nudo en el estómago por la tensión. No sabía qué se encontraría al levantar la tapa. «No seas miedica», se repitió mentalmente.

Klam le bajó de los hombros y trepó con agilidad a los de Gerico, que no reaccionó lo más mínimo. El hombrecillo, con ayuda de un cuchillito que tenía la longitud de una uña de los chicos, estaba preparando tiras de tela.

—¿Qué vas a hacer con eso? —preguntó Tommy.

—Tú déjame hacer a mí. Mientras tanto, prepárate —respondió él, apurándose.

Cuando terminó, se colgó las pequeñas tiras de tela en torno al cuello, como si fueran bufandas.

—¡Ahora abre! Y ten cuidado —le ordenó el genius.

Tommy empezó a desenroscar el tapón, sintiendo el latido del corazón hasta en las venas de las muñecas. Los dedos le sudaban del miedo. El olor a rancio le estaba penetrando en la nariz y en los pulmones.

Cuando hubo desenroscado del todo la tapa, la separó del tarro. La peste que salió fue como un puñetazo que hizo que Tommy se doblara en dos por las náuseas. Un par de arcadas le hicieron poner los ojos en blanco y le revolvieron el estómago.

—¡Qué héroe, tu hermano! —comentó irónico Klam a Gerico, que reaccionó como lo habría hecho una planta—. ¿Todo bien ahí abajo? —le preguntó después a Tommy, que respondió asintiendo débilmente.

Estaba pálido como un sobre de correos. El hedor de Villa Bastiani era como el perfume de un jabón de lavanda en comparación con aquel pestazo a podrido.

Por atroz que fuera el olor, quedó enseguida en un segundo plano ante el espectáculo que se desarrolló ante los ojos de Tommy. Un pequeño sigbin estaba asomando el morro por la abertura del tarro.

El muchacho lo iluminó enseguida con la linterna, alejándose unos pasos. El morro era muy parecido al de un perro, pero sin un pelo. Era de un color gris azulado y tenía una piel flácida, llena de bolsas y pliegues. Luego aparecieron las orejas puntiagudas, anchas y ligeramente transparentes, como las de un murciélago. Pero lo que más le impresionó a Tommy fueron los ojos: dos esferas negras muy separadas la una de la otra. Y un montón de dientes, pequeños y cortantes, que quedaron a la vista cuando el sigbin abrió las fauces. Movió la nariz, detectando los olores que flotaban en el aire.

—¿Qué hacemos? —susurró el muchacho, sin moverse.

Por el rabillo del ojo vio que el hombrecillo se sacaba de nuevo del bolsillo el pequeño cuchillo.

—¿Qué haces con ese juguete? ¿Vas a cortarle los pelos de la nariz?

A Tommy, las bromas le salían de forma natural cuando estaba nervioso. Mientras tanto, el sigbin iba trepando por el borde del tarro con las patas anteriores e intentaba salir.

—No es para el sigbin, idiota —respondió Klam, descendiendo por el brazo de Gerico y agarrándose a la manga negra del uniforme.

Cuando llegó a la altura de su mano, le hizo una minúscula herida en el dedo. En la piel del índice del chico afloró una sonrisa rojo oscuro que empezó a lagrimear pequeñas gotas de un fluido denso y brillante. En ese momento, Tommy comprendió el plan de Klam. La herida era un cebo, como cuando se quiere atraer a un tiburón.

Recordaba bien esa película. La había visto con Gerico y su padre el año anterior. Hablaba de un tremendo tiburón blanco que sembraba el pánico en una población turística comiéndose a todo el que entraba en el agua, hasta el punto de que el jefe de la policía se propuso matarlo con la ayuda de un biólogo marino y un huraño pescador de tiburones. Y para atraerlo a la jaula usaban, precisamente, sangre.

Aun así, considerar a su hermano como cebo no le parecía nada divertido. No obstante, había que reconocer que la idea de Klam parecía funcionar. El pequeño sigbin, que había aterrizado en el suelo con un ruido de trapo mojado, pareció enloquecer. Tenía el morro tembloroso y emitía unos chilliditos como los de los cerdos cuando están nerviosos. Klam también tenía razón en otra cosa: lo más inquietante de aquel extraño ser era su modo de caminar hacia atrás. Había empezado a caminar hacia atrás mirando a Gerico con la cabeza entre las patas posteriores (más desarrolladas que las anteriores, como en un canguro).

Tommy se quedó mirándolo, petrificado, mientras el sigbin pasaba por su lado sin dignarse a mirarlo. El olor a sangre lo tenía hipnotizado, atrayéndolo hacia la promesa de una comilona que suponía la herida de Gerico. Sin embargo, cuando aquel monstruo alcanzó a su hermano, Tommy reaccionó de golpe y quiso lanzarse contra el sigbin. Klam lo detuvo levantando la mano.

—Quédate quieto, o se asustará y escapará. O puede que te salte encima. Mira, ahora empezará a chuparle la sangre.

Efectivamente, el animal había rodeado el dedo de Gerico con los dientes.

—Con la saliva le inyectará su toxina para dormirle la mano, de modo que no sentirá dolor. Pero lo más importante es que esa toxina tiene el poder de quemar la bilis negra que corre por las venas de tu hermano. Te lo había explicado, ¿recuerdas? —Klam hablaba en voz baja para no alterar al sigbin, que chupaba ávidamente el dedo de Gerico como si estuviera bebiendo leche de un biberón.

—¿Y no corre el riesgo de matarlo?

—Claro. Por eso tenemos que detenerlo, dentro de poco, o lo dejará seco.

—¿Y cómo lo detenemos? —preguntó Tommy, tenso.

—Písale la cola con fuerza. Ahí son muy sensibles. Pero espera a mi señal.

Mientras tanto, Gerico miraba con indiferencia a la nauseabunda criatura que tenía pegada al dedo.

—¡AHORA! —gritó Klam.

Tommy reaccionó con decisión y le dio un buen pisotón al sigbin en su larga cola. La bestia abrió la boca y lanzó un aullido agudísimo, soltando el dedo de Gerico. Klam se apresuró a vendar la herida del muchacho con las pequeñas vendas que había cortado previamente. ¡Para eso servían!

—Agárralo por la cola y arrástralo hasta el tarro; luego métalo dentro —ordenó en voz alta—. ¡Y cuidado que no te muerda!

Tommy, que estaba justo detrás de la criatura, lo aferró por la cola, larga y resbaladiza. Sintió de nuevo que el estómago se le ponía del revés, pero consiguió controlar las náuseas.

Ya casi había llegado al tarro cuando una voz al fondo de la cabaña interrumpió la escena.

—*¡Aya, aya, mía qué tanimos quíentro! ¡Enquerosos intrusos!*

Tommy y Klam se giraron de golpe hacia aquella voz que hablaba tan raro. A la puerta del pajar, se veían dos siluetas: la de un hombre corpulento y la de una mujer baja y rechoncha.

—*¡Ansolta el animalejo mismora!* —gritó el hombre.

—*¡Ansóltalo ya!* —La voz de la mujer daba escalofríos, era como el ruido que hace la tiza al rascar contra la pizarra.

Tommy no tuvo necesidad de preguntarle a Klam quiénes eran. Acababan de conocer a los Pot: el granjero y la granjera.

# 16

## Los pululantes

$\mathcal{F}$rida había leído en un libro que, en muchas tradiciones antiguas, los amuletos servían para ahuyentar los espíritus malignos y los fantasmas, o para propiciar la buena suerte en el viaje. Por ejemplo, un tizón recogido de la chimenea y sumergido en agua fría, para después llevarlo en el bolsillo. Había hombretones robustos y enormes en los campos irlandeses y escoceses que no se ponían en marcha sin llevar uno.

En su caso, sujetar el colgante de su madre creaba un efecto muy parecido. Se sentía protegida y envuelta en su aura positiva.

—Tenemos que dejarlos aquí —propuso Asteras, dejando caer al suelo su correbosques. No podían usarlos en aquella parte del bosque; el terreno era demasiado accidentado.

—¿Y luego qué? ¿Cómo los recuperaremos?

—No lo haremos. Ya construiré otros cuando vuelva a casa. Pero ahora llevarlos a cuestas nos frenaría; son demasiado voluminosos.

Por el camino aún no se habían encontrado a nadie. Frida estaba asombrada. ¿Cómo podía ser que aquel lugar estuviera desierto? Asteras le explicó que nadie se adentraba en los bosques de Nevelhem si podía evitarlo.

—Es mucho más seguro refugiarse en algún otro sitio. En el bosque hay demasiados peligros; el corazón oculto del Mal late por todas partes, entre estos árboles.

Aquella advertencia le había caído a Frida como un latigazo. ¿Sus padres estaban por ahí? ¿Corriendo peligros? «¡Están muertos! —le susurró su vocecilla interior, cínica y despiadada, pero que en aquel caso casi tuvo un efecto tranquilizador—. ¿Qué peligros crees que pueden correr?»

En vez de eso, Frida habría tenido que preocuparse de los peligros que los amenazaban a ella y a su compañero de viaje. Estaban atravesando una zona del bosque especialmente oscura. La densa maraña de ramas bloqueaba el paso de la pálida luz del cielo, dejando pasar solo una mínima parte. El silencio era compacto, como la niebla.

—¿No tienes la impresión de que hay alguien que nos espía en todo momento? —preguntó por fin Frida, que hacía tiempo que guardaba esa pregunta en su interior.

—¿Qué quieres decir? ¿Has visto algo?

—No, es más bien una sensación.

El peso de unos ojos escondidos, un hormigueo en la base del cuello.

Asteras se detuvo. Miró alrededor. Los árboles eran cuerpos blancos y tristes, retorcidos y escuálidos. Y las raíces de color leche se aferraban al terreno como dedos esqueléticos. Aguzó el oído en busca de cualquier ruido sospechoso.

—Quizá tengas razón. Hay algo que no cuadra.

Instintivamente, Frida se acercó aún más a Asteras y se agarró a su brazo.

«Yo te veo, niña. Yo te veo, pequeña huerfanita exasperante. Yo te veo, y no hay escondrijo en el que te puedas ocultar de mi mirada.»

Una voz se había colado por la fuerza en su cabeza. Una voz desagradable como una cantinela enfermiza. La reconoció al momento. Astrid. Instintivamente, Frida se tapó las orejas con las manos, aunque sabía que aquellas palabras no llegaban del exterior, sino que habían aparecido directamente en su cabeza.

—Frida, ¿qué te pasa? —preguntó Asteras, preocupado.

—Nos está mirando, Asteras. Nos está espiando —dijo ella lloriqueando, paralizada por el terror. Se sentía como uno de esos animales que se quedan inmóviles en medio de la carretera, hipnotizados por los faros de un coche.

—¿Quién? ¿Quién nos está espiando?

—Ella… Astrid.

—¿Astrid? ¿Quieres decir la señora de los urdes? ¿Dónde?

—La oigo…, está aquí. No sé dónde, pero nos ve, nos controla, nos espera.

Asteras la abrazó. Él también había visto algo. El bosque se estaba moviendo.

—Frida, escúchame bien… Ahora tenemos que quedarnos quietos. Inmóviles —le susurró con la boca entre su cabello.

—¿Por qué? —dijo ella, examinando frenéticamente el bosque por encima de su hombro—. ¿Qué está pasando?

El joven dudó; no sabía cómo describirle lo que había visto.

—Concéntrate en los árboles; fija la vista en un punto exacto. —Le dio el tiempo necesario para hacerlo—. ¿Lo ves? Es como si se movieran, como si se volvieran líquidos.

Frida estaba perpleja, pero siguió sus indicaciones. Miró. Sin embargo, aparte de la niebla y de los árboles blancos, no veía nada.

«Te estoy observando, pequeña desgraciada. Muy pronto vendremos a por ti.»

Frida dio un respingo al oír esas palabras. Tenía que sacarse de la cabeza aquella voz que le horadaba la mente. Pero ¿cómo? ¿Qué estaba pasando?

—Mantén la cabeza inmóvil, fija la vista, mira bien… —le dijo Asteras al advertir sus movimientos.

Frida fijó la mirada. Un buen rato. Y lo vio. Era como si por delante de los árboles hubiera una pequeña pantalla que deformara la imagen. Parecía como si las plantas se estuvieran moviendo o, mejor aún, como si se estuvieran licuando, justo como había dicho Asteras. Le vino a la mente el fenómeno del espejismo inferior.

Se lo había explicado su padre un domingo de agosto, cuando volvían del mar. Frida estaba convencida de que la carretera que estaban recorriendo era como si se estuviera disolviendo a lo lejos por efecto del calor: estaba convencida de que allí había un charco de asfalto líquido. Ella, que no tenía más de seis o siete años, le preguntó si era el calor lo que provocaba aquello. Y él siempre tenía una respuesta para todo. Una respuesta científica, no una historia con un toque de magia para que la realidad resultara más fascinante. «La ciencia es más fascinante que las fábulas más increíbles», le decía a menudo. Le explicó que era un espejismo, una ilusión óptica. Ahora no recordaba cómo se producía, pero lo que veía parecía eso exactamente. Solo que no hacía suficiente calor como para que tuviera una explicación científica. Era, simplemente, algo absurdo y espantoso.

—Lo veo. ¿Qué es, Asteras?

—¡No es lo que es…, sino lo que son! Son pululantes. No te muevas. Si no te mueves, no pueden verte; solo perciben los movimientos.

La masa transparente se movía por entre los árboles siguiendo a Wizzy y a Mero, que habían notado algo, por lo que ladraban y corrían en torno a los troncos.

—Los pululantes se mimetizan perfectamente. Se vuelven transparentes —añadió Asteras.

—¿Son… peligrosos?

—Están al servicio de los urdes. Son sus ojos en Nevelhem.

—Así pues, ¿Astrid nos está viendo a través de ellos?

—Sí. Los elegidos más poderosos, como ella, pueden usarlos de este modo. No obstante, nosotros también tenemos alguna ventaja: si huimos hacia una zona oscura, les costará localizarnos. Y no se mueven tan rápido como nosotros —susurró el joven vigilante.

Asteras y Frida estaban uno frente al otro, tan cerca que se rozaban con el cabello, tan cerca que parecían una sola persona.

—¿Nos seguirán?

—Puedes estar segura, pero tú no te alejes de mí y verás que nos libramos de ellos. Lo he hecho docenas de veces.

El tono decidido y suave de Asteras resultaba más reconfortante que las palabras en sí mismas, y Frida se aferró a aquello con todas sus fuerzas.

—Cuando diga tres, corremos hacia el interior del bosque. Allí no podrán vernos. Mero y Wizzy los distraerán.

Frida asintió, más desesperada que convencida.

—Uno…

«Vendremos a por ti, jovencita.»

—Dos…

«Vayas donde vayas, estaremos ahí, hasta que acabes entre mis manos.»

—¡¡¡Tres!!!

«Y no te gustará.»

Υ

El granjero Pot y su mujer estaban bien armados. Tenían en las manos sendas horcas de madera de mango largo con púas metálicas muy afiladas; además, la mujer, en la otra mano, llevaba una pequeña hacha.

Tommy había soltado al pequeño sigbin, que había aprovechado para escapar hacia el interior del pajar, buscando un escondrijo entre los tarros.

—*¡Macasecho! ¡Ara tenimos que atrapiarlo y cerlie mal!* dijo el granjero, en su jerga casi incomprensible.

—*¡Comatravé, pe lo pillamo!* —añadió aquella terrible mujer, más ancha que alta, con horribles cabellos blancos como el esparto. Era aún más aterradora que su marido.

—*¿Qué tasis enciendo aquín?* —dijo el hombre, acercándose con gesto amenazador.

—Discúlpeme, granjero Pot, no queríamos ocasionarles ningún inconveniente… Necesitábamos a una de sus…, a uno de sus animales, porque nuestro amigo —Klam señaló a Gerico, que a todo esto iba recuperando color y vitalidad—, como ve, no está muy bien, y pensamos que el mordisco de un sigbin habría podido ayudarle.

El granjero frunció el ceño y su gesto porcino le dio un aspecto más ridículo que temible.

—*¿Y tú, queñajo, qué tasi adeciendo? Ten la lingua de mucho solta. ¿Denonde asales?*

Klam parecía estar a punto de responderle, pero se controló. No era el momento de mostrarse susceptible.

—Pero ¿dónde estamos? ¿Quiénes son estos señores?

Decididamente, Gerico había despertado de su sueño melancólico. Y, por supuesto, estaba desorientado. Tommy le dio un pequeño codazo en el costado y le habló en voz baja:

—Has escogido el peor momento para volver a hablar.

Las puntas de las horcas apuntaban hacia ellos.

—*Incerrémolo al sotocantino* —graznó la mujer.


—Huid, huid si queréis. No os servirá de nada.

Astrid estaba de pie en medio de una pequeña sala de paredes negras de las que colgaban numerosos espejos. Llevaba su habitual túnica roja. Su único ojo sano estaba del revés, de modo que solo se veía un globo ocular blanco, sin iris ni pupila. A su alrededor había cinco simples, entre ellos Pollunder, su más fiel servidor.

Astrid seguía, a través de la mirada de los pululantes, la fuga de Frida, Asteras y sus dos perros. Disfrutaba del espectáculo, aunque fuera por medio de la visión desenfocada y sin color que le llegaba: era como una imagen onírica de contornos poco nítidos.

—Bien, bien, todo procede según el plan. Están huyendo —dijo, más para sí misma que para los subordinados que tenía alrededor.

—Acabarán directamente en los brazos del enjuto —apostilló Pollunder.

—Eso es solo parte del plan, querido simplón mío —replicó Astrid con la mirada perdida en la proyección mental de los pululantes—. Por mí, pueden morir, pero lo que quiero es otra cosa.

El ambiguo mensaje de Astrid se cobró el consenso de los hombres de gris, que asintieron, diligentes, como siervos bien adiestrados que eran.


Asteras tenía agarrada la mano de Frida mientras corrían. Desgraciadamente, por mucho que corrieran, aquella mancha invisible que hacía que el mundo tras ellos pareciera líquido les pisaba los talones. A veces daba la impresión de que se habían librado de ella, pero luego aparecía de nuevo.

—Aún están ahí, ¿verdad? —preguntó Frida, hablando fatigosamente.

—Sí, están ahí.

—¿Y qué hacemos?

—Sigamos corriendo. Por esa parte, el bosque es más denso. Fíate de mí.

Viendo aquella pequeña jungla de aire amenazante, Frida tuvo un mal presentimiento.

—¿Estás seguro de que es prudente adentrarse ahí?

—No, no es prudente, pero es nuestra única posibilidad.

«Huid, huid cuanto queráis. No os servirá de nada.»

De nuevo aquella voz, de nuevo la Seca (ese era el mote que le habían puesto Frida y Barnaba en Petrademone, cuando pensaban que era simplemente una mujer rígida e insoportable, no una cruel y poderosa Señora del Mal).

Frida sintió un escalofrío. Sus reservas de energía estaban al mínimo, igual que su ánimo.

—¡Quieta! —ordenó de repente Asteras.

Ante ellos había aparecido un banco de niebla denso y crepitante.

—¿Eso qué es? —preguntó ella, intentando encontrar explicación a aquel fenómeno extraño y preocupante.

—Niebla-escarcha —respondió Asteras.

—¿O sea?

—Es una niebla gélida que asciende poco a poco hasta rodearte, te desorienta, te absorbe y te hace perder la conciencia.

—¡Ya la he visto! En Petrademone. La noche en que llegué. De no haber sido por Morgana... A propósito, ¿dónde están Wizzy y Mero? —exclamó, de pronto preocupada.

—Iban detrás de nosotros.

Frida se puso a llamarlos.

—Es inútil, Frida. En la niebla-escarcha, hasta los sonidos se congelan y se detienen. Solo podrían oírte si estuvieran donde estoy yo, a dos centímetros de ti.

—Asteras, tenemos que hacer algo...

—Usa la voluntad, Frida. Si queremos atravesarla, la atravesaremos —le dijo al oído, para asegurarse de que le oía.

Ahora la nube de blanca niebla-escarcha había crecido hasta envolverlos por completo. Frida sentía un frío primitivo que se le clavaba en los huesos, a pesar del uniforme especial que llevaba puesto.

—¿La voluntad?

Al hablar, Frida comprendió exactamente qué era lo que quería decir Asteras con eso de que «hasta los sonidos se congelan y se detienen». Notó, efectivamente, que el sonido de su voz se congelaba, paralizándose, en el mismo momento en que abandonaba su boca.

—Agárrate a mi m...

Asteras le agarró la mano con más fuerza aún y caminó con

la seguridad de un guardia imperial. Frida se concentró profundamente. Sentía la energía de Asteras a través de la mano. Quería salir de aquella niebla gélida. En aquel preciso momento, lo quería más que ninguna otra cosa. Era él quien le transmitía aquella voluntad tan potente.

Casi sin darse cuenta, se encontraron con la niebla-escarcha a sus espaldas. Habían llegado a la zona más sombría del bosque. Frida sintió que la mano de Asteras estaba cada vez más fría.

—¿Qué pasa, te encuentras mal?

—Tengo que sentarme…, solo un momento… —El joven hablaba con dificultad—. Cuando uso la voluntad de este modo tan intenso… —Hizo otra pausa—. No te alejes, siéntate aquí, junto a mí… Lo has hecho muy bien.

Asteras se sentó, apoyando la espalda contra un árbol. Tenía la cara tan pálida que casi no se percibía la diferencia entre el color de su piel y el blanco del tronco contra el que se había sentado.

—Yo no he hecho nada, solo te he seguido.

—No… has hecho mucho más… Si no hubieras tenido tú también la voluntad de salir…, nos habríamos perdido en el vapor… Nuestras distancias…, habrían sido diferentes.

Hablaba haciendo largas pausas, en las que recobraba el aliento.

—No entiendo. ¿Qué quieres decir?

—No te preocupes, Fri, el sello de Bendur está creciendo en tu interior… Ya lo entenderás.

Del banco de niebla-escarcha salieron también, como dos flechas, Mero y Wizzy. Tenían el pelo cubierto de minúsculas perlas de hielo, y los bigotes del morro, tiesos como agujas. Frida gritó sus nombres, contenta, pero casi no tuvieron tiempo de saludarse, porque el Príncipe Merovingio se separó de los chicos y se puso a ladrar contra un punto suspendido en el vapor.

—Los pululantes, Asteras. Vuelven a estar aquí. —Frida los veía de nuevo.

«Me gusta darte caza; siento el olor de tu miedo.»

De nuevo, la voz penetrante de Astrid. No había duda: aquellos ojos invisibles seguían observándolos fijamente.

# 17

## Prisioneros

*T*enemos que escondernos entre esos árboles —propuso Asteras.

Frida lo siguió, poco convencida.

—Yo, en vuestro lugar, no lo haría —dijo una voz desconocida, procedente de algún punto entre la vegetación. Los dos jóvenes se giraron de golpe, sorprendidos.

—¿Quién ha hablado? —preguntó Frida, acercándose a Asteras—. Da la cara, quienquiera que seas —añadió, intentando dar un tono imperioso a su voz.

Un hombre salió de detrás de un árbol. Caminaba ayudándose con un bastón, tendría muchos años (difícil decir cuántos) y era completamente calvo; llevaba el mismo uniforme negro que vestían los chicos, así como una larga capa vieja que le colgaba de los hombros. Tenía mofletes y cara de bonachón.

—Me llamo Momus, pero preferiría que nos saltáramos las formalidades y que fuéramos al grano. Poneos esto en las orejas.

El desconocido quiso acercarse un poco, pero los dos border se pusieron en medio de un salto y le enseñaron los colmillos. El hombre se detuvo. Frida notó el olor penetrante y almizclado que desprendía, como de salvaje. En la mano llevaba unos pequeños objetos redondeados, y al hombro, un gran saco. Asteras llamó a los perros, que, obedientes, fueron a sentarse a su lado, aunque seguían gruñendo.

—¿Eso qué es? —preguntó Frida.

—¿Queréis libraros de esas cosas de ahí? —preguntó, señalando a los pululantes—. Pues os aconsejo que os los pongáis.

Se metió un par de aquellas cosas en las orejas. Chasqueó los dedos y, por el mismo punto del que había salido él, aparecieron dos extraños animales.

—¿Y esos? —murmuró Frida.

—Kimuz. Te había hablado de ellos, ¿recuerdas? —respondió Asteras, sin apartar la vista de las dos bestias, que recordaban vagamente pequeños jabalíes sin colmillos y con un morro menos pronunciado. Lo que los hacía especiales era el pelo: un manto dorado de aspecto suave que caía hasta el suelo.

Wizzy y Mero los miraban pasmados, sin saber muy bien si aceptarlos o destrozarlos.

—Controla a tus perros, joven amigo. Mis kimuz podrían asustarse. —Luego susurró en tono divertido—: Todo sea dicho, la valentía no es la cualidad principal de estos animalillos.

Asteras llamó de nuevo a los dos border, que resoplaron y volvieron a colocarse entre sus piernas.

—Pero tienen otras habilidades. Y serán ellos los que nos ayuden.

Dicho aquello, el hombre se puso a silbar una tonadilla simple y muy armoniosa. Los dos kimuz movieron la cabeza hacia los lados, siguiendo el ritmo del silbido. En aquel momento, Momus les pasó a los chicos aquella especie de tapones para las orejas y les indicó con un gesto que se los pusieran. Asteras y Frida obedecieron, perplejos. El hombre asintió. Dejó de silbar.

En aquel momento, se hizo el prodigio. Los kimuz se pusieron a temblar, y su manto vibró como sacudido por la brisa. Abrieron la boca y... —¡increíble!— se pusieron a cantar. Asteras y Frida no podían oír la belleza de aquella música en todo su hipnótico esplendor, pero percibieron la envolvente armonía de la melodía. Era un canto suave, una nana, una caricia hecha de noche.

Wizzy y Mero inclinaron la cabeza hacia un lado, luego hacia el otro, en esa postura típica que adoptan los perros cuando se esfuerzan por comprender lo que está sucediendo. El hombre llamó la atención de los dos jóvenes, señalando hacia el punto donde un momento antes flotaban los pululantes. Ahora allí no había nada. Ni rastro. Momus se quitó los tapones.

—*Et voilà*. Esos bichejos se han dormido —dijo el hombre, sonriendo alegremente.

LA TIERRA SIN RETORNO

—¿Quieres decir que ya no nos espían? —preguntó Frida, sonriendo también ella, igual que Asteras.

—Venid a ver. —Momus se desplazó hasta el punto donde habían visto la masa de pululantes la última vez.

En el suelo había unas extrañas criaturas, como gusanos alados. El hombre levantó uno y Frida observó que tenía dos alitas finísimas y prácticamente transparentes, y dos patitas robustas como las de un dragón, pero en miniatura.

—Pensaba que eran invisibles... —dijo, sorprendida.

—No exactamente. Llevan dentro la sustancia de la niebla, y cuando quieren, se vuelven prácticamente transparentes. Pero los kimuz los han sedado, y ahora son inocuos. Solo los perros resisten a su canto. Por eso os he dicho que os pusierais los tapaorejas —dijo el hombre, con una voz suave y fascinante, como una tela de rica seda.

—¿Y por qué no les pasa nada a los perros? —preguntó Frida.

—Tiene que ver con las frecuencias del sonido. Ellos tienen un oído cuatro veces superior al nuestro, y el canto de los kimuz tiene la particularidad de descomponerse en canales de sonido diferentes. Mientras que a nosotros (y a la mayor parte de seres vivos de este mundo) nos llega como un único flujo que nos conduce a la hipnosis, el oído de los perros percibe claramente los diversos canales e inhibe el efecto que provocan. —El hombre se frenó—. Con toda esta charla, me he dado cuenta de que tendríamos que volver a eso de las presentaciones. Yo soy un vagante. ¿Quiénes sois vosotros y cómo habéis acabado aquí?


El sótano era frío y húmedo, y olía a almizcle y a ladrillos rotos. Las antorchas colgadas de las paredes iluminaban largos regueros de agua que caían del techo.

A Tommy, Gerico y Klam los habían metido en aquella jaula prácticamente a empujones. Aquello era una especie de prisión medieval. Los gemelos estaban atados de pies y manos, pero Klam había recibido un tratamiento particular. Además de atarle las manos con un trozo de cordel muy resistente, le habían rodeado también las piernas con una cuerda que por el otro extremo llegaba a un tubo de hierro próximo a la pared. Mientras lo ataba, el granjero le había dicho: «*No so tonto, tú, asíe queñajo, te cuela pomitá lo herrije. Ti ato co acurda y acusín no te mueve*».

—¿Qué será ahora de Miriam? —preguntó Gerico.

—Ya verás cómo se las arregla. Esa chica es muy lista —sentenció Klam.

Pero su profecía se desmoronó solo unos instantes más tarde. Por las escaleras frente a la celda oyeron un ruido de pasos y voces. Luego una luz temblorosa que se hacía cada vez más intensa. Y por fin apareció Miriam revolviéndose, mientras un joven la hacía entrar en el sótano a empujones. Gerico gritó con todo el aire que tenía en los pulmones:

—¡MIRIAM! ¡Eh, tú, rata de cloaca, deja ahora mismo a mi chica!

Tommy no sabía si estar preocupado por la situación o asombrado por la declaración de amor que había gritado su hermano a los cuatro vientos.

«Rata de cloaca» resultó ser un insulto bastante apropiado: el joven era de una fealdad absoluta. Tenía el cabello negro y ralo, hasta el punto de que en algunos sitios era visible la piel rosada de la cabeza. Y, para rematarlo, los ojos muy juntos, la nariz aguileña, la frente bajísima y una barbilla minúscula, lo que le daba un parecido asombroso a un pequeño buitre caído del nido.

—¿*Quem va acere se no la diejo?*

—Para empezar, darte una clase de lengua —respondió Tommy, sarcástico.

Pero la burla no rozó siquiera el minúsculo cerebro de su carcelero.

—Tú eres Folco, ¿verdad? El hijo de Pot. —Klam se echó adelante sacando pecho, ya que la cuerda que le rodeaba las piernas no le permitía dar ni un paso.

—¡*Poclaro que so yo! Maiamo Folco. ¿Y tú quide se supone quiere, nano?*

Él también tenía una voz desagradable, perfectamente acorde con el ser deforme del que procedía.

—Soy Klam, y haré que te arrepientas también de esta injuria. El último que me llamó enanito…

—¡*Sí sí, siléntatie enanúcolo!* —le interrumpió Folco, que abrió la celda para lanzar a su prisionera dentro. Lo hizo con tal violencia que, sin duda, Miriam habría caído al suelo de no ser porque Gerico le hizo de red con su propio cuerpo.

Los chicos se acaloraron, protestaron y le lanzaron insultos, ordenándole que los soltara inmediatamente. Pero ya se sabe cómo responden los carceleros ante un comportamiento de este tipo: sin reaccionar, salvo por alguna risa socarrona y complacida.

Y Folco se despidió de ellos con una sentencia ambigua e incomprensible:

—*Agritá o que os placía, que no saldrí dea granja. Asalvo que os maritates coa guapa.*

Debía de ser algo especialmente divertido para su retorcida mente, porque se echó a reír tan fuerte que parecía realmente que fueran a explotarle los pulmones.

Una vez solos, los chicos se centraron en Miriam, que estaba al borde de las lágrimas. No llevaba consigo la mochila, lo que significaba que el precioso *Libro de las puertas* y el espejo makyo habían acabado en manos de aquella gentuza.

—¿Qué te ha hecho ese monstruo? —preguntó Gerico, cariñoso.

Miriam negó con la cabeza.

—¿Y Mirtilla? ¿También la han cogido? —insistió él.

Miriam volvió a negar con un gesto de la cabeza. Desgraciadamente, también le habían quitado el pizarrín que solía llevar atado a la cintura con una cadenita. Ahora estaba doblemente muda.

Mientras tanto, Tommy se había puesto a parlotear con Klam, algo más allá:

—Estamos en un buen lío, ¿verdad?

—No te mentiré: lo estamos.

—Pero ¿tú has comprendido qué quería decir ese bestia con esa frase?

—Me temo que sí.

—¿Y serías tan amable de compartirlo conmigo?

Klam lo miró de lado y resopló.

—Si no es demasiada molestia, ¿eh? —añadió Tommy, que a veces se exasperaba con él.

—El granjero Pot tiene dos hijos: Folco y Euralia. Si el chico no tiene un encanto arrebatador, digamos que la hermana es aún peor. También podemos decir que su fealdad y su maldad son legendarias en el Reino de las Nieblas.

—Con esos padres, sería una sorpresa que no fuera así.

—El problema es que esos padres quieren casarla a toda costa, pero no encuentran a nadie dispuesto a quedarse con ella. Ni siquiera uno feote, así que imagínate Asteras.

—¿Qué tiene que ver Asteras?

—Los padres de la doncella habían puesto los ojos en él.

—Pero ¿cómo es posible? —dijo Tommy, alzando la voz de pronto.

El estupor provocado por aquella revelación no cabía en un susurro.

—Durante un tiempo, Asteras se vio obligado a trabajar aquí, en la granja. Se le daba muy bien el cuidado de los sigbins. Tiene un gran talento con los animales. Sabía cómo domarlos, y, créeme, no es algo al alcance de cualquiera. El problema es que Euralia decidió que se había enamorado de él. Y su papá no le preguntó a Asteras si quería casarse con su hija; prácticamente, se lo ordenó.

—¿Y él cómo se lo tomó?

—¿Cómo iba a tomárselo? Habría preferido palear estiércol de sigbin el resto de sus días antes que unirse en matrimonio con esa..., con ese... Bueno, no consigo encontrar un adjetivo para definirla. Pero «ser despreciable» es una definición que le encaja bastante bien.

—¿Y qué hizo? ¿Se fue?

Klam esbozó una sonrisa.

—De un sitio así no te vas sin más. Intentó hacerles comprender por las buenas que prefería la soltería, pero ellos no querían saber nada de eso. Lo ataron a un palo delante de casa durante días, sin darle ni comida ni agua. Cada mañana, el padre le preguntaba: «¿Te casas con Euralia?». Y él, orgulloso, respondía: «¡Nunca!». A veces Euralia se le ponía delante y se pasaba horas tirándole piedrecitas a la cara, o infringiéndole otras pequeñas torturas.

—Bonito modo de cortejarlo.

—Te habrás dado cuenta de que los Pot no son exactamente grandes lumbreras.

—¿Cómo acabó?

—Justo entonces, Asteras descubrió que llevaba el sello de los vigilantes. Y lo hizo gracias precisamente al aislamiento. El signo de Bendur no se muestra a todos del mismo modo y en los mismos plazos. Es un don precioso y fugaz. También Frida lo tiene, pero ha de concienciarse. Tiene que comprender qué puede hacer con su poder. Con su voluntad.

—¿La voluntad?

Sí, es su arma más extraordinaria y misteriosa.

—¿Y en qué consiste?

—Si supiera cómo describirla, no sería tan extraordinaria, y sobre todo no sería tan misteriosa. Para que lo entiendas, es como una energía, una fuerza que consigue modificar el tiempo, el espacio y la visión de las cosas. Pero hay que aprender a liberarla y a gestionarla. En fin, para resumir, Asteras consiguió escapar. Euralia se puso rabiosa. Pataleaba, pegaba a su padre, gritándole y culpándolo de la fuga. El granjero Pot juró venganza, prometiéndole a su hija que, si conseguía encontrarlo, lo despellejaría vivo.

—Muy simpáticos... Pero ¿tú cómo sabes todas esas cosas?

—Yo estaba allí. Es decir, aquí.

—¿Dónde?

—Fue gracias a mí por lo que Asteras consiguió huir. Su voluntad me llamó. Y así entré en su vida.

—Espera, a ver si lo entiendo: él te «llamó» —dijo, poniendo unas comillas en el aire con los dedos— y tú llegaste a este mundo. ¿Es así?

—Exacto.

—¿Y antes dónde estabas?

—Aquí no.

—¿Dónde?

Klam se encogió de hombros. O no lo sabía, o no lo quería decir. Cualquiera que fuera el caso, Tommy se quedó sin respuesta.

ϒ

Barnaba fue trasladado a la comisaría de Mercile, un pequeño edificio con cinco o seis despachos. Todo muy anónimo, de color malsano y con peladuras en el yeso, como si las paredes sufrieran dermatitis. Le hicieron pasar a una salita y esperó un buen rato, aún esposado y con un joven policía a unos pasos de distancia.

—¿Tengo que esperar mucho aún? —preguntó Barnaba, impaciente.

—El alférez estará aquí dentro de un momento —respondió el policía, no muy convencido.

Barnaba vio una palangana de plástico azul en la que caía agua de una gotera del techo. Aquel sitio estaba realmente en ruinas. El joven observó que miraba y se sintió obligado a dar explicaciones:

—Ha diluviado, tenemos problemas con la azotea.

Barnaba asintió. No le importaba nada su azotea. En su interior se entremezclaban mil ideas: sin Drogo, ¿cómo conseguiría pasar a Amalantrah? ¿Cómo encontraría a Iaso, el Sanador del Reino de la Niebla? Tenía que encontrar el modo de salvar a Cat y de traer a Frida, Miriam y los gemelos del mundo en el que se habían adentrado. A toda costa.

El alférez no llegó hasta media tarde. La espera había durado horas. A Barnaba le habían ofrecido un almuerzo que no tenía demasiada buena pinta, y lo había rechazado. Tenía el estómago como un puño de piedra. Le habían ofrecido té y café. También los había rechazado. Barnaba no sabía cómo interpretar aquellas gentilezas. Él solo pensaba en una cosa: en salir de allí.

El alférez lo sometió a un duro interrogatorio, en el que él intentó defenderse diciendo poco y callando mucho. Las pruebas apuntaban todas en su contra. La llamada que le había hecho Annamaria Oberdan la noche de la desaparición de los gemelos le acusaba. Ella misma había hablado primero con Tommy y luego con Frida. Había sido la última vez que Annamaria hablaba con uno de sus hijos. Y después aquellas señales de lucha. Los cristales rotos. Las manchas de sangre. La ropa encontrada en el sótano…

Lo que estaba claro era que Barnaba no podía defenderse hablando de monstruos y dimensiones paralelas. Lo habrían considerado un enfermo mental. ¿Qué podía decir, pues?

En vista de su obstinado silencio, el alférez ordenó que lo subieran a una camioneta y se lo llevaran a la pequeña cárcel de Santa Tecla, a una zona de los Montes Rojos que él conocía bien, puesto que la había explorado de arriba abajo con sus perros.

Mientras veía pasar la carretera, la mente se le fue a aquellos momentos. Se refugió en sus recuerdos, él, que nunca había sido un tipo nostálgico. Pero ahora necesitaba hacerlo, porque el mundo se le había caído encima. Tenía que huir de aquella pesadilla en la que se le acusaba de los delitos más despreciables, en que su mujer moría en una cama de hospital y en que sus sobrinas se perdían en un aterrador mundo paralelo. Los periódicos lo destrozarían; nadie querría ayudarlo nunca más.

Cuando llegaron a la minúscula prisión de Santa Tecla, ya había anochecido y la densa oscuridad de la montaña lo había borrado todo en torno a la cárcel. Un sello de luz en una postal de tinieblas.

# 18

## Los sonidos de la noche

—¿*Q*ué hace un vagante? —le preguntó Frida a Momus mientras caminaba a su lado.

Más adelante iban Asteras y los dos border, y todos se estaban adentrando en el corazón del bosque.

—Has llegado hace poco, ¿eh? —respondió él.

Frida inclinó ligeramente la cabeza a modo de asentimiento.

—Tú debes de ser una pasante. Una de esos que caminan entre los mundos —prosiguió, con su suave voz—. Emanas una energía insólita. Hay en ti algo... precioso.

—¿Precioso? —repitió ella, más confundida que complacida.

Momus le guiñó el ojo y procedió a explicarse:

—Nosotros, los vagantes, vamos por los bosques sin una morada fija; nos movemos constantemente.

—¿Por qué?

—¿Por qué? Bueno... Quizá porque nunca hemos encontrado algo a lo que podamos llamar «casa». Desde que hemos aflorado, no sabemos cuál es nuestro lugar en este mundo.

De nuevo aquella palabra: «aflorar». Frida tuvo la impresión de que era crucial desvelar aquel misterio.

—¿Qué quiere decir «aflorar»?

La pregunta pareció poner rígido a Asteras, que se giró hacia Momus con una expresión ansiosa en el rostro.

—¿Eso tampoco lo sabes? —Pausa—. Digamos que hay dos modos de pasar de tu mundo al nuestro: o pasas por una puerta, un umbral, llámalo como prefieras, o simplemente afloras. Lamento decepcionarte, pero no tengo más información. Cuando afloras, no sabes de dónde llegas. Primero no estás, y un momento más tarde te encuentras aquí. El pasado es simplemente... nada. Por mucho que te esfuerces en recuperarlo, nada, vacío absoluto.

—¿Cuánto tiempo hace que afloras...?

La frase quedó a medias. Momus la había interrumpido con un gesto del brazo. Había oído algo. Los perros se pusieron en guardia. Los kimuz se agacharon, asustados, como dos bolas de pelo dorada, a los pies de su dueño.

—¿Se puede saber qué habéis hecho para atraer toda esta atención? —les susurró Momus a los chicos.

Asteras también se había dado cuenta del peligro.

—¿Qué pasa? —dijo Frida.

—Mira allí al fondo, tras esos dos árboles cingo —le respondió el joven, mostrándole el punto al que se refería.

—¡Es un enjuto nocturno! —exclamó Frida, mucho más que asombrada y sintiendo que el corazón le daba un salto en el pecho.

—Primero los pululantes, ahora un enjuto... Van a por vosotros, muchachos. Y, si tuviera algo de conocimiento, debería dejaros aquí, que os las arreglarais solos, y huir lo más lejos posible. —Se detuvo un momento, como considerando mejor sus opciones—. Pero no lo haré. El enjuto aún está lo suficientemente lejos como para que podamos volver a la trampilla por la que he salido.

—¿Quieres decir que hay una casa-túmulo por aquí? —preguntó Asteras.

—Venid conmigo —dijo el hombre.

La curiosa comitiva avanzaba a toda prisa, pero el enjuto seguía ahí, al fondo: a veces parecía estar más cerca, cada vez más cerca, y otras veces parecía estar lejísimos. Frida ya iba familiarizándose con el espacio relativo de Amalantrah, pero la verdad era que aquella criatura infernal te infundía un miedo paralizante cualquiera que fuera la distancia a la que se encontrara.

—La trampilla, Momus. ¿Dónde está? —preguntó Asteras.

—Estoy seguro de que está por aquí.

Cada vez estaba más oscuro. Una nueva noche azulada iba imponiéndose. Y el enjuto parecía perfectamente a gusto en aquella semioscuridad: era un demonio nocturno y en la penumbra resultaba aún más temible.

Frida renqueaba, pero no se habría detenido por nada en el mundo. Por un momento, tuvo la impresión de que la no-cara blanca del monstruo se hubiera despegado del cuerpo y flotara en el aire, emitiendo su propia luz. De vez en cuando, se abría el corte horizontal de la boca y una nube de pequeños insectos revoloteaban en torno a la cabeza. Si podía ver aquellos detalles, quería decir una cosa: el enjuto estaba realmente cerca.

—¡Ha desaparecido! —dijo de pronto Asteras.

Se detuvieron. Ya era plena noche y les rodeaba el silencio.

—Qué raro —respondió Momus, que tampoco parecía especialmente asustado.

Frida lo percibió con una claridad que no sabía explicarse. Y mientras pensaba en todo esto sintió que la paralizaba el pánico, casi como si el miedo tuviera dedos que la agarraban por cada parte de su cuerpo. El enjuto había aparecido justo enfrente, en medio de la oscuridad. Casi notaba el aliento gélido que emanaba de su corte-boca. No iba a poder detenerse a tiempo, iba a caer sobre él. Así que echó los brazos adelante para intentar parar el golpe. El enjuto abrió la boca y sus dientes enormes y triangulares brillaron en la oscuridad.

En ese momento, Frida sintió que algo le sujetaba por los tobillos y tiraba de ella hacia abajo. El tirón fue tan violento que la dejó sin respiración. Y luego, la oscuridad.


Tommy notó que algo le rozaba un brazo. No se despertó enseguida. Estaba soñando con su madre. Sus grandes ojos negros, lagos luminosos en los que se zambullía cada vez que necesitaba un poco de calor. Aquellos cabellos vaporosos y ese modo de reírse, algo estridente, cuando estaba contenta. Era un sueño bonito, uno de esos que te hacen más amargo el despertar.

Luego otro contacto, decidido. Un dedo le repiqueteaba contra el antebrazo, casi como para comprobar que no estuviera muerto. Esta vez el sueño se desvaneció. Y la decepción fue grande: no era su madre. Inmediatamente, el desengaño se convirtió en susto. Había una chica desconocida muy cerca, al otro lado de los barrotes.

Instintivamente, Tommy se alejó. Ella también dio un salto atrás, como si también se hubiera asustado. Allí dentro no había mucha luz. Las antorchas ya estaban casi consumidas y sus tímidas llamas apenas dibujaban una trémula penumbra dentro del subterráneo. A pesar de ello, Tommy vio que la chica tenía la mejilla derecha cubierta de escamas plateadas como las de un pez, y sus cabellos, de un color vagamente verduzco, estaban tan enredados que recordaban un nido de serpientes dormidas.

—¿*Cómo te anómina?* —le preguntó ella con una voz ordinaria y rasposa.

—Tommy.

—*Ista e mi granja* —susurró, venenosa.

—¿Ah, sí? ¿Y eres igual de acogedora que los otros miembros de la familia? —dijo, mostrándole las manos atadas.

—*Soi tus unos pestosos.*

—Tú debes de ser Eulalia.

—¡EURALIA! —rugió ella, acercándose a los barrotes como un animal a punto de atacar.

Tommy no se dejó intimidar y no se movió ni un centímetro.

—Perdona, bonito nombre —dijo, intentando cambiar de táctica.

Ella lo miró con unos ojos acuosos en los que flotaba una mirada directa y maligna.

—¿Qué pasa? ¿No te parece bonito? —insistió Tommy, haciendo un esfuerzo sobrehumano para mostrarse amable.

Por toda respuesta, Euralia recogió una piedra del suelo y se la tiró. Le dio en el brazo, haciéndole sangre y arrancándole un grito contenido de sorpresa y dolor. Klam, Gerico y Miriam se despertaron y alzaron la cabeza, aún adormilados.

—¿Qué sucede? —preguntó Gerico.

—¡*Pandapestosos!* —masculló Euralia, y escupió al suelo en su dirección—. *Isto lo pagái.*

Fueron sus últimas palabras antes de subir las escaleras de piedra que conducían al interior de la granja.


Frida estaba a salvo, pero temblaba, confusa. Había sido Asteras quien había tirado de ella hacia el interior de la trampilla. Gracias a su conocimiento del bosque y a la voluntad (que hacía más aguda la mirada), había localizado la entrada antes que nadie, solo un momento antes de que el enjuto los alcanzara. Ahora estaban en la panza húmeda de aquel espacio bajo tierra. No era una casa-túmulo, sino una simple gruta-búnker excavada en el suelo.

El enjuto estaba furibundo. Sus gritos de frustración y rabia retumbaban en la noche. Frida se agazapó en la oscuridad impregnada de olor a tierra. Se tapó las orejas con las manos para no oír. Wizzy y Mero se movían a su alrededor, nerviosos, pero no conseguía entender dónde estaban los dos kimuz. Notó que Asteras le pasaba un brazo sobre los hombros. Él estaba allí y eso hacía que se sintiera menos sola.

De pronto, se oyó un golpetazo tremendo sobre la trampilla.

A pesar de tener las orejas tapadas, se sobresaltó y emitió un grito de miedo. Los perros, asustados, se apretaron aún más contra ella en aquel vientre subterráneo.

Y después otro golpe atroz.

El enjuto sabía que sus presas se escondían allí abajo.

—Tenemos que escapar de aquí; esa trampilla no aguantará mucho —advirtió Momus.

—Las vísceras de este mundo están llenas de sorpresas —dijo Asteras.

—Tengo una linterna recargable en la mochila —intervino con voz temblorosa Frida.

Momus la invitó a que la sacara. Frida la encendió, y lo que reveló el estrecho haz de luz fue un espacio angosto de paredes lisas en las que se abrían las bocas de varios túneles.

—Dámela a mí; yo voy delante. Los vagantes no solo nos movemos por la superficie —sentenció Momus, alargando una mano.

Frida le entregó la linterna con mucho gusto. Wizzy y el Príncipe Merovingio ya se habían puesto en marcha, explorando una galería: ellos sabrían por qué habían escogido precisamente esa.

—¡Démonos prisa! —les apremió Asteras, cogiendo a Frida de la mano y siguiendo a los perros.

También los kimuz se pusieron en movimiento, después de que su amo silbara lo que parecía más un fragmento de melodía que una llamada.

Otro impacto potente y terrible, cuyo eco se coló por la galería que estaban recorriendo como un viento portador de malas noticias. La trampilla crujió, y al momento oyeron el grito metálico del enjuto.

El sonido de la noche en el desierto de Dhula era como un silbido que laceraba el cielo. En el terreno que los perros estaban atravesando se percibía el Mal. Oculto en todos los rincones, en formas inimaginables. Y cuando caía la noche, la oscuridad engullía las formas y lo único que quedaba a flote era el miedo. Por eso en Dhula, cuando desaparecía la luz, no se movía nadie.

En cambio, ahora, en aquellas tinieblas áridas, se oía un repiqueteo de patas a la fuga.

Ara. Pipirit.

Dos perros tan diferentes. Dos historias que se habían unido en un único destino. A su lado, Babilù y el pequeño Oby. Ara tenía los ojos clavados como agujas en el cuerpo de la noche e iba lanzado contra el viento, sin bajar el ritmo en ningún momento. En su morro de perro experimentado no había lugar para la incertidumbre.

# 19

## El sudor de la tierra

$\mathcal{F}$olco, armado con una horca, sacó al grupo de prisioneros de su celda con las primeras luces del alba y se los llevó, atados, a la cocina. Su padre y él los obligaron a sentarse, y con gruesas cuerdas les ataron las piernas a las sillas de madera.

Después engancharon las esposas a las cadenas ancladas a la superficie de la mesa. Aquello inquietó aún más a los chicos: todos aquellos grilletes dejaban claro que para la familia Pot era habitual tener a personas en cautividad.

Klam era demasiado pequeño como para que pudieran atarlo de aquel modo, así que lo metieron en una jaula para pájaros, sucia y apestosa. Fue toda una humillación para él. Gritó, exigiendo que lo liberaran, pero el despreciable Folco le dio un golpetazo a los barrotes, haciendo volar al hombrecillo por la jaula, entre excrementos secos de pájaro. El joven Pot se rio, rebuznando como si fuera un asno. Al hacerlo, su cuerpo flaco y jorobado tembló de arriba abajo.

La cocina era un desastre. Mugrienta, descuidada y apestosa, igual que los habitantes de la granja. En el fregadero había un montón tan alto de platos pringosos que desafiaba las leyes de la física.

La señora Pot estaba frente a los fogones. El olor que flotaba en el aire no era de lo más apetitoso.

Gerico no pudo evitar hacer una de sus observaciones:

—¿Qué está cocinando? ¿Calcetines sucios?

Se oyó un golpetazo violento. En su rostro, aún pálido por la intoxicación, apareció la huella ardiente de cinco dedos. El granjero Pot, que estaba sentado a su lado, con la elegancia de un jabalí, le había asestado una sonora bofetada. El muchacho se quedó más sorprendido que dolorido.

—*Nunde tontunas a la mesa* —dijo, para aderezar su bofetón con una perla de sabiduría.

La reacción más vehemente procedió de Tommy:

—No se atreva a tocar a mi herm...

Pero Folco le interrumpió, apuntándole a la garganta con un tenedor.

—*¿O quíe?* —graznó.

Miriam intentó consolar a Gerico levantando una de las manos encadenadas, pero, al momento, la señora Pot la golpeó con un cazo de madera en el dorso de la mano. El dolor le hizo soltar un grito ahogado. La horrible mujer se giró y siguió revolviendo algo.

En ese momento, entraron en la cocina dos chicas. Una era la temible Euralia, que llevaba un ridículo vestidito rosa. Le venía tan apretado que toda la carne sobrante le quedaba comprimida bajo la tela. Las costuras imploraban piedad. Gerico estuvo a punto de hacer otro comentario, pero se limitó a reírse para sus adentros.

Aun así, probablemente parte de su reacción se reflejaría en su rostro, porque Euralia le lanzó una mirada asesina y escupió hacia donde se encontraba él.

—¡Eh! ¿Qué haces? —exclamó él, asqueado.

Otro bofetón.

—*Almostra respeto* —gruñó el granjero.

Gerico se quedó mudo. Tommy sentía la rabia que le bullía dentro, tras los ojos y bajo la piel, calentándole las orejas.

Miriam, en cambio, se vino abajo y se puso a llorar. Unas lágrimas lentas le surcaron el rostro.

Detrás de Euralia había otra muchacha. A diferencia de la primera, tenía una belleza y una gracia que destacaban como una orquídea en un campo de coles. Tenía la piel oscura como una mulata, lisa y sedosa, que destacaba pese a las ropas sucias y desastradas. No obstante, ella debía de avergonzarse, porque no dejaba de alisar la tela, vieja y raída. Caminaba con la cabeza gacha, tras Euralia. Parecía su criada.

—*Ponite lí al telar y nunde cháchara con istos pestosos dintrusos* —le ordenó la joven Pot con su voz catarrosa y despiadada.

La chica asintió débilmente y fue a situarse junto a una máquina enorme y compleja que los prisioneros pudieron ver cuando abrió la puerta que daba a la sala contigua.

Por un momento, los ojos llenos de luz de la desconocida entraron en contacto con los de Tommy. Ella enseguida bajó la cabeza para ocultar el rubor que había teñido sus pómulos oscuros. Folco se dio cuenta de algo, porque se lanzó hacia la puerta y la cerró con un golpe seco.

—*Nikaia, mona tontolinada, cirra bin ista cosa e no titrevas a abirela, o tarranco lo pellejo dala testa a lus pídolos.*

¿Así que esa era la hermana de Euralia y de Folco? Eso Klam no se lo había dicho.


No era fácil avanzar por la galería subterránea, ni siquiera en fila india. Frida seguía a Asteras, que iba tras Momus, que era quien abría la comitiva. Por delante de todos ellos, iban los dos border vigilantes, desafiando a la oscuridad, sin arrugarse ante lo tenebroso. Y atrás, los dos kimuz de gesto sosegado.

Allí abajo les faltaba el aire. La oscuridad era oprimente y el subsuelo emitía un penetrante olor a humedad. «El sudor de la tierra», pensó Frida.

Llegó otro ruido violento a sus espaldas, algo amortiguado por la distancia. Luego se hizo el silencio. Un silencio tenso. Los perros se habían detenido y tenían la cabeza alta como si hubieran dado con algo sospechoso.

Un nuevo estruendo.

Todo el grupo se detuvo.

—¡El enjuto ha roto la trampilla! —susurró Asteras.

Momus lo miró y apremió al grupo para que aceleraran el paso, pese a que no resultaba fácil.

El enjuto estaba en la galería. Frida sentía que el cuerpo se le salía de la piel por culpa del miedo. Se acercó aún más a Asteras, distanciándose un poco de los kimuz, que con sus cortas patitas apenas conseguían mantener el paso.

—¡Por aquí! —gritó Momus, indicando la galería más estrecha de una bifurcación.

Frida habría querido preguntar si sabía hacia dónde iban,

pero decidió no hacerlo: no quería arriesgarse a oír un «no» como respuesta.

Un grito monstruoso atravesó la oscuridad a sus espaldas. Los kimuz se detuvieron. Frida se dio cuenta e intentó hacerles reaccionar. Nada, estaban paralizados.

—Momus, los kimuz —le advirtió.

Él los iluminó con la linterna, dio media vuelta y llegó hasta donde estaban, tras pasar junto a Asteras y Frida. Él también intentó hacerlos reaccionar. Los pasos del monstruo se oían cada vez más cerca.

—¿Qué hacemos? —preguntó Frida.

—No se mueven..., están aterrorizados —dijo Momus.

Intentó acariciarlos y silbar una melodía, pero no sirvió de nada.

—¡Tenemos que irnos! —les urgió Asteras.

—Sí, tienes razón —reconoció Momus, apesadumbrado.

—Pero ¡no podemos dejarlos aquí! —protestó Frida.

Asteras no se lo pensó dos veces. Cogió a uno en brazos. Y enseguida hizo una mueca.

—Pesa más de lo que pensaba —se quejó.

—Rápido, vámonos —dijo Momus, levantando al otro.

Frida se sintió aliviada.

Reemprendieron la fuga, pero el enjuto seguía recortando la distancia que los separaba. De vez en cuando, se oían fragmentos de pared que caían. Frida no lo veía, pero se podía imaginar perfectamente sus largos brazos penetrando en la estrecha galería de roca y golpeando cualquier cosa que encontraran por el camino.

—No podemos cargar con ellos, pesan demasiado —dijo Momus de pronto—. Nos están haciendo perder tiempo.

—¡Tampoco podemos dejarlos aquí! —replicó Frida, mirando a los kimuz con una pena infinita.

—Frida, Momus tiene razón; el enjuto está llegando —reconoció Asteras.

Momus y Asteras dejaron delicadamente en el suelo a los kimuz. Los animalillos seguían paralizados, temblando. Solo su pelo dorado se movía como un prado peinado por la suave brisa de la primavera.

Los dos portadores, ahora libres, podían acelerar la fuga. Asteras cogió a Frida de la mano y la alejó del triste espectáculo de aquellos animales destinados a una muerte segura. Ella intentó zafarse, le rogó que le dejara cargar ella misma al menos con uno, pero Asteras no quería ni oír hablar de ello.

—¡Por allí, allí estaremos a salvo! —gritó Momus, señalando una pequeña galería que se abría en la roca. Era un agujero por el que solo se podía entrar a gatas.

Mientras tanto, el enjuto bramaba a sus espaldas.

En un momento lo verían.

En un momento, caería sobre los dos kimuz indefensos y temblorosos.

En un momento, si no se colaban en aquella madriguera para conejos, lanzaría sus maléficas garras contra Frida y sus amigos.

Wizzy y Mero ya se habían introducido en el agujero. Momus había ido tras ellos con una agilidad insólita.

—Ahora te toca a ti —le dijo Asteras a Frida.

—No, primero tú —replicó ella, decidida.

Para evitar perder más tiempo, Asteras entró y enseguida la llamó para que le siguiera. Pero ella no lo hizo.

Soltó la mochila y la tiró al suelo. Sacó el tirachinas y lo cargó, corriendo hacia los dos animales de manto dorado. Mientras tanto, la huesuda mano del enjuto asomó por la curva. La cabeza apareció apenas una fracción de segundo después, perfectamente ovalada y blanca, como un huevo maléfico dispuesto a escupir insectos. Frida miró, pero le temblaba demasiado la mano. Una película de sudor frío le cubrió la piel y mojó por dentro su uniforme de vigilante. No podía esperar más. Soltó la canica, que atravesó el túnel con un silbido. El proyectil atravesó el aire a una velocidad impresionante y se clavó en la frente del monstruo, haciéndole caer hacia atrás. La bestia respondió con un sonido parecido al barrito de un elefante. Mientras tanto, Asteras había salido de la estrecha galería y se había acercado.

—¡Frida, te lo ruego, vámonos!

La agarró del brazo, pero ella se soltó.

En ese momento, el enjuto se puso en pie de nuevo, vacilante. Como un depredador herido, estaba aún más rabioso. Abrió su corte-boca y atravesó el aire con un grito profundo, ancestral, horrendo. Una nube de insectos invadió la galería. Los kimuz reaccionaron. Aquel chillido agudo los había despertado del sopor del pánico. Corrieron hacia Frida y hacia Asteras con sus patitas cortas, balanceando el cuerpo torpemente.

Asteras sabía que ya no tenían tiempo de meterse en el agujero: el enjuto los alcanzaría antes. Aun así, intentó sacudir a Frida para iniciar la retirada.

Pero ella ya no estaba allí. O, mejor dicho, estaba allí, pero como si no estuviera.

Tenía cerrados los ojos y estaba inmóvil, en trance, con la piedra Bendur apretada en la mano, metida en el bolsillo. Aquella piedra blanca grabada con el símbolo de los vigilantes parecía cobrar vida, palpitando, calentándose.

El enjuto alargó sus largos brazos hacia los dos muchachos.

Pero en aquel momento se produjo el prodigio.

El tiempo se dilató.

Los movimientos se volvieron más lentos, al principio casi imperceptiblemente; luego se hizo evidente que, en realidad, el tiempo se estaba deteniendo. Si alguien hubiera contemplado aquella escena desde el exterior, habría asistido a una imagen a cámara lenta: Asteras andaba hacia atrás y el enjuto avanzaba muy despacio. Y entre los dos, Frida, perfectamente inmóvil.

Pero eso no fue todo. Tras el monstruo, de entre la oscuridad apareció un perro al que no parecía que le afectara aquel hechizo espacio-temporal. Era Erlon, el border collie de la madre de Frida, muerto años atrás en circunstancias de las que el tío Barnaba se sentía único responsable. No era la primera vez que Erlon acudía en ayuda de Frida y le salvaba la vida. Saltó sobre el enjuto con su potencia atlética y lo tiró al suelo.

Erlon gruñía sin soltar al monstruo, mientras lo arrastraba por el traje hacia las profundidades del túnel por el que había aparecido, hasta que ambos desaparecieron tras la curva.

—Gracias —susurró Frida un momento antes de abrir los ojos de nuevo, pálida como una nube recién formada en el cielo.

Las piernas no le aguantaban. El hechizo se rompió y el tiempo volvió a correr normalmente.

Asteras consiguió agarrarla al vuelo.

—Estás helada —le dijo, pero no estaba muy seguro de que ella le oyera.

Frida estaba extenuada, tenía los párpados medio cerrados. Era un peso inerte entre los brazos de Asteras.

Se oyó un aullido desgarrador procedente de la curva tras la cual habían desaparecido el enjuto y Erlon. Los dos muchachos se estremecieron de nuevo.

—Erlon... —dijo Frida, con una voz que apenas era un susurro.

—Tenemos que irnos, Fri, no tendremos otra oportunidad. Has usado la voluntad de un modo que no he visto nunca... Has estado... excepcional. Pero ahora necesitas descansar.

Frida lo miró con ojos inexpresivos, pero asintió. Estaba sudada y helada, como si el calor corporal se le hubiera evaporado por los poros de la piel. Asteras la abrazó aún con más fuerza y ella se abandonó a él, que le susurró al oído:

—Erlon estará bien. Él es...

Un grito del enjuto le interrumpió. Un instante después oyó que Erlon ladraba. A pocos metros de donde se encontraban, se estaba librando una batalla. Asteras la arrastró hacia un agujero que a Frida le pareció una ratonera.

Estaba debilísima, pero haciendo un esfuerzo enorme consiguió entrar en la madriguera. Tras gatear unos metros, cayó al suelo, prácticamente desmayada. Un nuevo aullido desgarrador resonó tras la curva. Un instante después, volvió a aparecer el enjuto, dispuesto a darles caza. Asteras sintió un nudo de pánico en el estómago. El miedo le bombeó la sangre en las venas con tanta fuerza que tuvo la impresión de que iba a explotarle la cabeza, pero, por suerte, la adrenalina le recorrió el cuerpo como una inyección de energía purísima.

La criatura demoniaca se movió frenéticamente hacia él. Quería, tenía que hacerse con sus presas.

Asteras sintió de pronto que tenía una fuerza excepcional en las manos y, concentrándola, consiguió empujar el cuerpo inerte de Frida por la galería.

Desgraciadamente, no bastaría.

—¡FRIDAAAA! —gritó, para hacerla reaccionar.

Pero no tuvo éxito. Por suerte, Wizzy y Mero habían vuelto atrás y estaban dispuestos a demostrarles su lealtad una vez más. Agarraron las mangas de Frida con los dientes, uno por cada lado, y tiraron de ella, arrastrándola por la galería. Por fin,

Asteras consiguió entrar, justo cuando el enjuto estaba a unos pasos de la entrada.

El joven vigilante se lanzó al agujero y el enjuto le rozó el tobillo en su intento por cogerlo. Su grito de frustración retumbó entre las paredes de las galerías, rebotando varias veces como un trueno atrapado en una caja.

Cuando salieron por el extremo opuesto del túnel se encontraron con Momus y los dos kimuz que les estaban esperando. Frida había recuperado la conciencia el tiempo suficiente como para avanzar a gatas por el túnel, pero eso había agotado sus últimas fuerzas. Se dejó caer sobre la hojarasca que cubría el suelo en aquella parte del bosque.

—Pero ¿qué habéis hecho ahí dentro? —preguntó el hombre, con tono de reproche.

—Ha sido Frida la que ha salvado a tus animales. Tiene más poder del que creías —anunció Asteras sin ocultar su orgullo. Luego cambió de tema—. Tenemos que darnos prisa y salir de aquí.

La noche ya se había instalado en el cielo. El bosque susurraba señales de peligro que habría sido sensato escuchar.

—La… mochila. —La voz temblorosa de Frida rozó la oreja de Asteras.

—¿Cómo dices? —le preguntó él, arrodillándose a su lado.

—La mochila… se ha quedado… ahí abajo.

El joven se pasó una mano por el cabello.

—Por todos los demonios de Amalantrah —imprecó para sus adentros.

—La caja…, dentro está la caja… Es importante —murmuró Frida, y cerró los ojos otra vez.

—Momus se acercó.

—¿Ahora qué pasa?

—Su mochila se ha quedado en la galería. Y dice que hay una caja importante dentro.

—¿Importante? —dijo Momus, intrigado.

—Sí, parece que sí. Tengo que ir a recuperarla.

Momus reflexionó un momento; luego presentó su propuesta.

—Hagamos esto: ahora entramos de nuevo en la galería. No es

seguro ir por ahí de noche, lo sabes perfectamente. Y con la chica en este estado es imposible. Vamos a recuperar la mochila y dormimos en la parte más estrecha de la galería, donde el enjuto no puede entrar. Mañana por la mañana, venís conmigo al Pueblo de los Alarogallos. Fue allí donde afloré. Descansáis un poco y cargáis provisiones para continuar el viaje. Sin duda, os harán falta.

—El Pueblo de los Alarogallos... He oído hablar mucho de él.

Con esa respuesta, Asteras no decía si aceptaba la propuesta o no.

—Si vais al Altiplano, apenas os desviáis, créeme. Y además de comida podríais encontrar otras cosas útiles. Hay un mercado lleno de objetos. Y nos haremos compañía durante un tramo. Hace mucho que viajo solo, y aunque ellos canten bien —dijo, señalando a los kimuz, que dormitaban, ajenos a todo—, desde luego no son maestros en el arte de la conversación.

Asteras se encerró en un silencio sólido en el que reflexionó a toda prisa. No le apetecía demasiado desviarse de la ruta, aunque fuera poco, pero Momus los había salvado (la gratitud era una moneda que nunca había faltado en su bolsillo). Además, tenía bastante curiosidad por ver aquel pueblo que tenía fama de fabuloso. Por otro lado, la idea de avituallarse no era nada mala, desde luego.

—Está bien, Momus, iremos contigo —accedió por fin.

—Sabia decisión, joven vigilante —respondió Momus, sonriendo.

# 20

## Menos de lo que crees, más de lo que esperas

*E*l desayuno fue nauseabundo. No consiguieron acabárselo, a pesar de que la tripa les hubiera sonado toda la noche y de que las raciones que les habían servido no fueran en absoluto abundantes.

Ya de vuelta en su prisión subterránea, Gerico dijo:

—Después de esta porquería, prometo que no me quejaré nunca más de la cocina de la abuela.

—Eso si volvemos a verla —respondió Tommy, apagado.

—Eres un modelo de optimismo, ¿eh?

Tommy lo miró un momento y luego se giró hacia el otro lado.

Miriam habría querido decir algo, pero sin el pizarrín, *El libro de las puertas*, el espejo mágico y todo lo demás no sabía cómo expresarse ni qué hacer.

—¿Nunca se te ha ocurrido aprender el lenguaje de signos? —preguntó Gerico, intuyendo la pena que sentía en aquel momento.

Ella negó con la cabeza.

—¿Y por qué?

Miriam se encogió de hombros. ¿Cómo iba a explicarle que su madre no se lo había permitido? «Eso es para discapacitados, Miriam, y tú no lo eres —repetía siempre Astrid—. Y no me gustan todos esos gestos. Me ponen nerviosa. Aprende a escribir rápido y ordenadamente y no tendrás necesidad de una voz, ni de todos esos movimientos de manos tan irritantes. Las palabras están sobrevaloradas.»

—Estoy preocupado por Klam —dijo Tommy.

Efectivamente, el hombrecillo no había vuelto con ellos a la celda. Había rechazado la comida con desdén, dándole una patada al pequeño cuenco (un dedal de modista lleno de aquella bazofia apestosa) y tirándolo de la mesa.

El granjero Pot se había enfurecido como una bestia y a punto había estado de aplastarlo con el puño. Al final lo había metido en la pequeña jaula de un empujón, amenazándolo con hacérselo pagar caro.

—Klam será un insoportable sabelotodo, pero es un hueso duro de roer. Un huesecillo, vamos… —dijo Gerico.

—Sí, pero con esa familia de patanes psicópatas nunca sabes lo que puede pasar.

En aquel momento, casi como si le hubieran llamado, apareció en lo alto de las escaleras la figura horrenda y contrahecha de Folco. Miriam no podía contener un gesto de repulsión y un escalofrío de miedo cada vez que lo veía.

—*¡Ahí tié loscaraos!* —dijo. No era capaz de decir una frase, ni que fuera corta, sin llenarla de insultos.

—¿Qué le habéis hecho a Klam? —le espetó Tommy desde detrás de los barrotes.

—*Tu ni ta movises, eja cottorrear o tesplumo* —le advirtió, acercándose. Y le soltó un bastonazo que impactó ruidosamente contra los barrotes.

Tommy retiró las manos atadas justo a tiempo. De no haberlo hecho, aquel animal se las habría destrozado.

—*Euralia te quere* —le dijo, escupiendo al pronunciar la «t».

—Pero yo no la quiero a ella.

—*Tú cerás luque dicamos noses. ¿Tendido?* —rebuznó aquel bruto.

—*E yo ti digo que no vo* a ninguna parte —replicó Tommy, imitando su inconexo modo de hablar.

Con un gesto rápido y preciso, Folco agarró la melena pelirroja de Miriam a través de los barrotes y tiró de ella. La muchacha soltó un grito mudo al chocar contra la reja y se puso a agitar las manos al aire intentando liberarse del agarre de su agresor, prueba evidente de lo que le dolía y de la repulsión que le provocaban aquellas asquerosas manazas que la tenían aplastada contra los barrotes.

Instintivamente, Gerico y Tommy se lanzaron contra Folco, pero las cadenas no les dejaban acercarse.

—¡*Se dicho de no movise! E ora, cotorra, se no viene comigo, lerranco alus pelos uno a uno* —le amenazó Folco con un gesto malévolo en el rostro.

Tommy tuvo que ceder al chantaje, pero sentía fermentar en su interior un odio que no había sentido en su vida. Sus padres les habían enseñado que el odio es como un virus: se expande, se contagia, pasa de una persona a otra, y acaba creando epidemias. «El odio es una enfermedad contagiosa», había escrito Tommy en una redacción por la que había recibido la nota máxima. Los gemelos nunca habían caído víctimas de ese sentimiento, y, sin embargo, ahora Folco le había inyectado aquel virus.

Tommy siguió a Folco por las escaleras que lo llevarían hasta Euralia. Al llegar a un rellano con dos puertas, intentó mirar por la ventana, pero la niebla era como una pared de algodón. Oyó a lo lejos el piar de los pájaros. Fue como una suave brisa de esperanza, en medio de aquella ratonera de la que no tenía idea de cómo saldrían.

Folco se inclinó y miró por el agujero de la cerradura. El muy patán debía de haber visto lo que buscaba, porque se puso en pie de nuevo y dio un tirón a la cuerda, haciendo que Tommy se acercara.

—¡*Entrila!* —ordenó.

Era una invitación imposible de rechazar.

Frida recuperó las fuerzas lentamente, porque en el túnel tuvo un sueño agitado. Por la mañana encontró de nuevo la mochila a su lado. Enseguida comprobó que la caja de los momentos estuviera en su sitio. Cuando la tocó, sintió que le estallaba dentro aquella felicidad incontenible que sentimos cuando recuperamos un objeto importante para nosotros que temíamos haber perdido. Momus le dijo que Asteras había corrido un gran riesgo para recuperar la mochila.

—Habría ido yo, si no fuera tan viejo —dijo el vagante, con ironía—. Tengo la impresión de que es verdaderamente importante para ti.

Frida asintió, mientras contemplaba su caja como si la viera por primera vez.

—Pues no la pierdas de vista. Aquí, en Nevelhem, la gente se pirra por los tesoros de los demás.

A Frida, las palabras de Momus le sonaron a amenaza, e instintivamente apretó la mochila contra el cuerpo.

Asteras volvió al túnel con un buen puñado de ocrolos. Frida lo recibió con un abrazo lleno de gratitud. Desayunaron rápidamente antes de abandonar la galería para encaminarse por fin al Pueblo de los Alarogallos.

—El camino podría ser largo, amigos míos. Pero al menos estamos juntos y puedo aseguraros que en esta parte del bosque no hay demasiados peligros —les informó Momus.

La extraña caravana se puso en marcha con buen ánimo. Los dos border iban, como siempre, en primera línea, sondeando el terreno con su fino olfato. Les seguía Momus, que silbaba despreocupadamente, con los dos kimuz pegados a sus talones. Uno de ellos de vez en cuando se paraba y se acercaba trotando a Frida para frotarle el pequeño morro en las piernas.

—Sabe que le has salvado la vida. Los kimuz son agradecidos. A su modo —dijo el vagante sonriendo.

Hacía ya rato que caminaban, sin sobresaltos, tal como había predicho Momus, cuando decidieron que estaban demasiado cansados y hambrientos para seguir. Se detuvieron a descansar junto a uno de los pocos arroyos que habían encontrado hasta aquel momento por el camino.

Frida se sentó en la orilla y observó la corriente, pensativa, hasta que se dio cuenta de que había algo anómalo en el fluir del agua.

—Pero… el agua fluye a la vez en horizontal y en vertical —exclamó sorprendida.

Asteras y Momus sonrieron al ver su estupor. Para ellos era normal.

Los cuatro animales bebieron con avidez; parecía que quisieran vaciar el arroyo.

También los chicos y Momus tomaron provisiones de agua. Después el hombre se dispuso a echarse una siestecilla: aún quedaba un poco para llegar y tenía que recuperar fuerzas. Cuando Frida le preguntó cuánto faltaba, él le respondió con su habitual sonrisa pícara:

—Menos de lo que crees, más de lo que esperas.

La luz del no-sol temblaba en el monótono cielo. Asteras y Frida descansaron los pies fatigados estirándose sobre la capa de hojas secas que cubría la suave pendiente. Aunque en aquella tierra faltaba el color y el tranquilizador canto de los pájaros, aunque la niebla se condensaba a su alrededor como un aliento frío, en ese momento reinaba en el bosque una calma que calmó los nervios de Frida.

—¿Qué es lo que me ha pasado en el túnel? —preguntó Frida, cuando por fin encontró el valor de plantear a Asteras la pregunta que le rondaba la cabeza desde el momento en que se había despertado.

—Has hecho algo increíble. Tú tienes un poder que ni te imaginas. Y eres tan... —Se quedó mirándola un buen rato. Ella esperó, sin interrumpirlo—. ¡Eres tan joven! —dijo por fin, aunque habría querido decir «guapa», «maravillosa» o «encantadora».

—Solo recuerdo la sensación de miedo, intensísima, al ver al enjuto que se me tiraba encima.

—En ti la voluntad es extremadamente fuerte, Frida. Aún no la controlas bien, pero cuando lo consigas...

—Si es que lo consigo —puntualizó ella.

—Claro que lo conseguirás.

Frida se encogió de hombros, nada convencida.

—Usar la voluntad para alterar el tiempo y el espacio requiere una cantidad de energía vital enorme. Y si no sabes dosificarla, te vacías.

—Ya, yo no sé ni por dónde empezar.

—Tiempo al tiempo, Frida. Vigilante se nace, pero eso no basta. También hay que formarse. Y en cada caso es diferente.

Frida estaba perpleja. Todo aquello le parecía absurdo. Levantó la espalda y se quedó sentada entre las hojas en silencio, asimilando las palabras de Asteras.

—¿Y se puede usar la voluntad para hacer retroceder el tiempo? ¿Hasta el punto de salvar a alguien?

La pregunta le salió en el mismo instante en que la había pensado. Era demasiado grande como para guardársela dentro; demasiado feroz como para domesticarla.

Asteras cogió aire y respondió:

—No, Frida. No puedes hacerlo. Por mucho que tú seas una vigilante excepcional y aunque tu voluntad tenga un poder desmesurado, me temo que el pasado es pasado y no se puede trasladar al presente.

Frida estaba profundamente decepcionada. ¿De qué le servía ese poder si lo único que le importaba realmente —recuperar a sus padres— no estaba a su alcance?

Tommy entró en la habitación y se encontró en la penumbra. Una pesada cortina cubría la única ventana, dejando entrar poquísima luz.

Lo primero que vio fue una enorme cama con dosel, deshecha, cubierta de ropa tirada sobre las sábanas como náufragos sin vida.

En el centro de la habitación, sentada en una mecedora, estaba la pérfida Euralia. Y tras ella la espléndida Nikaia. La niña de color café con leche y rasgos perfectos, pero de expresión triste, estaba peleándose con el cabello de su hermana. Con un cepillo intentaba desenredar la estropajosa maraña que era aquella melena verduzca.

—¡Ay! ¡Cuida a quiceses, bruta! —la regañó Euralia pellizcándole la piel del brazo con sus dedos gordinflones.

Nikaia se echó atrás. Luego dirigió una mirada tímida a Tommy y, quizá para evitar mostrarse quejica, volvió al trabajo sin decir más.

—Bonvenío a mi bitación. Mu pocos han sedo envitados indentrar, res un surtudo —dijo con su desagradable voz y un tono fanfarrón.

—Bueno, digamos que no podía declinar la invitación.

La piel escamosa que le cubría la cara brillaba cuando un hilo de luz conseguía penetrar por entre las cortinas, y las escamas de las mejillas vibraron ante la respuesta seca de Tommy. La joven Pot rebosaba por los lados de la mecedora, y Tommy pensó que habrían tenido que encajarla allí a la fuerza. Recordaba la masa de una tarta con demasiada levadura saliéndose del molde.

—*No me sengracia se tono disgustoso* —graznó Euralia.

—Pues mándame bajar de nuevo. No querría molestarte.

Nikaia esbozó una sonrisa cómplice y Tommy lo vio por el rabillo del ojo. Pero tuvo cuidado de que Euralia no notara aquel entendimiento: no habría reaccionado bien, eso lo tenía claro.

Ahora que sus ojos se estaban acostumbrando a la penumbra de la habitación, Tommy observó que Euralia tenía sobre el regazo *El libro de las puertas*.

—¿Qué haces con eso? Es nuestro —le preguntó, airado.

—*¡¿Ta cosa?!* —respondió ella, tamborileando con los dedos sobre la cubierta de madera—. *Staba nel tornistro daese mostro de pelos rojosos.*

—No tienes ningún derecho de hurgar en nuestras cosas...

—*¡Acalleste!* —dijo ella, cortante. Nikaia dio un respingo y a punto estuvo de caérsele el cepillo al suelo—. *Abesis metido en nustra propidá, enquerosos. Todo lo quistá e nustra propidá e nustro. ¡Nustro sta porquería lípero, nustros los tornistros y nustros vosotros ambién!*

Tommy tenía que hacer un esfuerzo para descifrar aquella lengua estrafalaria. ¿El *tornistro* era la mochila? ¿*Lípero* era libro? Probablemente. Pero lo que estaba claro era el tono agresivo y la situación desesperada en que se encontraban. Sentía unas enormes ganas de echársele encima y arrancarle el libro de las manos, pero estaba atado de pies y manos.

—*¡¿Y tú..., quié ta manda que lo dejase?!* —exclamó la paquiderma dirigiéndose a Nikaia, que retomó al momento el sucio trabajo que tenía entre manos.

Por unos minutos, Euralia se quedó en silencio, respirando afanosamente, esperando que se le pasara la rabia. Viendo aquellos accesos de ira repentinos y violentos, Tommy pensó que más valía mostrar una actitud menos hostil, si quería tener alguna posibilidad de escapar de aquella situación.

—*Aya, ¿qué tié sto lípero?* —preguntó ella, hojeándolo sin prestarle mucha atención.

—Nada de especial. Cosas de Miriam. ¿Te importaría devolvérmelo?

—*Parce a mía que sé que no* —dijo ella, abriéndolo justo por el centro—. *Anque é el lípero más tonto que visto. ¡Todojas vacias, todo blanco, apena si algún certijo pa críos!* —Fue pasando páginas, y el murmullo del papel hizo que Tommy sintiera de pronto una gran nostalgia.

—Sí, tienes razón, no son más que «certijos» para niños, recuerdos de infancia de Miriam. No tiene ningún valor. Te lo puedes quedar si quieres —dijo, probando a echarse un farol.

Pero Euralia no cedió. Quizá quisiera jugar al gato y al ratón; tal vez sospechara de aquella repentina indiferencia. Los seres más despreciables saben prestar atención a las reacciones de sus víctimas.

—Hermana, ¿tú para qué lo quieres? —dijo Nikaia.

Era la primera vez que abría la boca, y las palabras que salieron de sus labios eran como un torrente de primavera.

—*¡¿Tú cómo treveses dicirme qué hao de hacé?! ¡Lo conto a nustro patre y tará probal cinto suyo, feo mono da feria!* —le espetó Euralia, girándose sobre la mecedora para amenazarla.

Nikaia bajó la mirada y respondió con un tímido:

—Perdona.

Euralia entrecerró los ojos, convertidos en dos fisuras llenas de maldad. Miró a su prisionero, presionó la esquina de una página con sus dedos gordinflones y empezó a tirar para arrancarla. Lentamente, para disfrutar aún más de la reacción de su presa.

Tommy gritó un «¡NO!» desesperado.

Pero aquello no la detuvo.


En su prisión subterránea, Miriam sintió que se le paraba el corazón un momento, que se saltaba un latido y que luego recuperaba el ritmo, acelerándose. Le faltó el aire y abrió la boca desesperadamente para intentar respirar de nuevo.

—Miriam, ¿qué te pasa? —preguntó Gerico, preocupado.

Ella no respondió; no habría podido aunque hubiera tenido el pizarrín. Gerico le hablaba, pero ella ya no le oía. El sonido de su voz le llegaba amortiguado, hasta que acabó por desaparecer completamente.

El libro se estaba poniendo en contacto con ella. Como todo lo que aprendemos a reconocer, aquella llamada había dejado de ser espantosa. Esta vez no se quedó descolocada, aunque la experiencia era completamente diferente: percibía una sensación física de dolor. Como si alguien estuviera estirándole los brazos hasta lo inimaginable, agarrándola por las muñecas. Veía que Gerico se movía a su alrededor asustado, pero ella no podía tranquilizarlo. No podía hacer nada.

Y entonces llegaron las voces de los fantasmas. Los que hablaban solo en el interior de su cabeza. Una maraña de voces masculinas y femeninas, jóvenes y viejas, graves y agudas que intentaban combinarse para dar vida a un solo sonido reconocible. Miriam tuvo que concentrarse para desenmarañar el lío de palabras.

«El libro solo habla a quien sabe escuchar. Qalaa ayuda al libro. El libro ayuda a Qalaa.» Miriam solo pudo extraer esas tres frases del torbellino de palabras, pero no conseguía encontrarles sentido. «Qalaa ayuda al libro. El libro ayuda a Qalaa.» Las voces de su cabeza no decían otra cosa. Como una letanía, como una oración que venía de lejos para apropiarse de todos sus pensamientos.

Y por fin ocurrió.

Miriam empezó a susurrar una palabra. Una palabra que no había oído nunca.

Movía los labios huérfanos de sonidos. Los movía, articulando aquel nombre que quería salir al exterior. Se esforzaba, hacía todos los esfuerzos posibles para conseguir algo tan difícil como arrancar una roca del fondo de un lago con las manos desnudas. Era una palabra pesada, resbaladiza, inaferrable. Probó y volvió a probar, pero sentía que cada vez volvía a hundirse en las profundidades de su garganta para perderse en los pulmones. Movía los labios, tensaba los músculos de la garganta, hasta que lo consiguió.

Fue un susurro tenue, apenas perceptible. Pero la palabra afloró, asomando en la superficie de su silencio.

—Nebelibali.

Euralia había arrancado la página del libro y la tenía entre sus sudorosos dedos, con la mirada triunfal de quien acaba de infligir una derrota a su adversario. Tommy fue el primero en darse cuenta de algo raro. De la hoja arrancada que tenía la muchacha en la mano salió una fina voluta de humo que ascendió. Luego se extendió un olor acre. Pasaron unos instantes y el humo se volvió más denso, hasta convertirse en una pequeña llama. La página arrancada se encendió con una llamarada de un rojo vivo que la hizo crepitar. Euralia se vio obligada a tirarla al suelo, gritando, presa de lo que parecía una crisis histérica. Tenía los ojos desorbitados y se agarraba los dedos chamuscados con la otra mano, soplando para aliviar el dolor de la quemadura.

Nikaia echó una mirada a Tommy, asustada y sorprendida, y él la miró sin poder darle respuesta alguna.

—¡*Ca cosal demonio yesta!* —bramó Euralia. Tiró el volumen al suelo, se levantó de la mecedora y retrocedió, dirigiéndose a la cama—. *¡Allévate sto lípero malífico!*

—No puedo. Estoy atado.

—*Nana* —le ordenó a su hermana—, *atómalo y daslo a ese bicho pestoso.*

Nikaia se quedó donde estaba. Tenía miedo de tocar aquel volumen de aspecto misterioso.

—¡¿*Ca sperases?!* —insistió Euralia, gritando, y le soltó una patada en la espalda a su hermana, que cayó hacia delante.

Tommy habría querido ir en su ayuda, pero no podía moverse.

—No te preocupes, no te pasará nada —dijo, intentando tranquilizarla.

¿Realmente era seguro tocar el volumen abierto en el suelo? Lo ignoraba, pero tenía que resultar convincente. Y Nikaia le creyó. O quizá quiso creerle.

Se acercó al libro y, cuando tocó sus páginas, no se quemó ni percibió ningún otro prodigio.

Euralia observaba con aprensión mientras su hermana recogía el volumen y se lo entregaba al muchacho. Tommy no pudo evitar observar que la piel oscura de Nikaia emanaba un aroma cálido a flores exóticas y que sus ojos tenían la profundidad de las noches de verano.

—Gracias —le susurró.

Ella asintió y esbozó una sonrisa, pero enseguida volvió con su hermana como si estuviera atada con una goma fijada a la espalda.

—*Allívate istu lípero fura de aquíe* —ordenó Euralia.

—¿Y el resto de las cosas que había en la mochila? —dijo Tommy, envalentonado ahora que veía a Euralia asustada.

—*Cuichami ben: mi patre ya bía sinuado com cabaríais tus vosotros. Pe yo so benevolenta y polgún raro motivo ma gustasis. He avisto damejó, pe eres mono.* —Tommy no podía creerse lo que estaba oyendo. ¿Qué quería decir? Ella satisfizo enseguida su curiosidad—. *Tú te quei aquíe. Serás mi amaritao. Te concío cuesto honor.*

—¿Qué dices que seré yo? —preguntó Tommy, frunciendo el ceño.

—*Amaritao,* marido —dijo Nikaia, traduciendo.

Sin levantar la mirada, con un punto de oscura tristeza en sus palabras.

«Esta está completamente loca…, preferiría dormir en un tarro con un sigbin», se dijo Tommy cuando descubrió que su intuición era acertada.

—*Se te quei aquíe, convinciré a mi patre pa que descalaboce a los otros.*

—¿Para que los libere? —dijo, pero no esperó la respuesta para saber que había adivinado—. ¿Y si no acepto?

Euralia se lo quedó mirando un momento y luego avanzó hacia él. Se acercó con pasos pesados; cada vez que su pie desnudo hacía crujir el suelo de madera, levantaba una nubecilla de polvo. Nikaia, algo más atrás, estaba muda de la tensión.

—*Acetarás, o us putrifaréis toda la cometiva en nustra propidá* —le espetó cuando lo tuvo delante. La papada flácida de Euralia temblaba como la de un sapo, las fisuras en que se habían convertido sus ojos eran como sendas cuchillas, su aliento era rancio—. *Otros han richacío me mano y pues… ¿Sabes cómo nacabao sas disgracias humanas?*

Nikaia se estremeció. Tommy no bajó la mirada.

—*En lus tarros. Isas bestias pestosas san dado una buna comilonga. Asine nacabao.*

# 21

## Una visita inesperada

*B*arnaba había dormido un día entero. Tenía la sensación de haberse sumido en el coma, en lugar de en un sueño reparador. Cuando abrió los ojos, le costó entender dónde se encontraba. Estaba rodeado de paredes lisas de cemento, agrietadas por varios puntos, de un gris tan anónimo que negaba el concepto de color. Estaba tendido en un catre. Hacía calor. La humedad se le había pegado al cuerpo como un trapo mojado.

Miró otra vez y la realidad le cayó encima con la crueldad de una guillotina, cortando de cuajo todas sus esperanzas. Estaba en la cárcel.

Ni la peor de sus pesadillas podía competir con la situación en la que se encontraba. Se sintió tan trastornado, tan angustiado que le costaba respirar. Se sentó. ¿Cuántas horas habría dormido? ¿Qué día era? Examinó los pocos metros cuadrados de espacio que le habían concedido. Vio un orinal de acero: su váter. Y pegada a la pared, una mesa vacía y triste con la superficie de fórmica desportillada. Encima había un periódico.

Barnaba miró el diario, sin sentarse siquiera en la silla desvencijada que había junto a la mesa. En primera página salía su foto, con un titular grande y violento como un puñetazo bien dado: ¿ES ÉL EL MONSTRUO?

Se mareó. Sintió arcadas. Tuvo que apoyarse en la mesa. Después se dejó caer de nuevo en el catre. Con los hombros encogidos, los codos contra las rodillas, la cabeza entre las manos.

Era inútil seguir leyendo; estaba claro que la prensa ya había encontrado a quién culpar por la desaparición de los chicos.

Estaba también la foto de Gerico y Tommy, sonrientes junto a sus bicicletas, y uno de ellos llevaba el pequeño jack russell en brazos.

Barnaba bajó del catre, fue corriendo al orinal y vomitó la poca comida que había ingerido en las horas anteriores. La celda ya apestaba (en el ambiente flotaba un cóctel asqueroso de moho, sudor, detergente barato y humo de cigarrillo), pero ahora Barnaba había añadido un nuevo ingrediente: el olor acre del vómito.

Se pasó el dorso de la mano por la boca y volvió a la mesa; cogió el periódico. Pasó por alto las noticias sobre él, hojeó el diario a toda prisa y por fin centró la atención en otra noticia: seguían produciéndose desapariciones de perros en todo el país. Ahora el fenómeno ya se había extendido y llegaba hasta las grandes ciudades. Los animales desaparecidos ya eran muchísimos. Barnaba devoró, palabra por palabra, la página entera dedicada a lo que el periodista definía, con un título de efecto: «El verano maldito de los perros». Ninguna pista, ni una explicación. La gente tenía miedo y sufría. Barnaba sabía lo que significa querer a un perro y perderlo. Pero también sabía lo que había detrás de toda aquella historia.

Y, precisamente en el momento en que iba a poder hacer algo al respecto, lo habían metido entre aquellas cuatro paredes. Se quedó con el periódico abierto y la mirada perdida en el vacío. No se había sentido tan impotente en toda su vida.

Tommy le llevó el libro a Miriam, que al verlo sintió como un vértigo. Tenía la impresión de que el vínculo con el oscuro volumen se había vuelto tan fuerte que no podría separarse nunca más. Sin *El libro de las puertas* estaba incompleta.

Ahora las páginas guardaban silencio. Blancas e inmaculadas, sin el espejo de Miriam no se podían leer. Y el espejo estaba en la mochila, en manos de Euralia. Los acertijos proféticos, las sutiles pistas, las terribles admoniciones… quedaban escondidas tras el blanco cándido de las hojas.

El libro se había quedado mudo, sí, pero Miriam había hablado. Una sola palabra, poco más que un susurro, y sin embargo eso abría otro mundo. ¿Cómo se sentía ahora que había emitido un sonido? ¿Feliz? ¿Esperanzada de pronto? ¿Poderosa? Nada de todo eso. Se sentía simplemente nueva. Renacida. Lo malo era que no habría podido explicarlo aunque tuviera un cuaderno donde escribir páginas y páginas de pensamientos.

Sentía que se estaba formando en su interior una nueva Miriam. «Nebelibali.» Aquella palabra impregnada de misterio, escondida en un recóndito rincón de su mente, había provocado un incendio de cuyas cenizas ella había renacido con una conciencia nueva. Nebelibali. ¿De dónde vendría? ¿Qué significaría? Pero no podía decir nada de todo aquello a los gemelos. Era un enigma del que aún no poseía la llave.

Los chicos descubrieron muy pronto que en la granja no serían unos simples prisioneros. Los Pot tenían otra cosa *in mente*.

El granjero y Folco se presentaron haciendo gala de su habitual amabilidad para llevarse a los chicos, y los condujeron al pajar, empujándolos y pinchándolos con las horcas.

—*Us gustaban los nimales, pos ara os toca acudirlos* —dijo el granjero.

El trabajo de Gerico y Tommy era el de hacer salir a los sigbins de los tarros en los que los habían metido y llevarlos al cercado.

—*¡Amóstraselo tú!* —le dijo a Folco, que resopló y se acercó a un montón de cacharros y herramientas de donde sacó un extraño artilugio, una especie de pinza enorme compuesta de una maza de madera y unos largos brazos que acababan en forma de cucharas metálicas. Recordaba un fórceps, uno de esos instrumentos que se usan para extraer del vientre materno a los bebés en los partos difíciles.

Folco inició su demostración. Se acercó a uno de los tarros y, tapándose la nariz y la boca con un brazo, abrió el tapón. Salió un humo amarillento y malsano, pero eso no detuvo al joven de rostro aguileño. Folco metió la pinza en el tarro y accionó una palanquita. Se oyó el sonido metálico de un resorte y luego el aullido abominable de la criatura escondida en el interior del gran recipiente de arcilla.

Foco apoyó el pie en el borde del frasco y, haciendo palanca con las piernas, tiró del sigbin, que no dejaba de chillar. A los gemelos les recordó la imagen de un pescador que iza un pez de enormes dimensiones hasta la cubierta del barco.

Después de extraer la apestosa criatura, la sacó del pajar arrastrándola con las pinzas hasta un cercado como los que suelen usarse para los caballos. El sigbin se debatía y lanzaba coces, pero el joven Pot lo mantenía a distancia gracias al largo mango de las pinzas. Al llegar al cercado, abrió una puerta y tiró dentro al pequeño monstruo.

El granjero Pot asintió, satisfecho.

—*¿Veis visato? Asín tenís que hacérilo. Folco us vista. Us mira a toltiempo. Nos suscurra escapalar, ni suscurra. Se no querís que os destruce yimismo* —los amenazó, mirándolos con sus ojos de cerdo.

—¿Y nosotros tenemos que hacer eso? Vosotros estáis como un cencerro —exclamó Gerico, llevándose un dedo a la sien—. Olvidaos.


El primero en hacerlo fue precisamente Gerico, que ahora lucía un bonito ojo negro. Pero su primer intento fue un desastre.

Vomitó en cuanto abrió el tarro. Y se llevó un pescozón que le arreó Folco, ordenándole que no perdiera tiempo. Luego se le cayó el fórceps dentro del tarro. Y Pot le dio una patada en el culo tan fuerte que el dolor se le irradió hasta el cuello y las piernas. Cuando por fin consiguió extraer el sigbin, a punto estuvo la bestia de arrancarle la cabeza de una coz.

El granjero, furioso, agarró a Gerico del cuello, mientras Folco comprobaba que Tommy no huyera, y lo levantó diez centímetros del suelo. Gerico constató la fuerza sobrehumana de aquel tipo.

—*Se pasa travéz algusín, te lío al tronco dun leño y te dijo ai stque viene a descarnicarte una manata de rechinintes. ¿Soído?*

Y sin darle tiempo de responder, lo lanzó al suelo como una bolsa de basura.

Gerico se masajeó el cuello y murmuró para sí:

—*Soído, soído*, psicópata asqueroso.

Υ

Mientras Tommy y Gerico vaciaban todos los tarros ante la mirada atenta de su guardián, que los contemplaba tendido en una bala de paja, Miriam se vio obligada a prestar servicios menos agotadores y peligrosos, pero desde luego no menos asquerosos, a las mujeres de la familia.

Su primera tarea fue la de masajearles los enormes pies a Euralia y a su madre, apoltronadas en un viejo sofá. La pobre muchacha tuvo que toquetear unos pies que parecían hogazas de pan mal hechas.

—¡*Rivíntami las verrúcolas, mudasorda!* —le ordenó la señora Pot con su voz de cristales rotos.

Miriam no entendía qué quería decir. La miró perpleja, esperando alguna explicación que le aclarara lo que le estaba pidiendo.

—*Matre, ista querosa de mudasorda no va a piscarte ná dique le dices* —intervino Euralia, que después se dirigió directamente a Miriam—: *Prétale las verrúcolas de los pídolos y saca hastanto la raíz. Mi matre, poverica, súfure tanto. Y tú no quires que súfura, ¿no?* —dijo, dándole a la pregunta final el tono de una amenaza en absoluto disimulada.

Enfrentarse a aquellas protuberancias blanquecinas que habían transformado los pies de la granjera Pot en una superficie lunar cubierta de cráteres y excrecencias supuso una dura prueba para el estómago de Miriam. Aun así, sacó fuerzas de flaqueza y se dispuso a apretarle el primer grano. Pero la mujer reaccionó con un grito y la apartó de una patada, que la hizo rodar por el suelo.

—¡*Cuncudado, mudasorda!* —bramó, furiosa.

Miriam se puso en pie. Sentía un dolor que le oprimía las sienes y una desesperación profunda. Para resistir se refugió en el recuerdo de Gerico. No podía hundirse, tenía que haber un modo de salir de aquel infierno. No podían acabar así.

—*¡No ti durmas! Volve aquí... Y stavez ta tenta a luque haces con sas manazas querosas que tines. Si ces daño travez a mi matre, la prósima patada ta la planto intra sus óculos color mucoverde.*

Υ

Aquel día fue una dura prueba de resistencia para los gemelos, que volvieron a su celda agotados física y mentalmente. Solo había pasado un ciclo en la factoría y ya estaban destrozados.

Gracias al mordisco del sigbin, Gerico no había sufrido más recaídas. Miriam había conseguido susurrar una palabra, aunque después de la euforia inicial había vuelto a intentarlo y no había conseguido producir ningún sonido más. Por su parte, en la mente de Tommy había aparecido una gran duda. El matrimonio con Euralia era lo peor que podría pasarle en la vida, pero ¿y si aceptar ese tormento fuera la única salida para conseguir que sus compañeros huyeran del infierno que era la casa de los Pot? Estaba sentado solo en una esquina del sótano, con los brazos en torno a las rodillas, dándole vueltas a aquello. Por su parte, Gerico, agotado y cubierto de un olor apestoso, no se atrevía a acercarse a Miriam, que parecía distraída. ¿En qué estaría pensando?


—Tienes una visita.

La voz del carcelero pilló desprevenido a Barnaba. Estaba de espaldas al ventanuco de la puerta metálica de la celda.

—¿Una visita? ¿Yo?

—No, la reina de Inglaterra —respondió, sarcástico, el rectángulo de cara visible.

—¿Quién es?

—Oh, Malvezzi, aquí nada de preguntas. Levanta tu viejo culo del catre y muévete.

Cuando Barnaba entró en la sala de entrevistas, sintió que se le retorcían las tripas. Mientras recorría los oscuros y tristes pasillos de la cárcel había intentado hacerse una idea de quién podía estar allí, esperando para hablar con él. Desgraciadamente, la persona que más habría deseado ver no podían estar allí: su querida Cat yacía en la oscuridad y en el frío de un sueño envenenado. ¿Quién quedaba entonces? Su amigo Mario, o quizás un abogado que hubiera visto en aquel caso la ocasión de ganar fama y algo de dinero, en vista de que los medios de comunicación habían dedicado una atención obsesiva al asunto de los niños desaparecidos.

En cambio, en uno de los siete bancos de entrevistas, Barnaba se encontró la sorpresa más desagradable posible. La más inesperada de las apariciones: Astrid.

Barnaba se le acercó con el paso pesado y el estómago encogido. Los pocos días de reclusión lo habían dejado más flaco y envejecido. Ella lo recibió con su habitual expresión rígida y feroz, de depredador que no necesita rugir para asustar a sus presas.

—¿Qué haces aquí? —le preguntó.

Cada palabra era una piedra lanzada a su cara.

—He venido a disfrutar del panorama. Ver al gran Barnaba enjaulado es un espectáculo impresionante.

—Tú eres la responsable de lo que le sucede a Cat, ¿no es cierto? —le preguntó, seco.

—¿Por qué iba a mentirte, cuando tan agradable es la verdad? Sí, he sido yo. He sumido a mi hermana en el sueño de tinieblas y lo he hecho sin el más mínimo remordimiento. ¿Quieres saber cuándo y cómo? —No esperó una respuesta para continuar—. Fue ella la que vino a verme. Quería hablar conmigo.

—¿De qué?

—Había comprendido que Frida tiene algo de su madre. Algo importante.

—¿De Margherita? ¿Qué quieres decir?

En la sala flotaba un hedor penetrante a moho y retumbaba el ruido de cuatro viejos ventiladores que poco podían hacer contra el calor húmedo que se les pegaba a la piel.

—Tú no sabes nada de nada, Barnaba de Petrademone. Ni siquiera te has dado cuenta de que tu sobrina tiene el mismo sello que su madre: el de los vigilantes.

—¿Margherita sabía algo de Amalantrah?

—Pobre ignorante. Tu hermana conocía perfectamente el mundo del otro lado de la puerta. Ella era una vigilante, aunque se había... tomado una pausa, por así decirlo. Pero después había decidido volver a Nevelhem y ayudar a resistir a otros vigilantes. Unos días antes de morir, había hablado con Cat y le había contado que sentía que estaba en peligro.

—¿En peligro? ¿Qué quieres decir, maldita?

—Bueno, se ha demostrado que tenía razón, ¿no? También quería ver a tu mujer para confiarle un secreto que me afectaba.

—En los finos labios de Astrid apareció una mueca, un pliegue inquietante—. No tuvo tiempo de hacerlo...

Barnaba estaba atando cabos. Mantenía una expresión pétrea para no darle una satisfacción a Astrid, pero por dentro se le comían los demonios. Mientras tanto su cuñada siguió contándoselo todo tranquilamente, clavándole en la carne el bisturí despiadado de su voz:

—Cat quería que le diera explicaciones. Es una mujer inteligente, mi hermana, aunque el hecho de que te eligiera como marido me hizo albergar muchas dudas al respecto. Aun así, la conversación tomó un cariz interesante y decidí que quería estudiar a tu sobrina de cerca. Sin quererlo, mi querida hermana me ha dado una información muy precisa.

—¿Todo esto lo has organizado para acercarte a Frida?

Solo tuve que ofrecerle a Caterina una infusión para enviarla a dormir. Habría podido liberarme de ella de un modo más expeditivo y definitivo, pero qué quieres..., soy una sentimental —respondió, mientras la mueca daba paso a una sonrisa sádica.

Barnaba se puso en pie de golpe, con una furia que hizo que la silla cayera al suelo. El guardia de seguridad, tras el cristal, se alarmó y se precipitó a la sala.

—¿Qué pasa aquí dentro? —gritó, para imponer su autoridad.

—No se preocupe, agente, mi cuñado ha recibido una noticia que le ha sorprendido —respondió Astrid con una calma glacial.

—Malvezzi, cálmese y siéntese. Otra escena así y se ha acabado la entrevista. ¿Entendido?

Barnaba recogió la silla del suelo y se recompuso, pero la rabia se le quedó pegada al cuerpo como si acabara de salir de una charca pútrida.

—Da gracias de que esté esposado; no tendría ningún reparo en asfixiarte con mis propias manos —gruñó Barnaba entre dientes mientras el guardia se alejaba.

—Te pudrirás aquí dentro sin necesidad siquiera de añadir un homicidio más a tu lista de crímenes —respondió, áspera, la Seca.

—Te atraparé, Astrid, te lo prometo. Y serás tú la que pagará, por todo lo que has hecho.

—Los malos solo pagan sus penas en las películas y en los libros de medio pelo, querido Barnaba —dijo, y se sacudió el polvo del vestido que le ceñía las piernas—. Este sitio es nauseabundo, imagino que no disfrutarás demasiado de la estancia.

—Esto también debo agradecértelo a ti, ¿no es cierto?

Ella levantó las cejas, orgullosa, y añadió:

—No obstante, estoy aquí para proponerte un negocio.

—Prefiero mil años entre estas paredes a un acuerdo contigo.

—Satisfacer tu deseo sería fácil, pero antes de escoger piensa que el negocio que te propongo también afecta a tu bella durmiente. —Astrid sonrió de nuevo, satisfecha, y la sonrisa le dio un aspecto aún más salvaje—. Sé que te has dado un paseíto por la niebla. Si no has caído en mis manos, es solo porque a algún iluso se le ha metido en la cabeza obstaculizar nuestros planes. Pero no es más que cuestión de tiempo. Los urdes se harán con ambos mundos y la Sombra lo devorará todo.

—¿Has acabado con tus fantasías? Tu presencia me da náuseas y...

—¿Dónde están los mocosos? —le interrumpió ella—. Tú los encontraste y seguramente te dirían adónde se dirigían.

Hizo una breve pausa a la que se unió el silencio de Barnaba. Astrid lo rompió:

—Yo puedo hacer que salgas de aquí, y sobre todo puedo hacer que tu mujercita salga del sueño. Me parece un trato justo, ¿no? Tómatelo como un favor que te quiero conceder por nuestra relación de parentesco. Total, a esos cuatro los pillaré, seguro, antes o después. Digamos que contigo lo haría de forma más «expeditiva»...

—Estás aún más loca de lo que imaginaba si crees que yo voy a ayudarte a hacer algo así.

—Piensa lo que quieras, pero plantéate las consecuencias de tu negativa. No volverás a salir de esta prisión; me aseguraré personalmente de que así sea. Y, por su parte, la tierna Cat acabará apagándose. Pobre hermana mía, pobre tontita...

Barnaba se la quedó mirando sin mover un músculo. Luego se le acercó, inclinando el cuerpo sobre la mesa.

—¿Quieres saber lo que pienso? —Pausa—. Que esa venda te queda muy bien. ¿No has pensado en hacer que te saquen también el otro ojo?

Astrid se echó atrás como si hubiera recibido un puñetazo. El único ojo que le quedaba brilló con una chispa de rabia. Se puso en pie con un movimiento mecánico.

—Tu mundo acabará muy pronto y no será indoloro —declaró, antes de darse la vuelta y dirigirse hacia la puerta. Golpeó el cristal con los nudillos y le hizo un gesto con la cabeza al guardia. Luego desapareció sin volver a darse la vuelta.

# 22

# El Pueblo de los Alarogallos

*L*a silueta del pueblo emergió de entre la niebla sin aviso previo, como uno de esos barcos pirata que acechan en la oscuridad de mares demasiado vastos como para poder recorrerlos con una única mirada.

Tras la larga caminata, el grupo compuesto por Asteras, Frida, Momus y los cuatro animales superó la cumbre de una colina y se encontró delante un gran valle cubierto por una bruma ligera como el vapor. De la alfombra de humo que cubría los techos de las casitas bajas, se alzaba hacia el cielo gris una nube de cometas de forma triangular que parecían pequeños ala-deltas. Era un espectáculo impresionante. Las alas de colores y transparentes vibraban en el cielo monocromo sin sol, y el hilo al que estaban atadas se hundía en la niebla, atado al suelo con nudos invisibles.

—Pero ¡¿eso son cometas?! —exclamó Frida, que se detuvo a contemplarlas.

Eran cientos, quizá miles. La suave brisa las hacía ondear, chocar unas con otras, bailar y dar bandazos, retomando el vuelo tras una caída vertiginosa. Como flores en la punta de un tallo delicado, transformaban el cielo sobre el pueblo en un extraño jardín, solo que, en lugar de su aroma, difundían el sonido del papel al recibir los embates del viento.

—Alarogallos. Aquí los llamamos así —dijo Momus.

Frida se sentía embargada por la calma, transportada ella también a aquel cielo animado por el vuelo alegre de tantos objetos de colores. Sin embargo, a pesar de la belleza y el encanto de la escena, sintió una presión dolorosa en el estómago. La visión de aquellos pétalos de papel activó un recuerdo adormecido en su mente, aunque no conseguía darle una forma o un nombre preciso. Era una impresión parecida a la que sientes cuando comes algo delicioso que te deja un regusto desagradable. Una sensación vaga y efímera que te hace dudar de tus propios sentidos, pero que, al mismo tiempo, hace que te preguntes si habrá algo estropeado tras ese buen sabor.

—¡Bienvenidos a mi casa! —dijo Momus, con alegría—. O a lo que más se le parece.

Descendieron por la ladera de la colina. Frida no podía bajar la vista; la escena la tenía extasiada. Asteras se mostraba mucho más cauto. Él conocía bien las insidias de Amalantrah y sabía que en aquel mundo uno no podía bajar la guardia. Los peligros se escondían tras cada árbol, en todas las sombras, acechaban tras las piedras.

Los más nerviosos eran sin duda los dos border. Desde la primera vez que habían visto las cometas danzando en el cielo, Wizzy y el Príncipe Merovingio se habían puesto a ladrar y luego a gruñir, y no se habían callado hasta que Asteras no les había tranquilizado, pese a que seguían observando aquel lugar con desconfianza.

Entraron por un gran arco de piedra abierto en las murallas que rodeaban el pueblo. No había nadie por la calle; el silencio era total.

—Ya sé qué estáis pensando —dijo Momus, viendo los rostros perplejos de los dos muchachos—. Os preguntáis cómo es que parece un pueblo fantasma.

—Me has leído el pensamiento —respondió Frida.

—Aquí la gente es muy discreta. No está acostumbrada a recibir visitas. No vienen muchsa visitas por aquí, y la gente del lugar ha olvidado el sentido de la hospitalidad; hasta cómo hablar con los demás.

Acababa de terminar la frase cuando aparecieron dos personas por un callejón. Dos hombres de un aspecto tan anónimo que se podía olvidar su rostro a los pocos segundos de haberlo visto.

Momus hizo una leve reverencia y susurró:

—Buen camino.

Los hombres mantuvieron un gesto más neutro que un jabón sin perfume. Respondieron despacio, al mismo tiempo:

—Buen camino.

Y, sin dignarse a mirar siquiera al grupito, siguieron adelante hasta desaparecer tras la curva de una callejuela.

Era el segundo pueblo que veía Frida en Nevelhem y tuvo de nuevo la impresión de que era uno de esos lugares que aparecen en los sueños: infelices, incomprensibles, poco naturales.

Mientras caminaban por el pueblo, ella sentía una presión en el corazón, sin motivo evidente. Había algo extrañamente familiar y al mismo tiempo inquietante que la ponía nerviosa.

Se cruzaron con una mujer que se retorcía las manos, como si estuviera sufriendo un terrible tormento. Frida quiso saludarla, pero ella la miró, asustada, y salió corriendo. La chica se quedó impresionada. Ahora entendía por qué estaban tan tensos Wizzy y Mero. Y por qué veía a Asteras tan atento a todo.

—Este sitio es extraño —murmuró de modo que Momus no la oyera.

—Tú no te alejes de mí. Irá todo bien —dijo Asteras, que siempre sabía cómo tranquilizarla.

El único que estaba tranquilo era el viejo vagante que los había llevado hasta allí. Se giró hacia los chicos, que caminaban unos pasos por detrás de él.

—Ya casi estamos; la casa está al fondo de esta calle.

Desde las paredes de los edificios a los suelos, a los bancos o a las calles del pueblo, todo era de piedra tosca y opaca. Hasta los árboles parecían piedras estrechas y largas.

Era una ciudad de aspecto antiguo que a Frida le recordaba las ruinas de Pompeya, que había visitado con sus padres unos años antes.

Y luego estaban aquellos hilos. Había hilos por todas partes. Era una invasión. Cordeles finos anudados a anillas de metal fijadas a las paredes. Un viento fino los hacía ondear, hasta el punto de que creaban la ilusión de que la ciudad temblaba.

—Son los hilos de las cometas. Crean una tela de araña que

envuelve el pueblo —respondió Momus, como si hubiera leído la pregunta en la mente de los dos muchachos.

El vagante hizo tintinear las llaves al sacárselas del bolsillo y le costó mucho encontrar la que entraba en la cerradura.

—¿Estás seguro de que es esta la casa? —le preguntó Asteras, que sospechó al ver que el hombre no conseguía abrir.

—No es mi casa, lo reconozco... —respondió él, mientras seguía batallando con las llaves—. Pero como si lo fuera. Es de un gran amigo mío. Él se ha ido y me deja usarla.

—Muy generoso por su parte —comentó Asteras, no muy convencido.

Frida tenía la cabeza en otra parte: no podía dejar de pensar en la cantidad de cosas raras de aquel lugar, que no tenían parangón en su mundo. Como solía sucederle, la curiosidad se impuso a la angustia o al miedo, y sintió la necesidad de explorar el pueblo. A su lado sentía temblar a los dos perros, igualmente inquietos. Observó que la niebla del pueblo había desaparecido casi del todo. Solo quedaban algunos jirones de bruma en el aire, como nubecillas de algodón de azúcar.

Por fin Momus abrió la puerta y entraron. Más que una casa, era un antro amueblado. Realmente minúsculo. Un dormitorio con colchones por el suelo, una cocina de aspecto decrépito con una pequeña chimenea que parecía no haber sido usada en muchos inviernos y un baño que era, a todos los efectos, el espacio más amplio.

También había un jardín atrás, y fue allí adonde llevó Momus a sus dos animales de pelo dorado.

—Venid, que saco a los kimuz al jardín. No les gustan demasiado los lugares cerrados. A propósito, vosotros tampoco tenéis por qué estar encerrados entre estas cuatro paredes. Id a dar un paseo por el pueblo, es agradable pasear por sus callejuelas. Buscad la plaza Orbicular; allí encontraréis el mercado. Si hay un lugar que vale la pena visitar, es ese. Mientras tanto, yo os prepararé una buena cena. Crepidotus asado con las salsas especiales del vagante: ¡ya veréis qué delicia! —añadió, con cierto entusiasmo en la voz.

Frida miró a Asteras y él hizo un gesto con la cabeza que decía: «Está bien». A ella no le desagradaba la idea de pasear un poco con él y visitar aquel lugar nuevo. Tras la experiencia de Baland, podían esperarse cualquier sorpresa. Nada la hacía sentir más viva que descubrir algo inédito y sorprendente. Ningún camino resultaba más atractivo que el de las sorpresas.

En cuanto Asteras abrió la puerta, los dos border se precipitaron a la calle abriéndose paso entre las piernas de los muchachos, como si fueran prisioneros esperando el momento de escapar. Era su naturaleza de perros pastores y de trabajo, que hacía que buscaran siempre la acción y el aire libre. Eran alérgicos a la inactividad.

—¿Y cómo encontramos el mercado? —preguntó Frida.

—Bastará con seguir a estos dos locos —dijo Asteras, en referencia a Wizzy y a Mero—. Si hay un mercado, habrá comida, y si hay comida, su olfato no tardará en localizar el olor.

Los pasos de Asteras y Frida resonaban en la calma absoluta en la que se disolvía el resto de los sonidos, salvo por el revoloteo de las cometas que oponían resistencia, orgullosas, a un viento cada vez más fuerte.

Los chicos no hablaban, se cernía sobre ellos un silencio de cementerio. Las calles se abrían, livianas, sin el peso de las personas. Solo vieron a una mujer con una trenza enrollada sobre la cabeza como una tierna hogaza de pan, que se asomó a una ventana y desapareció en el interior de su apartamento en cuanto vio pasar a los dos forasteros. Les recordó un mejillón escondiéndose en su concha.

Wizzy y Mero olisqueaban cada piedra y cada pared de aquellas callejuelas de piedra. Para ellos, el mundo era una cornucopia de olores. Pero no era un olisquear feliz. La cola rizada y rígida sobre la espalda, como la de un escorpión, era una señal de tensión, y las orejas tiesas eran muestra de su nivel de atención y de febril nerviosismo.

—¿Qué les pasa a estos dos? —preguntó Frida, en referencia a los border.

—Están inquietos desde que hemos llegado. Hay algo que no les convence. Y si te digo la verdad, a mí tampoco.

—Lo raro sería lo contrario. En este sitio, no hay nada de normal —concluyó Frida, lapidaria.

En algunos puntos del pueblo, la trama de cordeles era tan densa que los muchachos tenían que cambiar de rumbo para poder proseguir. La niebla no se había disipado, sino que simplemente se había elevado. Mirando hacia arriba, veían los hilos clavados en un muro vaporoso.

—Han girado por esa esquina —exclamó Asteras, llamando la atención de Frida.

Siguieron a los dos perros y se encontraron en el centro de un nuevo misterio.

Wizzy y Mero los habían conducido al mercado, tal como había predicho Asteras.

La plaza Orbicular era perfectamente redonda, iluminada por la pálida luz del día y llena de olores discordantes que flotaban en el aire.

Allí no había un alma. Ni un vendedor, ni un cliente, como si la plaza fuera un escenario de teatro antes de la representación: los decorados estaban listos; solo faltaban los actores.

Frida y Asteras avanzaron con prudencia, pero intrigados. Enseguida observaron que la mercancía estaba expuesta con un orden extremo y que era muy variada. Había carros llenos de comida y de fruta, puestos llenos de prendas de vestir perfectamente organizadas, otros donde vendían sombrillas de todo tipo y de cualquier tejido, cuchillos con mangos muy trabajados, ánforas y colgantes. Era un mercado completo. Y, sin embargo, daba la impresión de que la gente había huido de pronto, dejándolo todo tal como estaba.

—Pero ¿qué pasa aquí? —dijo Frida, con una voz que era apenas un susurro.

—Tenía razón Momus; en los otros pueblos de Nevelhem no se ven mercados tan bonitos y tan bien organizados —respondió Asteras, cogiendo unas bayas de aspecto jugoso de un carrito.

Masticó aquellos frutos de gusto dulzón con gesto satisfecho y escupió las semillas al suelo. Wizzy las olisqueó y se echó atrás.

—No deberías comer de eso —comentó Frida.

—¿Tú crees? —dijo él, limpiándose la mano en los pantalones—. Pues eran deliciosas.

—Ya, pero hay algo siniestro en este sitio, da escalofríos...
Más vale no tocar nada.

A Frida aquel sitio le recordaba, y no sabía exactamente por
qué, el campo de amapolas venenosas que encuentra Dorothy
en su viaje a Oz. Sí, no eran flores ni prados infinitos como en
las páginas de su libro preferido. Era una sensación: aquella
sensación de peligro inminente entre las cosas más familiares y
de aspecto inocuo.

Una ráfaga de viento especialmente fuerte sacudió las cometas triangulares que flotaban en el cielo. No es que los chicos
pudieran verlas, ocultas como estaban tras aquel mar de niebla,
pero su murmullo repentino cortó el silencio de golpe. Aquel
sonido atravesó el aire y los muchachos se sobresaltaron, mientras los dos border se agazapaban bajo un carro de madera.

Fue en ese momento cuando la plaza se animó de pronto.
De detrás de una puerta salió una chica con un sombrero que le
cubría un hombro. Después dos señoras de rostro cetrino, ves-
tidas completamente de negro. Un hombre gigantesco con la
calva reluciente y el tatuaje de una serpiente que se le enrosca-
ba al cuello. Un muchacho de paso lento y con una espesa melena blanca. Dos gemelas con las manos sucias de harina y con
idénticas faldas de color coral. Eran solo algunos de los personajes que llamaron la atención a Frida entre la multitud, que de
pronto llenó el mercado, devolviéndole, si no ya la alegría, sí la
animación típica de un lugar como aquel. Los vendedores ocu-
paron todos los puestos, y el resto de la gente empezó a com-
prar y a cambiar. Se había levantado el telón: podía empezar el
espectáculo.

Aparte de la aparición repentina y simultánea de transeúntes y vendedores, Frida y Asteras observaron otro elemento
disonante. Las personas no se relacionaban realmente unos con
otros. Ningún saludo. Ninguna charla. Miradas vacías y huidi-
zas. Gestos carentes de emoción. Y, sobre todo, ningún niño.
Ni uno.

A pesar de lo tentador de la mercancía, aquel lugar suscitó el
mismo deseo en Frida y Asteras: largarse de allí enseguida.

ϒ

Salieron de la plaza, y los dos muchachos y los perros intentaron deshacer sus pasos para encontrar la casa de su nuevo amigo entre aquel laberinto de callejuelas. Asteras se jactaba de tener un buen sentido de la orientación. En efecto, hasta aquel momento Frida no había dudado nunca de su habilidad para moverse por el bosque, pero el Pueblo de los Alarogallos era otra historia. Parecía un laberinto de piedra. No había una tienda, no había ningún otro lugar de interés público que Frida pudiera comparar con alguno de su mundo. Y sin puntos de referencia, todas las calles parecían iguales. Además, en el cielo aún había algo de claridad, pero iba cayendo un velo opaco que amenazaba con oscurecer el día. Y, de pronto, se produjo un cambio repentino de luminosidad, como si hubieran apagado la luz de repente.

Los chicos se detuvieron junto a la puerta de uno de los tantos edificios bajos sin ninguna señal distintiva.

—Me parece que nos hemos perdido, Fri —tuvo que admitir Asteras.

—No es posible perderse dentro del pueblo —replicó Frida.

Asteras reflexionó sobre qué implicaba aquello. No estaba demasiado convencido.

—Usemos la voluntad para encontrar a Momus —propuso ella.

El joven vigilante asintió y entrecerró los ojos para visualizar la casa donde Momus los había llevado. La puerta de piedra. La cerradura en la que las llaves no querían entrar. La forma del lugar empezaba a dibujarse en la mente del muchacho, pero mientras se componía el dibujo la voz de Frida interrumpió el proceso.

—¿Qué es eso?

Asteras abrió los ojos otra vez.

—¡Es un rechinante! —respondió, alarmado.

—¿Un qué?

Sin responder, el muchacho lo alcanzó y le soltó una patada que le dio de lleno. El bicho emitió un ruido de huesos rotos, salió volando y fue a impactar contra un ventanuco a unos metros de allí.

Se oyó claramente un «¡Eh!» exclamado por una voz femenina. Aquella única y breve exclamación de sorpresa y de contrariedad llamó la atención de los muchachos.

—¿Has oído? —preguntó Frida.

Asteras asintió.

—¿Qué hacemos?

—Vamos a ver —dijo él, lanzándole una mirada tranquila y decidida.

Si le miraba con esos ojos, Frida le acompañaría hasta al infierno.

# 23

## Una historia para Moloso

Aquella noche, tras un día pasado partiéndose el espinazo en la granja y con el olor hediondo de los sigbins aún pegado al cuerpo, los gemelos tuvieron el mismo sueño. Pipirit, su perrito, corría desesperadamente por un desierto y tras él la tierra iba desapareciendo, engullida por una oscuridad fragorosa. Después, del cielo llovían ratas gigantes y...

Gerico escapó de la pesadilla gritando. Tommy, en cambio, quedó atrapado dentro: bajo sus párpados cerrados, los ojos se movían frenéticamente de un lado al otro.

Gerico respiraba con la boca abierta; el corazón le golpeaba contra el pecho y la piel le brillaba cubierta de una capa de sudor. Miriam ya estaba despierta. Los recuerdos de la terrible jornada que acababa de pasar se le habían quedado atravesados en la garganta como un bocado amargo y demasiado grueso que ni las lágrimas podían disolver. Había satisfecho, una tras otra, las peticiones de aquellas mujeres zafias y despiadadas, había sido humillada, y le dolían la espalda y las rodillas de todo el tiempo que se había visto obligada a estar agachada. En comparación, la dura vida con su madre era como una fiesta en el campo.

Astrid siempre había sido despiadadamente severa con ella. Ningún momento de ternura, ningún tierno abrazo, ninguna sonrisa luminosa en sus recuerdos de niña. Su madre había desterrado el cariño, dejando en su lugar solo deberes y privaciones: aislamiento, estudio, obediencia y reprimendas.

El grito de Gerico había activado el resorte de su corazón, que ahora le latía con fuerza en el pecho. Se acercó a su amigo hasta donde se lo permitían las cadenas, hasta casi rozarlo. Lo observó para ver si estaba bien y él esbozó una sonrisa.

—Solo ha sido una pesadilla…, aunque ya no consigo distinguir lo que es sueño y realidad. Abrir los ojos y encontrarse aquí de nuevo es casi peor —dijo él, en respuesta a la pregunta que no le había hecho.

Cuando conoces bien a una persona, acabas por descifrar el lenguaje de sus silencios. Miriam asintió.

Gerico observó su rostro surcado por las lágrimas:

—Pero estás llorando. ¿Qué te han hecho?

Ella sacudió la cabeza. Le señaló al pecho y articuló las palabras despacio con los labios.

—¿Qué soñabas?

—Pipirit.

Y no dijo nada más. El silencio ocupó de nuevo su lugar, apenas alterado por la respiración gruesa de Tommy, que aún dormía agitado.

Gerico habría deseado sentir la cabeza de Miriam apoyada sobre su hombro, el peso ligero, el suave cosquilleo de sus cabellos contra su cuello. Se los habría acariciado durante un buen rato, hasta perderse entre las ondas cobrizas de su melena. Siempre se había refugiado en su imaginación cuando el aire de la realidad le resultaba irrespirable.

—¿Sabes?, las primeras veces que salíamos con Pipirit, era imposible avanzar más que unos metros seguidos por la calle. Todos nos paraban. Tommy y yo hacíamos turnos para llevarlo en brazos. Normalmente, los perros, especialmente los cachorros, se ponen nerviosísimos cuando los levantas del suelo. Él, en cambio, estaba allí, tranquilamente, encantado de estar en nuestros brazos. Parecía un niño feliz. Sabía que allí estaba seguro. —Gerico se detuvo un momento antes de seguir—. Él se sentía seguro con nosotros, ¿entiendes? Y nosotros no hemos sido capaces de protegerlo.

Miriam fijó los ojos en los del chico y volcó en su interior todo su afecto. Gerico sintió que toda aquella desesperación desaparecía. La mirada de Miriam era de una belleza arrolladora.

Ella no podía decir nada. No quería decir nada. Se llevó la

punta de los dedos a los labios y le envió un beso a Gerico. Fue la caricia de unos labios que no podían tocarse.

Con aquel gesto delicado, él comprendió que sus recuerdos serían bien recibidos, alimentados, cuidados como cachorrillos. Y él tenía necesidad de hablar, de explicar, de sacar al exterior una memoria líquida que de otro modo le explotaría dentro.

—Nos acompañaba siempre al colegio, no faltó un día. Ni siquiera cuando diluviaba. Cuando se mojaba, se sacudía. Habrías tenido que verlo; para sacudirse el pelo empapado daba un saltito. —Gerico sonrió, con una de esas sonrisas que tienen un regusto a limones amargos—. Nos esperaba en la caseta del vigilante Gianfranco. Se habían hecho buenos amigos. Pero Pipirit era tan…

—¿Quieres dejar de hablar de él como si estuviera muerto? —le interrumpió su hermano. Acababa de salir del sueño, y las primeras palabras las había pronunciado aún tendido de lado—. Pipirit está vivo. Eso es seguro. No es tan fácil librarse de él. Es un hueso duro de roer.

—Sí, es un tío grande —confirmó Gerico.

Miriam adoptó un gesto que era una clara interrogación: su rostro era una paleta con todos los tonos cromáticos de las emociones.

—Cuando sonaba la campanilla del final de las clases, siempre estaba en la verja esperándonos. Movía la cola con tanta fuerza que agitaba todo el cuerpo, como si la tierra bailara bajo sus pies. Un día llegamos y lo encontramos rodeado por la banda de los abusones: Cesco, que se hace llamar Franti, y sus secuaces.

—Imagínate a Folco, pero con un cuerpo atlético y cara de seductor de pacotilla —dijo Tommy—. Un tío guapo, pero con el cerebro de un pollo y la maldad de un demonio.

Miriam sonrió.

—Cesco se pone a molestar a Pipirit: se le pone delante, tapándole la vista de la puerta. El perro se desplaza a la derecha, él también, el perro vuelve a la izquierda, él también, y así un buen rato. Pipirit no lo soporta, quiere vernos llegar y saltar para que lo cojamos en brazos con uno de sus vuelos acrobáticos.

Gerico se estaba acalorando, como si estuviera haciendo la retransmisión de un partido de fútbol.

—Pipirit no cede su posición, pero es evidente que está nervioso. Cesco se divierte viéndolo agitado, así que llama también a sus compadres. Todos en fila para hacer una barrera y taparle la vista a nuestro perro. Cuando salimos Tommy y yo, Pipirit está tras ese muro de imbéciles. Los abusones se ríen y nos toman el pelo, hasta que oímos el grito de Cesco.

Tommy se echó a reír. Cuando son buenas, las historias, aunque sean viejas, no dejan de hacer reír o llorar.

—¡Tendrías que haber visto la cara de Franti!

Con un gesto elocuente de las manos, Miriam les preguntó qué había sucedido.

—¡Pipirit le había mordido el culo! —Ahora también Gerico se reía—. Y no lo muerde simplemente, ese pequeñajo. No, señor, le clavó los dientes con tanta rabia que le atravesó el vaquero y le llegó hasta la nalga. Entonces Cesco se pone a dar vueltas para quitárselo de encima. Pero Pipirit se le queda pegado, aunque está volando, dando vueltas, como una bandera colgada de un asta. ¿Sabes esas que ondean en horizontal cuando hay viento?

—El Franti grita y se retuerce, pide ayuda. —También Tommy parecía un periodista deportivo en el momento más emocionante del partido—. Por una vez, él es la víctima. Sin embargo, en lugar de arrancarle al perro del culo, todos se ríen. Es un tío que cae fatal, aunque nadie se atreva a meterse con él abiertamente...

—Salvo Pipirit —señaló Gerico.

—Salvo Pipirit —confirmó Tommy, orgulloso y triste a la vez.

Tras una pausa, Gerico siguió:

—Podríamos contarte tantas historias así. Hemos crecido con él, lo hemos compartido todo con Pipirit. Estaba con nosotros cuando hacíamos los deberes, estaba con nosotros cuando papá se fue al hospital, estaba con nosotros en todas nuestras aventuras... Le habría gustado estar a nuestro lado en esta.

—Yo solo estoy seguro de una cosa: no abandonaré a ese perrillo por nada en el mundo, aunque tenga que palear toneladas de estiércol de sigbin. Yo de aquí no me voy sin Pipirit —sentenció Tommy.

—Y yo estoy contigo. Pero primero tenemos que encontrar el modo de salir de aquí.

En otra celda, otro prisionero estaba a una distancia incalculable de los chicos, y, sin embargo, él también estaba pensando en sus perros. Barnaba estaba tendido en su catre en la cárcel de Santa Tecla. Con él ahora había otro recluso. El tío de Frida había pasado del aislamiento a una «habitación doble», como la definían sarcásticamente los celadores.

Su compañero de celda era un tipo enorme. Todos lo llamaban Moloso, hasta los guardias, así que casi nadie conocía su verdadero nombre. Cuando Barnaba entró en la celda, él ya estaba allí. Y con él una pequeña bolsa de piel oscura que no dejaba tocar a nadie. La guardaba bajo su litera y había dejado bien claro desde el principio que aquello era terreno vedado para todos. Con su corpulencia, podía permitírselo.

Moloso pasaba el rato haciendo gimnasia o tendido en el catre, en el que apenas cabía. Los muelles gemían y las patas metálicas parecían pedir compasión, aplastadas bajo el peso de aquel gigante.

Barnaba medía metro noventa; sin embargo, al lado de Moloso parecía un colegial. Su compañero le sacaba dos palmos, tenía unos brazos como troncos y manos como palas. Todo en él era enorme, salvo su locuacidad. En los poquísimos días que llevaban juntos no habían intercambiado más que alguna palabra suelta. Lo único que parecía interesarle a Moloso eran las flexiones de brazos —cada día hacía una infinidad sin contarlas, sin pararse a tomar aire, un ovillo de músculos que subía y bajaba apenas rozando el suelo— y su bolsa de piel negra, que debía de contener algo preciosísimo para él. Por lo demás, nada parecía llamarle mínimamente la atención. No tocaba un libro, no veía la televisión, no iba al patio a tomar el aire.

Por eso le sorprendió tanto a Barnaba que una noche fuera el propio Moloso quien rompiera el silencio.

—Tú eres ese que tenía tantos perros —dijo, con una voz que era como una piedra cascando otra piedra.

Barnaba, cogido a contrapié, se quedó boquiabierto, y le pidió que repitiera lo que había dicho, aunque solo fuera para ganar tiempo.

Moloso repitió las mismas palabras, idénticas, con absoluta calma y con el mismo tono.

—Sí, supongo que soy yo —respondió por fin Barnaba.

El grandullón masculló algo incomprensible, pero que parecía un gesto de aprobación. Y le ordenó:

—Cuéntale a Moloso una historia sobre tus perros.

Aquel tono no admitía objeciones.

Barnaba se sentó sobre la litera.

—Bueno, no sabría cuál...

—Moloso no puede dormir.

—¿Quieres que te cuente algo para conciliar el sueño?

Era absurdo. Un energúmeno como aquel, que habría podido romperle el cuello a un hombre (quizá ya lo hubiera hecho), le estaba pidiendo que le contara un cuento de buenas noches.

—Sí, pero que sea verdad. A Moloso no le gustan las cosas inventadas —puntualizó. Había una ingenuidad infantil tras el profundo retumbo de su voz—. Y a Moloso le gustan los perros.

Barnaba reflexionó un momento. En el fondo, ¿qué tenía de malo abrir el baúl de los recuerdos?

—Pues imagínate a mí... En casi todos los casos, me gustan más los perros que las personas. Pero tras la muerte del perro que teníamos mi hermana y yo decidí no tener más. Nunca más...

Y así fue como Barnaba inició el primero de sus relatos para Moloso. El gigantón cerró los ojos y escuchó atentamente, arrullado por las palabras de Barnaba. Sin interrumpir ni un momento la narración.

El tío de Frida le contó que un día su esposa y él habían decidido dejar atrás el profundo dolor que les había provocado la muerte de Erlon, que había quedado atrapado entre los escombros de la casa tras un terremoto, y empezar una nueva vida. Así pues, dejaron la ciudad y se refugiaron entre los Montes Rojos, donde restauraron la vieja finca de Petrademone, que pertenecía a la familia de Cat desde hacía siglos. Desde los tiempos en que Orbinio aún se llamaba Perromuerto.

Le explicó que aquel pueblo construido con piedras y silencio no había adoptado su nuevo nombre hasta 1863. Le contó la leyenda que decía que el nombre de «Perromuerto» era un homenaje a una gran batalla del siglo IX en la que Carlomagno había hecho una carnicería entre los sarracenos (que la gente del lugar llamaba, precisamente, «perros»). Y dado que Moloso parecía interesado, Barnaba le reveló que él creía que aquel extraño nombre tenía otro origen muy diferente: antiguamente, había habido un tirano muy odiado que llevaba siempre una túnica roja; cuando murió, la gente gritó por las calles: «¡El perro ha muerto! ¡El perro ha muerto!». Y el nombre se quedó.

Barnaba prosiguió, contándole que habían dado casi por casualidad con la que sería su primer border collie, Birba.

—En cualquier caso, la casualidad tuvo poco que ver, porque nunca es la persona la que escoge el perro. Es él el que te escoge. Lo sabes en el preciso instante en que se cruzan vuestras miradas. Y Birba estaba allí, esperándonos desde siempre. Cuando la cogí en brazos, era liviana y cálida como el soplo de la vida —dijo Barnaba con un hilo de voz atemperado por la nostalgia.

Birba... Birba, que ahora estaba desaparecida, que había huido con Morgana por el paso de las Moras la noche en la que los chicos se habían defendido del enjuto y habían atravesado la puerta. Se las imaginaba en algún lugar perdido, en el otro lado, solas, asustadas como solo pueden estar los perros partidos por la mitad (los perros que se ven separados de su compañero humano). Estrellas fugaces en un cielo vacío y demasiado grande.

Mientras la noche se cernía sobre la cárcel, en aquella pequeña celda desnuda Barnaba siguió contando, a un hombre enorme tendido en una litera, una serie de anécdotas de aquella primera perrita, la que continuaría la antigua estirpe de los Petrademone, la que pariría el rey de la finca, el fiero jefe de la manada, el perro que sería la sombra de Barnaba: Ara el grande.


Ara, Babilù, Oby y el pequeñajo saltarín de Pipirit habían preparado una trampa de proporciones considerables. Se habían escondido entre los cortantes salientes de roca del desierto del Mediociclo, una de las tantas extensiones de tierra dura y polvorienta del Reino de Dhula. Les había llegado el olor de una caravana llena a rebosar de perros destinados a la extracción de sangre para la Cisterna. Habían esperado a que los chirriantes carros se introdujeran en el estrecho desfiladero. A la señal de Ara (un ladrido potente y una carrera a toda velocidad contra los enemigos), los otros tres se lanzaron con él. Los hombres huecos, desorientados, salieron mal parados.

Ya solo quedaba abrir las jaulas. Pipirit no entendía dónde habrían aprendido todo aquello los border. Probablemente, habían visto efectuar aquella operación muchas veces y habían aprendido a repetir los pasos necesarios para abrir los barrotes. Afortunadamente no había cerraduras ni candados, sino simples pestillos deslizantes. Pipirit era de los que aprendía rápido. Sus saltos atléticos y su morro fino resultaron utilísimos para sacar de su reclusión al menos a tres docenas de perros.

Algunos se dispersaron, a pesar de la gran habilidad para reunir a animales que tenía Babilù (ella siempre había sido una perra pastora, capaz de controlar a ovejas y vacas). Por suerte, la mayor parte de los perros, aún aturdidos y tambaleantes tras el largo viaje y tantas privaciones, se unieron al grupito de salvadores, que de este modo se convirtió en una manada enorme dirigida por Ara.

La siguiente misión era conseguir comida. Saquearon las provisiones que habían reservado los hombres huecos para mantener con vida a los prisioneros hasta su llegada a los fosos del zigurat de Obsidiana. Tras aplacar el hambre de todos los perros, Ara ladró la orden de que le siguieran y se puso a la cabeza del grupo. Tras él iban Oby y Pipirit, a modo de orgullosos lugartenientes. Detrás iban todos los demás. Y cerraba el grupo Babilù, para evitar que nadie se descolgara.

Su objetivo eran las Ciénagas Carmesíes. Y el camino que llevaba hasta allí no era precisamente un paseo. Tendrían que atravesar páramos desolados bajo el monótono cielo de Dhula. No sería fácil encontrar agua y comida. Tendrían que fiarse ciegamente de su nuevo líder.

Las Ciénagas Carmesíes estaban infestadas de los animales más extraños y peligrosos, pero eso también significaba poder cazar y aplacar el hambre con carne en abundancia. Y sobre todo podían saciar la sed sin problemas.

Pero tenían que ir con cuidado. No toda el agua de las ciénagas era segura. Algunas charcas estaban contaminadas por un veneno mortal; en otras se escondían los terribles nenektis, los espíritus mutantes del agua.

La manada no sabía nada de todo aquello. Corrían, simplemente corrían. Con la boca abierta, las orejas hacia atrás, el rabo tieso. Seguían la estela de su líder, seguros de sus órdenes y del camino que les indicaba. Iban al encuentro de su destino con aquella admirable confianza que perdió el ser humano el día en que abandonó el puro instinto a favor de la razón.

# 24

## Los dos cantos del Galloloco

—¿*Q*ué era esa cosa asquerosa? —preguntó Frida.

—¿El rechinante? —dijo Asteras. Se dirigían hacia la puerta de la que había salido aquella voz—. Tú misma te has respondido. Son unas criaturas asquerosas. Infestan Nevelhem, y no solo Nevelhem. Son peligrosas, especialmente cuando se mueven en grupo. Vayamos con cuidado; no querría que sus amiguitos anduvieran por aquí —añadió, y para entonces ya habían llegado a su meta.

—¿Entramos? —Frida había observado que la puerta estaba entreabierta. Aquel resquicio oscuro era como una invitación.

—Parece un laboratorio —observó Asteras, que tenía el rostro aplastado contra la ventana y miraba hacia el interior.

—¿Hay alguien? —dijo Frida, mientras entraba.

La pregunta resonó en el vastísimo espacio en que se encontraron nada más rebasar el umbral. Su sorpresa fue enorme: nunca habrían pensado que tras aquella simple puerta se escondiera un espacio tan vasto. Más que un laboratorio, era toda una fábrica.

En el aire flotaba un penetrante olor a disolventes y una nube de partículas de polvo. Había filas interminables de bancos de trabajo perfectamente alineados. Allí habrían podido trabajar doscientas personas, y cada una habría tenido espacio suficiente como para abrir los codos y respirar tranquilamente sin sentir el aliento del compañero en la nuca. Sin embargo, allí no había un alma. Al menos eso parecía.

Lo más increíble de aquella fábrica era el papel de colores que caía del altísimo techo. Había decenas y decenas de tonos de amarillo, rojo, azul y verde. Grises de infinitas intensidades. Y sobre cada uno de aquellos largos colgantes de papel desenrollado, en la parte baja, los chicos descubrieron una pequeña inscripción, como una firma realizada con una bonita caligrafía. Debía de ser el nombre de la tonalidad.

—Verde cinabrio —leyó Frida, frunciendo el ceño—. ¿Cinabrio? No lo había oído nunca.

—Pues mira esto: ¡rojo de Falun! —dijo Asteras, divertido, mientras sostenía una larga tira de color rojo oscuro.

—Se parece al rojo que vi en algunas casas de madera en Suecia, cuando viajé con mi familia. —Frida sintió una punzada de nostalgia, pero solo duró un momento. Hacía un gran esfuerzo para no dejarse dominar. Siguió el juego con Asteras, pasando a otro color—. A ver si superas esto: ¡heliotropo alilado!

—Mmm… Eso es un golpe bajo.

Asteras adoptó una convincente expresión de decepción, pero enseguida se introdujo en el laberinto de colores en busca de una etiqueta aún más extraña. Las hojas colgadas parecían ropa que hubiera tendido un gigante para que se secara.

—¡Lo tengo! ¡Aquí está! —dijo, indicando una hoja entre el amarillo y el naranja—. ¿Lista? —añadió, lanzándole una mirada desafiante.

—Lista. ¡Dispara!

—¡Color gutagamba! —proclamó, orgulloso.

—¿Gutagamba? —El rostro de Frida se transformó en una mueca a medio camino entre la repulsión y el estupor—. No me lo creo, no existe.

Y se acercó a Asteras con paso decidido. Pero el que le respondió no fue su amigo. Fue una voz rasposa, con sabor a lana gruesa y a tabaco:

—Existe, vaya si existe, pequeña.


A unos metros de los dos muchachos se encendió una antigua lámpara de mesa. El cálido cono de luz iluminó el rostro de una mujer sentada en una de las larguísimas mesas de trabajo. Era tan vieja que tenía los ojos hundidos entre los pliegues de la piel apergaminada. En su rostro menudo destacaba por su tamaño la nariz, que recordaba una hortaliza de gran tamaño. Tenía el cabello blanco y liso, recogido en un moño muy elaborado. Ante ella, diseminados como los restos de un naufragio, había varios útiles de trabajo y una gran hoja verde claro.

—Eh, sí, sí. ¡Gutagamba! Bonito color, vaya que sí. Se extrae de una resina. Aquí tenemos un montón de árboles. ¿Habéis visto cuántos árboles? Bonito bosque, sí —dijo la viejecita, con el índice de la mano derecha levantado a modo de temblorosa e inocente advertencia.

Una enfermedad de los huesos se los había dejado torcidos como ramas. Y, sin embargo, sorprendentemente, cuando se puso a trabajar en el cuadrado de papel coloreado, mostró una agilidad extraordinaria. Parecía que sus manos bailaran entre las tijeras, la hoja, el cordel, los trozos de madera y una especie de ganchillo.

Asteras y Frida se miraron, buscando algo que explicara aquella escena. Fue Frida la que tomó la iniciativa, acercándose a la viejecita. Tuvo que dejar atrás al menos diez filas de mesas antes de llegar a su altura.

—Perdone que hayamos entrado así —se disculpó.

La mujer levantó la cabeza lentamente, como si fuera una tortuga centenaria. Se puso un par de gafas que le aumentaron desmesuradamente el tamaño de los ojos. La viejecita emanaba ternura, pura y simple ternura.

—No, hija, no te preocupes. La puerta estaba abierta para que entrarais. Solo que venís con cierto retraso, vaya que sí —dijo, y la risita que soltó al final de la frase fue como un chapoteo de agua fresca, una expresión de felicidad auténtica.

—¿Retraso? —preguntó Asteras, que ya había llegado a la altura de Frida, al otro lado de la mesa donde trabajaba la viejecita.

—No os preocupéis. El retraso es solo un chapuzón donde el agua del tiempo es más profunda. Lo importante es volver a la orilla sanos y salvos. ¿No es cierto, jovencitos? —dijo ella, mientras alargaba la mano para acariciar la de Frida.

Esta sintió el contacto de una piel áspera, pero cálida. Se imaginó que sentiría lo mismo al tocar las garras escamosas de un ave rapaz (un halcón, un águila, un búho), pero no era una sensación desagradable.

La viejecita no esperó la respuesta de los muchachos; hay preguntas que quedan flotando en el aire y que tienen vida propia, no se necesita una respuesta que las complete.

—Pero ¡sentaos, no os quedéis ahí de pie! No os entretendré mucho, porque, si queréis un consejo (y aunque no lo queráis os lo daré igualmente), haréis mejor en huir antes del segundo canto del Galloloco.

Las palabras de la mujer eran como un suspiro. Frida se sentó porque le pareció que de pie no podía pensar. No entendía qué quería decir aquel consejo o admonición. Asteras, en cambio, prefirió quedarse de pie.

—¿Y qué es eso del Galloloco? —preguntó ella.

—¿Tú cómo llamarías a un gallo que, en lugar de cantar por la mañana, lo hace para anunciar la noche? —La viejecita suspiró, sinceramente preocupada—. Y no solo la noche.

—Porque... ¿qué otra cosa anuncia? —dijo Asteras.

Ella se lo quedó mirando un buen rato, como si el personaje oscuro y enigmático fuera él. Después, sin dignarse a responder, volvió al trabajo. Ya había quedado claro qué estaba haciendo: construía una gran cometa.

—¿Es usted la que hace las cometas para el pueblo?

—Vaya que sí. Fabrico alarogallos desde antes incluso de que existiera el pueblo. Aunque a veces se van. De viaje por los reinos. Por aquí..., por allí. Y también caen a los pozos, vaya que sí.

Los ojos de la viejecita se iluminaron con un brillo que se apagó en un momento. Frida se dio cuenta y se asustó.

«Y también caen a los pozos.» Aquellas palabras habían abierto una puerta en la mente de Frida. Una puerta que daba paso a la oscuridad. Una cometa en un pozo. ¿Dónde? La muchacha sintió que afloraba un recuerdo oculto, como escondido tras un cristal opaco.

—Creo que una vez vi una... —dijo por fin.

—¿Qué es lo que crees haber visto?

—Una cometa que salía de un pozo.

Y en el mismo momento en que lo decía, Frida lo tuvo claro. La había visto de verdad, en Petrademone. Una de las primeras noches. ¿Cómo había podido olvidarlo? ¿Cómo podía habérsele borrado de la memoria una cosa tan absurda?

La mujer levantó de nuevo la cabeza para mirar a Frida, y esta vez era una máscara de tristeza la que le deformaba el rostro, borrando la sonrisa que antes brillaba en sus labios.

—Pequeña mía, los alarogallos no vuelan. Engañan. Llaman. Y los del pueblo esperan que llegue el momento. —Hizo una larga pausa. Aquellos grandes ojos, tras los gruesos cristales, se cerraron lentamente—. Yo no hago otra cosa que cumplir con la tarea que se me ha asignado. Todos nos vemos obligados a hacerlo, ¿no es cierto? —Abrió los ojos de nuevo—. Cada uno de nosotros lleva el sello que se le ha asignado.

Asteras la observaba, completamente desconcertado. Cuanto más intentaba comprenderla, más se perdía en el laberinto de aquellas palabras oscuras. Escrutó el rostro de Frida intentando encontrar una respuesta.

—¿Y los fabrica usted sola? —preguntó Frida.

—Antes éramos muchos, pero qué quieres... Nadie quiere tener nada que ver con ellos.

—¿Con quiénes?

—Con los que bajan por los alarogallos cuando desaparece la luz.

Esta vez fue Frida la que se giró hacia Asteras en busca de alguna pista. Él negó con la cabeza lentamente. No sabía de qué estaba hablando.

Mientras tanto, la viejecita había retomado el trabajo, y a buen ritmo, dando incluso la sensación de haberse olvidado de ellos.

—¿Y qué pasa cuando bajan? —insistió Frida.

—Nada bueno.

—No entiendo, ¿señora...? —Cayó en que no sabía su nombre—. No me ha dicho cómo se llama.

La mujer se detuvo. Las manos empezaron a temblarle, como si hubiera perdido de pronto toda su seguridad. Ya no eran instrumentos de una experta, sino simples dedos de vieja.

—Me llamo Aranne, aunque ya nadie pronuncia mi nombre. ¿Y para qué sirve un nombre si nadie lo usa? Acabas por olvidarlo, vaya que sí.

—Aranne es un nombre precioso —comentó Frida.

La viejecita sonrió y sus labios tensaron el mar de arrugas que le cubría el rostro.

—Tenéis que iros, enseguida —les apremió ella, adoptando un gesto hosco de repente.

—Tenemos nuestras cosas en casa de Momus, el vagante —dijo Asteras.

Aranne meneó la cabeza en un gesto de desaprobación. Luego los miró con aquellos ojos grandes, examinando a los dos muchachos.

—Momus no es un vagante. Es un mercader. Y de los peores. Habéis caído en su trampa, mecachis.

La viejecita quiso ponerse en pie, pero su cuerpo se balanceó peligrosamente, como una barca golpeada por una ola inesperada. Asteras le ofreció el brazo y ella se lo agradeció en silencio. Ya de pie, se mostró en toda su fragilidad y pequeñez. Parecía una frágil figurita de papel maché.

A pasitos cortos llegó hasta un baúl enorme y sacó de dentro un alarogallo. Una cometa triangular con las alas transparentes, mucho más pequeña que la que estaba fabricando. Se lo dio a Frida y dijo:

—Esto es un indikilo. Hacedlo volar sobre vuestras cabezas. Él os indicará el camino. Agarrad el cordel, pero no con tanta fuerza que os haga daño. A los alarogallos inocentes les encanta volar, vaya que sí. Y ahora no perdáis un momento. El Galloloco ya ha asomado la cabeza.

Frida y Asteras estaban desorientados. ¿Por qué tendrían que fiarse de Aranne y no de Momus? ¿Con qué comerciaba Momus? ¿Y con quién? Tenían muchas preguntas que hacerle, pero tenían que darse prisa. El abrazo que Aranne le dio a Frida transmitía una sensación de paz y de belleza. Sintió en su interior el calor de una persona cercana a ella (su madre, tía Cat). Antes de soltarla, la viejecita le susurró al oído:

—No pierdas de vista los recuerdos; ellos harán todo lo que puedan para arrebatártelos.

Y le plantó un beso cariñoso en la mejilla. Frida no pudo evitar pensar en la Bruja del Norte del maravilloso mago de Oz. La bruja buena, la que Dorothy tiene la suerte de encontrar al inicio de su viaje. La que le dice: «Te daré un beso, y nadie osará hacerle daño a alguien que ha recibido el beso de la Bruja del Norte». Con su piel rugosa, sus gestos temblorosos, su cabello blanco. Solo le faltaban el sombrero y la túnica blancos, y el parecido habría sido completo. A Frida le tranquilizó saber que se había encontrado con su Bruja del Norte en esta aventura.

Al salir de nuevo al camino, Wizzy y el Príncipe Merovingio los recibieron agitando la cola, temblando de felicidad. No habían entrado en el taller de Aranne, como si sintieran que el suelo quemara del otro lado de la puerta. A todo esto, la luz del día ya estaba apagándose y se instalaba la noche en aquel cielo vibrante de alas.

Frida desenrolló el cordel del indikilo, pero no tenía claro cómo hacerlo volar. El viento era poco más que un soplo. Tanto ella como Asteras se temían que no se elevara, porque, en el aire inmóvil, las cometas tienden a apagarse como velas en una sala sin aire.

No olvides aquella vez, en la colina junto a la casa de los abuelos, cuando tu padre y tu madre te llevaron a hacer un pícnic. No olvides el sol en el rostro y el zumbido de los insectos invisibles. Y papá, que con una briza de hierba te hacía cosquillas en la nariz. No olvides cuando sacó una cometa y te dijo, contento como un niño: «Venga, echémosla a volar». No olvides la carrera sobre la hierba alta y la cometa que poco a poco encontraba una corriente de aire. Y sobre todo no olvides sus palabras: «Si vuela, tú y yo estaremos siempre juntos. Si no vuela…, bueno, tú y yo no nos separaremos nunca».

La mente se le fue a esta nota, escrita en Petrademone para su caja de los momentos, en una tarde que pasaba lenta, justo en el momento en que observó, asombrada, que la cometa transparente de Aranne se elevaba a pesar de la falta de aire.

Temblaba, impulsada por corrientes imperceptibles. Subía como si ascendiera una escalera, un peldaño arriba, uno abajo y luego una serie de peldaños en una carrerita, hasta que encontró su altura, y Frida, que sostenía el cordel firmemente, pero procurando darle algo de libertad, se sintió aliviada e incluso contenta.

—¡Funciona! —le gritó a Asteras, pletórica.

—Sigámosla como ha dicho la viejecita.

Y eso hicieron. Frida la dejaba volar por el cielo con giros irregulares. Pero, de pronto, Asteras se detuvo. Había visto algo en lo alto, sobre una torre de piedra medio en ruinas. Justo en la punta había una estatua de color latón brillante.

Era un gallo mecánico.

—¿Tú crees que será el Galloloco del que hablaba Aranne? —le preguntó Frida, haciendo esfuerzos por mantener inmóvil su cometa-guía, que se revolvía, daba tirones y giros bruscos, como un niño impaciente por ir a jugar mientras su madre charla con una amiga.

—Seguramente —dijo él, con un brillo de admiración en los ojos.

Efectivamente, aquello era una obra de arte. Cada detalle del mecanismo había sido elaborado con precisión, creando una imagen imponente. Incluso visto desde abajo, desde mucho más abajo, se distinguían los preciosos relieves de la cresta y del pico, así como del plumaje, compuesto por un montón de escamas de latón de tonos diferentes según la inclinación de la luz. Era hipnótico.

Pero la fascinación dio paso a la tensión cuando, con un traqueteo metálico, el gallo mecánico empezó a moverse. Chirriaba estridentemente: estaba claro que sus junturas estaban faltas de grasa. Dio media vuelta, abrió el pico a trompicones y levantó la cabeza. Entonces liberó su quiquiriquí solemne.

Era un canto que atravesaba el aire. Un sonido tan poderoso que ni cien gallos que cantaran al unísono podrían acercarse a aquella potencia. El canto del gallo fue una ráfaga de viento que aferró y sacudió a todas las cometas del cielo. Las agitó como si quisiera darles una lección. El cielo se oscureció de pronto y la niebla se volvió más densa en la ciudad y sus alrededores.

Wizzy y Mero ladraban como desesperados contra la figura emplumada de latón.

—Corramos, Frida, esto no pinta bien.

No tuvo que decírselo dos veces. Frida le dio cuerda a su alarogallo inocente, que se lanzó hacia un estrecho callejón que tenían delante. Ahora el pueblo había adoptado un aire tétrico. Las ventanas de las casas cerradas, las puertas atrancadas: cada casa parecía una cara con los ojos cerrados. Los pasos agitados de los dos muchachos por las calzadas de piedra se elevaban en el aire, atravesado por el murmullo de los alarogallos.

La cometa transparente se metió por otro callejón, tan estrecho que, si hubieran abierto los brazos, habrían podido rozar las paredes. Para su asombro, al final del callejón encontraron la casa de Momus. El indikilo se detuvo. Se quedó un momento inmóvil en el aire, como un signo de exclamación sobre sus cabezas, y luego se desplomó y cayó al suelo.

Los dos muchachos observaron que la puerta de entrada estaba abierta. Sin duda, era mala señal.

Los cuatro entraron con prudencia. Asteras llamó a Momus en voz alta, pero el nombre rebotó en el silencio sin dejar rastro. Frida sintió que se le clavaba en el pecho la astilla de un terrible presentimiento. Corrió a la habitación donde había dejado su bolsa. Cuando la vio, el corazón le dio un vuelco. Sintió un ligero mareo. El tiempo se detuvo a su alrededor.

Asteras fue a su lado y se dio cuenta de que estaba pálida.

—¿Qué sucede? ¿Qué te pasa?

—Mira en la bolsa, por favor —dijo ella con una voz distante que no parecía siquiera suya.

—¿Por qué?

—Dime si mi caja está dentro.

Asteras comprendió. La bolsa estaba tirada sobre una cama deshecha. No hacía falta mirar dentro para conocer la respuesta. No obstante, el joven vigilante hizo lo que le había pedido su amiga.

—Lo siento... —dijo, sacando la mano.

Había perdido la caja de los momentos.

Frida sintió que las piernas le pasaban del estado sólido al líquido. Le habían robado sus recuerdos, plasmados en notas con garabatos de tinta. Aquellos pedazos de memoria anotados meticulosamente incluso en esos momentos de rabioso dolor,

en noches huérfanas de sueño, en mañanas inútiles como pisto-
las cargadas con balas de fogueo, en tardes solitarias... Todo eso
había desaparecido.

«No pierdas de vista los recuerdos; ellos harán todo lo que
puedan para arrebatártelos», le había dicho Aranne.

Le empezaron a zumbar los oídos. Cualquier otro sonido quedó en nada. Sus recuerdos, en manos de la persona en la que había
puesto su confianza. ¿Había sido todo un plan? Atraerlos hasta
allí, robarle algo tan querido... Pero ¿por qué hacerlo precisamente en aquel pueblo absurdo?

La respuesta llegó antes de lo que se imaginaba.

El Galloloco cantó por segunda vez.

# 25

## Nikaia recogió el cuchillo

*E*l tercer día de trabajos forzados en la granja fue aún más demoledor que los dos anteriores para los gemelos y Miriam. Estaban agotados. No durarían mucho. Folco y su padre no los habían devuelto al sótano hasta la caída de la noche, después de exprimir a los gemelos hasta la última gota de energía.

Gerico se había dejado caer al suelo. Tommy estaba igual de agotado. Y preocupado por Miriam, que estaba en una esquina con la cabeza sobre las rodillas. No era más que la sombra de la espléndida muchacha apresada en aquella maldita granja solo tres días antes.

Fue Tommy quien rompió el silencio que se había instalado entre ellos, demasiado cansados y desolados hasta para hablar.

—Aceptaré la propuesta de Euralia.

Gerico y Miriam lo miraron aterrados, y su gemelo puso voz a las protestas de ambos:

—¡No puedes hacerlo! Estás loco. Casarte con esa…, esa… Es asqueroso solo pensarlo. ¡No puedes vivir aquí para siempre! Esta es una familia de demonios. ¡Este lugar es un verdadero infierno!

Tommy lo escuchó con la cabeza gacha.

—Tienes razón, es un infierno —respondió—, pero no veo otro modo de sacaros de aquí. Lo llevo pensando todo el día. Si te quedas aquí, Ge… —No acabó la frase, porque hacerlo habría sido como admitir que la melancolía acabaría matando a su hermano—. No puedes quedarte aquí; tenéis que encontrar a Iaso el Sanador.

—No veo cómo. No tenemos ni siquiera a Klam. Y sin él estamos perdidos.

—Ya encontraréis el modo. Lo que está claro es que Iaso no vendrá hasta aquí para hacerte una visita a domicilio.

Miriam no habría sabido qué decir ni aunque hubiera tenido voz. Estaba tan agotada del día que había pasado con Euralia y su madre que sus pensamientos se habían convertido en una masa informe.

—No quiero ni oírte decir esas cosas. Saldremos todos de aquí. Solo tenemos que hacer lo que siempre hacemos. ¿Recuerdas nuestro método OPA? Observar, pensar, actuar. Siempre nos ha ido bien, ¿no?

El método OPA. Hablaban de él cuando eran niños y jugaban a espías. Hacía años que aquella sigla no salía en sus conversaciones.

—Ya no estamos en nuestro mundo, Ge. Esta no es una de nuestras aventuras, donde como mucho podíamos acabar con una rozadura en las rodillas y un bofetón de papá. Mira dónde estamos. —Hizo una pausa para que su hermano pudiera observar a fondo aquella deprimente realidad—. Aquí no hay OPA que valga. No tenemos ninguna posibilidad, a menos que haga lo que dice ella. Vosotros seréis libres y yo antes o después encontraré un modo de irme. No me quedaré aquí para siempre, te lo aseguro.

Tendidos en sus catres, el sueño se hizo con ellos con la furtividad de un sicario experto, pero no duró mucho. En la oscuridad del sótano se movía una sombra silenciosa. Se acercó a las barras tras las que dormían los tres, ajenos a todo. El más cercano era Gerico. Y fue él el primero en despertarse al sentir el cosquilleo de algo rasposo en la frente.

Cuando, aún adormilado, intentó abrir los ojos, se encontró delante un morro enorme y húmedo. Se sentó en el catre de un salto, con el corazón acelerado. Pero enseguida se dio cuenta de que no había motivo para asustarse, sino más bien todo lo contrario.

Enfrente tenía a Mirtilla, con sus ojos color ámbar como faroles que perforaban la oscuridad, mirándolo. Con su cola vaporosa agitaba el aire como diciendo mil veces, sin parar: «Estoy aquí».

Gerico dio una sacudida a su gemelo, que roncaba sonoramente. Tommy emergió de las profundidades del sueño boqueando, y tardó unos momentos en darse cuenta de lo que pasaba.

—Pero ¿cómo ha conseguido llegar hasta aquí? —dijo.

—Estos perros son superhéroes —constató Gerico.

Despertaron también a Miriam que, al ver a la border, sintió rebrotar en su interior la alegría. Le pasó las manos por la cabeza para abrazarle el cuello y hundir por unos segundos el rostro en su tibio pelo.

Después la perrita intentó morder los barrotes, pero sus dientes no eran tenazas. Había que trazar un plan y estar atentos para que no la vieran. Los Pot se desharían de ella... y más valía no pensar cómo.

—Mirtilla es una ladrona experta, nos ayudará a salir de aquí —planteó Tommy—. Las llaves las lleva siempre encima ese maldito de Folco. Solo hay que distraerlo un momento, y ella se las puede birlar en un visto y no visto —dijo, chasqueando los dedos.

La border se tendió en el suelo con un ladrido seco. Los chicos le ordenaron silencio. Ella agachó la cabeza como preguntando por qué.

—No funcionará. Folco la capturaría. Tenemos que encontrar el modo de quitárselas nosotros —objetó Gerico—. Sorprenderlo y quitarle el manojo de llaves.

Los chicos se quedaron pensando. Echarse a dormir otra vez había quedado descartado. Las nuevas esperanzas habían conseguido que se olvidaran hasta de su fatiga.

Miriam, que hasta aquel momento había escuchado sin poder intervenir, llamó la atención de los gemelos y les dio a entender que tenía una idea. Pasaron gran parte de lo que quedaba de noche descifrando los gestos de Miriam y poniendo a punto un esbozo de plan. Al final, con un peso en los párpados que prácticamente les impedía mantener los ojos abiertos, Tommy sentenció:

—No será perfecto, pero tenemos que probar. Quizá sea nuestra única ocasión de salir de la granja.

ϒ

Llegó el amanecer de un nuevo ciclo. Y llegaron también los pasos tambaleantes de Folco a las escaleras del sótano. Una vez más, armado con su horca, venía a llevarse a los prisioneros al «desayuno».

Sería un tipo tosco y repugnante, pero desde luego no era tonto. Medía mucho sus movimientos y no se acercaba nunca más de lo necesario a los barrotes.

Los gemelos y Miriam lo sabían bien. Igual que sabían que las llaves estarían donde estaban siempre: colgadas de sus holgados pantalones.

—*Avenga, que los nimales vasperan* —dijo, con su habitual mueca malvada.

Había que actuar de inmediato.

Gerico silbó con fuerza metiéndose el pulgar y el dedo medio en la boca con una técnica de eficacia demostrada. Folco dio un bandazo, sorprendido. Masculló algo incomprensible, pero apenas pudo ver, a sus espaldas, una figura que se lanzaba sobre él desde una esquina oscura en la base de las escaleras. Era Mirtilla. Instintivamente, el joven Pot retrocedió hacia los barrotes. Trastabilló y, para alejarse de las fauces de la perra, fue a golpearse contra la reja de la celda. Con un movimiento fulminante ensayado durante la noche, Tommy y Gerico se le lanzaron encima. Folco perdió la horca, que cayó al suelo con un estruendo terrible, mientras los gemelos conseguían inmovilizarlo contra los barrotes.

Folco se revolvía como un loco, por lo que no fue tarea fácil para Miriam arrancarle el manojo de llaves que llevaba colgado del cinto. Pero por fin lo consiguió.

—¡Venga, abre la puerta! —la apremió Tommy.

A Miriam le temblaban las manos de los nervios. Sentía la sangre que le corría del corazón a la cabeza como un torrente, haciendo que las orejas le zumbaran. Hablaba consigo misma: «Tranquila, Miriam, una cosa después de otra. Una cosa después de otra y saldréis de aquí». Le gustaba oír en su interior (al menos eso) el sonido de su propia voz.

—¿Te quieres estar quieto, maldito? —le gritó Gerico a su prisionero.

Se habían invertido los papeles. Mirtilla había dejado de ladrar y emitía un gruñido sordo y continuo. El pretendido silencio de la operación era comparable al de una fiesta de pueblo con fuegos artificiales y todo. Los chicos sabían que ocurriría y lo habían tenido en cuenta: el problema no era si acudía alguien, sino cuándo.

Por fin Miriam consiguió abrir la celda. A los gemelos les tocaba meter dentro a Folco, lo cual no fue nada fácil. El asqueroso se revolvía con fuerza: le caía la baba de la boca de la rabia y tenía los ojos desorbitados. Aunque su aspecto era aún más aterrador. Pero Gerico tenía buenos músculos y estaba entrenado. Y los gemelos hicieron valer su superioridad numérica.

En aquel momento, tal como preveían, se oyeron unos pasos acelerados que bajaban por las escaleras. Tenían compañía. Era Euralia, acompañada por su hermana-sirvienta Nikaia. Euralia tenía la cara desencajada, y la rabia hacía que su rostro resultara aún más grotesco.

—¡¿Ca stis hacendo, pestosos?! —gritó, agitando un cuchillo de cocina—. Vei llama patre e matre —le ordenó a su hermana.

Pero la muchacha de piel oscura se quedó inmóvil, intentando asimilar el vertiginoso espectáculo. Miraba a Tommy, y los ojos le brillaban. Era una mirada que, en silencio, preguntaba a aquel forastero qué debía hacer.

—¿Tas queda atuntita, mona enquerosa? Tan al campo a trabenjar, ate correndo, se no vedirás...

Pero no acabó la frase: un grito la interrumpió. Euralia chillaba de dolor y sorpresa. Nikaia le había mordido el brazo con el que sostenía el cuchillo, apretando cada vez más los dientes en aquella masa de carne obscena. En aquel mordisco estaba toda la rabia de una muchacha humillada, herida y anulada durante mucho tiempo. Aquel mordisco estaba impregnado de todo el rencor y la frustración por una vida pasada en el fango de una familia perversa. Los dientes hundidos entre el codo y el antebrazo eran su grito de libertad y su acto revolucionario.

Cuando Nikaia apartó la boca, Euralia cayó al suelo, llorando. Folco, encerrado en la celda, tiraba de los barrotes y lanzaba injurias contra la hermana rebelde. Mirtilla ladraba como una histérica. Miriam y los gemelos contemplaban, incrédulos, lo que estaba sucediendo. Nikaia recogió el cuchillo y apuntó al rostro de Euralia, que se puso a pedir clemencia, aterrorizada, implorándole a su hermana que no le hiciera daño y pidiéndole perdón entre sollozo y sollozo. No quedaba ni rastro de la altiva y cruel tirana de hacía un momento.

En ese instante, Nikaia se giró hacia los chicos. Su pecho era como un fuelle que se abría y se cerraba alimentado por la adrenalina. La muchacha se acercó apuntándoles con el gran cuchillo. No hablaba. Su mirada febril era como una brasa ardiente, pero Tommy intentó tranquilizarla sin decir nada, manteniendo los brazos bajados y moviéndolos lentamente para escribir en el aire un silencioso: «Tranquila, relájate, todo va bien».

Nikaia, en cambio, se movió.

# 26

## La llegada de los qualuds

Con el segundo canto del Galloloco, que resonó en todo el pueblo, Frida y Asteras se quedaron inmóviles. Petrificados por la incertidumbre y la tensión. Wizzy y Mero, en cambio, se pusieron en posición de alerta y se situaron en las ventanas, apoyándose en el alféizar con las patas anteriores. Poco después, los dos muchachos fueron a su lado. Aquella sirena de alarma anunciaba un desastre inminente. Aranne lo había advertido, y no parecía que fuera de las que hablan por hablar.

Mientras tanto, la noche se había adueñado del cielo. La noche de Nevelhem, que nunca era oscura del todo. También había regresado la niebla, y en el aire flotaba un silencio irreal, en el que había quedado flotando el eco del canto, en algún rincón, como un trapo olvidado en la cuerda de tender la ropa.

Las cometas del cielo se quedaron inmóviles. Después, una a una, fueron cayendo como flores cortadas.

Se precipitaron sobre las calles del pueblo, pero sin ruido.

Sin hacer el mínimo sonido.

Frida y Asteras observaban, mudos, el espectáculo, que no presagiaba nada bueno.

«Los alarogallos no vuelan. Engañan. Llaman», habían sido las misteriosas palabras de Aranne.

Desde detrás del cristal de la ventana, los chicos vieron tres cometas que caían sobre la calzada. Tenían unos colores llamativos, y, sin embargo, no transmitían alegría o belleza. Estaban melladas y tristes, con marcas de golpes en varios puntos.

—¡Mira allí, se mueven! —exclamó Frida, señalando una de las cometas de alas verdes.

—Tienes razón…, es como…, como si tuvieran vida —dijo Asteras, aguzando la vista. Y así era.

Las cometas se movían, con un temblor cada vez más frenético. Parecían pájaros caídos intentando retomar el vuelo. Frida sintió que se le ponía la piel de gallina. Se agarró al brazo de Asteras para aliviar con su energía aquella sensación gélida.

Enseguida quedó claro que no eran las cometas lo que se movía, sino algo que se escondía bajo su estructura de papel. También los dos alarogallos más próximos empezaron a temblar.

Cuando el primer ser salió al descubierto, Frida sintió una punzada en la cabeza. Un recuerdo que golpeaba contra las paredes de su memoria. De pronto, lo vio todo claro.

—¡Dios! —exclamó, llevándose la mano a la boca abierta, por el estupor y el miedo.

—¿Qué demonios es eso?

Enfrente tenían unas pequeñas criaturas espectrales, alargadas y semitransparentes, de color gris. Tenían un único ojo enorme y carecían de extremidades, salvo por una especie de mano que les salía directamente del centro del cuerpo. Los tres gruesos dedos que formaban aquella palma sostenían algo encendido que irradiaba una palpitante luz azulada.

Flotaban a pocos centímetros de los guijarros de la calle, inmóviles y temblorosos como la llama de una vela.

Frida sintió que el vientre se le contraía en violentos espasmos. Los miraba y meneaba la cabeza lentamente, murmurando un casi imperceptible: «No es posible». Asteras le preguntó qué estaba pasando, pero ella se encontraba en un estado casi catatónico. Mero y Wizzy aullaban en coro y resultaba difícil comprender si era por la preocupación, por la curiosidad o por el miedo.

Asteras le cogió la mano a Frida con suavidad para que sintiera su presencia; por aquel puente tendido entre sus cuerpos, le transmitió un calor que esperaba que fundiera el hielo en el que había quedado atrapada.

—¡Frida, te lo ruego, dime qué pasa!

Finalmente, ella apartó los ojos de la ventana con el mismo esfuerzo que costaría apartar un trozo de hierro de un potente imán y dijo:

—Son los qualuds.

—¿Los qualuds?

—Ahora está todo claro. Lo recuerdo todo. Por eso me resultaba familiar este sitio. No es que lo hubiera visto antes, es que lo conocía de cuando era pequeña.

—¿Qué quieres decir? ¿Lo has soñado?

—No, Asteras. —Frida apartó la mirada y la posó de nuevo en la calle, del otro lado de los cristales de la ventana, donde permanecían inmóviles aquellos espectros flotantes, escrutando con su enorme ojo todo lo que se movía a su alrededor—. Conozco este lugar porque mi madre me habló de él —añadió, y esperó unos segundos para que Asteras pudiera asimilar aquellas palabras—. Seguramente ella estuvo aquí. Cuando era pequeña, me acompañaba a la cama, y antes de dormirme me contaba historias. No las leía en los libros, se las inventaba para mí. O al menos eso creía yo. —Se detuvo una vez más para contener las lágrimas—. Sus historias no eran cuentos de buenas noches, sino relatos de lo que había visto en este mundo. Muchas veces me hablaba del Pueblo de los Alarogallos, aunque ella no lo llamaba así. ¿Cómo era? ¿Cómo lo llamaba?

Frida se detuvo y bajó la cabeza intentando sumergirse en las profundidades de su memoria para recuperar aquel recuerdo vago.

«Aranne.»

—Aranne.

—¿El nombre de la viejecita?

—¡No, Aranne era el nombre del pueblo! —dijo ella, levantando la mirada y encontrando de nuevo los ojos de Asteras—. Sí..., las historias empezaban así: «Había una vez, en un reino lejano, una pequeña ciudad, o más bien un pueblo, llamado Aranne, en cuyo cielo volaban miles de cometas de forma triangular».

Frida se alejó de la ventana y se dejó caer en un sillón de tapicería antigua situado junto a la chimenea apagada. No conseguía mantenerse en pie. Estaba pálida, trastornada.

—¿Cómo he podido olvidarlo todo este tiempo?

A menudo, el pasado pesa como una montaña. Y, algunas veces, pesa incluso más aún cuando permanece oculto.

Asteras se le puso delante y se arrodilló en el suelo.

—¿Y qué más te decía?

—En sus historias también estaba ese gallo de latón. Pero no recuerdo qué decía de él. Lo que sí recuerdo es su tono: se ponía muy seria cuando hablaba de las cometas que bajaban por la noche.

—¿Y eso? ¿Había algún motivo para que volaran de día y no de noche?

—Sí. Cada cometa escondía un pequeño espíritu malvado. Ella los llamaba qualuds. Cuando volaban sobre las cometas, de día, esos pequeños demonios absorbían la luz e iban volviéndose cada vez más visibles. Cobraban vida. Cuanto más ascendían, más luz acumulaban. Cuando caía la noche, en cambio, bajaban al suelo. Recuerdo que después tenía miedo al hacerse de noche y que pensaba: «Ahora llegarán los qualuds».

Y habían llegado. Ahí los tenían, en plena calle.

—¿Y qué hacían cuando bajaban de las cometas?

—Observaban. Escrutaban el interior de las personas. Iban en busca de sus miedos. Por eso me hablaba de ellos mi madre. Decía que tenía que ser fuerte, porque, si no, los qualuds se darían cuenta y vendrían.

Se detuvo y se acercó de nuevo a la ventana. De pronto, lo recordó claramente. Había rasgado el velo que el tiempo había hecho caer sobre su memoria. Llamó a Asteras, que fue enseguida a su lado.

—¿Ves ese trozo de carbón que tienen en la mano?

—Sí, ya me había fijado.

—Cuando te escrutan y encuentran el miedo en tu interior, ese trozo de carbón se enciende y la llama azul se vuelve roja. Y no puedes evitar mirarla. Te hechiza, te paraliza. Entonces se acercan...

Asteras, al ver que no avanzaba, la espoleó.

—Se acercan, te atrapan, te vacían por dentro y te dejan así... Vivo, pero sin ganas de vivir.

—¿Como los habitantes de este lugar? —dijo él, pero era una pregunta que contenía en sí misma la respuesta.

Frida asintió.

—También me hablaba de una viejecita que construía las cometas para los qualuds. Estaba obligada por una maldición o algo así.

—¿Quieres decir Aranne?

Pero antes de que pudieran añadir nada más, les sorprendió un ruido a sus espaldas. Se giraron todos hacia la puerta, incluidos los perros.

*¡Toc, toc!*

Frida y Asteras se miraron, desconcertados. Ante ellos, en la puerta, había dos hombres con cierto parecido, quizá porque ambos eran muy delgados, con los mismos rostros angulosos, perilla espesa y bien recortada, y las mismas ropas oscuras y ajustadas. Parecían esos monos finos que llevan los mimos. Cada uno llevaba un farol en la mano.

—Hola, Asteras —dijo uno de ellos—, yo soy Jeremías, y él es Arturo.

—¿Cómo es que conocéis mi nombre? —respondió él, desconcertado.

—Nos manda la Maestra de las Cometas. Somos sus ayudantes. Los últimos dos que quedan —dijo Jeremías, con un tono entre orgulloso y amargo.

—¿Quieres decir que trabajáis para Aranne? —intervino Frida.

Ahora eran ellos los que parecían desconcertados. Fue Jeremías quien reaccionó primero:

—Nos manda para sacaros del pueblo. La Maestra de las Cometas nos ha dicho que habéis tardado mucho y que ahora no será fácil. Los qualuds ya están aquí, y sin alguien que os guíe no conseguiríais salir.

—¿Y vosotros vais a hacernos de guías? —preguntó Asteras.

—Tenemos que darnos prisa; los qualuds están por todas partes. No tardarán en entrar aquí también. Quedarse en casa es más peligroso que ir por la calle. Quizá. —Vaciló un momento, como si quisiera ver la reacción de los dos muchachos a aquellas palabras. —¿Ya sabéis qué debéis hacer cuando se acerquen?

Jeremías se dirigía a ambos, pero tenía los ojos puestos en Frida.

—Frida dice que no debemos mostrar miedo. Y que si miramos ese tizón encendido que llevan en la mano...

—... dejaréis que se apoderen de vuestra alma, y estaréis acabados. Os vaciarán, dejando solo la cáscara. Y os veréis obligados a quedaros aquí para siempre.

—¡Para siempre!

Era la primera vez que intervenía Arturo, y lo hizo asintiendo vigorosamente para subrayar el concepto.

—Pero ¿qué significa exactamente «no mostrar miedo»? —dijo Frida.

Jeremías y Arturo esbozaron una sonrisa. Una vez más, fue Jeremías quien habló:

—No tenemos ni idea. Cada uno lo hace a su modo. Quizá convenga pensar en algo divertido. Por eso vamos vestidos así —dijo, indicando su extraño atuendo—. Cuando miro a Arturo, me entra la risa, y él se ríe de mí. Eso nos pone alegres y nos hace olvidar el miedo. Es una cuestión de perspectiva.

—Me parece un planteamiento insensato —observó Frida.

—¿Estáis seguros de que os han enviado para que nos salvéis? —insistió Asteras.

—Oíd... Ese escepticismo vuestro es una falta de respeto. Nos hemos enfrentado a la noche y hemos pasado por calles atestadas de qualuds solo para salvaros. Como os he dicho, somos los dos últimos ayudantes de la Maestra de las Cometas, y éramos centenares.

—¡Centenares! —recalcó Arturo, asintiendo de nuevo.

—¿Lo llevas contigo para que te haga de eco? —comentó Asteras.

Los dos jóvenes fruncieron el ceño, dieron media vuelta y se alejaron por la calle frente a la casa.

—Los has ofendido —dijo Frida.

—Pero ¡son dos tipos absurdos! —intentó defenderse Asteras.

—¿Es que tienes alguna otra idea para salir de aquí?

Asteras no estaba convencido, pero tuvo que rendirse a la evidencia.

—¡Esperad! —gritó Frida, para llamar la atención de los dos hombres, y salió por la puerta.

Jeremías y Arturo se giraron y se detuvieron. Pero solo un instante. Con un gesto de desdén volvieron a ponerse en marcha y se adentraron en la niebla.

No obstante, la llamada de Frida había tenido un efecto indeseado: había llamado la atención de los tres qualuds procedentes de las cometas que habían caído en la calle. Su gran ojo se dirigió a la puerta, mirándolos. Palpitaban como si respirasen, y estaban surcados por una retícula de capilares rojos.

Se movieron, interponiéndose entre los chicos y los dos tipos de perilla. Para seguir a Jeremías y a Arturo, los dos jóvenes vigilantes tendrían que pasar a su lado. Pero ¿cómo contener el miedo? Frida vació la mente. Volvió a pensar en su madre, que le contaba historias antes de dormir, así como en la cálida sensación que sabía infundirle con su voz de leña que arde despacio.

—¿Dónde se han metido esos dos idiotas? —dijo Asteras, situándose a su lado, en plena calle, con los dos perros.

—¡Por allí! —exclamó Frida, indicando una luz apenas visible entre la niebla.

—Sí…, son sus faroles. ¡Vamos!

Los chicos y los dos perros corrieron hacia la tenue luz, difusa como una mancha sobre el manto azulado que cubría las calles. Entraron en un callejón y, al salir por el otro extremo, se encontraron delante una escena espantosa.

El brillo procedía de la brasa ardiente de un qualud. A pocos pasos, estaba Jeremías. Su farol estaba tirado por el suelo. El tizón ardía con una intensa luz roja. De Arturo no había ni rastro.

—Pero ¿qué pasa? —murmuró Frida.

—El qualud… debe de haberlo atrapado —respondió Asteras, bajando él también la voz para no hacerse oír.

Tenía razón. Jeremías había caído en la trampa de aquellos espectros demoniacos. Estaba inmóvil en medio de la niebla, con la boca abierta, gritando aterrorizado. Iba quedándose cada vez más pálido, al tiempo que el cuerpo transparente del qualud adquiría consistencia y emitía un sonido similar al crepitar de los cables de alta tensión.

Era una visión repugnante. Frida cerró los ojos para no ver. Sentía remordimientos por cómo lo había tratado poco antes, pero también un impulso irrefrenable de ir en su ayuda. Aun así, no tenía ni idea de cómo enfrentarse a aquellos seres demoniacos; además, empezaba a percibir una sensación nueva, como si el valor fuera abandonándola.

—Vámonos de aquí —dijo Asteras, que la rodeó con un brazo—. Ahora ya está perdido.

Deshicieron sus pasos, corriendo por el callejón, y de pronto oyeron algo.

—¡Eh, eh! —dijo alguien escondido en el hueco de una puerta.

Los chicos se detuvieron de golpe. Los border collie fueron a explorar y, con el morro pegado al suelo, enseguida descubrieron de dónde procedía la voz.

Era Arturo, el colega del pobre Jeremías.

—¿Qué haces aquí? Has dejado solo a tu compañero —le acusó Frida.

—Han vaciado a Jeremías —lloriqueó Arturo—. Ahora solo quedo yo.

—¿Qué será de él?

—Lo que ha sido de todos los demás. Se convertirá en un habitante del pueblo, suspendido en la eternidad. Él ya os lo había dicho. Ahora ya no piensa, no tiene recuerdos. Es como una piel de manzana, ¿lo entendéis? —dijo, angustiado, casi gritando aquellas últimas palabras.

Se dejó caer con la espalda apoyada a la pared hasta quedar sentado sobre sus propios talones, desconsolado.

—¿Qué es lo que ha pasado? —le preguntó Asteras.

—Estábamos volviendo al taller de los alarogallos y Jeremías no los ha visto... ¡MALDITA NIEBLA! —Esta vez gritó tanto que hizo dar un respingo a los dos border.

—Calma, Arturo... —Frida se arrodilló a su lado y le apoyó una mano en el brazo. Notó que el joven emanaba un olor a cola y a papel.

—Perdona... —respondió él, cubriéndose el rostro con las

manos—. Jeremías no se ha dado cuenta de que detrás de la esquina había un qualud, y cuando se lo ha encontrado delante, inesperadamente, con ese ojo enorme que lo miraba, se ha asustado. ¿Quién no lo habría hecho? Aunque él era el más valiente de todos nosotros. El más controlado. Su perilla era la más precisa. Se pasaba horas dándole forma.

Arturo no podía frenar sus pensamientos ni sus palabras. Resultaba difícil creer que fuera el mismo joven que unos minutos antes prácticamente estaba mudo. Ahora vomitaba palabras a chorro. El *shock* le había soltado la lengua.

—He intentado hacerle reaccionar, lo he zarandeado, lo he abrazado, pero el carbón ya se había encendido. ¡Y él..., él no ha podido apartar la mirada!

El lloriqueo ya se había convertido en un llanto descontrolado. Frida le cogió de los hombros y lo abrazó para calmarlo. También los dos perros, sensibles al dolor de aquel desconocido, se acercaron y le lamieron las manos que le cubrían el rostro.

—Lo sé, es duro, pero tenemos que irnos de aquí. Quedarse es peligroso —dijo Asteras.

# 27

## Una bestia llamada valor

*N*ikaia levantó el cuchillo, abrió los dedos y lo dejó caer al suelo, al tiempo que ella también se desmoronaba. La tensión y la violencia de aquella situación le habían ablandado las piernas, dejándola sin fuerzas. El cuchillo repiqueteó en el suelo. Tommy reaccionó al momento, lo recogió y, empuñándolo, obligó también a Euralia a entrar en la celda con su hermano. Después cerró la puerta y se quedó mirándolos un momento. Eran un espectáculo animalesco: dos perros rabiosos que descargaban su furia contra todo y contra todos, hasta acabar atacándose el uno al otro, culpándose mutuamente por la fuga de los prisioneros y acusándose sin tregua ni cuartel.

—Ven con nosotros —le ofreció Tommy a Nikaia en un susurro y tendiéndole la mano para ayudarla a ponerse en pie.

La muchacha sopesó la oferta tanto rato que daba la impresión de que se hubiera quedado paralizada, pero luego apoyó la mano en la de Tommy.

—Sé dónde han llevado al hombre pequeño —dijo, mientras subía las escaleras con ellos.

Klam estaba encerrado en una pequeña jaula sucia junto a un pájaro de plumaje azul, en una habitación que parecía un almacén, con otras jaulas de aves. El hombrecillo tenía el torso descubierto. Solo le habían dejado los minúsculos pantalones. Estaba sentado en una esquina de su pequeña cárcel, cubierta de excrementos y que apestaba a pájaro.

—¡Klam! Pero ¿qué te han hecho? —exclamó Tommy cuando lo vio.

El· hombrecillo estaba en un estado lamentable: tenía el cuerpo cubierto de arañazos y manchas de sangre, como si hubiera combatido en un circo lleno de bestias feroces.

Klam se levantó despacio, pero el pájaro que compartía jaula con él desplegó agresivamente las alas, mirándolo con sus ojillos feroces.

—Estáis arruinando mi plan —dijo el genius.

—¿Y eso? —preguntó Gerico, convencido de que había perdido la cabeza.

—Dejar que me apresaran, dejarme pegar sin motivo por el granjero Pot y su simpático hijo, dejar que me picotee este pájaro sádico, luego dejarme humillar y por fin quizá dejar que me mate, ¿no?

Tommy había echado de menos el sarcasmo del hombrecillo, y le siguió el juego:

—Lo sentimos, pero nos vemos obligados a boicotear tu fantástico proyecto.

—Os perdono, siempre que tengáis pensado uno mejor.

Gerico abrió la jaula y con una mano agarró al pájaro en una esquina para que no se lanzara contra el pobre Klam. El ave intentó atacar de todos modos y acabó picoteándole la mano al muchacho, que gritó de dolor.

—¡Maldito sea! —exclamó Gerico mientras su pequeño amigo salía al exterior.

Cuando volvió a cerrar la puerta, el pájaro se puso a piar con fuerza. Y todos los otros pájaros enjaulados le imitaron, mientras el grupo escapaba.

Los fugitivos estaban a punto de alcanzar la libertad cuando, antes de salir de la granja, los detuvo un imprevisto. Gerico se desmayó de pronto. Se desmoronó a la puerta de la cocina, pálido y tembloroso. Miriam se agachó a su lado y le puso una mano en el pecho.

—¿Qué le pasa? —preguntó Nikaia, confundida.

—No está bien; tiene la sangre enferma —respondió Tommy sin entrar en detalles.

Klam observó que las venas de los antebrazos de Gerico estaban más oscuras. Era como observar una retícula de ríos negros que le corrían bajo la piel.

—Tiene frío. Necesitamos algo para cubrirlo —sentenció el hombrecillo, después de tocarlo.

—Esperad aquí —dijo Nikaia, y desapareció en la sala del telar, junto a la cocina.

Cuando volvió llevaba en la mano algo parecido a una sábana gruesa o a una alfombra doblada. Era de un blanco tan cándido que parecía fabricado con nieve virgen, esa que aún no ha ensuciado el paso del hombre.

Nikaia se la entregó a Miriam, mostrando una gran sensibilidad al comprender el vínculo que la unía al hermano de Tommy. Miriam le dio las gracias con un gesto de la cabeza y cubrió a Gerico del cuello a los pies.

—Esta es una colcha del mediodía, ¿verdad? —preguntó Klam.

Su tono no admitía una respuesta que no fuera sí.

—¿Eso qué significa? —preguntó Tommy.

—Es una colcha que solo saben tejer los tejedores de la ciudad de Silko. Es capaz de disolver un glaciar. Tiene el calor de un cuerpo vivo. ¿Tú cómo la has conseguido? —insistió Klam, dirigiéndose a Nikaia.

—La he tejido yo, pero aún no está acabada. Yo afloré en la ciudad de los tejedores. Allí aprendí a usar el telar y el huso.

—Entonces, ¿los Pot no son tus padres de verdad? —preguntó Tommy.

—No, ellos se me llevaron —respondió Nikaia, alisándose las arrugas de la ropa.

—Eso lo explica todo.

Miriam llamó la atención del grupo. Gerico estaba volviendo en sí.

—*Wahnsinn!* ¡Aquí dentro hay una estufa! —exclamó el gemelo, liberándose de la colcha como si quemara.

—Una vez más, no ha habido suerte —replicó Tommy, aliviado—; ya lo tenemos aquí de nuevo.

Ahora que había pasado el peligro, se permitía bromear.

—Ya, a veces vuelve —dijo Gerico, sentándose.

—Si ya habéis acabado con vuestro teatrillo, ¿qué os parece si nos ponemos en marcha y dejamos este sitio infame? —propuso Klam, devolviéndolos a la realidad.

Nada más salir de la casa los envolvió la luz de primera hora del día que, por otra parte, tampoco se diferenciaba de la de mediodía o de la luz de la tarde: una extensión de un gris luminoso filtrado por la omnipresente niebla.

—¡Qué bien, otro día de sol! —bromeó Gerico.

Se echaron a correr hacia la estacada que limitaba el perímetro de la granja, dejando atrás los horrores que habían sufrido y los gritos subterráneos de los dos horribles hermanos. Corrían cargando sobre la espalda el ansia que experimentan todos los fugitivos: el miedo a que los sigan y vuelvan a capturarlos antes de llegar a saborear la libertad. No hay nada peor que poder paladear una delicia y verse después obligado a escupirla.

—¿*Endónde vos credéis qui andaís tan arrápido?*

La voz del granjero Pot se alzó como un dique frente a ellos. Con él estaba su mujer y ambos obstaculizaban la vía de escape del grupo, el único camino que llevaba a la puerta del cercado. Estaban armados hasta los dientes. Él llevaba una horca y un hacha de aspecto terrible. Ella, un gran cuchillo y una maza con clavos. Mirtilla les gruñó, pero Tommy la llamó para que fuera a su lado.

—¿*Tú entambén tás da parte desllos?* —preguntó el granjero, mirando a su hija adoptiva con un gesto de clara repulsa.

—Más vale morir devorada por los sigbins que seguir viviendo con vosotros —respondió ella, y todos vieron en sus ojos algo que había recobrado vida. Una bestia llamada valor.

Instintivamente, Tommy se puso delante, cubriéndola.

—Dejadnos pasar; yo no me casaré nunca con Euralia. Y olvidaos de tenernos aquí para siempre.

La mujer del granjero graznó una frase que no llegaron a comprender, pero, al tiempo que emitía aquella torpe ensalada de palabras, alzó la maza sobre la cabeza. Señal inequívoca de que no les estaba deseando buen viaje. Los perversos granjeros se dispusieron a avanzar, decididos, cuando Miriam los sorprendió a todos. Cogió una piedra del suelo polvoriento y se la tiró. La piedra le dio en la frente a la mujer, que soltó un chillido catarroso y cayó al suelo. El granjero Pot se arrodilló para auxiliar a su adorable consorte.

Los chicos aprovecharon el jaleo para huir en dirección contraria. Klam se agarraba al pelo leonado de Mirtilla.

—Tengo una idea, venid por aquí —propuso Nikaia, señalando el pajar de los sigbins.

La mera visión de aquel lugar puso los pelos de punta a los gemelos, que recordaban los días pasados trabajando allí dentro.

—¿Al pajar? Pero ¡quedaremos atrapados! —exclamó Gerico.

—Fiaos de mí —respondió Nikaia, con un tono tan convencido que no admitía réplica.

Mientras tanto, la terrible mujer se había puesto en pie, y los gemidos de dolor de un momento antes dieron paso a una cólera volcánica:

—*Apillámolos y distripámolos* —fue su terrible grito de guerra.


Los muchachos y los perros se metieron en el pajar, que estaba a oscuras. Del techo colgaban cadenas oxidadas y cuerdas de aspecto siniestro. Los olores se mezclaban, dominados por el hedor insoportable que apenas conseguían contener los tarros. Los gemelos ya casi se habían acostumbrado a la peste, y aun así su olfato protestó ante aquella nueva tortura.

Nikaia se alejó del grupo. Tommy la siguió con la vista, controlando al mismo tiempo la puerta de entrada y la esquina en penumbra en la que estaba ella, donde acababa de sacar de un armario una sábana sucia.

—Pero ¿qué está haciendo? —dijo Gerico, con una mueca de perplejidad en el rostro.

—Espero que no se le haya ocurrido hacer un cambio de decoración justo ahora —apostilló Klam. No renunciaría a su sarcasmo ni aunque estuviera muriéndose.

Tommy no respondió, pero estaba claro que no tenía ni idea. Miriam abrió sus brillantes ojos para ver en la oscuridad. Estaba concentrada vigilando la puerta de entrada. Sabía que, de un momento a otro, entrarían los Pot.

Nikaia abrió las puertas del armario, rebuscó dentro y volvió

junto a los chicos con sus mochilas y la pequeña bolsa de Klam.
¡Ah, la felicidad de las cosas recuperadas!

Miriam se sacó del bolsillo interior de su vestido *El libro de las puertas* y volvió a meterlo en su sitio. En la mochila vio, aliviada, que también estaba el espejo mágico de la abuela. Pero no tuvo tiempo de darle las gracias a la muchacha de piel café con leche, que ya había pasado a otra cosa. Parecía una guerrera con un plan bien estructurado.

—Tirémoslos al suelo —ordenó a los chicos, en referencia a los grandes tarros que contenían a los sigbins.

—Pero ¿estás segura? —objetó Tommy—. Podrían...

—Hagamos lo que dice, démonos prisa —intervino Klam, decidido.

Tommy y Gerico echaron una mano a Nikaia, y enseguida se les sumó Miriam.

—«Hagamos lo que dice» —masculló Gerico, sin levantar la voz—. Qué bonito, hablar así, mientras se está sentado cómodamente sobre la grupa de un perro.

Los tarros iban cayendo uno por uno y entonces, Nikaia, tapándose la boca con la manga, iba desenroscando los tapones. Un líquido viscoso y apestoso fluía al exterior, encharcando el suelo, pero de los habitantes de los tarros no había ni rastro. Parecían frascos vacíos. Los sigbins seguían agazapados en la oscuridad de su escondrijo-prisión.


El granjero Pot y su mujer aparecieron en la puerta del pajar, convertidos en dos siluetas a contraluz. Incluso así, sin ver los abominables rasgos de sus rostros, infundían temor. Eran deformes por dentro y por fuera.

—Fue la mujer quien habló, volcando sobre ellos todo su odio:

—*Escapetar no us ha valito pa nanda. Os labestes bamboscado. Ara vederéis.*

A pesar de lo mal que hablaba, la amenaza estaba clara.

Ambos se acercaron con pasos pesados, como sendas sombras deformes salidas del baúl de las pesadillas. Los chicos se agruparon, apretándose unos contra otros. Mirtilla ladraba sin parar, dando la cara por delante de sus amigos. El polvo flotaba en el aire denso y hediondo.

Nikaia se acercó a Tommy.

—*Tambín recebirás tú, bicha enemunda* —la amenazó el granjero, levantando la horca.

Nikaia no hizo caso.

—Dame el cuchillo —dijo, dirigiéndose a Tommy.

—¿Qué quieres hacer?

—Tú dámelo.

—No puedes plantarles cara sola.

—Ya, pero no estaré sola... Llévate la colcha del mediodía. Es mi regalo para vosotros. Os será útil.

—¿Qué estás di...?

No acabó la frase.

Nikaia le arrancó el cuchillo de las manos y avanzó con decisión hacia sus padres adoptivos, que dudaron por un momento. Pero solo fue ese instante. Luego siguieron avanzando. Nikaia agarró el cuchillo e hizo algo imprevisto. Los chicos soltaron una exclamación de asombro al unísono, con los ojos desorbitados.

Nikaia se hizo sendos cortes en los brazos. Con la afilada punta del cuchillo, que se pasó de una mano a la otra, se laceró la piel, de la que empezaron a fluir unos riachuelos de sangre.

—*Wahnsinn!* —exclamó Gerico, asombrado.

Tommy se le quiso acercar, pero ella lo detuvo sin girarse siquiera.

—No, Tommy. ¡Quédate donde estás! —dijo, con un tono de voz sereno pero decidido.

Él se detuvo y miró a Klam, que asintió como si lo hubiera entendido todo.

—¿*Si ha tontado?* —gruñó el granjero Pot, evidentemente sorprendido.

Intercambió una mirada de desconcierto con su mujer. La parte final del plan de Nikaia quedó clara un segundo más tarde.

# 28

## Los tres ciclos de Pluvo

*E*l olor a sangre, repugnante para los hombres, era la mayor de las tentaciones para los sigbins. Aquellos animales vampiro eran capaces de lanzarse por un precipicio por una gota de plasma. Y la sangre humana era especialmente irresistible para ellos.

Emergieron de la oscuridad de los tarros con los ojos amarillentos desorbitados, caminando hacia atrás, como solían hacer.

No vieron siquiera a Gerico ni a Miriam. Klam retuvo a Mirtilla para que no interviniera. Los sigbins pasaron también junto a Tommy. Se dirigían hacia el cebo. Hacia la sangre que manaba de los brazos de Nikaia, brazos que ella misma tendía para que fluyera mejor el rojo torrente de sus venas.

En aquel momento, ya segura de haber atraído la atención de aquellas criaturas siempre hambrientas, echó a correr. No tardó mucho en llegar junto a sus padres adoptivos, que no podían creerse la trampa que les estaba tendiendo. Los sigbins cogieron velocidad y, a pesar de su extraña forma de andar hacia atrás, enseguida recortaron distancias.

La muchacha se lanzó contra el granjero y su esposa, y los tres cayeron al suelo. Los famélicos depredadores se cernieron sobre ellos con unos saltos y unos gritos animalescos. En unos instantes se creó una desoladora sinfonía del dolor. En el barullo ya no se distinguían los cuerpos. En el griterío no se reconocían las voces. Klam tomó la iniciativa y, aprovechando el caos del zipizape mortal creado por Nikaia, los espoleó a todos para que salieran de allí. Era su ocasión. Pero Tommy se quedó paralizado, incapaz de reaccionar.

—Si no te mueves enseguida, su sacrificio habrá sido en vano —dijo Klam, para convencerlo.

Tommy deseaba desesperadamente ayudar a la muchacha, pero ¿cómo iba a hacerlo? Los sigbins eran incontrolables y feroces, y estaban enloquecidos por el frenesí de la sangre. No habría tenido ni una posibilidad de salvarse. Ni una. Tenía razón Klam. Pero ¿cómo iba a dar media vuelta sin más y marcharse? ¿Y si...?

Fue Gerico quien se lo llevó de allí. Lo último que consiguió ver Tommy de Nikaia fue la mirada que le dirigía, y su enigmática sonrisa. Se había inmolado para salvarlos, para salvarlo a él. ¿O quizá para salvarse a sí misma de una existencia de humillación y dolor? Tommy sintió una ternura infinita por aquella muchacha guapísima, atrapada y condenada a morir entre aquella masa de criaturas apestosas.

Llegaron a la estacada y la superaron sin problemas, por fin. Y se adentraron en el bosque sin girarse a mirar atrás.

Miriam se abandonó a los aromas de la vegetación y al olor de la tierra que atravesaba las hojas secas del sotobosque y le llegaba hasta la nariz.

Gerico la tenía cogida de la mano y corría con ella. Sentía que ya no era el mismo, le parecía percibir el paso de la sangre enferma por las venas. Y, de vez en cuando, advertía un agujero negro en sus pensamientos, como un coche al que se le para el motor de pronto mientras está en marcha. Era su enfermedad, era el veneno de las podaderas, lo sabía, y tenía miedo. Un miedo que crecía en su interior, alargando sus tentáculos viscosos y pegajosos por su mente.

Tommy agarraba con fuerza la colcha del mediodía que Nikaia había tejido durante tanto tiempo en aquel enorme telar de madera junto a la cocina de la granja. Notaba en las yemas de los dedos su suave consistencia y el calor de aquel tejido especial. Las lágrimas afloraron, saladas, empañándole los ojos, pero con gran esfuerzo consiguió contenerlas y devolverlas al lugar del que habían salido.

Metió la colcha en la mochila para detener el torrente de recuerdos, pero no funcionó. Pensaba en la última sonrisa de

Nikaia. Y, sin saber por qué, la mente se le fue a Frida. Ahora habría querido abrazarla y apretarla fuerte contra su cuerpo.

Mientras los chicos se alejaban, los últimos sigbins que quedaban en los tarros encontraron el modo de huir y acabaron invadiendo toda la granja. Entraron en la casa y destruyeron todo lo que encontraron por el camino. Por último, se colaron en el sótano, donde habían quedado encerrados Folco y Euralia. Entre gritos desesperados y horribles ruidos, ellos también sucumbieron.

Arturo se había unido a Frida y a Asteras en la desesperada huida, más por el miedo a quedarse a solo que por su espíritu de grupo. Recorrieron un paseo flanqueado por árboles rígidos y grises como esculturas de piedra. El ruido de sus pasos sobre la grava quedaba amortiguado al atravesar la suave capa de niebla que lo invadía todo.

—¿Ahora adónde vamos? —dijo Frida, al llegar a una bifurcación.

La más clásica de las disyuntivas.

—Yo conozco el camino que lleva a la entrada del pueblo. Pero no os garantizo que esté despejado. —Arturo hablaba rápido, farfullando, con la mirada febril y dando saltitos de un pie al otro.

—¿Estás seguro de que lo conoces? —dijo Asteras, que no acababa de fiarse del joven ayudante.

—Claro que estoy seguro. El único problema es que tenemos que pasar por el mercado. Y no es un lugar tranquilo.

—Nosotros ya hemos estado —dijo Frida.

—No habéis tocado nada, ¿verdad? —respondió Arturo, con tono de alarma en la voz.

—No... Prácticamente nada. ¿Verdad, Asteras?

El joven vigilante asintió, aunque en su rostro había un imperceptible gesto de incertidumbre. Ambos sabían que había probado unas bayas de uno de los puestos.

—Eso no es realmente un mercado. Es más bien..., cómo lo diría..., una trampa.

LA TIERRA SIN RETORNO

Los chicos miraron a Arturo y arrugaron la frente, sorprendidos de aquella nueva amenaza.

—La comida está envenenada. No es mortal, pero, si pruebas algo, adquieres una especie de virus. Lo llaman Malgranda Timo.

Asteras sintió un nudo en el estómago. ¿La comida estaba contaminada?

—Malgranda Timo —repitió Frida con la boca seca.

—Empiezas a tener miedo. Un miedo sin motivo. Sin causa aparente. Sientes que se apodera de ti y no puedes hacer nada para dominarlo. —Arturo hablaba tan rápido que las palabras se pegaban unas con otras, empujándose, saliendo a borbotones, sin una pausa para coger aliento. Y costaba seguirle.

—No hemos tocado nada —dijo Asteras, muy seco. Y antes de que Frida pudiera reaccionar, indignada y preocupada, él la agarró con fuerza por un brazo—. Todo va bien, Frida. Todo va bien.

Ella lo miró con los ojos inquietos y se quedó escrutándolo un buen rato en busca de cualquier signo de debilidad en su rostro. No lo encontró. Finalmente, se rindió y asintió, aunque sentía un peso en el corazón.

—¿Vamos? —dijo Asteras con decisión, dirigiéndose a Arturo, que deglutió con tal fuerza que parecía un gato a punto de vomitar una bola de pelo.

Las calles no estaban en absoluto despejadas. El pueblo estaba infestado de qualuds, que escrutaban frenéticamente el alma humana con sus ojos. Eran como faroles capaces de iluminar las tinieblas del interior de la gente, haciendo aflorar los miedos más recónditos.

—Estamos atrapados —señaló con voz fría Asteras cuando se encontraron en una callejuela con los dos extremos atestados de aquellas criaturas espectrales.

—¡Por todos los demonios de Amalantrah! ¿Y ahora? No hay modo de esquivarlos —exclamó Arturo.

Asteras tomó la iniciativa y propuso plantarles cara:

—Intentemos pensar en algo alegre, o al menos que no nos asuste.

—¿Estás diciendo que tenemos que pasar por en medio? —preguntó Frida, que sintió que se le ponía la piel de gallina.

—No nos queda alternativa. Si no perciben nuestro miedo, no pueden hacernos nada, ¿no es eso? —dijo Asteras, buscando la confirmación de Arturo.

—Sí..., en teoría es así —balbució el joven—. Y sobre todo no hay que mirarlos a los ojos.

—Vale, pues voy yo primero —sentenció Frida.

Se sentía capaz de vencerlos; lo había hecho ya al salir de casa de Momus y era como si ya se hubiera enfrentado a ellos innumerables veces en los relatos de su madre.

Discutieron brevemente. Asteras intentó hacerle cambiar de idea. Arturo intervino solo para pedir que le dejaran ir tras Frida y no quedarse el último. Resultaba curioso que alguien tan pusilánime hubiera conseguido ser el único superviviente de entre los ayudantes de Aranne.

Frida cogió aire, llenando los pulmones todo lo que pudo. Su madre siempre le decía que para vencer el miedo hay que usar la imaginación: «El miedo está en el interior de tu cabeza, pequeña. Depende de tu voluntad. Eres tú quien decide si dejas que te gane la partida».

Eso solía decirle su madre cuando le hablaba de los qualuds. Había llegado el momento de demostrar que había aprendido la lección. Cerró los ojos. Se enfrentaría al «banco» de qualuds (porque le parecían una masa informe de medusas luminosas) sin dejarse atemorizar por su mirada.

«Si no los miro, no los temeré», pensó.

A su lado, tenía a Wizzy y a Mero que, con la gran sensibilidad que habían demostrado tener para entender las situaciones, no se dejaron llevar por el ansia y se quedaron pegados a Frida, guiándola.

El tiempo pasaba con la lentitud con que se desliza una gota de resina por la corteza de un árbol. Frida iba pasando junto a los espectros, que se iban haciendo a un lado, como si no quisieran que los tocara. Los qualuds posaron sus inquisidores ojos en ella. Aunque Frida no veía nada, sentía que estaba en el blanco de sus miradas. Pero no cedió al miedo. Se aferró a la imagen de su madre, al recuerdo de sus palabras, y se agarró a Mero y a Wizzy, convertidos en rieles que le indicaban el camino.

Atravesó la imponente nube de espectros y de niebla con la soltura con que un experto capitán de navío pasa a través de una tormenta que haría temblar a cualquier marinero.

Después fue el turno de Arturo. Y fue sorprendente.

Con una gran sonrisa —¡quién lo hubiera dicho!— se abrió paso entre aquellos cazadores de miedos, y pasó indemne hasta el otro lado. Era como un gran actor, capaz de transformarse en el momento de salir a escena. Hasta un segundo antes, temblaba como una hoja agitada por la brisa; sin embargo, en el momento en que puso pie en la abarrotada calle se convirtió en otro: sonrisa en los labios, paso seguro, pecho henchido, caminando con un gesto divertido, como quien va a una fiesta. Ninguna señal de que estuviera arriesgando la vida. Debía de haber ido adquiriendo práctica con los años, de eso no cabía duda.

Asteras fue el último en enfrentarse a los qualuds. Se lanzó entre ellos a gran velocidad, y parecía que él también pasaría indemne, pero entonces algo sucedió.

Se detuvo.

Inmóvil, a medio paso.

Frida abrió los ojos y la boca, estupefacta. Arturo ya había perdido todo el valor con que había superado la prueba y volvía a ser el blandengue de siempre: se agarró al brazo de ella y le susurró:

—Se ha asustado por algo. ¡Tiene mala pinta, muy mala!

—¡Cállate! —replicó Frida, angustiada.

Asteras parecía un soldado que ha pisado sin querer una mina y que no se atreve a levantar los pies para no saltar por los aires. ¿Ya se habrían dado cuenta de su miedo los qualuds? Estaban lo suficientemente cerca como para percibir la angustia creciente que lo atenazaba?

Frida se recompuso, se zafó del agarre de Arturo y se lanzó de nuevo a la jungla de qualuds para rescatar a su amigo.

—Asteras, ¿qué pasa? —dijo, sacudiéndolo del brazo.

—No puedo... Frida. Lo siento —respondió él, con los ojos cerrados. Estaba convencido de que, si los abría, los qualuds se darían cuenta.

—Escúchame bien. No puedes tener miedo de estos monigotes ridículos. ¿Los has visto bien? Míralos atentamente...

Asteras no conseguía despegar los párpados.

—No puedo...

—Eres un vigilante, Asteras. Has afrontado peligros de todo tipo. Nos has traído hasta aquí. ¿Y te asusta un puñado de caras de merluzo?

Lentamente, los ojos del muchacho se abrieron. Sus iris gris claro eran dos lunas tristes y magnéticas.

—Es por culpa de esas bayas... —reconoció, arrepentido.

—¿Quieres decir el virus del que hablaba Arturo?

Asintió, compungido.

—Lo siento, Fri.

A su alrededor, los qualuds iban estrechando el cerco. Un par de tizones empezaban a adoptar un color inquietante. La luz se iba calentando y estaba virando de azul a naranja.

—¿Puedes controlar el miedo, al menos un poco?

—No lo sé, me siento muy raro. Estoy a punto de caer al suelo... Me atraparán, Frida...

—¡Basta ya! —le gritó ella. Y lo hizo con tal fuerza que Asteras reaccionó. Al menos por un momento—. Está bien, tú cógeme de la mano. No tienes nada que temer: yo estoy contigo, tú cierra los ojos y déjate llevar. Piensa en algo bonito. ¡Usa la voluntad, Asteras, úsala!

—¡No puedo! —gimoteó él.

—Óyeme bien, no me importa qué has comido o si has pillado un virus. Desde luego, el Asteras que yo conozco no puede dejarse matar por un par de bayas. La Malgranda Timo o como diablos se llame ese virus no puede ganarle la partida al valor de un vigilante. Así que ahora... cógeme de la mano, cierra los ojos ¡y déjate llevar!

Asteras volvió a asentir. Respiró hondo para intentar controlar el miedo que lo atenazaba y cerró los ojos. Las manos le temblaban, pero entrecruzó sus dedos con los de Frida. No tenía que esforzarse para pensar en algo bonito. Toda la belleza que necesitaba la tenía al lado, y lo agarraba de la mano.

Esta vez, Frida tenía que mirar. Un ciego no puede guiar a otro ciego. Tenía que sacar fuerzas de flaqueza. Tenía que ser fuerte también por Asteras. En su interior sentía que los qualuds ya no le daban tanto miedo. Guio a su amigo y, pese a que no eran más que unos pasos, le pareció una empresa titánica. Él tenía los ojos cerrados y oponía una resistencia que a Frida le costaba vencer.

Salieron de la zona de peligro aún cogidos de la mano.

—Ha faltado poco, ¿eh? —dijo Arturo a su llegada—. Pero lo habéis hecho genial.

—No gracias a tu ayuda —puntualizó Asteras, ácido.

Llegaron a la plaza Orbicular, donde se elevaba un alto campanario. Era como un dedo que señalaba hacia el cielo, ahora vacío de cometas. El mercado estaba cerrado. Los pocos puestos que quedaban tenían la mercancía envuelta en voluminosos bultos de tela. De pronto, Frida sintió una gota en la mejilla.

El agua estaba extrañamente caliente.

—Llueve —comentó, observando otras gotas que caían pesadamente sobre el suelo. Era agua turbia.

—¿Llueve? —repitió Asteras, alarmado.

—Sí. ¿Por qué? ¿Qué tiene de raro?

Arturo y Asteras se miraron con preocupación.

—Los tres ciclos de Pluvo —murmuró Asteras con un temblor en la voz.

—Tenemos que encontrar un refugio. ¡Rápido! —reaccionó Arturo, angustiado.

—Pero ¿qué pasa?

—Tenemos que entrar en ese portal —dijo Arturo, indicando la entrada de la torre del campanario.

Frida le agarró de la muñeca.

—Dime qué está pasando.

Arturo estaba pálido y ya no decía nada; solo tiraba del brazo para zafarse. Fue Asteras quien habló:

—En Amalantrah no llueve nunca, salvo cuando llega el momento de Pluvo.

—No es bueno, desde luego no es bueno —decía Arturo, mecánicamente.

—Tengo miedo, Frida.

Al oír aquellas palabras, Frida se vino abajo: ¿en qué medida derivaba del virus aquel miedo y hasta qué punto se debía a la situación? ¿Cómo iba a gestionar aquello, ella que no sabía nada del misterioso Pluvo, si sus guías perdían la cabeza y resultaban tan poco fiables?

—Vamos, os lo ruego, no perdamos más tiempo. Yo... ¡Yo no me puedo mojar! —insistió, angustiado, el ayudante de Aranne, que echó a correr atravesando la plaza y el mercado.

Frida le pidió a gritos que esperara, pero él ya no la escuchaba.

—Tenemos que seguirle —dijo ella.

—Yo no puedo. —Asteras había cerrado otra vez los ojos y negaba con la cabeza, asustado.

—No te preocupes, nosotros estamos contigo —dijo Frida, refiriéndose también a los dos border de Petrademone.

—No puedo... —repitió él.

A Frida le recordó la caprichosa obstinación de un niño mimado, y eso le dio una idea.

—Bueno, pues yo me voy. Te quedarás aquí solo —dijo, confiando en ese truco tan usado con los niños para hacerles arrancar. Y cumplió su amenaza, alejándose, seguida por los perros.

—Espérame —dijo él, con el miedo en la voz.

Las gotas siguieron cayendo pesadamente sobre la plaza Orbicular mientras el grupito corría hacia el lado opuesto, donde les esperaba su objetivo: el campanario.

# 29

## Ara, el rey

*E*l aguacero la había tomado con los muros del penal, abofeteando los ladrillos. Había golpeado el suelo furiosamente durante un par de horas. Tras aplacarse su rabia, sobre la cárcel de Santa Tecla ya solo caía un repiqueteo de gotas lento, último capítulo de la tormenta menguante.

Moloso estaba tendido en su catre, con la mirada fija en el techo. Barnaba miraba el cielo, una plancha de metal sucio enmarcada por la ventana de barrotes en lo alto de la pared. Sus pensamientos se veían arrastrados y zarandeados por la marea de minutos, uno igual al otro. Su esposa, Cat, en aquella habitación gélida; sus sobrinas Frida y Miriam, en algún rincón de aquel bosque maldito; sus perros, muertos, heridos, perdidos o librando batallas inimaginables; Erlon, de nuevo vivo; la infame acusación de la que no sabía cómo defenderse y que le obligaba a sufrir un inmerecido castigo.

—Esta noche tú cuentas a Moloso la historia de tu rey.

La voz pétrea de su compañero de celda le devolvió a aquel espacio de dos metros por cuatro.

—Mi rey… —dijo Barnaba, apartando la vista del cielo frío y silencioso que lloraba sus últimas lágrimas.

Un olor a hierro penetraba en la celda, el de la lluvia contra el asfalto.

Moloso no lo miraba. Estaba inmóvil como una colina. A la espera. Daba la impresión de que no respirara siquiera.

—Ara siempre fue un perro especial.

Como cada noche, Barnaba se sentó en la desvencijada silla,

que tenía el respaldo lleno de garabatos de colores, obra de tantos reclusos que habían intentado así combatir el aburrimiento. Y como cada noche le contó a Moloso la historia de uno de sus perros. Le había prometido que esta vez le tocaría el turno al jefe de la manada. Ara. El rey. Y si alguien le prometía algo a Moloso, no podía echarse atrás.

—Ara es uno de esos perros que solo encuentras una vez en la vida. Ese al que no tienes que llamar nunca, porque sabe cuándo es el momento de hacerse notar junto a tu pierna. El que te escruta cuando no te das cuenta y es capaz de prever lo que vas a pedirle. El que puede sentarse contigo a contemplar un alba en un prado inmóvil…

—Moloso quiere saber los hechos.

Era la primera vez que el gigantón interrumpía a Barnaba durante su relato. Había un punto de impaciencia en su voz, que dejaba claro al narrador que no le interesaban las palabras bonitas ni las descripciones poéticas. Le importaban las anécdotas, las historias, los hechos. Era como el lector que se aburre leyendo las descripciones del paisaje y los análisis psicológicos y quiere llegar a la acción, a lo que sucede realmente.

—Sí, perdona, me he dejado llevar. Es que me cuesta decidir qué contarte para hacerte comprender lo especial que es Ara. Él tiene una cualidad que me resulta milagrosa.

—¿Cuál?

Aquella noche, Moloso estaba diferente, menos pasivo. Las otras veces se dejaba arrullar por la voz de Barnaba, sin decir nunca ni una sílaba. Escuchaba hasta el final, inmóvil, llenándose del relato de Barnaba como si fuera un recipiente. Y al final le ponía el tapón con un «buenas noches» y se dormía.

Aquella vez no. Participaba. Barnaba se quedó algo perplejo, pero prosiguió.

—Tiene como un reloj dentro. Conoce el tiempo, o al menos lo percibe de algún modo. No sé cómo lo hace, pero así es. Y además tiene un sensor interno para detectar el estado de ánimo de las personas.

—Un reloj-termómetro —dijo el gigantón.

Barnaba miró a Moloso, desconcertado: aquella observación tan aguda le había sorprendido. En la mirada distante y vítrea de su compañero, nunca había visto el mínimo rastro de inteligencia, pero quizá se hubiera equivocado. Aquel energúmeno tenía golpes escondidos.

—Sí, exacto. ¿Sabes que antes de retirarme a Petrademone a criar border collie era psicoterapeuta?

Moloso se giró hacia él y se le quedó mirando. Tenía las manos tras la nuca y los codos orientados hacia arriba, como dos fusiles listos para disparar. Barnaba casi se asustó.

—¿Curabas cerebros?

—Más o menos… Aunque no es del todo exacto.

—¿Y cómo sería exacto?

—Me gusta pensar que curaba las almas.

—¿Cómo?

—Bueno, no es fácil explicarlo… —Barnaba suspiró—. Hablando, escuchando, intentando deshacer esos pequeños nudos que hacen que no estemos bien.

—Pero esa es una historia de hombres, no de perros —le cortó Moloso.

Barnaba esbozó una tímida sonrisa. Sí, realmente, esa noche el gigantón estaba impaciente.

—Ara venía siempre conmigo a la consulta. Cada sesión duraba exactamente cincuenta minutos, pero yo no usaba despertadores, cronómetros ni relojes. Mi alarma era el perro. A los cincuenta minutos precisos, se levantaba y se iba a la puerta. Aquella era la señal inequívoca de que la sesión había acabado. Mis pacientes lo sabían y lo aceptaban.

—A Moloso le gusta ese rey de la manada.

—A mí también, créeme —respondió Barnaba con una mueca—. Y, además, como te decía, él comprendía a las personas como nunca vi que lo hiciera ningún otro perro. Cuando entraba un paciente, él sabía exactamente cómo se encontraba. Si estaba de mal humor, el border se ponía a su lado. Se tendía a unos centímetros de sus pies. Le hacía sentir su presencia, serena y poderosa. Y, casi siempre, al poco tiempo, la persona se calmaba. Si, en cambio, el paciente estaba tranquilo y de buen humor, Ara se situaba a mi lado. Me saludaba levantándose sobre las dos patas posteriores y lamiéndome el rostro y luego se acurrucaba bajo mi silla. Ese era el rey. No, ese es el rey.

ϒ

—¡Alto! —grito Klam levantando el brazo izquierdo.

Se puso de pie sobre la grupa de Mirtilla. Los chicos iban tras ellos, jadeando, agotados tras una larga carrera para poner la máxima distancia entre ellos y los horrores de la granja.

—¿Ahora qué pasa? —preguntó Tommy.

Klam no respondió. Miró el cielo, que era como un papel sucio, y meneó la cabeza. Luego bajó al suelo de un salto. Se acercó a un árbol blanco como los otros, pero tan retorcido que parecía un trozo de arcilla modelado por un ceramista sin talento. Acercó la boca a un agujero perfectamente circular; un momento después, acercó la oreja al mismo agujero. Luego volvió junto a los chicos.

—Tal como pensaba. El olor de la tierra no engaña —anunció el genius, que volvió a mirar hacia arriba—. Se acerca la caída del cielo.

Tommy frunció el ceño y le echó una mirada inquisitiva.

Gerico fue más directo:

—¿Qué estás diciendo, Klam? No nos hables como si tuviéramos que conocer todas las locuras de este sitio.

—Están a punto de empezar los tres ciclos de Pluvo. Lloverá ininterrumpidamente tres días y tres noches. La niebla desaparecerá y no podremos ir a ningún sitio. Aquí decimos que «el cielo cae».

—Pero, bueno, ¿qué tiene de especial? No es más que lluvia, ¿no?

Klam negó con la cabeza.

—No, aquí no llueve nunca, más que durante los tres ciclos de Pluvo. Y cuando sucede, los objetos inmóviles cobran vida. Los árboles se vuelven seres animados. Las hojas trepan y cubren a quien las pisa. El agua de Pluvo saca de lo más profundo de ciertos seres su naturaleza escondida.

—¿Quieres decir que las hojas se rebelan? —le interrumpió Gerico.

—Tú tienes un talento único para banalizar —sentenció Klam—. Solo quiero decir lo que he dicho: durante los tres ciclos de Pluvo, nadie se atreve a salir y caminar por los bosques de

Nevelhem. Y quien está en las ciudades o los pueblos se encierra en casa y espera.

—¿Como cuando hay huracanes? —insistió Gerico.

Klam le lanzó una mirada tan penetrante y furiosa que el gemelo se sintió como atravesado por una aguja candente.

Fue Mirtilla la que, olisqueando, encontró un refugio, una gruta con una abertura estrecha escondida tras las ramas blanquísimas de un imponente kapok. El enorme árbol parecía haberse licuado y luego solidificado, adoptando una forma que recordaba la cera fundida de las velas sobre una botella de cristal.

Cuando estuvieron todos dentro, Klam (acompañado de la border, como siempre) salió de la gruta en busca de provisiones, en vista del tiempo que tendrían que pasar sitiados por la lluvia.

—Ayudadme a cerrar la entrada con piedras —les dijo a los gemelos cuando volvió.

Gerico habría preferido quedarse descansando abrazado a Miriam, pero el deber le llamaba.

—¿No hay peligro de que también las piedras cobren vida? —preguntó Tommy, mientras iban amontonándolas, improvisando una barrera que debía protegerlos de la tormenta del otro mundo.

—Aguda observación, Tommy, pero la lluvia de Pluvo solo despierta a los seres vivos que normalmente están inmóviles.

Klam no añadió nada más y siguió dejando caer piedras pequeñas entre las de mayor tamaño que los gemelos iban amontonando en la entrada de la cueva. Un esfuerzo encomiable, dado que para su estatura eran rocas enormes, aunque objetivamente fueran poco más que guijarros.

Miriam estaba escuchando. El libro le estaba hablando. Ahora ya había entendido que el libro se ponía en contacto con ella cuando estaba sola, cuando se encontraban estancados o para avisarla de algo que estaba a punto de suceder. Así que tenía miedo. Si *El libro de las puertas* se despertaba, nunca era para darle buenas noticias.

ϒ

Durante la noche, la lluvia volvió a caer con violencia sobre el penal.

Barnaba dormía con un sueño agitado. El relato sobre su perro predilecto le había dejado con una angustiosa nostalgia dentro. Moloso roncaba, modulando el ruido cavernoso que producían su garganta y su nariz en una serie de sonidos que empezaban graves y lentos, para luego crecer de intensidad hasta convertirse en algo parecido al gruñido de un gran animal salvaje. A Barnaba le recordaban los sonidos que emitía el kreilgheist de Drogo.

Era poco más de medianoche cuando se presentaron ante la celda un guardia y una persona de aspecto curioso. Y no en un sentido positivo. Mejillas hundidas, melena sucia, un gran tatuaje tribal que empezaba en el pecho y le subía por el cuello hasta asomar por encima del mono de recluso, una mueca estampada en los labios, finos y curvados hacia abajo.

En las muñecas llevaba un par de esposas.

—Arriba, campeones —dijo el guardia, haciendo sonar la porra contra los barrotes de la celda.

Barnaba se despertó de golpe. La única reacción del gigantón, en cambio, fue que dejó de roncar.

—¡¡¡Arriba!!! —gritó el guardia.

Barnaba se puso en pie y se acercó a los barrotes. El guardia también tenía sueño y estaba tan malhumorado como él.

—Tenéis visita. A partir de hoy, este señor os ayudará a sentiros menos solos.

—Pero guardia… ¿Ha visto el tamaño de esta celda? No creo que sea oportuno…

—Malvezzi, ¿estás de broma? Ya se nos han acabado las *suites*. ¿Dónde crees que deberíamos alojar a este nuevo invitado? ¿Lo dejamos en el pasillo? —El guardia se rio de su propia ocurrencia y empezó a revolver las llaves para abrir la celda.

—Este aquí no entra.

La voz de Moloso, a espaldas de Barnaba, fue seca y definitiva. El guardia y el nuevo recluso dieron un paso atrás. La enorme mole del compañero de Barnaba se hizo evidente cuando salió de la penumbra y fue a situarse junto a él. Si tumbado imponía respeto, de pie era mucho peor. Era una secuoya. Una secuoya enfadada, además.

—Pero…, pero… Tengo órdenes… —balbució el guardia.

—He dicho que este aquí no entra —repitió Moloso con una calma inexorable.

—Veré qué puedo hacer —dijo el guardia, intentando mantener la compostura. El hombre del tatuaje le susurró algo al oído, y él se quedó pálido—. Es más, lo solucionaremos, seguro —añadió a toda prisa—. Os pido disculpas, encontraremos otra solución.

Moloso masculló algo y con paso pesado fue a situarse de nuevo en el catre, que soltó un gemido metálico.

—El cielo está cayendo —gruñó Moloso, sin apartar los ojos de los de Barnaba, al tiempo que alargaba el brazo para acariciar la misteriosa bolsa negra de piel que había bajo la litera.


Llegaban de todos lados, y muy pronto los rodearon. Aquel enjambre de ojos con sus tizones encendidos estrechaba el cerco en torno a Frida, Asteras, Arturo y los dos perros, en una especie de macabra procesión.

—Por todos los demonios de Amalantrah, ¿ahora qué hacemos? —exclamó Asteras.

Arturo miraba alrededor, observando la plaza con los ojos desorbitados. Los perros ladraban nerviosos, pero atentos a no acercarse demasiado a los demonios de las cometas.

Mientras tanto la lluvia de Pluvo iba haciéndose aún más densa.

—¡Está a punto de llegar! ¡Está a punto de llegar!

Las palabras de Arturo tenían la consistencia leve de un susurro. Frida apenas le oía, concentrada como estaba en no dejarse dominar por el miedo.

En un momento dado, el avance de los qualuds se detuvo, quizá por la lluvia. Se quedaron inmóviles, como signos de exclamación temblando en el aire líquido.

—Preparaos… —El tono de Arturo había cambiado.

Aquella palabra la dijo con una decisión que no era propia de él. Fue la última antes de la mutación.

—¿Qué le pasa? —preguntó Frida, señalando al fabricante de cometas, que se había separado unos metros de ellos, agazapándose, y se había puesto a temblar.

Asteras no respondió, presa de un terror indescriptible. Si la lluvia no hubiera frenado a los qualuds, sin duda habrían percibido su miedo.

Un momento más tarde se oyó un terrible grito animal procedente de la boca de Arturo. Asteras sintió un mareo que le revolvió el estómago y Frida se quedó paralizada por el asombro.

Bajo la lluvia, que caía ya con más fuerza, contemplaron una escena espeluznante. E increíble.

La piel de Arturo empezó a alisarse y a adoptar un tono gris brillante. El cráneo se le deformó hasta convertirse en el de un anfibio. Los ojos se le hincharon, convertidos en bulbos sin párpados. El hombre (o el ser en que se estaba convirtiendo) creció de manera vertiginosa hasta duplicar su altura, pero la espalda se le curvó, surcada por una especie de cresta ósea. Las piernas y las manos se le alargaron desproporcionadamente y entre los dedos, ahora gruesos y robustos, apareció una membrana elástica. Ante ellos, de pronto, tenían un terrible...

—¡Un krúcigo! —exclamó Asteras.

—¿Qué diablos está sucediendo, Asteras?

—Pluvo ha despertado en él su naturaleza animal oculta. Los krúcigos son híbridos, mitad hombres, mitad animales.

La enorme criatura que era antes Arturo abrió las fauces y emitió un sonoro graznido. La misma noche tembló.

—¿Qué hacemos? —dijo Frida, paralizada por el miedo.

El ser se giró hacia ellos. Del medroso ayudante de Aranne no quedaba ni rastro en aquella figura espantosa. Por un momento, Frida temió que la atacara. Pero el krúcigo se lanzó contra los qualuds, agrediéndolos sin piedad. Los reventaba, los barría con sus potentes brazos, los atrapaba con la boca como si fueran salmones remontando un río, para luego desgarrarlos con las manos.

Frida observó que les estaba abriendo un paso. Los perros fueron los primeros en lanzarse por el camino abierto. Frida cogió a Asteras de la muñeca y lo arrastró consigo. Él no opuso resistencia; parecía un monigote.

Con la lluvia granulosa cayendo a su alrededor, siguieron cruzando la plaza hasta llegar al campanario. Corrían intentando no desviarse de la trayectoria del krúcigo, que barría a sus enemigos como una segadora en un campo de trigo.

# 30

## Pisadas, ojos y oráculos

*E*n la gruta, el grupo se había resignado a la espera, pero el tiempo pasaba sin que pudieran medirlo. La lluvia se abatía sobre el bosque nebuloso con la violencia de diez temporales de verano. Era como si el cielo se estuviera vengando y descargara su rabia líquida sobre la tierra. Los truenos, rugidos de un león herido, se sucedían uno tras otro.

Luego la cueva se movió con un temblor. La tierra se agitó, como si fuera un animal sacudiéndose el pelo para quitarse los parásitos de encima. Instintivamente, Gerico y Tommy se abrazaron a Miriam. Klam se agarró al pelo leonado de Mirty.

—¡Nos caerá encima el techo! —exclamó Gerico.

Nadie osó abrir la boca, pero se llevaron los brazos a la cabeza para protegerse.

—Pero ¿qué ha sido eso? ¿Un terremoto? —le preguntó Tommy a Klam, que se había escondido bajo el vientre de Mirtilla.

—No, la furia de Pluvo —dijo, y sin terminar la frase se dirigió hacia la entrada para intentar descubrir el origen del temblor.

Las piedras que bloqueaban la abertura se habían movido un poco, pero la puerta improvisada había resistido. Fue entonces cuando el libro «decidió» hablarles. Vibraba, le enviaba sus voces a Miriam. Ella no perdió un momento. Acercó el espejo makyo a una página y las palabras aparecieron lentamente, sin un orden preciso, como peces muertos que salen a la superficie desde las profundidades de un agua envenenada.

Los gemelos miraban desde detrás del hombro de Miriam, en un silencio tenso. Klam se dio cuenta de que estaba sucediendo algo y fue a su lado.

Huellas en el fango, huellas secas,
cread una puerta, id con las percas;
volviendo atrás solo habrá desolación,
quedarse es aún peor solución.
No os demoréis, los huecos vendrán
y a sus mazmorras os arrastrarán.
Zarpad pues, arriba el semblante,
confiad en la corriente de aguas cambiantes.

—Pero ¿tanto le costaría decirnos claramente lo que tenemos que hacer? —protestó Gerico.

—¿Tú crees que *El libro de las puertas* es un manual de usuario? —le reprendió Klam, sin apartar los ojos de las palabras.

—Vamos por pasos. Analicemos palabra por palabra —propuso con calma Tommy—. Para empezar, la perca es un pez.

Habían apoyado el libro abierto sobre una roca e intentaban dilucidar el nuevo enigma agazapados sobre sus páginas.

—De agua dulce, si no me equivoco —escribió Miriam, que había recuperado su pizarrín y tenía la sensación de haber reencontrado un pedazo de su «voz».

—Sí, es un actinopterigio —precisó Tommy.

—Ah, ya entiendo. No es un manual, sino una enciclopedia de pesca —intervino Gerico, burlón. Todos lo fulminaron con la mirada—. Claro que para ser el que se está muriendo de melancolía, soy el único que conserva un mínimo sentido del humor, ¿eh?

Miriam le dio un empujón amistoso en el hombro.

—Quizás el libro habla de ti, Klam. Eres el único que puede crear una puerta.

Klam era un señor de las puertas, vinculado al sello de Mohn.

—Sí, pero yo no puedo crear una puerta así, de la nada. Necesito una señal, un pasema, un... —Se detuvo: había tenido una idea—. ¿Y si el libro nos estuviera dando una pista sobre dónde construir un paso?

—¿Dónde? No me parece que hable de señales —objetó Tommy.

—En las primeras líneas, quizá, cuando habla de la huella —escribió Miriam.

Klam la miró, pensando que la belleza de aquella muchacha iba mucho más allá: era el eco de cualidades más íntimas y menos visibles, intrínsecas. Era aguda, inteligente, capaz de percibir las mínimas frecuencias emotivas que irradiaban de los demás. Observó también que sus ojos verdes brillaban con una luz menos intensa, como si todas aquellas penurias y los días vividos en la granja hubieran empañado ligeramente su mirada.

—«Huellas en el fango, huellas secas.» —Klam repitió aquel verso de la adivinanza, pero, por mucho que le daba vueltas, no conseguía verlo más claro.

Un trueno más potente que los demás hizo vibrar las paredes de la gruta y provocó que se movieran las piedras amontonadas en la entrada, hasta el punto de que algunas cayeron rodando hasta el suelo. El ruido de la lluvia se insinuó en el interior de la cueva con un chapoteo de papel mojado.

—¿Qué sucede ahí fuera? —preguntó Gerico acercándose a la entrada de la gruta para reparar la barrera.

—Nadie que esté en su sano juicio podrá decírtelo, porque solo los locos son capaces de permanecer en el exterior cuando Pluvo ataca —respondió el hombrecillo con tono solemne.

—Si nadie en su sano juicio puede hacerlo, albergo bastantes esperanzas de que un día nos lo cuentes tú —dijo Tommy, dirigiéndose a su hermano con una sonrisa en los labios.

—Esa sí que es buena —añadió Klam con un gesto divertido, algo extraño en aquel hombre en miniatura.

—Veo que la clausura os sienta bien. Podríais incorporar un pequeño espectáculo cómico —respondió Gerico, algo molesto, y volvió a sentarse.

Miriam también los miraba sonriendo, pero luego dio unos golpecitos sobre el libro para imponer orden. No obstante, decidieron comer algo antes de seguir pensando en aquel rompecabezas. De todos modos, no podrían salir de la cueva en mucho tiempo.

—Se piensa mejor con el estómago lleno —dijo Klam, y todos estuvieron de acuerdo.

Encendieron una pequeña hoguera y asaron unas setas de nombre extraño: Klam las llamó «hasperatos». Las había recogido antes de entrar en la cueva. Eran grandes y carnosas, y desprendían un olor a pollo a la plancha.

—Son buenas, pero id con cuidado, pues son muy picantes —les advirtió Klam.

—A mí me encanta la guindilla —respondió Gerico, convencido.

—Sí, pero espera, esto es especialmente fuerte, y...

El genius no tuvo tiempo de completar la frase: Gerico ya había dado un bocado al suculento hongo oloroso. Eso bastó para incendiarle la boca. Gerico se puso a correr con la boca abierta en torno al fuego, agitando las manos con fuerza como si así pudiera librarse del ardor que sentía en el paladar. Era como si estuviera interpretando una ridícula danza tribal. Klam esta vez sonrió con ganas y se puso a comer sus hasperatos sin hacer ni una mueca.

—¿Dónde diablos están los extintores? —gritó Gerico, desesperado.

—Tómate esto. —Klam sacó de un trozo de tela una pequeña flor amarilla que parecía de papel.

Miriam y Tommy observaban la escena divertidos, y al mismo tiempo miraban con preocupación los trozos de hasperatos que tenían en las manos.

—¡¡Gracias, muy romántico, pero quiero agua!! ¿De qué me sirve una flor? —masculló Gerico, que sentía la lengua tan hinchada que era como tener un sapo en la boca.

—Si me hubieras dejado acabar... Estaba diciendo, antes de tu acto heroico, que los hasperatos solo se pueden comer acompañados de elicrisos. —Levantó las flores entre sus pequeños dedos, haciendo que en proporción parecieran enormes—. Mira, se hace así.

Cortó un trozo de hasperato y, al mismo tiempo, le dio un mordisco a los pétalos amarillos. Luego lo masticó todo tan tranquilo. Les dio elicrisos también a Miriam y a Tommy que, no muy convencidos, los combinaron con las setas asadas. El resultado fue increíblemente delicioso. El potencial incendiario de los hasperatos quedaba mitigado por aquellos pétalos crujientes y la combinación de sabores era una caricia para el paladar. También

Gerico, que aún tenía los ojos llenos de lágrimas de la quemazón, se recuperó dando unos bocados a las flores.

Mirtilla estaba inquieta y se movía nerviosa por la gruta. Parecía un león enjaulado. Los truenos y el incesante ruido del diluvio la tenían muy agitada. Se acercó a las piedras que cerraban la cueva y se dio cuenta de que por las fisuras entre las rocas penetraba un reguero de agua. Reaccionó con un ladrido nervioso.

—Ven aquí, Mirty —la llamó Klam—. No es más que un poco de agua.

Mirtilla no estaba convencida. Se acercó de nuevo a las piedras y acabó con las patas anteriores en el charco que se había formado. Se echó atrás de inmediato, crispada. Emitió un último ladrido y volvió hacia el grupito que seguía reunido en torno al fuego, reclamando caricias.

De pronto, Gerico se puso en pie con los ojos desorbitados.

—¿Qué pasa, Ge? ¿Tú también quieres ir a ladrarles a las piedras? —bromeó Tommy.

Gerico no hizo caso de la broma de su hermano. Tenía la mirada fija en el suelo, por donde había pasado la border.

—Mirad —dijo, señalando las huellas que habían dejado las almohadillas mojadas de la perra en el suelo.

Klam y Tommy miraron, sin comprender.

Miriam, en cambio, lo pilló al vuelo. Cogió su pizarrín y escribió en letras mayúsculas: «LAS HUELLAS».

—«Huellas en el fango, huellas secas», el primer verso de la adivinanza —dijo Klam, y esta vez se le encendió la bombilla—. Tenemos que buscar una señal…, una huella seca. Una huella que se haya secado en el fango o algo parecido —proclamó, con el tono del investigador que ha descubierto la pista decisiva.

Asteras, Frida y los dos perros habían conseguido entrar en el campanario y habían cerrado tras de sí la enorme puerta de madera, poniendo una barrera entre ellos y el caos sembrado por Arturo, el krúcigo, que seguía allí fuera luchando, entre la horda de qualuds.

En la torre del campanario no había ventanas ni troneras abiertas al exterior. Al menos, no en el espacio al que habían llegado. La oscuridad era compacta y opresiva. Frida sacó su fiel linterna de carga manual y la usaron para explorar el lugar. Aquello estaba abandonado, como si nadie se hubiera ocupado de él desde tiempos inmemoriales. El único mobiliario eran una serie de bancos y otras estructuras de madera ya podrida cuya forma original resultaba difícil de intuir. Y el desolador panorama se completaba con cascotes y polvo que cubrían todas las superficies.

—No me digas que tenemos que pasar tres días aquí dentro —dijo Frida, estremeciéndose solo de pensarlo.

—Desde luego no podemos enfrentarnos a la furia de Pluvo. Yo diría que más vale que nos pongamos lo más cómodos posible y que intentemos buscarle el lado bueno —respondió Asteras.

El suelo ajedrezado del vestíbulo al que habían entrado creaba un efecto mareante. Algo intimidaba a los dos border, que no se decidían a adentrarse más allá. Asteras y Frida intentaron convencerlos, pero nadie, salvo Barnaba, podía obligar a los perros de Petrademone a hacer algo en contra de su voluntad. Si se obstinaban en algo, no había modo de hacerles cambiar de opinión.

—No pasa nada; montarán guardia aquí abajo. Así, si entrara alguien, se encontraría una buena sorpresa —dijo Asteras, resignado. Y luego, dirigiéndose a los perros con un tono más alegre, añadió—: ¿No es verdad que queréis quedaros aquí para protegernos?

Con sus gestos, los dos border le hicieron entender que lo harían con gusto.

Para subir al campanario, Asteras y Frida tuvieron que ir con mucho cuidado. Las escaleras estaban sembradas de peligros: agujeros escondidos, tablones que se movían, clavos afilados que salían por todas partes...

No habían decidido específicamente subir hasta las campanas, pero parecía la única elección posible si querían ver el paisaje. Sobre todo les impulsaba la curiosidad, y la esperanza de encontrar un lugar lo suficientemente seguro donde descansar.

Frida tuvo que dar ánimo a Asteras más de una vez para que siguiera subiendo. El virus seguía circulando por su cuerpo, y lo había convertido en una sombra temblorosa del valiente vigilante que había admirado desde el primer momento. Esperaba que el efecto del envenenamiento durara poco, porque con él en aquellas condiciones las esperanzas de salir de allí con vida disminuían tremendamente.

Mientras tanto, la tormenta azotaba las paredes del campanario. Y, por encima de sus cabezas, resonaba un aullido de animal herido y rabioso.

—¿Has oído? —dijo Asteras, aterrado.

Frida asintió.

—¿Qué es eso? —insistió él.

—Viento, no es más que el viento —respondió Frida, que debía mostrar valor y confianza por los dos.

—No, no es solo el viento. Y aunque lo fuera, no sería buena señal. Aquí dentro corremos peligro. Si hay un acceso por el que entra el viento, también puede colarse alguna otra cosa.

—Es el efecto de esas bayas contaminadas lo que te hace hablar así —dijo Frida, que esperaba que así fuera, aunque el razonamiento de su amigo tenía su lógica.

Tras unos tramos de escaleras más, se encontraron, inesperadamente, frente a un estrecho pasillo. Frida pasó el haz de luz de su linterna por aquel espacio para hacerse una idea, y vio un marco sin puerta.

—¿Qué pinta una habitación en un campanario? —dijo, casi para sus adentros.

Asteras negó con la cabeza.

—Mala señal. Malísima.

—¿Quieres dejar de asustarme?

—Perdona, es que tengo un terrible presagio.

—Pues quédate aquí. Iré a ver.

—No me dejes solo —le dijo, agarrándose de su brazo con un gesto infantil.

—Tú quédate aquí y no te preocupes —respondió ella, cortante, y se puso en marcha.

Asteras tuvo que desistir al ver a su amiga tan resuelta. La soltó.

—¡Frida! —susurró, cuando ella desapareció tras el umbral.

Pasó un momento, no obtuvo respuesta y sintió una tensión en el estómago que le dejó sin respiración.

Al cabo de un rato, Frida apareció entre las jambas de la puerta y le indicó con un gesto que la siguiera.

—Aquí se respira un ambiente maligno —dijo, tembloroso, mientras se acercaba.

—Maligno no sé, pero desde luego lo que se respira es mal gusto —le respondió ella para rebajar la tensión.

Lo agarró de la muñeca y tiró de él con fuerza.

La habitación, con las paredes cubiertas de papel de flores roto en varios puntos, contenía únicamente un sofá anticuado. Allí dentro el ruido del diluvio llegaba amortiguado. Frida se sentó: estaba cansada. Más aún, exhausta. Quizá no se hubiera sentido nunca tan cansada como en aquel momento.

—Venga, ven y túmbate a mi lado. Desde luego, no es incómodo —dijo, dando unas palmaditas a los cojines, que soltaron una nube de polvo.

—Tendríamos que registrar toda la torre para saber si hay pasadizos u otros peligros. No podemos esperar a que pase algo. Tenemos que estar preparados.

—Estoy cansada, Asteras.

El joven vigilante no respondió. Dio unos pasos por la habitación, examinando el espacio como si tuviera un radar en los ojos, listo para señalar el mínimo peligro.

—Y tú también necesitas descansar —insistió Frida.

Asteras cedió y fue a sentarse a su lado.

—¿Qué le pasará a Arturo? —preguntó ella.

—No lo sé —respondió Asteras, encogiéndose de hombros—, pero los krúcigos son unas bestias muy poderosas.


Se situaron lo mejor que pudieron, compartiendo el sofá en la clásica posición cabeza-pies. A los pocos segundos, Asteras se quedó dormido.

Frida, como siempre, tardó un poco más en dejarse mecer por el sueño. La aventura con los qualuds, el envenenamiento de Asteras, la metamorfosis de Arturo y los peligros que habían corrido toda la noche la habían ayudado a no pensar en el dolor que le había provocado perder la caja de los recuerdos, pero ahora que se relajaba y que la razón volvía a tomar el mando de sus acciones, sintió de nuevo aquella pena. En aquel cofrecito, estaba el intento por unir los fragmentos de su pasado, que había explotado en mil pedazos un día de lluvia de noviembre. Era el único antídoto que conocía contra la acción destructora de la muerte: el recuerdo.

Desprovista de aquellos fragmentos de memoria que con tanta meticulosidad había ido recuperando, sentía que había perdido a su padre y a su madre por segunda vez.

La lluvia era un suplicio para Frida. Le recordaba aquel día maldito. El del accidente que la había dejado huérfana. Aunque lentamente había ido volviendo a la vida desde el momento en que había atravesado la puerta de Petrademone, la ausencia de sus padres era un ruido de fondo que en ocasiones, como aquella, se imponía a todo lo demás. Insoportable.

Se levantó del sofá y sacó de la mochila el cuaderno que llevaba consigo. Se sentó y, con la luz de la linterna enfocada sobre el papel, se puso a escribir otra vez.

No olvides la lluvia. Sus últimas sonrisas. No olvides los hoyuelos en las comisuras de la boca de mamá, aquella mañana. No olvides la mano de papá que te despeina mientras sale por última vez por la puerta de casa, diciendo: «Eres la misma perezosa de siempre». No olvides los labios tibios de mamá, que te planta su último beso en las mejillas y te mira con aquellos ojos grandes como si quisiera llevarse tu rostro consigo para siempre. No olvides la lluvia que cae sobre ellos mientras entran en el coche y tú los observas desde detrás de la ventana, arrepintiéndote, un segundo después, de ver cómo se alejan, de no estar con ellos en aquel maldito maldito maldito coche.

Releyó lo que había escrito. Sostuvo la nota entre los dedos. No era lo mismo sin su caja. Se había roto la magia. Era como la ficha de un puzle sin las piezas de alrededor con que encajarlas.

Rompió el trozo de papel en mil pedazos y los dejó caer en el suelo polvoriento. Sintió que la invadía una tristeza fangosa que amenazaba con ahogarla. Lo que le devolvió el ánimo fue el colgante de la madre, con la inscripción PARA SIEMPRE. Cerró los ojos. Le bastaba tocarlo para sentirse de pronto más liviana. Segura dentro de su propia cabeza. Y allí, en algún lugar de su mente, se formó la imagen de Erlon. Lo echaba de menos. Deseaba verlo. Ahora más que nunca. Lo deseaba tanto que tuvo la sensación de que le lamía la punta de la nariz.

Pero no era una sensación imaginaria.

¡Frida abrió los ojos y Erlon estaba allí realmente!

Sintió que se le aceleraba el corazón. Allí delante tenía a su perro. O, más bien, el perro de su madre. El perro-espectro, el ángel de la guardia.

El border blanco y negro estaba sentado delante de ella, jadeando, con aquel gesto inteligente y ese modo de arrugar el morro que lo hacía especial. Frida lo llamó por su nombre y él respondió apoyándole una pata en el muslo. Ella lo cubrió de caricias.

—No hagas ruido, no lo despiertes... —dijo Frida, sonriendo e indicando a Asteras. Erlon bajó la cabeza—. ¿Por qué estás aquí? ¿Qué quieres decirme?

El perro se puso en pie sobre las patas posteriores y apoyó las anteriores en los hombros de Frida. Tenía el morro a la altura de su cara. Era como si quisiera decirle algo. Frida se lo quedó mirando. Erlon no era solo un animal prodigioso, que había vuelto a la vida desde algún lugar misterioso. Era pura ternura, y lo demostraba sin necesidad de abrir la boca.

Sin embargo, tuvo que contener un grito de estupor cuando vio que se formaban imágenes en las pupilas dilatadas del perro. En sus ojos de animal bueno, ojos que le recordaban a un lago profundo, Frida veía como si mirara en una bola de cristal. Y lo que surgió de la profundidad de aquellos ojos le hizo bien y le dolió al mismo tiempo.

# 31

## Donde no hay estrellas

*E*n el zigurat de Obsidiana resonó el grito furibundo de Astrid.

—¡No es posible que sigan todos vivos! —aulló la bruja, rabiosa.

A su alrededor, sentados en las altas butacas dispuestas en semicírculo, estaban los elegidos, una decena. Ella acababa de volver de una de las visiones formadas a través de los ojos de los pululantes.

—Astrid, esos niños no tienen ninguna importancia. No interferirán en nuestro plan. La Cisterna se está llenando a ritmo regular, pese a algún obstáculo ocasional —observó uno de ellos.

Los rostros de aquellos individuos demoniacos se hundían en la sombra de la capucha que les cubría la cabeza.

Astrid se giró hacia uno de ellos con un movimiento digno de una serpiente de cascabel.

—¿Pese a algún obstáculo ocasional? —repitió sarcástica—. Yo no admito obstáculos. Si os he dicho que hay que detener a esos chicos, es porque sé que pueden representar un problema más serio —gritó con tal vehemencia que hasta las paredes del edificio temblaron.

—Cuando pasen los tres ciclos de Pluvo, mandaremos nuevas guarniciones de huecos —respondió otro.

—¡No basta! —rugió Astrid, dirigiéndose a la ventana y haciendo resonar sus tacones sobre el suelo negro y brillante de la Sala de los Elegidos.

En el mismo centro de la obsidiana oscura brillaba el oro purísimo de un gran símbolo: el sello de los urdes.

Una vez junto a la ventana, tal como era costumbre en ella, llevó la mirada más allá de las fosas de los perros, hasta la Caverna del Fin de los Tiempos. Sus fuertes migrañas se atenuaban cuando pensaba en su señor, encerrado ahí dentro, y en el día en que saldría para devorarlo todo. El día en que este mundo y el otro se someterían a la voluntad del Devorador y de los urdes.

Se dirigió de nuevo al consejo de los elegidos, suavizando por un momento el tono, pero no el vocabulario:

—Tenemos que ser despiadados. No podemos pasar por alto ningún obstáculo, por pequeño o grande que sea. En nombre de Shulu, hemos de eliminar el amor de cada rincón de los cuatro reinos y entregarnos a nuestro señor. Él no descansará hasta que haya exterminado a cualquiera que se oponga al dominio de los urdes. Yo misma iré a buscar a mi hija. No tiene la mínima idea de los poderes que tiene. Debemos traerla aquí para que se una a nuestra causa.

—¿Y cómo piensas hacerlo? —le dijo otro elegido.

Astrid se giró lentamente hacia él y se lo quedó mirando. El encapuchado, incómodo, se encogió imperceptiblemente en su butaca.

—¿Soy o no soy su madre? —respondió ella por fin.

Nunca nadie había pronunciado la palabra «madre» con un tono que traicionara hasta tal punto su noble significado.


—¿Me has mandado llamar, Astrid?

La terraza acababa en un precipicio vertical. Desde allí se veía dormir a Hundo, e incluso a aquella distancia el enorme perro era impresionante. La bestia monstruosa respiraba lentamente, y el fuelle de sus pulmones reflejaba un sueño profundo cargado de malos presagios.

—Sí, Señor de las Pesadillas, necesito que me ayudes —respondió Astrid.

La Seca, como la llamaban Frida y Barnaba en tiempos de su incómoda estancia en Petrademone, estaba de pie contra la balaustrada que daba al desfiladero. Sus huesudas manos apretaban el borde de la barandilla. Tras ella esperaba el temible Kosmar, el que robaba las almas de los niños para atraparlas en el interior de los espejos.

—¿Cómo puedo ayudarte? —dijo, con una voz que se deslizaba por entre sus labios como una bola de hierro sobre una hoja de cristal.

—Tienes que detener a la niña.

Kosmar permaneció impasible durante un buen rato. No tenía prisa, en él todo era mesurado, como la ola que se retira despacio después de romper en la costa.

—¿La vigilante? —preguntó por fin—. ¿La que ha atravesado la puerta de Petrademone?

—La que me ha hecho esto —respondió, girándose: el parche que le tapaba la cuenca del ojo perdido no dejaba lugar a dudas.

—No es una simple vigilante, ¿verdad?

—No, esa maldita mocosa tiene la voluntad de los primeros vigilantes.

—Interesante —dijo, haciendo sibilar la «s» de un modo siniestro.

El rostro de Kosmar era más blanco que un glaciar, y sus labios parecían los bordes de una herida ya exangüe.

—Tienes que ocuparte de ella.

—Lo haré.

—Pero no la infravalores. Yo ya lo he hecho una vez y he pagado las consecuencias —recalcó Astrid, llevándose la mano al parche.

Otra pausa. La marea que se retira.

—Imagino que la llegada de los tres ciclos de Pluvo tendrán algo que ver con ella.

—Sí, debe de haber provocado la lluvia, a lo mejor sin darse cuenta siquiera. Solo un despliegue de voluntad especialmente intenso puede hacer que caiga el cielo. Solo un primer vigilante puede invocar la fuerza del agua.

—¿Tiene ese poder?

—Sí, pero dudo que sepa controlarlo o que sea consciente de él. Nuestros qualuds la tenían rodeada. El plan parecía perfecto, pero esa niña cuenta con una tenacidad insólita. También el enjuto ha fallado varias veces ya. Pensaba que conduciéndola al pueblo habríamos podido detenerla de una vez por todas.

—Hace mucho que no voy a ver los alarogallos —dijo Kosmar, y una sonrisa en forma de hoja cortante brilló bajo la capucha.

—Pues ya va siendo hora de que lo hagas, ¿no? —respondió Astrid con complicidad.


¿Qué estaba viendo Frida en los ojos milagrosos de Erlon, en el campanario del pueblo?

Veía algo lejano e inaccesible.

En la oscura celda de una cárcel estaba su tío Barnaba, sentado en una litera. La luz de la luna entre las nubes dibujaba en su rostro un voluble juego de claroscuros.

Barnaba miraba las estrellas a través de un ventanuco con barrotes. Al escrutar su rostro, Frida solo encontró tristeza y desesperación. Aquel no era el tío fuerte como un castillo que en Petrademone le había servido de escudo contra el dolor. ¿Y por qué estaba allí dentro, en aquella mísera celda?

En cualquier caso, le hizo ilusión volver a verle, y Frida sintió el calor de una pequeña llama de esperanza en el interior de su pecho, aunque al mismo tiempo la imagen le helaba el corazón: su tío parecía tan perdido... Sin sus perros, sin su esposa, sin su Petrademone, rodeado de aquellas tinieblas, Barnaba parecía aplastado por el peso de la soledad. ¿Qué le había sucedido? La visión no daba explicaciones; era una mera imagen, que después giró sobre sí misma hasta desaparecer en la pupila del perro. Se disolvió y se transformó en otra escena. Frida sentía la respiración de Erlon en el rostro. Un aliento frío y penetrante.

«Erlon está muerto. Esto no es más que un espectro», tuvo que recordarse a sí misma.

La nueva visión mostraba a sus amigos. Sus compañeros de aventura. Tommy, Gerico y Miriam, y con ellos el pequeño Klam. Echaba de menos incluso a aquel hombrecillo esnob y ácido, pero que, en el fondo, tenía un buen corazón. Con ellos estaba solo Mirtilla. No conseguía ver a Marian.

«¿Dónde está Marian? Te lo ruego, Erlon, muéstrame a Marian.»

Frida no hablaba, no podía. Sus labios estaban sellados. Un negro presentimiento se abrió paso. Marian, tan dulce y lista...

«Es una Petrademone, no puede haberle pasado nada grave», se decía. Pero también lo era Merlino. Y Niobe. Y aun así uno había muerto y la otra había resultado gravemente herida.

Ahuyentó esos pensamientos y se concentró en la visión. Los chicos se movían arriba y abajo con la actitud de quien busca algo. Después la imagen se centró en Miriam. Frida habría querido abrazarla, darle todo su cariño, recibir el consuelo que solo ella podía darle.

Por un momento tuvo la impresión de que Miriam le devolvía la mirada. Como si se diera cuenta de que la estaba «espiando» y hubiera contemplado la cara de quien la observaba desde la oscuridad. Pero fue solo un momento, porque Miriam apartó la mirada y volvió a lo que estaba haciendo, que era meter de nuevo *El libro de las puertas* en la mochila e ir al lado de Gerico, junto a las rocas.

«¿Qué estáis haciendo? ¿Dónde está esa gruta? ¿Ya habéis curado a Ge?» Preguntas que no llegaron a sus labios.

Era estupendo volver a ver a Tommy. Frida sintió que el corazón se le aceleraba cuando apareció enfocado en los ojos de Erlon. Tenía en el rostro la misma expresión curiosa, inteligente y luminosa de siempre. La expresión de quien no tiene miedo de tomar decisiones. Tommy los estaría guiando, Frida estaba segura. El muchacho los reunió en torno a algo que había visto en la roca. No conseguía ver qué era. Klam estaba incluso aplaudiendo. ¿De verdad?

Antes de que pudiera resolver el misterio de aquella imagen, la visión cambió otra vez. Ante sus ojos, la gruta se diluyó en mil gotitas y dio paso a otro escenario: un desierto.

En la pupila negrísima de Erlon se abría una extensión inmensa de arena, sin límites. Y a lo lejos había algo que iba avanzando. El puntito se convirtió en una nube de polvo. Y por fin en la nube aparecieron unas figuras corriendo a toda velocidad. Perros. Muchísimos. A la cabeza iba un border collie de porte orgulloso.

Frida supo inmediatamente quién era aquel líder de cuatro patas: Ara de Petrademone.

Tras él venía otro perro de la misma raza, pero de manto gris, y luego un pequeñajo que no tenía pinta de guerrero…, un jack russell... ¡Pipirit! No lo había visto nunca, pero estaba segura de que era él. No tenía ninguna duda. ¡Pipirit estaba vivo! Y estaba con Ara. Tenía que decírselo a los gemelos. Sus amigos no habían atravesado la puerta en vano. Sintió que se le aceleraba el pulso de la alegría.

Klam aplaudía de felicidad. Habían encontrado la huella.

—«Huellas en el fango, huellas secas.»

Era una huella fangosa de perro que el tiempo había solidificado contra la pared rocosa de la gruta. Vista ahora, parecía una pequeña obra de arte primitivo. Una especie de burdo bajorrelieve. Los chicos y el hombrecillo se situaron en torno al hallazgo, excitados como si hubieran descubierto una pepita de oro. Miriam era la única que parecía intranquila. Unos minutos antes, justo en el momento en que estaba metiendo de nuevo el libro en la bolsa para ir junto a sus amigos, se había sentido observada. O, mejor dicho, «espiada». Como si las sombras tuvieran ojos. Pero no les había dicho nada a los demás. No quería añadir más intranquilidad al miedo que ya todos sentían.

—¿Y ahora? ¿Qué hacemos? —preguntó Gerico.

—El libro dice: «Cread una puerta, id con las percas» —leyó Tommy.

—Quizá signifique que no serviría de nada excavar un túnel aquí abajo...

—Debes crear una puerta —escribió Miriam.

—Sí, y nos encontraremos en la pescadería —dijo Gerico, riéndose de su propia broma.

Los demás se lo quedaron mirando para hacerle sentir incómodo, pero como toda respuesta el chico alzó la mirada al cielo.

—Para crear una puerta necesito encontrar un signo. Quizá bajo la huella haya un pasema.

Tommy no se hizo de rogar y empezó a desmenuzar con las manos la huella seca.

—¡Ahí está! —exclamó Klam.

—¿Dónde? Yo no veo nada —dijo Tommy, aunque también Gerico y Miriam parecían confusos.

—Solo los portadores del sello de Mohn pueden hacerlo. Yo, en vuestro lugar, me lo apuntaría en algún sitio. Así la próxima vez me evito tener que repetíroslo.

Un momento más tarde, se obró el prodigio. Donde antes había una huella seca y una pared de roca desnuda, se abría ahora un paso. Una puerta de bordes luminosos. Los chicos miraban estupefactos. No acababan de acostumbrarse a las maravillas surrealistas de aquel nuevo mundo.

—¿Entonces? ¿Pasamos? —preguntó Tommy.

—Al otro lado puede haber cualquier cosa —dijo Klam.

—Muy reconfortante —respondió Gerico.

—El libro habla claro… —añadió el hombrecillo.

—¿Claro? Estás de broma, ¿no? —le interrumpió Gerico.

Klam le echó una de sus miradas fulminantes.

—Quiero decir que el libro nos ha avisado. —Y leyó—: «Quedarse es aún peor solución. No os demoréis, los huecos vendrán y a sus mazmorras os arrastrarán».

—Klam tiene razón. Tenemos que irnos; no podemos quedarnos aquí —escribió Miriam a toda prisa.

—Más vale perca en mano que hueco volando —sentenció Gerico.

—Que sepas que tu salud mental me tiene gravemente preocupado —replicó Tommy.

—Sí, me temo que la bilis negra te ha afectado el cerebro —apuntó Klam, alineándose con Tommy contra su gemelo.


Cuando atravesaron la puerta, se encontraron en otra gruta. Más pequeña y con penetrante olor a humedad.

—¿Qué sitio es este? —preguntó Tommy.

—No tengo ni idea —respondió Klam—. Amalantrah tiene un suelo y un subsuelo. Y en el subsuelo hay miles de cavernas, todas unidas entre sí. Un reino subterráneo e insidioso.

—¿Oís ese ruido? —escribió Miriam, que golpeó en el pizarrín para atraer la atención de los demás.

—Sí, parece… —dijo Gerico.

—Una corriente de agua —concluyó Klam.

Se acercaron a la pared de roca que tenían delante y observaron una fisura lo suficientemente grande como para pasar por dentro, aunque no sin esfuerzo. Se quedaron en silencio para concentrarse en los sonidos procedentes del otro lado.

—Sí, un río o un torrente —precisó Klam.

—No, nada de torrente… Es un río, y bien grande. —Ahora Gerico parecía serio. Los otros se lo quedaron mirando, atónitos. Era raro oírle decir algo que no fuera una payasada o una provocación—. «Id con las percas», dice el libro. La perca es un pez depredador que vive solo en lagos o en ríos grandes. Y os diré algo más: las aguas de este río no son frías. La perca no lo aguantaría.

—Estoy impresionado —reconoció Klam—. Aunque no podemos estar seguros de que las conjeturas basadas en tu mundo se puedan aplicar aquí.

—¿Vamos a verlo? —La propuesta de Tommy quedó flotando en el aire, sin que nadie la secundara—. ¿Qué os pasa? No podemos quedarnos aquí. Hasta el libro lo dice.

—Vamos. Pero debemos estar preparados para cualquier cosa…

# 32

## *Innumera*

*D*e repente, las imágenes se hundieron en el océano tenebroso de las pupilas de Erlon. Frida sintió que le faltaba el aire, como si hubiera despertado de golpe de un sueño. Abrió la boca y aspiró sonoramente. Miró a su alrededor, confusa.

En aquella habitación, la luz era tan pálida que apenas conseguía abrirse paso en la oscuridad. Erlon se había tumbado en el suelo y apoyaba el morro sobre las patas, poniéndose en esa postura de corderito indefenso que tan bien saben adoptar los perros.

Mientras tanto Asteras dormía, impasible y con expresión ausente. Frida tenía la desagradable sensación de tener delante a un muerto, más que a alguien dormido. Al pensarlo, se asustó, pero era una sensación tan fuerte que no conseguía quitársela de la cabeza. El rostro del muchacho no reflejaba la paz del sueño, sino el frío gesto de quien ha perdido la vida. ¿Tan fuerte sería el efecto del virus?

Tras asegurarse de que su amigo respiraba, se levantó del sofá. Erlon la siguió con la mirada.

Frida sentía que la garganta le ardía de sed. Echó mano a su mochila y encontró una cantimplora que, afortunadamente, estaba llena de agua. Se bebió casi la mitad de un solo trago. El estruendo de la lluvia era tan fuerte que realmente parecía que el cielo se estuviera viniendo abajo. Después de cerrar la cantimplora, se dio una palmadita en el muslo para llamar a Erlon, que se puso en pie al instante y fue a su lado.

—Vamos a explorar un poco, ¿qué te parece?

No se sentía tonta por hablarles a los perros. Y menos aún

por hacerlo con su Erlon. Él respondió con un guau seco y meneando el rabo.

—Perfecto, yo te sigo —añadió ella, y el perro no se hizo de rogar.


El ruido de la lluvia cubría los pasos de Frida y de Erlon. Salvo por las paredes ruinosas, los mugrientos suelos ajedrezados y las vigas de madera ennegrecidas que atravesaban todos los techos, no parecía que el campanario tuviera nada especialmente excitante que descubrir.

Frida y su border seguían subiendo por la escalera de caracol de madera que ascendía por el edificio.

Hasta aquel momento no habían visto más que ventanas cerradas con pesados postigos de aspecto antiquísimo. Y lo mismo les esperaba en la celda campanaria. Alguien había descolgado las campanas de la viga de hierro a la que antes estaban fijadas y los espacios entre las columnas se habían cerrado con batientes metálicos. La última esperanza de mirar al exterior para saber más de Pluvo había quedado en nada. Eso hasta que Frida observó que uno de los batientes estaba desencajado y que hacía ruido al abrirse y cerrarse. Sin pensárselo, se lanzó hacia esa rendija de tinieblas y tormenta.

Sin embargo, se detuvo al momento. Erlon se había puesto a gruñir, mirando hacia una esquina oscura. Frida apuntó el haz de la linterna hacia aquel punto y descubrió que una de las grandes campanas estaba apoyada en el suelo. Aguzó la vista y le pareció detectar un movimiento.

—¿Quién anda ahí? —preguntó, con la voz tensa, dirigiendo sus palabras hacia la misteriosa oscuridad y al mismo tiempo hacia Erlon.

De detrás de la campana le llegó una voz ronca como un estertor. Y a pesar de tener a su lado al valiente perro, retrocedió, dispuesta a salir huyendo.

—¡Espera! —dijo una voz conocida, oculta por las tinieblas.

En aquel momento sintió una ráfaga de olor nauseabundo. Una peste a pescado y a hojas podridas que reconoció de inmediato. El corazón se le disparó en el pecho.

—¿Quién está ahí? —repitió, haciendo acopio de valor.

El ser fétido que se ocultaba en aquel rincón no respondió, pero salió de la oscuridad hasta situarse ante el haz de luz de la linterna. Instintivamente, Frida se llevó una mano a la boca. Era Arturo. O, mejor dicho, un cruce entre el joven torpe que les había llevado hasta allí y la bestia horrenda en la que se había transformado con la llegada de la lluvia.

La cabeza de anfibio había desaparecido y, en su lugar, estaba la del constructor de cometas, pero el cuerpo seguía siendo el del híbrido.

—¿Arturo?

—Te lo ruego, no me abandones aquí —dijo él con una voz histérica y rasposa.

Erlon no paraba de ladrar; sus ladridos resonaban en la estancia creando una cacofonía infernal.

Frida intentó calmarlo, pero el border estaba en pie de guerra y no había manera de frenarlo, hasta que el krúcigo emitió un rugido. Fue tan repentino y potente que el perro corrió a esconderse entre las piernas de su dueña, con la cola entre las patas.

—Vaya, perdona —dijo Arturo, que a su vez parecía asustado, llevándose una mano palmeada a la boca.

—Arturo, ¿qué haces aquí? —consiguió decir Frida.

—He trepado por las paredes del campanario y he entrado por ahí —respondió, señalando la ventana rota.

—¿Estás bien? —Frida vaciló un momento, pensando en lo estúpida que era aquella pregunta—. ¿Estás… herido?

—No tardaré en volver a la normalidad. —Su voz era humana, pero aún tenía algo de animal—. Y no tengo ropa.

—No creo que pueda encontrar una tienda a estas horas y en este sitio —respondió Frida.

—En la planta de abajo está la habitación del maestro campanero; seguro que ahí encuentras algo que me vaya bien.

—¿En la planta de abajo? No hay nada. Solo escaleras.

—Te aseguro que está ahí; no te habrás dado cuenta.

Frida estaba perpleja. Juraría que no había otras estancias en el campanario, salvo la del sofá donde estaba descansando Asteras en aquel mismo momento.

ϒ

Frida y Erlon bajaron un piso, con la extraña sensación de recorrer una escalera diferente a la que habían subido. Los escalones eran algo más altos, la luz algo menos tenue. Llegaron a una especie de rellano (Frida estaba segura de que antes no estaba) y vieron una pequeña puerta. Tenía que ser la habitación de la que hablaba Arturo.

—¿Tú qué dices? ¿Entramos? —le preguntó a su perro, que respondió atravesando el umbral.

Frida le siguió.

Más que una habitación era prácticamente una celda, como las que usan los monjes en los conventos. Había una cama, aunque eso era un modo muy generoso de definirlo, teniendo en cuenta su estado. El colchón tenía varios rotos de los que salían copos de lana como si fueran flores macabras. Había un escritorio que se sostenía en pie por pura casualidad. Y, por último, había un armario viejo muy desgastado. Se acercó con cautela.

—Nunca sabes lo que te puedes encontrar en un armario —dijo, más para sí que para Erlon.

Intentó abrirlo, pero las puertas no cedieron. Frida temió que estuvieran cerradas con llave; sin embargo, cuando tiró con más fuerza, cedieron de golpe, y a punto estuvo de caer de espaldas.

De la boca entrecerrada del armario salió una nube de polvo. Frida intentó disolverla agitando una mano, pero una parte llegó hasta ella y le provocó una tos seca. Erlon, por su parte, se lanzó a explorar el interior del mueble de un salto.

—Cuidado, Erlon: si te metes ahí dentro, en menos de nada puedes acabar en Narnia.

Frida también metió la nariz, pero no había ningún paso «dimensional» entre la ropa colgada. El armario era simplemente… un armario.

De las perchas colgaban cuatro trajes, todos iguales y bastante tristes. Al verlos, Frida tuvo aún más la sensación de encontrarse en la celda de un monje. Aquellas prendas, efectivamente, recordaban mucho las que visten los frailes. En otro tiempo, debían de haber sido de un negro profundo, pero el tiempo las había decolorado hasta adoptar un gris limo.

—Sal de ahí dentro; este sitio me da escalofríos —le dijo a Erlon.

Pero él estaba plantado sobre la base del armario y no hacía ademán de querer moverse. Le echó una mirada indiferente a Frida y volvió a olisquear sonoramente.

Ella descolgó uno de los trajes de su percha, levantando más polvo.

Erlon ladró.

—¿Has encontrado algo?

Otro ladrido, seco y agudo.

—Déjame ver.

El border se apartó a regañadientes: había un tablón ligeramente levantado. Frida lo arrancó sin demasiada dificultad y dentro encontró una cajita de madera cerrada con un cordel.

Le volvió a la memoria una noche en Petrademone, cuando en el aparador de la tía Cat había encontrado una bolsita en forma de corazón que contenía la foto de Erlon. Y precisamente él, el perro fantasma, era quien ahora le entregaba aquel estuche.

Abrió el nudo, levantó la tapita y dentro encontró una llave antigua, casi tan grande como la palma de su mano y con una inscripción grabada en la anilla de la cabeza: INNUMERA. Frida le dio vueltas en la mano, fascinada por su belleza. Se notaba la minuciosidad con que la habían forjado y el detalle de los ornamentos que decoraban el vástago hasta la paleta.

—Solo nos faltaba la llave misteriosa —dijo Frida, girándose de nuevo a Erlon, que ya estaba olisqueando otro punto del armario.

La chica comprobó que no había nada más y le obligó a salir. Volvió a meter llave en el estuche. Y fue entonces cuando se dio cuenta de que en el recipiente había una inscripción apenas visible: MAESTRO CLAVIJERO. Era la primera vez que oía aquella palabra. ¿Qué puerta abriría esa llave? ¿Y qué significaba «*innumera*»? Amalantrah cada vez le planteaba más preguntas y le daba menos respuestas.

Cuando volvió a la estancia donde Arturo estaba completando su transformación, la peste a animal mojado y a hojas podridas fue, una vez más, como una bofetada. Del joven no había ni rastro, salvo un mechón de pelo que asomaba tras la campana.

—Ah, ahí estás. Te he traído la ropa.

—Gracias —respondió él, con una voz casi del todo humana—. ¿Me la tiras aquí, por favor?

Frida obedeció. Él la agarró al vuelo asomando un brazo aún cubierto de escamas minúsculas.

—Pero esta no es la ropa del maestro campanero.

—¿Ah, no?

—No. Parece más bien la del clavijero.

¡El maestro clavijero, la inscripción de la caja!

—¿El clavijero?

—Sí, el que tiene las llaves de todas las puertas.

—¿Todas?

—Todas las del pueblo.

Frida se paró a pensar. No sabía si confesarle que había encontrado la llave *innumera*. Al final resolvió discutirlo con Asteras.

—Bueno, ¿pero te va bien la ropa?

—Sí, sí. Lo que no sé es dónde la has encontrado. El maestro clavijero no ha vivido nunca en este campanario.

—Estaba en la habitación de aquí abajo, como me has dicho.

—Es imposible.

—Mira, si quieres creerme, me crees. Si no, allá tú.

—Vale, vale… No hace falta que te pongas así. El hecho es que aquí abajo solo está la habitación del…

—A decir verdad, estoy segura de que antes no estaba ni siquiera esa habitación. Así que me parece que este campanario tiene más de una rareza arquitectónica.

—Probablemente tengas razón. —Arturo se rindió—. Gracias por la ropa.

—Vístete con calma; yo bajo con Asteras.

—¿Puedo ir con vosotros?

—Sí, cuando hayas terminado la transformación —dijo Frida, que se arrepintió enseguida de haber sido tan brusca. A veces se dejaba dominar por el genio.

Estaba a punto de salir de la sala, pero se detuvo una vez más. Había algo que no podía quitarse de la cabeza. Tenía que preguntárselo a Arturo.

—Has subido al campanario y has entrado por la ventana

—dijo, señalando los batientes rotos a través de los cuales se veía la cortina de agua que caía—. ¿Cómo están las cosas ahí fuera?

—Es un caos.

—¿Los qualuds?

—Ellos ya no son un problema —respondió, sin un ápice de orgullo—. No es de eso de lo que debemos preocuparnos.

—¿De qué, entonces?

—De todo lo demás —dijo, y al momento soltó un grito de dolor.

Frida comprendió que en aquel momento no podía decirle más. La transformación no debía de ser coser y cantar para el pobre Arturo. Lo mejor que podía hacer era ir a verlo con sus propios ojos.

Se acercó a la ventana rota. Desencajó lentamente el postigo y miró como el actor que observa el escenario escondido entre bambalinas. Frida no había visto nunca una lluvia tan violenta. Las gotas eran tan gordas y transparentes que parecían de cristal líquido. Cuando chocaban unas con otras emitían un sonido eléctrico y un brillo artificial. No se veía nada más que el diluvio; el resto del mundo parecía desintegrado en un caos de gritos y de imágenes desenfocadas. Arturo tenía razón: aquello era un caos.

Se alejó de la ventana, agitada. ¿Conseguirían salir indemnes de aquel lugar?

# 33

## La llamada de los tristes

¿*H*abían llegado al fin del mundo?

Miriam sintió que la pregunta le afloraba en el pecho, junto con un estremecimiento visceral por la incertidumbre. Nunca se habría imaginado que un día se encontraría frente a un escenario tan espléndido. No tenía necesidad siquiera de mirar a sus amigos: estaba segura de que compartían el mismo estupor.

Aquel lugar parecía sacado de un cuento de hadas, y que estuviera en las profundidades de una gruta lo hacía aún más impresionante. Era un pequeño valle exuberante, cubierto de un manto de hierba suave y ondulado que flanqueaba un enorme río. Solo tuvieron que pasar por aquella fisura entre la roca para encontrarse frente a aquel paraje maravilloso donde se respiraba aire de montaña.

—¿Cómo es posible todo este verde aquí abajo? Sin sol, sin lluvia... —preguntó Tommy, atónito.

—¡Señoras y señores, estamos frente al mítico río Simbation! —comentó el pequeño Klam, con los ojos brillantes.

—*Wahnsinn!* —exclamó Gerico, que tuvo que sentarse en el suelo para asimilar toda aquella belleza, tan imprevista como surreal.

Las aguas azules del río fluían borboteando hacia una garganta oscura. En la orilla crecían unos lozanos sauces llorones, que en Nevelhem llamaban «árboles tristes». Sus ramas acariciaban la superficie del agua, empujadas por un suave viento.

—El río Simbation —repitió Klam, con cierta reverencia—. En Nevelhem hay mucha gente que está convencida de que no es más que una leyenda. Todo viandante que se precie lo busca. Se dice que atraviesa todo el reino y que lleva a todas partes.

—¿Qué significa eso de que lleva a todas partes? —preguntó Tommy.

—Exactamente lo que he dicho —respondió el hombrecillo.

—¿Y cómo es eso?

—Lo ignoro.

Mientras los otros debatían, Miriam observaba, extasiada, el suave balanceo de las ramas sobre la orilla. Los árboles tristes brillaban como si los acabaran de lavar en el agua más pura y los hubieran puesto a secar.

Tal como había pasado antes, advirtió claramente un vacío a su alrededor. Dejó caer la mochila al suelo. Sin pensarlo siquiera, se adentró en el suave prado y se dirigió a los árboles de la orilla. Paseaba por aquel cuadro impresionista, que parecía aún más vivo en comparación con la vegetación blanca del otro lado de la puerta y con la desolación que habían encontrado hasta aquel momento.

A todo esto, el viento se había vuelto más intenso, pero no le hacía daño cuando le azotaba el rostro o cuando se colaba por entre su melena de color cobre. No tenía ni de lejos la maldad del Respiro, que les dificultaba el paso por el Sendero del Viento. Este suave aliento parecía como si quisiera envolverla e impulsarla adelante.

Gerico intentó detenerla; le dijo algo. Miriam lo vio, pero no lo oía. De pronto, todos los sonidos le llegaban amortiguados, como filtrados a través de una capa de algodón. Estaba hipnotizada. También Klam y Tommy le decían palabras que no llegaron a sus oídos. A su alrededor, en cambio, iba creciendo de volumen un murmullo, primero confuso, pero luego cada vez más fuerte y distinguible. Era un coro de voces procedente de las finas ramas de los árboles. La cabellera fragmentada de los árboles tristes vibraba en la fresca brisa dando vida a una palabra que parecía una llamada que se lamentaba.

«Qalaaaaa.»

Miriam tenía la certeza de que se dirigían a ella. Era la misma palabra, la misma llamada que ya había oído otra vez. En la celda de la terrible granja de los Pot, cuando había emitido sus primeros sonidos.

«Qalaaaaa.»

Flotaba a su alrededor. ¿Era un nombre? ¿Una advertencia? ¿Una invocación?

Aquel sonido transmitía una sensación de sometimiento, como si los árboles tristes y sus ramas oscilantes se estuvieran inclinando ante el nombre de un rey. De una reina. O de una diosa. Miriam no tenía miedo, ni se sentía turbada. Al contrario, tenía una sensación agradable e increíblemente familiar. No supo cuánto duró aquel hechizo, pero cuando se interrumpió vio con sorpresa que los muchachos y Klam estaban a su alrededor, confusos, observándola.

—¿Todo bien, Miriam? —preguntó Gerico, alarmado, como los otros.

Ella asintió. Tommy le devolvió la mochila y le preguntó qué le había pasado. Ella sonrió. Recogió el pizarrín de su bolsa y escribió:

—Todo bien; me he quedado extasiada con la belleza de los árboles.

—Parecías en trance —comentó Gerico—. Yo también soy guapo, pero nunca te he visto reaccionar así ante mi belleza.

—Da gracias de que no hayas provocado que saliera corriendo —rebatió su gemelo.

—De verdad, todo bien —escribió ella. Luego borró y escribió—: ¿Has oído hablar de Cala o Kala, o algo parecido?

La pregunta iba dirigida a Klam, que negó con la cabeza.

—No, lo siento, no lo he oído nunca... ¿Por qué? ¿Qué es?

—Nada especial; tengo la impresión de haberlo oído en el aire. Parece un nombre —escribió con la tiza.

—¿En el aire? Nosotros no hemos oído nada —dijo Gerico.

—¿De dónde venía el sonido? —preguntó Klam.

Miriam estuvo a punto de responder, pero se frenó. Aquellos eran sus amigos, sus compañeros de aventura, las personas a las que se sentía más vinculada, desde la muerte de su abuela y desde que su madre..., bueno, desde que había mostrado su verdadera personalidad, y aun así tuvo la sensación de que no podía abrirse por completo y contarles aquella historia del nombre susurrado por los árboles tristes.

—No lo sé. Quizá fuera solo una impresión, o tal vez el murmullo del río.

No les dijo que eran los árboles los que cantaban.

La mirada de Klam, que tenía los ojos entrecerrados, como si fueran dos finos cortes en la piel, no dejaba lugar a dudas: no la creía. O al menos, no del todo. Pero evitó hacerle más preguntas.

El valle del Simbation resultó ser un pequeño paraíso encerrado en las cavernas de Nevelhem. Daba la impresión de que los peligros del mundo neblinoso del exterior estaban a años luz. La comida crecía abundante entre los arbustos, cerca de las raíces de los árboles (que no eran pálidos y exangües como en la superficie), entre las ramas cargadas de fruta.

Y el río fluía tranquilo con un suave borboteo que casi daba sueño. Tal como les había dicho el libro, las aguas estaban llenas de peces. En particular, de percas. Había tal abundancia que saltaban a la orilla como si quisieran sacrificarse para convertirse en una cena suculenta. Los chicos no se hicieron de rogar: encendieron un fuego y asaron una para cada uno.

Mirtilla correteaba por los prados deteniéndose solo para echarse a rodar, feliz, por la alfombra de hierba. En la superficie no podía medirse el tiempo, pero al menos se distinguían día y noche, y así se podía seguir el rastro de los ciclos. Aquí, en cambio, no había esas diferencias. Una luz de origen desconocido se extendía, siempre igual, por la gigantesca gruta, y el valle quedaba sumergido en una mágica y perpetua claridad de mañana de primavera.

Para los gemelos, Klam y Miriam, la estancia en el valle del Simbation resultaba paradisíaca: dormían cuando querían, comían cuando tenían hambre, se sumergían en las aguas tibias del río, jugando con una despreocupación que ya no recordaban, riéndose como no lo habían hecho desde su llegada a Amalantrah. Hasta la melancolía de Gerico parecía haber desaparecido.

Desgraciadamente, la impresión de que el tiempo se había

detenido no era real. Y todos lo sabían. Tenían que cumplir una misión. Encontrar a Pipirit, buscar a Iaso el Sanador para que curara a Gerico, reunirse con Asteras y Frida.

—Echo de menos a mamá —dijo Tommy, sentado en la orilla del río, mientras lanzaba piedrecitas al agua.

—Yo también. Y echo de menos nuestra casa. Nuestra habitación. Mis cosas. La bici —dijo Gerico.

Su tono era nostálgico. No eran dos niños, y, sin embargo, era la primera vez que estaban lejos del «nido» tanto tiempo. En el fondo, aún no habían cumplido los catorce años.

—Y los libros... —añadió Tommy.

—Empollón.

—Ignorante.

¡Pluf! Otra piedrecita lanzada al agua.

—Mamá y papá deben de estar de lo más preocupados. No me imagino siquiera cómo se pueden sentir.

—Si hubiera un modo para comunicar con ellos, para decirles que estamos bien...

—¿Por qué? ¿Estamos bien?

—Ya me has entendido. No tienes por qué hacer el idiota siempre —replicó Tommy—. Tenemos que irnos de aquí. Enseguida.

—Lo que me temo es que no encontraremos otros sitio como este. Aquí estamos seguros.

—¿Seguros? ¿En este mundo de locos? Yo no lo tengo tan claro —dijo Tommy—. Y a veces sentirse demasiado seguro hace bajar la guardia. Tenemos que irnos. Desde luego, quedándonos en el río a engordar no encontraremos a Pipirit.

—Eso, si es que no le ha ocurrido ya algo malo.

—Tu optimismo es reconfortante. —Tommy se puso en pie y se limpió los pantalones con vigorosos manotazos en los muslos y el trasero—. Ahora basta. Me da igual si Pluvo ha pasado o no; nos vamos. Tengo la sensación de llevar aquí una eternidad.

—Espérame —dijo Gerico, poniéndose en pie y yendo junto a su hermano, que ya se había puesto en marcha.

—Klam, es hora de irse.

Tommy ya se había puesto en pie. Gerico estaba detrás de él, mientras Klam, con expresión beatífica, le hincaba el diente a una fruta enorme de color violeta intenso.

—¿Y adónde, en concreto? —respondió con indiferencia.

—Fuera de aquí. Llevamos demasiado tiempo.

—Ya, pero ¿adónde propones que vayamos? ¿A nadar al río?

Tommy miró a su alrededor. Efectivamente, afrontar aquel enorme curso de agua que acababa colándose por una garganta no parecía la más sensata de las ideas.

—Podríamos volver atrás —propuso Gerico— y salir de la gruta por la que hemos entrado.

—El libro no lo aconseja —replicó Klam con la boca llena.

—Pero ¿qué te pasa? ¿Quieres quedarte aquí para siempre? ¡Gerico está mal! ¡Pipirit sigue ahí fuera, en algún sitio, y Shulu, o como diablos se llame, está a punto de salir de su caverna para venir a devorarlo todo! —estalló Tommy, furioso.

—Un motivo más para mantenerse a distancia y disfrutar del paisaje.

Gerico y Tommy se miraron y, sin necesidad de hablar, llegaron a un acuerdo. A veces les bastaba una mirada para saber lo que querían. Agarraron al pequeñajo por las manos y por los pies. Luego, después de balancearlo un par de veces, lo lanzaron al agua del río. Klam soltó un grito de sorpresa.

Miriam se despertó sobresaltada, y con ella, Mirtilla. Estaban durmiendo plácidamente bajo un árbol triste, pero el chapoteo de Klam (y las risas de los gemelos) interrumpieron su siesta.

—¡Estáis locos! —gritó el hombrecillo, empapado, mientras volvía a la orilla a nado.

—Ahora espero que nos escuches con más atención —se mofó Tommy.

—Estáis para que os encierren. ¡Y yo preocupado por la bilis negra!

Miriam se acercó a los gemelos mientras Klam intentaba quitarse el agua de la ropa. Mirtilla llegó en su ayuda: empezó a lamerle como si fuera un helado.

—El libro dice que hay que zarpar —escribió Miriam.

—Pues no sé cómo. ¿Tú ves alguna embarcación por aquí? —respondió, ácido, Klam, al tiempo que se protegía de los lametazos de Mirtilla.

—Intentemos volver a la gruta por la que hemos entrado —propuso Gerico.

—Pero el libro... —insistió ella.

—Ya sé lo que dice, Miriam, pero tenemos que intentarlo. Este lugar está ejerciendo un extraño efecto sobre nosotros —dijo Tommy, mirando a Klam.


Subieron de nuevo por la cuesta que llevaba hasta la fisura en la roca por la que habían entrado. Miriam no había vuelto a oír aquella letanía hipnótica procedente de los árboles.

«Qalaaaaa.»

Un sonido que era como el canto de una sirena.

«Qalaaaaa.»

El enésimo misterio del enigma infinito que era aquella aventura por otro mundo.

Echaron una última mirada a aquel lugar. Una mirada que era como caricia a ese paisaje que los había acogido y nutrido como una Madre Tierra, obsequiándolos con un poco de paz que les hiciera olvidar el gélido abrazo hostil de Nevelhem.

En aquel instante, Miriam tuvo la certeza de que aquello no era una despedida definitiva.


Annamaria Oberdan era una mujer hundida. Una casa derruida y en ruinas. Había perdido tanto peso que no era ni la sombra de la belleza que había hecho que más de un hombre se girara por las calles de Orbinio. Tenía los ojos hundidos, la piel flácida, e incluso su cabello había perdido aquel tono negro brillante de antes. Desde la desaparición de sus gemelos, la «pobre Oberdan» (como la llamaban) se había hundido en un abismo de desesperación.

Cuando entró en la sala de visitas de la cárcel de Santa Tecla, Barnaba tardó en reconocerla. Ella lo vio sentado ante una de las mesas, con las esposas en las muñecas, entre otros muchos reclusos. Se acercó con el paso lento de quien carga con un lastre enorme pero invisible y se sentó delante.

—Hola, Annamaria —dijo él, con un tono que era fiel reflejo de su incomodidad y su pena.

Ella apenas levantó la cabeza. Barnaba no le preguntó cómo estaba. Habría sido inútil. Fue ella quien tomó la palabra de inmediato:

—¿Dónde los has escondido?

—Annamaria, te lo ruego. ¿Cómo se te ocurre...? Me conoces desde siempre.

—¿Qué has hecho con ellos? —insistió, con veneno en la voz.

—Por favor, Annamaria... Tienes que creerme.

—¿DÓNDE ESTÁN? —gritó la mujer, con tal desesperación que muchos se giraron.

Toda la sala quedó en silencio. Un vigilante se acercó a la mesa y le rogó a la señora que se calmara, insinuando que, si no, pondría fin a la entrevista. Ella asintió y murmuró una disculpa.

Cuando volvieron a estar solos, Barnaba miró a su alrededor y le dijo en voz baja:

—Yo sé dónde están.

Annamaria lo miró con los ojos desorbitados, y un destello de vida le cruzó el rostro.

—No te será fácil creerme, es una locura —prosiguió él—. Pero escúchame, por favor...

Empezó por el principio. Por lo que le había sucedido a su mujer, hasta la visita a Villa Bastiani en busca de Frida y los muchachos. Le contó que había atravesado el umbral entre dos mundos pasando por una puerta en la pared de la casa, creada por el viejo Drogo. No se dejó ningún detalle.

La mujer le escuchó sin interrumpirlo ni una sola vez, con una expresión indescifrable. Era una estatua de cera que se fundía, segundo a segundo.

—¿Así que me estás diciendo que ahora están en otro mundo y que han ido hasta allí en busca de su perro? —dijo, a modo de resumen.

—Sé que parece absurdo; yo soy el primero que no entiende cómo puede ser —reconoció Barnaba abriendo los brazos.

—Tú estás completamente loco. —Las indignadas palabras de Annamaria eran como afiladas cuchillas—. Mi marido ya me lo decía, que no estabas bien de la cabeza. Todos me habían advertido de que no dejara que los niños fueran a Petrademone. Solo alguien que ha perdido la cabeza puede dejar el trabajo, la vida que había construido, para irse a vivir a la montaña con todos esos perros, aislado del mundo: eso es lo que dicen todos en el pueblo. Y yo no quería creerlos. Yo te defendía. Pensaba que te conocía. Siempre me has caído bien, lo sabes. Pero escúchame bien, maniaco: ¡quiero recuperar a mis hijos! ¿Lo has entendido? Y si no los recupero, por Dios que haré todo lo que pueda para que te pudras en la cárcel hasta el último de tus días.

Tenía los ojos inyectados en sangre y la cara desfigurada de la rabia. Era una leona herida buscando desesperadamente a sus cachorros.

Se puso en pie como un resorte.

—Te he dicho la pura verdad —intentó replicar Barnaba, que no podía levantarse de la silla.

Ella lo atravesó con la mirada.

—Guardia, ábreme. No tengo nada más que decirle a este... monstruo —anunció en voz alta para que todos lo oyeran.

Cuando estaba a punto de marcharse, Barnaba consiguió agarrarle la mano:

—Te los traeré de vuelta a casa.

Ella liberó la mano al instante, como si lo que sentía en torno a la muñeca fuera una serpiente. No dijo nada, pero su rostro dejaba claro la repulsión que le provocaba. Salió de la sala de visitas sin girarse. Barnaba nunca se había sentido tan vacío y abatido.

# 34

## El Señor de las Pesadillas

*P*or la mañana, cuando Frida se despertó, no había ni rastro de Erlon. Ya se estaba acostumbrando a aquel no parar de apariciones y desapariciones; aun así, cada vez que el border de su madre la dejaba, se quedaba con un mal sabor de boca.

«Uno no se acostumbra nunca a la ausencia de los seres queridos», pensó Frida.

Lo llamó, pero en el fondo sabía que no serviría de nada. Seguro que habría un modo para conseguir que viniera y un modo para mantenerlo a su lado, de eso también estaba segura. Lástima que aún no hubiera descubierto cuál era.

En su lugar, en la habitación a la que había vuelto, dormía Arturo, agazapado en una esquina. El ayudante de Aranne ya volvía a ser completamente humano, e iba vestido como un cura del siglo xix. No recordaba haberlo visto llegar: seguramente lo habría hecho mientras ella dormía. Y también estaría dormida cuando Asteras había abandonado el sofá.

Encontró a su amigo en la planta baja, jugando con Wizzy y con el Príncipe Merovingio.

—¿Cómo te encuentras?

—Me ha sentado bien descansar —dijo él sonriendo.

—¿Cómo está la cosa? —preguntó Frida, señalando hacia la puerta.

—Es el segundo ciclo de Pluvo. Yo, en tu lugar, no asomaría ni la nariz.

—Anoche lo vi... Es indescriptible.

—Lo sé. Todos hablan de Pluvo como de un cataclismo. Su

agua tiene el poder de despertar a los monstruos que duermen, de dar movimiento a lo que no lo tiene. Durante los tres ciclos de Pluvo, los árboles separan las raíces del suelo y se mueven; la hierba se alarga y aferra cualquier cosa que le pase por encima; las setas gritan; las frutas sacan pequeños dientes afilados.

Frida reflexionó un momento.

—Dices que esta lluvia es como un cataclismo, algo insólito y devastador. ¿No es así?

—Sí. En Nevelhem nunca llueve, a menos que alguien desencadene este tipo de tormenta.

—¿Alguien?

Asteras dejó a los dos perros y se acercó a Frida para hablarle en voz baja, como si hasta las paredes pudieran escucharle.

—Solo los vigilantes más poderosos pueden invocar a los elementos, llamarlos. Solo quien tiene el sello de Bendur puede someter con su voluntad el cielo de Amalantrah.

—¿Quieres decir que has sido tú?

—No, yo no. Yo no tengo ese poder.

—Entonces...

Asteras vaciló un momento.

—Creo que hay un poder inmenso en tu interior. La voluntad de los primeros vigilantes. Tenemos que llegar al Altiplano lo antes posible, seguir el camino Helado y llegar al Baluarte. Allí encontrarás las respuestas que buscas.

Frida se quedó en silencio. Se preguntó si realmente tenía aquel poder y qué le esperaría en el Baluarte. Los engranajes de su curiosidad, que nunca descansaban, se habían acelerado.


El tiempo pasaba tranquilamente en el campanario mientras Pluvo caía con fuerza en el Pueblo de los Alarogallos y, presumiblemente, en todo Nevelhem. Asteras aún tenía ataques de pánico esporádicos, pero afortunadamente con el paso de las horas iban remitiendo.

En el fondo, solo había comido un par de bayas en el mercado. En ese aspecto, Arturo los tranquilizó: la duración de la «enfermedad» era proporcional a la cantidad de virus que había entrado en el cuerpo; solo en casos extremos (de quien se había hinchado hasta reventar) era para siempre. «Una vida temblando», había dicho el joven. Arturo no se había movido de la habitación del sofá en ningún momento. Estaba allí sentado, en el suelo, con las rodillas contra el pecho y una expresión triste en el rostro. Wizzy y Mero, en cambio, se habían quedado en la planta baja, negándose a subir ni un escalón.

La calma de aquella larga espera se rompió bruscamente la última noche. El peligro para los tres muchachos se manifestó en forma de gato. Un gato que Frida estaba segura de conocer. O, más bien, de reconocer.

Frida, Arturo y Asteras habían acabado recientemente sus últimas provisiones: algún crepidotus, algún pedazo de pilko algo rancio y unos gajos de fruta que podían conservarse más tiempo.

Aquella noche, Arturo se había abierto por fin y les estaba contando su vida.

—¿Siempre has sabido que eras un...? —preguntó Frida.

—¿Un krúcigo? Claro que lo sabía. Y lo odiaba.

—¿Por qué?

—Perdona, ¿tú me has visto? ¿Tú querrías tener la piel y la cara de un pez?

—A mí no me desagradabas tanto —intervino Asteras, después de dar otro bocado a su crepidotus—. Resultabas bastante imponente...

—¿Y puedes transformarte solo con el agua de Pluvo? —insistió Frida.

—Sí... Es decir, no...

—Tienes las ideas claras, ¿eh? —Asteras no le dejaba pasar ni una.

—¿Sí o no?

—Podría hacerlo por mí mismo, pero la transformación es más dolorosa. Te sientes como si te pusieran del revés. Piensa en un guante...

De pronto, Asteras se levantó del sofá y señaló hacia la puerta de la sala.

—¿Qué es eso? ¿Qué hace aquí un gato? —dijo, alarmado.

—¿Un gato? Por todos los demonios de Amalantrah, es una mala señal —exclamó Arturo, asustado.

Frida suspiró. Que en aquel joven miedica se escondiera un imponente krúcigo era realmente un misterio difícil de digerir. Luego tuvo una iluminación y se puso en pie de golpe.

—Yo conozco ese gato.

El gato de pelo rojizo los miraba, inmóvil. En sus ojos vítreos, las pupilas dilatadas eran planetas oscuros y distantes.

—¡Ese es Conato, el gato del viejo Drogo! Lo vi en Villa Bastiani —dijo, emocionada por su descubrimiento.

Asteras y Arturo la miraron sin entender lo que decía. No conocían a ningún Conato, ni mucho menos a ese tal Drogo; tampoco sabían de ni ningún lugar que se llamara Villa Bastiani. El felino, en cambio, parecía haber comprendido perfectamente y se fue corriendo en dirección al rellano donde empezaban las escaleras.

—¡Sigámoslo! —ordenó Frida, lanzándose a perseguirlo.

—¡No, esperad…! —protestó Arturo, pero los dos ya habían atravesado el umbral. Y cuando acabó la frase, sus palabras se perdieron en el vacío vertical de la torre—. ¡Es peligroso!


El gato les esperaba. Estaba en lo alto de las escaleras, en el rellano que daba a la habitación del maestro clavijero, aquella que Frida había registrado en busca de un traje para Arturo. Conato agitaba la cola insinuante, como si invitara a los muchachos a que fueran en su busca. Asteras no lo tenía muy claro. Solo les separaban unos escalones.

—¿Todo bien? —le preguntó Frida.

—Bueno, yo me encuentro bien, pero ese gato no me convence. Y antes de que me lo preguntes, ese temor no tiene nada que ver con el virus. Tengo la sensación de que es diferente, tiene otra… cualidad.

El gato dio un salto y desapareció de su vista.

«No vayas.»

Una voz familiar en la cabeza de Frida. Ella miró alrededor, pero no vio a nadie.

—¿Qué te pasa? —le preguntó Asteras.

Ella negó con la cabeza para tranquilizarlo, aunque ella misma no las tenía todas consigo.

El gato entró en la habitación del maestro clavijero colándose por la rendija de la puerta entreabierta. Lo siguieron. Para asombro de Frida, la habitación no era la misma que cuando había entrado con Erlon en busca de ropa. Era una celda vacía y polvorienta en la que ya no había cama, escritorio y armario. Los viejos tablones del entarimado tenían grietas y crujían, y alguno estaba ligeramente levantado: era uno de esos suelos que habrían podido esconder cualquier misterio.

—Volvamos atrás, no me gusta —recomendó Asteras, claramente preocupado.

—Espera, ahí hay otra puerta —dijo Frida, señalando justo delante. La puerta era de madera vieja y sin ornamentos—. Echemos un vistazo, ¿no?

—Un día tu curiosidad te meterá en un problema muy gordo, Fri.

—¿Más de los que he tenido hasta ahora? No es la curiosidad la que nos mata; más bien lo contrario.

Frida le guiñó un ojo y se dirigió hacia la puerta. Asteras se quedó atrás, sin saber muy bien si seguirla o no. El miedo inoculado por el virus le había dejado rastro, en forma de razonable cautela.

Frida seguía hablando, pese a dar la espalda a su amigo.

—¿Sabes qué decía mi padre? «Millones de personas han visto caer las manzanas de los árboles. Pero solo Newton se preguntó por qué.» Sin curiosidad, no hay descubrimiento, Asteras. Y sin descubrimiento…, bueno, los ojos permanecen cerrados. Y las puertas… —apoyó la mano en la manija, la bajó y añadió—: ¡también!

No sucedió nada.

—¿Está cerrada con llave?

—Parece que sí.

—Quizá sea mejor así. —Asteras se acercó a Frida casi de puntillas. El ruido de los tablones inconexos era como un quejido siniestro—. Volvamos atrás.

Frida tuvo una intuición. Se sacó del bolsillo la antigua llave que había encontrado en la misma habitación donde se encontraba ahora.

—¿De dónde la has sacado? —preguntó Asteras, sorprendido.

Ella no respondió. La introdujo lentamente en la cerradura, y la palabra «*INNUMERA*» brilló por un momento como iluminada por un haz de luz.

—No lo hagas, Frida —dijo Asteras a sus espaldas.

La muchacha no le escuchó. Giró la cabeza decorada de la llave hasta sentir que la cerradura cedía y luego se volvió otra vez hacia Asteras en busca de su aprobación, que no llegó.

—¿Vamos? —dijo, tras unos segundos de espera.

Él se lo pensó un poco más, pero luego asintió, nada convencido.


La puerta daba a un largo pasillo con las paredes de piedra. No podían ser del campanario. No era posible que hubiera un espacio tan largo en aquel edificio vertical. Era una paradoja. Y no de las buenas.

Una sucesión de antorchas encendidas iluminaba el estrecho corredor, que se adentraba en las tinieblas. Las paredes estaban cubiertas de una espesa capa de moho surcada por finos regueros de agua. El ambiente, en el que soplaban finas corrientes de aire, estaba impregnado de un sofocante olor a podrido. Se oía incluso un leve borboteo bajo el irregular suelo.

—¡Volvamos atrás, Frida!

No habían dado más que unos pasos por el pasillo, pero Asteras estaba seriamente alarmado. Esta vez la fuerza de la curiosidad no se impuso: aquel lugar desprendía una intensa negatividad y Frida se rindió de inmediato a la idea de volver atrás.

—Sí, tienes razón. Vámonos de aquí.

No obstante, cuando dieron media vuelta, advirtieron, aterrados, que estaban atrapados. La puerta por la que habían entrado ya no existía. Por allí ya no había salida.

—¡¿Cómo es posible?! —gritó Frida, que chocó contra una pared ciega.

Asteras tanteó con las manos la pared en la que antes se abría la puerta, pero tuvo que admitir que por allí no podrían salir.

—No te alejes de mí, Frida. Tenemos que seguir adelante. No tenemos alternativa.

Frida estaba devastada por la sensación de culpa. Era su responsabilidad, por ese maldito impulso de meter la nariz en todas partes.

Pero ahora no era momento de remordimientos; tenían que salir de allí, y lo antes posible.

—¿Qué es este sitio, Asteras? —preguntó por fin.

—Espero equivocarme —respondió él, e hizo una pausa antes de completar la frase—. Pero podrían ser las Celdas de las Profundidades.

—¿Tú ya has estado antes?

—No creo que sean muchos los que las han visitado y han tenido la posibilidad de contarlo.

Frida tragó saliva. Asteras se dio cuenta y se apresuró a añadir:

—Nosotros seremos los primeros.

Cuanto más se adentraban en el pasillo, más tétrico era el ambiente y más nauseabundo resultaba el olor. De vez en cuando, se oía el repiqueteo de unas patas caminando a toda prisa por el suelo de madera.

Frida avanzaba en silencio, con un nudo en el estómago.

En un momento dado, Asteras se detuvo e hizo parar a Frida.

—Escúchame bien: tenemos que mantenernos alejados de estas puertas. Si estas son las celdas, del otro lado puede haber cualquier cosa.

—De acuerdo, haré lo que dices, pero… ¿aquí hay animales? —preguntó, estremeciéndose.

—Son rechinantes, como los que hemos visto en el Pueblo de los Alarogallos. No dejes de mirarte los pies. No quiero asustarte más, pero son peligrosos.

Volvió a aparecer el gato. Estaba a pocos metros de distancia.

—¿Y si usáramos la voluntad para escapar? —dijo Frida, más por desesperación que por conocimiento de lo que podía llegar a hacer su poder.

—Lo estoy intentando, Fri, pero no lo consigo.

Aquella respuesta desconcertó a Frida, que instintivamente

se llevó la mano al colgante de su madre, su amuleto para liberar tensión.

Mientras tanto, Conato los desafiaba a que avanzaran: los miraba con sus pupilas estriadas de metal y ágata. No podían volver atrás; no querían seguir adelante. Fue el felino quien tomó la iniciativa. Con su paso suave y su cuerpo elástico se les acercó, sin quitarles los ojos de encima. Las antorchas empezaron a temblar y a crepitar; luego fueron perdiendo poco a poco su luz hasta que en el pasillo se hizo la penumbra.

El gato se había convertido en una silueta vaga. Y aquella especie de sombra, lentamente, empezó a dilatarse hasta convertirse en el cuerpo de un ser humano. El contorno era aún impreciso, pero, de la posición horizontal a cuatro patas, pasó a ser un bípedo que caminaba hacia ellos, ganando altura progresivamente. El ronroneo eléctrico del gato se mezcló con el crepitar de las llamas que ardían a medio gas en las antorchas moribundas. Por fin se completó la mutación: enfrente ya no tenían a Conato. De pronto, las llamas recuperaron su vigor.

Un hombre cubierto por una túnica y un manto color rojo vivo los contemplaba, inmóvil e inquietante. La capucha le ocultaba el rostro.

—Qué honor. Dos jóvenes y valerosos vigilantes en mi humilde morada. Perdonadme por la teatralidad de esta metamorfosis.

Los chicos lo miraban atónitos.

—Pero pasemos a las presentaciones. Yo soy Kosmar. Muchos, pensando que me hacen un favor, me definen, más pomposamente, como el Señor de las Pesadillas.

Asteras se quedó pálido. Frida, por su parte, no tenía la experiencia de su amigo en aquel mundo, pero sabía reconocer un demonio. Y el encapuchado, pese a su voz aterciopelada y su aparente cordialidad, emanaba ese frío penetrante de pura maldad.

—¿Qué quieres de nosotros? —dijo ella, haciendo un esfuerzo enorme por separar los labios y emitir un sonido.

—Directamente al grano. Me gusta. Eres digna sucesora de un hueso tan duro de roer como Margherita.

La muchacha sintió que la sangre le subía por las venas como el surtidor de una fuente y le inundaba el cerebro a una velocidad de vértigo. Quería decir algo, pero esta vez no consiguió articular nada. Estaba hipnotizada por Kosmar.

—Y tú, joven Asteras, ¿recuerdas de dónde vienes? Tú también has tenido una madre y un padre. Tú también has tenido una vida.

Asteras parecía una liebre frente a la serpiente que levanta la cabeza para atacar.

—Volviendo a tu pregunta, Frida Costas, la respuesta es simple, aunque me temo que no os resultará especialmente agradable. Yo solo quiero que dejéis de ser un obstáculo para nuestros planes.

—El sello de Bendur siempre ha triunfado sobre el de los urdes —gruñó por fin Asteras.

Por un instante, la mueca de Kosmar se hizo visible bajo la capucha.

—En parte, eso es cierto, y por eso tenéis que entregarme vuestras preciosas piedras. Estoy seguro de que no os apetecerá desprenderos de ellas. Y también estoy seguro de que en este momento se estarán calentando en el bolsillo de vuestra discutible indumentaria.

Aquel demonio tenía razón. En todo.

—¿De verdad crees que te vamos a entregar las piedras? No cuentes con ello. Tendrás que venir a buscarlas —le retó Asteras, hinchando el pecho y levantando la barbilla.

Por fin sentía que volvía a ser él, como si se hubiera purificado de los gérmenes del miedo. Kosmar movió la cabeza en un gesto teatral.

—Sabéis qué es una pesadilla, ¿verdad? —dijo, dándoles un momento para formular una respuesta. Ante su silencio, prosiguió—. No es simplemente lo contrario de un sueño. No.

Ahora Kosmar se movió. Pero no caminaba; era como si flotara. Y cuanto más se acercaba a los chicos, más quemaban las piedras en sus bolsillos. Él se dio cuenta, y quizá fuera eso lo que hizo que se detuviera a pocos pasos de ellos.

—La pesadilla es un lastre para el corazón —prosiguió, con aquella voz grave e hipnótica—. Es el abrazo asfixiante de una serpiente. Es un cuchillo clavado en las vísceras. No es irreal como un sueño, que hace pasar imágenes de colores por la mente y luego desaparece. La pesadilla es física, es algo más profundo que te envuelve y te aprieta, te aprieta... —Levantó una mano como para trazar las palabras en el aire—. La pesadilla trae consigo un único e intenso deseo. ¿Sabéis cuál es? —Breve pausa—. El deseo de que acabe, para volver a respirar, a vivir. —Las últimas palabras las había pronunciado con un tono diferente, más ronco y animalesco—. ¿Estáis preparados para enfrentaros a vuestras pesadillas?

# 35

## Capitán Cachaza

—*P*ero ¡esto es una pesadilla! —exclamó Tommy, preocupado—. No puede ser verdad.

Los otros no abrieron siquiera la boca. Tras atravesar la hendidura de la roca que los había llevado al río Simbation, esperaban encontrarse de nuevo en la gruta en la que habían acabado tras pasar por la *sekretan* abierta por Klam. En cambio, lo que tenían ante sus ojos era un lugar completamente diferente. Y, sin duda, peor.

El suelo estaba cubierto de un agua fangosa, y la ciénaga estaba sembrada de árboles muertos y quebrados, como si un incendio hubiera devastado un bosque y luego una inundación hubiera hecho el resto. El aire olía a vegetación en estado de putrefacción.

—Pero ¿cuánto tiempo hemos estado en el río? —dijo Gerico, tan estupefacto como su gemelo. Su pregunta era razonable. ¿Cómo podía haber cambiado tanto el paisaje en tan poco tiempo?

—No lo sé, pero estoy seguro de que ha sido obra de Pluvo —comentó Klam.

—El libro lo dijo —escribió Miriam en el pizarrín.

Extrajo el volumen de su mochila y con el dedo señaló la tercera línea: «Volviendo atrás, solo habrá desolación». Y desde luego esa era la imagen que tenían delante.

—Una cosa está clara: por aquí no podemos pasar —dijo Klam, derrotado.

—Podemos intentar llegar a la *sekretan* y volver al bosque —propuso Tommy.

Su hermano asintió. Miriam habría querido intervenir: desde luego no se sentía nada segura en aquella gruta. El extraño pantano que se había formado en tan poco tiempo no auguraba nada bueno.

—Desde luego, por atractivo que sea, el valle del río no nos ofrece ninguna salida —admitió Klam—. Aun así, *El libro de las puertas* nos advierte claramente del peligro que supone volver atrás y nos invita a seguir el camino del río. «Zarpad pues, arriba el semblante, confiad en la corriente de aguas cambiantes.» ¿No dice eso, señorita? —preguntó, dirigiéndose a Miriam.

A aquellas alturas, el grupo la consideraba no solo la guardiana del libro, sino la experta en él, la que había establecido una relación especial con aquellas páginas oscuras. Miriam asintió, convencida.

—Esta especie de pantano también podría ser el «río» del que habla el enigma. En el fondo aquí ha entrado agua… y se mueve…

—Casi oigo cómo te chamuscas los dedos. En pocas palabras: te estás agarrando a un clavo ardiendo —dijo Klam, interrumpiendo a Tommy sin contemplaciones—. En palabras más simples, para que puedas entenderlo hasta tú: estás diciendo tonterías, y lo sabes.

—Yo sigo. Quien quiera seguirme será bienvenido —dijo Tommy, zanjando el asunto. Parecía tan seguro que convenció a todos los demás, incluida Mirtilla.


El grupito avanzaba por la gruta encharcada con extrema desconfianza. Miraban a su alrededor, concentrados, como un batallón de soldados explorando territorio enemigo. Avanzaban con dificultad entre restos de árboles y hojas muertas que formaban islas flotantes. Lo peor era el limo del fondo, que se les pegaba a los pies y dificultaba cada paso.

—¡Qué agradable sensación, este pringue frío y viscoso pegado a las piernas! —dijo Gerico con cara de asco—. ¡Por su consistencia me recuerda la sopa de ajo de la abuela!

—Al menos eso no podía matarnos —replicó su hermano.

—Yo no apostaría.

—Yo, en vuestro lugar, me concentraría en mirar bien alrededor, en lugar de poneros a desempolvar viejos álbumes familiares —les regañó Klam.

Iba a hombros de Tommy, porque para él aquella ciénaga era un mar.

—Ya estamos. Ahí está la *sekretan* —dijo Klam, señalándola—. Solo tenemos que rebasar ese gran tronco roto.

Como si fuera fácil. El tronco era como un muro de madera cruzado justo frente a su objetivo. Aun así, pese al cansancio y la preocupación, la idea de que la salida estuviera tan cerca, del otro lado del obstáculo, les dio fuerzas. Lástima que allí la moral fluctuara de aquella manera, subiendo y bajando como si fuera una montaña rusa. Del mismo modo que se animaban al recibir una buena noticia inesperada, podían hundirse ante los peligros y las rarezas de Amalantrah. Ni siquiera podían estar seguros de que, del otro lado de la *sekretan*, el terreno fuera practicable. Además, cuando se encontraron prácticamente bajo el gran tronco, dispuestos a trepar, por entre las ramas aparecieron dos de aquellas cabezas de paja que tan bien conocían: ¡los temibles hombres huecos!

Al verlos, Miriam, del susto, tropezó y acabó tirada en el fango. Gerico la ayudó a levantarse y al momento sintió un pinchazo a la altura de la herida que le habían hecho con el unka.

—¡Vámonos de aquí! ¡Retrocedamos! —gritó Tommy.

Mirtilla se puso a ladrar.

El murmullo de voces aumentó de intensidad, como el zumbido de un inmenso enjambre de abejas. Tras el enorme tronco no estaban solo aquellos dos huecos: debía de haber decenas de ellos.

«No os demoréis, los huecos vendrán y a sus mazmorras os arrastrarán», les había advertido el libro.

Habían caído en la emboscada. De lo alto del tronco empezaban a bajar aquellos seres vestidos de gris.

Gerico y Tommy sacaron sus tirachinas. Pero Klam los frenó:

—¡No podemos plantarles cara a todos! ¡Tenemos que escapar enseguida!

Los chicos tuvieron que admitir que tenía razón. Los huecos

seguían bajando del tronco como cucarachas saliendo de una grieta en un viejo sótano.

El grupo se batió en retirada, dirigiéndose de nuevo a la fisura en la roca. Mirtilla chapoteaba en el fango, a la cabeza. Los muchachos desplegaron una energía que no pensaban que tendrían: ningún fondo fangoso frenaría su fuga.

Llegaron a la hendidura mientras los hombres huecos se acercaban, atropellándose unos a otros, torpes, inexorables. Eran todo un ejército, y sus podaderas brillaban en la penumbra.

Por suerte, del otro lado de la roca aún estaba el valle, con su prado verde y sus preciosos árboles cargados de fruta. No tenían tan claro que fuera a seguir allí: Amalantrah había demostrado en más de una ocasión que nada era inmutable y que todo podía cambiar de forma repentina.

Tommy tuvo una idea. Por la fisura, los huecos no podrían pasar más que de uno en uno. Él y su hermano podían apostarse justo frente al paso y, armados con sus tirachinas, abatirlos uno tras otro.

—Como los espartanos en las Termópilas, Ge —gritó Tommy, para animar a su gemelo.

—Pues ¡esos no acabaron muy bien! —precisó Gerico.

—Al menos murieron con gloria —respondió Tommy, mientras cargaba el tirachinas y apuntaba al primer hombre hueco que se había asomado por la hendidura. Le dio de lleno en la cabeza de paja, convirtiéndolo en humo.

—Yo por una vez podría prescindir de la gloria —murmuró Gerico, apuntando él también.

Los chicos estaban cumpliendo con su parte como barrera; ahora era el turno de Klam y de Miriam, que tenían que encontrar el modo de salir de allí. Pero, por mucho que se esforzaran, no veían que el río les ofreciera ninguna escapatoria.

—¿Por qué nos dice el libro que zarpemos? Aquí no hay ninguna embarcación —escribió Miriam frenéticamente.

Klam miró el mensaje. Habría querido tener alguna respuesta que darle, pero no tenía ni idea.

ϒ

La respuesta llegó de los árboles tristes. Miriam los observaba mientras balanceaban sus ramas rozando el agua. Parecían seres animados. Una vez más, entró en contacto con ellos. Se hizo el vacío a su alrededor. Todo lo demás quedó desenfocado, en penumbra, flotando. Cerró los ojos. Y los árboles le hablaron.

«Llamaaa a Eldaad.»

En el vacío de su mente, contra el fondo negro de sus propios párpados, Miriam vio que los sauces danzaban y cantaban para ella, luminosos.

«Llamaaa a Eldaad.»

¿Qué significaban esas palabras? ¿Quién era Eldad? De pronto, detectó en su propia mente un punto caliente que se fue volviendo cada vez más grande; la inundó con su paz como un minúsculo manantial que hubiera brotado en el desierto, creando un oasis de la nada.

«Llamaaa a Eldaad.»

«Llamaaa a Eldaad.»

Miriam hizo un esfuerzo. Como cuando había conseguido pronunciar aquella única palabra («nebelibali») en la granja de los Pot, levantó el lastre que le bloqueaba la garganta y, empujando, apretando los dientes, cerrando los puños con fuerza, articuló, letra a letra:

—E... L... D... A... D...

Y luego repitió:

—Eldad —dijo, con una voz desarticulada y oxidada, como un acorde de violín desafinado.

Las palabras que salieron de sus labios, como un soplo de aire a presión, se convirtieron en un viento que acarició la superficie del Simbation, encrespando el agua como si el río se estremeciera.

Los gemelos, enfrascados en la batalla, no se dieron cuenta de nada. La grieta en la roca seguía vomitando hombres huecos: apenas conseguían pulverizar a uno con sus tirachinas, y ya había otro idéntico en su lugar, en una sucesión interminable.

—No resistiremos mucho, *bru* —dijo Gerico, usando el diminutivo de *bruder*, «hermano» en alemán. Las raíces teutónicas de los gemelos asomaban de vez en cuando al hablar, sobre todo en los momentos más emotivos.

—¡No malgastes esfuerzos y tira! —le replicó Tommy, que apuntaba y disparaba sus chinas sin pausa y sin fallar ni una vez. Pero muy pronto también se quedarían sin municiones.

El que sí vio lo que le estaba sucediendo al Simbation fue Klam, que se quedó de piedra admirando aquel majestuoso espectáculo. En el río se abrió un pequeño remolino, enmarcado por unas franjas de espuma y de burbujas blanquísimas. Luego las aguas empezaron a caer con mayor intensidad, emitiendo el rugido de una poderosa cascada. Llegados a ese punto, los gemelos Oberdan también se dieron cuenta de que a sus espaldas estaba pasando algo.

—Pero ¿qué es eso? —dijo Tommy, desconcertado.

—*Wahnsinn...* —murmuró Gerico, maravillado.

Sin embargo, los hombres huecos seguían avanzando hacia los gemelos, implacables. Aquellas criaturas, que tenían tan hueca la cabeza como el pecho, se movían impulsadas por el puro instinto de matar.

El prado empezó a temblar. Un movimiento ondulante sacudió el valle. Se abrió una enorme vorágine en el centro del río; en el abismo que se iba formando, apareció un gran palo de madera. Unos instantes más tarde, apareció otro palo perpendicular al agua y una gran vela cuadrada. El mástil y la verga de un barco.

—Por todos los demonios de los cuatro reinos..., ¡es un velero! —murmuró Klam.

Tenía razón: la embarcación que había aparecido de las profundidades del río era imponente, con tres altísimos mástiles y majestuosas velas cuadradas. A Tommy se le aflojó la mano y el tirachinas cayó al suelo. Gerico tampoco conseguía seguir disparando, paralizado al ver aquella imagen increíble. Los hombres huecos aprovecharon para ganar terreno, pero Tommy y Gerico reaccionaron al unísono: metieron los tirachinas en las mochilas a toda prisa y echaron a correr tan rápido como podían en dirección al velero surgido de entre las aguas del Simbation.

El ejército de hombres huecos, cada vez más numeroso, les pisaba los talones. Eran tantos que eclipsaban la belleza del prado. Como un enorme enjambre de moscas zumbando sobre un precioso pastel.

Los gemelos llegaron a la altura de Miriam y de Klam, y los

cuatro se detuvieron a orillas del río, donde les esperaba sentada Mirtilla, curiosamente tranquila, contemplando el gran velero.

—¿Y ahora? ¿Subimos a bordo? —dijo Gerico.

—¿Ideas? —preguntó Tommy, dirigiéndose a Miriam y a Klam.

Fue ella quien respondió. Sin abrir la boca, señaló hacia un punto en lo alto de la embarcación. Allí, sobre el puente, había un hombre grande de gesto orgulloso y desenvuelto, vestido como cabría esperar del capitán de un barco. No obstante, a pesar de su aspecto imponente, la barba rubia, el cabello rizado y su enorme barriga le daban un aire simpático.

—¡Eh, ahí abajo, buena gente! —saludó el capitán con su poderosa voz.

—¿Podemos subir a bordo? —respondió Gerico, sin más—. Tenemos algún problemilla de incomprensión con esos espantapájaros de ahí —dijo, señalando a los hombres huecos, que iban acercándose a la orilla.

El hombretón echó una mirada al ejército del Mal y soltó una carcajada que resonó por todo el valle como un trueno. Cuando acabó, estaba colorado como un tomate:

—¡Esta sí que es buena! Los espantapájaros… —exclamó, y de nuevo le sobrevino otro estentóreo e incontrolable ataque de risa.

—Por fin alguien que aprecia tu sentido del humor. ¡Lástima que sea el peor momento para montar un club de fans! —bromeó Klam.

—Se lo ruego, déjenos subir, capitán… —dijo Tommy, dejando la frase en suspenso para que él la acabara diciéndoles su nombre.

—Eldad Cachaza, para serviros —se apresuró a responder el tipo desde el puente del barco.

Eldad. El nombre se iluminó como un neón en la mente de Miriam. Era la segunda palabra que pronunciaba. La primera había sido «nebelibali», cuando se había encendido una pequeña llama en el libro. Ahora había dicho «Eldad», invocando a aquel hombre que se había materializado de forma espectacular.

—Capitán Eldad, se lo ruego, no nos queda tiempo —le imploró Klam.

—Solo Eldad, nada de capitán. No hace falta. —Y se volvió a reír.

—Eldad… —dijo Tommy, ya con tono de súplica.

—Pensándolo bien, capitán suena mejor —dijo él, riéndose—. Responded a un acertijo rápido y estaréis a bordo del Grampas, el rey del Simbation, en menos que canta un gallo. ¿Listos?

Mirtilla por fin ladró, indignada ante aquella absurda pérdida de tiempo. Los chicos se quedaron perplejos. El hombretón interpretó su silencio como un asentimiento.

—¿Qué es más importante? ¿El sol o la luna?

Gerico, Tommy, Klam y Miriam se miraron los unos a los otros, estupefactos. ¿Un acertijo? ¿En plena fuga?

¡Desde luego, a aquel tipo el apellido le venía al pelo!

# 36

## Lo que sucedió aquel día

*E*n el despiadado juego del gato y el ratón, el Señor de las Pesadillas se había presentado con forma de felino. Frida y Asteras eran los roedores. Como ratones en la trampa.

Kosmar estaba en silencio, con las manos tras la espalda, inmóvil como un clavo aferrado a la pared. Los muchachos se sentían atravesados por su mirada magnética. No le veían el rostro, y aun así sentían cómo sus ojos horadaban la densa sombra de la capucha. Y bajo aquella mirada ellos iban sumergiéndose en las arenas movedizas del sueño, sin ninguna posibilidad de escapatoria.

Dormir. Cualquier otra voluntad quedaba sofocada por aquel deseo apremiante. Dormir. Nada más que dormir. Era lo único que deseaban. Y el sueño acabó venciéndolos. O, mejor dicho, les hizo prisioneros.

Frida se despertó. El sueño no había durado más que un instante. Un abrir y cerrar de ojos. Al menos eso le había parecido. Desde luego ya no estaba en las Celdas de las Profundidades. No estaba junto a Asteras. No estaba frente al terrible adorador de Shulu. Estaba sentada en el asiento posterior de un coche.

No tardó mucho en comprender que no estaba en un coche cualquiera; estaba en su coche. El de su padre. Llovía a mares. Las ventanillas recibían el azote de la lluvia. Y en el interior había una calidez que la envolvía, como una suave manta que le cubriera los hombros.

No estaba sola. Delante tenía a sus padres.

Su madre estaba al volante. Lo hacía siempre cuando llovía: su marido no conducía nunca si había tormenta. Una vieja fobia a los truenos y los rayos se lo impedía.

Frida intentó llamarle: «Papá». Él tenía la sonrisa en los labios, rodeados por una fina barba. La sonrisa de su padre era su mejor medicina cuando estaba enferma, era una tirita que podía aplicarse sobre cualquier tipo de herida.

Frida sintió que afloraba una tímida forma de felicidad, una felicidad escondida en un rincón tan remoto que la había olvidado. Papá y mamá estaban allí. Podía verlos. Eran reales. No era un sueño. Habría apostado lo que fuera.

Y habría perdido la apuesta.

Decepcionada, se dio cuenta de que no podía tocarlos ni hacerse oír. Para ellos era transparente. Era un fantasma.

«No, son ellos los fantasmas», dijo la voz de su conciencia.

¿Qué estaba pasando? ¿Por qué se encontraba allí? No era más que un sueño.

Más bien, una pesadilla.

Entre ellos había una especie de cristal perfectamente transparente. Frida cerró la mano, apretó el puño y se puso a golpear aquella barrera invisible. Era inútil. Aunque fuera incorpórea, aquella barrera era indestructible.

—A veces no sé cómo tratarla.

La voz de su madre. Frida se dio cuenta de que, en todos aquellos meses, su recuerdo había ido volviéndose más borroso, lentamente, como sucede con las fotos antiguas. Sintió una intensa nostalgia, echó de menos esa voz que le contaba historias antes de dormir, en la calidez de su cama.

—Ya no es una niña, cariño. Tiene su carácter, y tú tienes el tuyo. A esta edad, las discusiones son normales. Sabes mejor que yo que la adolescencia es un trámite desagradable que hay que pasar —respondió su padre, agarrado a la manilla superior, sobre la ventanilla del coche. Hablaban de ella. Frida les escuchaba, los veía, era como asistir a un espectáculo teatral.

O peor aún, como espiar en una escena a la que no habría tenido que asistir.

—Está mal que lo diga…, pero a veces echo de menos cuando

era una niña que dependía de nosotros en todo y para todo. Era adorable. Tan dulce, ¿te acuerdas? No daba un paso sin nosotros.

A su madre le gustaba deleitarse con los recuerdos, volver a un tiempo sin tiempo en que «mañana» y «hoy» no eran más que estúpidas etiquetas.

—Cada edad tiene su encanto. A mí me gusta la muchachita en que se ha convertido. Se parece muchísimo a ti.

—Ella es más guapa —replicó la madre, mientras un trueno rugía sobre el fragor de la lluvia.

—No decía físicamente —puntualizó el padre. Iba agarrado con tanta fuerza que tenía los nudillos blancos.

—Lo sé. Su belleza va más allá de lo físico —dijo ella, mirándolo con una sonrisa casi infantil.

—¡¡¡Cuidadoooo!!!

El grito del hombre acabó de golpe con la conversación. La madre de Frida también gritó, y dio un volantazo.

El coche se desvió a la izquierda dando un bandazo. Frida abrió los ojos aterrada. Ella también quiso gritar, pero estaba paralizada, como una estatua de mármol.

Su madre intentó llevar el coche al lado opuesto y, al frenar, bloqueó las ruedas. El auto, descontrolado, patinó por el asfalto mojado y fue a impactar de lleno contra un gran árbol de sicómoro. Frida cerró los ojos y se vio envuelta por el terrible estruendo del choque, de las planchas metálicas que parecían chillar de dolor al retorcerse.

Un instante más tarde, se hizo un silencio irreal, como si el mundo se hubiera quedado en pausa, fijo en un fotograma clave.


Frida aún tenía los ojos cerrados, pero ya no se encontraba en el coche. Estaba de pie. Escuchaba la lluvia, que no dejaba de caer, densa, empapándole la ropa. Bajo la tela mojada la piel se defendía vistiéndose de escalofríos. A lo lejos, otro trueno hizo oír su voz metálica.

Abrió los ojos. No estaba muy lejos del coche empotrado contra el árbol, al borde del camino que recorría el bosque.

Se echó a llorar y sus lágrimas se fundieron con las gotas de lluvia. No conseguía ver a sus padres, atrapados en aquel humeante amasijo de metal retorcido y vidrios rotos. Miró alrededor. No había nadie. Aparte de un gato pelirrojo, inmóvil en el centro de la calle.

Era Conato. Kosmar. Frida consiguió separar los pies del asfalto y mover las piernas, pesadas como el granito. Se encaminó hacia el animal. Se le paró delante. Se miraron. Los ojos de ella clavados en los del gato. Conato bostezó. Y cuando se puso a hablar, a ella no le sorprendió.

—¿Te ha gustado la escena? —La voz era la del Señor de las Pesadillas. Ella no respondió—. Si hay algo que no te ha quedado claro, no te preocupes demasiado. Lo revivirás todo —dijo, enfatizando la última palabra—. Todo exactamente como lo has vivido ahora. Una y otra vez. Porque cada experiencia, hasta la más dolorosa, con el tiempo puede perder fuerza, escaparse de la memoria. Las pesadillas, en cambio, te ayudan a fijarla en la mente, a no olvidar ningún detalle.

El gato hablaba con una calma despiadada, y Frida sintió unas ganas terribles de matar a aquel animal. De hacerle daño. De eliminarlo para siempre. Ella, que no habría matado una mosca; ella, que era vegetariana por respeto hacia todos los animales. Kosmar la obligaba a convertirse en una persona peor.

Se metió la mano en el bolsillo y apretó la piedra con el sello de Bendur.

En cuanto empezó a calentarse entre sus dedos, el gato entrecerró sus ojos color ágata. ¿Le habría afectado? Luego abrió su pequeña boca, meneando el bigote, y dijo con suavidad:

—Otra vez.


Frida volvía a estar en el coche. Estaba otra vez con su padre y su madre. Misma escena. Hablaban mientras la lluvia caía con fuerza sobre la carretera, volviéndola resbaladiza. Ella se puso a golpear los puños contra aquella especie de muro transparente que la separaba de sus padres. Quería avisarlos. Lloraba desesperadamente. Estaba a punto de suceder otra vez. Los vería morir una vez más, así, sin poder hacer nada. El diálogo entre su padre y su madre se estaba repitiendo, idéntico. Palabra por palabra. Habían muerto hablando de ella.

—Lo sé. Su belleza va más allá de lo físico —dijo ella, girándose una fracción de segundo hacia su marido.

Frida vio por el rabillo del ojo el gato pelirrojo que cruzaba la carretera frente al coche, deteniéndose en el centro de la calzada.

—¡¡¡CUIDADOOOO!!! —gritó él.

· El coche volvió a patinar. Y una vez más fue a estrellarse contra el majestuoso sicómoro. Era como ver la escena de una película. Pero la repetición no aliviaba el dolor, al contrario. Frida estaba desolada. El gato volvió a aparecer bajo la tormenta. Esta vez, Frida cogió una gran piedra del borde de la carretera.

—¿Qué crees que vas a hacer con eso? Lo sabes: no puedes hacerme nada. Es otra la piedra que te puede ayudar a salir de esta pesadilla. Entrégame la Bendur y acaba con este eterno retorno.

Frida lanzó la piedra al felino, que la esquivó sin inmutarse.

—¡Nunca te daré mi sello! —dijo, y lo apretó con fuerza.

—Otra vez —pronunció Kosmar lentamente.


Lluvia. Dentro del coche con su madre y su padre.

—A veces no sé cómo tratarla.

—Ya no es una niña, cariño. Tiene su carácter y tú tienes el tuyo. A esta edad, las discusiones son normales. Sabes mejor que yo que la adolescencia es un trámite desagradable que hay que pasar.

—Está mal que lo diga…, pero a veces echo de menos cuando era una niña que dependía de nosotros en todo y para todo. Era adorable. Tan dulce, ¿te acuerdas?


Cuando Asteras se despertó, se encontró en una habitación con las paredes de color verde pútrido, con grandes desconchones y marcos de madera extrañamente vacíos que encuadraban partes de la pared, en lugar de cuadros o fotografías.

Estaba sentado a una mesa, y enfrente tenía a un joven. Pero no un joven cualquiera. Era él mismo. Su réplica exacta. Otro Asteras que lo miraba con una sonrisita burlona. Una luz vertical los iluminaba desde arriba; ambos estaban esposados a la superficie de la mesa. Asteras intentó mover las muñecas para deslizar las manos y liberarse, pero cuanto más lo intentaba, más le apretaba el metal.

—No vale la pena que te agites tanto.

—¿Qué está pasando? ¿Quién eres? —dijo Asteras, cada vez más asustado.

—Esto es nuevo para nosotros, ¿eh? Nosotros no soñamos nunca. ¿No es cierto? —respondió el joven, apoyándose en el respaldo y poniéndose cómodo.

—¿Quieres decir que esto es un sueño?

—Quiero decir que por fin sabrás la verdad. Nuestra verdad.

Tan asustado e histérico estaba el primer Asteras como tranquilo y decidido estaba su doble.

—¡Déjame salir de aquí! —El grito resonó en las paredes desnudas de la sala.

—No somos nosotros los que decidimos cuándo se sale de una pesadilla, pero podemos hacer algo para convencerlo de que nos saque de aquí —dijo el segundo Asteras, que se explicaba con la calma propia de un académico.

—¿Convencerlo? ¿A quién?

—A Kosmar. Quiere la piedra que llevamos en el bolsillo: solo tenemos que dársela y podremos salir de aquí. Y volver al lugar en el que estábamos. Y ver otra vez a nuestra guapa compañera de viaje.

—¡Frida! ¿Qué le habéis hecho? ¿Dónde está?

Asteras estaba cada vez más nervioso; las esposas casi le cortaban la piel de las muñecas.

—Calmémonos, te lo digo por nuestro bien —insistió el otro—. ¿Frida? Digamos que ella también está pasando cuentas. No tardará en entregar su piedra. Si es que no lo ha hecho ya.

—Mientes…

Su doble se rio.

«Eso es algo que nos diferencia —pensó Asteras—. Yo nunca me he reído así.»

—Si tú lo dices. En realidad, nos reímos exactamente del mismo modo.

Así que su doble podía leerle los pensamientos.

—Te lo ruego, déjame salir; tengo que volver con ella.

Su doble negó con la cabeza lentamente, mirándolo con ojos penetrantes. Luego, con un gesto, señaló hacia uno de los marcos vacíos de la pared. En el interior, donde solo se veía un trozo de pared, apareció lentamente la imagen de un acantilado de piedra blanquísima en un día que amenazaba tormenta.

De pronto, Asteras se sintió triste. Apagado. El corazón le latía en el pecho cada vez más lento, para luego acelerarse, provocándole una presión en la garganta.

—¿Qué es eso? —preguntó, con un hilo de voz.

—Acerquémonos.

Esas palabras tuvieron el poder de proyectar la mirada de Asteras, acercándola al marco. No se preguntó cómo podía ser. Reconoció las gaviotas que sobrevolaban el acantilado y, al fondo, donde el mar rompía contra las rocas, había algo. No estaba seguro de lo que era, y sin embargo volvió a sentir una presión angustiosa en el estómago. Miró bien, enfocando la imagen. Aspiró el aire fresco del mar como si estuviera allí. Las gotitas de las olas vaporizadas le ofuscaban la vista, pero con el paso de los segundos consiguió distinguir cada vez más lo que había sobre las rocas. Era un cuerpo. Un cuerpo abandonado en una postura antinatural, errónea. Era un ser humano, desarticulado por efecto de la caída.

Muerto.

Cuando por fin consiguió fijar la vista en el rostro de aquel cadáver, apartó inmediatamente la mirada. Sudaba frío, y sintió un mareo tan violento que se puso a temblar de la cabeza a los pies.

—¿Lo hemos reconocido? —dijo su doble, provocándolo.

—¡Basta, para! —Asteras estaba a punto de echarse a llorar.

—Asterio Ascani. ¿Nos dice algo ese nombre?

Otro sobresalto: eso es lo que sintió Asteras al oír aquel nombre. Aquellas palabras habían accionado un interruptor invisible en el interior de su pecho. El muchacho sintió el mismo dolor que si le hubieran dado un puñetazo en el vientre. No consiguió responder. Lo hizo su doble por él.

—Era nuestro nombre en el Otro Lado. El que figura sobre nuestra tumba.

El tañido de una campana, metálico y lúgubre, llenó todo el espacio en torno a los dos Asteras. Una campana que sonaba a muerto. Y luego unos gritos desgarradores. Gritos de mujer.

—Es nuestra madre la que grita, Asterio. Nuestra caída del acantilado le ha dejado un tremendo vacío en el corazón. La ha destrozado. Desde entonces no ha vuelto a ser la misma, y aún llora recordando nuestro nombre.

—¡BASTAAA!

Asteras se sentía aplastado bajo el peso de aquellas revelaciones. Era un lastre que lo hundía, que le dejaba sin aliento. Y lo peor aún estaba por llegar. El rostro de la mujer que gritaba apareció en todos los otros marcos colgados de las paredes. Era como si cada uno de los cuadros estuviera estallando de desesperación.

—Nosotros estamos muertos, Asterio. Y hemos aflorado en Amalantrah olvidándolo todo. Resbalamos por el acantilado de Ovingdean mientras íbamos de excursión con el colegio. Ante los ojos de nuestros profesores y de nuestros amigos. Todos los periódicos hablaron de ello. Ríos de tinta para comprender cómo se había producido el incidente. —Ahora su doble había adquirido una consistencia corpórea y parecía un espectro—. Nos creíamos tan valientes que podíamos superar las barreras de protección y demostrar nuestra osadía, ¿eh?

—¡Te lo ruego, para! —imploró Asteras, desesperado.

Las paredes verde podredumbre de la sala se desmoronaron a su alrededor, dejándolos a pocos metros del borde del altísimo acantilado. Bajo sus pies había una pendiente de hierba alta y mojada, y en lo alto, un cielo de nubes ajenas a todo. Aterrorizado, Asteras se dio cuenta de que estaba resbalando en el prado. Lentamente. Inexorablemente. Estaba acercándose cada vez más al precipicio y no había donde agarrarse para evitarlo.

En el borde del despeñadero, que se acercaba vertiginosamente, apareció su doble. ¿Habría trepado por la pared vertical? ¿Cómo era posible? El otro Asteras hizo un último esfuerzo y se puso en pie. Con la naturalidad con la que se habría sacudido la harina si se hubiera manchado haciendo un dulce, se quitó unas briznas de hierba y un rastro de polvo de la ropa.

—Las pesadillas tienen esta ventaja: cogen un trozo de verdad y la llenan de terror hasta hacerla tan voluminosa que es imposible guardársela dentro —le informó, esta vez con la voz de Kosmar.

Asteras no conseguía emitir sonido alguno. Movía los brazos desesperadamente para frenar su lento deslizamiento por la hierba hacia el borde del acantilado. Un momento de distracción para mirarse los pies, que patinaban sobre el verde brillante de la hierba, y en lugar de a su doble se encontró delante al Señor de las Pesadillas.

—Dame tu piedra, desafortunado amigo, y no te sucederá nada. Te lo aseguro —dijo, haciendo sibilar la «s» de la última palabra como si hubiera surgido de la lengua de una serpiente.

Asteras sacó la piedra de Bendur que llevaba en el bolsillo, siempre consigo. La observó. Mientras tanto, seguía deslizándose lentamente hacia el precipicio. Notaba el olor del mar que explotaba en espumosas olas contra las rocas del fondo, vaporizándose en una miríada de gotitas.

—La piedra, Asteras —le apremió la voz de Kosmar.

En el cielo flotaban oscuras nubes, el tañido de las campanas y los gritos de una mujer.

«Los gritos de mamá», pensó Asteras.

Y allí la tenía, a pocos metros de él. Hundida en un vestido negro que no le había visto nunca. El rostro cetrino, la desesperación marcada en sus gestos desesperados.

—Entreguémosle la piedra, Asterio —le insistía su doble, con una voz que volvía a ser la suya.

Ya tenía las puntas de los pies más allá del borde del precipicio. Las rocas, al fondo, lo reclamaban, como una boca llena de espuma y de rabia, provista de famélicos dientes. En el interior de Asteras se mezclaban los venenos del miedo y de la angustia. Y su madre gritaba, gritaba…

Abrió la mano y alargó el brazo. Cerró los ojos. Sintió unos dedos gélidos que rozaban los suyos y se cerraban en torno a su piedra. En aquel momento cayó.

Intentó abrir los ojos. No lo consiguió. Estaba cayendo al vacío, pero lentamente. La mujer había dejado de llorar y de gritar. Y el mar ya no rugía bajo sus pies.

Asteras solo oyó un susurro en el oído. Una voz doble, que al mismo tiempo era la suya y la de Kosmar:

—Muy bien, muchacho. Ahora eres nuestro.

# 37

## La visita del *Grampas*

𝓗abía que responder a toda prisa. Los hombres huecos ya estaban muy cerca.

—¿Qué es más importante? ¿El sol o la luna? ¿Qué tipo de acertijo es ese? —protestó Tommy.

—¡Es un acertijo de categoría! —respondió el capitán Cachaza, riéndose a carcajadas.

—Ese está más loco que yo —dijo Gerico.

Miriam, mientras tanto, pensaba: «¿Qué es más importante? ¿El sol o la luna? La respuesta más obvia es el sol. Pero debe de tener trampa. Piensa, Miriam, piensa».

—¿Cuántos intentos tenemos? —le gritó Tommy a aquel hombre mastodóntico.

—Yo diría que uno —respondió Klam, señalando al ejército de huecos, tan cerca ya que casi podían oler su aliento pestilente.

—¡El sol! ¡El sol! —se apresuró a responder Gerico.

—¿Y por qué el sol? —preguntó el capitán, socarrón.

—¡Y yo qué sé! Sin el sol no hay vida, es evidente —respondió Gerico.

Tommy miró a Cachaza esperando que su hermano lo hubiera convencido.

—¿La vida? No sé por qué iba a ser la cosa más importante —rebatió el hombre.

—Capitán… Déjenos subir —gritó Klam, intentando darle un tono perentorio a su voz.

—¿Eh? No funciona así, lo siento. Buenos días, muchachos —dijo, y desapareció en el interior del castillo de proa.

El grupito entró en pánico. Estaban acabados. No había escapatoria. Ya oían el murmullo sordo de los huecos, como un presagio del dolor, y de los unkas desenvainados que brillaban entre los dedos esqueléticos de aquellas criaturas. Estaban a pocos pasos de los chicos.

—¡Mirad! —escribió Miriam en el pizarrín.

En la borda del barco vieron un par de escalerillas de cuerda que iban desenrollándose al caer desde el punto donde había desaparecido Eldad Cachaza unos momentos antes.

—¡Venga, no perdamos tiempo! —exclamó Tommy, con decisión.

Él mismo cogió en brazos a la pequeña Mirtilla para subirla por la escalerilla de peldaños.

—Déjamela a mí —dijo Gerico, que, efectivamente, tenía más fuerza que él—. Tú ayuda a Miriam —añadió, después de cargar con la perrita, que ladraba, asustada.

Tommy asintió y ayudó a su amiga a subir en primer lugar, echándole una mano para trepar a la escalerilla. Mantener el equilibrio no era nada fácil para personas como ellos, que no estaban acostumbrados a usarla. Miriam se giró y Tommy le lanzó una mirada tranquilizadora. Luego subieron Gerico y Mirtilla. En aquel momento, un hombre hueco se lanzó al ataque con su podadera. Tommy la esquivó por un pelo.

—¡Klam, sube! —gritó. El hombrecillo lo miró, vacilante, pero Tommy insistió—: Venga, sube, yo ya me las arreglo.

No había acabado aún la frase cuando tuvo que tirarse al suelo para evitar un nuevo ataque del hueco, que cortó el aire. Más de esos seres demoniacos se acercaron al muchacho, tendido en la orilla del río. Estaba atrapado. Miriam contemplaba la escena desde lo alto, aterrada. Gerico no podía hacer nada, con Mirtilla bajo el brazo y ya a mitad de la escalerilla. Klam se lanzó hacia Tommy, pero bien poco habría hecho si no hubiera llegado ayuda desde lo alto.

Sobre las cabezas de paja cayó una esfera metálica de color azulado, la mitad de grande que una bola de bolera. Llegaba a gran velocidad, golpeaba al enemigo y subía de nuevo como si fuera un yoyó mortal.

Viendo que los huecos iban cayendo aplastados a su alrededor, Tommy volvió a ponerse en pie, aferró a Klam y se lanzó a la escalera de cuerda. Mientras subía se giró un momento para asistir a la destrucción metódica de sus perseguidores. Caían uno tras otro bajo los tremendos golpes de aquella arma esférica. Reemprendió la subida, y una de aquellas bolas le rozó la cabeza con un silbido. Si le hubiera dado..., mejor no pensar cómo habría acabado.

Por suerte, la esfera metálica impactó en la cabeza de un hombre hueco, que siguió el destino de sus compañeros: desvanecerse con un chisporroteo vaporoso.

Cuando Tommy y Klam pusieron el pie en el puente del velero, los otros ya estaban allí. Gerico, Mirtilla y Miriam. Y, enfrente, el capitán Eldad Cachaza. Tenía el aspecto de un vikingo, de esos que no necesitan palabras y comodidades, solo mares que navegar. Las rosadas mejillas, la enorme barriga y sus labios siempre sonrientes le daban la imagen de un Papá Noel borrachuzo y más joven. Llevaba en la mano la prodigiosa arma con que había diezmado el ejército de hombres huecos. Los pocos que quedaban bajo la embarcación se movían como espantapájaros al viento.

—Capitán, se lo ruego, dígame qué es eso —preguntó admirado Gerico, señalando la bola de acero de aspecto primitivo.

De hecho, no es que estuviera «admirado»: sus ojos brillaban de deseo. Para alguien como él, aficionado a las armas blancas (se había pasado meses perfeccionando su tirachinas especial), encontrarse ante aquel prodigio era como para un arqueólogo dar de pronto con la tumba intacta de un faraón egipcio.

Eldad Cachaza se rio con fuerza, complacido. Hizo girar la bola metálica en su gigantesca mano. Entre sus dedos parecía pequeña como una bola de tenis.

—Esta es una esfera del Transvaal —dijo, tras recuperarse del enésimo acceso de risa.

—Wahnsinn! —exclamó Tommy, de repente emocionado—. ¡¿Una de las misteriosas esferas con las tres incisiones?! ¿De esas halladas en las minas sudafricanas hace unos años?

Gerico, Miriam y Klam lo miraron, sorprendidos.

—Pero ¿qué estás diciendo? —le susurró su gemelo.

—Calla, ignorante —le respondió Tommy, en voz baja.

—Efectivamente, tiene tres surcos —dijo el capitán, dando vueltas al objeto entre los dedos y observándolo como si fuera la primera vez que lo veía—. Pero no sé de qué estás hablando. ¿Dónde dices que está esa mina?

—En Sudáfrica. Había un artículo en mi revista favorita. —Tommy prosiguió, impertérrito—. No hay nada que pueda rayarlas, ni siquiera el acero. Son un misterio al que nadie consigue encontrar explicación.

—¿Misterio? Ningún misterio, mi joven amigo. Son las armas con las que los primeros vigilantes de la estirpe de Bendur repelieron a los antiguos demonios y a los primeros urdes, enviándolos al lugar de donde habían venido. Y resulta que yo estaba allí.

El enorme Papá Noel vikingo estaba henchido de orgullo. Volvió a meter la esfera del Transvaal en una gran bolsa de piel que llevaba colgada en bandolera y añadió:

—Esta es la última que queda. Al menos, por lo que sabemos. —Luego dio una palmada y se frotó las manos—. Y ahora no perdamos más tiempo. ¡Soltemos amarras! Zarpamos. —Miró a Miriam y le guiñó un ojo—. ¿Verdad, señorita?

«Zarpad pues, arriba el semblante, confiad en la corriente de aguas cambiantes.»

Ella sonrió algo incómoda, y asintió más por cortesía que por convicción. ¿Qué sabía aquel hombretón del enigma que había aparecido en el libro?

—¿Adónde vamos? —preguntó Klam.

—Ah, por aquí y por allá, pequeño amigo —dijo el Papá Noel vikingo, paseándose por el puente con enormes zancadas—. No hay lugar donde no se pueda llegar con esta carraca.

Al ver la mirada de sorpresa de su hermano, Tommy suspiró:

—Ten en cuenta que «carraca» no tiene por qué tener un sentido peyorativo. Las carracas eran grandes barcos medievales, parecidas a las carabelas con las que Colón consiguió llegar a América.

—Nosotros nos dirigimos a Ruasia —puntualizó Klam.

—¿Y qué vais a hacer allí? Es un lugar aburridísimo —dijo el

Capitán Cachaza, mesándose la barba, o en señal de perplejidad,
o para quitarse las pulgas.

—Buscamos a Iaso el Sanador.

—¿Y qué os hace pensar que está en la Ciudad de los Mil
Pozos?

—Fuentes fiables.

La respuesta evasiva de Klam atrajo las miradas de los chicos.
¿A qué fuentes se refería?

—Si lo dices tú, pequeñajo… —dijo el capitán levantando los
brazos en señal de rendición.

—¿Puede llevarnos? —escribió Miriam en su pizarrín.

—Claro que os llevaré: ¡el capitán Cachaza una aventura
nunca la rechaza! —Y dio un puñetazo tan fuerte sobre la borda
que toda la embarcación tembló sobre las plácidas aguas del Simbation—. Pero primero tenemos unas cuantas cosas que hacer.
No os creáis que Ruasia está a la vuelta de la esquina. —Se volvió
a reír con ganas.

Cuando se recuperó del nuevo ataque de hilaridad, que los
dejó a todos de piedra, el hombretón emitió un potente silbido
metiéndose los meñiques en las comisuras de los labios, que
creaban poco más que una fisura en medio de la jungla rubia de
su barba.

Al instante se alzó un viento que, con un rugido, hinchó las
velas de la carraca (dos cuadradas, y una, la del árbol de mesana,
triangular). En pocos instantes, el Grampas se puso en movimiento, partiendo en dos las aguas del río con su enorme proa.

Los gemelos observaron que no había nadie al timón. Daba la
impresión de que la embarcación iba por su cuenta, como gober-
nada por fantasmas.

—Pero ¿dónde están todos los marineros de la tripulación?
—preguntó Gerico.

—Yo ya soy bastante mayorcito; sé cuidar solito de mi criatura —dijo Cachaza, que dio otro palmetazo contra la madera
maciza de la borda, y se rio con ganas.

—Si es cierto que la risa abunda en la boca de los tontos, este
debe de ser el rey de los necios —comentó en voz baja Klam.

—No obstante, yo también tengo mi tripulación. Los hijos
del Grammy —dijo el capitán, que siguió en voz baja, como si

fuera a revelarles un secreto—. Así es como llamamos cariñosamente a esta belleza: ¡el Grammy!

El valle del Simbation se alejaba tras la estela del Grampas, y con él, la horda de hombres huecos que habían quedado en la orilla. Desde aquella distancia no daban miedo, parecían insectos inocuos de aspecto ridículo.

Los chicos oyeron un ruido a sus espaldas y se giraron a mirar hacia la parte elevada del puente de popa. De la puerta de cristales amarillos del castillo salieron dos personas: un hombre de unos cincuenta años de aspecto rudo y anchas espaldas y una mujer de unos treinta años que, si se hubiera acicalado un poco, sería una gran belleza. Sin embargo, iba desaseada, con una falda llena de remiendos y costuras, un suéter demasiado grande y zapatos que sin duda habían conocido tiempos mejores. Y daba la impresión de que su melena castaña no había visto un cepillo desde tiempos de los antiguos romanos.

—Os presento a mi fiel Pim y a su adorable hermana Pam —anunció solemnemente Eldad Cachaza—. Ellos se ocuparán de vosotros.

Gerico se acercó a la oreja de su hermano.

—Seguro que tienen otro hermano que se llama Pum.

A Tommy estuvo a punto de escapársele la risa, pero se contuvo.

—¿También tenemos que ocuparnos del perro? —dijo Pim, y su gesto hosco era ya una respuesta en sí mismo.

—Exactamente, también del adorable... ¿Cómo habéis dicho que se llama?

—A decir verdad, no nos hemos presentado ninguno. Yo soy Tommy, este es mi gemelo Gerico...

—¡Buen camino, hijos de Grammy! —le interrumpió él con un saludo que sonaba a burla.

Pim y Pam fruncieron los párpados, sin responder.

—... ella es Miriam. —La muchacha saludó con un gesto de la mano—. Y este es nuestro querido Klam.

—Vuestro, por decir algo. Buen camino —dijo el hombrecillo, muy serio.

—El perro, que en realidad es una perrita, se llama Mirtilla.

La border ladró, al darse cuenta de que hablaban de ella.

Pim y Pam se mostraron impasibles, o mejor dicho, más bien molestos.

—Bueno, ahora que nos hemos presentado, es de rigor una visita al Grampas. ¿Verdad, Pim? —decidió Eldad.

—Si usted lo dice, capitán —respondió el hombre, rezumando euforia por todos los poros.

—Sí, sí, ya veo que te mueres de ganas de hacer de anfitrión, así que tenéis mi bendición. ¡Como suelo decir, en este barco, el mar propone y el capitán dispone! —dijo, y de nuevo prorrumpió en una carcajada.

Antes de que desapareciera bajo el puente sobre la cubierta, Tommy lo detuvo:

—No nos ha dado la respuesta al acertijo.

—¿Qué acertijo?

Klam hizo una mueca de contrariedad.

—Ah, ya, el acertijo... ¿Qué es más importante? ¿El sol o la luna? Os he dado un buen susto, ¿eh? Esa broma siempre funciona. —Hizo una breve pausa para crear un momento de suspense—. Era fácil: ¡la luna!

El grupito se lo quedó mirando en silencio, esperando que se explicara, pero no funcionó. Él los miraba a su vez, con una sonrisa beatífica en el rostro, como diciendo: «Qué fuerte, ¿no?».

—¿Y por qué es más importante la luna? —preguntó Gerico.

—Porque el Sol, de día, no sirve para nada, dado que ya hay luz, ¿no? ¡La luna, en cambio, sí que es importante, porque da un poco de claridad de noche, cuando está oscuro!

Esta vez se rio tanto que el velero cabeceó bajo su peso. Pim y Pam se lo quedaron mirando, asintiendo, como si hubiera dicho la más sagrada de las verdades.

Los muchachos estaban perplejos.

—Si le digo que es idiota, ¿se considera motín? —susurró Klam.

Los demás negaron con la cabeza. Hasta Mirtilla ladró.

Gerico y Tommy se morían de curiosidad. La visita a la carraca era un sueño hecho realidad. ¡Cuántas veces habían fantaseado con encontrarse en un barco como aquel, recibiendo el ataque de piratas sin escrúpulos, listos para acabar con ellos con sus espadas...! Era otra de las fugaces pasiones que había dado color a su infancia. Sus intereses iban de la ornitología a los caballeros medievales, a los dinosaurios o a los piratas, y podían pasar de una cosa a la otra en un abrir y cerrar de ojos.

—¿No es increíblemente parecida a la maqueta del abuelo Silvestro? —comentó Tommy, emocionado.

—Nuestro abuelo tardó dos años en acabarlo —le explicó Gerico a Miriam—. Si vieras qué nivel de detalle... El pobre se dejaba la vista.

—Sí, sí, era el legendario Victoria, con bandera española: el primer barco que dio la vuelta al globo, entre 1519 y 1522, tras partir de Sevilla. También era una carraca, la embarcación preferida por españoles y portugueses para explorar el mundo en aquella época —añadió su hermano.

—¿Sabes que a veces resultas más pedante y aburrido que un documental sobre cactus?

Miriam no pudo evitar soltar una risita. Tommy se encogió de hombros.

El barco tenía tres mástiles: el maestro en el centro; el de mesana, más próximo a la popa; y el trinquete, en cuyo extremo superior se encontraba la cofa, la plataforma circular a la que se subían los vigías para observar el horizonte.

—¿Puedo subir ahí arriba? Por favor, quiero gritar: «Tierra, tierra», al menos una vez en la vida —les rogó Gerico, casi gimoteando.

Pam respondió sin dignarse siquiera a mirarlo:

—Olvídate.

—Siempre tienes que dar la nota —le reprendió Tommy.

Pero Gerico, decepcionado y humillado, no estaba dispuesto a renunciar a la idea de subir, y se prometió que lo haría, con o sin permiso.

A diferencia de los gemelos, Miriam no se sentía a gusto en el Grampas. El río que estaban surcando le infundía más miedo que admiración. Más de una vez, mirando más allá de la borda, había visto las aguas negras en las que se clavaba la quilla y se había imaginado, con un escalofrío, los monstruos que podían esconderse bajo la superficie. Lo que más le impresionaba del Simbation era su capacidad para cambiar, no solo de forma, sino también de caudal o de color. Una «corriente de aguas cambiantes», como bien había dicho *El libro de las puertas* en su último enigma.

Antes de adentrarse en las cubiertas inferiores, Pim los advirtió que prestaran atención adónde ponían los pies. Las escaleras estaban en mal estado.

—No queremos tener desgracias que lamentar —añadió con una mueca.

La advertencia de Pim resultó tener fundamento. La escalera tenía más escalones rotos que sanos y, con el balanceo continuo del barco, tanto los gemelos como Miriam estuvieron a punto de caer escaleras abajo en más de una ocasión. Klam, a hombros de Tommy, iba dando indicaciones a modo de experto timonel, y la tomó con su «porteador», al que acusaba de tener poca estabilidad. A punto estuvo el muchacho de rebelarse y lanzarlo lejos de allí.

Al llegar al fondo de la escalera se encontraron en un espacio que en otros tipos de barco (como las galeras, por ejemplo) solía estar ocupado por los bancos de los remeros. Para gran sorpresa de los gemelos, en lugar de encontrar a una multitud remando, se toparon con una veintena de personas (hombres y mujeres, niños y niñas) que decoraban con cintas de colores y flores luminosas aquel espacio, en el que reinaba una cálida penumbra. Decenas de farolillos de gas de luz tenue se balanceaban bajo las vigas del techo, creando un efecto muy sugerente.

—Pero ¿qué está pasando aquí abajo? —preguntó Klam, atónito.

—La fiesta del Zarpazarpa —respondió Pam.

—El capitán organiza una pequeña recepción con comida y bailes cada vez que zarpamos de un puerto —explicó Pim.

—Es decir, un ciclo sí y otro no —puntualizó Pam, con resentimiento en la voz.

—¿Y estos se supone que son marineros? —dijo Klam.

—Hijos del Grammy —respondió Pim.

No había alegría en los preparativos de la fiesta. Quizá la tripulación habría preferido dedicarse a las velas, a los nudos y las jarcias, en lugar de a las guirnaldas y a los adornos.

—Buen rumbo —saludó Gerico, intentando socializar con los marineros.

—Buen rumbo —respondió un coro de voces aburridas como única respuesta, acompañada de miradas indiferentes.

—¿Nosotros también estamos invitados? —preguntó Gerico a sus dos guías.

—¿Por qué? ¿Tenéis otros planes? —respondió Pim con sequedad.

—Me encanta el ambiente cordial y amistoso de este lugar —comentó Gerico.

Miriam sonrió, divertida.

La carraca resultó ser más pequeña de lo que parecía por fuera. E infinitamente menos excitante. Los espacios internos eran más bien angostos, y los pasillos, estrechos, los techos bajos y el penetrante olor a madera podrida creaban un ambiente oprimente y enfermizo. No obstante, Pim y Pam habían dejado lo mejor de la visita para el final.

—¿Estáis listos para ver vuestros camarotes? —dijo Pam, con una sonrisa pícara en los labios.

Tommy observó que la voz de los dos hermanos era muy parecida, pese a tratarse de un hombre y una mujer.

—¿Quieres decir que tenemos habitación propia? —preguntó Tommy.

—Una habitación para vosotros dos. Y una para la señorita —respondió Pim.

—¿Y yo? ¿Tengo que compartirla con esos dos atontados? —preguntó Klam.

Tommy sacudió el hombro para darle una sacudida, pero Klam se le agarró a la oreja, haciéndole soltar un grito.

—En ti no habíamos pensado, pero, si quieres seguirnos…, sin duda el capitán encontrará una solución para ti. Y para la perra.

Mirtilla gruñó. La antipatía entre los dos hermanos y la border pelirroja era recíproca y manifiesta.

—Les agradecería que me hablaran de usted, y desde luego no me gusta en absoluto este trato.

Pim y Pam se miraron con una mueca socarrona.

—¿Y bien? —insistió Klam.

—Pues como te decía, síguenos —dijo Pam, insistiendo aún más en tutearlo, para provocarlo.

El hombrecillo les lanzó una mirada desafiante.

—No me gustáis nada, que lo sepáis —dijo.

Con la ayuda de Tommy bajó de su hombro y se situó sobre la grupa de Mirtilla.

—Vuestro camarote está detrás de esta puerta —les dijo Pam a los dos muchachos—. Y aquí al lado está el tuyo —le dijeron a Miriam—. Estamos seguros de que os encontraréis a gusto, como si estuvierais en casa.

Una vez más, entre las palabras de Pim asomó una sonrisa poco tranquilizadora.

Cuando Tommy abrió la puerta, a punto estuvo de caerse de espaldas de la sorpresa. Lo mismo le ocurrió a Gerico cuando miró por encima del hombro de su hermano. Se giraron hacia Miriam, que también había abierto la puerta de su cabina. Se había quedado de piedra. Se giró para consultarles con la mirada. En su mirada se mezclaban los colores de la melancolía y del asombro. Nunca, ni en sus sueños más osados, se habrían imaginado que se encontrarían ante un escenario como aquel.

# 38

## El principio de las piedras intocables

$\mathcal{F}$rida era prisionera de su pesadilla, la que le había preparado Kosmar. Revivía una y otra vez los momentos previos al accidente mortal. Y no era una repetición idéntica. Cada vez que se reiniciaba la pesadilla, como una película rebobinada hasta el fotograma inicial por un espectador obsesivo, Frida descubría algún detalle nuevo en apariencia insignificante.

El perfume de su padre, por ejemplo.

Era una fragancia nueva, que no la había olido nunca. O el chirrido de la puerta del coche, que debía de tener algún defecto en las bisagras. O un pequeño cerco en el cuello de la camisa de cuadros de su madre. Y cuanto más profundizaba en los detalles, más se acentuaba el dolor, porque cada uno de aquellos elementos contaba algo de aquellos dos seres humanos a los que tanto quería y a los que nunca dejaría de echar de menos.

Los detalles que observaba, repetición tras repetición, se amontonaban en el fondo de su corazón. Un montón de pequeñas pruebas que daban a aquella pesadilla un aura de realidad.

Al dolor se le sumaba la frustración infinita de su impotencia. Ella no podía evitar el accidente provocado por Kosmar, pero que, sin duda, había ordenado la horrenda Astrid. Lo habría dado todo, lo que fuera, para no tener que asistir una vez más a la muerte de sus padres. Le habría dado incluso la piedra que el Señor de las Pesadillas le reclamaba. Y estaba a punto de ceder cuando sucedió algo que le impidió rendirse.

En el mismo momento en que su padre gritó (una vez más) para llamar la atención de su esposa, que estaba a punto de atropellar a aquel maldito gato, Frida se dio cuenta de un detalle que antes le había pasado por alto, a pesar de la infinidad de veces que había asistido ya a aquella escena atroz. Su madre se había llevado la mano al colgante que llevaba al cuello. Había sido un momento nada más, un gesto instintivo que Frida no había detectado hasta aquel momento, repasando por enésima vez aquellos instantes dramáticos. Era el colgante en forma de hueso con la inscripción PARA SIEMPRE. Aquel colgante que ahora llevaba ella al cuello, después de que se lo regalaran los cuatro trepadores de Baland.

Y mientras la pesadilla arrancaba una vez más, Frida también se llevó la mano al colgante. Sintió una descarga de calor que se le transmitió desde los dedos al brazo, hasta llegar al cuello. Una corriente tan fina como candente que le atravesó todo el cuerpo.

En aquel momento sucedió algo que rompió el bucle de la pesadilla.

La madre echó una mirada fugaz al espejo retrovisor y sus miradas se cruzaron. Los ojos apagados de dolor de Frida y los ojos luminosos de Margherita. Fue un cortocircuito que minó el muro invisible que contenía espacio y tiempo. Madre e hija habían establecido contacto. Superando la barrera que separaba la vida y la muerte. Superando las barreras de su mundo y de Amalantrah. Después el coche perdió el control. Las ruedas derraparon sobre el asfalto mojado. El sicómoro recibió el impacto.

Frida se encontró de pie bajo la lluvia, una vez más. El coche humeante y retorcido contra el árbol. Las planchas de metal aún candentes. Pero esta vez decidió ir a echar un vistazo. Se armó de valor. Se encaminó despacio por el asfalto reluciente, cubierto de agua de lluvia. En el tenso silencio se alzó la voz de Kosmar, aún con forma de gato, inmóvil en el centro de la carretera:

—¿Adónde vas? Ese no es un espectáculo para niñas.

Frida no se dignó a responder, pero de pronto sintió que el valor la abandonaba. Las piernas se le ablandaron como si fueran verduras hervidas. Cuanto más se acercaba al metal retorcido, más le costaba dar un paso. Cuando por fin estuvo cerca del coche, echó un vistazo al interior del habitáculo. Sorprendida, observó que sus padres no estaban allí.

Kosmar, mientras tanto, se le acercaba con su paso sinuoso de felino. Ella se giró y lo miró. Y fue entonces cuando se elevó una voz desde el coche. Una voz que Frida conocía muy bien.

—Frida, él está contigo. «Para siempre.» Llámalo y sabrá cómo ayudarte.

Era la voz de su madre.

El gato movió sus ojos amarillos a derecha e izquierda, nervioso. Dio un paso atrás. Frida agarró con fuerza el colgante que llevaba al cuello (PARA SIEMPRE). Cerró los ojos y abrió la mente. Los pensamientos fluyeron trazando una espiral en su cerebro. Una guarida en la que refugiarse y abrir espacio a un único deseo cegador. Aquella luz tenía un nombre y, sin abrir la boca, Frida hizo que se deslizara hasta el borde de sus labios.

—Erlon —susurró.

Cuando el sonido de la última letra se apagó en el aire húmedo de lluvia, de la ventanilla rota del coche saltó el perro de su madre. Su ángel de la guarda. El border collie que ya la había sacado de más de un lío. Pero esta vez Frida sintió que era diferente. Lo había llamado conscientemente. Lo había sacado del interior de su mente con la voluntad.

Erlon enseguida supo qué hacer. Su pelo blanco y negro se erizó; tensó el cuerpo, agachándose como un lobo a punto de atacar. Kosmar, en su forma de gato, retrocedió aún más. Y cuando el gruñido del border collie se convirtió en un borboteo profundo, un bullir de rocas candentes en el interior de un volcán, el felino bufó, arqueando el lomo y mostrando sus afilados dientes.

Erlon no se dejó atemorizar y le saltó encima. Kosmar agitó las patas con las uñas desplegadas. Le dio en el morro y el perro gimió de dolor. Pero ni siquiera eso lo detuvo. Saltó atrás solo para coger aún más impulso, y se lanzó sobre el gato con la furia de un guerrero.

Esta vez Kosmar se vio obligado a dar media vuelta y emprender la fuga. Los colmillos de Erlon se hundieron en el lomo de su enemigo. Un maullido agudo como un chillido humano atravesó el aire; con un gesto brusco, el gato consiguió zafarse de las mandíbulas del perro. Entonces empezó la persecución.

Frida se había quedado de piedra. Paralizada en medio de la carretera. Embobada. ¿Qué debía hacer ahora? ¿Escapar? Pero ¿hacia dónde?

La respuesta no tardó en llegar, aunque tomó una forma inesperada: la de un enorme camión negro.

Ella no lo vio llegar, pero oyó un claxon repentino y el chirrido de una frenada desesperada. Se giró y estaba allí. Aquel camión con remolque de silueta monstruosa se le echaba encima.

Frida reaccionó enseguida. Para evitar el impacto frontal, se tiró instintivamente de lado, hacia el borde de la carretera.

Se encontró boca abajo, en el borde del bosque. Se quedó allí inmóvil, intentando determinar hasta qué punto se había hecho daño. Se había dado un buen porrazo contra el suelo. Cabeza, cuello, espalda, brazos y piernas…, todo parecía responder bien a la llamada de su mente, pese a las magulladuras.

Cuando dejó de sentir el olor húmedo y terroso del sotobosque, abrió los ojos. El camión había desaparecido. La carretera también, igual que el árbol de sicómoro y el coche de sus padres. Había dejado de llover. Estaba tirada en el suelo y ahora notaba un olor penetrante a moho. Lentamente, Frida intentó ponerse en pie; salvo por un leve dolor en las rodillas, estaba de una pieza. No tardó mucho en darse cuenta de dónde estaba. Estaba de nuevo en las Celdas de las Profundidades. En el pasillo donde había sido sometida, con Asteras, y arrastrada a la pesadilla de la que acababa de salir. O al menos eso parecía.

Frida aún temblaba de la impresión. Tenía escalofríos. Ya no estaba mojada por la lluvia que caía en su pesadilla, y sin embargo se sentía como si acabara de salir de las aguas heladas de un lago. Estaba sola en aquel lugar tenebroso. Susurró el nombre de Asteras. Luego lo llamó con más decisión. No hubo respuesta.

—¿Dónde había ido a parar?

—¡Estoy aquí, Frida! —respondió por fin su amigo.

La voz llegaba de algún punto en el fondo del pasillo. Ella vaciló un momento; luego fue corriendo hacia la voz.

—Asteras, ¿eres tú? ¿Dónde estás? —preguntó, mientras avanzaba a toda prisa, tocando las paredes de aquel pasadizo estrecho y apestoso. El corazón también le latía a toda velocidad.

—¡Aquí, Frida, aquí! —respondió Asteras. Su voz era un susurro, un soplo de viento que apenas oía.

Estaba cada vez más cerca de la luz que (ahora lo veía) procedía del resquicio de una puerta entreabierta. Con la respiración agitada, apoyó la mano en la madera maciza. Recordó que Asteras le había advertido de que se alejara de aquellas puertas porque dentro podía encontrar cualquier cosa. Bueno, si quería encontrar a su amigo, tenía que hacer caso omiso a su propio consejo.

Asteras estaba allí. Pero no era el único, y Frida sintió una punzada de terror en el corazón.

El muchacho estaba pálido, lívido incluso. Estaba tendido sobre una especie de camilla. Inerme. Su uniforme negro estaba intacto. Aliviada, observó que aún respiraba. Pero tras él, en pie e impasible, estaba el Señor de las Pesadillas.

—Hola de nuevo, señorita —murmuró él entre dientes, con su falsa voz aterciopelada—. Como puedes ver, tu amigo ha llegado antes que tú.

—¿Qué le has hecho? —le gritó ella, manteniendo las distancias.

—Evidentemente, él no tiene un genius tan fuerte como el tuyo.

—Pero ¿de qué estás hablando?

Kosmar soltó un bufido de desprecio.

—Eres una vigilante con mucho poder, pero resultas algo ingenua. Hay muchas cosas que no sabes, y eso hace de ti un adversario más débil de lo que podrías ser, y al mismo tiempo más imprevisible.

Hablaba midiendo las palabras, sin poder evitar una inflexión que demostraba cierta admiración. Frida aún se sentía a merced de aquel demonio. Ante él perdía lucidez, acechada por un miedo oscuro y sin fondo. Su primer impulso era el de escapar inmediatamente, lo más lejos posible, de aquel hombre de túnica roja, pero Asteras estaba tendido allí delante y no podía dejarlo.

—Cada vigilante de Amalantrah tiene una figura protectora, por decirlo así. Tú tienes la suerte de poder contar con alguien que sabe lo que se hace.

—¡¿Estás hablando de Erlon?!

«Erlon, ¿dónde estás? ¿Dónde estás?»

—Sí, ese perro es tu genius. Ha conseguido incluso romper la red de mi pesadilla. Debo admitir que estoy sorprendido. —Hizo una larga pausa—. No recuerdo a nadie que haya conseguido invocar a su genius de ese modo. En el interior de una pesadilla. Será la suerte de la principiante...

Frida no respondió. Tenía que pensar en algo, o Kosmar la atraparía otra vez.

—Pero esto ahora no es tan importante. Lo importante es que necesito tu Bendur. Y la lástima es que no puedo matarte, sin más, y quitártela. Sería un gran ahorro de tiempo y de problemas, créeme, pero eres una vigilante y mientras tengas la piedra en el bolsillo no es fácil... —Se la quedó mirando un momento, ladeando ligeramente la cabeza—. Supongo que no has oído hablar del Principio de las Piedras Intocables que rige aquí, en Amalantrah.

Kosmar pronunciaba las palabras con la elegancia de un profesor universitario consciente de su propia habilidad como orador. Frida negó con la cabeza lentamente.

—Solo quien tiene una marca específica puede tocar la piedra homóloga.

Frida necesitaba tiempo para pensar en algo, tenía que hacerle hablar todo lo que pudiera, e intentar idear algo para salir de esa situación. Tenía que dividir la mente en dos: una mitad para escuchar; la otra para pensar. No era fácil.

—Y si no, ¿qué pasa?

—Oh, nada en particular. La parte del cuerpo que entra en contacto con la piedra intocable prende fuego. En cambio, si eres tú la que entregas voluntariamente tu piedra, transfieres también su poder y desactivas el campo de protección. Es un sistema algo discutible, estoy de acuerdo. Pero ¿quiénes somos tú y yo para poner en cuestión normas tan antiguas como los propios mundos?

—Yo nunca te daré mi Bendur —replicó Frida, convencida.

—Ah, no lo pongo en duda, y lo entiendo. —Ahora el terrible elegido de los urdes se movía lentamente en torno a la mesa en la que estaba tendido Asteras. De vez en cuando, la luz de las antorchas penetraba en la densa sombra proyectada por la capucha que le cubría el rostro, mostrando una parte, de una palidez opalescente, espectral—. Tampoco tu amigo quería separarse de su piedra, pero al final se ha convencido. ¿Débil o sabio? Quién sabe. El caso es que ahora su piedra está en mis manos.

Kosmar se sacó del bolsillo de la túnica la piedra con el sello de los vigilantes. Frida se quedó atónita. Y sintió un pinchazo en el estómago que a punto estuvo de doblarla en dos.

¡Asteras le había entregado su piedra! Habría querido gritar, pero las palabras se le amontonaron en la garganta. Sintió que se le ofuscaba la vista: los ojos se le cubrieron de unas lágrimas ardientes.

El malvado ser que tenía delante deslizó su huesuda mano por la frente de Asteras, que no reaccionó. Su cuerpo yacía inmóvil, pero tenía los párpados abiertos. No estaba durmiendo.

Frida observó la lágrima que le asomaba de un ojo para deslizarse lentamente por la mejilla y acabar desapareciendo en el hueco del cuello. Asteras estaba llorando: ¿cuánta conciencia quedaba en aquel cuerpo inerte? No tuvo tiempo siquiera de compadecerse de él, porque Kosmar la devolvió de inmediato a la crudeza del momento.

—Pero hablemos de nosotros. Como puedes observar, el joven vigilante es nuestro. Ya no podrá hacernos ningún daño. Si te preguntas cómo he podido superar su resistencia... Bueno, la pesadilla ha surtido su efecto. Ha sido espléndidamente insoportable para él. Suele pasar, con los recuerdos. Recordar, en muchos casos, es el más atroz de los sufrimientos. Imagínate..., se había olvidado de que estaba muerto.

—¿Qué? —La pregunta le salió de la garganta, incontrolada, y cortó de golpe la frase de Kosmar.

El Señor de las Pesadillas siguió rodeando el cuerpo tendido en la mesa sin ninguna prisa. Luego levantó la cabeza un poco, haciendo plenamente visible su rostro, hasta ahora oculto a la sombra de la capucha. Frida vio por primera vez de frente sus ojos amarillos, con la pupila vertical. Por primera vez pudo ver perfectamente aquel rostro tallado en el hielo, surcado por finas venas negrísimas.

—Tu ignorancia no tiene límites, joven vigilante. No sabes nada y habrías hecho bien en quedarte donde estabas. Se dice que la ignorancia es una bendición, ¿no es así? En cambio, en tu caso podríamos decir que es una maldición… —Se puso a caminar otra vez, inclinando de nuevo la cabeza encapuchada. Ahora daba la espalda a la mesa en la que yacía Asteras. Estaba peligrosamente cerca de Frida. Y cuando habló de nuevo, lo hizo con una voz metálica y cortante—. Ahora basta. Ya hemos perdido demasiado tiempo. Entrégame tu piedra y acabemos con esto. No tienes ninguna esperanza.

En aquel instante, la pesada puerta que Frida tenía detrás se cerró de un portazo. Estaba atrapada. ¿O no?

No olvides lo que te decía tu padre cuando todo parecía perdido. Cuando te sentías acorralada: «Sin esperanza es imposible encontrar lo inesperado».

Las palabras de una de las notas que había escrito y que había guardado en su desaparecida caja de los momentos le volvieron a la mente justo en el instante en que buscaba algo que precisamente era ya inesperado.

Frida, bloqueada entre la puerta cerrada y Kosmar, estaba a punto de ceder. Los ojos amarillos del Señor de las Pesadillas la miraban con una capacidad de persuasión propia de un hechizo, diciéndole que no tenía salida, que más valía poner fin a todo aquello, entregarle la piedra y dejar de luchar de una vez por todas. Estaba cansada, asustada, desesperada, ¿no? Rendirse era una tentación. Rendirse y descansar, por fin…

Pero aún no era el momento.

Apartando ligeramente la vista y mirando tras el Señor de las Pesadillas, Frida observó que Asteras erguía la espalda y se sentaba. Lo hizo con la furtividad de un depredador al acecho, aunque en su rostro se reflejaba el dolor y el esfuerzo que le costaba lo que estaba haciendo.

El joven vigilante se deslizó, dejándose caer de la mesa, dio un paso adelante y con un rápido gesto metió la mano en el ancho bolsillo de la túnica de Kosmar. La reacción del Señor de las Pesadillas, que no se esperaba aquello, fue tardía y fatal.

Tras el asombro inicial, Frida tuvo claro lo que estaba pasando. Se dio cuenta cuando las llamas empezaron a envolver el tejido rojo. Asteras había puesto la mano sobre la piedra negra con el sello de los urdes.

El Principio de las Piedras Intocables.

En pocos instantes, el fuego se propagó por la túnica del Señor de las Pesadillas, pero también Asteras gritaba de dolor por la llama que le quemaba la mano. Aun así, consiguió avisar a Frida:

—¡HUYE! ¡AHORA!

Kosmar reaccionó, aferró con aquella mano espectral el cuello del muchacho y lo levantó a peso. Ambos estaban envueltos en aquellas feroces llamas; sin embargo, el ser demoniaco parecía indiferente al fuego. Frida vaciló. No quería abandonar a Asteras. Intentó llamar a Erlon, pero no funcionó. ¿No estaba lo suficientemente concentrada? El miedo le impedía pensar. Una densa niebla le bloqueaba el cerebro, y los pensamientos se perdían en ella, desorientados. Para recurrir al don de los vigilantes tenía que canalizarlo. Para entrar en contacto con su voluntad, ahora empezaba a entenderlo, debía sumergirse en las profundidades más silenciosas de su interior. Aún no dominaba la técnica, y cuando el miedo la dominaba, resultaba aún más difícil.

—¡HUYE, FRIDAAA! —gritó una vez más Asteras, que se revolvía, desesperadamente, intentando zafarse de Kosmar.

Frida corrió hacia la puerta.

La encontró cerrada.

«Piensa, piensa, piensa.»

Se giró hacia el interior de la celda. Era el infierno. Las llamas eran cada vez más voraces, las manos de Kosmar en torno al cuello de Asteras, apretando y apretando, el olor a carne quemada, el calor sofocante.

«¡Innumera!»

Le vino a la mente la llave que había encontrado en el armario. Se la sacó del bolsillo, la metió en la cerradura y la giró. La cerradura se desbloqueó. Tras echar una última mirada atrás, Frida vio a su amigo, colgando de las manos de aquel demonio como un muñeco de trapo.

—Perdóname —susurró, y salió al exterior de la celda entre lágrimas.

# 39

## Alicia Revira

*A*quella era su habitación.

¡Su habitación de casa, y no el camarote de un barco! Era el pequeño reino de Gerico y Tommy, con todos sus detalles, tal como lo habían dejado antes de iniciar aquella absurda aventura.

Las paredes azules con las nubes pintadas que Tommy había querido a toda costa y que a su hermano le parecían demasiado infantiles. El escritorio más desordenado que un vertedero de Bombay, en el que se podían encontrar incluso restos de algún bocadillo de jamón (ya degradado a la categoría de basura tóxica) en medio de las páginas de un libro sobre pájaros exóticos. El gran cráneo luminoso que les había regalado la excéntrica tía Rosy por su octavo cumpleaños. El banco para levantar pesas que usaba Gerico para trabajar los pectorales. Los pósteres de Indiana Jones y de una película que habían visto poco antes, *Los Goonies*. Una máscara antigás que habían comprado en un mercadillo durante un reciente viaje a Fráncfort.

Los dos muchachos examinaban los detalles de su habitación con la boca abierta y los ojos mostrando asombro.

—*Wahnsinn!* —decía una y otra vez Gerico, emocionado.

—¿Y eso qué es? —exclamó Tommy, señalando hacia una puertecita roja que había en una pared.

—Yo, en vuestro lugar, no la tocaría, a menos que os hayáis cansado de este mundo —dijo a sus espaldas una voz que resultó ser la de Pim, que les dio un buen susto.

—¿Qué quieres decir? —preguntó Tommy.

—Si la abrís, no hay vuelta atrás, metéoslo en la cabeza —replicó él, cortante.

La puertecita roja, tan baja que no habrían podido atravesarla a menos que se pusieran a cuatro patas, debía de ser otra *sekretan*.

—Poneos cómodos; dentro de poco, vendremos a buscaros para la fiesta. Si no os encontramos, sabremos dónde habéis ido —dijo, aludiendo a la puertecita roja, antes de dejarlos solos.

Gerico subió por la escalerilla de la litera y se tiró sobre su colchón.

—¡No me lo puedo creer! ¡Mi colchón! —dijo, hundiendo la cabeza en la almohada.

Tommy sentía vértigo. Cruzó la habitación, incrédulo y confuso, se acercó a la puertecita roja y cogió el pomo de latón entre los dedos.

—¿Qué estás haciendo? —le preguntó Gerico desde lo alto de su cama.

—Nada —respondió él, soltándolo.

—Me pregunto si Miriam también habrá encontrado la habitación de su casa.


A ella también le había pasado. Miriam se había encontrado con un camarote que era la copia exacta de su habitación. A diferencia de la de los Oberdan, la suya era un lugar limpio, ordenado, bien organizado, con las paredes de color crema y vaporosas cortinas en las ventanas. Allí estaba su escritorio con el espejo ovalado y, cuando abrió los cajones, encontró incluso sus novelas.

Estaba aturdida, y sintió una profunda nostalgia. En el fondo, en aquella habitación había vivido la mayor parte de sus trece años de vida y su mundo interior se había cristalizado entre aquellas acogedoras paredes. Echaba de menos hasta a su madre, Astrid. A su modo, le tenía cariño. Y la tristeza se hizo más intensa cuando vio la colcha de *patchwork* sobre la cama.

Era otro regalo de su abuela, la madre de su madre. La persona a la que más había querido en el mundo. Había desaparecido repentinamente un par de años atrás. Astrid solo le había dicho que había muerto, pero siempre se había negado a contarle lo sucedido. Liquidaba las preguntas de Miriam con un lacónico: «Está muerta y ya está, asúmelo. Ya no está, y no importa cómo ha sido. Eso es una curiosidad morbosa, algo impropio de una niña de tu edad».

Ella había decidido que no se lo preguntaría más, resignándose a hacer caso a su madre. Lo que importaba realmente era que no vería nunca más el dulce rostro de su abuela. No sentiría ya esos reconfortantes abrazos en los que tanto le gustaba perderse. Ya no jugaría con ella al Scrabble ni haría esos puzles de lugares exóticos que tanto le gustaban. Ya no subiría al piso de arriba, donde vivía la abuela, cuando Astrid desaparecía sin decirle adónde iba. ¿A Amalantrah quizá? No volvería a encontrar consuelo en ella, ahora que sentía que había huido de casa, dejando atrás la jaula en la que la había encerrado su madre.

Se envolvió en la colcha y aspiró el olor a limpio. Le recordó sus días más felices. Los olores, más que ninguna otra cosa, son como máquinas del tiempo: sin sacudidas ni alarmas, la mente parte hacia un destino del pasado conectado de un modo extraño e incontrolable con aquel olor. El patchwork de la colcha se componía de doce piezas rectangulares de medidas idénticas y una más grande en el centro. Era una colcha navideña, y cada recuadro era un dibujo estilizado en colores tenues que parecían pertenecer a otra época. Bajo cada imagen había un número, del uno al doce. La pieza central mostraba un árbol con peras verdes y amarillas, y un gallo rojo en lo alto. Y una inscripción bordada decía, con letra infantil: 12 DAYS OF CHRISTMAS.

Arrebujándose con la colcha, Miriam se dejó llevar y lloró en silencio. Pensó en las Navidades con la abuela. Su madre odiaba las fiestas y no quería que decorara el árbol. Así que la abuela le regalaba cada año algo que le recordara la magia de aquel día. Como aquella colcha de colores, que para ella se había convertido en la propia esencia de la Navidad.

El encanto de aquel momento de nostalgia se rompió de golpe con el ruido de unos nudillos que llamaban a la puerta, aunque estuviera abierta.

—¿Se puede? —Era Gerico, que asomó la cabeza.

Ella asintió, limpiándose las lágrimas con el dorso de la mano a toda prisa.

—¿Así que este es tu dormitorio? —Hizo una pausa, incómodo—. Quiero decir…, el de tu casa.

Miriam sonrió. Era una situación extrañísima, entre otras cosas porque su madre no le habría permitido tal intimidad. Nunca le había dado permiso para que invitara a ningún amigo o amiga a su casa, y menos aún a su habitación. Quizá por eso sus compañeros de clase, que ya le hacían el vacío por su mutismo, habían acabado por no invitarla. Y ahora Gerico estaba allí, sentado sobre su cama.

—¿Te apetece venir luego a ver nuestra habitación? —Miró a su alrededor y se rascó la nuca, algo avergonzado—. Desde luego, no la encontrarás igual de ordenada que esta… Digamos que te parecerá que entras en una casa recién arrasada por un tsunami.

En los suaves labios de Miriam asomó una sonrisa. Aquello era lo que más le gustaba de Gerico: la ironía con que podía quitar hierro hasta a los momentos más tristes. Él emanaba alegría y aligeraba el peso de las cosas. La vida sin Gerico era una fiesta sin música, un jardín de malas hierbas.

—¿Aquí también hay puerta roja? —preguntó él, cambiando completamente de tema. Miriam lo miró, perpleja—. Es una puertecita como de gnomos. Una especie de salida de emergencia…

Se puso en pie y pasó revista a la habitación, moviendo incluso algún mueble pegado a la pared, mientras Miriam seguía mirándolo, esperando más explicaciones.

—Es lo único diferente respecto a nuestra habitación. Por lo demás, es todo exactamente igual, como en casa. Tal como la dejamos. Me parece alucinante. ¿Cómo es posible?

Miriam soltó la colcha, cogió su pizarrín y su tiza, y dio unos golpecitos para llamar la atención de su amigo:

—Tenemos que acostumbrarnos a la locura de este mundo. Pero ¿para qué sirve esa puerta?

—Parece una *sekretan* —dijo él, acercándose para leer mejor.

—¿Y adónde da?

—Por lo que ha dicho el simpático de Pim, parece que conduce de vuelta a nuestro mundo, sin posibilidad de volver atrás. Aquí debe de haber otra.

—A decir verdad, no he mirado.

—Echemos un vistazo juntos.

No tardaron mucho en encontrarla. Estaba escondida detrás de la gran cajonera donde Miriam guardaba su ropa. No les costó mucho desplazarla.

—¿Y ahora qué hacemos? —escribió Miriam.

—No lo sé. Lo hemos hablado con Tommy. Desde luego no podemos dejar a Frida y a Pipirit aquí abandonados y volver atrás. Aunque no te escondo que echo de menos mi casa y, por increíble que parezca, también a mis padres.

—Te entiendo... —escribió ella.

—Por suerte, aquí te tengo a ti —dijo él, recobrado el ánimo, pero al momento se ruborizó.

Ella adoptó el mismo tono rojo intenso. Sonrieron. Y cuando las sonrisas cayeron como hojas de otoño, la única barrera que quedó entre ellos fue un silencio hecho de respiraciones pesadas. El campo magnético generado entre ambos los atrajo inevitablemente. Sus labios se rozaron y de aquella caricia entre sus bocas floreció un beso natural, suspirado, dulcísimo. Estaban entrando en otra dimensión, introduciéndose en un mundo solo de ellos dos, sin necesidad de atravesar puertas o *sekretan*, solo con ese beso. Desgraciadamente, su viaje duró poco.

Llamaron otra vez a la puerta. Se separaron inmediatamente, alejándose de golpe, como si el campo magnético se hubiera invertido de pronto.

—¿Molesto? —Era la voz de Tommy, que un momento después asomó tras la puerta.

—Como siempre —respondió Gerico, que aún tenía la cabeza entre las nubes.

—Han venido a llamarnos; la fiesta del Zarpazarpa está a punto de empezar. Y dicen que seremos los invitados de honor...


Qué fiesta más triste. Nada de música, cero alegría. Los adornos de las paredes de madera eran de colores, sí, pero pobres, y evidentemente habían sido colocados con poco gusto.

El único que parecía estar de buen humor era el capitán Cachaza. La tripulación, que al llegar los invitados a la cubierta in-

ferior estaba preparando la sala para el evento, ya estaba visible-
mente aburrida y cansada. Había hombres, mujeres y niños sentados en los bancos, algunos dando sorbitos con indiferencia a un
líquido turbio servido de grandes jarras, otros picoteando algo de
comer, más para pasar el rato que porque tuvieran hambre.

Tommy vio a una chica de unos veinte años, o poco menos.
Tenía una larga melena negra y la piel del color del ámbar, y
llevaba una blusa de vivos colores que le dejaba a la vista los
hombros y el vientre. Mostraba una seguridad en sí misma y
una belleza que hacían que destacara como un dibujo a todo
color en una hoja blanca.

Ella también lo miró, pero solo un instante. Un relámpago.
Era una de aquellas miradas que te deslumbran si no te proteges
los ojos. Tommy no pudo soportarlo, así que desvió la mirada,
incómodo. Gerico y Miriam se movían por la gran sala decorada
con la incomodidad de quien llega a una fiesta ya empezada en
la que no conoce a nadie. Al final se reunieron con Tommy, que
había cogido un vaso y daba sorbos a una bebida que olía a fruta fresca.

—Al menos nadie nos mira como si fuéramos animales misteriosos —le murmuró Gerico a Miriam.

Efectivamente, su entrada no había suscitado ninguna curiosidad. Solo Eldad Cachaza se acercó a ellos, caminando alegremente, cuando los vio.

—¿Qué tal? ¿Os han gustado vuestros camarotes? —dijo,
guiñándoles el ojo.

—¿Cómo ha conseguido...? —quiso decir Tommy, pero el
capitán no le dejó acabar.

—No te hagas demasiadas preguntas, jovencito. La razón no
puede explicarlo todo. ¿Tú sabes, por ejemplo, por qué los caballos tienen el morro tan grande?

Tommy se lo quedó mirando, perplejo. ¿Qué tenían que ver
los caballos con todo aquello? Se encogió de hombros en señal de
rendición.

—Tú prueba a sacarte los mocos con una pezuña... —El
capitán soltó tal carcajada que todos se giraron a mirar. Luego
llegaron unas risas más, como réplicas tras un terremoto devastador, y por fin consiguió calmarse—. En fin, amigos míos —dijo,

dándose unos palmetazos en la gran barriga—, os espero en mi cabina cuando acabe la fiesta. Quiero que veáis algunas de mis maravillas, y discutiremos qué vamos a hacer. Dentro de un par de ciclos, llegaremos a la ensenada del Ámbar Gris.

—¿Adónde? —preguntaron los gemelos, casi a coro.

—A la ensenada del Ámbar Gris. Un lugar horrendo, tan perfumado que resulta insoportable. —Eldad esbozó una sonrisa burlona—. He de ver a una persona, a un tipo que tiene algo para mi...

Los chicos prefirieron no indagar en aquel misterio.

—Nosotros tenemos que ir a Ruasia sin falta —respondió Tommy. Luego, mirando a su alrededor, añadió—: Por cierto, ¿dónde está Klam?

—Ah, ¿no os lo ha dicho Pam? No se encontraba muy bien.

—No, no nos ha dicho nada. ¿Qué tiene? —preguntó Gerico, alarmado.

—Está muy débil. Se ha quedado en la camita que le hemos preparado en el pañol.

—¿El qué? —replicó Tommy.

—El pañol, la bodega en la que guardamos las armas pequeñas, la ropa, las mantas y los víveres que no caben en la gambuza.

—¿Y Mirtilla? —escribió Miriam.

El capitán se encogió de hombros y luego gritó:

—¡Paaam!

Lo hizo tan de repente que los chicos dieron un respingo.

La mujer estaba bebiendo con un grupo de otros seudomarineros. Rebufó ostensiblemente, pero estaba a punto de responder a la llamada cuando la detuvo precisamente la chica que había visto Tommy un momento antes. Le puso una mano sobre el hombro y le indicó que se quedara donde estaba. Y fue ella la que se acercó al capitán y a los chicos.

Atravesó la sala con la determinación de un barco que zarpa con el viento en popa: noble, orgullosa, sosteniéndose con una mano la falda con encajes para que no tocara el suelo. Sus ojos oscuros anunciaban una tormenta de verano.

—Soy Alicia Revira, a vuestro servicio —dijo, con una reverencia apenas insinuada, más irónica que formal.

—No hacía falta que te molestaras, Alicia; solo quería que Pam los acompañara a ver a su pequeño amigo.

—Ninguna molestia. Será un placer. Hace mucho que no sube nadie a bordo del Grampas. Será una agradable distracción acompañar a estos... señores.

—Como quieras. —Luego, dirigiéndose a los muchachos, el capitán añadió—: No podría dejaros en mejores manos. Conoce hasta el último centímetro de esta carraca.

La joven asintió, orgullosa.

—Quería decir de esta antigualla —susurró Gerico al oído de Miriam, que se lo quitó de encima con un gesto de la mano, como si fuera una mosca molesta, pero sin dejar de sonreír.

Para acceder a la gambuza y de ahí al pañol, había que llegar a la parte posterior del barco, al extremo de la popa. Alicia era de pocas palabras, pero no por altivez ni por timidez. Era como si los estuviera estudiando para ver si podía fiarse de ellos.

—Aquí el aburrimiento se cobra más víctimas que los rechinantes —dijo al cabo de un rato, como si quisiera justificar su decisión de acompañarlos.

—¿Cuánto tiempo hace que estás en este barco? —le preguntó Miriam, acercándose a ella con su pizarrín.

—Llegué con todos los demás. El capitán nos acogió cuando afloramos.

—¿Aflorasteis? —dijo Tommy, y la misma pregunta se hicieron su hermano y Miriam.

—Sí, cuando afloramos aquí, en Nevelhem. Estábamos en una isla en medio del río Simbation, y el capitán nos acogió a bordo. Desde entonces no hemos bajado nunca del barco, solo para recoger provisiones y ayudar al capitán en sus misiones.

Alicia levantó una mano para imponer silencio y se puso a escuchar. De la puerta de la gambuza salió un hombre anciano, seco y gris, con un par de guantes oscuros que le cubrían las manos hasta los codos.

—¡Ganash! —dijo Alicia.

—¿Qué hacéis aquí? ¿Quiénes son estos críos? —preguntó con una voz que era como el chirrido de una puerta oxidada.

—Son invitados del capitán. Chicos, este es el fantástico cocinero de a bordo, y nuestro maestre de víveres, Ganash.

—Se pronuncia así, pero se escribe «G-a-n-a-c-h-e», es francés —borbotó él.

Los gemelos lo saludaron con el habitual «Buen camino». Miriam se limitó a levantar la mano derecha.

—¿No tienes la impresión de haberlo visto antes en algún sitio? —le dijo Gerico a Tommy en voz baja.

—Estaba pensando eso mismo; su cara me suena.

Alicia interrumpió la conversación susurrada dirigiéndose al cocinero:

—Tus pastelillos de trucha azul estaban deliciosos. Una comida memorable.

—Gracias —masculló él, girándose para volver por donde había venido, después de lanzar una última mirada a los gemelos.

Tommy tuvo la impresión de que el viejo cocinero los había observado con demasiada atención para que aquello fuera una simple mirada curiosa. Ahí había algo más.

—No es la persona más sociable del mundo, pero es un cocinero excelente —dijo Alicia, casi disculpándose por él.

—Estamos seguros de que lo hemos visto en algún otro sitio, pero no conseguimos recordar dónde —confesó Tommy.

Ella no respondió, pero sus ojos brillaron con cierto interés.

—Vamos, os llevaré con vuestro amigo.


En cuanto entraron en el pañol, vieron a Klam. Tenía realmente mal aspecto, tendido en una caja de madera adaptada a modo de camita sobre un estante que habían liberado de las diferentes cosas que se acumulaban en aquella estancia. Entre ropa llena de polvo, olores de alimentos que se mezclaban creando una fragancia dulce pero casi nauseabunda y un gran número de armas blancas (puñales, espadas y, sobre todo, bastones de hierro trabajados de aspecto peligroso), aquel lugar parecía cualquier cosa menos un lugar donde alojarse.

—¿Qué te pasa, Klam? —preguntó Tommy, acercándose.

Él se giró con dificultad. Estaba tan pálido que parecía el espectro del orgulloso luchador que les había llevado hasta allí.

—Asteras no está bien; le está pasando algo grave —dijo, con un hilo de voz.

Del tono directo e hiriente que solía dar a sus palabras tampoco quedaba más que un lejano recuerdo. Miriam sintió un nudo en el estómago de la preocupación. ¿Querría decir eso que también Frida estaba en peligro?

—¿Cómo lo sabes, Klam? —le preguntó Gerico.

—Soy su genius, ¿recuerdas? Estamos vinculados, mi destino está unido al suyo —respondió con un hilo de voz—. Y Mirtilla... ha desaparecido.

—Pensábamos que estaría contigo —respondió Tommy, alarmado.

—Tu problema es ese precisamente: que piensas. Deberías dejar de hacerlo —dijo Klam, que, a pesar de su mal estado, no renunciaba a pinchar a Tommy.

—Tenemos que ir en su busca —replicó Gerico.

—Es inútil. Si los perros de Petrademone desaparecen, son ellos los que deciden cuándo volver..., si vuelven.

# 40

## Adiós, amigos

$\mathcal{F}$rida no había huido. Simplemente se había escondido tras la puerta de la celda. Sentía una presión insoportable en el pecho: el corazón le latía con fuerza por el miedo. Estaba arrodillada, con las manos en los oídos. No quería oír. Tenía los ojos cerrados. No quería ver. Temblaba. No quería moverse. Pero tenía que hacerlo.

Separó las manos de las orejas y escuchó. Silencio. Sin embargo, no había visto salir a Kosmar. ¿Se habría apagado el fuego? ¿Qué habría sido de los dos? ¿Qué debía hacer? No podía dejar a Asteras a su suerte.

«Está muerto —decía una voz despiadada en su interior, la de su conciencia, la de sus pensamientos más lúgubres—. Huye, no puedes hacer nada por él.»

Frida no escuchó. Se puso en pie lentamente. A su alrededor, el reino de las sombras la engullía, alimentándose de su miedo. Dio un paso. Luego otro. Y otro más. Reunió todo el valor que pudo y asomó la cabeza por la puerta. La celda estaba impregnada de silencio y de olor a quemado. Frida avanzó un poco más y atravesó el umbral. Del Señor de las Pesadillas no había ni rastro. Pero en el suelo estaban las piernas estiradas de su amigo. Se lanzó hacia él.

«Está muerto.»

«¡Calla!», se dijo a sí misma, ahuyentando aquellos pensamientos negros como cuervos que revoloteaban en su mente.

Se arrodilló junto a él. Asteras apenas respiraba, pálido y con un vistoso hematoma azulado en torno al cuello, en el lugar donde le habían presionado las manos de Kosmar, aferrándolo con una presión brutal. Frida acercó la mano sin atreverse siquiera a tocarlo. Estaba desesperada y no sabía qué hacer. El Mal podía regresar en cualquier momento. En aquel lugar no estarían seguros nunca.

Asteras abrió los ojos con gran esfuerzo.

—Frida..., ¿qué haces aún aquí? —dijo con gran dificultad, como si los doloridos labios le pesaran.

—*Shhh*, no digas nada; voy a sacarte de aquí.

Asteras meneó la cabeza y esbozó una sonrisa.

—No es posible, dulce Frida mía. No es posible —dijo, y tosió—. Ya no hay salida para mí. He entregado mi piedra... Me he entregado a él.

Frida sintió que el corazón se le desplomaba desde una altura sideral, quebrándose en mil trozos. Lo estaba perdiendo.

—No digas eso, Asteras, ya verás que...

—Me llamo Asterio. Mi verdadero nombre es Asterio Ascani. Así me llamaba en el Otro Lado. Ahora lo sé, pero... es demasiado tarde. Morí cuando me faltaba poco menos de un mes para cumplir los dieciocho años. Era estúpido y desconsiderado. Resbalé por un acantilado.

—¿De qué estás hablando? —dijo Frida, moviendo la cabeza, como si se negara a oír aquella respuesta.

—Ahora lo tengo todo claro. Ahora lo he entendido.

—¿Qué es lo que has entendido?

—Amalantrah es la Tierra de los Muertos, Frida —dijo él, quemando las últimas energías que le quedaban. Si era cierto que ya estaba muerto, ¿podía morir una segunda vez?

—¡Asteras, por favor, para!

—Es así, Fri, créeme. Lo he visto con mis propios ojos: es como si al morir me hubiera precipitado en un pozo. Y hasta ahora..., hasta ahora no he conseguido asomar la cabeza. Amalantrah es por donde caminan los difuntos.

Frida se quedó en silencio, incapaz de replicar las palabras de su amigo. Le apartó el flequillo de la frente helada.

—Pero si ya estás muerto... —dijo, luchando contra su propia lógica, admitiendo aquella hipótesis absurda—, no deberías..., no puedes...

Él la miró en silencio. Frida sintió el roce de aquellos ojos grises, melancólicos y brillantes como un mar de invierno. Ahora un mar plano, de movimientos tan imperceptibles que casi parecía un lago.

—Frida, perdóname; no he sabido protegerte... Tendrás que continuar sola.

Al oír aquellas palabras, Frida se echó a llorar y se plegó sobre él, apoyando la cabeza sobre su pecho como un junco rozando la superficie de un arroyo. Con aquel contacto quería aferrarlo, impedirle que se fuera. Pero él se le escapaba igualmente. Como agua entre los dedos.

—Busca el torgul en el Altiplano. Mírale a los ojos y él te indicará cómo llegar al Camino Helado. Tienes que llegar al Baluarte. —Con las manos gélidas y ligeras, Asteras le levantó la cabeza de su pecho para mirarla a los ojos una vez más—. Tú eres una vigilante con un poder inmenso, Frida. Y Erlon vendrá en tu ayuda cada vez que lo necesites. En el Baluarte, se cumplirá tu destino. —Tomó aliento—. Ha sido estupendo conocerte... y hacer una parte del camino contigo. —Le acarició el rostro y le secó las lágrimas—. Habría querido conocerte en el Otro Lado, lejos de esta niebla.

—Asterio —susurró ella, sacando las palabras con dificultad del torrente de sus lágrimas.

—Mi nombre suena bien dicho por ti. Buen camino, mi dulce Frida.

Fueron sus últimas palabras. El último estertor de aquella segunda vida.

Un instante más tarde, sucedió algo increíble. El cuerpo de Asteras fue quedándose rígido y, poco a poco, adquirió un color blanco cándido, como si la carne se hubiera transformado en mármol: una estatua esculpida con todo detalle, en una piedra blanca como la leche. Frida habría querido gritar, sentía una presión en su cuerpo, como un huracán contenido en el interior de un enorme cumulonimbo, a punto de lanzarse sobre la costa. Pero una mano invisible la ahogaba, conteniendo la voz en su interior. Alargó los dedos y rozó el rostro de Asteras: la frente, una mejilla, los labios... No podía siquiera respirar: sentía el aliento bloqueado en aquella tenaza de dolor entre el pecho y la boca. Pero no podía abandonarse a su dolor. Un murmullo indescifrable procedente del pasillo le impidió llorar a su amigo desaparecido.

Gerico sufrió una recaída. La bilis negra atacó de forma violenta, y la melancolía volvió a abrirse paso por sus venas. Aún estaban ante la improvisada cama de Klam cuando perdió la conciencia.

Primero sintió como si la cabeza le flotara. Notó la boca seca, y los labios, rugosos, como la piel de un fruto deshidratado. Luego percibió claramente el avance de la melancolía como la ola baja pero profunda de un maremoto que se moviera por el interior de su cuerpo, arrasando las orillas e inundándolo todo, empapando e hinchando cada pensamiento, apagando todo fuego, toda pasión. De pronto, su mundo se volvió gris, borroso, impreciso. Y, por último, sintió que se le iban las ganas de vivir, como se desprende la pulpa de un grano de uva al masticar. Eso era lo que quedaba de Gerico: el pellejo inerte que los otros tres vieron caer al suelo.

Miriam fue la primera en sujetarlo. Alicia la ayudó. Tommy, en un principio perplejo, reaccionó ante el tono agitado de la chica, que le dijo que cogiera a Gerico por los brazos para levantarlo y sacarlo de allí.

Se lo llevaron a la habitación de Miriam. Una vez allí, Alicia pegó la oreja a la pared, escuchando, en busca de una señal que solo ella percibía.

—¿Qué estás haciendo? —le preguntó Tommy, perplejo.

Ella le indicó que guardara silencio. Cuando le pareció que todo estaba bajo control, se acercó a los otros, situados junto al pobre Gerico.

—Hay demasiados ojos y demasiadas orejas acechando entre las sombras. El Grampas no es todo risas y fiestas, os lo puedo asegurar. —Luego señaló al enfermo—. ¿Cómo está?

—No lo sé. Pensábamos que, después del mordisco del sigbin, la bilis negra estaría bajo control. Evidentemente, no es así —respondió Tommy.

—Tenemos que encontrar a ese sanador lo antes posible —escribió Miriam a toda prisa.

—¿Iaso?

—Sí. ¿Tú también lo conoces? —dijo Tommy.

—¿Y quién no lo conoce en Nevelhem? El problema es que todos saben quién es, pero son pocos los que han llegado a encontrarlo. A decir verdad, sospecho que es más un mito que una persona de carne y hueso.

—Klam nos ha dicho que se encuentra en Ruasia. Está seguro de ello —escribió Miriam.

—Ruasia... No he estado nunca. He oído que es una especie de paraíso en medio de esta desolación infernal.

—Nosotros nos dirigimos allí —dijo Tommy, convencido.

—Intentaré ayudaros, en la medida de mis posibilidades —respondió Alicia, frunciendo el ceño—. Ahora tengo que irme; mi marido me estará buscando.

—¿Marido? ¿Estás casada?

La sorpresa en las palabras de Tommy parecía ir acompañada de una involuntaria e imprevista decepción.

En el rostro orgulloso de Alicia apareció una sonrisa enigmática.

—Ramón. Así se llama. No soporta que me aleje mucho tiempo.

—Pero ¡si eres jovencísima! —insistió Tommy, incrédulo.

—Ahora no tanto. Y aunque me casé a los quince años, en mis tiempos era normal —dijo, lanzándole un guiño mientras salía de la habitación.

¿Cómo que «en mis tiempos»? ¿Qué había querido decir? ¿En qué tiempos? En la cabeza de Tommy, las preguntas se amontonaban como hormigas en torno a una fruta madura caída sobre la hierba.

—Quédate con mi hermano, Miriam. Voy a ver cómo está Klam. Y luego tengo que hablar con ese loco de Cachaza.

Miriam asintió, pero al momento le apretó el brazo a Tommy, en un gesto que era más bien una advertencia. Las palabras de Alicia sobre el ambiente del Grampas le habían dado mala espina. Tommy le acarició la mano a modo de respuesta, para indicarle que iría con cuidado.

Υ

Tommy tuvo algún problema para encontrar el camino de vuelta al pañol. Se perdió un par de veces, pero por suerte se encontró por el camino a algunos compañeros de Alicia que le ayudaron a orientarse. El muchacho no imaginaba que en aquella carraca pudiera caber tal laberinto. Le había parecido pequeña durante la visita de reconocimiento con Pim y Pam, pero evidentemente se había llevado una impresión errónea. O eso, o no le habían enseñado todo el laberinto de pasillos que ahora se iba abriendo a su paso.

En cuanto se encontró de nuevo en la cubierta, cuando vio la cofa en lo alto del trinquete, la mente se le fue a su hermano, que había expresado su deseo de subirse allí arriba para ver el horizonte desde lo alto y gritar: «¡Tierra! ¡Tierra!». Solo que ahora Gerico estaba inmóvil, con la mirada vítrea fija en el techo de la cabina de Miriam… Sintió una punzada en el pecho al pensar en ello. Debía salvarlo; tenía que devolverle las ganas de vivir.

Antes de entrar en el pañol, Tommy pasó junto a la gambuza. La puerta no estaba completamente cerrada y entrevió a aquel extraño cocinero, Ganache. Aún llevaba sus largos guantes oscuros y con un cuchillo de carnicero estaba despiezando un animal que podía ser un pollo. Lo que más le impresionó fue la brutal precisión con la que cortaba la carne en trozos iguales. No dudaba lo más mínimo. Sus golpes eran precisos y mecánicos.

Ganache debió de sentirse observado, porque dirigió la mirada hacia la puerta y se encontró con Tommy, que lo miraba. Se detuvo. El muchacho tuvo de nuevo aquella intensa sensación de que conocía al hombre. El cuchillo de carnicero quedó en al aire, listo para caer de nuevo sobre la tabla y despedazar el animal.

Se miraron solo unos segundos, pero a Tommy le pareció una eternidad. Por fin el gran cuchillo reemprendió su camino hacia la carne. El corte fue limpio, aunque Ganache aún tenía la mirada puesta en Tommy. Pero bastó para que el chico siguiera su camino. Sí, ya había visto al cocinero. Y más de una vez. Pero ¿dónde?

Cuando entró en aquella especie de trastero, Tommy se llevó una amarga sorpresa. La camita de Klam estaba vacía. De su pequeño amigo no había ni rastro. Lo buscó por todas partes, desesperado, revolviendo los estantes abarrotados de objetos y comida. Lo llamó. Repetidamente. Pero a cada «¡Klam!» que gritaba y al que solo respondía el silencio del polvo, sentía que sus esperanzas se desvanecían un poco más.

Todo se volvió más claro cuando, al volver junto al minúsculo jergón, observó una inscripción que antes se le había pasado por alto. Eran solo dos palabras, cortadas con algún objeto puntiagudo (probablemente, el cuchillito de Klam, que solía usar para cortar trozos de pilko) en la madera de la caja dispuesta a modo de cama. Con letras torcidas e irregulares que recordaban más bien patas de araña, decía: Adiós, amigos.

Tommy deglutió un bocado de sorpresa y de dolor, un sabor amargo para el que no estaba preparado. Klam era un tipo brusco, susceptible, difícil, huraño; sin embargo, aquellas simples palabras le dejaron helado. Notó que se quedaba sin aliento, que el aire en sus pulmones se replegaba como el pétalo de una flor mustiada de golpe. Se sintió abandonado y aturdido. Los ojos se le cubrieron de lágrimas. Aquel hombrecillo le había gustado desde el principio, a pesar de que hubieran discutido desde el primer momento.

Habían viajado juntos, habían combatido juntos, habían compartido esperanzas y desesperanza, se habían salvado mutuamente en más de una ocasión y ahora lo perdía así, sin poder despedirse siquiera, sin poder meterse el uno con el otro por última vez. «¿Qué sitio maldito es este?», pensó Tommy, lleno de rabia.

Tenía que hacer algo. Pero ¿qué?

Para empezar, tenía una charla pendiente con el capitán.


La cabina de Eldad Cachaza estaba en el extremo opuesto del barco respecto al pañol. Tommy la encontró fácilmente gracias a las indicaciones de Pim y Pam, con los que se cruzó en un pasillo en la panza del velero. Llamó a la puerta con decisión y gritó el nombte del capitán a pleno pulmón. El hombretón no tardó en aparecer en el umbral, con una expresión en el rostro a medio camino entre la sorpresa y la decepción.

—¿Qué puedo hacer por ti? —le preguntó Cachaza.

—Tengo que hablar con usted; ha pasado algo... grave y terrible —dijo Tommy.

—Pues entra, pero cuidado con dónde pones los pies... y la cabeza —respondió el capitán, que, tras soltar una de sus carcajadas, entró él también.

Tommy comprendió enseguida el motivo de aquella advertencia. Aquella cabina era un mercadillo. Había objetos por todas partes. Un derroche de formas, colores y dimensiones. Y, sin embargo, no transmitía la impresión de desorden. Había cierta disciplina en aquel batiburrillo que ocupaba hasta el último centímetro de aquel espacio largo y suntuoso.

—Impresionante —murmuró, mientras miraba de un lado al otro, frenéticamente. En particular, le atrajo una gran lámpara dorada que se balanceaba en el centro de la cabina y que lo cubría todo con cálidas manchitas de luz de colores.

—Este es mi reino —dijo el capitán, con los ojos brillantes, como un padre orgulloso mostrando a su hijo.

—Pero... ¿de dónde ha sacado todas estas... maravillas?

El muchacho estaba boquiabierto, tan impresionado ante todos aquellos objetos suntuosos que avanzaba con la cautela de quien atraviesa un campo de minas.

El capitán respondió por primera vez, muy serio:

—No puedo soportar la agonía de los objetos abandonados. Es más triste que la humana. Digamos que me encargo de rescatarlos del naufragio del abandono. Los pongo a salvo y los guardo aquí. Los protejo. La belleza de las cosas no debería perderse.

Tommy no había entendido del todo aquella explicación, pero siguió al hombre, hipnotizado, hasta el fondo de la cabina-museo, donde había una mesa de madera maciza tallada, con las patas esculpidas en forma de troncos, con raíces y todo.

Después de que Eldad Cachaza se sentara y ofreciera asiento a Tommy, dio rienda suelta al típico deseo de los coleccionistas: recrearse en los detalles y en la suntuosidad de sus objetos; le mostró decenas de ellos, sacándolos del suelo un poco al azar y de entre los estantes que tenía alrededor.

Lo que más llamó la atención de Tommy fue una ampolla de cristal en forma de serpiente enroscada, que contenía un líquido verde esmeralda.

—No te imaginas qué es esto, ¿verdad? —dijo el comandante con orgullo mientras ponía la ampolla en manos de Tommy con extrema cautela, como si fuera explosiva.

—Pues no, no tengo ni idea… —confesó el muchacho, después de examinarla bien.

—Es una ampolla llena de azoth.

—¿Y eso qué es? ¿Un veneno?

—¿¡Un veneno!? —exclamó Eldad—. Este es el ingrediente de los ingredientes. El fármaco por excelencia. —Agitó los brazos en el aire mientras buscaba otro modo para describirlo con mayor énfasis—. ¡Es el disolvente universal! Para obtener una gota, debes destilar un kilo de materia bruta y sacarle el espíritu vital.

—¿Y qué sería la materia bruta?

La pregunta de Tommy cayó en el vacío; el capitán estaba dominado por su propia emoción. Siguió bajando el volumen de la voz hasta convertirlo en un susurro, como si le hiciera una confidencia:

—El azoth es la base para construir la piedra filosofal.

—¿Quiere decir el amuleto para transformar cualquier metal en oro?

—Ese es solo uno de los tres poderes de la piedra —respondió el hombretón barbudo con tono de suficiencia.

Como en toda exposición espectacular digna de crédito, el capitán reservó lo mejor para el final. Con gestos de ilusionista, deslizó un paño negro que cubría una pequeña campana de cristal colocada sobre un pedestal de aspecto valioso, con decenas de piedras preciosas encajadas en el cuerpo de alabastro. La cúpula transparente custodiaba un objeto metálico que parecía luminoso de lo mucho que brillaba.

—De todos mis tesoros, este es el más precioso —dijo Cachaza, hinchando el pecho de orgullo.

—¿Y qué es?

—Ah, querido mío…, esto es nada menos que el cronoscopio del Hermano Peregrino. Ejemplar único.

—Parece un binocular —observó Tommy, acercándose tanto a la campana de cristal que casi la tocó con la nariz.

En efecto, el objeto recordaba un binóculo, aunque en torno a los oculares había un sistema de pernos y anillas que no había visto en su vida. Y, sin embargo, de binóculos sabía mucho. De hecho, para cultivar su pasión por los pájaros, había convencido a su padre y a sus parientes para que le regalaran instrumentos de ese tipo en cada ocasión posible. En su duodécimo cumpleaños, por ejemplo, había recibido uno muy profesional y sofisticado. Aquel objeto de metal brillante era algo extraordinario, no había duda. Pero de ahí a definirlo como la pieza más preciada entre todo aquel circo de bellezas y rarezas, había un buen trecho.

—Lo inventó un monje, Pelegrino Ermetti. No está hecho para ver cosas lejos en el espacio, sino en el tiempo —sentenció el capitán, que al momento se apresuró a esconder de nuevo la campana bajo el paño de terciopelo oscuro.

Tommy estaba fascinado e intrigado, pero en el momento en que iba a dispararle una ráfaga de preguntas sintió un contacto bajo la mesa y se puso en pie de un salto, asustado.

—¿Qué es eso?

—Oh, eso… —dijo Cachaza, recuperando su buen humor—. ¡No es más que un kimuz!

Asteras y Frida ya habían encontrado kimuz por el camino, pero era la primera vez que Tommy veía uno. A pesar de todas las maravillas de aquella habitación, nada podía compararse con aquel animal: su pelo suave y vaporoso parecía de oro purísimo, y sus ojos tenían las pupilas azules como el cielo más terso.

—No consigo dormir sin oír su canto: ningún oído puede resistirse a su melodía. Pierdes la conciencia inmediatamente. Y eso hizo que se me ocurriera una idea genial, modestia aparte: además de ser mi somnífero natural, Berilio se ha convertido en mi perro de guardia. Está adiestrado para cantar si entra alguien sin mi permiso.

Tommy percibió una advertencia tras aquellas palabras. Aun así, no conseguía imaginarse a aquel simpático y grotesco animal de suave pelo dorado montando guardia.

—Pero tú habías venido para decirme algo, ¿no? —preguntó el capitán.

¿Cómo había podido olvidarlo? Al momento, Tommy se sintió culpable: se había dejado llevar por las maravillas de Eldad Cachaza y había dejado de lado el verdadero motivo de aquella visita.

—¿Qué le ha pasado a Klam?

# 41

## En el páramo

Alguien estaba llegando. A pesar del dolor desgarrador que sentía, Frida corría demasiado peligro allí dentro: en aquel espacio tan angosto, era presa fácil para cualquiera que entrara. Salió de la celda con la máxima precaución y recorrió con la mirada las paredes del pasillo en busca de algún escondrijo. Le fallaban las fuerzas, no estaba en disposición de enfrentarse a ningún enemigo en tales condiciones.

Caminó adelante y atrás por aquel suelo limoso, pero no encontró nada. Y, mientras tanto, seguían llegándole sonidos confusos, pero cada vez más fuertes. Sin duda, había alguien (o algo) acercándose desde la oscuridad del fondo del pasillo. Se quedó paralizada allí en medio, sin vía de fuga, sin esperanza de salvación, esperando lo peor. ¿Se convertiría en una estatua de mármol como Asteras?

Sin embargo, por el espacio que se curvaba hacia la oscuridad, aparecieron figuras amigas.

Estaba Arturo, que había tomado de nuevo la forma híbrida de krúcigo, y tras él Mero y Wizzy.

El krúcigo era horripilante, pero Frida no tuvo miedo. Es más, sintió un temblor de alivio en el pecho, como un aleteo.

El mutante se detuvo frente a ella y se la quedó mirando con aquellos dos ojos como enormes pelotas. Luego se puso a cuatro patas y con un elocuente movimiento de la cabeza la invitó a que se le subiera a la grupa. Frida no tenía ningunas ganas de sentir la piel escamosa de Arturo bajo las piernas, pero el gran monstruo con cabeza de pez le soltó un gruñido que daba a entender que no tenían tiempo que perder. Así que la muchacha tragó saliva y le saltó encima. La sensación era menos desagradable de lo que había imaginado. El krúcigo echó a galopar por el pasillo, volviendo por donde había llegado. Los dos border lo seguían de cerca como fieles escuderos, pero a duras penas conseguían mantener su ritmo. Su piel plateada no era viscosa; al contrario, a Frida se le adherían las manos, lo que la ayudó a no caerse durante la carrera.

No tardaron mucho en llegar a su destino. La puerta no había vuelto a aparecer en la pared: en su lugar, había un agujero con un montón de escombros y polvo. ¿Habría sido Arturo quien lo había abierto? Frida no tenía dudas.

Sin embargo, habría sido demasiado fácil salir por aquel agujero y dejar aquel lugar infame. Y en la Tierra de los Muertos la palabra «fácil» no estaba en el diccionario.

De una de las celdas salió un enjuto nocturno, que se plantó ante ellos. En su no-rostro blanco se abrió la fina rendija de la boca, de la que emergieron un grito aterrador y una nube de insectos minúsculos que se dispersaron por todas partes. Arturo reaccionó inmediatamente. Se irguió sobre las patas posteriores, hizo vibrar las branquias a los lados de las orejas y gritó con tanta fuerza que el aire vibró, incluso las piedras. Frida perdió apoyo y salió disparada hacia atrás, cayendo al suelo. El bramido inhumano del mutante resonó como un grito de guerra: el enjuto y el krúcigo se enzarzaron en un duelo de cuerpos enormes, garras, manos palmeadas y brazos esqueléticos.

Frida se quedó agazapada en el suelo, tapándose las orejas para no oír y cerrando los ojos para no ver. El miedo la envolvía como una manta mojada. No quería estar allí. Estaba cansada de aquella violencia, le provocaba una sensación de náuseas, caliente y pegajosa, que se extendía por cada célula de su cuerpo, ahogando toda esperanza. Se encogió aún más para ocupar el mínimo espacio posible. Pero por el fragor del combate era imposible determinar quién iba ganando, así que tuvo que obligarse a abrir los ojos y mirar.

Las garras de Arturo se hundieron en el pecho del enjuto. Como hojas cortantes, le laceraron la carne y del cuerpo salió despedida una sustancia purpúrea densa y apestosa.

Mientras tanto el Príncipe Merovingio y Wizzy intentaban colaborar como podían, aprovechando que la criatura demoniaca tenía toda la atención puesta en los ataques del krúcigo. Ladraban y mordían, clavando los dientes en torno a los tobillos huesudos del enjuto. Con ello no podían ladear la balanza del duelo, pero al menos incordiaban al enemigo.

Entonces los pequeños insectos que habían salido del norostro centraron su atención en los dos perros, concentrándose en pequeñas nubes zumbantes y lanzándose contra el morro de los animales.

Otro lance del híbrido le arrancó al enjuto un grito que resonó en el corredor. Frida no pudo contener una exclamación de miedo. La bestia demoniaca cayó al suelo sonoramente. Arturo se lanzó sobre él con la furia del predador que sabe que tiene a su víctima dominada. Mientras tanto, los dos border collie de Petrademone luchaban contra los molestos insectos.

Frida, que no sabía qué hacer, volvió a encogerse y a cerrar los ojos.


Tardó unos segundos en darse cuenta de que se había hecho el silencio en el subterráneo. Luego sintió un contacto duro y frío en el hombro, y que se le helaba la sangre. Abrió los párpados lentamente y se encontró delante aquel rostro de pez de Arturo, desfigurado por el cansancio. Las branquias se le abrían y cerraban como alas de mariposa. Los labios hinchados de su boca de pez depredador temblaban. Todo en aquel ser recordaba a un animal del abismo, esquivo y peligrosísimo. Y, sin embargo, en los ojos hinchados de la bestia se entreveía un leve brillo de humanidad que bastó para que Frida viera un atisbo de luz en su lúgubre desesperación. Arturo estaba ahí dentro, en algún sitio. Así pues, cuando él le tendió su mano palmeada, la muchacha la agarró con fuerza. Sintió que la levantaba del suelo con tal facilidad que daba la impresión de que alguien hubiera eliminado la gravedad terrestre.

El krúcigo le indicó el agujero en el muro. Mero y Wizzy ya estaban en el umbral, esperándola. Frida echó una última mirada al enjuto tendido en el suelo. Daba miedo incluso en aquel estado, y la ausencia de ojos hacía imposible determinar su estado.

¿Estaba herido? ¿Inconsciente? ¿Muerto?

La respuesta llegó en el peor de los modos.

Como un resorte, el demonio se puso en pie otra vez. Estaba detrás de Arturo, que se dio cuenta solo por el grito de espanto de Frida.

El enjuto soltó un soplido de rabia y aferró la garganta robusta y escamosa del krúcigo. Frida vio claramente cómo las garras del monstruo penetraban en el cuello. Se habría quedado ahí, pegada al suelo, paralizada por el pánico, de no haber sido por los dos perros de Petrademone, que la agarraron de la ropa y la arrastraron, obligándola a salir de allí.

Frida gritó el nombre de Arturo, pero sabía que saldría de las Celdas de las Profundidades sin él.

En el campanario, el aire parecía más liviano, en comparación con el ambiente hediondo de los subterráneos, que era como una losa sobre el pecho. Frida corrió a la habitación donde había dejado su mochila. La cogió sin pensárselo dos veces y se la colgó rápidamente. En su interior ya no estaba la caja de los momentos. En su vida ya no estaba Asteras. Y tampoco estaba Arturo, que había dado la vida por ella. El Pueblo de los Alarogallos le había enseñado la dura lección de la pérdida. Y pese a que ya había aprendido tanto del tema con la muerte de sus padres, sintió una vez más que la había pillado a contrapié. Los tres ciclos de Pluvo habían llegado a su fin. Cuando salió por la puerta principal, Frida vio que la lluvia ya no azotaba lo que quedaba de las casas. Aquel tímido brillo gris era lo más parecido al amanecer que podía encontrar en Nevelhem.

El pueblo de Aranne había sido barrido por la lluvia torrencial, que le había cambiado el rostro. Las cometas no volaban. Todo estaba inmóvil y mudo. El aire olía a sal. Frida, tras tantas emociones fuertes, era incapaz de tomar una decisión. De moverse.

La naturaleza salvaje y vengativa había recuperado su espacio, arrebatándoselo a las construcciones humanas. Donde antes había edificios de piedra, ahora se había instaurado el reino de las hojas y de las raíces. De las ventanas destripadas salían ramas nervudas como brazos. El pavimento de la calle estaba lleno de grietas. Solo habían pasado tres ciclos, y aun así el pueblo había adoptado el aspecto de esas aldeas abandonadas durante siglos.

Y luego llegó lo que se temía Frida. El enjuto se puso a seguir sus huellas. Asomó por la ventana del primer piso del campanario. Lanzó al aire otro de sus horrendos berridos y con un salto inhumano aterrizó en la calle. Frida se quedó paralizada por el miedo, dominada por un aliento helado que la congelaba por dentro.

La criatura infernal emprendió la marcha hacia ella y los dos perros. No había tiempo que perder. Frida tenía que huir. Debía correr. Aunque le pesaran las piernas y sintiera la fatiga presionándole los hombros como un enorme pájaro posado sobre su espalda. Por suerte, aún contaba con la compañía de sus dos perros guardianes.

Wizzy corría por delante, tirando de ella, para después volver atrás y oponerse al avance del enjuto mostrándole los colmillos y haciendo un gran jaleo. El Príncipe Merovingio, por su parte, no la dejaba sola ni un momento, corriendo a su alrededor y tirándole del vestido. Fue él quien descubrió un estrecho paso entre los escombros de un edificio derruido.

Mero se lanzó al hueco entre las ruinas y ladró para llamar la atención de Frida, que se lanzó de un salto al boquete. Mientras tanto, la garra del enjuto pasó rozando junto a Wizzy mientras el perro intentaba morderle los tobillos, pero consiguió retroceder y unirse a Frida y a Mero. La bestia tuvo que detenerse en la entrada porque con su mole no cabía por allí. Soltó un aullido de frustración y de rabia, escupiendo espumarajos por la ranura que le atravesaba el no-rostro. Frida vio el brillo de sus dientes puntiagudos como triángulos mortales.

No podría llegar muy lejos si no recurría a su voluntad. El suyo era un poder intermitente o, mejor dicho, aún inestable. Lo sabía. Por tal motivo no tenía constantemente a Erlon a su lado, sino que aparecía y desaparecía. Ahora tampoco estaba Asteras: solo podía contar con sus propias fuerzas.

Entre aquellas ruinas, Frida se sentía protegida, pero aquello no duraría mucho. El enjuto agitaba los largos brazos, dejándolos caer sobre las piedras, rompiéndolas en pedazos. Su furia no se detendría ante aquel refugio.

Entonces Frida agarró Bendur y la apretó entre los dedos. Sintió el calor que se le propagaba por la mano. Miró con unos ojos que no eran los suyos y vio un paso en la pared. Del otro lado del grueso muro se abría un páramo sin fin, una pradera desnuda cubierta de brezo. Allí era donde quería ir. Abrió la mano y se encontró sobre la palma, como un tatuaje calcado, el signo de Bendur. Quemaba, pero era un calor reconfortante.

Se puso de rodillas y excavó, ayudada por los dos perros. La tierra y los fragmentos de piedra se le clavaban bajo las uñas a medida que horadaba la pared que le bloqueaba el paso.

¿Cómo había podido ver aquel lugar al otro lado de la pared? ¿Era otro destello de voluntad lo que había hecho transparente el muro de piedra que la separaba del prado? Preguntas sin respuesta para su atribulada mente.


Frida se tendió sobre la húmeda hierba. El páramo se extendía hasta donde se perdía la vista, salvo por una serie de formaciones rocosas que recordaban elefantes tendidos sobre el costado. Eran monolitos de superficie lisa que asomaban por entre la niebla baja.

—¿Dónde estamos? —se preguntó Frida en voz alta, acariciando la cabeza de Mero.

Se puso en pie y miró en todas direcciones. Los border estaban a su lado, olisqueando el suelo húmedo. La niebla era un manto de pocos centímetros, pero escondía el terreno.

Frida no tenía ningunas ganas de ponerse de nuevo en marcha. ¿Hacia dónde? Sin guía y sin protección estaba perdida. Había decenas de modos en que podía morir en la Tierra de los Muertos, eso lo había visto de primera mano. Y además estaba tan cansada y tan desesperanzada que se sentía dispuesta a quedarse allí tendida, sin pensar en nada, hasta desaparecer en el páramo.

Pero algo la obligó a ponerse en pie. Era la lengua rasposa del Príncipe Merovingio. A la que se añadió la de Wizzy. Las demostraciones de cariño de ambos perros la impresionaron. Los abrazó. Ellos se dejaron. Estaban calientes y vivos. Y seguían a su lado.

La obligaron a levantar la cabeza y ponerse en pie. En todos los sentidos. Frida se sacudió de encima todos los pensamientos negativos: sería demasiado fácil rendirse, compadecerse de sí misma. Tenía motivos, desde luego, pero no serviría para nada. No después de haber recorrido un camino tan largo, después de tantas luchas. Había perdido a un amigo que echaba de menos como el aire cuando no se respira. Otro había dado su vida para que ella pudiera proseguir su viaje. Aquellos sacrificios serían en vano si ella se quedaba en aquel páramo esperando el final.

No, no iba a hacerlo.

# 42

## Los aflorados

—*H*ay preguntas que quieren respuesta y otras que solo fingen quererla —sentenció Eldad Cachaza.

—¿Y eso qué significa? Yo quiero saber qué ha sido de Klam —insistió Tommy, que ya había despertado del encanto que lo había capturado en la cabina de las maravillas.

—Tú ya sabes qué ha pasado.

—Ha desaparecido y he encontrado un extraño mensaje de despedida. Es todo lo que sé.

—Y es todo lo que necesitas saber. No volverás a verlo, asúmelo —dijo el capitán, que había perdido su característico buen humor y parecía molesto y distraído.

—¿Se puede saber por qué todo tiene que ser tan difícil por aquí? —replicó Tommy, perdiendo la paciencia—. Nadie te da una respuesta clara. Todos se hacen los misteriosos.

—La muerte es el misterio más grande que hay. ¿Esperas otra cosa de Amalantrah? —observó Cachaza, abriendo los brazos.

Tommy sintió que la sangre se le subía a la cabeza. Otra frase enigmática.

Estaba a punto de replicar, pero el capitán levantó su manaza y lo detuvo.

—Ahora vete. Tengo un río que navegar. Y una carraca que mantener a flote. Dentro de poco, saldremos a la superficie y empezará el baile.

«Confiad en la corriente de aguas cambiantes», había predicho *El libro de las puertas*. «Un río que no siempre sigue el mismo curso», reflexionó Tommy.

—Yo no me voy de aquí hasta no obtener una respuesta —respondió, cuadrándose.

—En ese caso... —El capitán dejó la frase a medias y chasqueó los dedos.

El pequeño kimuz levantó la cabeza. Sus labios porcinos entonaron una salmodia dulce como una nana. El sonido más bonito que Tommy había oído nunca, una caricia para los oídos, una miel líquida dentro de la cabeza. Aquello no era música, era un sortilegio incrustado en un canto.

Arrastrado por aquellas notas, Tommy sintió que las piernas le fallaban y que le dominaba un irresistible torpor. Lo último que vio, antes de abandonarse al sueño, fue a Klam que le mandaba un saludo con su pequeña mano. ¿Fruto de su imaginación? ¿Una visión espectral flotando en la zona intermedia entre la vigilia y el sueño?

No lo sabría nunca, pero ver aquella manita moviéndose le infundió una sensación de calidez que le invadió el pecho.


Se despertó en su habitación, en la cama de debajo de la litera. Lo hizo el repiqueteo rítmico de la puerta. No estaba bien cerrada y se abría y cerraba con el movimiento de la carraca, como si un niño caprichoso estuviera jugando con la manilla. Evidentemente, las aguas del Simbation empezaban a agitarse y el Grampas cabeceaba con más fuerza.

Tommy tardó un rato en comprender dónde se encontraba: el canto del kimuz le había sumido en un sueño pesado y sin sueños. Irguió la espalda. La cabeza le pesaba un quintal y estaba algo mareado. Poco a poco, la niebla de su mente se aclaró, recordando todo lo que había sucedido hasta que aquel pequeño y portentoso animal lo había dejado tumbado.

—Buenos días, ¿eh? —dijo una voz entre las sombras. Tommy se giró hacia el rincón de donde procedía el sonido. Era Alicia, sentada en la silla rotatoria que siempre usaba él, frente al escritorio—. Tómate esto —añadió, lanzándole algo frío y húmedo que él cogió al vuelo.

—¿Qué es? —preguntó él, que le dio vueltas entre los dedos a lo que parecía una porción de un fruto desconocido.

—Zengibro.

—Ah. ¿Y con esto qué hago?

—Masticarlo, si no quieres vomitar hasta el alma. Ha empezado el baile —dijo, en referencia a la carraca, que se balanceaba ostensiblemente.

Tommy lo olió y percibió un fuerte olor a cítrico. Luego se lo llevó a la boca y lo masticó. Aquel sabor penetrante no le desagradaba, pero de tanto tenerlo contra el paladar acabó volviéndose tan picante que le incendió la garganta. Abrió los ojos como platos. Estaba a punto de escupirlo.

—Trágatelo —dijo ella, sin levantar la vista. Estaba concentrada en algo que tenía en la mano. Tommy obedeció, aunque le costó cierto esfuerzo—. Verás que enseguida te encuentras mejor. No hay nada más eficaz para el mareo, confía en mí.

Y le lanzó un guiño cómplice, el típico de quien se las sabe todas.

—¿Qué haces aquí? —preguntó Tommy.

—Admiraba al bello durmiente —respondió ella enseguida—. ¿Tú cómo crees que has llegado hasta aquí? ¿Caminando como un sonámbulo?

—¿Me has traído tú?

—Yo y mi marido.

—Tengo que ir a ver a Gerico y a Miriam —dijo Tommy, rodando sobre la cama para salir de su cubículo y poniéndose en pie.

Ella también se levantó de la silla y lo detuvo poniéndole una mano en el pecho.

Él observó la mano y luego siguió el brazo desnudo con la vista hasta fijar los ojos en los de ella. Como ya le había pasado antes, no consiguió dominar la tormenta desatada en el interior de aquellas pupilas.

Alicia fue a cerrar la puerta, que ofreció algo de resistencia.

—Siempre ha ido dura —se justificó Tommy.

Pero luego pensó en lo absurdo de aquellas palabras. Aquella no era la puerta de su dormitorio. Su habitación estaba en el Otro Lado. En su mundo. Y, sin embargo, tenía hasta aquella pequeña imperfección.

—¿Tú sabes lo que es Amalantrah? —dijo Alicia.

Era la pregunta que asomaba continuamente entre los pensamientos del muchacho, sin encontrar nunca respuesta. Tommy no dijo nada, a la espera de que le aclarara el misterio.

—Amalantrah es una palabra que viene de la primera lengua. Significa «la Tierra sin Retorno». La de los muertos, Tommy —dijo, mirándole fijamente a los ojos. No le dejaba escapatoria, para que pudiera afrontar aquella revelación.

Tommy se quedó sin respiración de pronto, como cuando bajas las escaleras a la carrera, te encuentras que te falta un escalón y el pie te queda suspendido en el aire.

—Pero... ¿qué estás diciendo? —reaccionó por fin, con la voz convertida en un susurro.

—Yo soy una aflorada, Tommy.

Alicia repetía el nombre del muchacho como en una oración, implorándole que la creyera.

—¿Y entonces? Si esta es la Tierra de los Muertos, ¿tú también estás...?

Ella asintió solemnemente.

—Los aflorados hemos muerto por causas no naturales. Aparecemos aquí, en esta tierra cubierta de niebla, olvidando enseguida quienes hemos sido en vida. Y vagamos por aquí. Buscamos el camino hacia la paz eterna. —Meneó lentamente la cabeza—. O al menos es lo que hacemos algunos.

«El camino de la paz está hecho de tierra batida por la guerra», le decía siempre su abuelo, que había combatido en la Segunda Guerra Mundial. En eso estaba pensando Tommy, mientras un velo brillante de sudor le cubría la piel. Estaba a punto de estallarle la cabeza. Fue a sentarse en la silla donde antes estaba Alicia. Era como si sus propios pensamientos le zumbaran en la cabeza, como si oyera el zumbido de un televisor sintonizado en una frecuencia sin canal.

—¿No dices nada? —dijo ella.

—Es todo tan... absurdo.

—Mira a tu alrededor. —Sus manos cruzaron el aire con un amplio gesto—. Estás en tu habitación, en un barco que ha surgido de las profundidades de un río y que navega bajo tierra sin una tripulación verdadera. Y podría seguir hasta el infinito con todas esas cosas que tú llamas «absurdas».

Tommy reflexionó un momento antes de responder:

—Has dicho que quien aflora no recuerda nada de su vida. Entonces,¿cómo puedes saber tú que has muerto...?

—De hecho, no lo sabía hasta que encontré un aparato en la cabina del capitán.

—¿Cuál? Hay muchísimos.

—El que te permite ver el pasado.

—¿Quieres decir el cronoscopio?

—¿Lo conoces?

—Me lo ha enseñado Cachaza.

—¿Y te ha mostrado cómo funciona?

—No. A decir verdad, se ha mostrado muy evasivo.

—Sirve para captar y reproducir el pasado de una persona.

—Pero... ¡eso es imposible!

—Evidentemente, el fraile que lo inventó no pensaba como tú. Todo ser vivo deja una estela de energía que se convierte en un rastro. El tiempo no borra esos rastros, solo los hace más tenues. Quedan ahí, ¿entiendes? Fijos, en el lugar donde han ido a parar. —Juntó las manos—. El cronoscopio los recupera y te los muestra... Pero tú eres libre de no creer en ello.

Cayó el silencio entre los dos, como el telón que señala el final de un acto en el teatro, pero sin aplausos entusiastas.

—Muy bien, Alicia, admitamos que todo eso es verdad —dijo Tommy—. ¿Quieres decir que todas las personas que encontraremos en Nevelhem o en los otros reinos de Amalantrah son espectros... o algo así? ¿Y los hombres huecos, entonces? ¿Y los rechinantes? ¿Los enjutos? ¿Ellos también proceden del Otro Lado?

—No. Escucha. Hay tres tipos de habitantes en Amalantrah. Los aflorados como yo. —Cogió un cubo de Rubik, se lo quedó mirando un momento, perpleja, y lo colocó de nuevo en el escritorio, delante de él. Miró a su alrededor y usó un casete como símbolo del segundo punto—. Luego están los pasantes, como vosotros tres. Vosotros estáis vivos y habéis encontrado el modo de pasar por la puerta sin morir. Sois los únicos que, en teoría, podéis salir de aquí. —Extrajo de un cubilete metálico un lápiz mordisqueado y lo puso en último lugar—. Y luego están los increados. Los que no han nacido ni han muerto nunca. Los que pertenecen a esta tierra porque están hechos de su misma materia. Los demonios, los enjutos y todo el ejército del Mal. Pero también algún genius, como vuestro pequeño amigo.

Tommy sintió una punzada en el corazón al pensar en Klam.

—¿Los urdes son increados?

—No todos. Como los vigilantes o los señores de las puertas, pueden ser pasantes, aflorados o increados.

—Mi dolor de cabeza te da las gracias —dijo Tommy, que de pronto se encontraba con un montón de información que no sabía cómo almacenar.

—¿Por qué me estás diciendo todo esto?

—Porque es justo que lo sepáis. Porque deberíais atravesar enseguida esas puertecitas rojas y no volver nunca más a este lugar maldito.

—Entonces... ¿es cierto? ¿Las puertas rojas nos devolverían a nuestro mundo?

Alicia asintió.

Tommy se encogió de hombros.

—No puedo hacerlo. Nuestro perro está aquí...

—¿Estáis pasando por todo esto por un perro?

—Pipirit no es solo un perro. Es nuestro mejor amigo, nuestro hermano pequeño. No podemos abandonarlo.

—Perdóname si soy demasiado directa, pero dudo que siga vivo.

—Mientras no tengamos la certeza, seguiremos buscándolo.

—¿Y tu hermano? ¿No piensas en él?

—Klam nos dijo que Iaso podía curarlo.

—Ese es un problema aún mayor que el de vuestro amigo de cuatro patas.

—¿Qué quieres decir?

—Bueno, nadie sabe siquiera si existe de verdad. Hay quien dice que podría adoptar las formas más variadas. Vamos, que podría ser cualquiera o cualquier cosa, o nada.

Tommy estaba a punto de abrir la boca para objetar que él estaba seguro de que lo encontrarían, pero las palabras le bailaron en el borde de los labios y luego volvieron atrás, como saltadores de trampolín acobardados ante una altura excesiva.

—Y hay otro motivo: nuestra amiga, Frida, nos está esperando —dijo Tommy, y en aquel momento sintió que el corazón se le aceleraba.

—¿Frida? ¿Dónde está?

Tommy volvió a vacilar. No lo sabía, ni idea. ¿Y si le hubiera pasado algo? Klam había desaparecido. ¿Significaba eso que Asteras había corrido la misma suerte? El ejército de las dudas marchaba decidido sobre los sentimientos de Tommy.

—No tienes ni idea, ¿verdad? —dijo Alicia, hurgando en la herida.

—La encontraremos —replicó Tommy. Luego cambió de tema—: ¿Eldad Cachaza es un aflorado?

—No, él es un increado. Uno de los antiguos.

—¿Y tú? ¿Tú buscas la paz eterna?

—No, yo no merecía esto y quiero encontrar a quien me ha condenado a este castigo.

Se hizo una pausa. Larga, incómoda.

—¿La persona que te mató?

—Victoriano Denner, el hombre del faro.

Tommy sintió que los dientes de la joven masticaban un pedazo de rabia aún caliente.


Gerico estaba tendido en la cama de Miriam con los ojos cerrados. Cuando Tommy entró en la cabina, se la encontró a su lado. Alicia había tenido que irse a toda prisa.

Tommy le pidió a su amiga que le escuchara. Le contó, con la máxima precisión posible, todo lo que le había revelado Alicia, a pesar de que él mismo aún tenía que hacer esfuerzos para creérselo. Miriam escuchó con gran aprensión y al final escribió:

—Tenemos que encontrar a Frida y marcharnos de aquí. Lo antes posible.

Por primera vez, apareció en la mente de Tommy la duda, y se planteó si salvar a Pipirit no sería un motivo demasiado frágil para todo aquello. Por un momento, consideró seriamente el consejo de Alicia. Volver a su vida «normal». Pero los momentos son momentos porque duran poco. Había en juego algo mucho más importante. Algo que los había convertido en jugadores.

—No podemos rendirnos; quizás haya una razón mayor para que estemos aquí. Tal vez estemos en Amalantrah por un motivo preciso. Ese libro... —con la cabeza señaló hacia la mochila de ella, apoyada en el suelo— habla contigo y con nadie más. Frida es una vigilante. Los perros de Petrademone nos siguen y nos protegen como si fuera algo que hacen desde siempre. No podemos fingir que todo esto no existe y...

No pudo acabar la frase. Por la puerta asomó una figura ligeramente curvada. Entró sin llamar ni pedir permiso y se acercó a la cama. Era Ganache, el viejo cocinero. Llevaba una bandeja en la que oscilaba peligrosamente una taza humeante.

—Me han dicho que preparara el elixir para el muchacho —dijo, con una voz que era como un trozo de carbón rozando con otro, haciendo saltar chispas.

—¿Qué elixir?

—El elixir de Culpeper.

—¿Y quién se lo ha dicho?

—El hombrecillo que ha desaparecido. El que dormía en la caja.

—Klam —exclamó Tommy—. ¿Lo ha visto? ¿Dónde?

—Donde siempre ha estado..., pero parecía tener mucha prisa. Estaba muy mal.

Miriam cogió la taza de la bandeja y la acercó a los labios cerrados de Gerico, que no se abrieron. Con gran paciencia consiguió que bebiera un sorbo: al muchacho le costaba incluso abrir la boca. Ganache no salió de la cabina; se quedó pegado al cabezal como un criado presuroso.

—Gracias, Ganache... Ha sido muy amable.

El hombre siguió sin moverse. Evidentemente, no tenía ninguna intención de marcharse.

Gerico abrió los ojos cuando la taza de elixir ya casi estaba vacía. Miriam emitió un suspiro de alivio.

—El despertar del feo durmiente del bosque —bromeó Tommy.

—Casi prefiero volver al coma, si estando despierto me veo obligado a ver... —dijo Gerico, pero no acabó su respuesta, al darse cuenta de que, al pie de la cama, tieso como un palo, estaba Ganache, como un alma en pena.

—Ho..., hola.

El hombre, sin decir nada, dio media vuelta y salió de la habitación. Los chicos se miraron, perplejos.

—Ese tipo me da escalofríos —escribió Miriam.

—Me recuerda…, no, no es posible —dijo Gerico, con el gesto distraído que adoptaba cuando se concentraba en algo.

—Yo también estoy seguro de haberlo…

—¡El pastelero! —gritó Gerico, cortando de golpe a su gemelo.

A Miriam se le escapó la taza de las manos del susto; tuvo que agarrarla al vuelo.

—¡¿El pastelero?! —preguntó Tommy, no menos sorprendido.

—¡Sí, es él! ¡Lo sé, parece imposible, pero es él, Tom! —exclamó Gerico, dando una palmada, como aplaudiéndose a sí mismo. Se sentó en la cama y luego se puso en pie. Se balanceó un poco; aún estaba débil. Se sentó de nuevo. Los ojos se le iluminaron con un brillo febril, excitado por la adrenalina del descubrimiento—. ¿Te acuerdas de cuando éramos pequeños, de la pastelería de debajo de casa de los abuelos?

—Sí, claro. ¿Cómo se llamaba…? —respondió Tommy, buceando entre los recuerdos—. Dalmassi.

—¡Exacto! —exclamó Gerico—. ¿Y te acuerdas de quién era el dueño?

Tommy hizo un esfuerzo, mirando de lado, como buscando algo en los rincones de la memoria.

—¡Eugenio Dalmassi! ¿Te acuerdas? —añadió el mismo Gerico.

Aquel nombre encendió una bombillita en la memoria de Tommy. Poco faltó para que se oyera el sonido del interruptor.

—¿Quieres decir que… Ganache…?

Ante la sorpresa de Tommy, su gemelo asintió.

—¿Queréis explicaros, por favor? ¿O hay que ser un Oberdan para tener el honor? —escribió en un momento Miriam, y les mostró el pizarrín frunciendo el ceño.

—Ganache es el pastelero Eugenio Dalmassi, que tenía una tienda debajo de la casa de nuestros abuelos. Hace muchos años —respondió Gerico.

—¿Estáis seguros?

—Cuando era joven, tuvo un accidente con el algodón de azúcar y se quemó las manos. Tenía la piel destrozada casi hasta el codo, pero él se enorgullecía. Eran sus cicatrices de guerra, decía. Estoy seguro de que bajo los guantes del cocinero se ocultan esas cicatrices —dijo Tommy.

—Lo que no me explico es qué hace aquí. Él está... —intervino Gerico.

—¿Qué? —escribió Miriam, impaciente.

—¡Debe de estar muerto desde hace mucho tiempo! Ya era viejo entonces. Una tarde desapareció y no regresó. Poco después cerraron la pastelería —añadió Gerico, pensativo.

—Dijeron que lo habían asesinado mientras volvía a casa, si no me equivoco —señaló Tommy.

—Sí, algo así —confirmó su hermano—. Así que no puede ser él, pero... estaba seguro de que sí.

—Sí que es él —dijo Tommy.

—¿Un aflorado? —escribió Miriam.

—¿Un aflorado? ¿De qué habláis? —preguntó Gerico, perplejo.

—Quédate ahí sentado, Geri. Tengo que contarte unas cuantas cosas.

# 43

## No es el momento

*F*rida se puso en marcha hacia uno de los monolitos grises que asomaban por entre el brezo. Sus huellas se entremezclaban con las de los dos border collie que correteaban a su alrededor. El aire estaba surcado de capas de niebla cada vez más espesa. Tan espesa que en cierto punto las formaciones rocosas quedaron engullidas por aquel manto algodonoso.

—Vosotros abridme paso —les dijo a Mero y a Wizzy.

Ellos podían prescindir de la vista, al estar naturalmente provistos de un olfato extraordinario. Frida los seguía mientras se sumergían en la densa bruma.

Mientras tanto, su mente vagaba y sus pensamientos volaban, se lanzaban sobre ella, le mordían la espalda. Pero no podía permitir que el dolor, la nostalgia y los recuerdos la destrozaran. Tenía que concentrarse, dar un paso tras otro. Seguir caminando. A pesar de todo.

Los perros ladraron. Por entre la niebla asomaba la pared rocosa de un monolito. Ahora que había llegado hasta allí, no estaba tan segura de haber llegado a un destino de interés.

«¿Y ahora qué? ¿Qué hago con esta roca?», pensó una parte de ella, burlona, la que de vez en cuando metía baza para discutir cualquier decisión que tomara.

«Pues la escalo, eso es lo que voy a hacer —se respondió a sí misma—. Y si arriba no hay nada, vuelvo a bajar y sigo adelante.»

Y así lo hizo, con gran esfuerzo. Wizzy y Mero agitaban el rabo, contentos de vivir una nueva aventura. La escalada para ellos no era complicada. El bloque rocoso tenía hendiduras, escalones, pequeñas terrazas que les permitían trepar.

Para Frida no era tan fácil, y más de una vez estuvo a punto de rendirse. Temía no tener suficientes fuerzas en el momento de agarrar un saliente de roca con una mano mientras se impulsaba con los pies para mantener el equilibrio. En un par de ocasiones se sorprendió a sí misma usando la voluntad para escapar de situaciones potencialmente mortales. Desgraciadamente, aún no sabía usar bien su poder, por lo que era más la casualidad la que hacía que se activara, y no su intención.

Wizzy fue el primero en llegar a la cumbre. Y celebró su triunfo con un ladrido que se perdió entre las ondas vaporosas de la niebla. El Príncipe Merovingio llegó poco después y ambos se pusieron a esperar a Frida sentados sobre sus patas posteriores, exhalando un aire frío que se mezclaba con el del cielo gris.

—Vosotros a lo vuestro, ¿eh? —dijo ella, con la voz quebrada del esfuerzo. Pero ¿qué habrían podido hacer? ¿Cargársela sobre el lomo y llevarla hasta la cima?—. Tenéis razón, sois border collies, no mulos. Lástima.

Cuando por fin llegó a la cima de la roca, respiró hondo, llenándose los pulmones de aquel aire denso, húmedo y frío. Los dos perros de Petrademone la recibieron con saltos y ladridos como si hiciera días que no la veían.

Se sentaron los tres juntos, calentándose entre sí, y juntos comieron lo que tenían a mano. No mucho, a decir verdad. Pero eso no era un problema: ya hacía tiempo que Frida había observado que en Nevelhem el hambre nunca era tan intensa como en su mundo. Al menos eso facilitaba las cosas.

Había llegado el momento de disfrutar de la paz de aquella cumbre, y quizá de esperar a que la niebla aclarara un poco para poder observar el panorama desde lo alto y decidir qué hacer. En cualquier caso, estaba demasiado cansada como para pensar siquiera. Wizzy y Mero se adormilaron tendidos sobre el costado; ella también se tendió, cerró los ojos y se dejó llevar por un sueño sin sueños.

ϒ

Durmió mucho rato, a pesar de que aquel no fuera el lugar más cómodo para hacerlo. Cuando abrió los ojos de nuevo, los dos perros seguían a su lado, con su cálido manto de pelo pegado a ella, y la situación de la niebla no había mejorado.

La calma que se respiraba allí arriba la impulsó a probar un experimento. Cerró los párpados e intentó concentrarse. Vació la mente imaginando que todos sus pensamientos se iban goteando por un pequeño grifo en la base de su cuello. En particular tenía que limpiarla de la escoria dejada por la tremenda pesadilla que le había hecho vivir Kosmar una y otra vez para intentar arrebatarle la piedra. De aquel miedo abismal. De la sensación de culpa y de frustración por no haber podido impedir lo sucedido.

No, tenía que dejar de pensar en ello.

Quizás empezara a comprender cómo funcionaba su poder. La voluntad requería disponer de un espacio propio. No podía verse contaminada por miedos o reflexiones, por el flujo normal de los pensamientos y las emociones. No obstante, a pesar de que empezara a penetrar en los misterios de su don, no conseguía dominar el arte de vaciar la mente. O, mejor dicho, lo conseguía durante breves momentos; luego el ajetreo del cerebro volvía al ataque y se hacía de nuevo con lo que le habían arrebatado. Por suerte, antes de que sucediera eso, Frida había conseguido usar su voluntad para llevar la mirada más allá de la niebla. Más allá del páramo. Había sobrevolado por encima de su propio cuerpo y había visto dos cosas.

Una prometedora. La otra terrible.

Gracias a su ojo interior había visto el límite del páramo. En un momento dado, la alfombra de brezo y matorrales daba paso a un bosque, el que Frida había cruzado con Asteras antes de dar con aquel canalla de Momus. Debía regresar allí. Y desde allí reemprendería el camino hacia el Altiplano para encontrarse con el torgul.

«¿Estás segura de que serás tú quien lo encuentre a él?», dijo, burlona, la voz cínica de su interior.

La segunda visión tuvo el efecto inmediato de transformar su corazón en un martillo neumático. Uno de esos que la toman contra el asfalto de la calle y lo machacan hasta convertirlo en un campo gris de detritos y agujeros de cemento.

El Mal iba a por ella y estaba acercándose. El ejército de las tinieblas marchaba por el páramo y se dirigía hacia ella, con el enjuto a la cabeza de aquella guarnición infernal.

La visión la afectó tanto que, de pronto, se interrumpió su visión. Tenía que huir. Enseguida. Pero ¿adónde? Los perros percibieron la sensación de alarma procedente de Frida. Mero le presionó la pierna con el morro. Era su modo de pedir explicaciones por aquella tensión. Frida lo acarició distraídamente.

—Tenemos que llegar al bosque. Enseguida.

Antes de ponerse en marcha, la muchacha intentó llamar de nuevo a su genius. Necesitaba desesperadamente a Erlon. Aferró la piedra de Bendur y la apretó hasta que los nudillos se le quedaron blancos. Cerró los ojos para hacer que todo desapareciera a su alrededor. Llamó al perro. Invocó su presencia. Sintió algo, como si de la oscuridad de su mente emergiera una silueta luminosa. Pero luego, al pensar que el enjuto se acercaba, se desconcentró y la silueta desapareció. Frida no se rindió, apartó aquellos pensamientos lanzándolos a una esquina oscura de su mente e imploró a Erlon que se materializara una vez más. Inútil. La piedra de Bendur, que en un primer momento se había puesto candente, se le estaba enfriando en la mano. Abrió los ojos, decepcionada. En aquel momento, un grito metálico atravesó el aire como una flecha lanzada desde un potente arco, llevándose consigo aquella desilusión y dejando en su lugar un pánico atroz. No había tiempo que perder.

El descenso le reservaba a Frida una agradable sorpresa. Acurrucado en un pequeño saliente rocoso, en la ladera, estaba Erlon. ¡La invocación había funcionado! Solo que había aparecido en un sitio diferente al que ella se imaginaba. Frida sintió que se fundía en su interior el hielo de la incertidumbre. Erlon había acudido en su ayuda y, de golpe, el Mal se había convertido en algo que se podía afrontar.

Cuando Erlon la vio, estiró sus patas negras con manchas blancas y se puso en pie de un salto. No hizo falta que dijera nada. Frida y los tres border collie se apresuraron a descender del monolito, con Erlon a la cabeza como claro líder de la manada. Tenían niebla por delante y por detrás en todo momento. Los tres perros se las arreglaban bien, guiados por sus sentidos amplificados, pero Frida..., ella no era más que una niña obligada a afrontar una ladera impracticable y resbaladiza. Y si la subida había sido dura, el descenso era incluso peor: corría el riesgo de resbalarse a cada paso que daba sobre la roca húmeda y quebradiza por efecto de la humedad, y saber que la distancia entre ellos y el ejército del Mal iba volviéndose cada vez menor hacía que perdiera lucidez.

Frida perdió apoyó al pisar una losa de piedra especialmente lisa, y antes de que se diera cuenta estaba cayendo por la ladera. A su alrededor, llovían pequeños fragmentos de piedra. Intentó detenerse dando manotazos a ciegas, pero sus manos no encontraban apoyo. Mientras resbalaba, cubriéndose de arañazos por culpa de los salientes que iba encontrando, no podía pensar en nada, ni siquiera en cómo salvarse. Todo sucedió en pocos segundos. Faltaba poco para llegar al borde de una cornisa con pico, y una vez allí nada habría podido salvarla del impacto contra las rocas del precipicio.

Sin embargo, cuando parecía haber perdido toda esperanza, consiguió alargar un brazo desesperadamente y agarrarse a un saliente. Luego miró abajo y una oleada de miedo la quemó por dentro. Empezaron a sudarle los dedos de la mano salvadora. Gritó pidiendo socorro entre la niebla, y su petición desesperada llegó a oídos de los tres border collie, que corrieron en su ayuda.

Erlon la sujetó desde arriba por la manga y se puso a tirar. Sus grandes músculos se tensaron bajo el manto de pelo blanco y negro. Frida hacía esfuerzos para no mirar abajo. Con la mano libre tanteaba la roca, buscando otro saliente al que agarrarse. Sentía las heridas en las pantorrillas, en la espalda, en los hombros, que sangraban y le mojaban la piel. Los cortes le quemaban bajo la tela de algodón, rasgada por la piedra. Erlon siguió tirando con más fuerza, pero lo único que consiguió fue que el tejido se rompiera. El perro se encontró con un trozo del vestido entre los dientes, y Frida perdió definitivamente el agarre. Y cayó.

ϒ

Tendida sobre el brezo, la muchacha abrió los ojos y no tardó mucho en comprender que seguía viva. La quemazón de las heridas y la sensación de haberse roto todos los huesos eran pruebas evidentes de ello. ¿Cómo era posible?

—¿*Sátse omoc*?

Aquellas palabras le cayeron encima como gotas de lluvia y le hicieron dar un respingo. Se giró hacia la derecha y reconoció enseguida los rasgos deformados de la figura que se agachaba a su lado. Las palabras al revés. Aquel gesto compasivo. La bondad de aquellos ojos bovinos.

—¡Vanni! ¿Qué haces tú aquí? —exclamó Frida, levantando la espalda y sentándose en el suelo. ¡El tiovivo de sorpresas de Nevelhem no se detenía nunca!

—*Iuqa odíart ah ápap* —respondió él lentamente, con la voz pastosa por el exceso de saliva.

Frida tardó un rato en interpretar la frase al revés. Aún le dolía demasiado la cabeza tras los golpes de la caída y le costaba concentrarse.

—Papá... ¿Quieres decir que Drogo está aquí? —preguntó por fin, alarmada.

Encontró la respuesta ante sus ojos. La silueta fina y retorcida del viejo Drogo apareció perforando la niebla. Frida se quedó atenazada por el miedo. Se deslizó hacia atrás como pudo, alejándose del que sin duda sería el enésimo personaje malvado en una historia en la que eran raros los buenos.

Erlon, Wizzy y el Príncipe Merovingio llegaron en su ayuda, interponiéndose entre ella y el hombre. Le mostraron los dientes y entonaron en coro su gruñido de advertencia.

—Llama a tus bestias, jovencita.

Frida recordaba perfectamente aquella voz cavernosa. Vanni se llevó las manos a la boca, en un gesto dramático de desesperación.

—Ni por asomo —le espetó Frida—. Déjame en paz, viejo.

—¡*On, on, on*! —gritaba desesperado Vanni, intentando poner paz entre los dos.

—Te conviene hacer lo que te digo, mocosa. Dentro de poco, empezará lo bueno. Más te vale reservar la furia de tus perruchos para los que vienen a por ti.

Frida se puso en pie. Vio su mochila a poca distancia y, sin apartar la mirada del viejo Drogo, la recogió.

—¿Y tú qué haces aquí? —dijo con un leve temblor en la voz.

—Para empezar, te hemos salvado la vida —respondió el ex-teniente, que escupió al suelo sin preocuparse demasiado por las buenas formas—. Te habrías hecho papilla al caer de ahí arriba. Vanni te ha recogido al vuelo entre sus brazos. El muchacho tiene buenos músculos. Parecías un fantoche.

Frida sabía que estaba diciendo la verdad y susurró un «gracias» al hombre-niño. Luego se dirigió a los perros:

—*Shhh*, tranquilos, todo va bien. Son amigos.

No muy convencidos, los tres border escondieron los dientes de nuevo.

—Muy bien, así, mándalos a dormir —dijo el viejo Drogo.

—Aún no me has dicho qué diablos hacéis aquí —insistió Frida.

En aquel momento, la niebla vomitó otro personaje inesperado. Aquella visión terrible y sorprendente hizo que en el estómago de Frida se formara un nudo. Sintió que, de golpe, se le helaba la sangre.

# 44

## Despertares

*E*n la habitación de Miriam, Tommy le contó a su hermano todo lo que le había contado Alicia sobre Amalantrah y los aflorados. Gerico levantó un muro de desconfianza al oír aquellas palabras: su mente se negaba a creérselo. Miriam intentó convencerlo haciendo volar la tiza por el pizarrín.

—Pero ¿os dais cuenta de lo que me estáis diciendo? ¡Que estamos en un mundo de muertos! —exclamó Gerico.

—¿Te parece más absurdo que todo lo que hemos vivido hasta ahora? —objetó su hermano.

—Y entonces, ¿por qué no nos han dicho nada Klam y Asteras?

—Quizá ni ellos mismos fueran conscientes de tal cosa.

—Y, por cierto, ¿dónde se ha metido ese incordio de hombrecillo?

Miriam miró a Tommy, que le devolvió la mirada y luego bajó la cabeza.

—¿Ahora qué pasa? ¿Qué me vais a decir? ¿Qué el pequeñajo se ha transformado en una salamandra y juega al ajedrez con los fantasmas?

—Klam se ha ido.

—¿Adónde?

—¡Se ha ido y basta! Ya no está —gritó Tommy, preso de la frustración y la exasperación—. Y esperemos que no les haya pasado nada a Asteras y a Fri...

Tommy no había acabado la frase cuando Gerico se puso en pie y salió de la habitación, sin mediar palabra.

ϓ

En la bodega junto a la gambuza, la camita de Klam estaba
vacía. Gerico parecía el más afectado de todos. No daba crédito a
lo que veía. Tenía lágrimas en los ojos. Lo llamaba, lo buscaba, le
imploraba que se dejara ver. Todo inútil. Por fin, él también tuvo
que rendirse ante la triste evidencia de que su amigo en miniatura había desaparecido. Probablemente, para siempre.

Salió de aquel almacén como una furia. Tommy y Miriam
salieron corriendo tras él hasta la puerta de la gambuza, donde se
puso a llamar golpeando con el puño contra el marco de madera
que rodeaba dos cristales esmerilados amarillos.

—Pero ¿qué haces? ¿Te has vuelto loco? —le advirtió Tommy, con los ojos desorbitados.

Gerico no hizo caso y siguió llamando hasta que apareció una
silueta borrosa tras los cristales. Luego la puerta se abrió de golpe
y apareció el rostro torvo de Ganache.

—¿Qué pasa? —dijo este, con voz áspera.

—¿Usted es Eugenio Dalmassi? —preguntó Gerico, disparando a quemarropa.

El cocinero se lo quedó mirando como si se le hubiera aparecido un ovni.

—No le haga caso, está…, aún no se ha recuperado de la enfermedad… —dijo Tommy, agarrando a su hermano por los
hombros e intentando llevárselo de allí.

—Eugenio Dalmassi. Usted es el dueño de la pastelería Dalmassi.

Aquello no era ya una pregunta, sino una acusación segura,
como si fuera un policía en un interrogatorio.

Miriam miró al viejo, preocupada. No le pareció enfadado,
solo confuso.

—Entrad —dijo finalmente.


Los chicos esperaban encontrarse una cocina caótica, entre
platos sucios y montones de basura; en cambio, se encontraron
una gambuza reluciente y ordenada. El hombre les señaló con
sus manos enguantadas unas sillas en torno a una pequeña

mesa de aspecto rústico, pero de madera sólida. Los chicos se sentaron, vacilantes.

—¿Qué os traigo? —preguntó.

—Nada, gracias —respondió Gerico.

El cocinero pareció contrariarse y masculló algo incomprensible. Con su estatura, y con los chicos sentados, dominaba el panorama desde lo alto.

—¿Cómo me has llamado antes? —En el tono del cocinero había algo de cortante y amenazante.

—Eugenio Dalmassi —dijo Gerico, marcando las sílabas para asegurarse de que esta vez el nombre le penetrase en el cerebro.

Ganache se quedó impasible, aunque en los músculos de su rostro apareció un ligero temblor. Gerico tuvo la impresión de que se estuviera repitiendo el nombre entre dientes, para sí, como cuando se prueba un plato nuevo y se le da tiempo de que despliegue todos sus sabores en la boca para decidir si es bueno o no. Mientras tanto, se había hecho el silencio, a la espera del veredicto.

—Yo me llamo Ganache —dijo por fin el viejo—. No sé quién es ese Eugenio.

Tommy hizo acopio de valor e intervino, sin concederse pausas y sin dar tiempo al hombre para que lo interrumpiera:

—Usted está muerto, Ganache. Usted, como Eugenio Dalmassi, murió en el Otro Lado y afloró aquí. Nosotros lo conocimos cuando éramos pequeños. Tenía dos hijas: Eleonora y Angela. Trabajaban con usted en la pastelería. Y usted..., usted lleva esos guantes para esconder las quemaduras que se hizo en las manos en un accidente con algodón de azúcar. Tenía un gran talento para la cocina, y para los dulces en particular. ¿Y sabe cuál era su especialidad? —Cogió aliento; si continuaba sin respirar, se habría puesto azul—. El tronco de Navidad.

Una vez más, Gerico y Miriam se quedaron de piedra ante aquella salida de Tommy. Pero, sin duda, la mayor impresión se la llevó el cocinero, que se lo quedó mirando un tiempo infinito.

—El tronco de Navidad... se decora con crema..., ganache..., nata fresca, chocolate, mantequilla... —Las palabras iban atravesando los labios del viejo como si no fuera él quien las pronunciaba, como si tuvieran vida propia.

Luego empezó a quitarse los guantes lentamente. La operación duró varios segundos, durante los cuales los chicos contuvieron la respiración, a la espera de la revelación.

Sus manos, tal como había predicho Tommy, presentaban las clásicas cicatrices de una quemadura devastadora. La piel se había encogido como una costra de queso fundido, y luego se había endurecido. A Gerico le recordó el rostro lleno de pliegues y cráteres de Freddy Krueger, ese temible asesino en serie protagonista de una película que habían visto en el cine el año anterior: *Pesadilla en Elm Street.*

Ganache tembló al ver sus propias manos; en el rostro tenía la expresión de quien vuelve al cabo de mucho tiempo a su casa y se la encuentra en ruinas. Levantó la cabeza y fijó la mirada en la de los chicos. Luego volvió a ponerse los guantes.

—No estoy muerto... Vosotros estáis completamente locos. Si no salís de aquí inmediatamente, voy al capitán y hago que os eche del barco.

—Pero sus manos... —dijo Gerico, intentando hacerle razonar

—¡Fuera! —espetó el hombre, y les hizo dar un brinco de miedo sin necesidad de levantar la voz.

Miriam tocó a Gerico en el hombro para convencerlo de que había que salir de allí. Los chicos abandonaron la gambuza decepcionados, con una sensación de derrota.


Las aguas del Simbation eran oscuras como asfalto líquido apenas vertido; cuando el casco del Grampas las surcaba, creaba una estela blanquísima que parecía una herida sin sangre. Los chicos estaban asomados a los parapetos de las amuradas, contemplando aquel espectáculo fascinante e inquietante a la vez.

—¿Cómo se te ha ocurrido eso del tronco de Navidad? ¡Hasta poco antes ni siquiera te acordabas del nombre del pastelero! —le preguntó Gerico a su hermano.

—¿No recuerdas ese dulce? Estaba de muerte. Puedo no recordar un rostro, pero un manjar así... —respondió él, dejando volar la mente.

—¿Por qué os importa tanto Ganache? —escribió Miriam.

Los gemelos se encogieron de hombros al unísono.

—Bueno, no es que podamos hacer mucho en este barco —dijo Tommy—. Tenemos que seguir la ruta que marque el capitán Cachaza hasta que decida llevarnos a Ruasia.

Sus amigos asintieron, algo desinflados.

—Yo una idea de lo que podemos hacer sí que la tengo —dijo Gerico al cabo de un rato, dirigiéndose al mástil del trinquete.

Miriam puso su cara de «¿ahora qué le pasa?». Tommy intuyó cuál era su intención.

—¡Ni se te ocurra! —le gritó, pero la advertencia quedó en el aire: Gerico ya había metido los pies en la primera fila de flechastes (las cuerdas atadas en forma de red para crear escaleras que permitan trepar a los árboles de los barcos).

—Quiere subir a la cofa —dijo Tommy para sí y para Miriam, mientras lo seguían con la mirada.

Gerico subía por el mástil con seguridad, muy atento adonde ponía manos y pies. La escalera de cuerda ondeaba peligrosamente bajo el peso del muchacho, con sus movimientos algo torpes.

Llegó por fin a la plataforma circular, situada en una posición tan elevada que las personas se veían como insectos. Estaba contento. Lo había dicho y lo había hecho. Le encantaba cuando, en las aventuras de barcos, buques y galeones, llegaba el momento en que un valeroso marinero trepaba a lo alto, quizás en plena borrasca, para avistar al enemigo o localizar tierra firme a lo lejos, un puerto donde protegerse del furor de las aguas. Y gritaba a los otros lo que había descubierto, llenándolos de esperanza o de terror. Gerico quería hacer algo así: encontrarse con una sorpresa, ser el primero en señalar el inicio de una nueva aventura.

En cambio, desde allí arriba no vio nada. Ninguna tierra que poder anunciar en el horizonte. Ningún peligro ni ninguna buena noticia que comunicar a los otros. Solo el bauprés que apuntaba hacia una infinita oscuridad. Y la estela que dejaba el paso del barco en el cuerpo tenebroso del río.

De pronto, Gerico sintió náuseas. Los ojos se le nublaron, la mente se le vació. Perdió interés por lo que estaba viendo. Le pareció todo triste y sin sentido. El veneno de la melancolía había vuelto a circular por sus venas.

Desde abajo, Miriam se dio cuenta de que en la cofa había

algo que no iba bien: Gerico parecía balancearse. Llamó la atención de Tommy tocándole un hombro y escribió en el pizarrín:

—No está bien. Tenemos que bajarlo de ahí.

Tommy se quedó inmóvil.

—¿Qué esperas? ¡Ve a buscar a tu hermano! —escribió.

—No puedo, Miriam... —El muchacho, mortificado, buscó unas palabras que lo rehuían—. Sufro de vértigo.

Miriam le dio un tirón en el brazo. E insistió, con fuerza: no quería oír excusas. Él se liberó con suavidad.

—No puedo, créeme. En cuanto levanto el pie del suelo, todo me da vueltas. Me caería.

Ella le lanzó una mirada de desprecio. Tommy sintió la hoja cortante de aquella mirada penetrándole en la carne y salió corriendo. Miriam se quedó de piedra, incapaz de comprender la fuga de Tommy. No podía dejar a Gerico allí arriba, a merced de su oscuro mal. Dejó el pizarrín sobre los tablones irregulares del puente y tomó una decisión: escalaría ella el mástil hasta lo alto. No obstante, cuando puso el pie en el primer cabo del flechaste, se dio cuenta de la empresa a la que se enfrentaba. Sus músculos no estaban preparados para mantenerla agarrada a aquellas cuerdas oscilantes. Aun así, tenía que subir. Un pie en la fila siguiente. Y luego otro.


Cuando Tommy regresó con Alicia y su marido Ramón, vieron a Miriam agarrada a la inestable escala, a pocos metros del puente. Tommy la llamó con todo el aire que tenía en los pulmones. La melena roja de la chica se giró de golpe. No había huido, simplemente había ido a pedir ayuda. Y la había encontrado. Tommy asintió a distancia, y ella se puso a llorar por el agotamiento y el alivio que sentía.

Alicia y Ramón se lanzaron a la escalera de cuerda, devorando metro tras metro. Su rápido avance hacía que aquella escalada pareciera pan comido. Enseguida llegaron a la cofa y se encontraron a Gerico sin fuerzas, apoyado en el mástil, como una muñeca de trapo tirada ahí por una niña distraída. Ramón se lo cargó sobre sus anchas espaldas y, con la ayuda de su mujer, lo bajó de nuevo, para dejarlo en los amorosos brazos de Miriam.

Υ

—¿Qué se le ha metido en la cabeza a tu hermano para subir ahí arriba? —le recriminó Alicia a Tommy.

Él, cabizbajo, no replicó. Con el rabillo del ojo miraba a Ramón, que estaba junto a la pared. Tenía la expresión orgullosa y decidida de alguien acostumbrado a dar órdenes. Su espeso y cuidado bigote, así como el corte de pelo pasado de moda, le daban el aspecto de uno de esos personajes de las fotos en sepia.

—¿Ahora cómo está? —dijo Ramón, y fueron sus primeras palabras: cálidas y tranquilizadoras, como un fuego crepitando en la chimenea.

Tommy le lanzó una mirada a Miriam, que asistía a su hermano. Ella negó levemente con la cabeza.

Era la confirmación de que Gerico no mejoraba. Volvía a ser presa de la melancolía.

—Es el segundo ataque de bilis negra en poco tiempo; me temo que está empeorando —dijo Tommy por fin.

Ramón asintió.

—Necesitamos más elixir —escribió Miriam en el pizarrín.

—Voy a pedirle a Ganache que nos lo prepare —decidió Tommy.

—Deja, yo me ocupo —dijo Ramón, poniéndole una mano sobre el brazo para detenerlo—. No me parece que le caigáis especialmente bien. Y a mí no me puede decir que no. —Sus palabras tenían un tacto suave, pero se podía sentir su alma de hierro.

—A ti nadie te puede decir que no, Ramoncito —confirmó Alicia.

—Vuelvo enseguida.

Y se fue.

—Un tipo duro, tu marido, ¿eh? —comentó Tommy.

—Era capitán del ejército. Y el gobernador de la isla de Vikaram. ¿No os dice nada ese nombre? —Hizo una pausa para darles tiempo a escarbar en la memoria—. ¿No habéis oído hablar nunca de «los olvidados de Vikaram»?

Tommy y Miriam negaron con la cabeza.

—Querías conocer mi historia. Pues aquí tienes. —Alicia se

sentó en el borde de la cama—. Yo morí en aquella isla junto a mi marido y a toda la tripulación que habéis visto en la fiesta.

Los chicos tensaron las orejas como antenas preparadas para captar cualquier señal en el aire.

—Nuestra historia empieza a principios del siglo xx, en tiempos de una disputa internacional por un minúsculo pedazo de tierra frente a las costas de México. Un lugar infame que sería exagerado llamar «isla». Imaginaos un arenal que rodea un lago de aguas sulfurosas que apestan a huevos podridos, con fumarolas que ascienden hasta el cielo y millones de mosquitos dispuestos a devorarte.

—Parece el infierno... —comentó Tommy.

—Pues eso no es nada, créeme. Lo peor está por llegar...

# 45

## Los olvidados de Vikaram

—*L*legamos a Vikaram el 11 de septiembre de 1912, y nos encontramos con un hedor insoportable. Yo solo tenía quince años y me había casado con el valeroso capitán Ramón apenas diez días antes, pero para mí no habría viaje de bodas. Había que salir enseguida en una misión importantísima: ocupar y gobernar una franja de tierra recubierta de guano.

—¿Excrementos de pájaros?

—Exacto. Guano por todas partes. Estaba allá donde pusieras el pie, resbaladizo como jabón diluido en agua y tan viscoso que ponía la piel de gallina. ¡Y aquella peste! Era horrible, lo envolvía todo. Hasta la ropa, el pelo, incluso nuestra propia piel se impregnaba —dijo Alicia, y el simple recuerdo hizo que se frotara los brazos—. Había un saliente rocoso que se elevaba sobre el nivel del mar. Tendría unos veinte metros de altura y era imposible de escalar. Era territorio de los pájaros: alcatraces, gaviotas, pelícanos, cormoranes guanay…, decenas de miles. Cuando alzaban el vuelo, eclipsaban el sol. Y no os digo la cantidad de guano que dejaban sobre la roca. Los miembros de nuestra guarnición (unos treinta, entre hombres, mujeres y niños) lo bautizaron enseguida como el montículo de popa.

—El montículo de popa. Suena bien…, pero ¿eso de «popa» significa lo que estoy pensando? —preguntó Tommy con una mueca cómplice.

—Una montaña de mier… —dijo Alicia, dejando la última palabra a medias.

—¡Ya lo pillo! —Tommy sonrió.

—Ramón no se dio por vencido; su sentido del deber no conoce límites —prosiguió Alicia—. Y su guarnición le habría seguido hasta el infierno. Prácticamente, lo que era Vikaram, por cierto. Como podréis imaginar, en aquel anillo de arena maldito no crecía nada bueno, salvo una mísera plantación de cocos. Los cangrejos invadían la playa...

—¡Ah, qué buenos!

—De buenos nada —replicó Alicia—. Eran los terribles cangrejos azules gigantes, agresivos como depredadores hambrientos y con unas pinzas durísimas, un auténtico tormento.

Teníamos que vigilar a los niños, porque si te pellizcaban podían hacerte mucho daño. Qué pesadilla. Y eran incomestibles. A eso sumadle un mar infestado de tiburones y un clima favorable para los huracanes, los tifones y las tormentas tropicales..., y os haréis una idea.

—Pero ¿por qué teníais que quedaros allí?

—Ya te lo he dicho. Ramón es un hombre de armas. Hijo de oficiales desde el primer día que nuestro país tuvo un ejército. Para él, las órdenes son sagradas. Nuestro Gobierno lo había elegido para gobernar el islote y lo hacía, aunque llevara la pena en el corazón.

—De acuerdo, pero ¿de qué le servía aquel lugar horrendo a vuestro Gobierno?

—No te imaginas lo importante que era en aquellos tiempos aquel guano tan asqueroso. Daba dinero. Muchísimo dinero. Todos querían echar mano a esos excrementos, un abono extraordinario para la agricultura de la época. Y se pagaba a peso de oro. El guano de Vikaram era especialmente apreciado. Sea como fuere, nos establecimos allí, empezamos a construir nuestro poblado y nos ayudábamos los unos a los otros. Todos, salvo... —Se detuvo. En los ojos se le encendió un fuego que se extendió por las mejillas—. Salvo el maldito Victoriano Denner, llamado «el Blanco» por esa cara que tenía, siempre pálida como una sábana. Era el encargado del faro. Un tipo horrible: esquivo, malvado, solitario. Ramón no lo habría querido en sus filas, pero era el hermano de un político importante y nos vimos obligados a llevárnoslo con nosotros. Huía de algo terrible que había hecho: nunca supimos qué era, pero el caso es que nos llevamos el diablo a la isla.

—¿Y qué hacía? —intervino Miriam, mostrándole el piza-rrín.

—Déjame seguir y lo sabrás. Su trabajo en el faro era crucial, porque sin su luz no nos habría encontrado nadie. Cada dos semanas, llegaba un barco de aprovisionamiento que cargaba el guano y nos traía víveres, agua, ropa... Vamos, lo necesario para sobrevivir, aunque fuera poco. Los seres humanos tenemos una capacidad de adaptación impensable. Yo estaba segura de que no resistiría ni una semana en aquel lugar, y en cambio...

»Seguimos así casi tres años. Nacieron niños; la vida consigue abrirse paso en cualquier circunstancia y a pesar de todo. Dos parejas con hijos abandonaron la isla y nos rogaron que nos fuéramos con ellos. Pero Ramón demostró su tenacidad: era el gobernador de Vikaram y, hasta que no recibiera nuevas órdenes, no dejaría su puesto. El último barco de aprovisionamiento llegó a nuestro islote el 25 de junio de 1915. No hubo más.

—¿Por qué? ¿Qué había pasado? —preguntó Tommy, intrigado.

—Primero, una sangrienta guerra civil, y luego la Primera Guerra Mundial, que interrumpió las importaciones de guano a Europa. —Alicia abrió los brazos, desconsolada—. Primero fue Dios; luego también nuestro Gobierno nos abandonó. El problema principal era la comida: pese a racionar al máximo las provisiones, al cabo de unas semanas, tuvimos que adaptarnos a la situación.

—¿Y qué comíais? —escribió Miriam, con mano temblorosa.

—Cuando se acabaron las provisiones del último envío, no nos quedó más que una fuente de alimento: los pájaros. Su carne y sus huevos. Pero no había fruta, no había verdura. Un par de tormentas habían barrido el pequeño huerto que habíamos intentado cultivar, y el resto de la isla era prácticamente estéril. Qué absurda paradoja: contábamos con el mejor fertilizante del mundo, toneladas y toneladas de guano, y no podíamos cultivar ni una lechuga. ¿Y sabéis qué pasa cuando se deja de comer fruta y verdura? Que aparece el escorbuto. El primero en morir fue un niño de solo dieciséis meses, pero todos los demás estábamos fatal. Éramos como zombis. El escorbuto provoca depresión e histeria; de hecho, dos soldados se mataron el uno al otro peleando por la carcasa de un cormorán. Al final, quedamos solo cuatro hombres, siete mujeres y cinco niños. Enterrábamos los cadáveres en la arena, a gran profundidad, para que aquellos atroces cangrejos no los encontraran.

—¿Y Victoriano?

—Victoriano siempre estaba encerrado en su faro. Había acumulado provisiones, evidentemente, y no dejaba que nadie se acercara a su pequeño reino. Estaba armado hasta los dientes. Y, lo que es peor, de noche ya no encendía la gran linterna.

—Pero ¿por qué? ¿No se habría salvado él también si llegaba algún barco?

—Ya te lo he dicho. El Blanco era un demonio pálido. Quizá se engañaba, pensando que en el interior de su faro estaba seguro. Tal vez le esperara el patíbulo si regresaba a casa. O quizá quisiera torturarnos, sin más. Sea como fuere, un día uno de los soldados avistó un barco en lontananza. En el mar había tormenta. ¿Sabéis quién era aquel hombre? —Hizo una pausa—. Nuestro querido Pim.

—¿El ayudante del capitán Cachaza?

—Alfonso Pimenthal, llamado Pim. Tendríais que haberlo visto entonces. Era un soldado fiel y muy valeroso.

—¿Y su hermana Pam también estaba en la isla, con vosotros?

—Pamela, sí. Estaba muy unida a Alfonso; cuando supo de su terrible muerte, se suicidó tirándose al mar.

Miriam abrió los ojos horrorizada y se llevó una mano a la boca, aunque no podía escapársele ningún sonido.

—¿Qué le pasó a Pim? —preguntó Tommy.

—Alfonso subió a un bote con Ramón y los otros dos hombres que quedaban. A pesar de la mar gruesa, tenían que intentar llegar hasta el barco que habían visto. Me despedí de mi marido abrazándolo muy fuerte…, y fue la última vez que nos vimos… vivos.

Tras una pausa larga y dolorosa, Alicia prosiguió:

—Remaban y remaban en las aguas agitadas, pero no consiguieron llegar al barco, que estaba muy lejos. Empezamos a pensar que quizá no hubiera sido más que una ilusión óptica, la proyección de un deseo desesperado. En cambio, desde nuestra playa, vimos perfectamente cómo las olas hacían volcar el bote de nuestros hombres.

A los pocos momentos se materializó ante nuestros ojos la peor de nuestras pesadillas. Las aletas de los tiburones: un banco enorme. Las que tenían hijos se los llevaron de allí; las otras nos quedamos gritando horrorizadas, abrazadas las unas a las otras en la arena, viendo aquel espectáculo atroz. Fue terrible..., y lo peor es que los males no acababan nunca en aquella isla perversa.

—Victoriano... —dijo Tommy.

Alicia asintió. Y prosiguió, con un tono de voz más débil y afligido.

—Aún llorábamos la pérdida de nuestros hombres cuando el Blanco bajó de su faro armado hasta los dientes y se hizo con las armas del poblado. Las tiró a las profundidades de la laguna sulfurosa. Luego reunió a las mujeres y a los niños que quedaban y se autoproclamó soberano de la isla. Desde aquel momento, tendríamos que hacer todo lo que dijera, como esclavos.

En ese instante, entraron en la cabina Ramón y Ganache, que no se molestó en esconder su mal humor. Esta vez no llevaba nada en las manos. Alicia interrumpió su relato de golpe y se levantó de la cama con la rapidez típica de quien esconde algo y no quiere que le pillen.

—¿Y el elixir? —escribió Miriam, alarmada.

—Ya no me queda cardo triste. No puedo prepararlo —respondió el cocinero, tajante.

—¿Y ahora qué hacemos? —preguntó Tommy.

—Debemos esperar a llegar a la ensenada. Allí hay un bosquecillo donde crece en abundancia —dijo Ramón.

—¿Y cuánto tardaremos en llegar? —insistió Tommy.

Todos se lo quedaron mirando como si hubiera preguntado el número exacto de estrellas que hay en el cielo.

—Llegaremos cuando lleguemos —respondió Alicia—. El tiempo...

—En Amalantrah no se mide el tiempo. Lo había olvidado —concluyó el muchacho, desesperado.

Ganache salió sin pedir permiso ni despedirse de nadie.

—Nosotros lo conocíamos del otro lado —les confesó Tommy a los dos aflorados presentes en la cabina—. Hemos intentado decírselo..., pero él ha reaccionado muy mal.

—¡Claro que ha reaccionado mal! Para un aflorado, aceptar eso es un proceso dolorosísimo. No puedes decirle a alguien, sin más: «Estás muerto, toda tu familia se ha quedado en el Otro Lado, y ahora estás en un mundo del que no regresarás nunca» —le regañó Alicia.

Ramón la sujetó con suavidad y añadió:

—Mi mujer y yo descubrimos lo que nos había pasado en Vikaram por nosotros mismos. Lo vimos con nuestros propios ojos —dijo. Tommy sabía a qué se refería: el cronoscopio—. Si alguien nos hubiera contado nuestra historia, nuestra... tragedia..., no sé cómo habríamos reaccionado. No hay nadie más entre la tripulación que lo recuerde. Ni siquiera Pim y Pam. Hemos decidido no revelárselo a nadie. El olvido suele protegernos de los vientos gélidos del dolor. La ignorancia puede ser un puerto seguro en el que refugiarse.

# 46

## La fiesta va a empezar

$\mathcal{A}$ primera vista, Frida pensó que aquello era un oso gigantesco, pero la bestia que salió de entre la niebla y se detuvo junto al viejo Drogo era mucho más alta, más grande, más aterradora. Abrió sus fauces con colmillos de jabalí y emitió un rugido que hizo temblar hasta el suelo bajo sus pies, al tiempo que los salpicaba con una lluvia de baba blanquecina.

Los perros retrocedieron, asustados al oír aquel bramido primitivo. Frida se quedó de piedra. Con el rabillo del ojo vio a Vanni y observó, sorprendida, que no parecía ni nervioso ni tener miedo. Es más, daba palmas, complacido, como si acabara de presentarse alguien con su tarta de cumpleaños.

—Te presento a mi mascota, Gular. En la primera lengua significa «cachorro». ¿No es tierno? —preguntó el viejo, sarcástico.

Frida no conseguía apartar la vista de aquel monstruoso animal, que rebufaba, emitiendo densas nubes de humo a espaldas del hombre.

—Te he seguido de lejos durante todo este tiempo. Pero no te hagas ilusiones, no me importa nada lo que te pase. Es solo que, allá donde vayas, seguro que encuentro algún pez gordo.

—No entiendo... ¿qué pez?

—Oh, esos simpáticos enjutos nocturnos tienen cierta predilección por ti. Debes de haberles tocado bastante las narices. —Una tos catarrosa interrumpió su explicación—. En este bosque hay pululantes por todas partes; evidentemente, te observan de cerca.

—No tengo tiempo que perder contigo. Aquí estoy en peligro. ¡Tengo que irme! —dijo Frida, intentando mostrarse decidida, aunque en realidad sentía un nudo que le presionaba el estómago.

—Tranquila, jovencita. Claro que estás en peligro: en esta tierra maldita, no hay ningún lugar seguro. Pero tú no vas a ningún sitio. La lombriz no decide cuándo dejar el anzuelo.

Frida no respondió. Agarró la mochila con fuerza frente al pecho y pasó junto a Drogo, dispuesta a marcharse de allí. No tenía claro adónde, pero le bastaba con que fuera lejos del viejo.

—¿Huyes como el cobarde de tu tío?

Aquello fue como una puñalada por la espalda.

—¡¿Barnaba?! ¿Has visto a Barnaba? —dijo Frida, girándose y acercándose a Drogo.

—Pues sí, lo he visto, y teníamos que pasar la puerta juntos. Pero al final debe de haberse arrugado y me ha dejado «solo» —respondió, subrayando la última palabra, fingiendo un lloriqueo.

—¡*Olos!* —repitió Vanni, divertido.

—¡Cállate, estúpido! —le regañó el viejo, y él obedeció al momento.

—Ya querrías tú tener el valor de mi tío… —replicó Frida, pero no tuvo tiempo de completar la frase.

Gular rugió de nuevo, agitado. También Erlon, Wizzy y Mero se pusieron a gruñir en dirección a un punto impreciso del páramo, cubierto de niebla.

—Va a empezar la fiesta —dijo el viejo Drogo, con una sonrisa amarillenta apenas esbozada entre la barba.

Hasta aquel momento, Frida no se dio cuenta de que el bastón en el que se apoyaba el exteniente era una gran hacha invertida. Que llevara consigo un arma así significaba dos cosas: que sabía del peligro que iba a encontrarse y que no iba a poner las cosas fáciles a su enemigo.

—Jovencita, vete al bosque con Vanni —ordenó, señalando algo invisible a sus espaldas.

El aire estaba inmóvil. No se oía nada. Ambiente de espera. El viejo Drogo alzó su hacha y, con un gesto, le indicó a Vanni que se fuera de allí. El hombre-niño se golpeó la cabeza con las manos varias veces y por fin salió corriendo, sumergiéndose en la niebla.

El enorme kreilgheist avanzó con el paso ligero de un tigre. Olisqueaba el aire, y lo mismo hacían los tres borders. Erlon parecía un arco en tensión, a punto de lanzar la flecha. Frida sabía que tenía que huir. Lo que había visto desde lo alto, gracias a su voluntad, era horrendo. Percibió un temblor en el aire. De nuevo, los pululantes, que la estaban espiando. Y tras aquella mirada invisible estaba segura de que se escondía el ojo penetrante de Astrid. Apretó los labios y decidió que no huiría. Sacó del bolsillo el tirachinas, lo empuñó con decisión y comprobó las piedras que le quedaban. No eran pocas, pero no podía estar segura de que le bastaran.

—Yo me quedo aquí —dijo por fin, plantando bien los pies en el terreno.

—Peor para ti —respondió el viejo Drogo, y escupió al suelo.

El silencio desapareció de golpe un momento después, sin aviso previo: frente a ellos, de entre la niebla, emergieron decenas de hombres huecos con sus unkas desenvainadas y brillando peligrosamente. Frida sintió que la respiración se le aceleraba. Los perros se lanzaron enseguida a la batalla. El viejo Drogo le gritó algo incomprensible a su cachorro, y Gular rugió, haciendo temblar el aire. Se irguió sobre las patas posteriores y luego se dejó caer al suelo otra vez, antes de cargar, furioso, contra el ejército del Mal.

Frida empezó a disparar a toda velocidad a sus enemigos, que iban cayendo bajo la lluvia de precisos proyectiles. En el aire se mezclaban los terribles sonidos de la batalla: garras destrozando al enemigo, gritos bestiales, ropas rasgadas, gritos, golpes y ladridos. Y, de fondo, el murmullo infernal de los hombres huecos.

La furia del kreilgheist hacía estragos en aquel puñado de seres de cabeza de paja, pero también el exteniente combatía con un vigor inesperado. Por su parte, los tres perros estuvieron a la altura de su fama como valerosos protectores. Erlon era un espectáculo: sabía exactamente cuándo golpear y cuándo retirarse para lanzar después un nuevo ataque. Pero Frida no quería hacerse ilusiones: sabía que aquello no era más que el principio. Aquellos hombres huecos no eran más que la vanguardia, que habían enviado para cansarlos. Ella había visto mucho más.

Desde el fondo de la niebla, les llegaba un repiqueteo cada vez más fuerte.

—¡Los rechinantes! —anunció el viejo a voz en grito.

Las temibles bestias de caparazón rojo, maléfica fusión entre cangrejos y escarabajos, ya habían demostrado lo letales que podían llegar a ser.

Salieron de la niebla como flechas, dispersándose por la maleza del páramo.

Gular los aplastaba con sus patas poderosas. Los aferraba con las garras y los destrozaba gritando, complacido.

Sin embargo, eran una infinidad, un temible río rojo que avanzaba crepitando. Y los hombres huecos no dejaban de aparecer por entre la niebla, como si salieran de una cadena de montaje en plena actividad. Frida, el viejo Drogo y los tres perros empezaban a fatigarse.

El único que aún parecía en plenitud de fuerzas era el kreilgheist, pero él también acabaría cediendo ante la cantidad de enemigos que se concentraban a su alrededor. Él solo no lo conseguiría.

—¡Retirémonos! —gritó con su voz ronca el exteniente, y en su orden vibró el eco de su pasado militar.

Se dieron a la fuga, seguidos por el enjambre de cangrejos mutantes y por el lento pero inexorable ejército de hombres huecos. Frida cerraba la fila con los border, y en un momento dado sintió una punzada ardiente en el tobillo izquierdo.

El intenso dolor le subió de golpe hasta el cerebro y le hizo soltar un grito desesperado. Un rechinante le había pellizcado con sus pinzas, y Frida cayó al suelo, retorciéndose de dolor. Erlon corrió en su ayuda y le arrancó aquel bicho de la pierna, para después lanzarlo bien lejos.

El viejo Drogo le dio una orden a Gular, que este obedeció al momento. Se detuvo, volvió atrás y con una precisión insospechada levantó a Frida del suelo y se la cargó a la grupa.

—Agárrate fuerte —le dijo el exteniente, mientras agitaba su hacha para defenderse de los hombres huecos, para después dejarla caer sobre un rechinante que estaba a punto de picarle.

De pronto, la niebla se volvió aún más densa. Las siluetas de presas y perseguidores en movimiento aparecían y desaparecían como fantasmas. Y la extraña niebla azulada tenía el poder de amortiguar los sonidos. Era la niebla-escarcha. De pronto, el páramo se había convertido en una extensión de vapor gélido poblado por espectros en el que reinaba un silencio espantoso.

—¿Esto lo has hecho tú? —le susurró Drogo a Frida.

Sin duda, la repentina condensación de la niebla les había puesto a salvo..., de momento. Y, en efecto, la muchacha, que a duras penas conseguía pensar con aquel dolor lacerante en el tobillo, notaba que su Bendur estaba ardiendo.

—No lo sé —respondió. Y de verdad no lo sabía.

—Sabes quién está llegando, ¿verdad? —susurró el viejo.

—Un enjuto nocturno.

—Lo estaba esperando. ¿Has visto dónde estaba?

—Antes sí. Ahora no sé dónde está.

—Hay demasiadas cosas que no sabes.

De repente, apareció a su lado un hombre hueco. Frida gritó de miedo. La podadera del ser diabólico cortó el aire y encontró el costado del kreilgheist. La enorme bestia rugió de dolor y de rabia. Su sangre salpicó el brezo tiñéndolo de un rojo tan vivo que parecía pintura al óleo. De un zarpazo, Gular partió por la mitad al hombre hueco, que cayó al suelo y se evaporó.

—¡Lo ha herido! —exclamó Frida.

—Bah, una menudencia. Un rasguño.

—Pero el veneno...

—Esto es un kreilgheist, jovencita. No es un mocoso del Otro Lado. El veneno para él es como agua de lluvia. —Dio una palmada vigorosa al animal, que no pareció demasiado contento de recibirla—. Intenta mantener esta niebla. Los rechinantes se han perdido y los pululantes no nos pueden ver. Es nuestra única esperanza de llegar al bosque: aquí, en el páramo, somos un objetivo demasiado fácil.

—Pero no soy yo quien la controla...

—Eres tú, créeme, eres tú —dijo él, convencido, y volvió a escupir al suelo.

El grupito en fuga fue a topar con Vanni, que emergió de entre la niebla-escarcha como un fantasma inmóvil. Estaba temblando, pero de una pieza.

—*Euqsob ortneucne on* —dijo, alargando cada sílaba, con una lentitud exasperante.

—No te preocupes, ahora lo encontraremos juntos —lo tranquilizó Frida, que se bajó de la grupa de Gular. Cuando puso el pie en el suelo, un nuevo pinchazo de dolor hizo que le fallara el tobillo, lo que la obligó a sujetarse por un momento en el manto de pelo del kreilgheist.

—¿Va todo bien, idiota? —le preguntó a Vanni el viejo Drogo, más molesto que interesado.

—¡No lo llames así! —gritó Frida.

—Es mi hijo. Lo llamo como me parece.

Vanni parecía insensible a las palabras de su padre. Estaba quieto, impasible, en medio de aquella niebla compacta, a la espera de que los demás decidieran qué hacer.

—Venga, sigamos —dijo Drogo, que le dio una orden incomprensible a Gular.

El kreilgheist soltó un bufido por sus enormes fauces y se puso a la cabeza del grupo.

—No veo a mis perros —observó Frida, asustada.

El viejo se cargó el hacha a la espalda y se puso en marcha.

—Estarán por aquí cerca. Vamos.


«¿De verdad soy yo quien ha creado esta niebla tan espesa?», se preguntaba Frida, mientras avanzaba, circunspecta, dándole la mano a Vanni. Cojeaba ostensiblemente. Era como si le hubieran encendido una hoguera en el tobillo, y la sangre le mojaba la pernera de los pantalones y el zapato.

Mientras tanto, ella intentaba poner en orden sus pensamientos. Hacía un esfuerzo por recuperar los recuerdos de todas las veces que había recurrido a la voluntad, para ver si había un denominador común, un esquema reconocible, pero tenía demasiadas lagunas. Dudas, preguntas, incertidumbres. Un poder solo es útil cuando conoces las reglas y tienes pleno poder sobre él.

—¿Por qué crees que he sido yo la que he hecho esto? —le preguntó al viejo Drogo, que caminaba un par de pasos por delante.

—Eres una vigilante. Y no una cualquiera. La niebla-escarcha no se habría formado de este modo si tú no lo hubieras querido —respondió él, seco.

—No sé cómo usar mi voluntad —reconoció ella, pensando que seguramente el exteniente creería que era una estúpida.

Pero él se limitó a encogerse de hombros, se giró para esperarla y respondió:

—Es obvio. Aún eres demasiado joven. Necesitas a los sabios del Baluarte. Y sus respuestas —dijo. Y al momento recuperó su humor habitual—: Y necesitas que te den una buena tunda, mocosa.

—No me gusta tu tono —replicó ella, fijando la mirada en los ojos gélidos de él.

El viejo Drogo frunció el ceño y rebufó. Luego esbozó una sonrisa.

—¡Bien! Veo que tú si tienes agallas. A diferencia de tu tío.

—¡Barnaba está en la cárcel! ¡Deja de llamarle cobarde!

—¿Qué farfullas? ¿Qué cárcel?

—Si dejaras de comportarte como un egoísta, te darías cuenta de lo que sucede a diez centímetros de tu nariz.

Y, dicho aquello, Frida aceleró el paso y lo dejó atrás. Drogo la escrutó en silencio a través de las brasas ardientes de sus clarísimos ojos. Frida lo había dejado sin palabras.

La niebla empezaba a despejarse. La Bendur que Frida llevaba en el bolsillo había pasado de candente a templada, hasta acabar enfriándose. Cuando el muro de bruma desapareció, vieron la situación con toda claridad. El enorme ejército de rechinantes había rodeado a los tres border collie, que ladraban y gruñían, manteniéndolos a cierta distancia.

«Pero ¿cuánto resistirán?», se preguntó Frida.

—¡Euqsob! ¡Euqsob! —gritó Vanni, tirándole de la mano.

A sus espaldas ya se entreveían los árboles, con su silueta cada vez más definida a medida que la capa de niebla iba desapareciendo. Pero una cuesta escarpada separaba el páramo del bosque. Con el tobillo en aquellas condiciones, aquello para Frida era un obstáculo insuperable.

El kreilgheist volvió a rugir y se lanzó contra los hombres huecos y contra sus rechinantes, abriendo un paso hasta el cerco a los tres perros. Era como si Erlon, mirándolo a los ojos, lo hubiera llamado para que viniera en su auxilio. Frida sintió una alegría indescriptible al ver al gigante aplastando aquellos abyectos insectos con forma de cangrejo. Aprovechando el caos, también los tres perros se lanzaron al ataque.

De pronto, un grito metálico atravesó el aire.

En lo alto de un monolito, Frida reconoció a Kosmar. Y, por debajo, un enjuto nocturno, que emergió de detrás del saliente rocoso. Eran sus gritos los que rasgaban el aire. Frida sintió que se le ponía la piel de gallina: pese a haberlos visto muchas veces, no acababa de acostumbrarse a su aspecto monstruoso. El enjuto se puso a correr moviendo sus largas patas con un ritmo mecánico. Parecía emitir un aura de odio y malignidad que brillaba, incandescente.

—¡Ahí llega! ¡El pez gordo te ha olido el rastro! —gritó el viejo Drogo, preso de una euforia enfermiza, dirigiéndose al horizonte, sobre el que se recortaba la silueta del monstruo que se acercaba, aunque en realidad hablaba con Frida—. ¡Gular!

Al oír la llamada, el kreilgheist se liberó del hombre hueco que estaba destripando y se giró hacia el enemigo que se acercaba, un rival de su talla.

Kosmar parecía sonreír en lo alto de la roca. Frida le veía los rasgos, aunque le pareciera imposible. Estaba lejísimos, pero, aun así, la imagen le llegaba directamente al interior de la cabeza, como si tuviera un gigantesco telescopio en lugar de los ojos. Y a través de aquella lente virtual vio al Señor de las Pesadillas levantando el brazo y trazando un círculo en el aire con la mano.

Frida amplió el campo de visión y esta vez, horrorizada, vio que el enjuto nocturno no era el único peligro que debían afrontar. Tras él surgió una masa de animales del tamaño de castores, de manto gris con manchas blancas y cola fina y larga como la de los ratones.

—No es solo el enjuto —dijo Frida con un hilo de voz, y le describió a los enormes ratones.

En cuanto el viejo la oyó, el brillo eufórico de su rostro se apagó. Su sonrisa se convirtió en una mueca de rabia y sus ojos gélidos se contrajeron hasta convertirse en estrechas rendijas, intentando encuadrar la imagen de lo que estaba sucediendo.

—Si esas bestias son lo que yo creo que son, tenemos un buen problema —dijo por fin, dejando caer el hacha sobre uno de los últimos rechinantes que quedaban.

El prado estaba cubierto de los restos de aquellas extrañas criaturas, y de sus caparazones hechos pedazos salía un líquido amarillento y fétido.

Frida estaba exhausta. De tanto tirar con el tirachinas, sentía que le ardía el brazo, por no hablar del tobillo, que le dolía con cada pulsación. Un hombre hueco, el último que quedaba en pie, se le acercó balanceándose. Ella se dio cuenta de que no le quedaban proyectiles, pero no se vino abajo. Se agachó y tanteó entre el brezo en busca de una piedra, pero sin apartar la vista del peligro que se acercaba. Por fin sintió bajo los dedos la consistencia dura y la forma redondeada de una piedra. La metió en la cazoleta de plástico de su arma, apuntó y dio de lleno al maléfico ser que ya estaba a pocos pasos de distancia. No tenía fuerzas siquiera para alegrarse. Estaba agotada, dolorida, desmoralizada: ¿cómo iba a afrontar lo que se le venía encima? ¿Qué sería de ella? Solo quería una cama donde descansar. Cubrirse con las sábanas hasta desaparecer en una cálida y acogedora oscuridad. Abandonarse al sueño para olvidarlo todo. Respiraba sacando el aire del fondo de los pulmones con el esfuerzo de quien tiene que sacar de un pozo profundo las últimas reservas de agua. Percibía el mundo al ralentí. La voz del viejo Drogo le llegaba amortiguada y distorsionada, hasta el punto de que no estaba segura de haber entendido bien. La última palabra le dejó una sensación de peligro en la mente. La palabra era «hipnorratas».

# 47

## El plan de Ganache

*H*abían pasado ya un par de ciclos en el barco. Gerico seguía postrado en la cama. Era igual que tuviera los ojos abiertos o cerrados: no veía nada, nada quedaba impreso en su retina; en su mente solo había oscuridad. La bilis negra que le corría por las venas le había golpeado con fuerza.

No comía, solo bebía si le obligaban. Sus funciones vitales estaban presas de un sueño indiferente. Era la crisis más fuerte que sufría desde que había quedado herido por el unka.

—Tenemos que hacer algo o no sobrevivirá —había escrito Miriam.

Ella era quien le abría los labios para hacerle beber unas cuantas gotas de agua cada vez, lo acariciaba y no lo dejaba nunca solo, salvo cuando iba a comer.

Tommy se sentía impotente. Había hablado con Eldad Cachaza, pero el capitán se había limitado a asegurarle que muy pronto llegarían a la ensenada del Ámbar Gris y que allí recogerían más cardo triste para el elixir de Culpeper.

—El elixir no es más que un paliativo —escribió Miriam cuando Tommy volvió a contárselo—. Tiene una acción momentánea, pero necesitamos una cura de verdad.

—Lo sé, Miriam, pero no sé qué otra cosa hacer. Ya no tenemos a Klam para que nos ayude y hemos de fiarnos del capitán, de Alicia y de algún otro de este barco.

Mientras tanto, el Grampas seguía surcando el Simbation, pero el río ya no fluía por el subsuelo. Tras pasar una noche sorteando los rápidos, por fin habían emergido a la superficie. La proa del barco había soportado bien las oscuras olas que se le habían echado encima, para después curvarse y aplanarse, convirtiéndose en blancos senderos de espuma. Tommy y Miriam habían combatido las náuseas y el mareo masticando láminas de zingibre sin parar. Y, a pesar de ello, habían vomitado más de una vez.

Alicia iba a ver a los chicos a menudo. Habían trasladado a Gerico a la habitación de los gemelos, en la parte inferior de la litera, y se encontraban allí. Tras la cena, Ramón renunciaba a la compañía de su esposa para que ella pudiera pasar un rato con ellos, y a veces se unía él también al grupo. Pero en la mayoría de las ocasiones se limitaba a escuchar, y solo intervenía para imponer su voz, suave y cálida, cuando la conversación adquiría tintes más ásperos.

En su presencia, Alicia no hablaba nunca de los días pasados en Vikaram tras su muerte. Y su marido tampoco hacía mención. Miriam y Tommy, en cambio, estaban cada vez más deseosos de detalles, quizá para comprender hasta dónde podía llegar la crueldad humana. En particular, cuando se hablaba de Victoriano, el Blanco.

Era un verdadero demonio. Tras autoproclamarse rey de la isla, había empezado a ejercitar su tiranía de un modo cruel, y había llegado a matar a quien no se sometía a su voluntad. Siempre los amenazaba con que, si llegaba un barco a salvarles, los mataría a todos. No iba a dejar testigos.

Los chicos no veían la hora de descubrir cómo había acabado aquella historia, pero ella cambiaba siempre de tema cuando llegaba al epílogo. Hasta que una noche, entre lágrimas, se decidió a contárselo.

Era un día de julio de 1916, y había pasado más de un año desde que aquel hombre malvado había instaurado su reinado de terror. A primera hora de la mañana, caminando por la playa, el hijo de Tirza (la única mujer que había sobrevivido, junto con Alicia y Elvira) avistó un barco en el horizonte. Quizá fuera su última oportunidad. El chico, que tenía once años, fue a avisar a las mujeres.

Victoriano dormía con el fusil junto a la cama; había que actuar con cautela para neutralizarlo. Tirza se coló en el faro sigilosamente, abrió el cuarto de las herramientas y cogió un martillo. Luego entraron Alicia y Elvira, armadas con grandes mazos. Y todas lo golpearon.

—Pensábamos que estaría muerto. Fuimos los cuatro a la playa. El barco nos había visto. Era un gran buque americano llamado Yorker: ya estaba tan cerca que podíamos leer el nombre en el costado. Estallamos de felicidad. Tras tanto sufrimiento, íbamos a dejar aquel lugar maldito. Pero nos habíamos engañado. Victoriano no estaba muerto. Apareció en la playa como un fantasma vengativo, cubierto de sangre y trastabillando. Con la cabeza reventada, el cabello manchado de sangre, la ropa hecha jirones. Y en la mano llevaba su fusil.

»Cuando lo vimos, nos quedamos aterrorizados; nos apretamos en un ovillo de miedo. Antes de disparar, gritó: "¡Os llevaré al infierno conmigo!". La bala me dio en el cuello, y de nada sirvió que presionara con las manos. Caí de rodillas sobre la arena tibia; luego me dejé caer hacia atrás. Con suavidad. El cielo en lo alto era azul, pero se ensombreció enseguida. Tenía nubes hinchadas de muerte en los ojos. Y sonreí, con una sonrisa amarga: morir poco antes de que te salven, morir después de haber sobrevivido a aquella isla... ¡Qué trágica ironía del destino! Mi último pensamiento fue: «"No será tan terrible el infierno, después de Vikaram"».

Alicia lloraba a lágrima viva recordando aquel amargo final. Tommy y Miriam la abrazaron para consolarla. El odio hacia Victoriano se les había contagiado a ellos también, como si fuera un virus. Alicia estaba decidida a encontrarlo en Amalantrah. Sabía que estaba allí. Llevaba la marca.

—¿Qué marca? —preguntó Tommy, pero la respuesta era obvia.

—La marca de los urdes —respondió Alicia.


Tommy estaba cenando con el capitán y toda la tripulación. Cachaza estaba de un humor espléndido, como siempre. Dijo que al día siguiente llegarían a la ensenada. Su euforia alcanzó niveles preocupantes cuando habló del gran mercader con quien debía encontrarse, dedicándole grandes elogios, puesto que era capaz de conseguir cualquier objeto que se le pidiera. Era famoso en todo el Reino de Nevelhem. No les dio su nombre, porque el mercader trabajaba con mucha discreción y prefería el anonimato. Le reservaba grandes cosas a Eldad, entre ellas un objeto preciosísimo para su colección. El hombretón barbudo se agachó para comunicarle el secreto al oído a Tommy:

—Otra de esas esferas que tanto te gustan.

—Pero ¿no era la única que quedaba? —objetó él.

—Eso es lo que piensa todo el mundo —respondió Cachaza, guiñándole el ojo.

Miriam y Tommy se alternaban a la mesa para no dejar nunca solo a Gerico. Ninguno de los dos tenía mucha hambre, ella no veía el momento de volver a la cabina con su amigo, y él se sentía incómodo porque cada vez que Ganache entraba con un nuevo plato lo miraba con rencor. Tommy no soportaba aquellas miradas, y acabó por no despegar la mirada del plato.

Cuando terminó la cena, el muchacho se despidió de todos y se dirigió a su cabina. Pero, de pronto, en uno de los pasillos se encontró delante al viejo cocinero.

—Ven conmigo —le dijo, con su clásica voz cortante.

—¿Adónde? —dijo el muchacho, que apenas podía hablar.

—Te he dicho que vengas conmigo.

El gesto del cocinero era una orden de un tono imperioso, pero al mismo tiempo cómplice. Tommy no tenía más remedio que seguirle; sin embargo, sintió que el sudor se le helaba en la espalda.

Fueron hasta el final del pasillo, pero, en lugar de girar a la derecha, donde estaba la cocina, fueron en dirección contraria. Tras llegar ante una puerta en bastante mal estado, el cocinero «invitó» a Tommy a entrar.

Aquel espacio era realmente minúsculo. Poco más que una celda monacal: una cama, una mesita y poco más.

—Esta es mi humilde morada —comentó el cocinero, sin rastro de ironía.

—¿Qué hago aquí? —le preguntó el muchacho, con mucha menos seguridad de la que le habría gustado demostrar.

—Siéntate —le ordenó el hombre.

Tommy se encontró sentado antes incluso de que el cerebro enviara la orden a sus piernas. Ganache se sentó a su lado.

—Eso que me habéis contado tú y tu hermano…

—Lo siento…, no queríamos… Nos equivocamos, sabe… Nos gustan las fantasías… Nos gusta… el misterio, vemos secretos por todas partes…

—Cállate. —Su voz fue una cuchilla que cortó en seco el parloteo del muchacho—. No me interrumpas. Decía que he pensado mucho en lo que me dijisteis el otro día. No consigo dormir por la noche. Quiero saber.

—¿El qué?

—Todo. Quiero saber qué hago aquí. En lugar de mi vida anterior, solo encuentro el vacío, que me está volviendo loco. De toda esta historia del florecer, nunca he entendido nada. Y, sin embargo, aquí nadie se hace preguntas, y he acabado por resignarme yo también. Además, ¿a quién le iba a preguntar? El vacío está por todas partes. Y ya va bien así. Pero luego habéis llegado vosotros… Cuando os he visto a tu hermano y a ti, he sentido una especie de sacudida aquí dentro. —Se señaló hacia el cuello, apuntando con el índice de la mano enguantada y levantando el pulgar, imitando una pistola—. Es algo que no me había pasado nunca. Y luego tu hermano me sale con ese nombre…

—Eugenio Dalmassi —dijo tímidamente Tommy.

—Eugenio Dalmassi, sí —repitió él—. Otra sacudida. Tengo derecho a saber. ¿Decís que morí? Demostrádmelo.

Se levantó y se puso a caminar adelante y atrás por los irregulares tablones del suelo de su minúscula cabina.

—Habría una forma, pero…, no sé… —se aventuró Tommy.

—¿Qué forma?

—Alicia me ha dicho…, me ha dicho que el capitán tiene un aparato que permite ver el pasado. Quiero decir, el de antes… Me entiende, ¿no?

—¿Y ella qué sabe?

—Por lo que parece, lo ha usado. Se llama cronoscopio. El capitán lo tiene en su cabina, con todos sus tesoros, y no deja que se acerque nadie.

—Lo sé, tiene ese animalillo de guardia: Berilio. Es peor que un perro. Entras, canta y… —chasqueó los dedos, pillando por sorpresa a Tommy, que dio un respingo— … te quedas frito. Y no te levantas hasta pasado un buen rato. —Se detuvo un momento—. Pero eso no es problema. Sé lo que tengo que hacer. Conozco bien a ese animalillo insidioso. Sé cómo hacerle callar.

—¿Qué quiere decir? ¿No querrá matarlo?

—Pero ¿qué dices? ¿Me tomas por un asesino? A los kimuz les pirran los brebajes.

—¿Qué tipo de brebaje?

—Se llama «hipocrás», para mayor precisión, pero no es más que un mejunje, créeme.

—Explíquese mejor.

—Modestia aparte, nadie en toda Nevelhem lo sabe preparar tan bien como yo. Un litro y medio de vino en el que disuelves cien gramos de miel, luego añades *royales*…, y antes de que preguntes, son especias, una mezcla de canela, zingibre y aduva secos…

Ganache seguía parlando como si estuviera repitiendo la receta en voz alta para recordarla.

—Tiene que reposar mucho rato… Pero no tenemos tiempo para hacerla fresca; deberemos recurrir a la que guardo en la gambuza.

—No lo he entendido: ¿usted quiere dormir a Berilio y robar el cronoscopio?

—No, querido, ni por asomo —dijo, poniéndole el dedo contra el pecho—. ¡Serás tú quien lo haga!

Tommy se puso en pie de golpe.

—¡¿Se ha vuelto loco?! Ni se me ocurriría hacer algo así.

—Vaya si lo harás —dijo el hombre, convencido.

—No puede obligarme. —Tommy tuvo que sacar fuerzas de flaqueza para soltarle aquella frase, y aun así le salió dubitativa, débil.

—¿Y si te doy un poco de elixir para tu hermano?

—¡Ni en broma! Usted mismo ha dicho que ya no quedaba cardo triste.

—He mentido.

—De todos modos, mañana lo conseguiremos en la ensenada.

—¿Y quién lo preparará? ¿Tú conoces la receta? El hombrecillo sí sabía hacerlo, pero… ¿dónde está ahora?

—Esto es un chantaje —estalló Tommy, indignado.

—Ya aprenderás que no siempre podemos hacer lo que queremos. La vida te obligará a hacer concesiones, pese a lo que desees y creas ético. Para obtener lo que quieres, a veces tendrás que recorrer caminos que en otras circunstancias no seguirías.

Tommy suspiró, asimilando la lección de cinismo impartida por el anciano cocinero. Si pensaba que podía convencerlo con el chantaje o con alguna de esas frases supuestamente sabias, se equivocaba de pleno. Se puso en pie, se fue hacia la puerta y la abrió. Pero luego se detuvo. La cerró de nuevo y se giró hacia Ganache.

—¿Qué es lo que tengo que hacer exactamente?

—Sabia decisión.

El cocinero le explicó el plan. Al alba llegarían a la ensenada del Ámbar Gris. Eldad Cachaza bajaría de la carraca junto a muchos de sus hombres. Ese sería el momento de actuar.

—Irás a su cabina con el cuenco de hipocrás.

—¿Y cómo entraré? ¿Me fabricará una llave con mazapán?

—¡Idiota! Yo tengo llave de su cabina. El capitán se fía de mí.

—Entonces, ¿por qué no va usted?

—Precisamente, porque se fía de mí; nunca lo traicionaré.

Tommy levantó la vista al cielo, en absoluto persuadido con la lógica retorcida de aquel hombre. «De lealtad nada; lo cierto es que tiene miedo», pensó.

—Y entonces, ¿qué hago? ¿Dejo el cuenco en el suelo y lo llamo con un silbido?

—Los kimuz no responden a los silbidos. ¡No son perros! Debes entonar una melodía, la que sea. Les encanta la música.

Con los labios fruncidos, murmuró una tonadilla que Tommy no reconoció.

—El kimuz llegará enseguida. Cuando huela el hipocrás, se lanzará al cuenco. A los pocos sorbos, no podrá mantener los ojos abiertos. Quien de sueño mata, de sueño muere. Entonces tú coges el cronoscopio…

—Eso si Cachaza no lo ha escondido.

—N…, imposible. El capitán mantiene su orden, ¡y ay de quien se lo altere! Acumula las cosas siguiendo un esquema preciso y nunca las mezcla. En su cabina, todo se acumula, nada se transforma.

ϒ

Tommy durmió mal. Se despertó varias veces y, finalmente, no logró dormir más. Los pensamientos se le enredaban en la cabeza como una madeja de hilo de espino, y la sensación de haberse adentrado en un callejón sin salida se mezclaba con la nostalgia. Al final, se levantó y bajó de la litera. Quedarse allí tendido no haría más que acrecentar su angustia.

Vio la puertecita roja. Tuvo la tentación de mirar lo que había al otro lado, pero ya se lo habían advertido: una vez abierta y superado el umbral, no había marcha atrás. Miró a Gerico en la cama de abajo y se le acercó. Su hermano tenía los ojos abiertos, pero no estaba despierto. Estaba perdido en algún lugar de su interior e iba ahogándose lentamente en la bilis negra, que muy pronto le consumiría toda la energía vital si no encontraban una cura.

Tenía que hacerlo por él.

Se calmó y volvió a respirar a ritmo regular. Cogería el cronoscopio, se lo llevaría a Ganache y lo devolvería a su sitio antes de que el capitán regresara. El viejo pastelero le había asegurado que tendrían tiempo, porque normalmente Cachaza se pasaba todo un ciclo en la ensenada.


Miriam no conocía el acuerdo entre Tommy y Ganache. Él había preferido no contarle nada para no asustarla, pero ella había intuido que su amigo estaba nervioso por algún motivo. Había intentado sacarle algo, pero Tommy no había soltado prenda.

Además, aquella noche sucedió algo que la despertó. *El libro de las puertas* se puso a susurrar. Tal como había ocurrido otras veces, las páginas sin palabras temblaron y emitieron un murmullo de voces caóticas que anunciaba la aparición de un nuevo enigma.

Miriam se frotó los ojos y tanteó a oscuras, buscando su mochila, que tenía siempre a mano. Sacó el libro: el simple contacto con los dedos le dio una sensación de paz indescriptible. Un doble sentimiento la vinculaba a aquel volumen arcano. Por una parte, estaba intranquila cuando se separaba de él; por otra, le invadía una sensación de tensión cuando las páginas empezaban a «hablar».

Sacó también el espejo makyo, encendió una lámpara y se sentó para llevar a cabo el conocido ritual.

«El libro solo habla a quien sabe escuchar»: en la maraña de palabras y voces entremezcladas, aquella frase emergía como un bordado de color encendido sobre una trama gris.

Los filamentos luminosos se movían con la forma de finos gusanos eléctricos sobre las páginas. Cuando Miriam acercó el espejo al papel, se produjo el ya habitual cortocircuito entre la superficie y la hoja. Poco a poco fueron apareciendo los caracteres, escritos con una caligrafía rebuscada y antigua, plasmando otro enigma:

Despierta, despierta muchacha,
se levanta un fuerte viento
que la niebla vuelve escarcha
y hace mover el amiento.

Sola a bordo te quedarás,
libre de vínculos por fin,
y en el umbral descubrirás
a quien te muestra otro confín.

¿Te ves con ánimo de arriesgar?
¿De verdad lo vas a demorar?
Si los dobles dejas atrás,
no tengas dudas: renacerás.

No entendía aquello de «amiento», no sabía qué significaba. ¿Quizá fuera algo relacionado con flores o frutos? Pero no era eso lo que la preocupaba. Temía las otras dos estrofas. Sintió que la angustia se apoderaba de ella con sus manos frías y húmedas. ¿Cómo podía dejar atrás a Gerico y a Tommy? Seguro que ellos eran los «dobles» a los que se refería el libro.

«Te lo ruego, libro, no me digas que son ellos. No me digas que son ellos los vínculos de los que debo liberarme», suplicó. Pero el misterioso volumen había dejado de hablar. Las voces se convirtieron primero en un murmullo informe, para luego disiparse en el silencio del que habían surgido.

Miriam apretó el libro contra el pecho y salió a la toldilla del velero. No podía seguir en la cabina. Y quería comprobar si la profecía de aquellos nuevos versos se reflejaba ya en la realidad. En el cielo se extendía la oscuridad azulada de Nevelhem. El acertijo tenía razón: un viento gélido movía el aire, alejando la niebla. En el puente, en los árboles, en las toldillas, en los bordes de las escotillas y sobre la borda se estaba creando una fina capa de escarcha. Era todo cierto; una vez más, el libro había abierto una «puerta» a la verdad. Y si la primera estrofa se correspondía con la realidad, tampoco las otras dos mentirían. Los suaves cabellos cobrizos de la muchacha oscilaban al viento mientras ella se acercaba al parapeto que daba a la amurada de la carraca. El río estaba envuelto en tinieblas, interrumpidas solo por un penacho de espumarajos que se levantaba ante el barco a su paso. Se preguntó qué le habría respondido al libro. ¿Se sentía con ánimo de arriesgar? ¿Se atrevía a conocer a esa persona misteriosa que la estaba buscando? ¿Quién podía ser?

¿Frida? ¡Oh, ojalá! La echaba de menos tantísimo. Todo aquel tiempo, su ausencia había sido como un abismo. Sintió florecer en su interior la seguridad. Sí, tenía que ser Frida quien la esperaba en el umbral.

Pero ¿a qué umbral se refería el acertijo?

# 48

## La inocencia de una tarde entre amigos

*L*os rechinantes y los hombres huecos no habían sido más que un entrante. El plato fuerte estaba aún por llegar. La verdadera batalla estaba a punto de desatarse, mientras en el cielo de Nevelhem la luz del día iba dejando paso a la semioscuridad de la noche.

Encajados entre el páramo y el bosque, estaban Frida, Drogo padre e hijo, Gular el kreilgheist y los tres perros de Petrademone. Siete peones cansados en un tablero en el que estaba a punto de desplegarse toda la potencia del ejército enemigo. No solo un temible enjuto nocturno, sino también un hormiguero de temibles criaturas de ojos rasgados inyectados en sangre y de feroz instinto asesino: las hipnorratas de Dhula, criadas por Astrid en persona para sembrar la muerte y la destrucción.

—Cuidado con sus mordiscos. Si te pillan, te harán carne picada, sin hueso —advirtió el viejo Drogo.

Frida no acababa de descifrar el significado de aquellas palabras, que le llegaron atenuadas y distorsionadas como si tuviera la cabeza metida bajo el agua. El kreilgheist solo tenía heridas superficiales, pero Erlon, Wizzy y Mero ya estaban al límite de sus fuerzas. Más que listos para la batalla, parecían listos para morir. Era imposible que salieran vivos de aquel enfrentamiento dispar, a menos que...

A menos que se produjera un milagro. Y una voz procedente de los árboles fue la respuesta a aquella pregunta no formulada.

—¡Eh, niña perdida! —Las palabras procedían de un lugar impreciso entre las ramas.

Frida se giró, fatigada. Otra voz, y otra más. No la llamaban por su nombre. «Niña perdida», decían.

Aquellas voces le resultaban extrañamente familiares, pero no conseguía identificarlas. La imaginación de Frida se desató, imaginando todo tipo de personajes en aquellos árboles secos. Llegó incluso a creer que entre las ramas estaban sus compañeras de escuela, colgadas como monos. Pero no, en el colegio la llamaban «la rara» y no «niña perdida».

—Estamos aquí arriba.

Finalmente, Frida levantó la vista y los vio. Pese al aturdimiento que le producía el cansancio, reconoció a los cuatro pequeños trepadores de Baland: Gisella, Ombrosa, Viola y Gianbrugo. Estaban sentados en una rama alta justo en el borde del bosque, y parecían tan a gusto, con las piernas colgando en el vacío.

—Pero ¿qué hacéis aquí? —Habría querido decir algo más, pero el enemigo estaba muy cerca. No había tiempo para charlas.

—Estamos aquí para ayudarte. Hemos visto que tenías dificultades y los hemos llamado —respondió Gisella, con la seguridad de quien dirige el grupo.

—Están a punto de llegar, no te preocupes —añadió Ombrosa.

—Han tenido que hacer un largo viaje; han seguido la calle de las Ramas —remató Viola.

—¿Con quién estás hablando? —preguntó el viejo Drogo sin girarse para no perder de vista el avance del enemigo.

—Con amigos.

—Amigos —repitió el exteniente, y escupió al suelo.

—*Sogima* —dijo Vanni, aplaudiendo; siguiendo el ejemplo paterno, intentó escupir al suelo él también, pero la saliva aterrizó en su camiseta.

—Están llegando, llegarán enseguida —repitió Gianbrugo.

—Pero ¿quién? ¿Quién está llegando? —preguntó Frida.

Los niños se rieron con sus vocecillas agudas como alfileres.

—Quienquiera que tenga que llegar, diles que se den prisa —gritó el viejo, hablándole a Frida como si no quisiera dirigirse directamente a los niños.

El páramo vibraba con la tensión de la inminente batalla. El enjuto nocturno y sus hipnorratas ya estaban muy cerca.

—Te lo ruego, Gisella, dime quién está llegando —le suplicó Frida.

No hubo tiempo para la respuesta: una hipnorrata se destacó de la horda enemiga (los dientes afilados, los ojos rojos, aquel chillido metálico, la cola enhiesta hacia atrás, unas zancadas rapidísimas) y se lanzó hacia los tres perros, la vanguardia de la compañía de Frida.

Erlon consiguió esquivarlo; luego se giró de golpe y la aplastó con una pata. El monstruo intentaba zafarse con movimientos histéricos, chillando sin parar. Mero se lanzó al ataque y le arrancó la cabeza de un mordisco. Pero no era más que una hipnorrata pionera, destinada a sacrificarse para distraerles mientras el resto los rodeaba. Una enorme cantidad de aquellas bestias asquerosas los tenía cercados en un diámetro de pocos metros. Frida se encontró espalda contra espalda con el viejo, mientras Gular asestaba unos golpes tremendos desde su posición a cuatro patas y los tres perros ladraban furiosos para impedir que las hipnorratas penetraran en el perímetro de seguridad.

El enjuto estaba acercándose con su paso desarticulado. Si hubiera tenido rostro, Frida estaba segura de que mostraría una expresión triunfal; pero aquel ser no tenía cara, no mostraba expresión ninguna, ninguna emoción. Era un destilado de maldad.

Fue entonces cuando resonó un canto en el aire. O más bien un coro, procedente de las ramas. Eran los cuatro pequeños trepadores, entonando una melodía que se extendió por el páramo como si algún mecanismo artificial la amplificara.

> De blanco vestidos los puedes ver,
> restituir el bien es su deber.
> Son del bosque los sagrados,
> en el Mal hacen estragos.
> No hay enemigo que los pare.
> ¡Llegan los crepusculares!

—¡¿Los crepusculares?! —exclamó el viejo Drogo girándose

hacia las ramas—. ¡Los crepusculares! —repitió, eufórico, y la palabra salió despedida de su boca como un corcho de champán.

Por el margen del bosque, ladera abajo, corría un perro. Otro border collie, más grande que los demás, con el pelo blanco y negro hinchado y vaporoso, aunque, por lo demás, era la imagen de la dureza. En sus ojos brillaba una declaración de guerra. En sus fauces abiertas, se leía su deseo de sangre enemiga.

—No es posible... —murmuró Frida para sí—. Ese es Beo. —Y luego levantó la voz—. ¡Es Beo de la Colina!

El Petrademone solitario, el perro que vivía solo en el cercado sobre la loma, en la finca de Barnaba. Había acudido al auxilio de Frida y de sus amigos.

Sin embargo, esta vez, Beo el solitario había llegado acompañado. Entre los árboles se oía un suave ruido de hojas, seguido del chasquido de ramitas rotas apenas audible.

Y por fin todos los vieron. Aparecieron por todas partes, hombres y mujeres vestidos con largas túnicas de un blanco cándido y con una pequeña marca roja (el símbolo de Bendur) a la altura del corazón. Llevaban máscaras de piel negra con un pico, pequeños cristales blancos en el lugar de los ojos y tachones metálicos alrededor, y emanaban un aura mística imponente. Llevaban el cabello cortísimo, del color de la luna. Sostenían unos bastones metálicos que acababan en una garra curvada, una especie de pico como el de sus máscaras.

Se movían por entre las ramas con gráciles saltos, como enormes pájaros silenciosos y furtivos. Espectros blancos en la palidez de la noche sobre el páramo.

—¿Quiénes son? —dijo Frida, impresionada.

El viejo Drogo bajó el hacha y con un gesto extasiado dijo:

—La Sagrada Orden de los Crepusculares... Entonces ¡existen de verdad! ¡Lo sabía! ¡Sabía que no era una fábula de Amalantrah!

El exteniente soltó un grito de renovada esperanza y se lanzó contra el enemigo blandiendo su hacha mortífera. Beo se introdujo como una furia entre las hipnorratas, que, sorprendidas, se dispersaron, rompiendo el cerco perfecto en torno a Frida y a sus compañeros. Mientras tanto, los crepusculares ya habían llegado al campo de batalla.

Al momento, el enjuto nocturno fue a su encuentro. Con unos saltos prodigiosos, un par de crepusculares lo atacaron, pero la bestia se los quitó de encima como insectos, con una fuerza tranquila y devastadora. No serían ellos los que le plantaran cara. Entre las filas del Bien solo había una criatura que pudiera enfrentarse a aquel demonio: Gular, el kreilgheist.

Y el combate entre ambos fue épico.

Las hipnorratas correteaban y se escabullían por todas partes atacando a los crepusculares y al resto del grupo.

Frida no estaba en condiciones de luchar. La herida del tobillo sangraba y cojeaba vistosamente, y no le quedaba más munición para el tirachinas. Así que agarró a Vanni y se lo llevó lo más lejos posible de la refriega. Se refugiaron en la escarpadura bajo el bosque; lo sentó entre las raíces de un árbol y le puso una mano sobre la cabeza para tranquilizarlo. Erlon fue a su lado para protegerlos; luego llegaron también cinco crepusculares a modo de refuerzo, formando una pantalla para proteger a Frida y al hombre-niño como si fueran sus ángeles de la guarda.

Desde aquella posición destacada, Frida podía ver la batalla en toda su atrocidad. La sangre de las hipnorratas manchaba las túnicas inmaculadas de los crepusculares. Combatían con un vigor y una habilidad extraordinarios, pero aquellas criaturas maléficas eran capaces de infligirles daños notables. Frida asistió, horrorizada, a la escena de una hipnorrata que se lanzaba sobre uno de los combatientes y hundía sus afilados colmillos en su carne. La figura enmascarada cayó al suelo, paralizada, y otras hipnorratas se le lanzaron encima, acabando con ella. Y no fue la única que vivió aquel destino horrible. Las criaturas del Mal estaban por todas partes, una horda inmensa que mordía y laceraba la carne.

Frida sufría por sus perros, pero ellos no dejaban de esquivar, correr, gruñir y morder. Las hipnorratas parecían atemorizadas y mantenían siempre cierta distancia. En particular, era admirable la fuerza de Beo, que se lanzaba sin miedo entre aquellos monstruosos roedores, partiéndolos por la mitad, destripándolos, arrancándoles la vida. Frida se conmovió al ver a

Wizzy y a Mero, que se defendían mutuamente (un solo cuerpo y una sola alma), manteniendo las patas alejadas de los mordiscos de aquellas bestias y escogiendo sabiamente el mejor momento para sus contraataques.

Y luego estaba «él». El que parecía el líder de los crepusculares. Se encontraba en el centro exacto de la batalla, pero no corría, no perseguía al enemigo: estaba plantado allí, donde más violento era el conflicto, con la calma de quien espera que el pez pique el anzuelo. Combatía con movimientos lentos y mesurados (a Frida le recordaba un monje tibetano o uno de aquellos seráficos maestros de kung-fu de los documentales que veía con su padre). Sus pasos seguían una estudiada coreografía, y ella observaba encantada aquella poesía letal.

No conseguía apartar los ojos de aquella visión: envuelto en una niebla ligera y rodeado por las hipnorratas, que lo atacaban una tras otra, aquel crepuscular sabía exactamente cómo esquivar un mordisco, cómo distribuir la fuerza de sus golpes con el bastón de punta afilada, cómo soltar una patada precisa a la bestia que le atacaba.

También Dino Drogo luchaba de un modo admirable. Su cuerpo doblado por los años se extendía alargándose en el ímpetu de la lucha, liberando toda su fuerza para contrarrestar las agresiones de las hipnorratas. Pero ¿cuánto podría aguantar?

Vanni seguía agazapado junto a las piernas de Frida, con las manos sobre las orejas y los ojos cerrados. Temblaba y gemía, con un lloriqueo constante que se perdía entre el fragor de la batalla. Daba un respingo cada vez que se oía el chillido de una hipnorrata más cerca, pero, de momento, la barrera de crepusculares conseguía mantenerlas a distancia.

Al margen del enfrentamiento entre los pájaros guerreros (tal como los veía Frida) y los malvados roedores, palpitaba el corazón sangrante de una batalla aún más dura. El kreilgheist y el enjuto nocturno luchaban a muerte, en un duelo monstruoso que no preveía prisioneros ni heridos. Cada colisión entre sus cuerpos resonaba en el aire de la noche como el impacto de una ola violenta contra la dura roca de un espigón. El enjuto era delgado, sí, pero no por ello desplegaba menos fuerza que aquel poderoso animal con aspecto de oso.

Gular erizó el negro lomo y con sus afiladas garras le abrió un tajo en el pecho al enjuto que, a su vez, aferró la cabeza del kreilgheist y tiró de ella con tal fuerza que Frida se temió que se la arrancara del cuello. Gular se debatía. Era la primera vez que lo veía en una situación comprometida. Ahora le recordaba a Arturo y su sacrificio. Si el kreilgheist capitulaba, nada habría podido impedir que aquel monstruo llegara hasta ella.

Gular gruñó con tal fuerza que las manos del enjuto vacilaron y el kreilgheist aprovechó aquel momento de duda para liberarse de su presa. El contraataque fue asesino. Gular se lanzó a la garganta de aquel demonio y presionó con tal fuerza que hizo brotar chorros de aquel líquido viscoso verde que tenía en lugar de sangre. El grito del enjuto resonó en el páramo como el aullido quejumbroso de mil gatos, hasta el punto de que la batalla se detuvo por un instante, para después seguir más furiosa que antes.

Pero el enjuto no había dicho su última palabra. De la abertura que tenía en la cara salió una nube de insectos que nublaron la vista a Gular. El gran animal se debatió, dando ostentosos manotazos para ahuyentarlos, pero eso lo distrajo una fracción de segundo. Error fatal. Los dedos esqueléticos del enjuto penetraron en el manto pardo del kreilgheist, hundiéndose para luego emerger de nuevo y lanzar otro golpe, esta vez en el vientre.

Gular estaba gravemente herido y aullaba del dolor, mientras el enjuto seguía lanzando ataques. El viejo Drogo se dio cuenta y, como si fuera él mismo quien hubiera recibido aquellos golpes, sintió que las fuerzas le iban abandonando a la misma velocidad con que se desvanecían sus esperanzas de victoria.

Frida había dejado de mirar al que seguramente era el líder de los crepusculares para observar el enfrentamiento fatídico entre Gular y el enjuto. Contenía el aliento y se apretaba las manos hasta hacerse daño. Estaba segura de haber visto que la criatura demoniaca le había desgarrado el vientre al kreilgheist, pero la niebla, aunque clareaba, no le permitía ver con claridad y no alcanzaba a distinguir los detalles. No obstante, con cada golpe que recibía Gular, ella también se resentía, pensando que, si caía él, ninguna barrera se interpondría entre ellos y el Mal. Sin embargo, Gular aún no estaba derrotado. Cuando conseguía librarse de los mandobles de su enemigo, golpeaba el terreno con las cuatro patas y soltaba unos golpes que habrían podido arrancar un roble secular de raíz. La esperanza era una llama aún encendida, aunque temblorosa y fina como la de una vela.

En un momento dado, la batalla dio un giro imprevisto. Sucedieron tres cosas que alteraron el curso de los acontecimientos y dieron un resultado inesperado al enfrentamiento.

Una hipnorrata superó las defensas del viejo Drogo, se le coló entre las piernas y consiguió morderle en el tobillo. Drogo aulló de dolor. Los gritos llegaron a oídos de su hijo Vanni. Pese al caos reinante, pese al aislamiento autoimpuesto en el que se había refugiado y pese a que el miedo le tenía sin aliento, como los anillos de una serpiente, lo oyó y gritó desesperado:

—¡*Ápap!*

Lo vio por entre los cuerpos de los crepusculares enfrascados en la batalla, a través de la semioscuridad del páramo, por entre los filamentos de niebla que flotaban en torno a ellos. Wizzy y Mero se lanzaron a hacer de escudo al cuerpo tendido y, de pronto agotado, del exteniente. El mordisco hipnótico de aquella criatura lo había convertido en un monigote inerte y, por tanto, en un objetivo fácil para los demás. Si no hubieran acudido a socorrerlo los dos perros, no habría tenido esperanzas de salvarse. Pero no podía quedarse tendido en el suelo mucho tiempo.

Lo que sucedió dejó a Frida boquiabierta. Vanni se lanzó por entre la barrera de crepusculares que los protegían a él y a Frida. Se lanzó con una decisión y una rabia que no eran propias de él, en una carrera torpe pero enérgica, sin mirar siquiera a las hipnorratas que aún correteaban por entre las matas de brezo. A dos de ellas les asestó sendas patadas en pleno morro y llegó junto a su padre, tendido en el suelo. Cuando se dio cuenta, el líder de los crepusculares fue en su ayuda y mantuvo a distancia a las ratas, excitadas al ver una presa fácil y atontada.

—¿Qué haces aquí, idiota? ¡Ponte a salvo! —protestó el viejo Drogo. Aún podía mover la boca y no perdió la ocasión de usarla.

Vanni no le hizo caso; lo levantó en brazos y se lo cargó a la espalda como si fuera un palo.

—*Ápap avlas atoidi aroha.*

«Ahora el idiota salva a papá», eso es lo que dijo el hombreniño mientras se llevaba a su padre adonde estaba Frida, deshaciendo el camino escoltado por el más valeroso de los crepusculares.

El segundo suceso fue aún más dramático. Gular había acabado de nuevo en el suelo, lo que ofrecía al enjuto la posibilidad de ensañarse aún más sobre su cuerpo, cada vez más atormentado y cubierto de sangre. El demonio lo tenía inmovilizado con una mano en torno al cuello, impidiéndole cualquier movimiento, y ya había levantado el otro brazo para clavarle en el cuerpo una vez más sus dedos cortantes como hojas. El Príncipe Merovingio se dio cuenta del peligro inminente y, sin pensárselo dos veces, se lanzó en defensa del kreilgheist, con esa fuerza y ese arrojo que llevaban en el código genético los border collie de Petrademone. El perro vigilante aferró con los dientes una pierna del enjuto nocturno y tiró de ella, dándole así tiempo a Gular para liberarse de la letal mordaza. La criatura infernal sacudió la pierna, rabiosa, y se giró contra quien había osado distraerlo de su presa. Consiguió aferrar a Mero con ambas manos y lanzó un golpe fulminante, despiadado, como no podía ser de otro modo. Frida estalló en un grito envuelto en llanto cuando se dio cuenta de lo que le había hecho el enjuto a su fiel compañero. Lo había levantado hasta la altura de su no-rostro y, con un golpe seco, le había retorcido el pescuezo con un ruido aterrador, como el chasquido de una rama enorme.

Frida tuvo la impresión de que era también el sonido de su corazón al quebrarse. Gritó el nombre de Mero. Lo gritó fuerte, mientras el enjuto se liberaba de su cuerpo, dejándolo caer sobre el prado. El manto blanco del perro, con manchas grises y negras, yacía sobre el terreno yermo del páramo.

Frida sintió que los ojos se le llenaban de lágrimas. El mundo tembló, emborronado por el llanto. Cayó de rodillas, presa del dolor. Perdía a otro amigo. Otro pedazo de sí misma que sentía desprenderse, como el pétalo de una flor que se marchita lentamente: ¿cuántos le quedarían aún?

Mientras tanto, Gular se había puesto de nuevo en pie, indómito. Un rugido fragoroso dejó claro que seguía vivo y dispuesto a plantar batalla. Se irguió sobre sus patas posteriores oscilando vistosamente. Su rostro animal tenía una expresión de sufrimiento casi humana. El enjuto nocturno se cebó de nuevo con él, propinándole una serie de feroces golpes en los costados. Gular ya no estaba en disposición de pararlos y los soportaba heroicamente, manteniéndose derecho. Frida lloraba sin parar, hasta que sintió una mano en el hombro. Se giró y se encontró enfrente el rostro enmascarado de un crepuscular. Era él. El líder, que luchaba como si escribiera una poesía con el cuerpo, el que ralentizaba el tiempo a su alrededor.

Frida se sintió atravesada por aquella mirada escondida tras los cristales amarillos de la máscara. Y luego lo oyó hablar. Su voz le resultaba familiar, aunque estaba demasiado aturdida como para reconocerla.

—Frida, ataca ahora. Usa tu piedra.

Ella no le preguntó qué quería decir. Se sintió arrastrada por aquellas palabras tan definitivas, tan llenas de sabiduría. Le vino a la mente una advertencia que le hacía de vez en cuando su madre medio en broma, cuando la veía pensar demasiado en algo: «Cuando reflexionas demasiado, acabas convirtiéndote tú misma en un reflejo. Lo que cuenta es lo que haces, no lo que piensas». Su madre era así. Una mujer de acción.

Entonces sacó su tirachinas. Extrajo del bolsillo su piedra de Bendur. Quemaba como si fuera una brasa encendida, pero ella no tuvo miedo de quemarse. Estaba en un estado de éxtasis: solo veía su objetivo; únicamente oía el sonido de la venganza; lo único que quería era apuntar y dar en el blanco a aquella masa de Mal concentrado que había matado a su adorado Príncipe Merovingio.

La mano del crepuscular, aún apoyada en su hombro, irradiaba ondas de calor. Una transfusión de calma que se extendió por el cuerpo de Frida. Ella cargó el tirachinas con la piedra de Bendur. Un único proyectil. Una única oportunidad, como aquella vez en el prado de Petrademone. Ahora el golpe era más difícil y más importante. Los dedos le ardían. Tenía la vista borrosa por las lágrimas. El corazón le pesaba por el dolor. Tenía su Bendur en la goma del tirachinas: si no daba en el blanco, la perdería para siempre y el enjuto habría hecho una carnicería con todos ellos, tras acabar con su última defensa, Gular.

—Eres lo que haces —dijo la voz del hombre vestido de blanco que tenía al lado.

Fue como si hubiera oído sus pensamientos, como si aquellas palabras fueran el eco de la advertencia de su madre.

Frida dejó de pensar.

«En el principio, era la acción.»

Lanzó el proyectil.

Gular pareció darse cuenta de lo que sucedía y, haciendo acopio de toda la energía que le quedaba, se echó atrás.

La piedra con el sello de Bendur cortó el aire siguiendo una trayectoria asesina. Por un instante, Frida pensó en aquella tarde en las Lomas Verdes con los gemelos, cuando había hecho puntería por primera vez y había conseguido siete dianas seguidas. Sonrió para sus adentros. El rostro de Tommy y Gerico. La luz difuminada del sol que calentaba el prado. La inocencia de una tarde entre amigos.

El tiro fue perfecto. La piedra candente se coló con toda su potencia en la fisura que tenía por boca el monstruo. El golpe fue tan devastador que le hizo estallar la parte inferior de la cabeza sin rostro.

Frida disfrutó de aquel momento de excitante poder en el que tuvo la sensación de haber hecho algo portentoso. Un escalofrío de felicidad le recorrió la piel, pero se desvaneció de golpe pensando que el golpe perfecto no le devolvería a Mero.


Gular había retrocedido no para huir, sino para coger más impulso y lanzarse contra el enjuto herido. El impacto derribó al monstruo, que cayó al suelo, aturdido. El kreilgheist bramó al cielo y hundió las garras en el cuerpo del demonio, arrancándole la cabeza, que salió rodando a metros de distancia. Y para acabar hundió una garra en el tórax de la bestia, aún vestida. Lo que extrajo de entre la carne y la tela parecía un grumo de cristal. Una especie de mineral que se intuía transparente, de no ser porque estaba recubierto de un líquido viscoso.

—¡El corazón del enjuto! —exclamó el viejo Drogo, impresionado.

En el mismo momento en que Gular, con un rugido, mostraba el corazón a todos, las hipnorratas se detuvieron. Confundidas y atemorizadas, dejaron de luchar y salieron correteando todas juntas. Luego se congregaron en un solo grupo, y el torrente de cuerpos echó a correr como uno solo. Y, de pronto, huyeron, desapareciendo por entre la niebla.

La batalla había acabado. El Mal había sido derrotado, de momento. A lo lejos, Frida creyó ver a Kosmar, que descendía de la escarpadura desde la que había observado el espectáculo de dolor y muerte desplegado sobre el páramo.

# 49

## Echando la vista atrás

*E*l Grampas llegó a la ensenada del Ámbar Gris deslizándose sobre las aguas color aceituna del río. La costa era un terreno desierto con pequeñas grutas en las que las olas entraban y salían constantemente, haciendo un ruido que parecía el hipo de un monstruo.

Tal como había predicho Ganache, el capitán bajó a tierra acompañado por buena parte de su extraña tripulación. Tommy había desayunado poco antes, pero la tensión era como una centrifugadora que trabajaba a pleno rendimiento en su estómago. A pesar de los presentimientos negativos que tenía desde que se había despertado, se esforzaría al máximo para sacar adelante el plan de Ganache. Tenía que hacerlo por su hermano.

Abrió la cabina de Eldad Cachaza con la llave de Ganache, sosteniendo con cuidado el recipiente de cobre lleno del menjunje preparado por el viejo cocinero. No quería derramar ni una gota para no dejar huellas.

En cuanto entró, se puso a entonar una melodía. Era la banda sonora de *Indiana Jones y el arca perdida*. Pocas veces se había sentido tan tonto como en aquel momento. Además, el reclamo no funcionaba. Así que la entonó con mayor decisión. Se sintió aún más tonto.

«Es por Gerico; lo hago por él.»

Y por fin el pequeño kimuz asomó la cabeza por encima de un montón de cojines de colores entre los que debía de haberse escondido. Su pelo dorado brillaba emitiendo unos cegadores rayos dorados que iluminaban toda la estancia. El pequeño animal avanzó por el entarimado haciendo resonar sus pezuñas y se detuvo a pocos pasos del muchacho. Levantó la cabeza y lo miró. A Tommy le pareció una criatura deliciosa: parecía un cerdito vestido de cantante de hip hop.

El kimuz olisqueaba el aire, curioso. Había percibido el olor de aquella bebida y empezaba a relamerse.

Tommy apoyó el recipiente en el suelo:

—¡Es todo tuyo, cerdito rapero!

El kimuz no se hizo de rogar y se puso a sorber sonoramente del cuenco.

Cuando acabó, fue a frotarse contra las piernas del muchacho, agradecido. Tommy se sintió algo culpable. En el fondo le estaba tomando el pelo. Pero era necesario. Un momento después, vio que el kimuz empezaba a bostezar sonoramente. El adormecedor se estaba adormeciendo, qué ironía. Al sexto bostezo, el animalillo cayó al suelo; Tommy llegó a temer que estuviera muerto. Acercó la oreja a su pequeño morro y constató que respiraba. Pero le asaltó una duda: no le había preguntado a Ganache cuánto tiempo duraría el efecto soporífero.

No quería dejar al kimuz de aquella manera, así que intentó moverlo, pero pesaba una barbaridad. Lo dejó donde estaba, esperando que se despertara antes de que regresara el capitán, y pasó a la fase siguiente del plan.

Encontró sin problemas lo que buscaba. El cronoscopio estaba en su sitio, bajo la campana de vidrio, cubierto por un paño de terciopelo negro. Lo hizo todo con una precaución máxima y con un sigilo propio de Mirtilla. «Quién sabe dónde estará ahora la perrita», pensó, sin saber por qué. Pero fue un instante; la misión requería concentración.

Estaba de espaldas a la puerta de la cabina, y de pronto le pareció notar un movimiento en el umbral. Se giró de golpe, aunque habría podido caérsele el objeto que llevaba entre las manos. No había nadie, pero se maldijo por habérsela dejado abierta. ¡Habría podido verlo cualquiera!

Se fue sin perder ni un momento, y volvió a cerrar la cabina con llave.

ϒ

Tommy llamó a la puerta de Ganache, que le abrió inmediatamente.

—¿Lo tienes? —le preguntó susurrando, y lo hizo pasar.

—¿Por qué habla tan bajo? ¿Su cabina no es segura?

—Aquí hay ojos y oídos por todas partes —dijo él, ofreciéndole una silla a Tommy, que sintió una leve presión en el estómago: las palabras de Ganache le habían puesto nervioso. ¿Habría habido alguien realmente en la puerta mientras él estaba en la cabina del capitán? «No pienses más en ello —se dijo—; no había nadie. Es solo el miedo, que te hace imaginar lo peor.»

Le puso en las manos aquel objeto parecido a un binóculo, pero con una correa para ajustarlo a la cabeza.

—¿Cómo funciona? —preguntó el viejo pastelero.

—No tengo ni idea.

Ganache lo miró y frunció el ceño. Luego se colocó el aparato sin decir nada más. Tommy notó que le palpitaba una vena del cuello. Él también debía de estar nervioso.

Con aquellos binoculares puestos, el cocinero parecía uno de esos científicos locos de las películas de ciencia ficción. Precisamente, pocos días antes de verse catapultados a Amalantrah, habían estrenado en el cine *Regreso al futuro*, y uno de los protagonistas era un inventor que había creado una máquina del tiempo. En el fondo, el cronovisor también lo era, a su modo.

El viejo cocinero estaba inmóvil con el extraño objeto fijado sobre los ojos. Pasaban los segundos. Una virola metálica que rodeaba el ocular empezó a moverse lentamente, y Tommy observó también una ligera luminiscencia, una especie de polvo dorado que se diseminaba por el aire en torno al hombre. Ganache parecía paralizado.

Durante el rato que pasó Tommy en aquella cabina, no dejó de preguntarse qué le estaría pasando al hombre, que estaba inmóvil. ¿Y si había muerto de la impresión? Tommy se le acercó, lo tocó suavemente, intentó zarandearlo, pero el viejo no se movió ni un centímetro. Y, de pronto, aquella llovizna de polvo dorado dejó de manar del aparato y el sistema de anillas y virolas en torno a los oculares se detuvo por sí solo, como si también se hubiera puesto solo en movimiento. ¿Cuánto tiempo habría pasado? Era difícil decirlo.

Ganache se quitó el cronovisor y se lo apoyó sobre las rodillas. Estaba palidísimo, como un retrato en blanco y negro. Abrió la boca para decir algo. Se frenó. Bajó la cabeza como si de pronto le pesara demasiado. En su mirada se condensaron las nubes de una tristeza inconsolable.

—Entonces es todo verdad —dijo por fin con un hilo de voz.

—¿Ya ha... entendido por qué está aquí? —le preguntó Tommy.

—Ahora está todo claro.

Al verlo tan afectado, el muchacho se ofreció a marcharse:

—¿Quiere que lo deje solo un rato?

El viejo no parecía oírlo, y dijo casi como para sí mismo:

—Me llamo Eugenio Dalmassi. Tenía una hermosa familia, ¿sabes?

El olor que impregnaba la ensenada del Ámbar Gris era tan fuerte que nadie podía bajar a tierra sin protegerse la nariz y la boca. Eldad Cachaza era el único que disfrutaba con aquella agresión olfativa, y se compraba grandes provisiones de esa sustancia de fragancia tan intensa que vendían a bloques. El ámbar gris se producía en el intestino de unos peces gigantescos que vivían en el Simbation. Cuando se acumulaba, se volvía duro como una piedra. En fragmentos pequeños, era un incienso de dulcísimo aroma. Pero a toneladas, como se encontraba en la ensenada, se convertía en un maremoto olfativo que impactaba contra la nariz.

El capitán estaba con el misterioso mercader, que llevaba una especie de pañuelo rojo con flecos de un tejido que parecía lino tosco y que le cubría medio rostro para protegerlo de los efluvios. Medía la mitad que Cachaza, pero, aun así, no parecía en absoluto cohibido. Parloteaban desde hacía un rato, intercambiando los típicos cumplidos de quienes hace tiempo que no se ven, hasta que Cachaza fue al grano:

—¿Has traído la esfera?

—No habría recorrido todo este camino si no la tuviera, aunque el placer de verte sea siempre un buen motivo para venir hasta aquí —dijo el hombre, con la voz amortiguada por la tela.

—Vamos hacia allá; quiero verla enseguida —dijo Cachaza, señalando una gruta cercana.

El mercader no iba solo. Le acompañaban dos kimuz de aspecto perezoso que chapoteaban sobre las piedras mojadas y que, de vez en cuando, murmuraban una breve tonadilla melodiosa.

—Tú no sabes las peripecias por las que he tenido que pasar para echar mano a esta esfera —dijo el mercader mientras se disponían a entrar en la gruta.

—Ya me lo imagino: tú solo no habrías podido encontrarla. ¿Aún hay más por ahí? —preguntó el capitán, con un brillo de avidez en los ojos.

El mercader se bajó el pañuelo. Era Momus, el farsante que había arrastrado a Frida y a Asteras al Pueblo de los Alarogallos con sus argucias, y que le había robado a ella su preciosa caja de los momentos.

—Sé dónde encontrar al menos otra, pero el intercambio te costará caro —le respondió. Se sentía poderoso, como cualquiera que posee aquello que la otra persona desea.

—Te daré lo que pidas —le prometió Cachaza, ya seducido ante la perspectiva de conseguir aquel nuevo tesoro.

En las fauces de la gruta, el olor del ámbar gris se difuminaba por el aroma a sal de las aguas. En ese momento, entró una ola arrolladora con un profundo murmullo y cubrió la pared rocosa de espuma. Momus no dijo nada más; se limitó a sacar de su enorme bolsa la esfera. Era muy parecida a la que había usado Cachaza en el valle para liberarse de los hombres huecos. A pesar de la oscuridad de la caverna, aquella arma letal brillaba como una joya en un escaparate. Eldad Cachaza no podía apartar la mirada de aquella maravilla, y así se habría quedado de no ser porque oyó un sonido de pasos en el agua procedente de la entrada de la gruta. Alguien llegaba a la carrera, y junto al chapoteo nervioso de su carrera, se oía su respiración pesada por el esfuerzo. La sombra llegó antes que la figura, dibujándose sobre la pared rugosa de la caverna y creando una silueta gigantesca. Después, poco a poco, se redujo cada vez más hasta adoptar las dimensiones de su propietario. Era Pim. Él también llevaba una protección sobre la boca y la nariz. En cuanto localizó a los dos hombres, corrió hasta ellos.

—¡Capitán! —dijo, y tomó aliento, agachándose ligeramente y apoyando una mano sobre el vientre—. Tiene que venir enseguida al Grampas.

—¿Qué sucede? —preguntó Cachaza, con su vozarrón.

—El muchacho... se ha colado en su cabina y..., y...

—¿Y? —le apremió, impaciente.

—Ha cogido uno de sus objetos —dijo Pim, tomando una bocanada de aire.

—¿Cuál? —El fuego de la cólera tiñó de rojo el rostro del capitán, lo cual aumentó el contraste con su barba rubia—. ¿De qué objeto hablas? —insistió, con su voz atronadora.

—Si no me equivoco... —Pim temía proseguir, casi como si haber sido testigo de aquel delito lo convirtiera en cómplice— ... el que tiene bajo el paño negro.

El fuego en el rostro del capitán se convirtió en un incendio.

—¿Qué historia es esa, Eldad? —preguntó Momus, interesado.

—Tenemos que volver enseguida al barco. ¡Malditos niños!

—¿Son más de uno? —insistió el mercader.

—¡Un par de gemelos y una jovencita muda! —respondió Cachaza con sequedad mientras se giraba para marcharse.

—Un par de gemelos y una jovencita muda. —Momus masticó las palabras para saborear su consistencia—. Voy contigo.

—¡Como quieras, pero date prisa! —respondió brusco el capitán.

Y encaminó su enorme mole hacia la salida. Toda la gruta resonó con la pesadez de sus pasos y de su rabia.


Tommy regresó a la cabina de Cachaza y se encontró el kimuz aún sumido en aquel sueño inducido. Se sintió aliviado al ver que todavía dormía, pero esperaba que se despertara antes de que el capitán regresara.

Estaba a punto de volver a colocar el cronoscopio bajo la campana de vidrio cuando sintió una punzada de curiosidad. Las ganas de probar aquel aparato mágico y comprender su funcionamiento estaban poniendo a prueba su capacidad de resistir las tentaciones. Y aquella era, evidentemente, una estupidez que debía evitar.

Se quedó inmóvil un momento, con el aparato en la mano. Tenía que probarlo. «En la vida hay riesgos que hay que correr, si quieres una aventura digna de ser considerada como tal», había escrito en la primera página de su diario escolar. Tenía la impresión de que había pasado medio siglo desde entonces. Aun así, todavía no le había llegado el tiempo de la sabiduría: ahora era el momento de ser joven e... ¡imprudente!

Se puso el cronovisor. Mirando a través de las lentes, no observaba diferencias destacables. Eran transparentes. Esperó unos instantes. Nada. Estaba a punto de quitárselos, algo decepcionado, cuando sucedió algo. Oyó un ruido metálico que le penetraba en las orejas y sintió que, delicadamente, millones de corpúsculos se posaban en su rostro. La estancia, llena de cosas maravillosas, empezó a volverse borrosa. El polvo dorado le eclipsó la vista.

*Está en el jardín de su casa. Ve a Gerico, pero más pequeño, con unos once años de edad. El coche de su padre se acerca lentamente por el camino de acceso junto al prado. El hombre baja del coche con una gran sonrisa. Tommy está allí, en ese momento. O no: es su mirada la que está allí del mismo modo en que, en una película, nuestros ojos se convierten en los del personaje principal. Además, percibe el olor de la hierba recién cortada y el cálido roce del sol de la tarde. Él y su gemelo corren hacia su padre.*

*—Tengo una sorpresa para vosotros —dice el hombre, vestido con traje. Trabaja en un banco—. ¿Preparados?*

*Ellos responden que sí al unísono.*

*El padre se agacha y saca una caja de cartón del coche. Se la entrega a los dos muchachos, que miran enseguida dentro. Allí hay vida. Está el más adorable de los cachorros. Sus ojos grandes y brillantes reclaman amor y son un anzuelo en el que ambos pican encantados. De allí a la eternidad.*

*Es un cachorro de jack russell. Es Pipirit, el día en que llegó a su casa.*

*Gerico lo saca de la caja. El vientre rosado y suave recuerda más el de un cerdito que el de un perro. De pronto, el perrito libera la vejiga, dejando al niño empapado de pipí.*

Las risas de los gemelos y del padre se perdieron en la niebla dorada que de nuevo se condensó ante los ojos de Tommy. Estaba a punto de crearse otra imagen, pero un sonido confuso lo distrajo: antes de que se diera cuenta, podía mover los brazos y liberarse de aquel extraordinario arnés. Estaba de nuevo en la cabina del capitán y el ruido que le había devuelto a la realidad era el del kimuz, que se movía en sueños y rascaba con las patitas la puerta de un armario cercano. Tenía que darse prisa; Berilio se estaba despertando.

# 50

## Las palabras del maestro

$\mathcal{F}$rida dio unos pasos por el páramo, rendida, aún aturdida tras los últimos sucesos. De la batalla no le quedaba más que un zumbido en las orejas y un nudo en la garganta. A su alrededor, los crepusculares ilesos ayudaban a los heridos a ponerse en pie. Las hipnorratas habían sembrado muerte y destrucción entre aquellos orgullosos guerreros. Frida observó horrorizada que quien había caído en el campo de batalla había corrido la misma suerte que Asteras, convirtiéndose en brillantes estatuas blancas.

A su lado, guiándola por aquel teatro de los horrores, estaba el que los otros crepusculares llamaban «maestro». El luchador grácil. El guerrero letal. El que le había dado las fuerzas necesarias para lanzar el golpe definitivo al enjuto. Se había quitado la máscara, mostrando un rostro exangüe brillante, con una nariz fina como el fiel de una balanza entre las dos mitades del rostro. A la pálida luz de Nevelhem, Frida no llegaba a distinguir con claridad de qué color eran sus ojos claros.

—Cuando un aflorado muere por segunda vez aquí, en Nevelhem, acaba en la Nada Blanca. En la primera lengua, se llama *Nenio Bianka* —dijo el maestro con su voz límpida y serena, viendo cómo observaba aquella estatua blanca.

Frida no podría decir qué edad tendría: como todos los niños, veía el mundo de los adultos desde una perspectiva modificada. Treinta, cuarenta o cincuenta años parecen lo mismo para unos ojos aún no acostumbrados a observar los efectos del paso del tiempo sobre el cuerpo.

—¿Dónde se encuentra ese Nenio Bianka?

—No se encuentra. Es un no-lugar, inaccesible. No hay puertas. No hay pasos. No hay caminos. Es la nada, y la nada no es un destino.

Habían llegado junto al enorme cadáver del enjuto. Por el hecho de verlo tendido en el suelo, no daba menos miedo: emanaba un olor a cosas antiguas y malignas. No muy lejos de él estaba Gular, tendido sobre un costado. Estaba agotado, agonizante. Había tenido que desplegar todas sus fuerzas para hacer frente a aquel demonio y, aunque había acabado imponiéndose, no había duda de que estaba en las últimas. Respiraba con dificultad y la luz vital de sus ojos había quedado reducida a un tímido reflejo. Frida se arrodilló a su lado y lo acarició un buen rato, con ternura y respeto, para hacerle compañía en su tránsito a la muerte. Luego se puso en pie y lo miró otra vez con los labios apretados, los brazos caídos junto al cuerpo y la cabeza gacha. Suspiró profundamente y se giró hacia el crepuscular.

—Me llamo Kebra Nagast, pero todos me llaman Kebran —dijo él, rompiendo el silencio. Luego se agachó junto al kreilgheist y con delicadeza recogió de entre sus enormes garras el corazón del enjuto. Se lo dio a Frida—. El viejo ha luchado por esto. Es tuyo.

Frida lo cogió, sosteniéndolo sobre las dos manos como si fuera algo peligroso, o quizá sagrado. Luego se lo metió en la bolsa que llevaba colgada en bandolera, donde portaba el tirachinas. Estaba demasiado débil incluso para sostener aquel peso.

—Nosotros somos la Orden de los Crepusculares —dijo el guerrero, recorriendo con la mirada a su ejército—. Somos el Ejército de los Sabios.

Demasiados nombres, demasiada información, demasiados traumas y demasiadas vidas perdidas: Frida estaba exhausta. Hablaba con Kebran, pero lo único que le apetecía era tumbarse en algún sitio y no pensar en nada más.

—Estoy muy cansada, maestro Kebran —reconoció después de tambalearse un momento. Las piernas no le aguantaban. Pero lo que realmente tenía destrozado era el ánimo, aún más que el cuerpo.

—Te escoltaremos hasta el Baluarte, Frida. Haremos este camino juntos. Ahora descansa.

Frida vio a Wizzy y a Erlon tendidos de costado entre el brezo.

—Ellos ya están recuperando fuerzas, y es lo que deberías hacer tú también —dijo el maestro, mirando en la misma dirección.

—El Príncipe Merovingio... Él...

No pudo acabar la frase, pero poco importaba. Lo había visto morir a manos del enjuto.

—Sí, él ya no está con nosotros.

—¿Él también está destinado a acabar en la Nada?

Las palabras de Frida se arrastraban, lentas. El sueño también le estaba paralizando la lengua, no solo los pensamientos. Se sentó entre los dos perros dormidos.

—Nenio Bianka es la segunda muerte, la definitiva para los aflorados. Pero tu perro no era un aflorado. Él iba de un mundo a otro. Amalantrah lo absorberá en su tierra. Si un vivo, un transeúnte, muere en la Tierra sin Retorno, desaparece completamente, y no está ni aquí ni en ninguna parte. Pasa a formar parte de los bosques, de los lagos, de los ríos... Pasa a formar parte de esta niebla. Es lo mismo que le sucede al que muere de forma natural en el Otro Lado: alcanza un estado de paz, te lo puedo asegurar.

Las palabras de Kebran, fluidas y musicales, sonaban como una caricia en los oídos de Frida, que se tendió de costado, abandonándose al sueño con la cabeza apoyada en el suave y cálido manto de Wizzy.


La muchacha se despertó con la luz cerúlea del día. Sentía la cabeza pesada como la de un cachalote. Los recuerdos de la noche anterior se le echaron encima todos a la vez, agrediéndola. Se sentó, sorprendida al verse de nuevo en el bosque, sin los perros. Los crepusculares la habían llevado a aquel lugar sin despertarla, pero ahora no veía ni rastro de ellos.

—No se llaman crepusculares por casualidad —graznó el viejo Drogo, al verla mirando alrededor, descolocada.

Frida dio un respingo. No se había dado cuenta de que a sus espaldas, sentado con la espalda apoyada contra un árbol y las piernas estiradas hacia delante, estaba el exteniente.

—Durante las horas del día, es como si no existieran; nadie sabe adónde se retiran.

—Pero el maestro me ha asegurado que nos escoltarían...

—Yo no he dicho que se hayan ido; solo que no los vemos.

—¿Y si nos atacan de nuevo? Si algún... monstruo, demonio, insecto asqueroso...

—Tendremos que arreglárnoslas solos.

—¿«Tendremos»? ¿Quiénes?

—Yo vengo contigo, señorita. Si quiero liberar a Vanni del espejo, yo también tengo que llegar al Baluarte. No hay otro modo de llegar a Valdrada, en el segundo reino.

—Pero ¿qué dices? ¿Vanni en el espejo? ¿Es que has perdido la cabeza? ¿Y ese quién te crees que es?

Justo en ese momento, el hombre-niño estaba saliendo de detrás de un grupo de árboles, perseguido por Wizzy y Erlon. Era la primera vez que lo veía reír feliz. Jugaba con los dos border collie, corriendo y saltando.

—Ese no es mi Vanni —dijo él, seco—. Es solo una parte de mi niño.

El habitual tono áspero de su voz se había suavizado de forma imprevista.

—O me explicas bien eso que dices, o acabaré por pensar que la hipnorrata te ha lesionado también el cerebro —dijo Frida con dureza.

Al viejo Drogo, aquella muestra de determinación pareció gustarle, porque en sus labios resecos surgió una sonrisa.

—Bueno, pues ponte cómoda. Como ves, yo ya lo he hecho... Ese maldito roedor me ha dejado hecho un monigote.

Frida se sentó delante de él con las piernas cruzadas.

—Puedes empezar.

El viejo le contó, como ya había hecho con Barnaba, lo sucedido el 29 de abril de hacía treinta años. El día en que el enjuto había raptado a su niño y Kosmar lo había encerrado en un espejo con el rito del apartiga. Frida escuchaba casi sin respirar, absorta en su historia.

—¿Y el corazón del enjuto para qué sirve?

Por la mente de Frida, desfiló una procesión de preguntas sin respuesta.

—Los espejos de Valdrada solo se pueden romper con el corazón de un enjuto. Es la más dura de las piedras. Yo liberaré a Vanni y me lo llevaré a casa.

—Pero... ¿qué será de él? —dijo Frida, señalando al Vanni adulto, aunque solo de cuerpo.

—No lo sé. Solo sé que ha llegado el momento de liberar a mi niño de su prisión.

—¿Y cómo puedes saber que sigue en la Ciudad de los Espejos?

—Lo sé y basta.

—No lo entiendo... ¿Por qué lo secuestraron? ¿Por qué se llevan a los niños a ese lugar?

—Ya se me había olvidado lo pesado que es hablar con críos curiosos como tú: siempre hay alguna pregunta que hacer, ¿eh?

—Si quieres venir conmigo, tendrás que acostumbrarte —replicó ella, sin dejar de mirarlo a los ojos—. Y aún no has respondido a mi última pregunta.

—Casi prefiero el mordisco de una hipnorrata a tu lengua venenosa.

—Pues entonces ponte cómodo; si te quedas aquí, encontrarás todas las que quieras —dijo Frida, implacable.

Se puso en pie, dispuesta a alejarse, cuando el viejo respondió:

—Los apresan para dárselos de comer a Hundo.

Frida sintió una especie de vértigo. Se giró hacia él y el exteniente continuó:

—Los tienen allí a la espera de que despierte. Los urdes conocen esa profecía desde siempre y están llevando a cabo su plan. Mientras estamos aquí, hablando, la Sombra que Devora adquiere cada vez más fuerza; cuando la Bestia, Hundo, se haya saciado lo suficiente, la liberará de la caverna en la que está encerrada. El día del juicio está cerca, querida vigilante mía. Y no será un paseo.

Aquellas últimas palabras, llegaron acompañadas de un violento ataque de tos.

—Encontraremos a tu Vanni y detendremos a los urdes —dijo Frida, muy seria.

—Sí, claro, y luego viviremos felices y contentos. Bonito cuento. —En los labios resecos del viejo asomó una mueca amarga—. Ayúdame a levantarme, Blancanieves —gruñó.

Frida le tendió una mano, y él, con gran esfuerzo, consiguió ponerse en pie.

Elron y Wizzy dejaron a Vanni y fueron corriendo a saludar a Frida. Se le echaron encima, literalmente, y a punto estuvieron de tirarla al suelo. El amor de aquellos dos perros la ayudó a disolver parte de la tensión que le había creado la conversación con Drogo.

—¿Y Beo? —preguntó en voz alta, recordando de golpe que el solitario border había luchado a su lado con el ímpetu de un guerrero.

Al oír el sonido de su nombre, el perro asomó de detrás de un árbol apartado.

—¡Ven, Beo, aquí! —lo llamó Frida con alegría.

El border tardó un poco en reaccionar. La miraba en busca de señales que solo él veía. La muchacha volvió a llamarlo. Finalmente, el perro agitó el rabo y se acercó a la carrera. Era una maravilla verlo correr, con aquel espeso manto ondeando sobre los músculos. Casi daba la impresión de que sonreía.

No obstante, cuando se acercó a ella, los otros dos perros se pusieron a la defensiva. Tensaron el cuerpo, levantaron la cola y erizaron el pelo. Frida intentó calmar los ánimos distribuyendo palabras y caricias por igual; en cierta medida, lo consiguió, pero a Beo no le gustaba la compañía de sus congéneres y se alejó de nuevo, poniéndose a una distancia de seguridad y mirando de reojo a Erlon y a Wizzy.

—¿Qué hacemos? —le preguntó entonces Frida a Drogo, que intentaba dar unos pasos, ahora que empezaba a recuperar las fuerzas.

—No hay mucho que hacer. En mi estado, desde luego no puedo ir muy lejos… —reconoció—. Y tampoco sabría por dónde ir. No hay mapas de este maldito lugar.

—De eso ya me he dado cuenta —replicó Frida.

—Hasta ahora me he limitado a seguirte —prosiguió el exteniente sin inmutarse—. Me parece que tendremos que esperar a que oscurezca y tus amigos crepusculares vengan a indicarnos el camino.

Sus «amigos crepusculares»... Sí, claro. Hasta la noche anterior, Frida no sabía siquiera de su existencia. Y a propósito de amigos: ¿qué habría sido de los niños trepadores de Baland?

«Esta no es la Tierra sin Retorno, es la Tierra de No Respondo», pensó Frida.

El ciclo transcurrió sin que pasara nada de particular. Frida aprovechó para recuperar energías durmiendo, y lo mismo hizo el viejo Drogo, que aún tenía más necesidad, por su edad, por la batalla y por el mordisco de la hipnorrata. Habían encontrado un refugio acogedor entre las raíces de un enorme árbol y se quedaron allí, esperando que se apagara la luz del día.

Frida tuvo sueños convulsos, marañas de imágenes y sonidos que una vez despierta no consiguió descifrar: Petrademone, Barnaba y la tía Cat, todo enredado, acompañado de flashes de imágenes caóticas. La sensación dulce y amarga que le provocó volver a ver todo aquello se le quedó dentro durante un buen tiempo.

Durante aquella jornada pasada entre horas de sueño y confusos despertares, los pequeños trepadores le hicieron otro regalo.

Fue Gisella quien la despertó, dejando caer unas semillitas que le dieron en el rostro. Al principio, Frida pensó que aquello formaba parte del sueño que estaba teniendo, pero, cuando los golpecitos se volvieron insistentes, se dio cuenta de que eran reales. La niña de la cabeza grande estaba sentada en una rama, unos metros por encima de ella.

—¡Gisela! —exclamó Frida.

Ella le indicó con un gesto que no alzara la voz. Quizá no quería que la oyera el viejo Drogo.

—¿Has visto qué buenos, los crepusculares? —le dijo con un hilo de voz.

Frida apenas la oía; se puso en pie para oír mejor.

—¿Los habéis llamado vosotros?

—Ya te seguían el rastro.

—¿Ahora dónde están?

—Están aquí.

—¿Aquí?

—Sí, por aquí, pero nosotros no podemos verlos. La luz les hace daño. Pero te guiarán igualmente. Fíate del Maestro. Él te llevará a tu destino —dijo, y los ojos se le iluminaron de admiración. Se puso en pie—. Ahora tengo que irme. El camino de vuelta a Baland es largo. Ven a vernos de vez en cuando, niña perdida. Y recuerda que allá donde haya un bosque, habrá una calle de las Ramas que te puede llevar hasta nosotros.

Con la llegada de la azulada penumbra, llegaron también por el bosque los crepusculares, que descendieron de los árboles en silencio. Cuando estuvieron todos reunidos (eran unos treinta), por fin se quitaron las máscaras. Había hombres y mujeres, pero la diferencia era mínima, pues todos llevaban el mismo corte de pelo, muy corto, y de un rubio tan claro que se acercaba al blanco espectral de la Luna.

Frida, el viejo Drogo y Vanni miraban fascinados sus elegantes movimientos y el aura de pureza que emanaban. Hasta los border collie estaban inmóviles y en contemplación. Rodeados de aquella niebla ligera, parecían fantasmas, pero no tenían nada de inquietante.

Frida escrutó el prado con la mirada en busca del maestro, pero no lo localizó.

En cambio, observó que los crepusculares formaban un círculo. Uno de ellos sacó un libro. Lo miraban por turnos y se lo iban pasando. Pero sin abrir la boca, sin decir una palabra.

—¿Qué pasa? —preguntó Frida con un susurro al viejo Drogo.

—Creo que ese es el antiquísimo Grimorio de los Sabios. El libro de la creación, del conocimiento... Lo he buscado toda la vida —dijo el exteniente, demostrando una vez más sus amplios conocimientos sobre aquel mundo.

—Has dicho bien, Drogo.

La voz les hizo dar un brinco a los dos.

—¡Maestro Kebran! —exclamó Frida, contenta de verlo otra vez.

Había aparecido de algún sitio desconocido, leve como un soplo, a su lado.

—Esa voz... —dijo el viejo Drogo—. ¡La reconozco! Eras tú, aquella vez..., frente a la *sekretan infera*. Fuiste tú quien me indicaste el camino, hace treinta años.

—El tiempo no tiene importancia, teniente. Y la memoria puede engañar —respondió Kebran.

—¡Y un cuerno! ¡Eras tú! Tu voz me ha quedado grabada en el cerebro, podría reconocerla entre miles.

El maestro se lo quedó mirando sin alterarse, y el viejo Drogo se calló, como hipnotizado por la intensidad de aquellos ojos claros.

—Como decías tú, ese es el Grimorio de los Sabios —prosiguió Kebran—, escrito por los sabios que viven en el Baluarte. Nos lo han confiado a nosotros para que lo estudiemos, para que aprendamos de él y lo mantengamos con vida. Y para transmitir sus enseñanzas.

Se agachó para acariciar a Beo, que se había acurrucado a sus pies, y luego miró a Frida.

—Los sabios nos han enviado para que te llevemos al Baluarte. Está todo escrito en el libro, entre señales crípticas y fórmulas arcanas.

—¿Por qué yo precisamente?

—Ve acostumbrándote; es una profesional de las preguntas —intervino el viejo Drogo con una carcajada rasposa, pero una vez más Kebran hizo caso omiso.

—Melkizedek en persona pregunta por ti en una de las páginas sin palabras.

—¿Y quién es ese Melzike...?

—¡Melkizedek, ignorante! ¡El primero de los sabios! —espetó el viejo Drogo.

Frida le lanzó una mirada asesina. Luego se giró hacia Kebran.

—¿Próxima etapa?

—Tenemos que encontrar el Camino Helado. Cambia constantemente de posición, nace y muere a cada ciclo. Solo el pájaro negro del Altiplano puede guiarnos hasta allí. Tendrás que ser tú, Frida, quien le mire a los ojos.

—Asteras ya me lo había dicho… —dijo ella, sintiendo que la nostalgia se le clavaba en el corazón como un cuchillo.

—Nos espera un largo camino; es hora de ponerse en marcha —sentenció Kebran.

# 51

## La puerta roja

Ganache había cumplido su palabra: cuando Tommy entró en la cabina, lo primero que vio fue que Miriam estaba dándole a Gerico el elixir para que bebiera. Se giró y le mostró una sonrisa generosa, haciendo que Tommy sonriera a su vez.

—Gracias, Ganache... —le dijo después al hombre.

—Eugenio, me llamo Eugenio —le corrigió inmediatamente él—. Ya está mucho mejor —añadió, refiriéndose a Gerico, cuyos ojos habían vuelto a iluminarse.

—Serás un gran pastelero, pero este potingue no hay quien se lo beba. —Esas fueron las primeras palabras de Gerico, que los demás acogieron con buen humor. Hasta Ganache parecía más relajado—. ¿Qué me he perdido mientras estaba durmiendo?

El elixir tenía el poder de disolver la bilis negra inmediatamente, pero, a medida que avanzaba la enfermedad, su efecto duraba cada vez menos.

—Unas cuántas cosas: si supieras cómo nos divertimos mientras tú estás ahí durmiendo tranquilamente... —le chinchó su hermano.

Miriam se puso en pie, salió de la habitación y volvió a la suya. Ahora que estaba Tommy, podía dejarlos solos un rato. Ella, por su parte, sentía la llamada de *El libro de las puertas*; el último acertijo aún resonaba en su mente:

> Despierta, despierta muchacha,
> se levanta un fuerte viento

que la niebla vuelve escarcha
y hace mover el amiento.

Sola a bordo te quedarás,
libre de vínculos por fin,
y en el umbral descubrirás
quién te muestra otro confín.

¿Te ves con ánimo de arriesgar?
¿De verdad lo vas a demorar?
Si los dobles dejas atrás,
no tengas dudas: renacerás.

Descifrar las adivinanzas era como sumergirse en aguas oscuras en busca de tesoros escondidos: emocionante y arriesgado al mismo tiempo.

—El cronoscopio me ha mostrado fragmentos de mi pasado, y es como si todas las puertas de mi memoria se hubieran abierto de golpe. Recuerdo la noche de mi muerte.

Ganache parecía otra persona. Sus modos bruscos y su gesto torvo habían dejado paso a una expresión de desconcierto que le daba un aspecto más amable. Y más desesperado. Tommy entendía perfectamente lo que quería decir: poniéndose aquel arnés, aunque fuera por breve tiempo, no solo había revivido una escena de su pasado, sino que había sacado a la luz una gran cantidad de recuerdos que no sabía ni que tenía. Como cuando subes al desván después de mucho tiempo sin hacerlo y, al buscar un objeto, acabas por encontrarte con cosas que habías olvidado por completo.

—¿De qué está hablando? —preguntó Gerico, que no sabía nada de todo aquello.

—Tengo que pedirte disculpas, tenías razón tú. Yo soy… —Se corrigió—. Yo era Eugenio Dalmassi. Era padre de Eleonora y de Angela, y haría cualquier cosa por volver a verlas. ¡Lo que fuera!

Los ojos se le llenaron de lágrimas. Un fino reguero le mojó la piel arrugada por el paso de los años, abriéndose paso entre los profundos pliegues.

—¿Ha recordado también su muerte? —preguntó tímidamente Tommy.

—No la he recordado, la he visto… Estaba volviendo a casa desde el trabajo; los pasteleros muchas veces acabamos tarde. Caminaba por el puente Calvino. Era una noche de invierno (a mí me gustaba el paseo del río, el aire frío, el silencio, la ciudad dormida). Se me acercaron dos chicos y me pidieron fuego. Yo estaba sacando el encendedor del bolsillo cuando me agredieron. Querían el dinero. Uno de ellos tenía un cuchillo: luché y conseguí desarmarlo. No era por el dinero…, era que…, pensaba que… —El llanto se volvió más abundante e hizo que el relato se volviese confuso—. Pero eran dos y eran más fuertes. Habría tenido que aceptarlo, pero al principio conseguí imponerme: yo siempre he sido un tipo duro. Y con la cabeza caliente, decía siempre mi padre. Si hubiera sido uno solo, quizá lo hubiera conseguido, pero el otro me golpeó por la espalda. Con una enorme piedra, creo, en la cabeza. —Se llevó la mano a la nuca, como si quisiera comprobar si aún tenía la herida—. Caí de frente sobre la acera, inerme. Los dos tipos se asustaron, quizá más incluso que yo. No sabían qué hacer. Así que me agarraron por los pies…

Los gemelos estaban tan concentrados en la historia que cuando apareció en la puerta la mastodóntica silueta de Eldad Cachaza casi ni se dieron cuenta.

—¡Cómo has osado! —bramó el capitán.

—Capitán, deje que le explique… —Ganache se levantó de su silla y echó las manos hacia delante como si pudiera frenar el avance de aquel tren de mercancías cargado de rabia que era el capitán.

—¡Silencio, cocinero! —gritó él. Aquel búfalo rabioso que ocupaba casi por completo el umbral de la puerta era una persona completamente diferente al campechano capitán que los había acogido y que había pasado agradables veladas con ellos, entre bromas y chistes—. Pagarás cara esta imprudencia, pequeño delincuente —añadió, dirigiéndose a Tommy mientras introducía toda su mole en la cabina.

—Pero ¿qué has hecho? —le susurró Gerico a su hermano.

De no haber intervenido el cocinero, el capitán habría caído sobre los dos gemelos con un impacto devastador. Pero el viejo consiguió frenarlo, interponiendo su cuerpo a modo de escudo. Aun así, aquel dique cedería muy pronto.

Todo aquel jaleo había atraído a otras personas, entre ellas Pim y Pam, que observaban la escena divertidos desde el pasillo.

—¡Huid! —gritó el viejo pastelero, cediendo terreno ante el avance implacable del capitán.

Huir, sí, claro, pero... ¿adónde? Dirigirse a la salida era imposible. Solo quedaba una alternativa.

Miriam se giró de golpe. En el pasillo se oía un jaleo infernal, procedente de la cabina de al lado. ¿Qué estaría pasando? Metió de nuevo el libro en la bolsa y se levantó para ir hacia la puerta.

Sin embargo, en el umbral de su cabina, apareció un hombre de mediana edad y rostro redondeado, con una barbita gris. Llevaba una larga capa y una gran bolsa en bandolera.

—Tú debes de ser Miriam. Yo soy Momus. Encantado de conocerte —dijo, con una suavidad en la voz que resultaba sospechosa.

La muchacha se quedó helada. Cogió el pizarrín que tenía sobre la cama y escribió:

—¿Qué quiere? Déjeme pasar.

—Tú eres la amiga de Frida, ¿verdad?

Oír el nombre de su amiga fue como recibir una sacudida, como si un par de manos robustas la hubieran agarrado de los hombros y la hubieran zarandeado.

—Frida me ha hablado muchísimo de ti. —Hizo una pausa escénica—. Te echa muchísimo de menos.

—¿Ha visto a Frida? ¿Dónde está? ¿Cómo está?

Miriam maldijo ser muda; habría querido preguntarle mil cosas a aquel hombre, pero solo podía escribir.

—He recorrido un trecho con ella...

Aquellas palabras quedaron eclipsadas por el ruido que llegaba del pasillo. Miriam no tenía tiempo que perder con Momus y se precipitó al exterior dándole un empujón. Se abrió paso a codazos por entre la multitud de curiosos que querían ver qué pasaba en la cabina de los gemelos y se encontró con una escena que no conseguía entender. Ganache, Alicia y Ramón intentaban frenar la furia homicida de Eldad Cachaza, que, como un toro enfurecido, intentaba llegar hasta los gemelos, aterrados y pegados a la pared. Tommy se agachó y agarró el pomo de la puerta roja.

—¡Es el único modo, Ge! —le gritó a su hermano—. He tocado los tesoros del capitán. ¡Nos matará!

Entonces Gerico vio a Miriam. Se sumergieron el uno en la mirada del otro. Se abrazaron con los ojos. Se agarraron con el pensamiento. Y se dijeron adiós con la desesperación grabada en el rostro.

—¡Rápido! ¡Marchaos! —gritó Ramón.

—¡Dejadme! ¡Los aniquilaré! —gritaba Cachaza como loco.

Miriam estiró una mano en dirección a Gerico en el mismo momento en que Tommy le cogía del brazo y abría la puerta roja. Les acogió un murmullo amortiguado y una ráfaga fría que se disolvió en el aire de la cabina. Tommy atravesó el umbral y se llevó consigo a Gerico, que gritaba el nombre de la muchacha. La puerta se cerró a sus espaldas con un ruido parecido al de un desgarro.


Miriam salió corriendo de la cabina de los Oberdan y se metió en la suya. Recogió su inseparable bolsa y se dirigió hacia la puerta roja de su cabina. Si los gemelos se habían ido, tenía que alcanzarlos de algún modo, aunque eso significara abandonar Amalantrah para siempre y quizá renunciar a la posibilidad de recuperar la voz.

—No te vayas, Miriam.

La voz de Momus, a sus espaldas, la descolocó.

Miriam se giró y se lo encontró allí, con algo en la mano. La cortina de lágrimas le impidió reconocer el objeto en primera instancia. Luego lo vio mejor.

La caja de los momentos de Frida.

Sintió que los pensamientos se le dispersaban en todas direcciones, como un rebaño de gacelas que huyen cuando aparece el guepardo.

—Frida te necesita. Corre grave peligro, y yo sé cómo llevarte hasta ella.

Miriam miraba la puerta roja. Allí detrás estaba su mundo y

la esperanza de encontrar a Gerico. Ante ella, el objeto más precioso de su amiga más querida, que, por lo que decía aquel hombre, estaba en grave peligro.

—No te vayas, Miriam, ven conmigo. Tenemos que ayudarla y llevarle la caja.

Con gestos elocuentes, Miriam le hizo entender su pregunta. No tenía tiempo para escribir.

—¿Me estás preguntando por qué tengo yo la caja?

Ella asintió.

—Me la ha dado ella…, para ponerla a salvo. Nos seguía el enjuto. Ella, Asteras y los perros han tomado un camino. Su bolsa pesaba mucho. Me la ha dado y me ha dicho: «Si no nos volvemos a ver, llévasela a Miriam». Yo he tomado otro camino. Te he buscado por todas partes, y por fin te he encontrado.

> Sola a bordo te quedarás,
> libre de vínculos por fin,
> y en el umbral descubrirás
> a quien te muestra otro confín.

Los versos del libro. Su premonición. Frida la esperaba y se había manifestado a través de la caja, que había traído aquel hombre que esperaba en el umbral de su cabina. Estaba sola, sin sus amigos, sin Gerico… Pero ¿cómo podía abandonar a Frida? Se quedaría. Arriesgaría, no se iría de aquel mundo. Como decía el acertijo.

> ¿Te ves con ánimo de arriesgar?
> ¿De verdad lo vas a demorar?
> Si los dobles dejas atrás,
> no tengas dudas: renacerás.

Dejaría a los gemelos, pero ¿en qué sentido renacería?

Cuando la puertecita roja se cerró, los hermanos Oberdan se encontraron entre tinieblas, a cuatro patas en una galería en la que solo podían ir hacia delante.

—¿Avanzamos? —dijo Gerico, quizá solo por sentir la voz de su gemelo, su presencia, en aquel lugar vacío y desconocido.

—No, quedémonos aquí y pongámonos cómodos. Podríamos organizar un pícnic a oscuras y disfrutar del aire fresco, ¿qué te parece? —respondió Tommy, burlón.

—Muy simpático.

—Idiota redomado.

—Imbécil certificado.

Eran los gemelos Oberdan: hay cosas que nunca cambian. Se adentraron en aquella especie de madriguera. Gerico llevaba consigo el lastre de haber abandonado a Miriam: ¿qué sería de ella? Aquella idea fue horadando un foso de preguntas en su interior. ¿Se habrían equivocado al entrar en aquel lugar, atravesando la pequeña puerta? ¿Habían actuado dominados por el miedo y no por la razón? Era el típico error que nunca lleva a nada bueno.

Y, de pronto, como un destello, vio claro lo que hasta entonces había conseguido evitar: jamás volverían a Amalantrah. Aquella idea, que significaba olvidarse de Miriam y de Pipirit, le abrumó.

—Yo vuelvo atrás, *bru* —le dijo, decidido, a su hermano.

—Entonces, ¿es cierto? ¿Tienes un puñado de lombrices en lugar del cerebro? No se puede volver atrás: nos lo han dicho claramente. Tenemos que seguir adelante. Ya está hecho.

—¡Tú te has vuelto loco! —gritó Gerico, desquiciado—. ¡Me has obligado a seguirte por esa maldita puerta! ¿Qué es lo que le has hecho al capitán? Nos había acogido. Nos había ayudado. Nos había dado de comer y un sitio donde dormir. ¡¿Se puede saber qué demonios se te ha pasado por la cabeza?!

Gritaba tan fuerte que tenía que tomar grandes bocanadas de aire.

—Cálmate…, he tenido que hacerlo…

—¿El qué? ¿EL QUÉ?

—¡Lo he hecho por ti, Ge! Ganache… El señor Dalmassi me ha obligado a coger prestada una cosa para él. Habrías muerto sin ese elixir. Te habrías convertido en una de esas almas en pena que afloran en Nevelhem en busca de paz. De venganza. De un lugar…, ¡o yo qué sé!

Ahora era Tommy el que se había calentado. Los jadeos de ambos fueron desapareciendo poco a poco, señal de que la rabia se iba diluyendo. Y cuando Tommy habló de nuevo, en su voz solo había tristeza.

—Sigamos adelante, venga.

—¿Y si ahí delante no hay nada?

—El pesimismo es una excusa para no arriesgar.


Alicia y su marido, Ramón, ayudaron a Miriam a bajar del Grampas. Momus cerraba el pequeño grupo, en el que también había dos kimuz. Aparte de estos últimos, todos llevaban una protección en el rostro para protegerse de los efluvios insoportables del ámbar gris. Ramón los guio por un sendero que se adentraba en el bosque, apartándose del litoral rocoso. Cuanto más se alejaban de la ensenada, menos intenso era el olor.

Tras dejar atrás una maraña de zarzas, llegaron a un pequeño claro circular. Era hora de una nueva despedida.

—Entonces, ¿estás segura de que no quieres seguir con nosotros? —le dijo Alicia, con un tono extremadamente materno.

Ella negó con la cabeza lentamente.

—Su amiga la está esperando y no creo que a Eldad le haga mucha gracia que siga a bordo —dijo Momus—. El chico lo ha enfurecido y no creo que se le pase fácilmente.

—El capitán es muy... apasionado, digámoslo así. Le irá bien para que se le pase el mal humor, pero acabará olvidando. Ahora está enfadado con Ganache, pero no puede prescindir de su cocinero. Estoy seguro de que tu presencia a bordo no sería ningún problema —insistió Ramón.

—Ya me ocuparé yo de ella. Conozco Nevelhem como pocos, podéis fiaros.

Las palabras del mercader no tuvieron el efecto deseado sobre los dos olvidados de Vikaram. Sus miradas reflejaban una evidente desconfianza, exactamente lo contrario a la confianza que solicitaba Momus. Ramón se entretuvo a hablar con él un poco más, pero Alicia agarró a Miriam del brazo con suavidad, apartándola un poco.

—No conozco a Momus, pero Ramón y yo nos fiamos muy

poco de la buena fe de los mercaderes. Son tipos que solo piensan en su propio interés. No me quedo tranquila dejándote con él.

Miriam estaba preciosa, pese a todo lo que había pasado. El cutis casi transparente, las cejas espesas y la melena cobriza, los ojos verdes que brillaban como mares tropicales: era una flor exótica en un jardín devastado por los monstruos e invadido por una niebla gris. Un rizo de cabello le rozaba la mejilla y le daba un aspecto frágil, aunque ella sentía una fuerza en su interior que a veces hasta la asustaba. Abrazó fuerte a Alicia, como para tranquilizarla. De algún modo, la joven lo entendió.

—Coge esto.

Miriam arrugó la frente al ver lo que le había puesto en la mano Alicia.

—Es una pluma de simurgh. El pájaro que ha visto el nacimiento y la desaparición de la humanidad tres veces, y que ha cruzado los océanos del tiempo volando entre este mundo y el de los vivos. El capitán se la regaló a Ramón hace muchos ciclos. Él le tiene mucho cariño.

La pluma, casi tan larga como la mano de Miriam, era de varios colores. Ella levantó la mirada y clavó los ojos en los de Alicia, depositando en ellos su pregunta silenciosa: «¿por qué?».

—Quiero que la tengas tú. Tiene un poder extraordinario que podría resultarte útil, aunque espero que nunca llegues a necesitarlo. Si alguna vez te sientes enjaulada o entre la espada y la pared, sopla sobre la pluma. Ella sabrá cómo ayudarte.

Miriam sintió una cálida y envolvente sensación de agradecimiento. Y volvió a abrazar a Alicia.


La muchacha se quedó mirando a Ramón y a su mujer que se alejaban abrazados. Volvían a la carraca, a su destino, ligado al del capitán.

Una vez solos, Momus sacó algo de comida de su bolsa y se lo ofreció amablemente a Miriam.

—Ahora vuelvo. Lo llevo a que haga sus necesidades —dijo después, señalando a uno de los kimuz, que olisqueaba las hojas secas del suelo—. ¿Sabes? Es un poco tímido. ¿Tú puedes ocuparte de este? —añadió, en referencia al otro, que parecía estar a gusto con la muchacha, hasta el punto de que había apoyado la cabeza cómodamente sobre sus piernas.

A Miriam le pareció encantador y se alegró de que lo dejara a su cargo.

—No tengas miedo; de día, este bosque es de lo más seguro —le dijo el mercader antes de desaparecer entre los árboles.

Aquel comentario, que tenía la intención de tranquilizarla, solo sirvió para encender las señales de alarma, apagadas hasta aquel momento.

Momus estaba bajo un árbol blanco alto e imponente. A su alrededor, el bosque temblaba como sacudido por una onda invisible: una miríada de pululantes.

—¡Mírame, oh, poderosa Astrid! —dijo el hombre abriendo bien los brazos—. Sé que me estás observando. La he encontrado. La niña muda está conmigo. Me encargaré de llevarla a las ruinas de Ramila, donde esperaremos tu llegada. Como puedes observar, tu humilde servidor no yerra un tiro. He seguido tus órdenes, tengo conmigo la caja y he dejado a los jóvenes vigilantes a merced de los qualuds. Ahora completaré también esta misión, y espero verme recompensado con tu generosidad.

Luego bajó la cabeza. A su alrededor, los pululantes zumbaban, transparentes como cristal líquido.

Muy lejos de allí, en el rostro cortante como una cuchilla de Astrid, apareció una sonrisa malvada:

—Ha llegado el momento de reencontrarnos, mi niña.

# 52

## Madres

¿*Q*ué esperaban ver al final del túnel? Mientras lo recorrían, a gatas, Gerico y Tommy habían ido haciendo cábalas, pero lo cierto era que solo podían pensar en salir de la estrechísima galería.

Cuando se encontraron delante de otra puertecita roja, las conjeturas desaparecieron y se impuso la impaciencia por descubrir lo que encontrarían en el otro lado.

Y lo que encontraron fue increíble y posible al mismo tiempo. Absurdo y natural. Temido y esperado.

Su habitación.

Tommy fue el primero en entrar. Luego lo hizo Gerico, que exclamó su habitual «*Wahnsinn!*», Y en cuanto la «n» final se apagó en su boca, la puertecita de la pared se cerró a sus espaldas. Los chicos corrieron a abrirla otra vez, pero no llegaron a tiempo y aquel paso desapareció, dejando en su lugar la pared desnuda.

—No me lo puedo creer —dijo Tommy, atónito.

Era la misma habitación, idéntica a la que habían dejado a sus espaldas, al otro extremo del túnel, de la que habían salido corriendo para huir de la furia de Eldad. Pero esta no era una réplica. Al menos eso esperaban.

Se movieron con cautela. Nevelhem les había enseñado a temer cada murmullo y a desconfiar de cada sombra. Aquella aventura entre los bosques de niebla los había convertido en dos personas mucho más prudentes.

Abrieron la puerta. En lugar del pasillo del barco, encontraron el de su casa, que tan bien conocían. El impacto emotivo fue de vértigo. Tuvieron la sensación de que hacía siglos que se habían ido: era casi como volver en la edad adulta al lugar donde se ha vivido durante la infancia.

Se dirigieron hacia el comedor. La luz del sol filtrada por las lamas de las persianas penetraba cortando la oscuridad. No estaban acostumbrados a tanta claridad, después de tanto tiempo rodeados de los tonos grises de Nevelhem.

No la vieron enseguida, quizá porque no esperaban encontrársela allí. Estaba sentada junto a la ventana cerrada, como esperando. Llevaba un vestido oscuro, del que solo asomaba la nuca blanca, por debajo de la línea del cabello, que ahora llevaba corto.

Pese a aquel detalle, reconocieron inmediatamente a su madre.

—Mamá... —susurró Tommy.

Ella no se movió. Los chicos se miraron, extrañados, y luego volvieron a mirarla a ella: su mano derecha se había agarrado al borde de la mesa. Luego la mujer se giró, lentamente.

Los gemelos vieron el rostro de su madre después de tanto tiempo. Estaba ajada, flaca, pálida: la versión envejecida de la Annamaria Oberdan que habían dejado aquel día de finales de julio.

Ella se puso en pie no sin esfuerzo. Con la mano izquierda delante de la boca. Los ojos abiertos como heridas que ninguna sutura podría ya coser. Un nudo en la garganta.

Emitió un gemido a medio camino entre un soplido y un lamento de dolor. Le faltó poco para caer desfallecida sobre la mesa: para mantenerse en pie, apartó la mano de la boca y se apoyó en una silla, que cayó al suelo ruidosamente. No podía hablar. Todas sus palabras se habían ocultado en agujeros de los que sería difícil sacarlas.

Luego dio un paso para acercarse a ellos.

—¡Mamá! —repitió Tommy.

—Somos nosotros —añadió Gerico, alargando una mano vacilante hacia su madre.

Ella volvió a mirarlos con el estupor de quien se encuentra ante un fantasma y se desmayó. El ruido que hizo al caer al suelo resonó en la habitación, como declaración de una tensión emotiva insoportable.

Los chicos se lanzaron en su ayuda. Lloraban. Querían pedir auxilio, pero ella abrió los ojos de nuevo. Tenía la cabeza entre los brazos de Tommy.

—Chicos..., habéis vuelto... —dijo, y extendió las manos hasta rozar sus rostros, temblorosa.

Comprobó que fueran de verdad. Eliminó toda duda de que aquello no fuera más que un sueño, especialmente cruel por cuanto pudiera resultar creíble. Pero era todo cierto. Estaban allí, y estaban vivos.

—Hemos vuelto, mamá, y no volveremos a dejarte nunca más —dijo Tommy entre lágrimas.

Se abrazaron los tres, dando rienda suelta a un llanto de alegría más que comprensible.

Tuvieron que caminar durante tres ciclos por bosques espesos, pequeños ríos y niebla, mucha niebla, para llegar al lugar designado para el encuentro. Momus le había dicho a Miriam que se encontrarían con Frida en las ruinas de Ramila.

Durante el trayecto habían mantenido un silencio casi total. Momus había dicho alguna palabra de vez en cuando, pero Miriam no había recurrido al pizarrín. Echaba de menos a Tommy, a Klam, a los perros y, sobre todo, a Gerico. Estaba sola con su libro y su espejo. Y con aquel mercader que no le gustaba.

Aprovechó su mudez como excusa para no dialogar. Quería ayudar a su amiga y abrazarla de nuevo, y Momus era el precio que tenía que pagar. Si el libro no hubiera hablado, no habría aceptado nunca seguirlo. Aun así, tenía que estar muy atenta: las palabras del libro solían ser ambiguas y estaban abiertas a múltiples interpretaciones. No sería la primera vez que las interpretaba mal.

Por fin llegaron a Ramila y pudieron contemplar su extrañísima formación. No era una ciudad, sino un aglomerado de tuberías que ascendían y se ramificaban en horizontal, en dirección a edificios inexistentes. Cañas de bambú metálicas que acababan en grifos, duchas y sifones.

—Fascinante, ¿eh? —comentó Momus—. Nadie sabe si la construyeron así o si antes habría aquí algún poblado y estas son sus ruinas. Quizás haya estado habitada y luego la abandonaron. ¿Sabes lo que creo yo?

La mirada de Miriam decía: «No me importa lo más mínimo lo que tú creas». Momus interpretó correctamente el lenguaje no verbal (los buenos comerciantes tienen la habilidad de saber leer a las personas aunque no hablen) y se calló.

La muchacha cogió el pizarrín y escribió:

—¿Dónde está Frida?

No tenemos una cita. Como bien sabes, aquí no hay relojes. Solo tenemos un lugar. Y es este. Llegará, estoy seguro.

—¿Cómo puedes estar seguro?

—Momus no se equivoca nunca.

Ella se encogió de hombros y negó con la cabeza.

—¿Qué hacemos mientras tanto?

—Comemos algo y descansamos. Escoge una de las bañeras y échate una siestecita. Son más cómodas de lo que parecen. Los vagantes y los mercaderes que pasan por aquí suelen usarlas. No obstante, no habrá que esperar mucho. Ya verás: tu amiga no tardará.

Miriam miró hacia arriba y fue entonces cuando vio una multitud de bañeras suspendidas en el vacío, conectadas a los tubos, de una porcelana blanquísima que destacaba contra el gris del aire. ¿Qué hacían en medio del bosque? Miriam nunca habría encontrado una respuesta lógica en un mundo con unas reglas tan diferentes a las del suyo.

Se tumbó en una de aquella bañeras con la mochila sobre el vientre. Momus tenía razón: no eran nada incómodas. Sintió que soplaba el viento, silbando y susurrando por entre los tubos y las ramas. Se asomó, miró abajo y observó que Momus ya no estaba por allí. Tampoco había ni rastro de los kimuz. Se respiraba un ambiente de peligro inminente. La niebla se había aclarado gracias al viento, pero la luz del día se había vuelto más tenue y el bosque empezaba a adoptar una forma característica.

Estaba sola. De pronto, se dio cuenta. Bajó al suelo por los tubos con su mochila a la espalda. Por suerte había escaleras por todas partes: subir y bajar de aquellas bañeras no resultaba nada difícil. Una vez en el suelo, se encontró con que tenía que tomar una decisión: ¿qué debía hacer? ¿Esperar el regreso de Momus, la llegada de Frida o marcharse de allí? Aquella última opción parecía la más tonta. ¿Acaso había recorrido aquel largo camino para después abandonarlo todo?

Algo atrajo su atención en un extremo de su campo visual, en el extremo del bosque que rodeaba Ramila. De haber tenido voz, habría gritado: «¿Hay alguien ahí?». Miró hacia los árboles blancos que se movían emitiendo un murmullo de hojas. Midió la distancia que la separaba del margen del bosque con pequeños pasos cautelosos.

Aguzó la vista y distinguió una persona inmóvil, a lo lejos.

... y en el umbral descubrirás
a quien te muestra otro confín.

Siguió avanzando con prudencia, las ramas crujían como los huesos de un viejo gigante artrítico. La silueta que tenía delante se iba haciendo cada vez más clara. Era una mujer.

«Es demasiado alta para ser Frida», se dijo Miriam.

—Hola, mi niña.

Antes incluso de conseguir enfocar la imagen y ver su rostro, la voz de su madre le llegó nítida y seca, como siempre. Y la dejó helada una vez más.

—Qué contenta estoy de haberte reencontrado. Te he buscado a lo largo y ancho de Nevelhem. —Astrid se le acercó.

Miriam observó enseguida el parche del ojo y el vestido negro y ajustado: era como ver a la bruja malvada de los cuentos. Aun así, seguía siendo su madre.

Se esforzó en no vacilar, la mochila se le cayó al suelo, y no tuvo siquiera fuerzas para recogerla. Astrid se detuvo a un palmo de ella.

—Estás espléndida, Miriam. Se me había olvidado lo preciosa que era mi hija. ¿Puedo darte un abrazo? —dijo, con una dulzura que desentonaba con el tono metálico y gélido de su voz.

Sin esperar que asintiera siquiera, Astrid le pasó los brazos alrededor del cuello. Era un apretón, más que un abrazo. Miriam solo pudo levantar una mano y posarla suavemente en su espalda.

—¿No estás contenta de verme? —preguntó Astrid, esperando una respuesta que no llegó—. Lo sé, te habrán dicho las peores maldades sobre mí. Y lo sé..., he sido demasiado dura con Frida. Lo siento.

«¿Dura? Estamos aquí, en la Tierra de los Muertos, tú tienes el sello del Mal, ¿y crees que puedes borrar todo eso con unas cuantas palabras bonitas? ¿Estás loca?», pensó Miriam. El pizarrín estaba en la mochila, pero, aunque lo hubiera tenido a mano, no habría tenido el valor de escribirlo.

—Pero conseguiré que me perdones. Ven conmigo y empecemos donde nos separaron. Tú y yo hasta ahora hemos tenido una buena vida, ¿no te parece?

La mente de Miriam voló al tiempo en que vivían juntas, y aún más atrás, hasta su infancia. Pero no encontró nada, no recordaba nada de cuando era niña. Los recuerdos debían de estar escondidos tras un muro ciego. Su memoria solo alcanzaba hasta unos años atrás. Todo lo demás eran fotos, cosas que le había contado su madre... ¿Cómo era posible que no recordara nada de su propia infancia? Volvió a mirar a su madre y percibió algo: el sentimiento ambivalente que la unía a ella desde siempre. Un amor profundo y al mismo tiempo una sensación de terror. De auténtico terror.

—Ven conmigo, Miriam —dijo Astrid, tendiéndole la mano.

Miriam se la cogió.

La mujer sonrió y tiró de ella lentamente, pero con decisión, hacia sí. La abrazó, apretándola contra su cuerpo, haciendo que su hija apoyara la cabeza sobre su pecho.

Sin que Miriam se diera cuenta, la señora de los urdes esbozó una sonrisa triunfal.


Se dirigían al Altiplano. Avanzaban por la noche de Nevelhem como una serpiente blanca que repta lentamente por el suelo. Los crepusculares iban a la cabeza del grupo, con Beo. El viejo Drogo y su hijo cerraban la comitiva. Caminaban despacio. Frida aún cojeaba, a pesar del vendaje que le había hecho uno de los crepusculares. El exteniente se apoyaba en el hacha como si fuera un bastón. Aún no había recuperado del todo las fuerzas, pero aun así avanzaba sin abrir la boca más que para toser. Vanni sufría por él. Aunque tuviera el cerebro de un niño, sabía perfectamente que tenía que mantener silencio él también.

Frida se sentía más protegida que nunca. Junto a ella tenía a su genius, Erlon. Y a Kebran, el maestro, que llevaba puesta su máscara otra vez. Le había explicado que la usaban por dos motivos. Los pequeños cristales amarillos servían para ver a través de la niebla y de la oscuridad. Con aquella máscara, tenían una visión nítida incluso en las profundidades de una gruta. Y en el pico llevaban una sustancia que tenían que respirar para mantenerse con vida. Si pasaban mucho tiempo sin ella, podían morir.

—¿De dónde venís, maestro?

—¿Quieres decir los crepusculares?

Frida asintió.

—Todos hemos sido salvados. Estábamos en la Nada Blanca, y los sabios nos rescataron y nos trajeron de nuevo a Amalantrah.

—Pero me habías dicho que es un lugar al que no se puede llegar y del que no se puede salir. Que la Nada es... inaccesible —protestó Frida.

—No reniego de lo que he dicho; aun así, una mano nos sacó del Nenio Bianka. Y ahora somos lo que ves. No podemos ver la luz nunca más. Y no podemos respirar el aire de Amalantrah durante mucho tiempo, necesitamos el humo azul de nuestras máscaras.

—¿El humo azul?

—Mira tú misma.

Kebran se detuvo, se quitó la máscara y se la puso a Frida para mostrarle lo que había en el interior del pico. Era una espuma sólida, como aire condensado, una nube convertida en materia tangible. Era gaseosa, líquida y sólida al mismo tiempo. Transparente, pero con un ligero tono azulado. El mismo tono al que viraban la niebla y la luna de Nevelhem. Frida no había visto nunca nada igual.

—Y vosotros... ¿Vosotros respiráis esto?

—No se trata exactamente de «respirar». Entra en el cuerpo a través de la nariz y llena todos los espacios vacíos que ha creado en nuestro interior la Nada Blanca. Sin esto, regresaríamos al lugar de donde nos sacaron.

Frida le devolvió la preciosa máscara al maestro.

—¿Puedo hacerte una última pregunta?

—Dudo de que sea realmente la última —dijo él sonriendo—. Pero claro, puedes hacerla.

—¿Volveré a ver a mi madre y a mi padre?

Kebran permaneció en silencio un buen rato.

—No puedo responder a esta pregunta —dijo por fin—. No veo el futuro, pero puedo decirte una cosa: no hay nada que tú no puedas conseguir, Frida. La voluntad en ti es un continente que se expande. Solo debes aprender a explorar sus límites.

Se detuvo. Se sacó algo del bolsillo y se lo dio a la muchacha. Era la piedra con el sello de Bendur.

—¡Mi piedra! ¡Pensaba que la había perdido! —exclamó ella, sintiendo esa alegría desbocada que nos sobreviene cuando encontramos un objeto precioso que pensábamos haber perdido para siempre.

—La voluntad, Frida, abre las puertas más difíciles. La voluntad nos libera de las cadenas del destino. Recuérdalo siempre.

La voz de Kebran era liviana como una pluma e impetuosa como un océano.


Frida se quedó escuchando sus propios pensamientos y recuerdos mientras caminaba entre aquella extraña comitiva. Tenía demasiadas preguntas sin respuesta, pero de momento tendría que conformarse con lo que había aprendido por el camino.

Avanzaba cojeando, herida, privada de sus amigos más queridos, con el recuerdo de sus padres en el corazón. Avanzaba atravesando aquellos bosques blancos que no parecían acabar nunca. Avanzaba no tanto por la misión que debía cumplir, sino por el presentimiento de que quizá volvería a ver a sus seres queridos. Y aquella chispa de esperanza, una esperanza del todo irracional, la reconfortaba, le llenaba el hueco que sentía dentro y sobre todo daba brillo a la coraza que se formaba en torno al cuerpo. Con voluntad o sin ella, nada le impediría luchar hasta el final contra el Mal que le había arrebatado a los suyos.

—Ya estamos, Frida.

La voz del maestro la pilló desprevenida y la sacó de sus pensamientos.

—¿Eso es el Altiplano? —le preguntó, con el estupor reflejado en el rostro, y se detuvo.

—Sí —dijo él.

Frida agarró el colgante de su madre, que llevaba al cuello. Respiró hondo, miró hacia delante y dijo:

—Estoy lista. Vamos.

# Agradecimientos

$\mathcal{A}$nte todo gracias a mi mujer, Simona, siempre mi primera lectora e inagotable fuente de inspiración, estímulos y sugerencias.

Gracias a mi gran editora, Sara Di Rosa, que sabe cómo hacer de Petrademone un mundo-libro mejor.

Gracias a la insustituible Emma Muracchioli, un concentrado de paciencia, profesionalidad, amistad y generosidad.

Y gracias a Enrico Racca por ser el jefe de edición que todo escritor querría tener.

Gracias a mis padres, porque han estado ahí desde el primer momento, sin haber «invadido» nunca mi territorio. A mis hermanos, Moreno y Walter, porque me hacen sentir su estima en todo momento. Y a Loredana Ruggiero y a Elio por hacerme sentir siempre su abrazo.

Gracias a Ivan Cotroneo, porque sigue creyendo en mí y haciendo realidad mi sueño.

Gracias a Marco Giallini: un hermano elegido, una de las mejores personas del mundo.

Gracias a Giuliano y a Marco D'Amore, dos amigos de verdad que han hecho posible que el libro tenga una voz que resuena fuerte como un canto.

Gracias a Ferzan Özpetek, por sus preciosos consejos y por su inestimable amistad.

Gracias a Mika, que me ha hecho un gran regalo.

Gracias a los que han leído este libro cuando era aún un frágil boceto: Angela Albarano y Oscar Cosulich. Para mí, vuestro apoyo es fundamental.

Gracias a un lector especial: Roberto Putti. Recuerdo sus

palabras como una admonición: escribir y publicar historias para chavales comporta responsabilidades porque hablamos de emociones verdaderas y de sentimientos muy humanos. Te llevo en el corazón, Roberto, y espero que la Frida de Petrademone te haga siempre compañía.

Gracias a los otros lectores que, por un motivo u otro, hacen que mi trabajo me entusiasme aún más: la más pequeña de todas, Penelope, de cinco años (y su incomparable madre, Carola); la más «madura» de todas, Maria Bargoni, que a sus noventa y un años le ha robado Petrademone a su hija para devorarlo de cabo a rabo; a Andreas Mercante, las jovencísimas Demetra y Bea, y a los chicos de Qualcunopercuicorrere.org.

Gracias al fantástico equipo de Mondadori, que me ha apoyado siempre con paciencia y dedicación: Giulia Geraci, Stefano Moro, Veronica Broglio, Sandra Barbui, Marina Canta, Maddalena Contini, Federica Tronconi, Valeria Sampaoli, Arianna Caggìa, Viola Ramolini, Marta Mazza, Chiara Pullici, Elena Tintori y Chiara Pontoglio.

Gracias a todos los amigos de verdad, a esos que reconoces en los momentos felices, y sobre todo a Gerry y a Tony, a Roberto y a Cristina y a Angela Greco.

Y, finalmente, mi agradecimiento a quien no sabrá nunca de mi gratitud: el pequeño Oberon, que ha entrado en nuestra vida de puntillas y ha conquistado todo nuestro amor. Y (siempre y por siempre) a Elrond, que me ha hecho un último e inestimable regalo. Si todo esto existe, es solo por él.

# Índice

Este libro utiliza el tipo Aldus, que toma su nombre
del vanguardista impresor del Renacimiento
italiano, Aldus Manutius. Hermann Zapf
diseñó el tipo Aldus para la imprenta
Stempel en 1954, como una réplica
más ligera y elegante del
popular tipo
Palatino


La Tierra sin Retorno
se acabó de imprimir
un día de invierno de 2020,
en los talleres gráficos de Rodesa
Estella (Navarra)